W0247875

Les Piliers de la Création

Terry Goodkind

Les Piliers de la Création

L'Épée de Vérité – livre sept

Traduit de l'anglais (États-Unis) par Jean Claude Mallé

ÉDITIONS FRANCE LOISIRS

Titre original : *The Pillars of Creation*

Édition du Club France Loisirs,
avec l'autorisation des Éditions Bragelonne.

Éditions France Loisirs,
123, boulevard de Grenelle, Paris.
www.franceloisirs.com

ISBN : 978-2-298-01644-4

Ce livre est dédié aux membres des services secrets des États-Unis d'Amérique, une communauté qui se bat depuis des années pour défendre la vie et la liberté – et que les hérauts du mal ne cessent de ridiculiser, de condamner, d'entraver et de diaboliser.

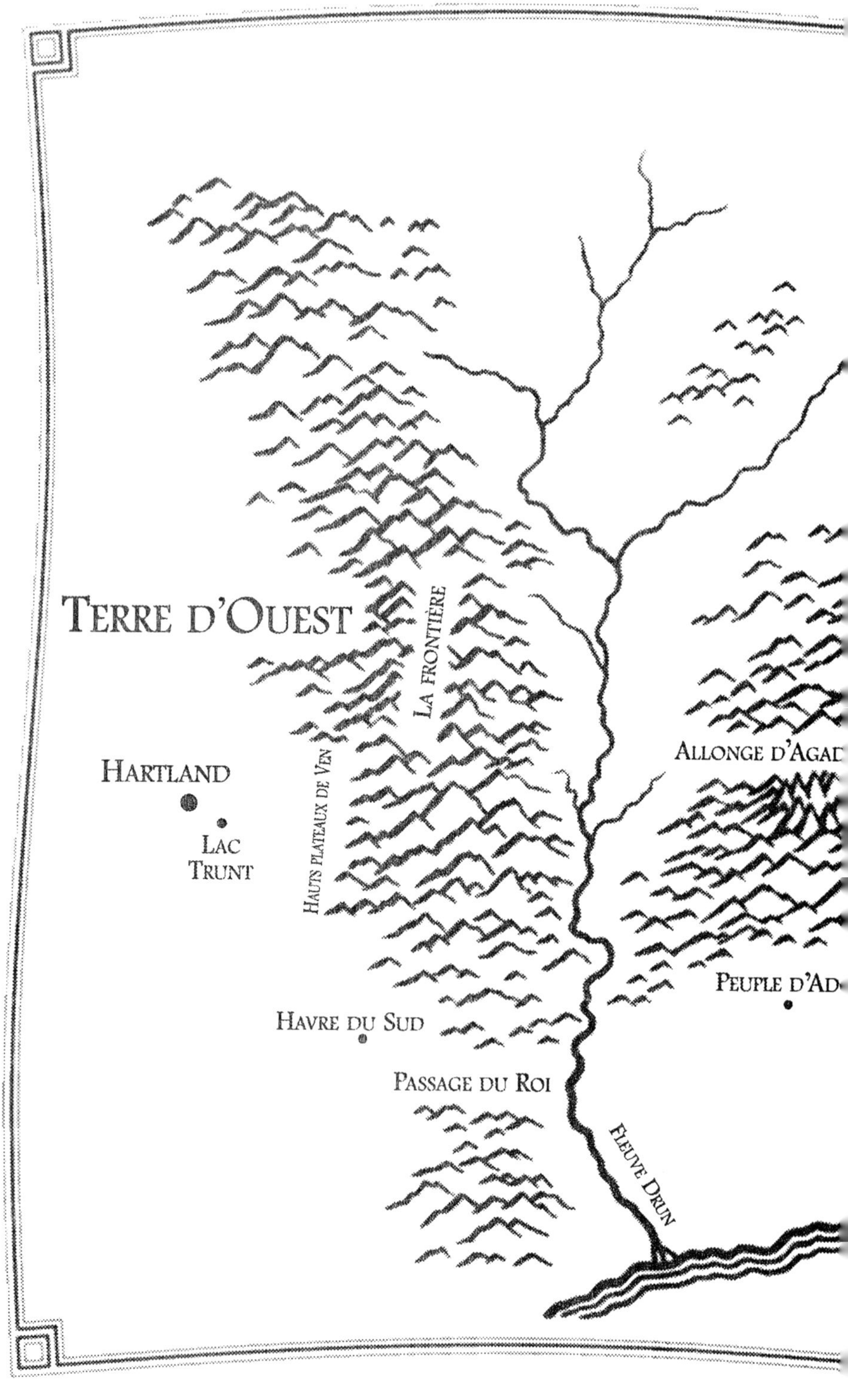

Terre d'Ouest
La Frontière
Hauts plateaux de Ven
Hartland
Lac
Trunt
Allonge d'Agad
Peuple d'Ad
Havre du Sud
Passage du Roi
Fleuve Drun

AYDINDRIL
SHADA
D'HARA
CONTRÉES
U MILIEU
LA FRONTIÈRE
PALAIS DU
PEUPLE
PLAINES
D'AZRITH
RANG
FLEUVE KERN
PAYS SAUVAGE
L'ANCIEN
MONDE
TANIMURA

« Le mal ne tente pas de nous séduire en nous révélant l'atroce réalité de ses plans monstrueux. Au contraire, il vient à nous drapé des robes diaphanes de la vertu et nous murmure à l'oreille des mensonges enchanteurs qui visent à nous entraîner au plus profond du lit obscur de nos tombes éternelles. »

Traduction du journal de Kolo

Chapitre premier

En fouillant dans les poches du cadavre, Jennsen Daggett découvrit la dernière chose au monde qu'elle se serait attendue à trouver. Très surprise, elle s'assit sur les talons, et, tandis qu'un vent mordant ébouriffait ses cheveux, regarda fixement les deux mots écrits en lettres capitales sur le petit morceau de parchemin – qui avait été plié en quatre avec une grande précision, afin que les bords se recoupent au centième de pouce près.

Jennsen cligna des yeux, comme si elle espérait que les mots disparaissent. Mais ils restèrent bien présents, car ils n'avaient rien d'une illusion.

Si absurde que fût cette idée, la jeune femme continuait à redouter que le soldat mort soit en train de l'épier, à l'affût de sa moindre réaction. Prenant garde à rester impassible malgré la tempête qui faisait rage en elle, Jennsen sonda les yeux du mort. Ils étaient voilés et ternes, constata-t-elle. Certains défunts, disait-on, semblaient tout simplement endormis. Ce n'était pas le cas de cet homme aux yeux éteints, aux lèvres déjà bleues et à la peau cireuse. À l'arrière de son cou de taureau, une grosse rougeur tournait déjà au violet.

Comment aurait-il pu épier Jennsen ? Ce soldat ne voyait plus rien, c'était évident. Mais avec sa tête tournée vers la jeune femme, on aurait pu croire qu'il la fixait. En tout cas, elle pouvait l'imaginer.

Au sommet de la falaise, derrière elle, les branches nues des arbres malmenés par le vent se heurtaient en cliquetant sinistrement comme des os. Le morceau de parchemin, entre les doigts de Jennsen, semblait vibrer au même rythme, et elle sentait les pulsations de son cœur, déjà emballé, s'accélérer encore.

La jeune femme avait un esprit clair et logique et elle en était très fière. À l'évidence, aujourd'hui, elle se laissait emporter par son imagination. Mais c'était le premier mort qu'elle voyait : un être humain immobile au point d'en devenir grotesque. Ce soldat ne respirait plus, et c'était tout simplement terrifiant.

Jennsen inspira à fond pour contrôler les mouvements de sa poitrine. Si elle ne pouvait rien pour ses nerfs, qui menaçaient de craquer, elle gardait une certaine emprise sur son corps.

Même s'il était mort, elle n'aimait pas que ce type la regarde ! Se levant, elle tira sur l'ourlet de sa robe, contourna le cadavre puis replia le morceau de parchemin en quatre, comme lorsqu'elle l'avait trouvé, et le rangea dans sa poche. Elle s'inquiéterait de cela plus tard, même si elle devinait comment sa mère réagirait aux deux mots écrits en lettres capitales.

Décidée à en terminer vite, elle s'agenouilla de l'autre côté du mort et continua sa fouille. À présent, le soldat semblait regarder la corniche d'où il était tombé, à croire qu'il cherchait à savoir comment il avait pu finir, la nuque brisée, au pied de la paroi rocheuse qu'il longeait.

Le manteau du mort n'avait pas de poches. Deux sacoches pendaient à sa ceinture. La première contenait une fiole d'huile, des pierres à aiguiser et une bande de cuir à rasoir. L'autre était remplie de morceaux de viande séchée. Aucune des deux n'apprit quelque chose à Jennsen sur l'identité du cadavre.

S'il avait été plus malin, comme elle, il aurait suivi le chemin le plus long, au pied de la falaise, plutôt que de passer par la corniche, très dangereuse à cette époque de l'année à cause des plaques de verglas. Et s'il n'avait pas eu envie de rebrousser chemin afin de redescendre dans le canyon, il aurait été plus inspiré de traverser les bois, même si les ronces y formaient par endroits des obstacles difficiles à franchir.

Mais ce qui était fait était fait… Si Jennsen trouvait un indice sur l'identité du mort, elle pourrait contacter ses parents, ou au moins certaines de ses connaissances. Les proches de cet homme voudraient savoir ce qu'il était devenu. C'était toujours comme ça, entre amis, n'est-ce pas ?

Jennsen se demanda une nouvelle fois ce que ce soldat faisait là. En réalité, le morceau de parchemin soigneusement plié le lui indiquait clairement. Cela dit, il pouvait y avoir une autre raison.

Elle brûlait de la découvrir…

Mais si elle voulait fouiller l'autre poche du cadavre, elle devait déplacer un peu son bras.

— Esprits du bien, pardonnez-moi..., souffla-t-elle en saisissant le poignet du mort.

Le bras du soldat refusa de se plier et bougea difficilement. Jennsen plissa le nez de dégoût. L'homme était aussi glacé que le sol sur lequel il reposait et que les gouttes de pluie qui tombaient sporadiquement du ciel. À cette époque de l'année, un vent d'ouest si froid charriait le plus souvent de la neige. Le crachin inhabituel avait sans doute contribué à rendre la corniche plus glissante – malheureusement pour le soldat.

Si elle s'attardait, Jennsen risquait d'être surprise par l'orage, et en hiver, elle pouvait y laisser la vie. Par bonheur, elle n'était pas bien loin de chez elle. Mais si elle ne rentrait pas très vite, sa mère s'inquiéterait et partirait à sa recherche. Au risque d'être trempée jusqu'aux os...

De plus, elle devait attendre les poissons que Jennsen avait trouvés au bout de ses lignes. Pour une fois, la pêche à travers les trous creusés dans la glace avait été miraculeuse. Mais sur le chemin du retour, la jeune femme avait découvert le corps du soldat. Le malheureux ne pouvait pas être mort depuis longtemps, sinon, elle l'aurait vu en venant...

Jennsen prit une grande inspiration pour se donner du courage. Quelque part, supposait-elle, une femme devait s'inquiéter pour ce grand et beau soldat, se demandant s'il était en sécurité, au chaud et bien au sec...

Hélas, ce n'était pas le cas...

Si elle faisait un jour une chute mortelle, Jennsen apprécierait que quelqu'un prévienne ses proches. À coup sûr, sa mère lui pardonnerait de s'être mise en retard pour découvrir l'identité du mort.

Était-ce si sûr que cela ? Elle avait dit et redit à Jennsen de ne pas approcher de ces soldats... Certes, mais celui-là était mort et il ne pouvait plus faire de mal à personne.

En revanche, les mots écrits sur son morceau de parchemin étaient inquiétants, et...

En réalité, Jennsen ne cherchait pas à savoir qui était le mort. Si elle se forçait à rester près de lui, malgré sa terreur, c'était pour trouver une *autre* explication à sa présence dans le coin.

Si elle n'y parvenait pas, le mieux serait de l'ensevelir en espérant que personne d'autre ne le découvre. Même si ça impliquait de rester sous la pluie glaciale, Jennsen devrait l'« enterrer » aussi vite que possible, afin que personne d'autre ne sache qu'il était là.

Elle glissa la main dans la poche de pantalon du mort et frissonna en sentant la raideur de sa cuisse, sous le tissu. Refermant les doigts sur plusieurs petits objets, elle retira vivement sa main puis étudia sa collecte.

Un bouton en os, une petite pelote de ficelle, un mouchoir plié, et, dedans, une grosse poignée de pièces d'or et d'argent...

Jennsen en siffla de surprise. Selon elle, les soldats n'étaient pas riches. Pourtant, celui-ci détenait cinq pièces d'or et trois ou quatre fois plus de pièces d'argent. Une fortune, en tout état de cause... À côté, les dizaines de sous d'argent – et non de cuivre – semblaient insignifiants. Pourtant, ils représentaient plus, à eux seuls, que tout ce que Jennsen avait pu dépenser en vingt ans d'existence.

Pour la première fois de sa vie, elle manipulait des pièces d'or... Mais il s'agissait sans doute du butin d'un pillage...

Sur le cadavre, elle ne vit aucune babiole qui aurait pu lui avoir été offerte par une femme – un détail qui aurait apaisé ses inquiétudes au sujet de cet homme...

Rien de ce qu'elle avait trouvé ne lui en ayant appris plus long sur le soldat, Jennsen s'imposa la corvée de tout remettre en place. Quelques sous d'argent glissèrent de sa paume et tombèrent sur le sol glacé. Elle les ramassa et les fourra avec le reste dans la poche du mort.

Le sac du cadavre pouvait être intéressant à explorer, mais l'homme reposait dessus et Jennsen n'avait guère envie de le retourner pour découvrir des vivres et quelques vêtements de rechange. Sans nul doute, le soldat devait garder dans ses poches tous ses objets de valeur.

Comme le morceau de parchemin, par exemple...

Toutes les preuves dont Jennsen avait besoin étaient devant ses yeux. Sous son manteau, le mort portait une cuirasse, et une épée très simple pendait à sa hanche gauche dans un fourreau en cuir noir strictement utilitaire. La lame était brisée vers le milieu, sans doute à cause de la chute...

Jennsen étudia plus longuement le couteau également accroché à la ceinture du mort dans un fourreau. La garde de cette arme brillait dans la pénombre... La jeune femme l'avait remarquée dès la première seconde et s'en était inquiétée jusqu'à ce qu'elle constate que l'homme était mort. Un simple soldat ne pouvait pas posséder une lame de cette qualité. De sa vie, Jennsen n'avait jamais vu un couteau si cher et si artistiquement ouvragé...

La lettre « R » était gravée sur la garde de l'arme – un objet d'art, en réalité.

La mère de Jennsen lui avait appris à se servir d'un couteau alors qu'elle était toute petite. Mais pas d'un si beau couteau, bien entendu...

Jennsen...

La jeune femme sursauta. Non, pas maintenant ! Par les esprits du bien, pas maintenant et pas ici !

Jennsen...

La haine était un sentiment que Jennsen ignorait, sauf quand il s'agissait de la voix qui résonnait de temps en temps dans sa tête.

Comme toujours, elle fit mine de ne pas l'entendre et continua à fouiller le cadavre. Mais sa tunique n'avait pas de poches et il ne cachait rien sur lui.

Jennsen..., répéta la voix.

— Fiche-moi la paix ! siffla la jeune femme.

Jennsen...

C'était différent, cette fois, à croire que la voix ne retentissait pas dans sa tête, contrairement à d'habitude.

— Laisse-moi !

Renonce...

Jennsen leva la tête et vit que les yeux du cadavre étaient rivés sur elle.

Le premier rideau de pluie, porté par le vent, vint caresser le visage de la jeune femme comme s'il s'agissait des doigts glacés des esprits.

Le cœur battant la chamade, ses yeux écarquillés ne parvenant pas à se détourner de ceux du mort, Jennsen recula sur les talons.

Elle devenait folle, c'était évident ! L'homme ne respirait plus et il ne la regardait pas, car il en était incapable. Comme celui des poissons morts qu'elle avait posés à côté de lui, son regard se perdait dans le vide. Le mort ne la fixait pas, et elle se comportait comme une idiote.

Mais si les yeux du soldat ne regardaient rien de particulier, pourquoi étaient-ils braqués dans sa direction ?

Jennsen...

Au sommet de la falaise, les pins oscillaient au vent tandis que les chênes et les bouleaux, tout déplumés, agitaient frénétiquement leurs bras squelettiques. Alors qu'elle écoutait la voix, Jennsen ne quitta pas des yeux les lèvres du mort. Elles ne bougeaient pas, bien entendu. C'était normal, puisque la voix parlait dans sa tête.

Le visage de l'homme restait tourné vers la corniche d'où il était tombé. Mais ses yeux en revanche, semblaient suivre chaque mouvement de Jennsen.

Terrorisée, elle saisit la garde de son couteau.

Jennsen...

— Laisse-moi ! Je ne renoncerai pas !

Que voulait dire la voix, lorsqu'elle lui demandait de renoncer ? Même si elle harcelait la jeune femme quasiment depuis le début de sa vie, elle ne l'avait jamais précisé. Et cette ambiguïté rassurait un peu Jennsen.

Renonce à ta chair, Jennsen.

La jeune femme en eut le souffle coupé.

Renonce à ta volonté...

Jennsen en trembla de terreur. La voix, jusque-là, n'avait jamais rien dit d'aussi clair. Elle l'entendait souvent, certes, mais comme si elle était trop loin pour qu'elle puisse comprendre ses mots. Ou comme s'ils appartenaient à une langue étrangère...

Le plus fréquemment, elle entendait la voix au moment de s'endormir, et ne comprenait rien à ce qu'elle lui disait, à part son prénom et cette étrange mais séduisante invitation à « renoncer ». Ce mot revenait toujours, et il était chaque fois parfaitement audible.

Selon sa mère, cette voix appartenait à l'homme qui voulait tuer Jennsen depuis le jour de sa naissance. Et il lui parlait pour la tourmenter.

— Jenn, lui disait souvent sa mère, tout va bien... Je suis près de toi, et sa voix ne peut pas te faire de mal.

Afin de ne pas accabler sa mère, Jennsen omettait souvent de lui dire qu'elle avait entendu la voix.

Mais si l'homme à qui elle appartenait la trouvait, il pourrait lui faire du mal, elle le savait.

Comme elle aurait donné cher pour sentir autour d'elle les bras réconfortants de sa mère...

Un jour, l'homme la débusquerait, elles le savaient toutes les deux. En attendant, il lui envoyait sa voix. En tout cas, c'était ce que pensait sa mère.

Même si cette explication lui glaçait les sangs, Jennsen la préférait à l'autre possibilité : la folie. Car si elle ne pouvait plus se fier à son esprit, il ne lui resterait rien.

— Que s'est-il passé ici ? lança soudain une voix.

Jennsen étouffa un cri d'angoisse, dégaina son couteau et se mit en position de combat.

Cette voix-là n'était pas désincarnée : un homme approchait d'elle. Distraite par le vent, ses tourments intérieurs et le cadavre, elle ne s'en était pas aperçue avant qu'il soit trop tard.

Si elle tentait de fuir maintenant, l'inconnu la rattraperait en quelques enjambées, s'il lui en prenait la fantaisie.

Chapitre 2

L'homme ralentit le pas quand il vit comment réagissait Jennsen… et remarqua qu'elle brandissait un couteau.

— Je ne voulais pas t'effrayer.

Une voix assez agréable, tout compte fait…

— Eh bien, c'est raté !

Même si la capuche du grand inconnu était relevée, dissimulant son visage, Jennsen eut l'impression qu'il était fasciné par ses cheveux roux – comme la plupart des gens, la première fois qu'ils la voyaient.

— Je le constate, et je te prie de m'excuser.

Malgré cette déclaration apaisante, Jennsen ne baissa pas sa garde et regarda derrière l'homme pour s'assurer qu'il était seul.

Elle détestait s'être laissé surprendre de cette façon. Au plus profond d'elle-même, elle savait qu'elle n'était jamais en sécurité. Pour cela, il n'y avait même pas besoin qu'un ennemi soit furtif. Un simple relâchement de sa vigilance suffisait pour que la fin arrive à n'importe quel moment. Cette idée la désespérait, bien entendu. Si un type comme celui-là pouvait la prendre par surprise, qu'en était-il de son rêve absurde d'être un jour véritablement propriétaire de sa vie ?

Au pied de la falaise de roche noire, le vent balayait l'étendue déserte où il n'y avait qu'elle et deux hommes, l'un mort et l'autre vivant. Aujourd'hui, Jennsen n'imaginait plus que des monstres se cachaient dans les ombres de la forêt, rôdant entre les arbres. Ces angoisses-là remontaient à son enfance, et elle en avait trouvé de bien plus terribles, depuis…

L'homme s'arrêta à une dizaine de pas de Jennsen. À voir son expression, il n'avait pas peur du couteau, mais entendait surtout ne pas effrayer davantage la jeune femme. Apparemment plongé dans ses pensées, il regarda un long moment Jennsen, puis s'arracha à sa mystérieuse fascination et revint à la réalité.

— Je peux comprendre qu'une femme ait peur quand un inconnu approche brusquement d'elle, dit-il. J'aurais passé mon chemin sans t'inquiéter, mais j'ai vu cet homme, sur le sol, et j'ai cru que tu avais besoin d'aide.

Le vent écarta un des pans du manteau vert sombre de l'homme, révélant ses vêtements simples mais de bonne facture. Malgré les ombres de la capuche, Jennsen vit qu'il souriait et elle jugea que ça lui allait bien.

— Il est mort, souffla-t-elle, incapable de trouver autre chose à dire.

Jennsen n'avait pas l'habitude de parler avec des étrangers. À dire vrai, elle conversait exclusivement avec sa mère. Surtout dans des circonstances pareilles, elle ignorait comment réagir face à un inconnu.

— Oh ! je suis navré..., fit l'homme.

Il n'avança pas, mais tendit le cou pour mieux observer le cadavre.

Jennsen fut touchée par cette attention : ne pas approcher d'une personne visiblement nerveuse. En même temps, elle s'irrita que ses sentiments soient si faciles à lire. Elle aurait tant aimé être une femme impossible à sonder...

L'inconnu baissa les yeux sur l'arme que tenait Jennsen.

— Tu dois avoir eu d'excellentes raisons...

D'abord déconcertée, Jennsen comprit ce que ça voulait dire et s'écria :

— Non, ce n'est pas moi !

— Désolé... De si loin, je n'ai pas vu ce qui est arrivé...

Trouvant dérangeant de menacer cet homme avec un couteau, Jennsen baissa le bras.

— Je ne voudrais pas passer pour une folle. Mais vous m'avez surprise, et...

— Je comprends. Oublions ça. Qu'est-il arrivé ?

Jennsen désigna la falaise.

— Je crois qu'il est tombé de la corniche et qu'il s'est brisé le cou. Je n'en suis pas sûre, mais je n'ai pas vu de traces de pas par ici, et il a bien fallu qu'il vienne de quelque part...

Pendant que Jennsen rengainait son couteau, l'inconnu étudia brièvement la falaise.

— On dirait que j'ai bien fait de ne pas choisir ce chemin...

— Je cherchais à découvrir son identité, dit Jennsen en baissant les yeux sur le mort. Afin de pouvoir prévenir quelqu'un, par exemple… Mais je n'ai rien trouvé.

L'inconnu approcha, ses bottes grinçant sur les cailloux, et s'agenouilla de l'autre côté du cadavre – sans doute pour mettre un peu de distance entre la folle au couteau et sa poitrine.

— Je crois que tu as raison, dit-il, il a la nuque brisée… Et il a l'air d'être là depuis quelques heures…

— Je suis passée par ici ce matin, et il n'y a pas d'autres empreintes que les miennes. J'allais relever mes lignes, au bord du lac, et ce mort n'était pas là…

L'inconnu plissa les yeux et inclina la tête pour mieux étudier le visage du cadavre.

— Tu sais qui était cet homme ?

— Aucune idée, non… À part qu'il s'agissait d'un soldat.

— Quel type de soldat ?

Jennsen plissa le front.

— Quel type ? Un soldat d'haran, bien sûr… (Elle s'agenouilla de nouveau afin de pouvoir mieux dévisager l'inconnu.) D'où venez-vous pour être incapable de reconnaître un soldat d'haran ?

L'homme glissa une main sous sa capuche puis se massa la nuque.

— Je ne suis qu'un voyageur de passage, dit-il sans dissimuler sa lassitude.

Cette réponse déconcerta Jennsen.

— Je voyage depuis ma naissance, et je n'ai jamais rencontré quelqu'un qui ne puisse pas reconnaître un soldat d'haran… Comment est-ce possible ?

— Je viens d'arriver en D'Hara…

— Je ne vous crois pas ! D'Hara englobe la plus grande partie du monde.

— Vraiment ? demanda l'homme, visiblement amusé.

Jennsen sentit qu'elle rougissait. Comment avait-elle pu trahir ainsi son ignorance au sujet de la taille réelle du monde ?

— Ce n'est pas comme ça, en réalité ?

L'inconnu secoua la tête.

— Non… Je viens du sud, d'un pays qui n'est pas D'Hara.

Jennsen regarda son interlocuteur, toutes ses angoisses oubliées face aux perspectives que lui ouvrait une notion si surprenante. Au fond, ses rêves n'étaient peut-être pas délirants…

— Et que faites-vous en D'Hara ? demanda-t-elle.

— Je l'ai déjà dit : je voyage…

L'homme semblait épuisé, et Jennsen savait à quel point voyager pouvait être fatigant.

— Cela dit, continua l'inconnu, je sais bien que c'est un soldat d'haran. Tu m'as mal compris… Mais s'agit-il d'un membre d'un régiment régional ? D'un permissionnaire venu visiter sa famille ? D'un type parti boire un coup en ville ? D'un éclaireur ?

— Un éclaireur ? répéta Jennsen, alarmée. Que ferait un éclaireur dans son propre pays ?

L'homme jeta un rapide coup d'œil aux nuages noirs qui s'accumulaient dans le ciel.

— Je n'en sais rien… Je me demandais seulement si tu pouvais m'en dire plus sur lui.

— Non, bien sûr que non ! Je l'ai découvert, c'est tout…

— Les soldats d'harans sont-ils dangereux ? Je veux dire, pour les simples voyageurs ?

Jennsen détourna légèrement la tête pour fuir le regard inquisiteur de l'inconnu.

— Je… Eh bien, je l'ignore. Mais je suppose que oui.

Cette information engageait déjà beaucoup la jeune femme, mais elle ne voulait pas que l'homme ait des ennuis parce qu'elle lui en avait trop peu dit.

— D'après toi, que faisait un soldat seul sur cette corniche ? En général, les militaires se déplacent en groupe.

— Comment pourrais-je répondre ? Pourquoi une femme en saurait-elle plus long sur les soldats qu'un homme qui a sillonné le monde ? Manquez-vous totalement d'imagination ? Ce soldat rentrait peut-être chez lui en pensant à une jolie fille, et c'est pour ça qu'il a glissé. Ce genre d'accident arrive…

L'homme se massa de nouveau la nuque comme si elle lui faisait mal.

— Désolé, j'ai bien peur de dire n'importe quoi… Sans doute parce que je suis fatigué, ce qui m'empêche de penser clairement. Ou parce que je me fais du souci pour toi.

— Que voulez-vous dire ?

— Eh bien, tout soldat appartient à une unité. Du coup, d'autres soldats savent ce qu'il fait et où il va. Un militaire n'est pas libre de ses mouvements comme un trappeur solitaire qui peut disparaître sans que nul s'en aperçoive.

— Un trappeur… ou un voyageur ?

— Un voyageur, si tu préfères… (L'homme eut un petit sourire qui s'effaça très vite.) L'important, c'est que d'autres soldats se lanceront à la recherche de celui-là. S'ils trouvent son cadavre, ils déploieront des troupes un peu partout pour contrôler ce secteur. Puis ils interrogeront tous les gens sur lesquels ils auront mis la main. D'après ce que je sais des soldats d'haran, ce sont des maîtres en matière d'interrogatoire et ils veulent connaître tous les détails au sujet des personnes qui tombent entre leurs mains.

Jennsen en eut l'estomac retourné. Il ne fallait pas que des soldats les interrogent, sa mère et elle. Sinon, l'homme qui s'était tué en tombant de la corniche aurait du même coup signé leur arrêt de mort.

— Mais quels sont les risques que…

— Je dis simplement que je détesterais que les camarades de ce type déboulent ici et décident que quelqu'un doit payer pour sa mort. La thèse de l'accident ne les convaincra peut-être pas. Les militaires sont bouleversés par la mort d'un frère d'armes, c'est bien connu. Il n'y a que toi et moi dans les environs. Je n'aimerais pas qu'on nous mette cette sale affaire sur le dos.

— Même s'il s'agit d'un accident, les soldats pourraient arrêter un innocent et l'accuser ? C'est ce que vous voulez dire ?

— Je n'en suis pas sûr, mais selon mon expérience, c'est très possible. Quand ils sont mécontents, les militaires adorent trouver des boucs émissaires.

— Comment pourraient-ils nous accuser ? Vous n'étiez pas là, et je suis simplement venue relever mes lignes…

L'inconnu posa un coude sur son genou, appuya le menton sur son poing et baissa les yeux sur le cadavre.

— Et ce soldat, alors qu'il accomplissait son devoir pour le glorieux empire d'haran, a vu parader devant lui une splendide jeune femme. Trop fasciné, il a glissé sur une plaque de verglas et s'est tué en tombant d'une corniche.

— Je ne « paradais » pas !

— Ai-je dit que je le croyais ? Mais comprends-tu, à présent, comment les gens présentent les choses quand ils ont décidé d'accuser quelqu'un ?

Jennsen n'avait pas pensé à cette possibilité, qu'elle était bien obligée de ne pas écarter, soldats d'harans ou non…

Mais ce n'était pas tout ce qui la frappait dans le discours de l'inconnu. Aucun homme ne lui avait jamais dit qu'elle était belle. C'était inattendu et particulièrement troublant dans un moment comme celui-là. Puisqu'elle ignorait comment réagir à un tel compliment, elle décida de faire comme s'il n'existait pas. Après tout, elle avait des soucis plus urgents.

— S'ils trouvent ce mort, dit l'homme, les soldats interrogeront longuement et durement tous les témoins, c'est une évidence.

Il ne fallait pas être devin pour imaginer ce que tout cela aurait de désagréable – au minimum, et si tout se passait bien. Sinon, ce serait le début de la catastrophe…

— Que devons-nous faire, d'après vous ?

L'homme réfléchit un moment.

— Eh bien, si les soldats viennent et ne trouvent pas le corps, ils n'auront aucune raison de traîner dans le coin. Ils fileront ailleurs pour tenter de trouver leur camarade.

L'inconnu se leva et regarda autour de lui.

— Le sol est trop dur pour qu'on puisse creuser une tombe… (L'homme tira sur sa capuche pour s'abriter les yeux et mieux percer le brouillard qui s'était levé. Puis il désigna un endroit, au pied de la falaise.) Là, j'aperçois une crevasse qui doit être assez profonde. Nous devrions l'y jeter et le recouvrir avec de grosses pierres et des cailloux. En matière de funérailles, c'est le mieux que nous puissions lui offrir, en cette saison.

Et sans doute plus que méritait cet homme, ajouta mentalement Jennsen. Elle aurait également pu abandonner le cadavre, mais ça n'aurait pas été prudent. Après tout, elle avait pensé à l'ensevelir avant l'arrivée de l'inconnu.

La solution qu'il proposait, encore meilleure, limitait les risques que des animaux l'exhument.

Prenant la réflexion de la jeune femme pour de l'hésitation, l'inconnu plaida sa cause :

— Cet homme est mort et nous ne pouvons plus rien faire pour lui. C'était un accident, je te le rappelle. Pourquoi nous attirer des ennuis alors que nous n'étions même pas là quand c'est arrivé ? Enterrons-le et continuons à vivre sans avoir des soldats d'harans à nos trousses.

Jennsen dut reconnaître que l'homme avait raison. Des soldats pouvaient venir enquêter sur la disparition de leur camarade – un événement déjà assez inquiétant en soi, comme le prouvait le morceau de parchemin qu'elle avait découvert dans la poche du mort. Si cette note était bien ce qu'elle pensait, un interrogatoire serait immanquablement le prologue à une terrible épreuve.

—Je suis d'accord, dit-elle. Et si nous devons le faire, dépêchons-nous.

L'homme sourit – de soulagement, estima Jennsen.

Puis il lui fit face et abaissa sa capuche. Une façon de lui manifester son respect, comprit la jeune femme.

Bien qu'il eût à peine six ou sept ans de plus qu'elle, l'inconnu arborait des cheveux blancs comme la neige – et hérissés sur son crâne comme si la foudre venait de le frapper. Un long moment, Jennsen les regarda avec la fascination qu'éprouvaient les gens devant sa crinière rousse.

Cet homme avait les yeux bleus, constata-t-elle ensuite. Comme ceux de son père, d'après ce qu'on racontait...

Les cheveux et les yeux du voyageur allaient merveilleusement bien avec le reste de son visage rasé de près. Bref, il était d'une beauté saisissante.

—Je m'appelle Sebastian, dit-il en tendant la main au-dessus du cadavre.

Jennsen hésita un moment avant de tendre la sienne. Bien qu'il fût grand et musclé, Sebastian ne lui broya pas les os pour le prouver, comme beaucoup d'hommes aimaient à le faire.

La chaleur inhabituelle de sa peau surprit la jeune femme.

—Tu ne veux pas me dire ton nom ? demanda Sebastian.

—Si... Je suis Jennsen Daggett.

—Jennsen... Un joli prénom...

La jeune femme sentit qu'elle s'empourprait de nouveau. Pour la tirer d'embarras, Sebastian se mit aussitôt au travail. Saisissant le soldat sous les bras, il tira, mais le cadavre bougea à peine, car il pesait rudement lourd.

Jennsen referma les mains sur une épaule du mort et tira aussi. Sebastian adopta la même prise qu'elle, et, ensemble, ils traînèrent péniblement la dépouille jusqu'au bord de la crevasse.

Le souffle court à cause de l'effort, Sebastian fit rouler le mort sur le ventre avant de le jeter dans ce qui serait sa dernière demeure. Pour la première fois, Jennsen vit que le soldat portait une épée courte accrochée sur son dos, sous son paquetage. Entre ses reins, une hache de guerre était glissée à son ceinturon...

L'angoisse de Jennsen augmenta quand elle découvrit que l'homme trimballait un véritable arsenal. Les soldats normaux ne portaient pas autant d'armes, et ils n'avaient pas de pareils couteaux.

Sebastian prit le paquetage du mort, récupéra son épée courte et lui retira son ceinturon.

— Rien d'inhabituel dans le sac, dit-il après une rapide inspection.

Il posa le paquetage près de l'épée et du ceinturon, puis entreprit de fouiller les poches du soldat. Tentée de lui demander ce qu'il faisait, Jennsen se souvint qu'elle s'était livrée aux mêmes recherches. Cela dit, elle sourcilla quand elle vit que Sebastian n'avait aucune intention de remettre à leur place les pièces d'or et d'argent. Qu'on pût détrousser les morts ne lui plaisait pas beaucoup…

Mais le jeune homme aux cheveux blancs lui tendit le « butin ».

— Que fais-tu donc ? demanda-t-elle, passant d'instinct au tutoiement.

— Prends-les ! s'écria Sebastian. À quoi servira cet argent, au fond de la terre ? Les pièces peuvent apaiser la souffrance des êtres vivants, mais elles sont impuissantes contre celle des morts. Tu crois que les esprits du bien lui demanderont un droit de passage pour l'admettre dans leur paradis ?

L'homme étant un soldat d'haran, Jennsen aurait parié que le Gardien du royaume des morts lui réservait une après-vie beaucoup moins lumineuse que cela.

— Mais… cet argent ne m'appartient pas.

— Eh bien, tiens-le pour une compensation partielle de tes nombreuses souffrances…

Jennsen en eut les sangs glacés. Comment Sebastian savait-il ? Sa mère et elle se montraient si prudentes…

— De quoi parles-tu ?

— Des années de vie que tu perdras à cause de la trouille que ce type t'a fichue aujourd'hui !

Jennsen soupira de soulagement. Il fallait absolument qu'elle cesse de trouver un sens caché aux moindres propos des gens.

— D'accord, dit-elle tandis que Sebastian lui posait les pièces dans la main, mais tu as droit à la moitié, parce que tu m'as aidée.

Elle tendit des pièces d'or à son compagnon – qui lui prit la main et lui referma les doigts sur ce petit trésor.

— Non, tout ça est à toi…

Jennsen pensa à tout ce que cet argent changerait dans sa vie, et elle hocha la tête.

— Ma mère a eu une existence difficile… Je lui donnerai ces pièces…

— J'espère qu'elles vous feront du bien à toutes les deux, dans ce cas… Vous aider, ta mère et toi, aura été la dernière bonne action de ce soldat.

— Tes mains sont chaudes, dit Jennsen.

Voyant l'éclair qui passa dans les yeux de Sebastian, elle crut deviner pourquoi il en était ainsi, mais ne dit rien de plus.

Le jeune homme confirma aussitôt ses soupçons.

— J'ai de la fièvre depuis ce matin, oui… Quand nous en aurons fini avec ce mort, j'espère pouvoir gagner la ville la plus proche et me reposer dans une pièce à l'atmosphère bien sèche. C'est tout ce qu'il me faut pour recouvrer mes forces.

— La ville est trop loin pour que tu l'atteignes aujourd'hui.

— Tu crois ? Je peux marcher très vite, tu sais ?

— Moi aussi, et il me faudrait une bonne journée pour atteindre cette ville. La nuit tombera dans deux heures, et les « funérailles » ne sont pas encore terminées. Même un cheval rapide ne te conduirait pas à destination à temps.

— Pourtant, soupira Sebastian, il faudra bien que j'y arrive…

Il s'agenouilla et fit de nouveau tourner le soldat sur lui-même pour lui prendre son couteau. Le fourreau en cuir fin était brodé de fils d'argent qui dessinaient le même « R » que celui de la garde.

Sebastian tendit l'arme à Jennsen.

— Il serait stupide de laisser un si joli couteau rouiller sous la terre, dit-il. Prends-le, il est bien meilleur que le morceau de métal minable que tu pointais sur moi tout à l'heure.

— Ne devrais-tu pas le garder ? demanda Jennsen, de plus en plus déconcertée.

— Je prends les autres armes, qui me conviennent mieux. Le couteau est à toi. C'est la première leçon de Sebastian !

— La première leçon de Sebastian ?

— Les beaux objets pour les belles femmes.

Jennsen rougit du compliment, si délicieusement tourné. Mais ce couteau n'était pas un bel objet. Sebastian n'avait aucune idée de l'horreur qu'il symbolisait.

— Tu sais ce que signifie le « R » gravé sur la garde ? demanda-t-il.

Oh oui ! manqua s'écrier Jennsen. *Il représente la laideur absolue !*

— C'est l'emblème de la maison Rahl, se contenta-t-elle de répondre.

— La maison Rahl ?

— Celle du seigneur Rahl, le maître suprême de D'Hara…

Une façon si simple de décrire un abominable cauchemar !

Chapitre 3

Quand ils eurent fini de recouvrir le cadavre du soldat, les bras de Jennsen tremblaient de fatigue. Un vent glacial traversait ses vêtements, la gelant jusqu'aux os, et elle ne sentait plus ses oreilles, son nez et ses doigts.

Le front de Sebastian ruisselait de sueur.

Mais le mort, au moins, reposait sous une couche de cailloux et de pierres qui empêcherait les bêtes sauvages de le déterrer. Au fond de la crevasse, les vers allaient pouvoir festoyer en paix.

Sebastian avait prononcé quelques mots très simples pour recommander l'âme du défunt au Créateur – dont il n'avait imploré ni le pardon ni la mansuétude.

Sans juger bon de corriger cette omission, Jennsen éparpilla avec une branche les cailloux qui couvraient la tombe puis recula de quelques pas. Après un examen attentif, elle conclut que personne ne s'apercevrait qu'un mort reposait à cet endroit. Si des soldats passaient par ici, ils n'y verraient que du feu et n'auraient aucune raison d'interroger les gens du coin, à part pour leur demander s'ils avaient vu leur camarade. Leur mentir serait facile, et ils n'auraient pas l'ombre d'un soupçon.

Jennsen posa une main sur le front de Sebastian.

— Tu es brûlant de fièvre, dit-elle, ses pires craintes confirmées.

— Peut-être, mais nous en avons terminé, et je me reposerai bien mieux si je n'ai pas peur que des soldats me tirent du sommeil pour me soumettre à la question.

Où allait-il dormir ? se demanda Jennsen. Le crachin devenait plus dense, et il ne tarderait pas à pleuvoir pour de bon. Avec les nuages qui obscurcissaient le ciel, l'averse risquait de durer toute la nuit. Être trempé jusqu'aux os ne ferait aucun bien à Sebastian. Même sans la fièvre, les pluies glaciales, en hiver, pouvaient tuer un homme.

Jennsen regarda Sebastian boucler autour de sa taille le ceinturon du mort. Contrairement au soldat, il n'avait pas placé la hache au creux de ses reins, mais sur sa hanche droite. Après avoir éprouvé son tranchant du bout d'un pouce, il avait accroché l'épée courte sur son flanc gauche. Ainsi, il pourrait saisir facilement les deux armes, en cas de danger.

Quand il eut fini, il referma son manteau et ressembla de nouveau à un banal voyageur. Jennsen aurait parié qu'il était beaucoup plus que cela.

Sebastian avait des secrets et il les portait avec lui presque ouvertement. Jennsen, elle, dissimulait les siens, comme si elle en avait honte.

Le jeune homme avait manié l'épée avec une dextérité qui trahissait une longue habitude des armes. Jennsen était bien placée pour le savoir, car elle jouait du couteau avec une grâce que seul un entraînement assidu pouvait conférer. Certaines mères apprenaient la cuisine et la broderie à leurs filles. La sienne n'avait jamais pensé que ces arts seraient utiles à Jennsen quand elle devrait lutter pour sa vie. Et même si un couteau risquait de ne pas suffire, il faisait une meilleure protection qu'une cuiller ou une aiguille.

— Nous allons nous partager les vivres, dit Sebastian en ramassant le paquetage du mort. Tu veux garder le sac ?

— Tu devrais tout conserver, répondit Jennsen en récupérant ses poissons.

Sebastian accepta d'un hochement de tête. Puis il jeta un coup d'œil au ciel et referma le sac.

— Je ferais bien d'y aller...

— Où ? demanda Jennsen.

— Comment ça, où ? Nulle part en particulier, comme toujours. Je vais marcher un peu, puis j'essaierai de me trouver un abri...

— Il va bientôt pleuvoir, tu sais ?... Inutile d'être un devin pour le prédire.

— J'ai vu, oui... (Sebastian sonda les alentours avec une résignation pleine de dignité, passa une main dans ses cheveux blancs et releva sa capuche.) Fais bien attention à toi, Jennsen Daggett. Et salue ta mère de ma part. Elle a élevé une fille adorable !

Jennsen sourit, accepta le compliment d'un hochement de tête et regarda le voyageur tourner les talons et s'éloigner en luttant contre le vent de plus en plus chargé d'humidité.

Tout autour des deux jeunes gens, des pics au sommet couvert de neiges éternelles disparaissaient à demi dans une brume de plus en plus épaisse et menaçante. Il semblait si étrange, déconcertant et… futile… que les chemins de deux personnes se soient croisés si brièvement alors que la vie d'un troisième être venait de s'achever. Une courte rencontre, une mort sans conséquences, puis une séparation qui ne signifiait rien. Était-ce cela, la ridicule comédie qu'on nommait la vie ?

Le cœur battant, Jennsen ne parvenait pas à détourner le regard du dos de Sebastian. Que devait-elle faire ? Passerait-elle sa vie à fuir les gens ? Se cacherait-elle jusqu'à la fin de ses jours ?

À cause d'un crime qu'elle n'avait pas commis, devrait-elle se priver à jamais de ce qui faisait le sel de l'existence ?

L'heure avait-elle sonné pour elle de prendre un risque ? Elle devinait ce que dirait sa mère, mais ce serait par amour, pas pour la faire souffrir.

— Sebastian ! appela-t-elle. (Le jeune homme tourna la tête, attendant la suite.) Si tu ne trouves pas un abri, tu ne survivras pas jusqu'à demain. Je ne voudrais pas te savoir perdu sous la pluie alors que tu es déjà brûlant de fièvre.

Sebastian regarda la jeune femme à travers le fin rideau de crachin.

— C'est une idée qui ne m'enthousiasme pas non plus, dit-il. Mais ne t'inquiète pas, je me débrouillerai pour trouver un abri.

Jennsen leva une main tremblante et fit signe au jeune homme d'approcher.

— Et si tu venais chez moi ?

— Ça ne dérangera pas ta mère ?

La déranger, sûrement pas ! Mais la paniquer, en revanche…

Qu'il ait aidé sa fille ou pas, la mère de Jennsen ne fermerait pas l'œil de la nuit si un inconnu dormait sous son toit. Mais avec sa fièvre, Sebastian risquait de mourir, et ça changeait tout. Car une femme pouvait être prête à tout pour protéger sa fille sans pour autant souhaiter du malheur aux autres…

— La maison est petite, mais il y a de la place dans la grotte où nous gardons les animaux. Si ça ne te dérange pas, tu pourras y dormir. Ce n'est pas si mal, tu sais, et j'y ai passé quelques nuits quand je me sentais trop à l'étroit dans ma chambre. Je ferai du feu, près de l'entrée, et tu te reposeras tout ton saoul.

Voyant que Sebastian hésitait, Jennsen brandit sa pêche miraculeuse.

— Nous avons de quoi te nourrir… Un bon repas et du repos, voilà exactement ce qu'il te faut. Tu m'as aidée, et je voudrais te rendre la pareille.

— Tu es une femme de cœur, Jennsen, dit le jeune homme avec un sourire plein de gratitude. Si ta mère n'y voit pas d'objections, j'accepterai ton offre.

Jennsen écarta les pans de son manteau pour dévoiler la garde en argent du couteau.

— Nous lui offrirons cette arme, ça l'amadouera…

Le sourire de Sebastian exprima soudain une chaleur et une joyeuse insouciance telles que Jennsen n'en avait jamais vu. À dire vrai, elle n'avait jamais contemplé une expression si plaisante sur le visage d'un autre être humain.

— Je suppose que deux femmes expertes dans l'art de jouer du couteau n'auront pas peur d'un étranger à demi mort de fièvre ?

C'était l'idée générale, mais Jennsen préférait la garder pour elle – tout en espérant que sa mère verrait les choses de cette façon.

— Allons, c'est décidé ! Suis-moi avant que l'averse nous surprenne tous les deux.

Quand Sebastian l'eut rejointe, Jennsen lui prit le paquetage du mort. Avec son propre sac et ses nouvelles armes, le jeune homme, surtout dans son état, était assez chargé comme ça.

Chapitre 4

— Attends ici, souffla Jennsen. Je vais dire à ma mère que nous avons un invité.

Sebastian se laissa lourdement tomber sur un rocher plat qui faisait un siège des plus convenables.

— Tu lui répéteras ce que j'ai dit, j'espère ? Si elle ne veut pas qu'un inconnu dorme chez vous, je comprendrai très bien son angoisse...

Jennsen dévisagea calmement le jeune homme.

— Ma mère et moi avons d'excellentes raisons de ne rien redouter des visiteurs...

Elle ne faisait pas allusion à des armes habituelles, et Sebastian le devina à son ton. Pour la première fois depuis leur rencontre, Jennsen vit briller dans les yeux bleus de son compagnon une inquiétude qui n'était pas motivée par sa seule habileté à jouer du couteau.

Jennsen sourit en constatant que le jeune homme se demandait s'il ne serait pas plus en danger chez elle que sous la pluie.

— Ne t'inquiète pas, surtout... Seuls ceux qui nous menacent ont du souci à se faire.

— Dans ce cas, je serai aussi en sécurité chez vous qu'un bébé dans les bras de sa mère.

Jennsen abandonna son nouvel ami et s'engagea sur le chemin sinueux bordé d'épicéas qui conduisait à sa maison blottie dans un bosquet de chênes, sur une étroite saillie rocheuse qui jaillissait du flanc de la montagne. Quand le temps se montrait clément, la petite clairière délimitée par les grands arbres était un endroit agréablement illuminé et assez vaste pour que la chèvre, les canards et les poules des deux femmes s'y ébattent librement. La muraille rocheuse où s'adossait la maison interdisait que des visiteurs importuns en approchent sans être vus. Bref, il y avait une seule voie d'accès, et c'était très bien comme ça.

Ayant tout prévu, Jennsen et sa mère avaient taillé dans la roche un escalier rudimentaire qui conduisait à une autre saillie rocheuse. De là, une série de sentiers menaient jusqu'à une ravine qui permettait d'accéder à la forêt. Ce chemin de fuite ne pouvait en aucun cas servir de voie d'invasion, car il fallait connaître très précisément la façon dont l'étroit chemin circulait entre les rochers et les crevasses. De plus, Jennsen et sa mère avaient placé des troncs d'arbre mort et planté des broussailles partout où c'était nécessaire pour brouiller la piste.

Depuis la plus tendre enfance de Jennsen, sa mère et elle ne restaient jamais très longtemps au même endroit. Ici, où elles se sentaient en sécurité, elles avaient fait une exception qui durait depuis plus de deux ans. Mais aucun voyageur n'avait jamais découvert leur cachette – contrairement à ce qui s'était parfois produit ailleurs – et les habitants de Briarton, la ville la plus proche, ne s'aventuraient jamais aussi loin dans la forêt.

La corniche qui faisait le tour du lac, celle d'où avait dégringolé le soldat, était le chemin qui passait le plus près – ou plutôt, le moins loin – du refuge des deux femmes. Comme elles n'étaient allées qu'une fois à Briarton, il était fort peu probable que quelqu'un se doute qu'elles vivaient au cœur des montagnes inaccessibles. À part Sebastian, Jennsen n'avait jamais aperçu âme qui vive dans les environs du lac. Cette cachette étant la plus sûre que sa mère et elle aient jamais eue, la jeune femme la tenait pour son premier véritable foyer.

Jennsen était traquée depuis l'âge de six ans. Malgré la prudence de sa mère, elle avait plusieurs fois failli être piégée, car son poursuivant n'était pas un homme ordinaire limité par les techniques habituelles de recherche. Pour ce qu'elle en savait, la chouette qui la regardait en ce moment même, perchée sur une haute branche, pouvait être en réalité les yeux et les oreilles de son ennemi.

Quand elle arriva devant la maison, Jennsen vit que sa mère venait juste d'en sortir. De la même taille que sa fille, avec une crinière aussi impressionnante, mais auburn plutôt que rousse, cette jeune femme d'à peine trente-cinq ans était d'une telle beauté que le Créateur lui-même devait s'émerveiller quand il contemplait son visage. Dans d'autres circonstances, des hordes de prétendants fous d'amour l'auraient suivie pas à pas, prêts à lui verser l'équivalent d'une rançon royale pour obtenir sa main.

Dotée d'un cœur aussi pur et doux que son visage, la mère de Jennsen avait renoncé à tout cela pour protéger le fruit de ses entrailles.

Dès que Jennsen s'apitoyait sur elle-même, elle pensait à sa mère, qui avait tout sacrifié pour elle. Et cela lui remettait aussitôt les idées en place, car peu de gens pouvaient se vanter d'avoir un ange gardien qui veillait sur eux...

— Jennsen ! (La femme aux cheveux auburn enlaça sa fille.) Jenn, je me rongeais les sangs... Où étais-tu ? J'allais partir à ta recherche, certaine que tu avais eu des ennuis...

— Tu ne te trompais pas, maman...

La mère de Jennsen l'enlaça et cessa de lui poser des questions. Après une journée si éprouvante, un peu de tendresse était le meilleur réconfort qu'on pût imaginer.

— Allons, entre avec moi et viens te sécher. Je vois que la pêche a été bonne. En dînant, tu me raconteras...

— Maman, j'ai amené quelqu'un.

— Que veux-tu dire ? Qui est avec toi ? Tu as eu de *graves* ennuis ?

— Mon ami attend un peu plus bas... Je lui ai promis de te demander s'il pouvait dormir dans la grotte, avec les animaux.

— Quoi ? Un inconnu, chez nous ? Quelle mouche t'a piquée ? Nous ne pouvons pas...

— Maman, écoute-moi, je t'en prie... Il est arrivé quelque chose de terrible, et Sebastian...

— Sebastian ?

— L'homme qui est avec moi... Il m'a aidée... Quand j'ai trouvé le cadavre d'un soldat... au pied de la falaise...

Soudain blanche comme une morte, la mère de Jennsen attendit la suite en silence.

— Oui, il y avait le cadavre d'un soldat d'haran, dans le canyon. Un véritable colosse armé jusqu'aux dents : une hache de guerre, une épée attachée dans le dos, un couteau...

— Jenn ? Qu'es-tu en train d'essayer de me cacher ?

Jennsen aurait préféré parler d'abord de Sebastian, mais sa mère lisait en elle comme dans un livre ouvert – à croire qu'elle avait deviné la présence, dans sa poche, du morceau de parchemin où figuraient deux mots terrifiants.

— Maman, s'il te plaît, laisse-moi raconter à ma façon !

— Si tu veux, si tu veux... Je t'écoute, ma chérie...

— J'ai fouillé le cadavre, et j'ai découvert quelque chose de très important… Mais un voyageur m'a surprise. Maman, je suis désolée, mais avec ce mort devant moi, je n'ai pas été assez vigilante. J'ai pris trop de risques et je me suis fait piéger comme une idiote…

— Ne te tracasse pas, mon bébé… Nous avons tous nos lacunes, car personne n'est parfait. Tout le monde fait des erreurs, de temps en temps. Ne sois pas trop dure envers toi-même…

— Pourtant, je me suis vraiment sentie idiote quand j'ai entendu la voix de cet homme, dans mon dos… Mais en me retournant, j'avais déjà dégainé mon couteau. (La mère de Jennsen eut un hochement de tête approbateur.) Sebastian a bien vu que le soldat avait fait une chute mortelle. Mais il a dit que d'autres militaires risquaient de venir et de nous faire des ennuis s'ils trouvaient le corps de leur camarade.

— Ce… Sebastian… semble être un homme d'expérience.

— J'avais l'intention de cacher le cadavre, tu sais ? Mais seule, je n'aurais jamais eu la force de le traîner jusqu'à une crevasse. Nous l'avons bien dissimulé, et personne ne le trouvera, j'en suis sûre.

— Vous avez très bien agi…

— Avant d'enterrer le soldat, Sebastian l'a délesté de tous ses objets de valeur, pour qu'ils servent au moins à quelque chose.

— Et qu'a-t-il fait de son butin ?

Jennsen glissa une main dans sa poche – celle qui ne contenait pas le morceau de parchemin.

— Il a insisté pour que je garde l'argent. (Elle laissa tomber les pièces dans la paume de sa mère.) Il y en a pour une petite fortune, mais ça ne l'intéressait pas.

La mère de Jennsen regarda les pièces puis tourna la tête vers le sentier à l'entrée duquel attendait l'inconnu.

— Jenn, il croit sans doute pouvoir récupérer les pièces dès qu'il le voudra, puisqu'il est avec toi. Il a peut-être voulu gagner ta confiance en se montrant faussement généreux…

— J'ai envisagé cette possibilité…

— Ma chérie, ce n'est pas ta faute, parce que je t'ai trop couvée, mais tu ne sais pas à quel point les hommes peuvent être pervers.

— Tu as sans doute raison, mais ça n'est pas le cas de Sebastian.

— Et pourquoi donc ?

— Il est malade, maman… Une très grosse fièvre. Pourtant, il voulait partir, et il ne m'a jamais demandé l'hospitalité. En le voyant si mal en point, j'ai eu peur qu'il meure pendant la nuit. Alors, je l'ai appelé et invité à dormir dans la grotte, avec les animaux. Il a accepté, à condition que tu sois d'accord. Dans le cas contraire, il s'en ira...

— C'est ce qu'il a dit ? Jenn, cet homme est d'une grande honnêteté... ou terriblement rusé. Pour quelle hypothèse penches-tu ?

— Je n'en sais rien, maman... Franchement, je suis incapable de répondre. Je me suis posé les mêmes questions que toi. En pure perte... (Jennsen se souvint soudain de quelque chose.) Sebastian m'a conseillé de te faire un cadeau, afin que tu n'aies plus peur qu'un inconnu dorme près de chez nous.

Elle tira de sa ceinture le couteau rangé dans son joli fourreau et le tendit à sa mère.

— Par les esprits du bien... C'est...

— Je sais, maman... J'ai failli crier de peur quand j'ai vu cette arme. Sebastian trouve dommage qu'un si beau couteau rouille sous la terre. Il me l'a offert, et il a gardé l'épée courte et la hache du mort. Selon lui, avoir ce couteau t'aidera à te sentir en sécurité.

— Eh bien, il se trompe... Savoir qu'un homme porteur d'une arme pareille rôdait près de nous me terrifie, au contraire. Jenn, je n'aime pas du tout cette histoire...

— Maman, Sebastian est malade, rappela Jennsen, consciente que sa mère avait oublié leur visiteur. Peut-il dormir dans la grotte ? J'ai réussi à lui faire comprendre que nous étions plus dangereuses pour lui que lui pour nous...

— C'est bien, ma fille... Très bien...

Pour survivre, Jennsen le savait, les deux femmes devaient fonctionner comme une équipe parfaitement huilée, chacune jouant son rôle d'instinct sans qu'il soit besoin de grandes conversations.

La mère de Jennsen soupira, comme si elle pensait à tout ce dont sa fille était privée dans l'existence.

— Très bien, ma chérie, cet homme pourra rester pour la nuit.

— Et avoir à manger... Je lui ai promis un repas chaud en échange de son aide.

— Eh bien, il l'aura...

La mère de Jennsen dégaina le couteau, l'étudia sous tous les angles, éprouva son tranchant et le prit entre le pouce et l'index pour tester son équilibre. Quand elle eut fini, elle posa l'arme sur sa paume et contempla longuement le « R » qui ornait la garde.

Jennsen se demanda à quoi pouvait penser sa mère devant le terrible symbole de la maison Rahl.

— Par les esprits du bien…

Jennsen n'émit aucun commentaire. Elle comprenait. Cet objet était l'incarnation du mal.

— Maman, finit-elle par dire après un long moment, il fait presque nuit. Puis-je aller chercher Sebastian pour le conduire dans la grotte ?

Sa mère rengaina le couteau et soupira comme si, en dissimulant la lame, elle faisait disparaître un épouvantable cortège de mauvais souvenirs.

— Oui, tu devrais y aller… Installe-le dans la grotte et allume un feu pour lui. Je me charge du dîner, et j'apporterai quelques herbes à notre invité pour soulager sa fièvre et l'aider à dormir. Reste avec lui jusqu'à mon retour, et garde en permanence un œil sur lui. Nous mangerons avec lui, dehors… Je ne veux pas qu'il entre dans la maison…

Jennsen acquiesça, puis elle prit sa mère par le bras pour l'empêcher de s'éloigner. Il lui restait une chose à lui dire. Des paroles qu'elle aurait aimé ne jamais prononcer, mais il le fallait…

— Maman, nous allons devoir partir d'ici…

— Pourquoi ?

— J'ai trouvé quelque chose sur le cadavre du soldat.

Jennsen sortit de sa poche le morceau de parchemin, le déplia et le tendit à sa mère, qui lut les deux mots écrits en lettres capitales.

— Par les esprits du bien…

Des larmes aux yeux, la femme aux cheveux auburn se tourna vers la maison qu'elle considérait elle aussi comme son foyer.

— Par les esprits du bien…, répéta-t-elle, sonnée par le chagrin.

Un instant, Jennsen pensa que sa mère allait éclater en sanglots. Elle en avait tellement envie aussi…

Mais elles ne s'abandonnèrent pas au désespoir.

— Je suis désolée, ma chérie, dit simplement la femme aux cheveux auburn en écrasant les larmes qui perlaient à ses paupières. (Elle ravala courageusement un sanglot.) Tellement désolée…

Jennsen eut le cœur serré devant la détresse de sa mère. Tout ce qui lui avait manqué à elle avait manqué *deux fois* à cette pauvre femme. Une fois pour sa fille, et une autre pour elle-même… Et en plus de tout, elle avait toujours dû se montrer forte et courageuse.

— Nous partirons demain à l'aube, ma chérie… Voyager de nuit et sous la pluie ne servirait à rien. Mais tu as raison, nous devons trouver une nouvelle cachette. Désormais, *il* est trop proche de celle-ci…

— Maman, souffla Jennsen, au bord des larmes, je suis navrée d'être un tel fardeau. (Elle froissa le morceau de parchemin et éclata en sanglots.) J'ai tellement honte, maman... J'aimerais tant que tu sois débarrassée de moi.

La femme aux cheveux auburn prit sa fille dans ses bras.

— Non, mon bébé, ne dis pas ça, et ne le pense jamais ! Tu es ma vie et mon soleil ! D'autres sont responsables de nos malheurs. Ne te sens pas coupable parce qu'ils sont maléfiques. Tu es ma seule source de joie. Pour toi, je donnerais mille fois le monde entier sans hésiter un instant.

Jennsen se réjouit de savoir qu'elle n'aurait jamais d'enfant, car elle aurait été incapable de se montrer aussi forte que sa mère.

— Maman, dit-elle en s'écartant de la seule personne qui lui eût jamais apporté un peu de réconfort, Sebastian vient d'un autre pays que D'Hara. Il existe d'autres royaumes, et il les connaît. N'est-ce pas merveilleux ? Il y a dans le monde des contrées qui ne sont pas D'Hara !

— Oui, mais elles sont défendues par des frontières ou des barrières impossibles à traverser.

— Plus maintenant, puisque Sebastian y a voyagé !

— Tu dis qu'il vient d'un de ces pays ?

— Situé au sud, d'après ce qu'il m'a dit.

— Au sud ? C'est totalement impossible ! Tu es sûre que c'est ce qu'il a dit ?

— Oui ! (Jennsen hocha vigoureusement la tête.) Il a parlé du sud, et ça ne lui paraissait pas extraordinaire. J'ignore comment cela se peut, mais c'est ainsi. Maman, si nous le lui demandons, il nous guidera peut-être très loin de ce royaume de cauchemar.

Si raisonnable et posée qu'elle fût, la mère de Jennsen réfléchit sérieusement à cette possibilité. Donc, ce n'était pas de la folie furieuse... Et dans ce cas, il se pouvait que Jennsen ait trouvé un moyen de les sauver toutes les deux.

— Pourquoi cet homme ferait-il ça pour nous ?

— Je n'en sais rien... Je ne suis pas sûre qu'il accepterait, et j'ignore ce qu'il demanderait en échange. Pour l'instant, je ne lui en ai pas parlé, parce que j'attendais d'en avoir discuté avec toi. C'est en partie pour ça que je l'ai invité, tu sais ? Je voulais que tu l'interroges, pour déterminer si nous avons vraiment une chance de fuir.

La mère de Jennsen regarda de nouveau leur maison en rondins d'une seule pièce – une cabane, en fait, qu'elles avaient construite elles-mêmes et qui avait au moins le mérite de les tenir au chaud. L'idée de quitter ce refuge en plein hiver était terrifiante. Mais tout valait mieux que de tomber entre les mains de leur ennemi.

Si ça arrivait, Jennsen savait ce qui se passerait. La mort serait lente à venir, après une éternité de tortures. Oui, très lente à venir…

— Tu as très bien réfléchi, Jenn, dit enfin la femme aux cheveux auburn. Je ne sais pas si quelque chose de concret peut sortir de tout ça, mais nous allons en parler avec Sebastian. De toute façon, nous devons partir. S'*ils* sont si près, nous ne pouvons pas attendre le printemps. Il faudra filer dès demain, à l'aube.

— Et où irons-nous si Sebastian refuse de nous guider hors de D'Hara ?

— Ma chérie, le monde est très grand et nous sommes deux toutes petites femmes… Nous disparaîtrons une fois de plus, voilà tout. Je sais que c'est dur, mais nous sommes ensemble et tout se passera bien. Nous découvrirons de nouveaux endroits, ce n'est pas si mal que ça…

» Maintenant, va chercher Sebastian. Moi, je m'occuperai du dîner. Un bon repas nous fera du bien à tous les trois.

Jennsen embrassa sa mère sur la joue et s'éloigna au pas de course. Il commençait à pleuvoir et il devenait difficile d'y voir clairement entre les arbres, qui ressemblaient désormais à de grands soldats d'harans tapis dans les ombres. Après en avoir vu un vrai de si près – même mort –, Jennsen était sûre qu'elle ferait des cauchemars pendant longtemps.

Sebastian se leva de son rocher dès qu'il vit arriver la jeune femme.

— Ma mère est d'accord pour que tu dormes dans la grotte avec les animaux, annonça Jennsen. Elle prépare le repas et elle veut bien te rencontrer.

Même s'il semblait trop épuisé pour pouvoir encore se réjouir, Sebastian réussit à sourire. Jennsen le prit par le poignet et l'entraîna avec elle. Le pauvre frissonnait de froid. Pourtant, sa peau était chaude. Mais il en allait toujours ainsi avec la fièvre. Après un bon repas, des herbes médicinales et une nuit de sommeil, le jeune homme serait de nouveau en pleine forme.

Mais accepterait-il d'aider Jennsen et sa mère ?

Chapitre 5

Réfugiée dans son enclos, Betty, la chèvre de Jennsen et de sa mère, ne cachait pas son déplaisir à l'idée de partager sa résidence avec un inconnu. Tandis que la jeune femme préparait un lit de paille pour son invité, Betty ronchonna d'abondance, sa courte queue s'agitant furieusement, et elle consentit à se calmer un peu uniquement lorsque sa maîtresse vint lui grattouiller les oreilles, lui caresser le poitrail et lui offrir une délicieuse moitié de carotte.

Sebastian se débarrassa de son sac et de son manteau, mais il garda la ceinture où pendaient ses toutes nouvelles armes. Déroulant sa couverture, il l'étendit sur le matelas de paille. Malgré l'insistance de Jennsen, il refusa de s'allonger pendant qu'elle allumait un feu de camp près de l'entrée de la grotte.

Alors qu'il l'aidait à empiler des brindilles, Jennsen vit qu'il transpirait de plus en plus. À l'évidence, il se sentait très mal.

Il parvint pourtant à « peler » avec son couteau une petite branche encore verte, à entasser les lanières de fibres et à les embraser avec son briquet à amadou. Agenouillé devant les petites flammes, il souffla dessus jusqu'à ce qu'elles soient assez fortes pour se communiquer aux brindilles puis aux petites branches de sapin baumier à la fumée si odoriférante.

Jennsen avait prévu d'aller chercher un boulet de charbon chaud dans la cabane pour allumer le feu, mais son compagnon l'avait prise de vitesse. À le voir trembler, elle comprit qu'il avait hâte de se réchauffer un peu, même s'il était brûlant de fièvre.

Une délicieuse odeur de poisson grillé montait de la cabane. Quand le vent consentait à ne pas souffler pendant quelques secondes, Jennsen entendait les grésillements annonciateurs d'un véritable festin.

Les volailles s'étaient réfugiées au fond de la grotte et Betty, pleine d'espoir, ne quittait pas Jennsen des yeux en se demandant si elle allait lui offrir une autre moitié de carotte.

La caverne était simplement une petite partie de la montagne dont un gros morceau de roche s'était détaché dans un très lointain passé. Comme si une dent géante était tombée d'une mâchoire tout aussi géante pour y laisser un trou béant. Aujourd'hui, des arbres poussaient entre toute une série de « dents » ainsi déracinées et disséminées sur le flanc du pic.

La grotte faisait à peine vingt pieds de profondeur, mais un contrefort rocheux, à l'entrée, la protégeait efficacement des intempéries. Grâce à cet auvent naturel, on était toujours au sec dans ce refuge.

La voûte était assez haute pour que Jennsen, pourtant d'une bonne taille, se tienne droite sans difficulté. À peine plus grand qu'elle, Sebastian n'avait pas besoin non plus de se pencher, et ses cheveux blancs hérissés sur son crâne ne frôlèrent pas la pierre quand il alla au fond de la caverne ramasser un peu de petit bois. Les volailles caquetèrent, fort mécontentes qu'on les dérange, mais elles se tinrent prudemment le plus loin possible de l'intrus.

Jennsen s'agenouilla devant le feu, en face de Sebastian, et le regarda tandis qu'ils se réchauffaient tous deux les mains sur les flammes. Après une journée passée dehors, ce feu était une petite bénédiction. Mais l'hiver n'avait pas encore dit son dernier mot, et les pires semaines restaient encore à venir.

Jennsen tenta de ne pas trop penser que sa mère et elle allaient devoir quitter leur douillette cabane. Dès qu'elle avait vu les deux mots, sur le morceau de parchemin, elle avait su qu'une période de leur vie s'achevait…

— Tu as faim ? demanda-t-elle à Sebastian.

— Je meurs de faim ! répondit le jeune homme, l'air aussi avide que Betty lorsqu'on lui montrait une carotte.

À vrai dire, les délicieuses odeurs de cuisson faisaient également gargouiller l'estomac de Jennsen.

— C'est très bien… Comme le dit ma mère, un malade qui n'a pas perdu l'appétit sera bientôt guéri !

— J'espère être remis dans un jour ou deux…

— Te reposer te fera du bien. (Jennsen dégaina son couteau.) Comme tu le sais, nous n'avons jamais accueilli personne ici. Donc, tu comprendras que nous prenions des précautions.

Elle lut dans le regard de Sebastian qu'il ne saisissait rien à son petit discours. Cela dit, il semblait trouver logique que les deux femmes se montrent prudentes.

Le couteau de Jennsen n'avait aucun rapport avec l'arme magnifique que portait le soldat d'haran. Les deux fugitives n'avaient pas les moyens de s'offrir des merveilles de ce genre. Cette arme-là avait une garde en corne et une lame très fine – certes fragile, mais bien tranchante, parce que sa propriétaire l'aiguisait régulièrement.

Jennsen se fit une petite incision au creux du bras. Choqué, Sebastian parut vouloir protester. D'un regard glacial, Jennsen le dissuada d'aller plus loin dans cette voie.

Se rasseyant, il la regarda passer la lame dans le sang qui coulait de la petite plaie.

Jennsen riva son regard dans celui du jeune homme aux cheveux blancs, puis elle se leva, lui tourna le dos et approcha un peu plus de l'entrée de la grotte, où la pluie parvenait à détremper le sol.

Avec la lame ensanglantée, la jeune femme dessina d'abord un grand cercle dans la terre. Consciente que Sebastian ne la quittait pas des yeux, elle traça ensuite un carré à l'intérieur de ce cercle, puis un plus petit cercle à l'intérieur du carré.

En travaillant, Jennsen implora à voix basse les esprits du bien de guider sa main. Sebastian l'entendrait prier, elle le savait, mais il ne parviendrait pas à comprendre ce qu'elle disait. Soudain, elle s'avisa que ce serait pour lui la même expérience qu'elle vivait depuis toujours avec les voix qui résonnaient dans sa tête. Parfois, quand elle dessinait le cercle extérieur, il lui semblait entendre la voix des morts murmurer son prénom…

Jennsen traça enfin une étoile à huit branches dont toutes les pointes traversaient le cercle intérieur, le carré et le cercle extérieur.

Quand elle eut terminé, elle leva les yeux et vit que sa mère se tenait devant elle comme si elle s'était matérialisée dans le diagramme pour être illuminée par la lueur du feu. Avec l'aura que lui conféraient les flammes, elle ressemblait davantage à un esprit qu'à une femme, si belle soit-elle.

— Sais-tu ce que représente ce dessin, jeune homme ? demanda-t-elle d'une voix à peine plus forte qu'un murmure.

Sebastian leva la tête, fixa intensément la mère de Jennsen – presque tous les gens réagissaient ainsi quand ils la voyaient pour la première fois – et secoua la tête.

— C'est une Grâce… Ceux qui ont le don en dessinent depuis des milliers d'années. Certains disent que la première fut tracée le jour même de la Création. Le cercle extérieur représente la frontière du royaume des morts, sur lequel règne le Gardien. Le cercle intérieur symbolise le monde des vivants, et le carré incarne le voile qui sépare la vie de la mort – en les touchant parfois toutes les deux. L'étoile est l'image de la Lumière du Créateur, qui resplendit partout et à tout instant.

Alors que la mère de Jennsen se dressait devant lui, le dominant dans la lueur des flammes, Sebastian n'osa pas émettre l'ombre d'un commentaire.

— Ma fille a dessiné cette Grâce pour veiller sur toi pendant que tu te reposeras – et pour nous protéger. Un diagramme identique est tracé devant la porte de notre maison. Traverser ces symboles sans notre autorisation ne serait pas très sage, jeune homme…

— Je comprends, dame Daggett, dit Sebastian, toujours très calme. (Il tourna la tête vers Jennsen et eut l'ombre d'un sourire.) Tu es une femme surprenante, Jennsen Daggett ! Et pleine de mystère… Ce soir, je dormirai sur mes deux oreilles…

— Et très profondément, dit dame Daggett. En plus du repas, je t'apporte des herbes qui t'aideront à trouver le repos.

Le plat de poissons frits dans la main gauche, dame Daggett prit le poignet de Jennsen de la main droite et la fit s'asseoir à côté d'elle devant le feu, juste en face de Sebastian.

À voir l'expression grave et concentrée du jeune homme, la « démonstration » semblait avoir eu l'effet recherché.

Dame Daggett sourit discrètement à sa fille, qui s'en était merveilleusement bien sortie. Puis elle offrit du poisson à Sebastian et s'adressa de nouveau à lui :

— Jeune homme, je voudrais te remercier d'avoir aidé Jennsen, aujourd'hui…

— Appelez-moi Sebastian, je vous en prie…

— C'est ton prénom, effectivement, si j'en crois ma fille…

— J'ai été très heureux de l'aider. Pour être franc, c'était également très bon pour moi. Je détesterais que des soldats d'harans se lancent à mes trousses.

— Le premier morceau de poisson, dit dame Daggett, est saupoudré d'herbes qui t'aideront à dormir.

De la pointe de son couteau, Sebastian s'empara de la tranche spécialement préparée pour lui. Après avoir essuyé la lame de son propre couteau sur sa jupe, Jennsen se servit également.

— Ma fille m'a dit que tu n'es pas originaire de D'Hara.

— Et c'est la vérité.

— J'ai du mal à le croire… Notre pays est entouré par une frontière infranchissable. Je n'ai jamais entendu dire que quelqu'un ait pu un jour entrer ou sortir du royaume. Comment aurais-tu fait ?

Sebastian souffla sur le morceau de poisson, attendit un peu puis le mordit à belles dents.

— Depuis combien de temps vous cachez-vous dans cette forêt ? demanda-t-il quand il eut avalé sa première bouchée. Sans voir personne ni entendre de nouvelles ?

— Cela fait des années…

— Dans ce cas, je comprends que vous ne soyez pas au courant. Eh bien, sachez que la frontière n'existe plus, désormais…

Jennsen et sa mère encaissèrent en silence cette incroyable nouvelle. Et sans avoir besoin de se consulter, elles entrevirent immédiatement les possibilités qui s'offraient à elles.

Pour la première fois de sa vie, Jennsen avait une chance de s'enfuir. Un rêve qu'elle croyait irréalisable était peut-être à portée de sa main. Après des années d'errance, sa mère et elle allaient pouvoir se reposer un peu…

— Sebastian, dit dame Daggett, pourquoi as-tu aidé Jennsen aujourd'hui ?

— Parce que j'aime être utile aux gens… Votre fille était terrifiée par le soldat, même mort, et je l'ai trouvée jolie… (Le jeune homme sourit.) Du coup, j'ai volé à son secours. De plus, il faut avouer que je ne porte pas les militaires d'harans dans mon cœur. (Dame Daggett lui tendant le plat, il se resservit avec joie.) Chères amies, je crains de m'endormir comme une masse dans très peu de temps. Si vous entriez dans le vif du sujet ?

— Nous sommes traquées par les soldats d'harans.

— Pourquoi ?

— Tu le sauras une autre nuit, Sebastian… Enfin, peut-être, selon ce qui résultera de notre conversation. Pour l'heure, une seule chose compte : on nous traque, et Jennsen est visée davantage que moi. Si les soldats nous capturent, elle sera assassinée.

Dit comme cela, songea Jennsen, c'était d'une simplicité trompeuse. Mais *il* lui réservait un sort bien plus terrible qu'un banal assassinat. Avec ce qu'*il* lui ferait subir, la mort apparaîtrait comme une délivrance.

— Je n'aime pas cette idée, dit Sebastian.

— Dans ce cas, fit dame Daggett, nous avons au moins un point commun…

— Maintenant, je comprends pourquoi vous aimez tant vos couteaux, toutes les deux.

— C'est effectivement pour ça que nous y tenons tellement, confirma dame Daggett.

— Donc, résuma Sebastian, vous redoutez que des soldats d'harans vous trouvent. Mais ce pays pullule de militaires. Celui d'aujourd'hui vous a terrorisées toutes les deux, dirait-on. Pour quelle raison particulière ?

Ravie que sa mère se charge de la conversation, Jennsen ajouta un peu de bois dans le feu. Dans son coin, Betty bêlait pour avoir une carotte – ou un peu d'attention. Au fond de la grotte, les volailles protestaient bruyamment contre la lumière et le bruit.

— Jennsen, dit dame Daggett, montre à Sebastian le morceau de parchemin que tu as trouvé sur le soldat mort.

Stupéfiée, la jeune femme attendit que sa mère lui confirme d'un regard qu'elle était disposée à courir tous les risques pour fuir D'Hara.

— Je l'ai découvert dans la poche du cadavre, dit-elle en sortant de sa poche la note qu'elle tendit à Sebastian. Juste avant ton arrivée…

Le jeune homme aux cheveux blancs déplia le morceau de parchemin, le lissa entre le pouce et l'index et jeta un regard soupçonneux aux deux femmes. Puis il baissa les yeux sur les deux mots écrits en lettres capitales.

— Jennsen Lindie, lut-il à voix haute. Je ne comprends pas… Qui est Jennsen Lindie ?

— Moi, dit Jennsen. Enfin, je l'étais à une époque…

— Pardon ? Désolé, mais je ne comprends pas.

— C'était mon nom, il y a quelques années, quand je vivais très loin au nord d'ici. Ma mère et moi, nous nous déplaçons sans cesse pour ne pas être capturées. Chaque fois que nous nous installons quelque part, nous changeons de nom ou de prénom – ou nous intervertissons l'un et l'autre – pour ne pas risquer d'être reconnues.

— Alors, vous ne vous appelez pas vraiment Daggett ?

— Non.

— Et quel est votre véritable nom de famille ?

— Cela aussi, tu l'apprendras un autre soir, dit dame Daggett d'un ton assez catégorique pour que le débat soit clos. Une seule chose compte : ce soldat mort avait sur lui un ancien nom de Jennsen. Ça ne peut rien présager de bon.

— Justement, dit Sebastian, c'est un *ancien* nom. Maintenant, vous vous appelez Daggett et personne ne vous connaît sous le patronyme de Lindie.

Voyant sa mère se pencher sur le jeune homme aux cheveux blancs, Jennsen devina qu'elle le foudroyait du regard, et qu'il devait se sentir très mal à l'aise. Dame Daggett, comme il l'appelait, pouvait dévisager les gens d'une façon qui leur glaçait les sangs.

— Ce n'est peut-être plus notre nom, mais cet homme l'avait sur lui et il rôdait non loin de notre cachette actuelle. D'une manière ou d'une autre, il avait dû établir un lien entre ce nom et nous. Lui, ou plus probablement son maître, d'ailleurs… Et à présent, on nous cherche dans les environs.

Sebastian détourna le regard et prit une profonde inspiration.

— Je vois ce que vous voulez dire…, fit-il avant de se réattaquer à son morceau de poisson.

— Ce soldat mort n'était sûrement pas seul…, dit dame Daggett. En l'enterrant, Jennsen et toi avez gagné du temps, puisque ses camarades ne sauront pas ce qui lui est arrivé. C'est notre seul avantage, et nous devons en profiter en filant avant que le piège se referme sur nous. Demain à l'aube, Jennsen et moi partirons d'ici.

— Vous êtes sûre que c'est la bonne solution ? demanda Sebastian. Vous avez un foyer, dans cette forêt, et personne ne peut vous trouver. Si je n'avais pas vu Jennsen près du mort, je ne me serais jamais douté que deux femmes vivaient dans le coin. Les soldats ne vous débusqueront pas. Alors, pourquoi abandonner un refuge si agréable ?

— Parce que nous tenons à rester vivantes, répondit dame Daggett. Je connais l'homme qui nous traque. Depuis des millénaires, sa lignée persécute et égorge des innocents. Il ne renoncera pas. Si nous restons, il nous trouvera un jour ou l'autre. Fuir est notre seul espoir.

Dame Daggett tira de sa ceinture le couteau à garde d'argent.

— Le « R » gravé sur le manche, dit-elle, est l'emblème de la maison Rahl. Le seigneur Rahl, l'homme qui nous persécute, doit avoir offert cette arme à un soldat particulièrement… méritant. Je ne veux pas d'un couteau donné à un monstre par un autre monstre.

Sebastian baissa les yeux sur le couteau mais ne s'en empara pas. Puis il jeta aux deux femmes un regard plein de férocité et de détermination qui surprit Jennsen et lui glaça les sangs.

— Chez moi, nous trouvons très bien d'utiliser contre un ennemi un objet auquel il tient ou qu'il a offert à une personne chère.

Jennsen n'avait jamais entendu quelqu'un tenir un discours pareil. Elle remarqua que sa mère ne bougeait pas, l'arme toujours dans la main…

— Je ne…

— Voulez-vous retourner contre lui un couteau qu'il vous a involontairement remis ? demanda Sebastian. Ou préférez-vous rester des victimes ?

— Que veux-tu dire ? demanda Jennsen.

— Pourquoi ne le tuez-vous pas ?

Dame Daggett parut moins étonnée que sa fille par cette suggestion.

— Nous ne pouvons pas, répondit-elle, parce que cet homme est trop puissant. Il est protégé par des milliers de soldats ordinaires et des centaines de « spécialistes » comme celui que vous avez enterré aujourd'hui. De plus, des sorciers veillent sur sa sécurité. Deux pauvres femmes ne peuvent pas s'attaquer à lui.

Sebastian ne parut pas convaincu par ce discours.

— Il ne renoncera pas tant qu'il ne vous aura pas tuées, dit-il. (Il brandit le morceau de parchemin.) En voilà la preuve. Rien n'arrêtera cet homme. Alors, pourquoi ne pas le frapper la première, dame Daggett ? Un bon moyen de sauver votre fille, pas vrai ? Préférez-vous vraiment continuer à fuir et attendre le jour où il vous capturera ?

— Et comment pourrions-nous assassiner le seigneur Rahl, d'après toi ? demanda la mère de Jennsen, très agacée.

Avant de répondre, Sebastian piqua un nouveau morceau de poisson au bout de son couteau.

— Pour commencer, gardez ce couteau ! C'est une arme bien supérieure aux vôtres. Retournez contre votre ennemi les objets qui lui appartiennent. Refuser cette lame revient à rendre service à Rahl, pas à Jennsen…

Dame Daggett ne broncha pas plus qu'une statue de marbre.

Jennsen n'avait jamais entendu quelqu'un parler comme Sebastian. Après l'avoir écouté, on ne voyait plus les choses de la même façon.

— Ce que tu dis est logique, il faut l'avouer, déclara dame Daggett. Tu m'as ouvert les yeux, Sebastian. Enfin, à demi… Je connais trop le seigneur Rahl pour tenter de l'assassiner, comme tu le proposes. Au mieux, ce plan serait un suicide, et au pire, il reviendrait à entrer dans le jeu de notre bourreau. Mais je garderai le couteau, et je penserai à l'utiliser pour me défendre et protéger ma fille. Sebastian, merci d'avoir été la voix de la raison alors que je m'entêtais à faire la sourde oreille.

— Je suis content que vous gardiez l'arme, dit le jeune homme. (Il goba son bout de poisson et le savoura un moment.) J'espère qu'elle vous sera utile… (Du dos de la main, il essuya la sueur qui ruisselait sur son front.) Si vous ne voulez pas essayer de tuer Rahl, qu'envisagez-vous de faire pour rester en vie ? Fuir jusqu'à la fin de vos jours ?

— Tu as dit que la frontière n'existait plus. Je propose que nous quittions D'Hara pour vivre dans un pays où Darken Rahl ne pourra pas nous atteindre.

Sebastian se servit un nouveau morceau de poisson puis leva les yeux sur dame Daggett.

— Darken Rahl ? Cet homme est mort…

Jennsen en fut sonnée. Depuis toujours, elle fuyait Darken Rahl, se réveillant presque chaque nuit d'un cauchemar où elle voyait ses yeux bleus de prédateur se river sur elle. Combien de fois avait-elle imaginé qu'il lui bondissait dessus sans qu'elle puisse se défendre ? Y avait-il eu un jour, depuis toutes ces années, où elle n'avait pas pensé aux tortures qu'il lui infligerait s'il parvenait à s'emparer d'elle ? Un soir où elle n'avait pas imploré en vain les esprits du bien de la débarrasser de son bourreau et de ses séides ?

Pour elle, Darken Rahl était un être quasiment immortel, comme le mal lui-même. Et voilà qu'il n'était plus ?

— Mort, Darken Rahl ? C'est impossible…, souffla-t-elle, des larmes de soulagement ruisselant sur ses joues.

En même temps, elle se sentait oppressée, comme si son cœur venait d'être pris dans un étau.

— Et pourtant, c'est la stricte vérité, dit Sebastian. Darken Rahl est mort il y a deux ans, d'après ce que j'ai entendu dire…

— Alors, ce n'est plus lui qui nous menace, dit Jennsen. Mais s'il ne règne plus sur D'Hara…

— Son fils l'a remplacé, acheva Sebastian.

— Son fils ? répéta Jennsen, comprenant dans quel nouvel étau était pris son cœur.

— Rien n'a changé, dit dame Daggett, parfaitement calme et résignée. Le seigneur Rahl nous traque, comme avant, et il continuera jusqu'à la fin des temps.

Immortel comme le mal lui-même.

— Le nouveau seigneur se nomme Richard, dit Sebastian.

Richard Rahl… Ainsi, Jennsen connaissait maintenant le nom de son bourreau.

Une idée terrifiante lui traversa l'esprit. Jusque-là, elle n'avait jamais entendu la voix murmurer autre chose que son nom et le mot « renoncer ». Mais quelques heures plus tôt, elle avait exigé qu'elle renonce à sa chair et à sa volonté.

Si c'était bien la voix de son poursuivant, comme le pensait sa mère, le nouveau seigneur Rahl devait être encore plus puissant et maléfique que son père. Serait-il simplement possible de fuir un tel monstre ?

— Ce Richard Rahl, dit dame Daggett, cherchant à faire le tri dans une cataracte de nouvelles, est monté sur le trône après la mort de son père ?

Le regard brillant soudain de rage, Sebastian se pencha vers la mère de Jennsen.

— Richard Rahl règne sur D'Hara depuis qu'il a assassiné son père pour prendre le pouvoir. Et si vous êtes encline à penser qu'il est moins dangereux que son géniteur, permettez-moi de vous détromper en vous apprenant une nouvelle de plus : c'est Richard Rahl qui a détruit la frontière et les Tours de la Perdition !

Jennsen ne dissimula pas qu'elle n'y comprenait plus rien.

— Mais pourquoi a-t-il fait ça ? En agissant ainsi, il ouvre une voie d'évasion aux gens qu'il persécute en D'Hara…

— Certes, mais il s'en fiche, car cela lui permet d'exercer sa tyrannie sur des pays qui étaient hors de portée de son père. (Sebastian se frappa la poitrine du poing.) Ce chien veut conquérir ma terre natale ! Richard Rahl est fou. D'Hara ne lui suffit plus : il veut dominer le monde.

Dame Daggett baissa les yeux sur les flammes et soupira d'accablement.

— J'ai toujours cru – ou plutôt espéré, je crois – que la mort de Darken Rahl serait une chance pour nous. Le morceau de parchemin que Jennsen a trouvé aujourd'hui sur le soldat mort prouve que le fils est encore pire que le père. Je m'étais fait des illusions… Darken Rahl n'était jamais parvenu à nous serrer de si près…

Après avoir eu une bouffée d'espoir éphémère, Jennsen se sentait plus terrifiée et désespérée que jamais. Voir qu'il en allait de même pour sa mère lui brisait le cœur.

— Je garderai le couteau, dit dame Daggett d'un ton qui trahissait à quel point elle redoutait le nouveau seigneur Rahl.

— Parfait, dit Sebastian.

Dans les flaques d'eau, devant l'entrée de la grotte, les gouttes de pluie faisaient éclater en improbables arcs-en-ciel les reflets de la lumière dansante qui filtrait de la cabane. Dans un ou deux jours, l'eau serait glacée partout et voyager deviendrait un peu plus facile s'il cessait de pleuvoir.

— Sebastian, dit Jennsen, crois-tu… Eh bien, crois-tu que nous ayons une chance de quitter D'Hara ? Peut-être pour aller dans ton pays, aussi loin que possible de ce monstre…

— C'est envisageable, oui… Mais tant que Richard Rahl vivra, rien ni personne ne sera hors de sa portée, vous devez le savoir…

Dame Daggett glissa le superbe couteau à sa ceinture puis croisa les mains autour de ses genoux.

— Merci, Sebastian, tu nous as beaucoup aidées… À force de nous cacher, nous vivions dans l'obscurité et tu nous auras apporté un peu de lumière.

— Désolé de ne pas avoir eu de meilleures nouvelles…

— La vérité est précieuse, car elle nous aide à savoir que faire… (Dame Daggett sourit à sa fille.) Jennsen s'acharne depuis toujours à découvrir la vérité sur tout, et je ne lui ai jamais menti, même et surtout quand cela l'aurait protégée. La vérité est la meilleure arme possible lorsqu'on se bat pour survivre, c'est aussi simple que ça.

— Si vous ne voulez pas tenter de le tuer pour qu'il ne vous menace plus, dit Sebastian, vous pourriez imaginer un plan pour détourner de Jennsen l'attention du seigneur Rahl.

Dame Daggett secoua la tête.

— Les choses sont bien plus compliquées que tu le penses, et nous ne pouvons pas tout te dire ce soir. Sache que notre ennemi ne renoncera jamais. Tu ne peux pas comprendre jusqu'à quelles extrémités ira le seigneur Rahl – quel que soit son prénom – pour se débarrasser de Jennsen.

— Dans ce cas, vous feriez peut-être bien de filer, toutes les deux…

— Nous aideras-tu à fuir D'Hara ? demanda dame Daggett.

Sebastian prit le temps de réfléchir à sa réponse.

— Si c'est possible, je veux bien essayer… Mais une fois encore, sachez que vous ne trouverez aucun refuge sûr. Pour être libres, vous devrez tuer cet homme.

— Je n'ai pas l'âme d'un assassin, déclara Jennsen, très calme, comme si elle avouait simplement son impuissance face à un adversaire qui ne reculait devant rien. Je veux vivre, mais commettre un crime n'est pas dans ma nature. Me défendre, oui, tuer de sang-froid, sûrement pas ! C'est triste à dire, mais je ne suis pas à la hauteur du seigneur Rahl, qui a le meurtre dans le sang.

Sebastian chercha le regard de Jennsen et le soutint froidement.

— Tu serais surprise de ce que peut faire un être humain, quand on lui fournit les bonnes motivations…

Dame Daggett leva une main pour interrompre cette conversation fumeuse. En digne femme de tête, elle refusait de perdre son temps en spéculations philosophiques.

— Pour le moment, l'important pour nous est de fuir. Les séides du seigneur Rahl sont bien trop près de nous. D'après sa description, et l'arme qu'il portait, le soldat mort devait appartenir à un *quatuor*.

— Un quoi ? demanda Sebastian.

— Une équipe de quatre tueurs… Quand la cible a beaucoup de valeur et ne se laisse pas attraper facilement, il arrive que plusieurs *quatuors* la traquent. Jennsen entre bien entendu dans cette catégorie de proies.

— Pour quelqu'un qui se cache depuis des années, dit Sebastian, vous savez beaucoup de choses sur ces « *quatuors* ». Dame Daggett, vous êtes sûre de vos informations ?

— Quand j'étais jeune, je vivais au Palais du Peuple, mon garçon, et j'ai souvent vu les tueurs que Darken Rahl lançait sur la piste de ses ennemis. Ce sont des brutes dont tu ne peux même pas imaginer la perversité.

— Eh bien, fit Sebastian, mal à l'aise, je suppose que vous en savez plus long que moi… (Il bâilla et s'étira.) Vos herbes agissent déjà, dame Daggett, et cette fièvre m'a épuisé. Après une bonne nuit de sommeil, je suis prêt à vous aider, votre fille et vous, à quitter D'Hara pour aller dans l'Ancien Monde, si c'est ce que vous voulez.

— C'est notre désir, oui… (Dame Daggett se leva.) Finissez le poisson, mes enfants… (Alors qu'elle gagnait la sortie, elle caressa la nuque de Jennsen.) Je vais préparer nos affaires… Enfin, tout ce que nous pourrons emporter…

— Je te rejoindrai dès que j'aurai couvert le feu, maman…

Chapitre 6

La pluie redoublait de violence et un petit torrent se déversait de l'auvent naturel de la grotte. Pour l'empêcher de bêler, Jennsen grattouillait les oreilles de Betty, mais la chèvre, nerveuse par nature, était intenable. Peut-être parce qu'elle sentait que l'heure du départ avait sonné. Ou parce qu'elle était mécontente que dame Daggett soit allée dans la cabane. Très attachée à sa maîtresse, Betty la suivait partout comme un petit chien. Et son rêve, Jennsen n'en doutait pas, aurait été de dormir dans la cabane avec les deux femmes.

Le ventre plein, Sebastian s'enveloppa dans son manteau et regarda un moment Jennsen s'occuper du feu. Puis il tourna la tête vers la chèvre, l'air agacé.

— Elle se calmera quand je serai partie, le rassura Jennsen.

À demi endormi, le jeune homme aux cheveux blancs marmonna au sujet de Betty quelque chose que la jeune femme ne comprit pas à cause du vacarme de la pluie. Mais ce n'était sûrement pas assez important pour qu'elle lui demande de répéter. Sebastian était épuisé, et il avait besoin de sommeil.

Jennsen bâilla à s'en décrocher la mâchoire. Malgré les événements traumatisants de la journée et ses angoisses au sujet de l'avenir, elle tombait également de fatigue.

Au lieu de demander à Sebastian à quoi ressemblait le monde, au-delà de D'Hara, elle lui souhaita bonne nuit et sortit. Pendant le voyage, elle aurait tout le temps d'interroger son compagnon. Pour le moment, sa mère devait l'attendre impatiemment. Elles possédaient peu de choses. Pourtant, tout emporter serait impossible, et le choix serait difficile et déchirant…

Au moins, grâce au soldat d'haran maladroit, elles avaient assez d'argent pour ne pas s'inquiéter sur ce plan-là. Pouvoir acheter des chevaux et des vivres leur faciliterait la tâche. Sans le vouloir, le nouveau seigneur Rahl, le fils bâtard d'un père bâtard issu d'une lignée de bâtards, leur avait fourni tout ce qu'il leur fallait pour échapper à son emprise.

La vie était si précieuse ! Jennsen désirait simplement que sa mère et elle soient autorisées à exister librement. Quelque part au-delà de l'horizon plombé, un avenir ensoleillé les attendait.

Jennsen resserra les pans de son manteau autour de son torse et releva sa capuche. Malgré ces précautions, il pleuvait si fort qu'elle serait sûrement trempée jusqu'aux os avant d'atteindre la cabane. Mais avec un peu de chance, le temps s'améliorerait demain, pour leur premier jour de voyage, leur permettant de mettre beaucoup de distance entre leurs poursuivants et eux.

Sebastian dormait déjà à poings fermés. Une bonne chose, car il avait vraiment besoin de repos. Qu'il soit entré dans leur vie, au milieu de tant de tourments et d'injustices, était une sorte de consolation, lui semblait-il…

Elle prit le plat où restaient quelques morceaux de poisson, le glissa sous son manteau, inspira à fond pour se donner du courage et sortit de la grotte, résolue à défier l'averse glaciale.

Pataugeant dans la boue, elle atteignit la cabane, ouvrit la porte et entra en criant :

— Maman, il fait aussi froid que dans le cœur du Gardien !

Après avoir prononcé cette phrase, Jennsen percuta une sorte de mur qui n'aurait pas dû être là. Elle se plia en deux, le souffle coupé.

Quand elle leva les yeux, elle aperçut le torse musclé d'un homme et une main qui volait vers elle.

Les doigts de son agresseur se refermèrent sur le col de son manteau et lui arrachèrent le vêtement. Alors que le plat tombait sur le sol, la porte se referma, dans le dos de Jennsen, lui barrant toute voie d'évasion.

Alors, la jeune femme réagit.

D'instinct, sans que sa conscience entre vraiment en jeu.

Jennsen.

Poussée par la terreur, pas par ce qu'elle avait appris.

Renonce.

L'énergie du désespoir, cela existait bien…

Son visage bestial illuminé par les flammes qui crépitaient dans la cheminée, l'homme bondit sur elle. Un monstre de muscles et de tendons animé par une fureur aveugle.

Le couteau que venait de dégainer Jennsen fendit l'air et s'enfonça dans la tempe du tueur. Au contact de l'os, la lame trop fragile se cassa en deux, mais un geyser de sang jaillit de la plaie.

Le poing de l'homme s'écrasa sur le visage de Jennsen, qui recula sous l'impact et percuta la cloison de l'épaule. Son bras lui faisant un mal de chien, elle trébucha sur quelque chose, perdit l'équilibre et s'étala de tout son long.

Elle atterrit sur le ventre, près d'un autre colosse qui ressemblait beaucoup au soldat mort que Sebastian et elle avaient enterré. Que se passait-il ? D'où venaient ces hommes et que faisaient-ils chez elle ?

Prenant appui sur les jambes curieusement raides de l'homme, Jennsen se releva. Le colosse s'était écroulé contre la cloison et ses yeux morts la regardaient. La garde d'argent du superbe couteau dépassait de son cou, juste sous son oreille droite. Et la pointe ressortait de l'autre côté...

La chemise du mort était rouge de sang.

Renonce.

Terrifiée, Jennsen vit qu'un autre homme avançait vers elle. Brandissant son couteau brisé, elle se prépara à faire face à la menace.

Du coin de l'œil, elle vit que sa mère gisait sur le sol. Le premier homme qu'elle avait combattu la tenait par les cheveux et il y avait du sang partout.

Cette scène ressemblait à un cauchemar.

Comme dans un mauvais rêve, Jennsen vit le bras coupé de sa mère, sur le plancher. La main ouverte, les doigts inertes, le membre avait été tranché net...

Jennsen.

Submergée par la panique, Jennsen s'entendit crier de terreur. Puis un homme la percuta, la repoussant contre la cloison. Une nouvelle fois, elle eut le souffle coupé et crut que son cœur allait exploser.

Renonce.

— Non ! cria la jeune femme.

Elle frappa avec sa lame cassée, écorchant le bras de l'homme qui lâcha un abominable juron.

Le tueur qui tenait dame Daggett par les cheveux la lâcha et vint prêter main-forte à son camarade.

Jennsen continua à frapper à l'aveuglette, mais une énorme main se referma sur son poignet droit.

Renonce.

La jeune femme cria, se débattit, mordit, rua et insulta ses agresseurs.

Le deuxième homme lui prit la gorge dans l'étau de ses doigts d'acier.

Jennsen tenta en vain de respirer. Elle ne parvenait plus à aspirer une goulée d'air. Tout en l'étranglant, le tueur ricanait. Le coup de couteau de la jeune femme lui avait ouvert la joue, et on apercevait ses dents rouges de sang à travers la blessure.

Un poing s'enfonça dans le ventre de Jennsen. Elle crut s'évanouir, mais parvint à se ressaisir et tenta de décocher un coup de pied à son agresseur. Vif comme l'éclair, il lui bloqua les chevilles avec sa jambe…

Un tueur était mort. Deux la tenaient et sa mère agonisait sur le sol… Sa vue se brouillant, Jennsen eut l'impression que ses entrailles se déchiraient de l'intérieur. Elle avait mal, tellement mal…

Puis elle entendit un son étouffé.

L'homme qui lui serrait la gorge tituba soudain comme un ivrogne. Que se passait-il ? Tout cela n'avait aucun sens…

Le tueur ayant relâché sa prise, Jennsen put enfin prendre une inspiration. Recouvrant sa lucidité, elle vit que le tranchant d'une hache était enfoncé entre les omoplates du soldat d'haran. La colonne vertébrale coupée en deux, l'homme était mort sur le coup.

L'autre tueur lâcha le bras de Jennsen et leva une épée à la lame rouge de sang pour frapper Sebastian, occupé à dégager la hache du corps de sa victime.

Jennsen réagit à la vitesse de l'éclair.

Renonce.

Avec un cri inhumain, elle enfonça sa lame cassée dans la gorge du dernier soldat. Le fer déchira la peau, trancha l'artère puis déchiqueta les muscles.

L'homme tenta de crier, émit une série de gargouillis et s'écroula. Emportée par son élan, Jennsen tomba avec lui au moment où l'épée courte de Sebastian lui traversait le torse.

Elle se releva d'un bond, n'accorda pas un regard aux deux soldats et courut vers sa mère.

Du sang sur tout le corps, les yeux mi-clos, dame Daggett semblait être en train de s'endormir. Pourtant, un éclair de joie passa dans son regard lorsqu'elle vit Jennsen. C'était comme ça depuis toujours, malgré tous les ennuis que lui avait attirés sa fille. Et alors qu'elle agonisait, elle trouva encore la force de lui sourire.

— Mon bébé…

Incapable de cesser de crier et de trembler, Jennsen riva les yeux sur le visage de sa mère afin de ne pas voir son épaule en bouillie.

— Maman, maman, maman…

Le bras gauche de dame Daggett se glissa autour de la taille de sa fille. Le droit lui avait été arraché, mais il lui en restait un pour exprimer son amour et sa tendresse à Jennsen.

— Mon bébé, tu t'es bien battue… Maintenant, écoute-moi…

Agenouillé près des deux femmes, Sebastian tentait en vain de nouer un garrot autour du moignon ensanglanté. Concentrée sur sa fille, dame Daggett semblait ne pas être consciente de la présence du jeune homme.

— Je suis là, maman, tout va s'arranger… Ne meurs pas surtout ! Ne meurs pas ! Tu dois t'accrocher à la vie !

— Écoute-moi…

— Oui, oui ! Je t'écoute, je t'écoute…

— Je suis en train de m'en aller, ma chérie, et j'aurai bientôt rejoint les esprits du bien.

— Non, s'il te plaît, ne me laisse pas !

— Je ne peux rien faire, mon bébé… Mais c'est très bien comme ça. Les esprits s'occuperont de moi.

Jennsen prit entre ses mains le visage de sa mère et cria :

— Ne m'abandonne pas ! Je t'en prie, ne me laisse pas ! Je t'aime tant !

— Moi aussi, je t'aime, ma chérie… Plus que tout au monde. Et je t'ai appris tout ce que je sais. Alors, écoute-moi, je t'en supplie !

Jennsen se tut, décidée à graver chaque mot dans sa mémoire.

— Les esprits du bien m'emmènent avec eux, tu dois le comprendre. Quand je serai partie, ce corps ne signifiera plus rien. Tu saisis ? Je n'en aurai plus besoin… Ma chérie, mourir ne fait pas mal du tout. N'est-ce pas extraordinaire ? Je serai avec les esprits du bien, et toi, tu devras être forte et abandonner ma dépouille…

— Maman…, gémit Jennsen, incapable de concevoir qu'elle allait perdre la personne qu'elle aimait plus que la vie elle-même.

— Jenn, le seigneur Rahl est sur ta piste. Après mon départ, éloigne-toi du corps qui ne sera plus moi. C'est compris ?

— Non, maman, je ne pourrai pas te laisser !

— Il le faudra ! Ne risque pas stupidement ta vie pour enterrer une coquille vide. Ce n'est plus moi. Je suis désormais dans ton cœur et avec les esprits du bien. Ce corps ne représente plus rien. Tu saisis, mon bébé ?

— Oui, maman… Ce ne sera plus toi… Parce que tu seras avec les esprits du bien, plus en ce monde…

— C'est bien, tu as tout compris… Prends le couteau. J'ai tué un homme avec. C'est une très bonne arme.

— Maman, je t'aime… Je t'aime…

Jennsen aurait donné son âme pour trouver de meilleurs mots, mais il n'en existait pas.

— Moi aussi, je t'aime, et c'est pour ça que je te demande de partir très vite, ma chérie. Ne sacrifie pas ta précieuse vie pour un peu de chair glacée. Abandonne mon corps, Jenn, sinon, le seigneur Rahl te capturera. (Dame Daggett tourna la tête vers Sebastian.) Tu l'aideras ?

— Oui, je vous le jure !

La moribonde regarda de nouveau sa fille et sourit.

— Je serai toujours dans ton cœur, mon bébé… Et je t'aimerai jusqu'à la fin des temps.

— Moi aussi, maman, moi aussi !

Dame Daggett riva ses yeux magnifiques dans ceux de sa fille. Pendant une petite éternité, le temps sembla se figer. Puis Jennsen s'aperçut que sa mère ne voyait et n'entendait plus rien, en tout cas en ce monde.

Elle se laissa tomber sur la poitrine de la femme qu'elle aimait plus que tout et éclata en sanglots. Tout était fini. L'univers entier venait de cesser d'exister.

— Jennsen…, souffla Sebastian en tirant la jeune femme en arrière, nous devons faire ce qu'elle a demandé…

— Non ! Non !

— Jennsen, tu lui as promis ! Il faut partir !

— Non ! Plus rien n'a de sens ! Ce n'est pas possible, pas possible…

— Jenn, allons-y !

— Va-t'en ! Moi, je renonce…

— Tu ne peux pas, Jenn… Tu ne dois pas !

Sebastian força la jeune femme à se relever. Elle resta plantée là, certaine de ne pas pouvoir marcher. Rien de cela n'était réel. Dans un horrible cauchemar, l'univers tout entier tombait en poussière.

— Jennsen, nous devons filer d'ici ! cria Sebastian.

—Avant, il faut faire quelque chose pour elle... Je t'en prie... Elle doit avoir une sépulture.

—Non. Il faut partir avant que d'autres soldats arrivent.

Le visage de Sebastian ruisselait d'humidité. Jennsen se demanda si c'était la pluie, bien qu'ils fussent dans la cabane. Comme si elle se regardait de très loin, déconnectée de tout, ses propres pensées lui semblaient ridicules...

—Jennsen, écoute-moi !

Sa mère avait dit la même chose, un peu plus tôt. Il fallait qu'elle obéisse.

—Écoute-moi ! Nous ne pouvons pas rester ici. Ta mère avait raison, c'est trop dangereux.

Sebastian se tourna vers le sac posé sur la grande table, dans un coin de la pièce. Les affaires préparées par dame Daggett...

Jennsen se laissa glisser sur le sol. En elle, il n'y avait plus rien, à part les charbons ardents du chagrin qui la consumaient de l'intérieur. Pourquoi la vie devait-elle toujours être atroce ?

Jennsen rampa vers sa mère endormie. Elle ne pouvait pas être morte. Quelqu'un qu'on aimait autant ne vous quittait jamais, n'est-ce pas ?

—Jennsen, tu la pleureras plus tard ! Nous devons partir !

Dehors, l'averse redoublait de violence.

—Je ne la laisserai pas !

—Ta mère s'est sacrifiée pour toi. Afin que tu vives ! Ne rends pas son geste inutile. (Sebastian avait pris le sac et il finissait de le remplir avec tout ce qui lui tombait sous la main.) Tu dois lui obéir ! Elle t'aimait, et elle désirait que tu vives. Avant de mourir, elle t'a demandé de l'abandonner, et j'ai juré de t'aider à le faire. Nous devons partir au plus vite.

Jennsen regarda la porte. Un peu plus tôt, elle était fermée, puisqu'elle l'avait percutée violemment. Et à présent, voilà qu'elle était de nouveau ouverte...

Une grande silhouette se découpa soudain sur le seuil de la pièce. Les yeux rivés sur Jennsen, le soldat trempé jusqu'aux os bondit sur elle.

Du coin de l'œil, la jeune femme aperçut la garde d'argent du couteau que sa mère lui avait dit de prendre. L'arme était enfoncée dans le cou d'un homme, à portée de main.

La mère de Jennsen avait perdu un bras, puis la vie, pour tuer ce soldat...

Le nouveau tueur, se fichant de Sebastian, était presque arrivé devant Jennsen. Tendant un bras, elle ferma les doigts sur la garde artistiquement ouvragée du couteau et le dégagea de sa gaine de chair et de sang.

Avant que Jennsen ait pu frapper, son agresseur se pétrifia puis s'écroula, la hache de Sebastian enfoncée dans le crâne. Terrorisée, Jennsen se dégagea de sous le cadavre, qui lui était à moitié tombé dessus, et glissa dans le sang quand Sebastian la tira par les poignets pour l'aider à se relever.

— Prends tout ce que tu veux emporter ! ordonna le jeune homme aux cheveux blancs.

Comme dans un rêve, Jennsen fit le tour de la pièce. Le monde était-il devenu fou, ou avait-elle tout simplement perdu la raison ?

Dans sa tête, la voix prononça des mots qu'elle ne comprit pas mais qu'elle trouva presque réconfortants.

Tu vash misht. Tu vask misht. Grushdeva du kalt misht.

— Nous devons partir, dit Sebastian. Que veux-tu emporter ?

Incapable de réfléchir, Jennsen s'efforça de ne plus écouter la voix. Elle devait faire ce qu'elle avait promis à sa mère, mais comment s'y résoudre ?

Approchant de l'armoire, elle en sortit quelques affaires que sa mère gardait toujours prêtes dans l'éventualité d'un départ précipité. Des vêtements de voyage, des herbes médicinales, des épices, de la nourriture séchée... Jennsen ajouta à sa collecte d'autres habits, une brosse et un petit miroir rangés dans un coffre, à côté de l'armoire.

Elle s'immobilisa, hésitante, lorsque ses mains se posèrent sur les vêtements de rechange de sa mère. Que devait-elle en faire, maintenant ? Dans l'impossibilité de réfléchir, elle devait se fier à son conditionnement, comme un animal domestique. Mais il ne lui restait plus de points de repère, parce que son univers venait de s'écrouler.

Regardant autour d'elle, Jennsen dénombra quatre D'Harans morts. Avec celui de l'après-midi, ça faisait cinq. Un *quatuor* plus un homme. Où étaient les trois autres membres de la seconde équipe ? Cachés parmi les arbres, devant la maison ? Tapis un peu plus loin dans la forêt ? Attendant de capturer leur proie et de la livrer au seigneur Rahl, afin qu'il la torture à mort...

— Jennsen, que fais-tu donc ? demanda Sebastian en prenant à deux mains le poignet de la jeune femme.

Troublée, Jennsen s'aperçut qu'elle lardait l'air de coups de couteau.

Sebastian lui retira l'arme des doigts, la glissa dans son fourreau et la lui accrocha à la ceinture. Puis il alla ramasser le manteau de Jennsen, qu'elle avait perdu au début du combat.

— Prends tout ce que tu veux, dit-il, mais dépêche-toi !

En attendant, le jeune homme aux cheveux blancs fouilla les poches des morts et les délesta de tout leur argent. Il s'empara aussi de leurs couteaux – des armes de bonne facture, mais très inférieures à celle que portait désormais Jennsen – et les glissa dans une des poches du sac de dame Daggett. Puis il s'intéressa aux épées des morts, cherchant à s'approprier la meilleure.

Tandis qu'il fixait un fourreau à sa ceinture, Jennsen approcha de la table, prit toutes les bougies et les rangea dans son sac de voyage. Elle récupéra aussi d'autres objets – pour l'essentiel de petits ustensiles de cuisine – sans avoir vraiment conscience de ce qu'elle faisait. Agissant comme un automate, elle s'emparait de tout ce qui lui tombait sous la main.

Sebastian prit le sac, le mit en place sur les épaules de la jeune femme – qui se laissa manipuler comme une poupée de chiffon – puis l'aida à enfiler son manteau et en releva la capuche.

Tenant toujours le sac préparé par dame Daggett, Sebastian dégagea sa hache du crâne du soldat mort et la remit à son ceinturon sans se soucier du sang qui dégoulinait du tranchant pour empoisser le manche.

— Tu veux autre chose ? demanda-t-il à Jennsen tout en la poussant vers la porte. Tu es sûre d'avoir pris tout ce que tu désirais ?

La jeune femme baissa les yeux sur le cadavre de sa mère.

— Ce n'est plus elle, Jennsen, souffla Sebastian. Les esprits du bien veillent sur elle, et de là où elle est, elle te sourit.

— Tu crois ? Vraiment ?

— Oui, elle est dans un monde meilleur, désormais. Elle nous a demandé de partir d'ici, et nous devons respecter sa dernière volonté.

« Un monde meilleur »... Jennsen s'accrocha à cette idée réconfortante. De toute façon, pouvait-il exister un monde pire que celui où elle vivait ?

Elle obéit à Sebastian et approcha de la porte. Alors que le jeune homme sondait les alentours, sur le seuil de la cabane, Jennsen continua à marcher sans s'inquiéter de ce qui pouvait les attendre dehors. L'esprit embrumé, elle ne se souciait plus de sa sécurité. Où était donc passée la lucidité dont elle était d'habitude si fière ?

Sebastian la prit par le bras et fit mine de s'engager sur la piste.

— Betty, souffla Jennsen en enfonçant ses talons dans le sol. Nous devons aller la chercher.

Le jeune homme hésita un moment.

— Nous pourrions sûrement nous passer de la chèvre, dit-il, mais je ne peux pas abandonner mes affaires…

Jennsen s'avisa que Sebastian n'avait pas son manteau. Avec l'averse en cours, il devait être trempé jusqu'aux os.

Eh bien, elle n'était pas la seule à être plongée dans la confusion ! Obsédé par l'idée de fuir, Sebastian avait failli oublier son sac de voyage et son manteau. Partir sans ses affaires aurait signé l'arrêt de mort du jeune homme, et Jennsen ne voulait pas qu'il meure.

Betty serait très utile, pendant ce voyage, mais la jeune femme venait de se souvenir d'autre chose.

Elle courut vers la cabane sans se soucier des appels angoissés de Sebastian. Une fois à l'intérieur, elle ouvrit un coffre en bois, près de la porte, et en sortit deux épais manteaux en laine. Le sien et celui de sa mère, toujours rangés non loin de la porte, enroulés et ficelés, en cas de départ inattendu.

Revenu sur le seuil de la cabane, Sebastian comprit ce que faisait sa compagne. Malgré sa hâte de quitter les lieux, il attendit qu'elle ait terminé.

Sans regarder les morts, Jennsen sortit une dernière fois de sa chère cabane.

Les deux jeunes gens coururent jusqu'à la grotte, où le feu finissait de s'éteindre. Très agitée dans son enclos, Betty restait étrangement silencieuse, comme si elle savait que des événements terribles s'étaient produits.

— Sèche-toi un peu avant de repartir, dit Jennsen à son compagnon.

— Non, nous n'avons pas de temps à perdre ! Les autres soldats peuvent arriver n'importe quand.

— Si tu ne te sèches pas, tu mourras de froid. Dans ce cas, pourquoi s'enfuir ? Si la mort est de toute manière au bout du chemin, inutile de se fatiguer…

Jennsen s'étonna d'être de nouveau en mesure de raisonner logiquement. Posant les deux manteaux de laine sur le sol, elle entreprit de dénouer les cordes qui les tenaient enroulés.

— L'eau ne traversera pas la laine doublée de cuir, dit-elle, mais si tu ne te sèches pas, tu crèveras quand même de froid.

Sebastian se réchauffa les mains au-dessus du feu en sautant d'un pied sur l'autre. À l'évidence, malgré son envie frénétique de fuir, il avait compris que sa compagne savait de quoi elle parlait.

Jennsen se demanda comment il avait pu faire tout ça avec une telle fièvre et après avoir pris des herbes médicinales. La peur, sans doute... On disait qu'elle donnait des ailes, et ça n'était pas faux...

Jennsen avait mal partout et son épaule saignait. L'entaille n'était pas profonde, mais très douloureuse.

Épuisée par la terreur et le chagrin, la jeune femme se serait volontiers roulée en boule sur le sol pour verser toutes les larmes de son corps. Mais sa mère lui avait dit de fuir, et elle obéirait, car l'ultime volonté de la défunte était tout ce qui lui permettait de tenir debout. Faire ce que sa mère lui avait demandé, voilà tout ce qui importait.

Betty tentait de sauter par-dessus son enclos afin de rejoindre sa maîtresse. Pendant que Sebastian finissait de se réchauffer, Jennsen libéra la chèvre et lui passa une longe autour du cou.

Betty exprima à la jeune femme toute la reconnaissance dont un animal était capable. Mais elle aurait l'occasion de rendre la pareille aux humains.

Pendant leur fuite, Jennsen et Sebastian passeraient souvent leurs nuits dans des abris de fortune où il serait impossible – ou trop dangereux – de faire du feu. En se blottissant contre Betty, ils éviteraient de mourir de froid, même si le temps se gâtait encore.

Jennsen ne s'étonna pas des bêlements angoissés que la chèvre lança en regardant la cabane. Betty avait conscience qu'il manquait quelqu'un, et elle espérait encore un miracle...

La jeune femme récupéra toutes les carottes cachées dans la grotte et les fourra dans un sac. Lorsque Sebastian estima qu'il était assez sec, les deux jeunes gens enfilèrent leurs manteaux normaux puis passèrent par-dessus les épaisses peaux de mouton.

Jennsen tenant Betty par sa longe, les fugitifs s'enfoncèrent dans l'obscurité. Mais la jeune femme prit son compagnon par le bras, le forçant à s'arrêter.

—Les D'Harans risquent de nous attendre au pied du chemin...

—Je sais, mais nous devons partir d'ici!

—Il y a une meilleure route... Une voie d'évasion que nous avons créée, ma mère et moi...

Sebastian regarda un moment sa compagne à travers le rideau de pluie.

Puis il haussa les épaules et la suivit dans l'inconnu.

Chapitre 7

Oba Schalk prit la poule par le cou et la souleva de la couveuse. Au-dessus de son énorme poing, la tête de la volaille paraissait minuscule. De sa main libre, Oba saisit un gros œuf encore chaud dans la paille et le posa délicatement avec les autres, au fond de son panier d'osier.

Mais il ne lâcha pas la poule pour autant.

Avec un méchant sourire, il l'approcha de son visage et la regarda agiter la tête, son bec s'ouvrant et se fermant frénétiquement.

Oba posa les lèvres sur le bec de la poule, prit une grande inspiration et souffla très fort dans la gorge exposée de sa victime.

La volaille battit follement des ailes, caqueta d'angoisse et tenta en vain d'échapper à son tortionnaire ricanant.

— Oba ! Oba, où es-tu ?

Dès qu'il entendit sa mère l'appeler, Oba laissa retomber la poule dans son nid de paille. La voix féminine venait de l'étable… Suivant la volaille affolée, qui voletait frénétiquement, Oba sortit du poulailler.

La semaine précédente, un orage avait détrempé le sol. Dès le lendemain, alors que toutes les flaques d'eau étaient gelées, la neige avait succédé à la pluie. De la poudreuse chassée par le vent couvrait à présent les plaques de verglas, rendant le terrain plus traître que jamais. Pourtant, malgré sa haute taille, Oba ne glissait pratiquement jamais. Il était très fier de son équilibre et de son agilité.

Il était essentiel, selon lui, de ne jamais laisser s'encroûter son corps ou son esprit. Apprendre sans cesse de nouvelles choses lui paraissait important, car c'était un moyen de continuer à évoluer. Et pour se développer continuellement, un être humain devait se servir de tout ce qu'il apprenait...

La ferme et son étable attenante constituaient une unique structure très simple en torchis. Mais à l'intérieur, l'espace réservé aux humains était séparé du reste par un mur de pierre. Après avoir construit la ferme, Oba avait ajouté cette cloison en empilant des cailloux plats récupérés dans un champ. Une technique apprise en observant un voisin, qui avait érigé un muret sur un côté de sa propriété.

Cette cloison était un luxe que peu de fermes possédaient.

Entendant sa mère l'appeler de nouveau, Oba essaya de déterminer ce qu'il avait pu faire de travers. Alors qu'il se repassait mentalement la liste des corvées dont elle l'avait chargé, il ne parvint pas à en trouver une qu'il aurait oubliée. Il avait une excellente mémoire, et d'autant plus pour les tâches qui revenaient régulièrement. Dans l'étable, sa mère ne pouvait rien avoir trouvé qu'il eût omis de faire en temps et en heure.

Bien entendu, ça ne le protégeait en rien de la fureur maternelle. Chaque jour, cette femme imaginait de nouvelles raisons de lui faire des reproches aussi injustifiés les uns que les autres.

— Oba ! Oba ! Combien de temps devrai-je m'égosiller ?

Devant son œil mental, Oba vit la petite bouche dure et pincée de sa mère cracher son nom comme si elle s'attendait qu'il se matérialise devant ses yeux dès qu'elle l'appelait. Cette femme avait une voix assez aiguë pour briser du verre à dix pas de distance...

Oba se mit de profil pour franchir l'étroite porte latérale de l'étable. Des rats dérangés par son intrusion détalèrent devant lui. Munie d'un grenier à foin, l'étable abritait une vache laitière, deux bœufs et deux cochons.

Alors que les trois bovins restaient bien au chaud, la mère d'Oba avait laissé sortir les cochons pour qu'ils cherchent des glands sous la neige.

Debout sur un tas de fumier gelé, les mains sur les hanches, la solide mégère foudroya son fils du regard. Avec la buée blanche qui lui sortait des narines, par cette journée glaciale, elle ressemblait un peu à un dragon...

La mère d'Oba était large d'épaules, de hanches et de tout ce qu'on pouvait imaginer d'autre, y compris son grand front de génisse. Dans sa jeunesse, racontait-on, elle avait été très belle. De fait, quand Oba était gamin, elle ne manquait pas de galants. Mais au fil des années, les outrages d'une vie de dur labeur avaient effacé toute douceur de ses traits et alourdi sa silhouette. Depuis longtemps, plus aucun homme ne venait lui faire sa cour…

Oba traversa l'étable au sol gelé et, les mains dans les poches, vint se camper devant sa mère, qui lui tapa sur le côté de l'épaule avec un gros bâton.

— Oba ! Oba ! Oba !

Oba tressaillit, car chaque occurrence de son prénom était ponctuée d'un coup de bâton un peu plus fort que le précédent. Quand il était plus jeune, les séances de ce type le laissaient couvert de bleus. Désormais, il était trop fort et trop grand pour être marqué ainsi. Sa mère le savait, et cela la rendait folle de rage.

S'il ne souffrait plus physiquement, maintenant qu'il avait grandi, le mépris qu'il entendait dans la voix de cette femme continuait à le torturer. Elle le faisait penser à une grosse araignée… Ou à une énorme mante religieuse…

Oba se recroquevilla sur lui-même pour paraître un peu moins grand.

— Que se passe-t-il, maman ?

— Pourquoi traînes-tu les pieds quand ta mère t'appelle ? (La grosse femme plissa le front, accentuant encore les rides qui marquaient son visage.) Oba le bœuf ! Oba le crétin ! Oba le lourdaud ! Où étais-tu donc ?

Pressentant une nouvelle série de coups de bâton, Oba leva un bras pour se défendre.

— Je ramassais les œufs, maman ! Les œufs !

— Tu as vu ce désastre ? Seras-tu un jour capable de faire quelque chose avant qu'une personne dotée d'un cerveau te l'ait ordonné ?

Oba regarda autour de lui et ne vit pas de quel « désastre » parlait sa mère. Il y avait des choses à faire, bien sûr, mais rien qui ne fût pas déjà prévu à son programme.

Comme toujours, des rats observaient les humains, leurs moustaches frémissant tandis qu'ils espionnaient des conversations qu'ils n'étaient pas censés comprendre.

Oba regarda sa mère mais ne lui répondit pas. De toute façon, rien de ce qu'il aurait pu dire ne l'aurait satisfaite.

— Regarde-moi ça ! cria-t-elle en désignant le sol. Tu n'aurais pas pu penser à déblayer le fumier ? Au moment du dégel, cette infâme bouillasse passera sous le mur pour s'introduire dans la maison où je dors ! Tu crois que je te nourris pour que tu te tournes les pouces, gros balourd paresseux ? Oba le lourdaud !

Oba nota que sa mère lui avait déjà craché cette insulte-là au visage. Parfois, il s'étonnait qu'elle ne soit pas plus imaginative. À croire qu'elle n'apprenait jamais rien. Quand il était petit, il la prenait pour une personne capable de lire ses pensées et de le paralyser avec quelques mots d'une redoutable efficacité. Maintenant qu'il la dépassait de plus d'une tête, il se demandait s'il n'avait pas toujours surestimé cette matrone. Beaucoup moins puissante qu'il l'avait cru, ne le dominait-elle pas essentiellement à cause du « pouvoir » qu'il lui accordait, et qui se réduisait peut-être à une illusion ? Cette femme était une langue de vipère, certes, mais rien ne prouvait qu'elle avait le venin correspondant.

Pourtant, elle parvenait toujours à lui en imposer, même après tant d'années...

Bien entendu, elle était sa mère, et à ce titre, il lui devait le respect. Se comporter comme il le fallait avec la femme à qui on devait la vie était essentiel. Elle lui avait enseigné très tôt cette leçon, et il l'avait retenue.

Cela dit, Oba doutait de pouvoir en faire davantage pour mériter le gîte et le couvert. Ne travaillait-il pas déjà du matin au soir ? Il n'avait rien d'un paresseux et s'en rengorgeait. En bon homme d'action, il trimait deux fois plus dur que n'importe qui. Sur ce plan-là, aucun gaillard ne lui arrivait à la cheville. En règle générale, d'ailleurs, les autres hommes ne lui posaient aucun problème. Les femmes en revanche... Malgré sa taille et ses muscles, il se sentait toujours emprunté devant elles...

Du bout d'une botte, il éprouva la texture du monticule de fumier, actuellement dur comme de la pierre. Les animaux y ajoutaient sans cesse des déjections qui gelaient avant qu'on ait le temps de les déblayer. Régulièrement, Oba répandait de la paille sur le tas pour épargner une glissade à sa mère. Mais cette protection était très vite souillée, exigeant un remplacement immédiat...

— Maman, dit Oba, le sol est gelé...

Jusque-là, il avait toujours attendu le printemps pour nettoyer l'étable. À cette époque de l'année, une simple fourche suffisait pour déblayer le fumier. En hiver, il formait une masse compacte qu'il aurait fallu attaquer à la pioche.

— Toujours ces mauvaises excuses ! C'est comme ça que tu espères t'en tirer, Oba ? Avec des mensonges ? Décidément, tu n'es qu'un bâtard et un vaurien !

Les bras croisés, la solide femme foudroya son fils du regard. Devant elle, il ne pouvait fuir la vérité, et elle le savait.

Du coin de l'œil, il repéra la pelle à fumier, dans un coin de l'étable.

— Je vais nettoyer, maman... Retourne à tes travaux de filage, et je me chargerai de l'étable...

Oba ignorait comment il s'y prendrait pour déblayer le fumier gelé. Mais si sa mère le lui demandait, il devait le faire, voilà tout...

— Commence tout de suite, tant qu'il fait encore un peu jour... Au crépuscule, je veux que tu ailles en ville voir Lathea. J'ai besoin de son médicament...

Oba comprit enfin pourquoi sa mère l'avait appelé.

— Mes genoux me font terriblement mal, dit-elle comme pour étouffer les objections que son fils n'avait aucune intention d'émettre.

Cela dit, il les formulait mentalement. Et sa mère semblait toujours pouvoir lire dans son esprit...

— Commence ce soir, dit-elle, et finis de nettoyer demain. Mais surtout, n'oublie pas d'aller chercher mon médicament !

Oba baissa les yeux et se tritura nerveusement le lobe de l'oreille. Il n'aimait pas aller voir Lathea, la femme aux potions et aux onguents. Pour être franc, il la détestait, parce qu'elle le regardait toujours de haut, comme s'il était un ver de terre. Cette femme était la méchanceté incarnée. Et une abominable sorcière !

Quand Lathea n'aimait pas quelqu'un, l'objet de son antipathie souffrait beaucoup. Dans la région, tout le monde avait peur d'elle. Même s'il trouvait ça plutôt réconfortant, ça ne consolait pas Oba, quand il était contraint de lui rendre visite.

— J'irai chercher ton médicament, maman, ne t'inquiète pas. Et je trouverai un moyen de nettoyer l'étable, comme tu le désires.

— Il faut que je te dise tout, pas vrai ? Je me demande pourquoi j'ai élevé un crétin pareil ! Ah ! si seulement j'avais écouté les conseils de Lathea...

Oba connaissait par cœur cette chanson-là. Sa mère l'entonnait chaque fois qu'elle se lamentait sur elle-même parce qu'elle n'avait pas trouvé de mari. Oba était une malédiction pour elle, et elle n'en faisait pas mystère. Ce bâtard lui avait gâché la vie. Sans lui, elle aurait trouvé un homme disposé à l'aimer et à la protéger.

— Et ne traîne surtout pas en ville pour faire des bêtises !

— C'est promis, maman... Je suis désolé que tes genoux te fassent de nouveau mal.

— Ils iraient mieux si je n'étais pas obligée de suivre partout un grand idiot incapable de prendre une initiative. (La mère d'Oba lui flanqua un nouveau coup de bâton.) Tu t'es occupé des œufs ?

— Oui, maman.

La grosse femme dévisagea son fils, l'air soupçonneux, puis sortit une pièce de la poche de son tablier.

— Dis à Lathea de préparer une potion pour toi… Si on pouvait te débarrasser de l'influence maléfique du Gardien, tu ne serais peut-être plus un tel bon à rien.

De temps en temps, la mère d'Oba avait l'ambition de le « purger » du mal qui coulait selon elle dans ses veines. À cette fin, elle le forçait à ingurgiter d'innommables décoctions. Enfant, il avait souvent dû boire de la poudre dissoute dans de l'eau savonneuse. Ensuite, enfermé dans une stalle spéciale, dans l'étable, il se tordait de douleur pendant des heures, les entrailles consumées de l'intérieur. Hélas, ça n'avait pas suffi à chasser de son corps le démon qui le possédait.

L'enclos d'Oba n'était pas en bois, comme ceux des animaux, mais en briques. En été, il y faisait aussi chaud que dans un four. Après lui avoir fait avaler la poudre, la mère d'Oba l'enfermait dans cette prison dont il redoutait de ne jamais ressortir. La gorge en feu, il hurlait jusqu'à ce qu'elle vienne le rouer de coups – un traitement qu'il préférait à la mortelle solitude de son enclos.

— Oui, tu achèteras à Lathea mon médicament, et une potion pour toi. (La mère d'Oba lui tendit la pièce d'argent.) Surtout, ne va pas la dépenser avec une mauvaise femme !

Oba sentit qu'il s'empourprait. Chaque fois que sa mère l'envoyait faire une course en ville, elle lui rappelait de ne pas gaspiller l'argent avec une femme.

C'était une façon de l'humilier, parce qu'elle le connaissait bien. Oba était trop timide pour s'approcher des femmes, bonnes ou mauvaises. Chaque fois, il revenait avec ce que sa mère l'avait chargé d'acheter. Il n'aurait pas détourné un sou pour autre chose, car il avait bien trop peur de son implacable génitrice.

Pourquoi lui tenait-elle toujours le même sermon sur l'argent, alors qu'il ne s'était jamais écarté du droit chemin ? Pour qu'il se sente coupable, même s'il n'y avait aucune raison. S'il se tenait lui-même pour un vaurien – voire un criminel potentiel –, il serait toujours prêt à accepter les punitions et les brimades qu'elle aimait tant lui infliger…

— Je ne ferai rien de mal, maman, c'est promis.

— Et habille-toi convenablement, pas comme un idiot du village. Tu donnes déjà une assez mauvaise image de moi comme ça !

— Je ferai attention, maman...

Oba sortit de l'étable, fit le tour du bâtiment pour entrer dans la ferme et prit sa veste de laine marron et son chapeau de feutre en prévision du voyage jusqu'à Gretton, qui se trouvait à un quart de lieue au nord-ouest. Sous l'œil de sa mère, qui l'avait suivi, il accrocha la veste et le chapeau à une patère afin qu'ils restent propres jusqu'à l'heure de son départ.

Puis il retourna dans l'étable, saisit la pelle et s'attaqua au tas de fumier. Comme il l'avait prévu, un pic à glace aurait été plus efficace. Cela dit, des copeaux d'immondices se détachaient du monticule, venant parfois souiller son pantalon. Il faudrait du temps et de la sueur, mais ce travail était réalisable.

Oba n'avait pas les côtes en long et rien ne le pressait...

Campée sur le seuil de l'étable, sa mère le regarda quelques minutes pour s'assurer qu'il ne tirait pas au flanc. Quand elle fut satisfaite, elle partit vaquer à ses propres occupations, laissant à son fils tout loisir de penser à sa prochaine et désagréable visite chez Lathea.

Oba.

Le paysan se pétrifia. Dans les coins obscurs de l'étable, tous les rats l'imitèrent, soudain inquiets. Puis, presque à contrecœur, ils se remirent en quête de nourriture.

Oba attendit que la voix familière parle de nouveau. De l'autre côté de la cloison, il entendit la porte se fermer. Sa mère devait s'être remise au travail. Elle filait la laine, et maître Tuchmann la lui achetait pour l'utiliser sur son métier à tisser. Ce maigre revenu suffisait à subvenir tant bien que mal aux besoins de la fileuse et de son bâtard de fils.

Oba.

Le paysan connaissait très bien cette voix, car il l'entendait depuis toujours. En revanche, il n'en avait jamais parlé à sa mère, qui aurait cru que le Gardien s'adressait à lui, et l'aurait sans doute forcé à avaler davantage d'ignobles potions. Aujourd'hui, il était trop grand pour être enfermé dans l'enclos. Mais pas pour ingurgiter les infâmes préparations de Lathea.

Un gros rat passant devant lui, Oba le piégea en lui coinçant la queue sous son pied.

Oba.

Le rongeur couina de rage, agitant ses petites pattes pour tenter de fuir.

Oba se pencha, prit l'animal par le cou et plongea son regard dans celui de sa proie.

Le rat était terrifié, à présent.

Renonce.

Apprendre de nouvelles choses et faire des expériences inédites était essentiel, Oba le savait.

Plus rapide qu'un renard, il décapita le rat avec ses dents.

Chapitre 8

Dans ce qui lui semblait le coin le plus sûr de la salle, Jennsen tentait de garder un œil sur la porte et sur la clientèle bruyante. À quelques pas de là, penché sur les tréteaux qui tenaient lieu de comptoir, Sebastian parlait avec la tenancière de l'auberge, une solide matrone au regard sombre qui paraissait habituée aux problèmes… et aux meilleures manières de les régler.

Les clients de l'établissement, en majorité des hommes, étaient d'humeur joyeuse. Certains jouaient aux dés ou au jacquet, d'autres disputaient des parties de bras de fer acharnées, et d'autres encore se contentaient de boire en racontant des histoires souvent saluées par de grands éclats de rire et de formidables coups de poing sur les tables.

Jennsen jugeait ces rires obscènes. Pour elle, la joie n'existait plus et il en serait ainsi jusqu'à la fin de ses jours.

Depuis la mort de sa mère, une semaine s'était écoulée. Ou peut-être plus, au fond, car la jeune femme avait perdu la notion du temps. Mais quelle importance ? Une semaine, dix jours, un an… Cela ne faisait aucune différence…

Jennsen n'avait pas l'habitude des foules, parce que les gens, pour elle, étaient depuis toujours synonymes de danger. Les groupes la rendaient nerveuse, et c'était encore pis dans cette auberge, où des hommes brutaux jouaient et buvaient…

Dès qu'ils la remarquaient, ces sales types se désintéressaient de leurs conversations et de leurs jeux et la reluquaient impudemment. Pour les décourager, Jennsen avait simplement abaissé la capuche de son manteau. Leur enthousiasme douché par sa crinière rousse, les séducteurs en puissance étaient tous retournés à leurs occupations.

La couleur des cheveux de la jeune femme terrorisait les gens – surtout ceux qui étaient superstitieux. Les roux étant rares en D'Hara, on les soupçonnait facilement d'être des sorciers. Consciente du phénomène, Jennsen en tirait bénéfice chaque fois que ça s'imposait. Et souvent, ses cheveux se révélaient une meilleure arme défensive qu'un couteau.

Mais lors de l'attaque de la cabane, ils ne l'avaient pas protégée du tout...

Après avoir découragé ses « soupirants », Jennsen tourna de nouveau la tête vers le comptoir. Bien entendu, la tenancière la fixait, les yeux rivés sur ses cheveux... Jennsen soutenant délibérément son regard, la matrone se concentra sur Sebastian, qui venait de lui poser une autre question.

Dans le brouhaha ambiant, Jennsen ne captait pas un mot de la conversation entre l'aubergiste et le jeune homme aux cheveux blancs. Mais la femme parlait maintenant à l'oreille de Sebastian, et elle pointait un index, apparemment pour lui indiquer une direction.

Se redressant, le compagnon de Jennsen sortit une pièce de sa poche et la jeta sur le comptoir. Après avoir ramassé l'argent, la femme prit une clé, derrière elle, et la tendit à Sebastian, qui s'en empara, reprit la chope qu'il avait posée devant lui, salua la femme et s'éloigna.

— Tu es sûre de ne vouloir rien boire ? demanda-t-il à Jennsen quand il l'eut rejointe.

— Certaine, oui...

Sebastian jeta un regard circulaire dans la salle, où plus personne n'accordait d'attention aux deux nouveaux venus.

— Tu as bien fait d'abaisser ta capuche, dit-il. Avant de voir tes cheveux roux, l'aubergiste ne voulait rien me dire. Après, elle s'est montrée beaucoup plus volubile.

— Elle connaît la femme que nous voulons voir ? Et elle est sûre qu'elle vit toujours à Gretton ?

Sebastian but un peu de bière en regardant un joueur jeter les dés puis exploser de joie devant le résultat.

— Disons que je sais où chercher...

— Tu nous as aussi eu des chambres ?

— Une chambre... (Sebastian prit une autre gorgée en épiant la réaction de Jennsen.) En cas de problèmes, il vaut mieux que nous soyons ensemble. Crois-moi, il est plus sûr d'avoir une seule chambre...

— Moi, je préférerais dormir avec Betty... (S'avisant que sa remarque pouvait être vexante, Jennsen s'empressa de préciser sa pensée :) Plutôt que dans une auberge, voilà ce que je voulais dire… J'aime bien être seule, pas au milieu de tant de gens. Et je me sens moins en danger dans les bois qu'ici. Mais ne crois pas que…

— J'avais compris, coupa Sebastian. Mais dormir sous un toit te fera du bien, ce soir, parce que la nuit promet d'être glaciale. Et Betty sera bien au chaud dans l'écurie…

Le propriétaire de l'écurie avait été surpris que des voyageurs soient prêts à payer pour qu'il accepte une chèvre. Les chevaux n'ayant rien contre les ovins, il n'avait vu aucune raison de refuser.

La première nuit, Betty avait sans doute sauvé la vie des deux fugitifs. Avec sa fièvre, Sebastian n'aurait sans doute pas survécu si Jennsen n'avait pas trouvé un abri relativement sec, sous une saillie rocheuse. Après avoir tapissé le fond de la niche naturelle de branches de sapin – une barrière thermique contre la pierre glaciale –, les deux jeunes gens s'étaient recroquevillés l'un contre l'autre. Tirant sur la longe de Betty, Jennsen l'avait obligée à s'allonger devant eux. Grâce à la chaleur corporelle de la chèvre, la nuit s'était révélée presque confortable.

Jennsen avait passé tout son temps à pleurer. Sebastian, lui, s'était endormi comme une masse. Au matin, sa fièvre avait disparu…

Le premier matin que Jennsen allait devoir vivre seule…

Avoir abandonné la dépouille de sa mère la hantait, et elle revoyait sans cesse la terrible scène, dans la cabane. Le cœur brisé, la jeune femme ne parvenait pas à croire vraiment qu'elle ne reverrait plus jamais sa mère. Hélas, la réalité se montrait impitoyable, et l'existence, quand elle osait regarder l'avenir en face, lui semblait totalement dépourvue de sens et d'intérêt.

Cela posé, Sebastian et elle avaient réussi à s'enfuir, et ils étaient toujours en vie. Après tout ce que sa mère avait fait pour la protéger, Jennsen ne pouvait pas baisser les bras, même s'il lui arrivait souvent d'avoir envie de renoncer et de se laisser mourir. Mais il y avait ses poursuivants, et le calvaire qui l'attendait s'ils la rattrapaient… Pourquoi avait-elle autant envie de les fuir, si rien ne comptait plus pour elle ? Eh bien, pour être franche, elle s'expliquait mal cette contradiction, mais…

— Nous devrions manger un morceau, dit Sebastian, arrachant Jennsen à sa sombre méditation. L'auberge sert un ragoût de mouton, ce soir… Ensuite, tu auras une bonne nuit de sommeil, puis, demain matin, nous tenterons de trouver cette vieille connaissance de ta mère… Cette nuit, je monterai la garde pendant que tu dormiras.

— Non, essayons de voir cette femme ce soir. Nous dormirons plus tard…

Quant à manger, cette seule idée donnait la nausée à Jennsen, surtout depuis qu'elle avait senti l'odeur peu appétissante du fameux ragoût.

Comprenant qu'il ne parviendrait pas à convaincre son amie de l'écouter, Sebastian vida sa chope, la posa sur une table et soupira :

— Ce n'est pas très loin… Nous sommes du bon côté de la ville.

— Pourquoi as-tu choisi cette auberge ? demanda Jennsen quand ils furent dehors. J'ai remarqué d'autres établissements, plus jolis, où les clients n'avaient pas l'air si… bizarres.

Sebastian regarda autour de lui, sondant les portes cochères obscures et les allées chichement éclairées.

— Les gens bizarres, comme tu dis, posent très peu de questions, et surtout pas celles que nous n'avons aucune envie d'entendre…

Visiblement, Sebastian avait un certain entraînement, dès qu'il s'agissait d'échapper à la curiosité des gens.

Jennsen s'engagea dans une allée qui, si elle avait bien compris, devait les conduire jusqu'à la maison de la femme dont elle gardait un souvenir très vague. Sa mère avait dû avoir une excellente raison de ne jamais retourner la voir, mais il fallait bien s'accrocher à quelque chose… Avec un peu de chance, la magicienne accepterait de les aider.

Depuis qu'elle était orpheline, Jennsen avait besoin qu'on l'aide. Les trois membres survivants du deuxième *quatuor* devaient être toujours sur sa piste. Et rien ne l'assurait qu'un troisième voire un quatrième *quatuor* ne lui collaient pas aux basques. Après la mort de cinq soldats, les D'Harans ne seraient sûrement pas disposés à abandonner la traque.

En fuyant par le chemin secret, Sebastian et Jennsen avaient trompé leurs adversaires et pris une avance précieuse, d'autant plus que la pluie avait obligeamment brouillé leurs empreintes. En toute logique, les deux jeunes gens auraient dû se sentir en sécurité. Mais quand on était pisté par le seigneur Rahl, un puissant sorcier, tout pouvait arriver – surtout les mauvaises surprises.

Depuis le terrible combat, dans la cabane, Jennsen craignait à tout moment qu'un ennemi bondisse sur elle.

— Il faut descendre cette rue, dit Sebastian quand ils eurent atteint une intersection.

Les deux jeunes gens passèrent devant une série de bâtiments carrés sans fenêtres qui devaient être des entrepôts. Apparemment, personne ne vivait dans ce coin.

Quand ils eurent descendu la rue, Sebastian désigna un étroit sentier.

— Selon l'aubergiste, la maison que nous cherchons est au bout de cette piste, dans un bosquet.

Le chemin semblait rarement fréquenté, et on apercevait, dans le lointain, la lumière d'une fenêtre qui vacillait entre les branches des chênes et des aulnes.

— Tu devrais attendre ici, dit Jennsen. Il vaut peut-être mieux que j'y aille seule.

La jeune femme tendait une perche à son compagnon. C'était gentil, car très peu de gens voulaient fréquenter les magiciennes. À dire vrai, Jennsen elle-même aurait donné cher pour ne pas y être obligée...

— Non, je viens avec toi.

Depuis que Jennsen le connaissait, Sebastian n'avait jamais caché qu'il se méfiait de la magie. À voir la façon dont il sondait le terrain, devant eux, sa déclaration tenait plus de la fanfaronnade que du véritable courage.

Jennsen s'en voulut aussitôt de penser des choses pareilles. Sebastian avait affronté des soldats d'harans bien plus grands et plus forts que lui. Cette nuit-là, il aurait pu rester dans la grotte, au lieu de risquer sa vie. S'il avait été un poltron, il se serait enfui sans jeter un coup d'œil derrière lui... Non, craindre la magie n'était pas une preuve de lâcheté, mais simplement une réaction sensée. Et Jennsen était bien placée pour le savoir...

La neige crissant sous leurs bottes, les deux jeunes gens s'engagèrent sur le sentier qui serpentait entre les arbres. Tandis que son compagnon surveillait leurs flancs, Jennsen se concentrait sur la sinistre maison adossée aux contreforts d'une colline. Pour venir ici, il fallait en avoir rudement besoin, c'était une certitude !

Cela dit, puisque la magicienne vivait si près de la ville, elle devait aider les gens et s'être gagné leur respect. Au fond, elle pouvait être un membre honoré de la communauté. Une guérisseuse qui consacrait sa vie à soulager les autres, pas à leur faire du mal.

Alors que le vent gémissait lugubrement entre les arbres, Jennsen tapa à la porte. Toujours prudent, Sebastian regardait derrière eux. S'ils devaient fuir, les lumières de la ville, si lointaines qu'elles fussent, les aideraient à retrouver leur chemin.

Jennsen aussi regarda autour d'elle, et toutes ces lueurs lui parurent être des yeux tapis dans l'obscurité pour l'épier. Elle frissonna, tous les poils de sa nuque hérissés.

La porte s'entrebâilla juste assez pour laisser passer la tête de la magicienne.

— Oui ?

De sa position, Jennsen distinguait très mal les traits de son interlocutrice. Un détail qui ne fit rien pour la rassurer, d'autant moins que la femme, elle, devait la voir très clairement grâce à la lumière qui filtrait de la cabane.

— Vous êtes Lathea ? Lathea la magicienne ?

— En quoi ça te regarde ?

— On nous a dit que Lathea vivait ici… Si c'est vrai, pouvons-nous entrer ?

La porte ne bougea pas d'un pouce. Transie de froid par le vent et la réception glaciale dont on la gratifiait, Jennsen resserra autour d'elle les pans de son manteau.

— Je ne suis pas une faiseuse d'anges, dit la femme. Pour le genre de problème que vous avez tous les deux, je ne suis pas compétente.

— Ce n'est pas ça du tout ! s'écria Jennsen.

— Dans ce cas, quel genre de médicament te faut-il ?

— Pas un médicament, un… charme. Je suis venue vous voir il y a longtemps, quand j'étais petite, et vous avez jeté un sort pour moi.

— Quand ? Et où cela s'est-il passé ?

— Au Palais du Peuple, lorsque j'y vivais. Vous m'avez aidée quand j'étais enfant.

— Aidée à quoi ? Parle, bon sang !

— À me cacher… Avec un sortilège, je crois… Mais je ne me souviens plus très bien…

— Te cacher de qui ?

— Du seigneur Rahl…

Il y eut un long silence.

— Vous vous souvenez ? Je m'appelle Jennsen, et j'étais très petite, à l'époque.

La jeune femme abaissa son capuchon pour révéler ses cheveux roux.

— Jennsen… Le nom ne me dit rien, mais la crinière… On voit rarement des cheveux pareils.

— Notre rencontre remonte à longtemps, et je suis contente que...

— Je ne veux rien avoir à faire avec toi ! coupa la magicienne. Je ne jette pas de sort pour les gens de ton espèce.

Jennsen en eut le souffle coupé. Que pouvait-elle objecter à cela ? Par le passé, cette femme l'avait aidée, elle en était sûre, mais...

— Fichez le camp, tous les deux ! cria la magicienne en refermant sa porte.

— Attendez ! Je peux vous payer !

Jennsen prit une pièce – d'or, vit-elle en un éclair – dans sa poche et la passa dans l'entrebâillement.

La femme étudia longuement la pièce, se demandant sans doute si cette petite fortune valait la peine qu'elle s'implique dans une très sale histoire.

— Vous vous souvenez, maintenant ? demanda Sebastian.

— Qui es-tu, pour commencer ?

— Un ami de Jennsen...

— Lathea, j'ai besoin de votre aide... Ma mère... (Incapable de dire à voix haute ce qu'il en était, Jennsen tenta une autre approche :) Ma mère me parlait souvent du sort que vous aviez jeté pour m'aider... Tout ça remonte à des années, mais j'ai de nouveau besoin de secours...

— Eh bien, tu t'adresses à la mauvaise personne.

Jennsen eut le sentiment que le monde s'écroulait une fois encore autour d'elle.

— Lathea, par pitié, vous êtes mon dernier espoir !

— Mon amie vous a donné une pièce, intervint Sebastian. Si vous n'êtes pas la bonne personne, il serait décent de lui rendre son argent.

La magicienne eut un sourire sournois.

— J'ai dit qu'elle s'adressait à la mauvaise personne, mais ça ne signifie pas que je sois dans l'incapacité de l'aider... et d'être payée pour ça.

— Je ne comprends pas, souffla Jennsen, qui tremblait maintenant de froid.

Lathea marqua une pause théâtrale, comme pour être sûre que les deux jeunes gens ouvriraient bien les oreilles.

— Tu cherches ma sœur, Althea. Je suis *La*-thea, elle, c'est *Al*-thea. C'est elle qui t'a aidée, pas moi. Ta mère a dû confondre les noms, ou c'est toi qui te souviens mal. C'était une erreur fréquente, quand nous vivions ensemble. Mais Althea a des pouvoirs différents des miens. C'est elle qui t'a aidée, pas moi.

Jennsen était troublée, certes, mais pas irrémédiablement vaincue. Il lui restait un espoir.

— Et ne pouvez-vous pas m'aider à sa place, ce coup-ci ?

— Non, je ne distingue pas les gens comme toi... Althea seule est capable de voir les trous dans le monde. Moi, ça m'est impossible.

Des « trous dans le monde » ? De quoi parlait donc cette femme ?

— Vous ne me voyez pas ?

— C'est ça, oui... Je t'ai dit tout ce que je sais. Maintenant, fiche le camp !

— Un moment ! implora Jennsen. Pouvez-vous au moins me dire où vit votre sœur, à présent ?

— Ce que tu me demandes est dangereux...

— Mais très bien payé..., dit Sebastian d'une voix glaciale. Une pièce d'or ! C'est beaucoup pour un simple renseignement...

Lathea réfléchit quelques instants et répondit d'une voix encore plus froide :

— Je ne veux rien avoir à faire avec vous, c'est compris ? Si Althea désire s'en mêler, c'est son problème. Renseignez-vous au Palais du Peuple.

Jennsen se souvint que sa mère et elle étaient allées voir une femme, dans les environs du palais... Elle pensait que c'était Lathea, mais il pouvait effectivement s'agir de sa sœur...

— Vous ne pouvez m'en dire plus ? Où puis-je trouver votre sœur, plus précisément ?

— La dernière fois que je l'ai vue, elle vivait non loin du palais avec son mari. Demande la magicienne Althea. Si elle n'est pas morte, les gens te diront où la trouver.

Sebastian saisit la porte au vol pour empêcher la femme de la refermer.

— Ce n'est pas très précis, comme information... Pour une pièce d'or, nous méritons davantage...

— Pour ce que je vous ai dit, c'est un paiement dérisoire... Si ma sœur désire courir à sa perte, libre à elle ! Moi, je ne veux pas d'ennuis... même pour tout l'or du monde !

— Nous ne vous voulons pas de mal, dit Jennsen. Un sortilège, voilà ce qu'il nous faut. Si vous ne pouvez pas nous le fournir, merci du renseignement, au sujet de votre sœur. Nous essaierons de la trouver. Mais je dois savoir certaines choses. Pouvez-vous me dire...

— Si tu avais un brin de décence, tu ficherais la paix à Althea !

Les gens comme toi sont une malédiction ! Maintenant, déguerpis avant que je lance un sort de cauchemar qui empoisonnera toutes tes nuits.

Jennsen ne broncha pas.

— Ça, c'est déjà fait, dit-elle avant de se détourner.

Chapitre 9

Se sentant très chic avec sa veste et son chapeau, Oba descendait une série d'allées étroites en sifflotant un air qu'il avait entendu jouer par une flûte alors qu'il passait devant une auberge.

S'immobilisant pour céder le passage à un cavalier, il remarqua que le cheval avait tourné la tête et pointé les oreilles vers lui. Oba avait un cheval, jadis, et il adorait le monter. Mais sa mère avait décidé que l'animal coûtait trop cher. De fait, les bœufs étaient plus utiles et travaillaient davantage, mais ils ne faisaient pas des compagnons très agréables.

Quand il s'engagea sur le sentier qui menait à la maison de Lathea, Oba croisa un couple qui en revenait. Quel traitement ces gens avaient-ils pu demander à la magicienne ? En tout cas, la femme, en passant, avait jeté un regard noir au paysan. Rien d'étonnant, dans un coin aussi sombre – d'autant moins que la taille d'Oba effrayait souvent ces dames.

Le type, en revanche, avait soutenu son regard, ce que peu de gaillards, même costauds, osaient se permettre.

Le comportement des deux inconnus rappela le gros rat à Oba. Il sourit à ce souvenir – comme il était bon de faire sans cesse de nouvelles expériences ! –, et les deux passants crurent qu'il s'adressait à eux.

Oba porta la main à son chapeau pour saluer la femme, qui lui répondit d'un sourire creux très répandu chez les membres du beau sexe.

Exactement le genre qui donnait à Oba l'impression d'être un crétin !

Alors que le couple s'éloignait dans la rue obscure, il fourra les mains dans les poches de sa veste et continua son chemin vers le fief de

Lathea. Il détestait aller voir la magicienne à la nuit tombée. Cette fichue bonne femme était déjà assez inquiétante en plein jour...

Oba ne redoutait pas les affrontements physiques. En revanche, il se sentait impuissant face aux mystères de la magie. Quant aux potions de Lathea...

Ces horribles breuvages lui brûlaient l'œsophage ! Non contents de lui faire mal, ils le transformaient en une bête sauvage incapable de contrôler ses instincts. Une ignoble humiliation...

Mais en ville, on parlait de gens qui avaient déplu à la magicienne et connu un sort bien pire : des langueurs, une soudaine cécité, voire une lente agonie... Devenu fou, un homme, nu comme un ver, s'était enfoncé dans un marécage. D'après ce qu'on disait, il avait gravement offensé la magicienne. On l'avait retrouvé dans une mare, son corps déjà à demi pourri couvert de morsures de serpent.

Que pouvait avoir fait cet idiot pour s'attirer ainsi l'ire de Lathea ? S'il avait été malin, il ne se serait pas montré pareillement imprudent avec la vieille harpie.

Certaines nuits, Oba faisait des cauchemars au sujet de la sorcellerie. Il imaginait que Lathea, avec son pouvoir, était en mesure de lui infliger des dizaines de coupures, de l'écorcher vif, de carboniser ses yeux dans leur orbite ou de faire gonfler sa langue jusqu'à ce qu'il s'étrangle avec.

Il accéléra le pas. Plus vite il en aurait fini, mieux ça vaudrait. Une précieuse leçon que lui avait apprise la vie.

— C'est Oba Schalk, dit-il en frappant à la porte. Ma mère a besoin de son médicament.

La porte s'entrebâilla, comme d'habitude. Étant une magicienne, Lathea aurait en principe dû le voir à travers le bois, sans avoir besoin d'ouvrir. Enfin, selon Oba... Mais ce n'était pas le cas, visiblement.

Parfois, quand il attendait dehors que la magicienne ait achevé ses préparations, d'autres clients venaient frapper à la porte. À ceux-là, Lathea ouvrait directement en grand. Mais quand il s'agissait d'Oba, elle jetait toujours un coup d'œil avant de le laisser entrer.

— C'est toi..., soupira la magicienne sans aucun enthousiasme.

Le battant s'ouvrit en grand. Oba avança lentement, très impressionné, et regarda avec respect autour de lui, même s'il connaissait par cœur l'antre de la magicienne. Avec Lathea, il prenait toujours soin de se montrer circonspect...

La femme le poussa sans ménagement afin de pouvoir refermer sa porte au plus vite.

— Les genoux de ta mère ? Comme toujours ?

Oba baissa les yeux sur la pointe de ses chaussures.

— Ils lui font très mal, et elle a besoin de votre potion... (Hélas, il fallait dire également la suite...) Elle veut que vous lui donniez quelque chose pour moi...

Lathea eut un sourire sournois.

— Pour toi, Oba ?

Elle le torturait à plaisir, sachant parfaitement ce qu'il voulait dire. Il ne lui achetait jamais que deux potions : le médicament de sa mère et l'horrible breuvage qui lui torturait les entrailles.

Lathea voulait qu'il soit précis, et il devrait se plier à son caprice.

— Maman veut un remède pour moi.

Son méchant sourire toujours sur les lèvres, Lathea dévisagea un moment le paysan.

— Une cure contre la perversité ? siffla-t-elle. Oba, c'est ça que ta mère t'a envoyé chercher ?

Oba hocha la tête. Devant le sourire de cette femme, il se sentait tout petit. Mais pourquoi l'étudiait-elle ainsi ? Quelles mauvaises idées tournaient dans sa tête ? Quel plan machiavélique y mijotait ?

Lathea alla afin chercher des ingrédients dans son armoire spéciale dont la porte s'ouvrit en grinçant sinistrement. S'emparant de plusieurs flacons, elle approcha de sa table de travail et les posa dessus.

— Elle essaie toujours, pas vrai, Oba ? lança Lathea d'un ton lointain, comme si elle se parlait à elle-même. Elle s'acharne même si elle ne peut rien changer...

Oba.

À la lueur d'une lampe à huile, la magicienne examina longuement ses fioles et ses flacons. Elle réfléchissait, c'était évident. Peut-être à la composition de l'ignominie qu'elle allait donner à Oba pour le purger du « mal » qui l'habitait depuis toujours – sans qu'il sache pourquoi, ni de quelle sorte de force maléfique il s'agissait.

Les bûches qui brûlaient dans la cheminée fournissaient une agréable lumière. Chez eux, Oba et sa mère avaient une fosse à feu au milieu de la pièce commune. Avec une cheminée, la fumée s'évacuait beaucoup mieux que par un trou creusé au plafond, et sans envahir d'abord tout l'espace. Un jour, il faudrait qu'Oba construise un véritable foyer dans sa ferme. À chacune de ses visites chez Lathea, il regardait comment était conçue la cheminée. Dans la vie, il ne fallait jamais cesser d'apprendre...

Oba gardait aussi un œil sur Lathea pendant qu'elle mélangeait plusieurs liquides dans une grande cornue. Chaque fois qu'elle ajoutait un nouvel ingrédient, elle remuait avec une tige de verre…

Apparemment satisfaite, elle versa de la potion dans un flacon et le boucha hermétiquement.

— Pour ta mère, dit-elle en tendant le médicament à Oba.

En échange, il donna la pièce d'argent à la magicienne, qui s'en empara en le regardant droit dans les yeux et la glissa prestement dans sa poche.

Puis elle se plaça de nouveau devant sa table de travail, choisit quelques flacons et se lança dans une autre préparation.

Le maudit « traitement » d'Oba !

Le paysan n'aimait pas parler avec Lathea, mais le silence était une expérience encore plus pénible. Afin de le briser, il dit la première chose qui lui passa par la tête :

— Maman sera contente. Elle espère que ce médicament guérira ses genoux.

— Et que l'autre fera du bien à son fils ?

— Oui, ma dame, marmonna Oba, qui regrettait déjà d'avoir engagé la conversation.

— J'ai dit plusieurs fois à maîtresse Schalk qu'il n'y avait guère d'espoir, fit Lathea tout en continuant à travailler.

Sur ce point, Oba était d'accord, mais sûrement pas pour la même raison. En fait, il ne se sentait pas « pervers » et ne voyait pas de quoi on aurait dû le guérir. Enfant, il s'était dit que sa mère savait ce qu'elle faisait et ne l'aurait sûrement pas soigné s'il n'avait pas été malade. Avec les années, il avait changé d'avis. Aujourd'hui, il ne voyait plus sa génitrice comme une femme intelligente et consciente de ses actes.

— S'occuper de moi est son devoir, et elle l'accomplit dignement…

— Ou alors, elle espère que cette potion la débarrassera de toi ! lança Lathea, toujours concentrée sur son travail.

Oba !

Oba leva les yeux et regarda fixement le dos de la magicienne. Cette idée ne lui avait jamais traversé l'esprit. Sa mère et Lathea étaient peut-être de mèche pour avoir sa peau. Ces deux femmes se voyaient de temps en temps, et elles pouvaient avoir mis au point un plan afin d'en finir avec lui.

Depuis toujours, il pensait qu'elles s'efforçaient de lui faire du bien. Était-ce en réalité le contraire ? Complotaient-elles afin de l'empoisonner discrètement ?

S'il mourait, sa mère n'aurait plus besoin de le nourrir, et elle se plaignait souvent de son « appétit d'ogre ». Régulièrement, elle lui rappelait qu'elle trimait dur presque exclusivement pour qu'il se remplisse l'estomac. À cause de lui, se plaignait-elle, elle n'avait jamais pu mettre de l'argent de côté. Et si elle avait épargné, au lieu de lui payer un coûteux traitement, elle aurait sans doute un bas de laine bien rempli, depuis toutes ces années.

Mais sans lui, se souvint-il, elle aurait dû faire tout le travail...

Les deux femmes lui voulaient peut-être du mal par pure méchanceté, sans avoir réfléchi à toutes les conséquences de leurs actes. L'étroitesse d'esprit de sa mère étonnait souvent Oba. La magicienne et elle avaient peut-être simplement décidé de le faire souffrir, parce que c'était amusant...

Le paysan regarda les reflets des flammes danser dans les cheveux raides de la magicienne.

— Aujourd'hui, ma mère a dit qu'elle aurait dû suivre vos conseils, avant ma naissance...

Lathea continua à verser un liquide noir dans sa cornue, mais elle regarda Oba par-dessus son épaule.

— Elle a enfin compris ?

Oba!

— Quels conseils lui avez-vous donnés, à l'époque ?

— Ça ne te paraît pas évident ?

Oba en eut les sangs glacés.

— Vous voulez dire qu'elle aurait dû me tuer ?

Oba n'avait jamais été aussi franc et direct face à la magicienne. En fait, c'était la première fois qu'il osait l'affronter, car elle le terrorisait. Mais aujourd'hui, les mots étaient sortis tout seuls de sa bouche, lui rappelant un peu la voix qui parlait dans sa tête. Il les avait prononcés sans réfléchir ni se demander s'il était sage ou non d'agir ainsi.

À l'évidence, il avait réussi à prendre Lathea par surprise, la déconcertant encore plus qu'il l'était lui-même. Ses flacons pour un moment oubliés, elle le regardait comme s'il venait de se métamorphoser devant ses yeux.

Et c'était peut-être bien ce qui arrivait.

En tout cas, dire le fond de sa pensée était une chose très agréable, et il aimait beaucoup ça. Depuis qu'il la fréquentait, il n'avait jamais vu Lathea perdre pied ainsi. Sans doute parce que les choses n'existaient pas vraiment tant qu'on ne les avait pas *dites* à haute et intelligible voix. Les pires crimes, ainsi, pouvaient rester... virtuels...

— Qu'as-tu conseillé à ma mère, Lathea ? demanda Oba, passant d'instinct au tutoiement. D'éliminer son bâtard de fils ?

La magicienne parvint à sourire.

— Ce n'est pas ce que tu penses, mon garçon… (Pour une fois, Lathea ne parlait pas du ton hautain qui humiliait tant le paysan.) Pas du tout… (Elle s'adressait à Oba comme à un homme, pas comme à un fichu bâtard qu'elle supportait très mal. Il y avait presque de la… douceur… dans sa voix.) Les femmes sont parfois plus heureuses quand un bébé… eh bien… ne naît jamais. Tu vois ce que je veux dire ? Ce n'est pas un meurtre, parce qu'il ne s'agit pas encore d'une personne…

Oba, renonce !

— Tu veux dire que c'est plus facile, c'est ça ?

— Oui… Enfin, c'est l'idée générale, et…

Oba entendit sortir de sa gorge une voix qui exprimait une violence et une froide colère qu'il ignorait avoir en lui.

— Si je comprends bien, tu trouves ça plus facile parce que la victime ne peut pas se défendre.

Décidément, il était doué pour tout, y compris l'ironie glaciale. C'était la nuit de toutes les révélations !

— Non, ce n'est pas ce que je veux dire…

Oba était sûr du contraire. Mais Lathea ne voulait pas qu'il sache la vérité, maintenant qu'elle le respectait.

— Oba, comprends-moi : c'est plus simple quand ça se passe avant qu'une femme aime son enfant… Tu saisis ? Avant qu'il s'agisse d'une véritable personne, avec une conscience… Pour la mère, il est moins déchirant de…

Oba était en train d'apprendre quelque chose de nouveau, mais il n'avait pas encore mis ensemble toutes les pièces du puzzle. Ce qu'il aurait bientôt assimilé était d'une importance capitale, et il lui fallait encore quelques minutes…

— Comment la mort d'un enfant peut-elle être une bonne chose pour sa mère ?

Lathea posa le flacon qu'elle tenait.

— Eh bien, parfois, avoir un enfant est un fardeau. Pour le nouveau-né, la vie peut être une épreuve plus qu'autre chose, et il vaut mieux qu'il ne vienne jamais au monde.

La magicienne alla prendre un autre flacon dans l'armoire. Quand elle revint devant sa table de travail, elle se plaça de façon à ne plus tourner le dos au paysan.

Oba n'avait pas idée de ce qu'étaient la plupart des ingrédients de son « traitement ». Mais s'il n'aurait su dire à quoi servaient ces poudres et ces liquides, il savait parfaitement ce que contenait le flacon que Lathea était allée chercher : des pétales séchés de rose à fièvre des montagnes.

La magicienne ajoutait souvent un pétale marron – un minuscule cercle orné de petites étoiles juste au centre – à la potion d'Oba. Cette fois, elle en prit plusieurs, les émietta entre ses doigts et les jeta dans la cornue.

— Pour l'enfant aussi, il est préférable de ne pas naître ? demanda Oba.

— Eh bien, parfois, oui..., souffla Lathea. (Elle semblait pressée de changer de sujet, mais sans savoir comment s'y prendre.) Il arrive qu'une naissance soit une menace pour une femme et pour ses autres enfants.

— Maman n'en avait pas...

Lathea ne sut qu'objecter à cette remarque.

Oba. Renonce...

Le jeune homme écouta son étrange voix intérieure et trouva qu'elle avait beaucoup changé. Comme si elle était devenue beaucoup plus... importante.

— C'est vrai, dit enfin la magicienne, mais tu menaçais quand même d'être un fardeau pour elle. Élever un enfant seule n'est jamais facile pour une femme, surtout quand... (Lathea s'interrompit brusquement.) Eh bien, c'est difficile, voilà tout !

— Pourtant, maman a réussi. Tu t'es trompée, Lathea ! Toi, pas maman ! Elle m'a toujours désiré, mais tu ne trouvais pas ça bien.

— À cause de toi, elle ne s'est jamais mariée ! cria Lathea avec quelque chose de son ancienne autorité méprisante. Si elle avait trouvé un époux, elle aurait eu une chance de fonder une véritable famille, au lieu d'avoir simplement un...

— ... Un bâtard ? acheva Oba.

Lathea ne répondit pas et elle semblait regretter de s'être engagée autant sur ce sujet. Sa colère soudain envolée, elle recommença à émietter des pétales de rose à fièvre pour les ajouter à la potion. Puis elle prit un flacon bleu, se tourna vers la cheminée et étudia à la lueur des flammes le liquide qu'il contenait.

Oba avança vers la table de travail.

Lathea l'entendit et se retourna.

— Créateur bien-aimé…, murmura-t-elle quand son regard croisa celui du jeune homme. Quand je vois ces yeux bleus, j'ai l'impression d'être face à…

Le flacon glissa des mains de la magicienne, roula sur la table et tomba sur le sol, où il explosa en mille morceaux.

Oba, renonce à ta volonté…

C'était nouveau. La voix n'avait jamais dit une chose pareille.

— Tu voulais que maman me tue, pas vrai, Lathea ?

Oba fit un autre pas en avant.

— N'approche plus ! cria la magicienne.

De la peur brillait dans ses petits yeux de fouine. Encore une nouveauté. Oba apprenait tellement de choses en si peu de temps qu'il aurait certainement du mal à se souvenir de tout.

Il vit la magicienne lever les mains – les armes les plus redoutables des femmes comme elle.

Il s'immobilisa, prêt à tout.

Renonce, Oba, et tu seras invincible !

Cette nouveauté-là était carrément stupéfiante !

— Lathea, je crois que tu essaies de me tuer avec tes « traitements ». Avoue : c'est une manière de m'empoisonner, n'est-ce pas ?

— Non, non ! Oba, je te jure que ce n'est pas ça ! Il faut me croire !

Oba fit un pas de plus pour déterminer si la voix lui disait la vérité.

— Reste où tu es ! lança la magicienne d'une voix soudain plus assurée. Sinon…

Renonce, Oba, et tu seras invincible !

Le paysan sentit qu'il venait de percuter la table avec ses cuisses. Les cornues et les flacons oscillèrent. Lathea tenta de rattraper une petite bouteille, mais elle réagit trop tard, et un liquide rouge se répandit sur le bois usé par les ans de la table.

Les traits tordus par la haine et la colère, Lathea leva ses mains aux doigts recourbés comme des serres et déchaîna son pouvoir contre Oba.

Des éclairs blancs aveuglants jaillirent des doigts de la magicienne et percutèrent la poitrine du paysan.

Des coups mortels, comprit-il. Mais qui n'avaient aucun effet sur lui.

Derrière lui, l'énergie magique avait percé un trou de la taille d'un homme dans la cloison de bois et les éclairs crépitaient encore dans la neige.

Oba toucha sa poitrine, qui aurait dû être en bouillie. Mais il était indemne. Pas une égratignure, pas une goutte de sang, rien...

Une fois encore, Lathea semblait plus surprise que lui. Elle en était même restée bouche bée, les yeux écarquillés.

Toute sa vie, Oba avait eu peur de cet épouvantail ambulant...

Lathea se ressaisit vite et lança une autre attaque. Du feu bleu, cette fois, qui satura vite l'air d'une odeur de soufre et d'ozone, comme pendant un orage.

Un assaut mortel pour n'importe qui, comprit Oba, mais pas pour lui. La cloison brûla dans son dos, mais il ne sentit rien et se contenta de sourire.

Lathea décrivit des arabesques dans l'air en murmurant une incantation incompréhensible. Une colonne de lumière se matérialisa devant Oba, ondulant comme un serpent – et prête à tuer, ça ne faisait aucun doute.

Oba leva les mains, les plongea dans la masse de tentacules lumineux et eut l'impression que rien de tout ça n'existait – une simple illusion, ou une image venue d'un autre monde, mais sans la moindre substance.

Il semblait bien que le fils Schalk était invincible, tout compte fait...

Avec un cri d'indignation, Lathea leva de nouveau les mains.

Trouvant que ce petit jeu avait assez duré, Oba la prit à la gorge.

— Non ! cria-t-elle. Non ! Je t'en prie !

Une nouveauté de plus. Oba n'avait jamais entendu la magicienne implorer quiconque.

Lui serrant le cou, il tira Lathea vers lui, par-dessus la table, renversant ses fioles, ses flacons et ses cornues.

Oba referma sa main libre sur les cheveux de la magicienne, qui se débattit et tenta de nouveau d'utiliser son pouvoir. Hystérique, elle récita des formules dont le paysan ne comprit pas un traître mot, même s'il en saisit le sens général. La femme voulait le tuer, mais il avait renoncé à sa volonté, comme le demandait la voix, et il était devenu invincible.

Quand il en eut assez de contempler la fureur de la magicienne, il déchaîna la sienne, propulsant Lathea contre l'armoire de toutes ses forces.

Le souffle coupé, elle cessa de se débattre.

— Pourquoi voulais-tu que maman se débarrasse de moi ?

Les yeux de la magicienne, ronds comme des soucoupes, étaient rivés sur l'objet de toutes ses terreurs : Oba Schalk. Sa vie entière, elle s'était amusée à faire peur aux autres. Aujourd'hui, c'était son tour…

— Pourquoi voulais-tu que maman se débarrasse de moi ?

La magicienne émit une série de gémissements pathétiques.

— Pourquoi ?

Oba arracha sa robe à Lathea, et des pièces d'or et d'argent roulèrent sur le sol.

— Pourquoi ?

Il déchira aussi les dessous de la femme.

— Pourquoi ?

Lathea tenta de s'accrocher à ses sous-vêtements en lambeaux, mais il l'en dépouilla en la secouant comme une poupée de chiffon. Ses seins flasques oscillant ridiculement, la magicienne était nue comme au jour de sa naissance et elle n'avait plus aucun pouvoir.

Elle cria, mais Oba l'envoya une nouvelle fois percuter l'armoire, d'où tombèrent des fioles et des bocaux remplis d'immondices. S'emparant d'une bouteille, Oba la cassa sur l'arête du meuble.

— Pourquoi, Lathea ? demanda-t-il en plaquant le goulot cassé sur le ventre de la magicienne. Pourquoi ? (Lathea hurla. Impitoyable, il lui déchiqueta les chairs.) Pourquoi ?

— Au nom du Créateur, par pitié ! Non, non !

— Pourquoi, Lathea ?

— Parce que… Parce que tu es le bâtard d'un monstre nommé Darken Rahl !

Oba en fut déconcerté. Une nouvelle stupéfiante, si elle était vraie…

— Maman a été violée, elle me l'a dit… Mon père était un inconnu qui l'a prise de force.

— C'est faux ! En ce temps-là, elle travaillait au palais. Elle avait de gros seins et de grandes ambitions, à l'époque… Mais elle n'était pas assez futée pour comprendre qu'elle serait un simple jouet pour un homme qui pouvait avoir toutes les femmes de D'Hara. Celles qui voulaient de lui, comme elle, et toutes les autres…

Une nouvelle fascinante ! Darken Rahl avait été l'homme le plus puissant du monde. Si son sang coulait dans les veines d'Oba, les implications avaient de quoi lui donner le tournis.

En supposant que la magicienne ne mente pas.

—Si elle avait été enceinte de Darken Rahl, dit Oba, ma mère serait restée au Palais du Peuple.

—Tu n'as pas le don, espèce d'idiot!

—Peut-être, mais un père se soucie de son fils...

Malgré sa souffrance, Lathea parvint à gratifier Oba du sourire méprisant qu'il abominait.

—Tu n'as pas le don! Pour lui, toi et tes demi-frères et demi-sœurs ne valiez pas mieux que de la vermine. Darken Rahl a toujours fait tuer ses bâtards. S'il avait connu ton existence, ta mère aurait été torturée à mort. Quand elle a compris ce qui l'attendait, elle s'est enfuie du palais.

L'esprit saturé de nouvelles, Oba commençait à perdre pied.

Il fallait qu'il y voie plus clair.

—Darken Rahl était un puissant sorcier, dit-il en tirant la magicienne vers lui. Si ce que tu racontes est vrai, il nous aurait fait poursuivre. (De nouveau, il propulsa Lathea contre l'armoire.) Il m'aurait traqué, c'est sûr! J'en suis persuadé!

—Et tu as raison, mais il était incapable de voir les trous dans le monde...

Lathea n'en avait plus pour longtemps. Du sang coulait de son oreille droite, et elle n'était pas de taille à résister au traitement que lui infligeait Oba.

—Que racontes-tu? J'ai peur que tu perdes la raison, vieille femme...

—Seule Althea peut...

Oui, la magicienne avait perdu l'esprit. Mais depuis quel moment racontait-elle n'importe quoi?

Oba la secoua un peu.

—J'aurais pu nous sauver tous... J'en ai eu l'occasion... Althea se trompait...

Oba secoua plus fort sa victime, mais il n'en tira plus rien, à part des gargouillis et des bulles de sang répugnantes. Elle ne lui servirait plus à rien désormais, cette vieille charogne!

Il se souvint des ignobles potions, ces horreurs qui le consumaient de l'intérieur, et des journées passées dans son enclos. Des heures à vomir sans pour autant se sentir un tout petit peu mieux.

Oba souleva la magicienne squelettique et la propulsa de nouveau contre l'armoire. Ses cris inarticulés le stimulèrent, car il jubilait de sentir à quel point elle souffrait, réduite à l'état d'une victime impuissante.

Décidément, c'était un jour extraordinaire – celui de la connaissance et de la vengeance.

Oba jeta la vieille femme sur la table, brisant le meuble en même temps que les os de la magicienne. Il recommença, les cris de Lathea devenant plus faibles et plus inhumains chaque fois.

Quand elle se tut, il ne s'arrêta pas pour autant. Car il commençait à peine à extérioriser sa haine et sa colère…

Chapitre 10

Jennsen n'avait aucune envie de retourner à l'auberge, mais il faisait très froid et elle n'avait pas de meilleure idée à proposer. La réaction de Lathea était une catastrophe, car tous les espoirs de la jeune femme reposaient sur la magicienne.

— Que prévois-tu pour demain ? demanda Sebastian.

— Demain ?

— Eh bien, veux-tu que je t'aide à quitter D'Hara, comme nous en étions convenus ?

Jennsen n'avait pas réfléchi à cette question. Avec le peu d'informations que lui avait fourni Lathea, elle ne savait que faire.

— Si je vais au Palais du Peuple, dit-elle, faisant le point à voix haute, je trouverai des réponses. Et avec un peu de chance, Althea consentira à m'aider.

Cette solution était de loin la plus risquée. Mais où qu'aille Jennsen, la magie du seigneur Rahl pourrait la débusquer. Si Althea lui jetait un sort protecteur, elle aurait une chance d'échapper à son tourmenteur. Au moins pour un temps…

Sebastian prit le temps de réfléchir au choix qui s'offrait à eux.

— Dans ce cas, dit-il, en route pour le Palais du Peuple. Essayons de trouver cette Althea.

Jennsen se sentit un peu mal à l'aise. En toute logique, son compagnon aurait dû lui prêcher la prudence, lui semblait-il.

— C'est le cœur même de D'Hara, rappela-t-elle. Et l'endroit où habite le seigneur Rahl.

— Donc, le dernier où il attendra que tu ailles ! Ce n'est pas si dangereux que ça…

Un joli sophisme, d'autant plus que s'aventurer dans la tanière d'un ennemi n'était jamais une très bonne idée. Les prédateurs repéraient vite leurs victimes, c'était bien connu. Les deux jeunes gens seraient sans défense, livrés à la cruauté de leur adversaire.

Jennsen tourna la tête pour regarder son compagnon.

— Sebastian, que fais-tu en D'Hara ? Tu n'aimes pas ce pays, c'est évident. Alors, pourquoi y es-tu venu ?

— Je suis si transparent que ça ? demanda le jeune homme.

Jennsen vit qu'il souriait sous sa capuche.

— Tu n'es pas le premier voyageur que je rencontre. Normalement, ces gens-là sont intarissables sur les endroits qu'ils ont visités. Ils parlent de superbes vallées, de montagnes, de curiosités géologiques, de villes fascinantes… Je ne t'ai jamais entendu dire un mot sur tes voyages.

— Tu veux savoir la vérité ? demanda Sebastian.

Jennsen détourna le regard. Soudain, elle se sentait très gênée, surtout en pensant à ce qu'elle ne disait pas à son compagnon.

— Désolée, mon ami… Je n'ai aucun droit de te demander tout ça. Restons-en là.

— Pourquoi ? lança joyeusement Sebastian. Je te vois mal aller me dénoncer aux soldats d'harans.

— Et tu as bien raison, confirma Jennsen.

— Le seigneur Rahl et l'empire d'haran veulent régner sur le monde, et j'essaie de les en empêcher. Je viens d'un autre pays, au sud du tien, je te l'ai déjà dit. Le chef de mon peuple m'a envoyé. Oui, je travaille pour l'empereur de l'Ancien Monde, Jagang le Juste…

— Donc, tu es quelqu'un d'important, fit Jennsen. Un homme de haut rang…

La surprise céda très vite la place à un sentiment d'infériorité. Impressionnée par son compagnon, la jeune femme le voyait grandir à vue d'œil devant elle, et elle ne savait plus comment se comporter avec lui.

— De quelle façon dois-je t'appeler ? demanda-t-elle.

— Pardon ? Ah ! oui… Sebastian, comme d'habitude…

— Tu es un homme important et je ne suis rien !

— Détrompe-toi, Jennsen Daggett ! Le seigneur Rahl ne traque pas de proies insignifiantes.

Jennsen se sentait de plus en plus mal à l'aise. D'Hara n'avait jamais fait vibrer sa fibre patriotique, bien sûr, mais savoir que Sebastian était là pour préparer la défaite de sa patrie ne lui plaisait pas beaucoup.

Ce conflit de loyauté la perturbait. Car le seigneur Rahl avait envoyé les assassins de sa mère, et c'était lui qui traquait impitoyablement Jennsen et lui empoisonnait la vie.

Le *seigneur Rahl,* justement, pas le peuple de D'Hara. Les montagnes, les grandes plaines, les fleuves, les arbres et les plantes de son pays ne lui avaient jamais fait de mal, bien au contraire. Bizarrement, cette idée ne lui avait jamais traversé la tête : on pouvait aimer sa terre natale *et* détester l'homme qui la dirigeait.

Cela dit, si Jagang le Juste triomphait, elle serait débarrassée de son ennemi juré. La défaite de D'Hara entraînerait la chute du seigneur Rahl, rendant la liberté et l'espoir à tous ceux qu'il persécutait.

Jennsen avait un autre problème... Considérant la franchise dont Sebastian faisait montre à son égard, elle avait honte de lui cacher qui elle était vraiment et de ne pas lui dire que Richard Rahl voulait sa mort. Elle ne savait pas tout, mais ce qu'elle connaissait suffisait à lui laisser une certitude : en restant à ses côtés, Sebastian mettait sa propre vie en danger.

Au fil de sa réflexion, Jennsen commença à trouver moins surprenant que son compagnon n'ait pas tenté de la dissuader d'aller au palais. Même si cette aventure était également risquée pour lui, il devait avoir très envie de jeter un coup d'œil dans le fief de Rahl. Pour un espion, c'était tout à fait normal...

— Nous sommes arrivés, annonça Sebastian.

Jennsen leva les yeux et reconnut la façade blanche de l'auberge, avec son enseigne en forme de chope qui grinçait sinistrement au vent. Des échos de musique et de rires filtraient de l'établissement, toujours plein à craquer.

Quand ils furent entrés, Sebastian passa un bras autour des épaules de la jeune femme et la guida jusqu'à l'escalier, au fond de la grande salle. Voyant qu'elle était accompagnée, les clients ne reluquèrent pas trop Jennsen.

Au premier étage, Sebastian ouvrit la troisième porte sur la droite, dans un long couloir, puis alluma la lampe à huile posée à côté d'une aiguière et d'un broc sur une petite table. La chambre n'était pas bien grande, mais le lit semblait confortable...

D'instinct, Jennsen détesta cette pièce aux murs de plâtre crasseux, même si elle était plus confortable que la cabane qu'elle avait dû abandonner.

La chambre étant à l'étage, il était impossible d'en sortir sans passer par la salle commune de l'auberge. Habituée à disposer d'une voie d'évasion, la jeune femme n'appréciait pas d'être coincée ainsi. De plus, une odeur de tabac froid et d'urine flottait dans l'air. À l'évidence, personne n'avait songé à vider le pot de chambre glissé sous le lit.

Laissant Jennsen sortir quelques affaires de son sac afin de faire un brin de toilette, Sebastian redescendit dans la salle commune. Quand il revint avec deux assiettes de ragoût, du pain et deux chopes de bière, la jeune femme venait juste de finir de se brosser les cheveux. Assis sur un petit banc, les deux amis mangèrent en silence à la lueur vacillante de la lampe à huile.

Le ragoût était moins bon qu'il en avait l'air. Jennsen mangea la viande, dédaigna les légumes fades et trop cuits et ramollit avec la sauce le pain trop dur et tout aussi peu goûteux. Offrant sa bière à Sebastian, elle se contenta de boire de l'eau. N'étant pas habituée à l'alcool, elle trouvait que la boisson sentait aussi mauvais que l'huile de la lampe. Visiblement, Sebastian ne partageait pas cet avis.

Quand elle eut fini de dîner, Jennsen fit les cent pas dans la pièce, comme Betty dans son enclos.

Sebastian s'assit plus confortablement sur le banc, s'adossa au mur et regarda la jeune femme faire la navette entre le lit et une cloison tendue de lin blanc – une bizarrerie qu'il ne s'expliquait pas.

— Tu devrais te coucher, je monterai la garde…

Jennsen regarda son compagnon, qui finissait de vider la seconde chope de bière. Décidément, elle se sentait comme un animal pris au piège…

— Et que ferons-nous demain ? demanda-t-elle agressivement.

Elle abominait cette auberge et cette chambre, mais ce n'était pas la véritable raison de sa mauvaise humeur. Sa conscience la tourmentait, et ça ne pouvait pas durer.

— Sebastian, je vais te dire qui je suis. Depuis le début, tu es honnête avec moi, et je ne peux pas rester à tes côtés et risquer de compromettre ta mission. J'ignore quelles choses terriblement importantes tu dois faire, mais être avec moi te met en danger. Tu m'as aidée plus que j'aurais osé l'espérer – beaucoup plus, pour être franche !

— Jennsen, être ici est dangereux pour moi de toute façon. Ce pays est en guerre contre le mien…

— Et tu es un homme important ! (Jennsen se frotta les mains pour les réchauffer, mais ses doigts restèrent glacés.) Si tes ennemis te capturent parce que tu es avec moi… Eh bien, je ne pourrai pas le supporter…

—J'ai pris ce risque en toute connaissance de cause.

—Peut-être, mais moi, je t'ai menti. Oui, j'ai omis de te dire des choses qui auraient sans doute modifié ton comportement. Tu as trop de valeur pour rester avec moi sans savoir pourquoi on me poursuit et pour quelles raisons ces hommes ont attaqué la cabane. (Jennsen avala la boule qui se formait dans sa gorge.) Et tué ma mère…

Sebastian se tut, laissant le temps à son amie de trouver ses mots. Depuis leur rencontre, il faisait toujours ce qu'il fallait pour qu'elle se sente en sécurité. Ce mélange de délicatesse et de compassion avait été fort mal récompensé, jusque-là, et Jennsen estimait que ça ne pouvait plus durer.

Elle cessa de marcher de long en large et regarda le jeune homme dans les yeux.

Des yeux bleus, comme ceux du père de Jennsen.

—Sebastian, le précédent seigneur, Darken Rahl, était mon père.

Sebastian ne broncha pas, comme si cette nouvelle n'avait aucune importance. Mais que pensait-il, au plus profond de lui-même ? C'était impossible à dire, car il avait l'air exactement comme d'habitude. Un homme calme et patient auprès duquel elle se sentait en sécurité.

—Ma mère travaillait au Palais du Peuple, dans l'équipe de domestiques. Darken Rahl l'a… remarquée… et il a fait usage de son droit de cuissage.

—Jennsen, tu n'es pas obligée de…

La jeune femme leva une main pour faire taire son compagnon. Il fallait que tout cela sorte très vite, tant qu'elle contrôlait ses nerfs. Après avoir passé sa vie avec sa mère, l'idée d'être seule la terrorisait. Elle redoutait que Sebastian décide de l'abandonner, mais elle devait tout lui dire. Enfin, tout ce qu'elle savait…

—Elle avait quatorze ans, dit-elle d'une voix qui tremblait un peu. Un âge où on ne comprend pas encore comment marche le monde ni de quelle façon agissent les hommes. Tu as vu combien maman était belle ? Adolescente, elle était plus épanouie que la plupart des filles de son âge, et elle adorait la vie. Oui, à quatorze ans, pleine d'innocence, elle pensait que l'univers était un endroit merveilleux.

» Elle était une personne sans importance, une simple servante, et sentir qu'elle éveillait l'intérêt – et le désir – d'un homme si puissant l'excitait beaucoup. C'était stupide, je sais, mais à son âge et dans sa position, ça pouvait se comprendre. Elle se sentait flattée, et tout ça devait même lui paraître follement romantique…

» Une vieille domestique lui fit prendre un bain, la coiffa comme une vraie dame et l'aida à revêtir une magnifique robe. Tout ça pour sa rencontre avec le grand homme de D'Hara. Quand elle fut présentée à Darken Rahl, il s'inclina devant elle puis lui baisa la main. Tu imagines ? Elle n'était qu'une servante, et il la traitait comme une reine. En plus, il était d'une beauté à faire pâlir de jalousie les plus somptueuses statues de marbre.

» Ils dînèrent en tête à tête dans la salle des banquets, dégustant des plats délicieux dont ma pauvre mère ignorait jusqu'à l'existence. Le seigneur et elle, assis seuls à une immense table, avec des dizaines de personnes pour les servir. C'était la première fois de sa vie que ma mère n'était pas dans la peau d'une domestique.

» Incroyablement charmant, Darken Rahl la complimenta sur sa beauté et sur sa grâce. Il alla même jusqu'à lui servir du vin – lui, le maître absolu de D'Hara !

» Quand ils furent seuls, ma mère comprit enfin pourquoi elle était en compagnie du seigneur… Trop effrayée, elle ne résista pas. Mais si elle ne s'était pas docilement soumise, il aurait fait ce qu'il entendait faire, de toute façon. Darken Rahl était un puissant sorcier et sa cruauté n'avait pas de limites. Aucune femme n'aurait pu lui échapper, quoi qu'elle fasse. Et celles qui lui déplaisaient finissaient entre les mains de ses bourreaux…

» Ma mère ne s'est jamais rebiffée. Au début, et malgré sa peur, je suppose qu'elle a trouvé fascinant d'être ainsi au cœur même du pouvoir et de la fortune. Quand le rêve a tourné au cauchemar, elle s'est résignée en silence…

» Ce ne fut pas un viol au sens habituel du terme, car Darken Rahl ne plaqua jamais un couteau sur la gorge de ma mère pour la forcer à se plier à ses désirs. Mais ce fut un crime ! Oui, un acte sauvage commis par une bête fauve !

Jennsen détourna le regard des yeux bleus de Sebastian.

— Darken Rahl garda ma mère dans son lit pendant quelque temps, puis il s'en fatigua et passa à une autre « conquête ». Comme je te l'ai déjà dit, il n'avait que l'embarras du choix… Malgré son jeune âge, ma mère n'a jamais été assez bête pour penser qu'elle représentait quelque chose pour lui. Elle savait qu'il jouissait d'elle et qu'il la jetterait dans un coin, comme un os rongé, dès qu'il se serait lassé de ses charmes. La pauvre s'est comportée comme une servante doit le faire. Même si sa position pouvait paraître flatteuse, elle n'était qu'une jeune femme innocente dans l'incapacité de résister à un homme qui n'avait de comptes à rendre à personne. Un souverain au-dessus de toutes les lois !

Les yeux baissés, Jennsen murmura d'une toute petite voix la conclusion de son histoire :

— Je suis le résultat de la courte épreuve que fut pour ma mère cette époque de sa vie. Et la cause du calvaire qu'elle endura ensuite.

Jennsen n'avait jamais confié la vérité à personne. À présent, elle se sentait souillée, glacée et malade à en avoir envie de vomir. Penser à tout ce qu'avait subi une pauvre gamine de quatorze ans lui nouait les entrailles d'angoisse et de colère.

Sa mère ne lui avait jamais raconté l'histoire d'une traite, comme elle venait de le faire. Jennsen avait tout reconstitué à partir de bribes de confidences et de quelques courtes conversations. D'ailleurs, ce qu'elle avait raconté à Sebastian était incomplet, car aucun mot ne pouvait décrire les horreurs que Darken Rahl avait infligées à sa petite « favorite ».

Comme pour interdire l'oubli à sa pauvre mère, ce calvaire avait porté ses fruits : une naissance qui était comme la marque indélébile d'un ignoble drame.

Jennsen se demandait souvent, ces derniers temps, comment sa mère était parvenue à l'aimer autant. À sa place, combien de femmes auraient rejeté l'enfant de leur tortionnaire ?

Quand la jeune femme releva la tête, les yeux pleins de larmes, elle vit que Sebastian était debout près d'elle. Tendant une main, il lui caressa la joue avec une surprenante tendresse.

— Darken Rahl se fichait des femmes qui partageaient sa couche et de leurs enfants, continua Jennsen après s'être séché les yeux du dos de la main. Depuis des siècles, le seigneur Rahl élimine impitoyablement tous ses héritiers qui n'ont pas le don. Les Rahl ayant de gros appétits en matière de femmes, ces enfants sont souvent très nombreux... Comme ses prédécesseurs, Darken Rahl s'est occupé exclusivement de son seul descendant né avec le don.

— Richard Rahl..., dit Sebastian.

— Oui, Richard Rahl... Mon demi-frère.

Un demi-frère qui la traquait, reprenant le flambeau de son père. Un demi-frère qui envoyait des *quatuors* à ses trousses, et qui était directement responsable de la mort de sa mère.

Mais pourquoi ? Jennsen ne menaçait en rien Darken Rahl, et elle était encore moins dangereuse pour son fils.

Richard Rahl était un puissant sorcier qui avait sous ses ordres une armée, d'autres dépositaires du don et des cohortes de fidèles et de sujets dociles. Jennsen, elle, n'était qu'une jeune femme seule animée du modeste désir de vivre en paix loin de la violence et des problèmes. Comment pouvait-elle mettre en péril le règne de son demi-frère ?

L'histoire de sa mère n'aurait fait sourciller personne. En D'Hara, nul n'ignorait que le seigneur Rahl vivait selon ses propres lois. Les gens n'auraient pas douté de la véracité de ce récit, c'était certain, mais ils n'en auraient pas fait une affaire non plus. Les hommes auraient sans doute échangé des clins d'œil en regrettant secrètement de ne pas pouvoir mener la même vie que les grands de ce monde. Et en son temps, Darken Rahl avait été le plus grand parmi les grands...

Toute l'existence de Jennsen tournait désormais autour de cette question : pourquoi son père, un homme qui ne l'avait jamais vue, s'était-il acharné à tenter de la tuer ? Et pourquoi Richard Rahl, son demi-frère, désormais à la tête de D'Hara, était-il animé par la même rage meurtrière ?

Tout ça n'avait aucun sens !

Jennsen ne pouvait nuire à aucun de ces deux hommes. Face à leur pouvoir, elle n'était rien...

Pour se rassurer, elle tapota la garde en argent du couteau – celui qui portait l'emblème de la maison Rahl – puis le dégaina à demi pour s'assurer qu'il coulissait bien dans son fourreau.

La lame fit un bruit métallique agréable quand elle la remit en place.

Jennsen prit une grande inspiration puis s'empara de son manteau, posé sur le lit, et l'enfila.

Tandis qu'elle fermait le vêtement, Sebastian passa une main dans ses cheveux blancs hérissés.

— Que fais-tu donc ? demanda-t-il.

— Je sors et je serai de retour dans pas longtemps...

Sebastian tendit la main vers son manteau et ses armes.

— Très bien, je...

— Non, tu ne m'accompagneras pas ! Tu as déjà pris assez de risques pour moi. J'irai seule, et je reviendrai quand j'en aurai terminé.

— Terminé avec quoi ?

— Ce que je dois faire, éluda Jennsen en se dirigeant vers la porte.

Sebastian resta au centre de la chambre, les mains plaquées sur les hanches, se demandant s'il devait aller contre la volonté de son amie.

Jennsen sortit, ferma très vite la porte derrière elle et dévala les marches quatre à quatre. Si elle quittait très vite l'auberge, Sebastian ne saurait pas où aller, s'il changeait d'avis et décidait de la suivre.

Dans la salle commune, la foule était aussi bruyante que d'habitude. Ignorant les buveurs, les joueurs et les danseurs, Jennsen marcha d'un pas décidé vers la sortie. Hélas, avant qu'elle l'atteigne, un type barbu la prit par le bras et la tira en arrière.

La jeune femme poussa un petit cri qui passa inaperçu dans le vacarme. Lui plaquant le bras gauche contre le flanc, l'homme lui prit la main droite et l'entraîna dans une danse endiablée.

Jennsen tenta d'abaisser sa capuche afin d'effrayer son cavalier avec ses cheveux roux, mais elle ne parvint pas à dégager son bras gauche et la poigne de l'homme était trop forte pour qu'elle libère le droit. Dans ces conditions, elle ne pouvait même pas tenter de dégainer son couteau…

Le type sourit à ses amis, serra plus fort sa conquête et se laissa emporter par la musique. Dans ses yeux, Jennsen ne lisait aucune méchanceté : il s'amusait, voilà tout. Mais dès qu'elle résisterait, cela changerait, elle le savait. Les hommes de ce genre considéraient que toutes les femmes étaient consentantes, et ils ne supportaient pas qu'on leur démontre le contraire.

Le danseur lâcha la taille de sa cavalière pour la faire tourner sur elle-même. Avec une seule main prisonnière, Jennsen espéra pouvoir se libérer. Mais le couteau était rangé sous son manteau, et elle avait du mal à l'en sortir, surtout de la main gauche…

La foule claquait des mains en cadence avec la musique des cornemuses et des tambours. Alors qu'elle pivotait sur elle-même, un autre homme passa un bras autour de la taille de Jennsen, la percutant assez fort pour lui couper le souffle. Ce second danseur arracha au premier la main droite de la jeune femme. En essayant de dégainer son couteau, Jennsen avait gâché une occasion d'abaisser sa capuche et c'était tout…

Elle se retrouva perdue dans un océan d'hommes. Les quelques autres femmes – pour l'essentiel des serveuses – trouvaient sans doute la situation amusante. Rompues à l'art d'échapper aux mâles, elles souriaient, esquissaient quelques pas de danse et s'esquivaient discrètement. Jennsen aurait donné cher pour savoir comment elles s'y prenaient, car elle avait le sentiment d'être à jamais prisonnière d'une meute de danseurs qui se la faisaient joyeusement passer les uns aux autres.

Apercevant la porte du coin de l'œil, la jeune femme mobilisa toutes ses forces et parvint à échapper à l'emprise de son dernier cavalier en date, qui ne s'attendait pas à une telle manœuvre. Plusieurs gaillards se moquèrent du crétin qui avait laissé échapper sa proie.

Comme elle l'avait prévu avec le tout premier danseur, l'homme se rembrunit, tout son « charme » évanoui. Mais bizarrement, les autres semblaient avoir pris le parti de la victime, dans cette affaire, et ils lui souriaient.

Vexé qu'on se moque de lui, mais nullement en colère contre la jeune femme, le dernier cavalier lui fit une gracieuse révérence :

— Merci de cette danse, jeune beauté, dit-il. Pour un vieux croûton comme moi, c'est un moment de bonheur inoubliable.

L'homme sourit, fit un clin d'œil à Jennsen et retourna danser avec ses amis.

Sonnée, Jennsen comprit qu'elle n'avait jamais été en danger. Ces hommes s'amusaient, et ils ne voulaient de mal à personne. Aucun ne l'avait touchée d'une façon indécente ni ne lui avait lancé d'obscénités. Tous lui avaient souri, contents de danser avec elle.

Pourtant, elle fila très vite vers la porte.

— Je ne savais pas que tu aimais gambiller ! lança une voix familière.

À son tour, Sebastian passa un bras autour de la taille de la jeune femme, qui se laissa entraîner hors de l'auberge.

Dehors, elle trouva le contact de l'air frais stimulant et prit une grande inspiration pour chasser de ses narines les odeurs de bière, de tabac et de sueur qui flottaient dans la salle commune.

Qu'il était agréable de ne plus entendre le boucan des fêtards…

— Je t'ai dit que je voulais y aller seule.

— Aller où ?

— Chez Lathea. Tu veux bien m'attendre ici, Sebastian ?

— Si tu me dis pourquoi tu ne veux pas de moi !

Jennsen leva une main pour protester, mais elle la laissa retomber avec un soupir résigné.

— Tu es un homme important, et j'ai honte que tu aies déjà couru tant de risques à cause de moi. C'est mon problème, pas le tien. Ma vie… Eh bien, en réalité, je n'ai pas de vie, tandis que toi… Je refuse que tu t'englues dans mes difficultés. (Jennsen se mit en route.) Attends-moi ici, c'est tout ce que je te demande.

Sebastian glissa les mains dans ses poches et suivit la jeune femme.

— Jennsen, je suis un homme adulte, d'accord ? N'essaie pas de me dire ce que je dois faire.

Jennsen ne répondit pas et tourna dans une rue obscure.

— Pourquoi veux-tu retourner chez Lathea ? Il faut que je le sache !

La jeune femme s'arrêta devant un entrepôt, pas très loin de l'entrée du sentier qui conduisait à la demeure de la magicienne.

— Sebastian, j'ai passé ma vie à fuir. Ma mère aussi, puisqu'elle n'a pas eu d'autre but, pendant vingt ans, que d'échapper à Darken Rahl et me soustraire à sa violence. Pour finir, elle est morte en tentant de ne pas tomber entre les griffes de Richard Rahl, le fils de mon ennemi. Darken Rahl en avait après moi, c'était moi qu'il voulait tuer, et à présent, son fils aussi désire ma mort. Le plus terrible, c'est que j'ignore pourquoi !

» J'en ai assez, Sebastian. Fuir, me cacher, mourir de peur... Voilà à quoi se réduit mon existence. Je ne pense qu'à une chose : échapper à l'homme qui désire me tuer. Toujours avoir un peu d'avance sur lui, afin de rester en vie...

Sebastian ne contredit pas sa compagne, mais lui posa une question :

— Pourquoi veux-tu retourner chez la magicienne ?

Sous son manteau, Jennsen se frotta les bras pour les réchauffer, puis elle sonda le chemin qui conduisait chez Lathea.

— J'ai eu peur de cette femme, tout à l'heure ! Je ne sais pas pourquoi le seigneur Rahl me poursuit, mais elle le sait, et je n'ai pas osé insister pour qu'elle me le dise. J'étais prête à voyager jusqu'au Palais du Peuple, à frapper à une autre porte et à attendre humblement qu'Althea daigne m'aider.

» Et si elle refuse ? Si elle aussi se détourne de moi ? Aller au palais est la chose la plus dangereuse que je puisse faire. Et pourquoi prendre un tel risque ? Parce que j'espère que quelqu'un voudra bien aider une pauvre femme traquée par une nation entière qui obéit aux ordres du monstrueux fils bâtard de son père défunt ?

» Tu ne comprends pas, Sebastian ? Si je cesse de me laisser claquer toutes les portes au nez, si j'insiste auprès de Lathea, je peux m'épargner un dangereux voyage jusqu'au cœur de D'Hara. Pour la première fois de ma vie, je serai libre de quitter ce maudit pays. Mais j'ai failli me priver de cette possibilité parce que j'avais peur de Lathea. J'en ai assez de trembler !

— Dans ce cas, dit Sebastian, partons de D'Hara, et le problème sera réglé.

— Non ! Je veux d'abord savoir pourquoi le seigneur Rahl désire ma mort.

— Jennsen, à quoi ça t'avancera ?

— Je ne partirai pas avant d'avoir appris pourquoi ma mère est morte ! cria la jeune femme, des larmes aux yeux.

— Oui, je comprends… Allons voir Lathea. Je t'aiderai à obtenir la réponse que tu cherches. Ensuite, tu me laisseras peut-être te guider hors de D'Hara…

— Merci, Sebastian… Mais n'as-tu pas une mission à remplir ici ? Mes problèmes ne doivent pas t'éloigner de ton devoir. C'est ma vie, et tu as la tienne à vivre…

— Le guide spirituel de mon peuple, le frère Narev, dit que notre tâche la plus importante, sur terre, est d'aider ceux qui en ont besoin.

Apprendre qu'il existait de pareils philosophes remonta le moral de Jennsen – un exploit qu'elle aurait cru impossible.

— On dirait que c'est un homme merveilleux…

— C'est exactement ça…

— Mais tu es en mission pour Jagang le Juste, non ?

— Le frère Narev est un ami proche et un conseiller de l'empereur. Tous les deux voudraient que je t'aide, j'en suis sûr. Après tout, nous avons un ennemi commun, le seigneur Rahl. Ce chien a fait beaucoup de mal à mon peuple. Le frère Narev et l'empereur Jagang insisteraient pour que je m'occupe de toi. C'est une certitude…

Trop émue pour parler, Jennsen se laissa guider sur le sentier par son compagnon. Se serrant contre lui, elle écouta la neige crisser sous leurs pas.

Lathea aurait intérêt à accepter de l'aider. Sinon, ça tournerait mal pour elle !

Chapitre 11

Oba aurait voulu que ça ne cesse jamais. Hélas, les meilleures choses avaient une fin, il le savait. L'heure était venue de rentrer. S'il s'attardait en ville, sa mère serait furieuse. De plus, il ne pouvait plus rien attendre de Lathea, qui lui avait donné tout l'amusement qu'il pouvait espérer – voire un peu plus.

Ces quelques heures avaient été fascinantes et enrichissantes. Oba avait appris beaucoup de choses, vraiment. Avec les animaux, c'était intéressant, mais pas à ce point. Bien sûr, assister à la mort d'un être humain ou à celle d'une bête étaient des expériences comparables sur bien des points, mais il existait des différences essentielles, et Oba les avait gravées dans sa mémoire.

Qui pouvait dire ce que pensait un rat – en admettant qu'il pût penser ? Les gens, cependant… On voyait des choses passer dans leurs yeux, et on devinait facilement quelles idées défilaient dans leur tête. Les rats, les volailles ou les lapins crevaient tous de la même manière monotone. En revanche, l'agonie de Lathea avait été un spectacle varié, divertissant et riche en enseignements. Et il y avait eu ce moment extraordinaire : l'instant où l'âme de la magicienne avait quitté son corps pour tomber aussitôt entre les mains du Gardien. Pendant une fraction de seconde, Oba avait senti chez la vieille femme une angoisse grisante…

Cela dit, il ne devait pas se montrer injuste avec les animaux, qui lui procuraient aussi une intense satisfaction. Clouer une bête à une clôture ou au mur d'une grange et l'écorcher vive resterait un grand moment dans son existence. Mais il y avait cette absence d'âme, qui rendait la mort bien moins intéressante.

Lathea était passée de vie à trépas en offrant à son bourreau un spectacle hors du commun.

À vrai dire, il n'avait jamais souri ainsi devant aucun événement.

Encore guilleret rien que d'y repenser, il retira le cache de la lampe, enleva la mèche et versa de l'huile sur le sol, la table cassée et l'armoire renversée de Lathea.

Même si ça l'aurait beaucoup amusé, il ne pouvait pas se permettre de laisser la magicienne comme ça. Quelqu'un la découvrirait tôt ou tard, et il y aurait inévitablement des questions, voire une enquête. Quand on trouvait un cadavre dans cet état, on concluait rarement à une mort naturelle…

En un sens, Oba regrettait que ce ne soit pas possible, car il aurait adoré entendre les discours hystériques des citadins. Oui, il se serait régalé que des idiots *lui* décrivent en détail la fin atroce de Lathea. Qu'un simple mortel soit ainsi venu à bout d'une magicienne aurait été une sensation en soi. Les citadins auraient voulu connaître le coupable, certains le tenant plutôt pour un ange exterminateur ou un justicier. Partout, la mort de la vieille peau aurait stupéfié les gens. Et en circulant par le bouche à oreille, cette histoire aurait pris les dimensions épiques d'une geste de chevalerie.

Oui, ç'aurait été très amusant…

Alors qu'il finissait de vider la lampe, Oba vit son couteau qui gisait sur le sol, près de l'armoire renversée. Jetant la lampe sur le meuble fracassé, il se baissa et ramassa son arme. La pièce était un vrai champ de bataille, mais comme disait sa mère, on ne pouvait pas faire une omelette sans casser des œufs. Elle répétait sans cesse ce proverbe. Pour une fois, Oba le jugeait approprié.

Prenant d'une main le fauteuil favori de Lathea, il le jeta au milieu de la pièce puis entreprit de nettoyer sa lame avec la housse en velours.

Son couteau était un instrument précieux, et il l'aiguisait régulièrement. Une fois le sang essuyé, la lame brillait toujours autant, et cela rassura Oba. D'après ce qu'il avait entendu dire, la magie pouvait parfois avoir de drôles de conséquences. Un instant, il avait redouté que le sang acide de Lathea ait pu corrompre l'acier de son arme.

Il regarda autour de lui. Non, c'était un sang normal. Mais il y en avait beaucoup…

Quel dommage que cette scène ne soit jamais vue par d'autres yeux que les siens ! Les gens en auraient parlé pendant des années…

Certes, mais Oba n'avait aucune envie que des soldats viennent enquêter. Les militaires étaient des gens soupçonneux, et ils adoraient fourrer leur nez dans les affaires des autres. Avec leurs interrogatoires et leurs indices, ils auraient risqué de tout ficher en l'air. De plus, Oba doutait qu'ils aient assez de goût pour apprécier le genre d'omelette qu'il avait préparé...

Bref, il valait mieux que la maison brûle. Les conversations seraient beaucoup moins vives, il n'y aurait aucun scandale, et personne ne penserait à mal. Les maisons brûlaient souvent, surtout en hiver. Une bûche qui roulait hors de la cheminée, des braises qui envoyaient des étincelles dans des tentures ou des rideaux, des bougies qu'on oubliait d'éteindre et qui mettaient le feu aux meubles... Les accidents de ce genre arrivaient tout le temps. Et avec les activités étranges de la magicienne, qui manipulait sans cesse des poudres et des liquides bizarres, les gens s'étonneraient plutôt que ça ne soit pas arrivé avant. Pour beaucoup de citadins, Lathea était depuis toujours un membre dangereux de la communauté...

Bien sûr, un passant pouvait remarquer la maison en feu, au bout du chemin. Mais il serait beaucoup trop tard pour que les secours puissent intervenir. Et demain matin, il ne resterait plus que des cendres.

Oba eut une pensée émue pour le beau scandale qui aurait pu occuper ses concitoyens pendant des mois. Un banal incendie ne leur ferait même pas la semaine...

Oba s'y connaissait en feux. Au fil des années, plusieurs de ses fermes avaient brûlé, les animaux étant carbonisés vivants. Mais tout ça s'était passé dans d'autres villes, avant que sa mère et lui s'installent ici.

Le paysan adorait regarder brûler une maison, et les cris des animaux étaient une douce musique à ses oreilles. Et voir les gens affolés accourir lui ravissait l'âme. Comme ils semblaient déconfits face à ce qu'il avait créé ! Les hommes et les femmes moyens avaient peur des flammes, alors qu'il se régalait de les entendre rugir en dévorant un bâtiment.

Ces soirs-là, les citadins appelaient à l'aide, s'agitaient, jetaient des seaux d'eau, tentaient d'étouffer les flammes avec des couvertures... Mais ils n'étaient jamais venus à bout d'un incendie allumé par Oba, qui n'était pas un bousilleur ! Il faisait toujours du bon travail, en réfléchissant avant d'agir...

Quand il eut fini de nettoyer sa lame, Oba jeta la housse sur l'armoire qu'il avait arrosée d'huile.

La dépouille de Lathea était clouée au dos du meuble, qui reposait façade contre le sol.

La magicienne fixait le plafond.

Oba sourit. Bientôt, il n'y aurait plus rien à fixer, et le cadavre n'existerait plus non plus.

Apercevant un petit objet rond brillant, sur le sol, il se baissa et le ramassa. Une pièce d'or! Il n'en avait jamais vu jusqu'à ce soir, et à présent, il en avait les poches pleines. La magicienne en gardait plusieurs sur elle, et il avait en plus trouvé une bourse pansue sous son matelas.

Lathea avait fait de lui un homme riche. Qui se serait douté qu'elle était si prospère ? Une partie de cet argent, versée par la mère d'Oba pour payer les maudits « traitements », revenait à celui qui le méritait le plus. Voilà ce qu'on appelait la justice immanente.

Le reste des pièces était un bonus...

Alors qu'il approchait de la cheminée, Oba entendit des bruits de pas, dehors, et se pétrifia.

Quelqu'un approchait de la maison.

Mais qui pouvait venir voir Lathea à une heure si tardive ? Quel casse-pieds, en tout cas ! Ou plutôt, *quels* casse-pieds, car il y avait au minimum deux personnes. Ces imbéciles ne pouvaient pas attendre le matin pour acheter leurs médicaments ? Ne respectaient-ils donc pas le repos d'une vieille femme ?

Certaines personnes étaient d'un égoïsme forcené !

Oba prit le tisonnier et tira les bûches hors du foyer, les poussant sur le parquet imbibé d'huile.

Des flammes s'élevèrent aussitôt, puis une fumée noire monta de ce qui serait le bûcher funéraire de Lathea.

Rapide comme l'éclair, Oba sortit par le trou que la magicienne avait fort obligeamment foré dans la cloison en essayant de le tuer.

Cette idiote ne s'était pas aperçue qu'elle affrontait un adversaire invincible.

Sebastian prit Jennsen par le bras et la tira en arrière. Se tournant vers son compagnon, la jeune femme vit briller dans ses yeux une lumière orange qui ne pouvait pas la tromper : des flammes !

À la gravité du jeune homme aux cheveux blancs, Jennsen comprit que ce n'était pas le moment de parler.

Sebastian dégaina son épée et avança vers la porte. À la façon dont il se déplaçait, son amie reconnut un professionnel entraîné pour affronter de telles situations.

Il se pencha sur le côté pour pouvoir jeter un coup d'œil par la fenêtre sans devoir marcher devant. Puis il murmura :

— Un incendie…

— Entrons vite ! Lathea est peut-être endormie. Nous devons la secourir.

Sebastian réfléchit une fraction de seconde, puis il ouvrit la porte et entra, Jennsen sur les talons.

Les deux intrus eurent du mal à déterminer ce qu'ils voyaient *vraiment*. À la lumière du feu, tout semblait irréel – les images brouillées d'un autre monde, pas tout à fait à la même échelle que le leur.

Quand elle vit le « bûcher », au centre de la pièce, Jennsen saisit la sinistre réalité de tout cela. Lathea était étendue sur une grande armoire renversée. Avait-elle été blessée lors de la chute du meuble ? De toute façon, elle avait besoin de secours…

Jennsen approcha et découvrit ce qui s'était réellement passé.

Tétanisée, les yeux écarquillés d'horreur, elle faillit vomir devant cette impensable boucherie. Elle cria, mais le rugissement des flammes couvrit le son de sa voix.

C'était horrible ! Comment avait-on pu faire une chose pareille ?

Du coin de l'œil, Sebastian vit que le cadavre de Lathea avait été cloué au dos de l'armoire. Il nota mentalement ce détail, le classant avec tous ceux qu'il venait de recenser dans la pièce. Une autre réaction de professionnel qui en avait trop vu pour s'émouvoir encore. Blasé, l'agent de Jagang ne se laissait plus démonter par de telles horreurs.

Jennsen…

La jeune femme ferma la main sur la garde de son couteau et sentit le « R » en relief qui l'ornait pénétrer dans la chair de sa paume. Luttant contre l'envie de vomir, elle dégaina la lame et se raidit.

Renonce.

— Les soldats d'harans, souffla Jennsen. Ils sont venus ici, c'est évident…

De la surprise passa dans le regard de Sebastian. C'était la conclusion logique, pourtant, il ne semblait pas convaincu.

— Tu es sûre de ce que tu dis ? demanda-t-il.

Jennsen.

La jeune femme ignora la voix qui résonnait dans sa tête et repensa à l'homme qu'ils avaient croisé en sortant de chez Lathea. Il était grand, blond et bien bâti – le portrait type du soldat d'haran. Sur le coup, elle n'avait pas pensé qu'il s'agissait d'un militaire. Mais c'était possible…

Non, pas vraiment… Il avait semblé gêné de les rencontrer. Les militaires ne se comportaient pas ainsi, parce qu'ils se croyaient toujours en terrain conquis.

— Qui d'autre aurait pu faire ça ? D'après nos comptes, il y a deux *quatuors*. Les trois survivants ont dû nous suivre quand nous avons quitté la cabane.

— Tu dois avoir raison, Jennsen, fit Sebastian.

Renonce.

— Nous devons sortir d'ici, ou nous serons les prochains cadavres. (Jennsen tira le jeune homme par son manteau.) Les D'Harans ne sont peut-être pas loin…

— Mais comment ont-ils pu savoir, pour la magicienne ?

— Par les esprits du bien, le seigneur Rahl est un sorcier ! Comment a-t-il su où était ma maison, d'après toi ?

Utilisant la pointe de son épée, Sebastian continua à retourner les débris qui jonchaient le sol. Jennsen tira plus fort sur son manteau.

— Ta maison…, répéta-t-il. Oui, je vois ce que tu veux dire.

— Nous devons filer avant d'être coincés ici.

— Oui, oui… Où veux-tu aller ?

Les deux jeunes gens approchèrent ensemble de la porte, sondant l'obscurité par-dessus leur épaule.

— Nous n'avons plus le choix, dit Jennsen. Lathea était notre seul espoir de trouver la réponse sans aller jusqu'au Palais du Peuple. Elle est morte, et nous devons contacter sa sœur. Althea est une magicienne, elle sait tout ce qui m'intéresse, et elle est la seule capable de voir les « trous dans le monde » – quoi que ça puisse vouloir dire.

— Tu es sûre de ta décision ?

Jennsen repensa à la voix froide et sans vie qui avait retenti dans sa tête. Cette intrusion l'avait surprise, car elle n'avait plus rien entendu depuis la mort de sa mère.

— Que pourrions-nous faire d'autre ? Si je veux découvrir pourquoi le seigneur Rahl tient tant à me tuer et pourquoi il a fait assassiner ma mère, je dois voir Althea. C'est ma seule chance d'échapper aux griffes de Richard Rahl – enfin, peut-être…

Sebastian et sa compagne passèrent la porte et s'engagèrent sur le sentier obscur.

— Nous devrions rentrer à l'auberge et préparer nos affaires, au cas où il faudrait partir précipitamment, demain matin…

— Si nos poursuivants sont si près, je refuse de dormir à l'auberge, dit Jennsen. J'ai l'argent que tu avais donné à ma mère, et toi, celui que tu as pris aux hommes. Nous pouvons acheter des chevaux et partir dès ce soir en espérant que personne ne nous ait vus à proximité de chez Lathea.

Sebastian rengaina son épée et réfléchit.

— Grâce au feu, dit-il, il ne reste aucune preuve. C'est une très bonne chose pour nous… À part le type que nous avons croisé, personne ne nous a vus dans le coin, et on ne nous dénoncera pas si une enquête est ouverte.

— Il vaut quand même mieux partir avant qu'on découvre que la maison de Lathea a brûlé, dit Jennsen. Au début, tout le monde risque de soupçonner tout le monde, et les soldats s'intéresseront d'abord aux étrangers, comme d'habitude.

— Tu as raison. Fichons le camp au plus vite !

Chapitre 12

Décidément, les surprises n'en finissaient pas. Une nuit de plus en plus étrange, avec une série d'événements inédits et pleins d'enseignements.

De sa cachette, très près de la maison, Oba avait entendu presque toute la conversation entre les deux inconnus. Au début, il avait redouté que ces crétins courent chercher de l'aide. En principe, il était trop tard pour éteindre les flammes, mais ces idiots pouvaient avoir l'idée de sortir Lathea de la maison – pour la sauver, ou pour que les gens voient comment elle était morte. Voilà qui aurait bien été de la magicienne : revenir de l'au-delà pour le tourmenter, malgré tout le mal qu'il s'était donné...

Mais le couple d'étrangers avait abandonné la vieille femme au feu, en espérant, comme Oba, que les flammes détruiraient toutes les preuves qu'un meurtre avait été commis.

Ces deux-là parlaient comme des voleurs. La femme avait même mentionné de l'argent pris à des hommes. C'était très étrange...

Avaient-ils eux aussi trouvé de l'or et de l'argent chez Lathea ? Après avoir trimé comme des esclaves depuis leur plus tendre enfance, avaient-ils finalement récupéré de l'argent qui leur revenait de droit ?

Comme lui, avaient-ils dû ingurgiter d'ignobles potions tout au long de leur vie ? Oba en doutait. Son histoire était très particulière, et il avait – pour de bon – remis la main sur une fortune qui lui appartenait. Se retrouver virtuellement complice de deux vulgaires voleurs lui déplaisait beaucoup.

Cette nuit, les surprises succédaient aux surprises. Pendant des années, les jours, les semaines et les mois s'étaient ajoutés les uns aux autres, monotone série de corvées identiques, d'humiliations répétitives et de rêveries maussades. Puis tout d'un coup, tout avait changé !

Pour commencer, Oba était devenu invincible, un événement des plus extraordinaires. Puis il avait appris que le sang des Rahl coulait dans ses veines. Enfin, un étrange couple était venu l'aider à dissimuler les véritables causes du décès de Lathea.

Étrange ? Vous avez dit « étrange » ?

Découvrir qu'il était le fils de Darken Rahl en avait bouché un coin au paysan. Lui, Oba Schalk, l'idiot du village, comme disait sa mère, était en réalité un homme important ? Un membre de la noblesse, avec un arbre généalogique prestigieux ?

Devait-il se considérer désormais comme Oba *Rahl*? Était-il une sorte de prince ?

Cette idée le fascinait. Malheureusement, sa mère lui avait donné une éducation très simple, et il ne connaissait pas grand-chose au sujet des titres et des prérogatives royales.

Ce soir, Oba avait fait une troublante découverte : sa mère était une menteuse. Elle lui avait dissimulé sa véritable identité. Lui cacher qu'il était le fils de Darken Rahl, rien que ça ! Sans doute parce qu'elle était jalouse et ne voulait pas qu'il soit informé de sa propre grandeur. Oui, cette mesquinerie allait bien avec le personnage. Depuis toujours, elle faisait tout pour le rabaisser.

La fumée qui sortait par la porte ouverte de chez Lathea ne sentait plus l'huile mais la viande rôtie. En souriant, Oba jeta un regard à l'intérieur et aperçut une main déjà noircie par les flammes, sur le côté de l'armoire. On eût dit que la vieille magicienne le saluait depuis le royaume des morts !

Se glissant derrière le tronc d'un grand chêne, Oba regarda le couple s'éloigner à grandes enjambées. Quand les deux étrangers furent hors de vue, il les suivit en prenant garde à rester invisible. Il était un peu trop grand et fort pour se cacher facilement, mais l'obscurité l'aidait beaucoup.

Sa rencontre avec les deux inconnus continuait à le perturber. En particulier, il était anormal que ces gens n'aient pas eu le réflexe d'appeler à l'aide. La femme avait paru encore plus pressée de filer que son compagnon. S'il avait bien compris, la mort de Lathea aidait d'une façon ou d'une autre les gens qui la poursuivaient.

L'étrangère avait parlé d'un « *quatuor* ». C'était ça qui troublait le plus Oba.

Il avait entendu parler de ces équipes d'assassins envoyées par le seigneur Rahl en personne. Mais ces tueurs avaient pour cibles des individus très importants ou spécialement dangereux…

C'était peut-être l'explication… Les deux étrangers n'étaient pas des voleurs ordinaires, mais des gens redoutables…

Oba avait entendu le nom de la femme : Jennsen. Il avait aussi appris l'existence d'Althea, la sœur de Lathea – encore une de ces fichues magiciennes. Althea était la seule personne capable de voir les « trous dans le monde ». Jennsen avait mot pour mot répété ce que Lathea avait dit à Oba un peu plus tôt. Sur le coup, il avait pensé que la vieille moribonde s'adressait aux esprits des morts, voire au Gardien lui-même, ou qu'elle délirait. Mais apparemment, elle lui avait dit la vérité.

S'il comprenait bien, cette Jennsen et lui étaient tous les deux ce que la magicienne appelait des « trous dans le monde ». Cela lui semblait important. Cette femme et lui avaient un point commun. Ils étaient liés. Et Oba trouvait ça fascinant.

Il regretta de ne pas l'avoir mieux regardée… Lorsqu'ils s'étaient croisés, il faisait trop sombre, et durant leur seconde rencontre, la lumière des flammes n'était pas encore assez forte. Quand la femme avait tourné sans le savoir la tête vers lui, Oba avait vu en un éclair qu'elle était très belle. C'était tout ce qu'il pouvait en dire.

Se faufilant d'arbre en arbre, le paysan continua sa réflexion. Les gens comme Jennsen et lui – les « trous dans le monde » – devaient être très importants, car les *quatuors* du seigneur Rahl ne traquaient pas les vulgaires criminels de droit commun…

Avant de mourir, Lathea avait dit que le seigneur Rahl aurait voulu faire tuer Oba s'il avait été informé de son existence.

Mais cette information n'était pas fiable. Lathea était jalouse de quiconque se révélait plus important qu'elle. Elle avait sûrement menti. Cela dit, Oba était peut-être en danger à cause de sa noblesse et de son ascendance. Un paysan traqué parce qu'il était en réalité un prince. Même si ça semblait un peu tiré par les cheveux, c'était possible, surtout après toutes les choses extraordinaires qu'il avait découvertes cette nuit. Un homme important et désireux d'apprendre sans cesse des nouveautés ne pouvait pas rejeter de pareilles possibilités sans leur accorder toute l'attention requise.

Oba s'efforçait toujours de faire la synthèse de tout ce qu'il avait appris. C'était très difficile, il s'en était rendu compte. Pour comprendre, il ne devait négliger aucun élément et trouver sa place exacte dans le puzzle.

Le meilleur moyen d'avancer était sûrement de suivre Jennsen et son compagnon – Sebastian, s'il avait bien entendu – jusqu'à leur auberge, et de les espionner un peu.

Ils venaient justement de quitter le sentier pour s'engager sur la route.

Même si les deux étrangers restaient vigilants, les suivre sans se faire remarquer serait un jeu d'enfant pour Oba, car il connaissait la ville comme sa poche. Restant à bonne distance, il vit le couple entrer dans une auberge dont l'enseigne était en forme de chope. Des rires et de la musique sortaient de l'établissement, comme si les citadins avaient fêté par avance la mort de la vieille magicienne.

Hélas, personne ne saurait jamais qu'Oba était le héros auquel la cité devait sa délivrance. Si les gens avaient connu la vérité, il aurait sans doute bu gratis jusqu'à la fin de ses jours.

Jennsen et Sebastian venaient de refermer la porte derrière eux. Dans le silence revenu d'une nuit d'hiver glaciale, Oba prit le temps de réfléchir.

Il n'avait jamais pu se payer à boire à l'auberge, car il n'avait jamais eu d'argent. C'était fini, à présent. Cette nuit n'était sûrement pas la plus facile de sa vie, mais elle l'avait métamorphosé. Oba Rahl était un homme nouveau. Et plein aux as !

Après s'être essuyé le nez d'un revers de la manche, le paysan approcha de la porte. L'heure avait sonné pour lui de fréquenter les auberges. Et le fils de Darken Rahl méritait qu'on le serve bien et avec diligence !

Jennsen étudia les clients de l'auberge, cherchant à repérer des tueurs potentiels. L'image du cadavre de Lathea, gravée dans sa mémoire, lui donnait toujours envie de vomir. Cette nuit, des monstres rôdaient en ville.

Certains hommes la regardaient, mais ils semblaient joyeux et nullement animés d'intentions meurtrières. Mais comment en être sûre avant qu'il soit trop tard ?

Jennsen brûlait d'envie de gravir l'escalier...

— Du calme..., lui souffla Sebastian, croyant qu'elle était sur le point de céder à la panique. (Ou le devinant...) N'éveillons pas les soupçons.

Ils approchèrent lentement de l'escalier et montèrent les marches lentement, comme un couple qui va se coucher après une petite promenade.

Dès qu'ils furent dans la chambre, Jennsen commença à rassembler leurs affaires et à boucler leurs sacs.

Ébranlé par ce qu'il avait vu chez la magicienne, Sebastian lui-même semblait nerveux et il s'assurait souvent de la présence de ses armes sous son manteau.

Jennsen vérifia que le magnifique couteau coulissait bien dans son fourreau.

— Tu es sûre qu'on ne devrait pas dormir un peu ? demanda Sebastian. Lathea ne peut pas avoir dit que nous étions descendus ici, puisqu'elle ne le savait pas. À l'aube, nous serons frais et dispos, et…

Jennsen foudroya son compagnon du regard puis s'empara de son sac.

— D'accord, d'accord… (Sebastian prit la jeune femme par le bras.) Mais ne marche pas trop vite. Si tu cours, les gens se demanderont pourquoi tu es pressée.

Sebastian était un agent secret en mission chez l'ennemi. Il savait de quoi il parlait.

— Comment dois-je me comporter ? demanda Jennsen.

— Fais comme si nous redescendions pour boire un verre ou écouter la musique. Si tu veux sortir tout de suite, marche, n'attire pas l'attention sur toi en courant. Les clients penseront que nous allons rendre visite à un ami ou à un parent. Il ne faut surtout pas qu'ils repèrent quelque chose de louche. Tout ce qui est normal passe inaperçu. Les témoins se souviennent uniquement des choses hors du commun.

Honteuse, Jennsen acquiesça docilement.

— Désolée, je ne suis pas douée pour le jeu du chat et de la souris… J'ai fui toute ma vie, mais c'était différent, car mes poursuivants ne me collaient jamais aux basques.

Sebastian eut un de ses sourires désarmants de tendresse.

— Tu n'es pas entraînée à ce genre de choses, et je ne m'attends pas à ce que tu saches toujours que faire. Cela dit, je n'ai jamais rencontré une femme capable de résister aussi bien que toi à la pression. Tu t'en sors à merveille, vraiment…

Jennsen fut un peu réconfortée d'apprendre qu'elle ne se comportait pas comme une parfaite idiote. Sebastian avait une manière unique de la mettre en confiance, l'aidant ainsi à réaliser des exploits qu'elle aurait crus impossibles. Il la laissait prendre ses décisions, puis il l'épaulait loyalement. Peu d'hommes auraient agi ainsi avec une femme.

Quand ils furent redescendus dans la salle commune, Jennsen eut une nouvelle poussée de panique. Tous ces gens la terrorisaient, comme s'ils menaçaient de l'étouffer – oui, de la priver de son air !

Mais elle se ressaisit vite, parce qu'elle avait appris que les clients n'étaient pas menaçants. Elle avait même un peu honte d'avoir pensé tant de mal d'eux. Ce n'étaient pas des voleurs et des tueurs, mais de braves artisans, fermiers et ouvriers qui se réunissaient pour prendre un peu de bon temps et oublier les tracas de leur vie quotidienne.

Mais de vrais tueurs rôdaient en ville, cette nuit. Après avoir vu les restes de Lathea, il était impossible d'en douter. Jennsen n'aurait pas cru qu'une telle perversité existât. Et s'ils la capturaient, ces monstres lui infligeraient les mêmes tortures avant de l'autoriser à mourir.

Jennsen eut de nouveau la nausée au souvenir de ce qu'elle avait vu. Elle parvint à retenir ses larmes, mais il fallait qu'elle sorte au plus vite afin de respirer un peu d'air frais.

Alors que Sebastian et elle se frayaient un chemin vers la porte, la jeune femme bouscula un grand type qui avançait en sens contraire. Levant les yeux, elle découvrit un très beau visage… qui lui disait quelque chose.

Soudain, elle se souvint. C'était l'homme qu'ils avaient croisé en sortant de chez Lathea, après leur première visite à la magicienne.

— Bonsoir, dit le paysan en soulevant légèrement son chapeau.

— Bonsoir, répondit Jennsen.

Elle se força à sourire et eut l'impression qu'elle ne s'en sortait pas trop mal. En tout cas, son interlocuteur semblait trouver sa comédie convaincante.

L'homme paraissait beaucoup moins furtif et effacé que quelques heures plus tôt. Sa posture était plus assurée et ses mouvements aussi. Était-ce seulement parce que le sourire de la jeune femme l'aidait à se détendre ?

— À bien vous regarder, on dirait que boire un petit coup ne vous ferait pas de mal, dit l'inconnu. (Jennsen ne comprenant manifestement pas de quoi il parlait, il s'expliqua :) Vous avez tous les deux le nez rouge à cause du froid ! Puis-je vous offrir une chope de bière, par cette nuit glaciale ?

Avant que Sebastian ait l'idée saugrenue d'accepter, Jennsen secoua la tête :

— Non, merci beaucoup, mais nous avons… eh bien, hum… nous avons à faire. Mais c'était une très gentille invitation. (La jeune femme se força de nouveau à sourire.) Merci encore…

La façon dont l'homme la fixa mit Jennsen très mal à l'aise.

Bizarrement, elle semblait ne pas pouvoir détourner les yeux du regard bleu de cet inconnu, et elle se demandait bien pourquoi.

Finalement, elle parvint à rompre le contact. Saluant le grand type de la tête, elle s'écarta et reprit son chemin vers la porte.

— Tu l'as reconnu ? demanda-t-elle à voix basse à Sebastian.

— Oui, nous l'avons aperçu en sortant de chez Lathea, après notre première visite...

Jennsen regarda une dernière fois l'homme par-dessus son épaule.

— Il n'y a peut-être rien d'autre, dans ce cas...

Mais l'inconnu se retourna, comme s'il avait senti un regard peser sur sa nuque, et leurs yeux se croisèrent de nouveau. L'homme sourit, et, pendant un instant, Jennsen eut l'impression que plus rien au monde n'existait à part cet étrange individu et elle.

L'homme sourit de nouveau. Une simple manifestation de courtoisie. Pourtant, la jeune femme en eut les sangs glacés, comme lorsque la voix résonnait dans sa tête. Quelque chose chez cet inconnu – ou plutôt, dans son regard – lui rappelait la voix qui la harcelait depuis toujours. C'était incompréhensible et... parfaitement ridicule.

On eût dit que Jennsen avait vu l'inconnu dans un rêve ou un cauchemar qu'elle avait enfoui dans sa mémoire jusqu'à cet instant précis. Et croiser cet individu dans le monde réel la bouleversait...

Elle fut soulagée de franchir la porte et de se retrouver soudain hors de portée du regard de l'inconnu. Tirant sur les côtés de son capuchon pour se protéger le visage du froid mordant, elle se dirigea vers l'écurie, Sebastian à ses côtés.

On se gelait littéralement, ce soir. Dans l'écurie, il ferait agréablement chaud, mais ce répit serait de courte durée. Voyager de nuit allait être un calvaire, Jennsen le savait. Hélas, elle n'avait pas le choix, car les tueurs du seigneur Rahl la serraient de trop près. Fuir était son seul espoir.

Pendant que Sebastian allait réveiller le propriétaire, Jennsen se glissa dans l'écurie. À la chiche lumière d'une lampe accrochée à une poutre, elle approcha de l'enclos où Betty était attachée pour la nuit.

L'écurie était un petit paradis. Le vent n'y entrait pas, l'air embaumait le foin et la chaleur corporelle des chevaux suffisait à réchauffer une pauvre femme transie de froid.

Betty bêla plaintivement quand elle reconnut Jennsen – comme si elle avait eu peur d'être abandonnée pour toujours. Alors que la chèvre agitait joyeusement sa petite queue, Jennsen s'agenouilla et lui passa les bras autour de l'encolure.

Puis elle se releva et grattouilla les oreilles de Betty, qui adorait littéralement ça.

Sous l'œil intrigué du cheval de la stalle d'à côté – qui avait passé la tête au-dessus de la cloison –, les deux vieilles amies célébrèrent un long moment leurs retrouvailles.

— Tu es vraiment une bonne fille, dit Jennsen, tandis que la chèvre se dressait sur les pattes de derrière. (La jeune femme lui caressa doucement le ventre.) Je suis également ravie de te revoir... Maintenant, remets-toi à quatre pattes...

À l'âge de dix ans, Jennsen avait assisté à la naissance de la chèvre, et c'était elle qui lui avait donné son nom. Unique amie d'enfance de la jeune femme, Betty l'avait patiemment écoutée parler de ses peurs et de ses angoisses. Un peu plus tard, quand ses cornes avaient poussé, lui faisant un peu mal, la chèvre avait frotté sa tête contre les jambes de son amie humaine.

Bref, si Betty redoutait une chose dans la vie, c'était d'être séparée de Jennsen, sa sœur d'élection.

La jeune femme fouilla dans son sac, trouva une carotte et la tendit à Betty, qui n'avait pas perdu une miette du spectacle. Sa queue battant frénétiquement, elle accepta le présent et le savoura en frottant sa tête contre la cuisse de Jennsen. Après une séparation inhabituelle, qu'il était bon d'être de nouveau ensemble !

Le cheval d'à côté hennit doucement et tendit le cou. Comprenant ce qu'il voulait, Jennsen lui flatta les naseaux puis lui offrit également une carotte.

Entendant des bruits de pas, Jennsen se retourna et vit que Sebastian et le propriétaire de l'écurie venaient d'entrer, chacun portant une selle. Alors qu'ils déposaient leur fardeau sur la cloison de sa stalle, Betty recula, car elle se méfiait toujours de Sebastian.

— Désolé de vous déranger, votre amie et vous, marmonna le propriétaire en désignant Betty. Mais moi, on m'a tiré du lit, alors...

— Il n'y a pas de mal, dit Jennsen.

— Pour vous, peut-être, mais moi, j'aimerais retourner dormir... (Le type regarda alternativement les deux jeunes gens.) Pourquoi ce départ au milieu de la nuit ? Et c'est quoi, cette idée d'acheter des chevaux à une heure pareille ?

Jennsen en fut tétanisée de panique. N'ayant pas prévu qu'on l'interroge à ce sujet, elle n'avait pas préparé de réponse...

— C'est ma mère, dit Sebastian sur le ton de la confidence. (Il eut un soupir accablé.) Nous venons d'apprendre qu'elle est tombée malade, et il n'est pas sûr que nous puissions arriver avant... Enfin, vous me comprenez... Si je ne suis pas là quand... Hum, je ne pourrai plus me regarder dans un miroir, c'est sûr. Nous devons arriver à temps, coûte que coûte !

L'homme oublia ses soupçons et eut un sourire plein de compassion. Très surprise par les talents d'acteur de Sebastian, Jennsen tenta de sembler au moins aussi inquiète que lui.

— Je comprends, fiston... Désolé, je ne m'étais pas douté que... Voyons, que puis-je faire pour t'aider ?

— Quels chevaux pouvez-vous nous vendre ?

L'homme se gratta le menton.

— Vous comptez me laisser la chèvre ?

— Oui, répondit Sebastian.

— Non ! s'exclama Jennsen au même moment.

Le propriétaire de l'écurie attendit que ses clients se décident.

— Betty ne nous ralentira pas, dit Jennsen, et nous arriverons chez ta mère à temps. J'en suis sûre !

— Eh bien, fit Sebastian, on dirait que la chèvre nous accompagnera...

L'air un peu déçu, l'homme désigna le cheval dont Jennsen avait flatté les naseaux.

— Rouquine semble bien s'entendre avec votre chèvre, dit-il. Je ne vois pas pourquoi je refuserais de vous la vendre... Comme vous êtes plutôt grande, elle sera parfaite pour vous.

Jennsen acquiesça et Betty bêla son assentiment comme si elle avait compris le petit discours de l'homme.

— J'ai un hongre alezan qui sera parfait pour toi, dit l'homme à Sebastian. Il s'appelle Pete, et il est dans cette stalle, un peu plus loin sur la droite... Je veux bien vous le vendre en même temps que Rouquine.

— Pourquoi l'avez-vous baptisée ainsi ? demanda Jennsen.

— On ne le voit pas dans le noir, mais cette jument est aussi rouanne qu'on peut l'être, à part cette bande blanche, sur le front...

Rouquine, renifla Betty qui lui lécha les naseaux. Le début d'une grande amitié.

— Nous prenons Rouquine, dit Sebastian. Et Pete aussi, puisque vous nous le conseillez.

L'homme se gratta de nouveau le menton puis hocha la tête.

— Marché conclu ! Je vais le chercher.

Quand le propriétaire revint avec le hongre, Jennsen fut ravie de voir le cheval flanquer un gentil petit coup de tête à Rouquine. Avec des poursuivants sur les talons, avoir des montures qui ne s'entendaient pas pouvait être catastrophique. Mais ces deux-là semblaient être des amis de longue date…

Sebastian et le propriétaire se hâtèrent de seller les deux montures. Après tout, une mère agonisante ne pouvait pas attendre.

Chevaucher avec une couverture sur les genoux serait bien plus agréable que voyager à pied. La chaleur de la jument serait un bonus qui rendrait la nuit à venir plus supportable. Et si Betty avait tendance à se laisser distraire en chemin – essentiellement par tout ce qui était comestible –, une longe permettrait de résoudre le problème.

Jennsen ignorait ce que Sebastian avait payé pour les chevaux et elle s'en fichait. Cet argent avait appartenu aux assassins de sa mère, et qu'il les aide à fuir semblait approprié. Tout le reste ne comptait pas.

Après avoir salué le propriétaire de l'écurie, qui leur tint la porte ouverte, les deux jeunes gens sortirent dans la nuit glaciale. Ravis de faire un peu d'exercice malgré l'heure inhabituelle, les deux chevaux partirent d'un bon pas.

Rouquine tourna la tête pour s'assurer que Betty, sur leur gauche, suivait bien le mouvement.

Les deux voyageurs furent bientôt sortis de la ville. Malgré les nuages qui dérivaient devant la lune, la nuit se révéla assez claire pour qu'ils puissent mener bon train sur la piste qui serpentait entre les arbres.

La longe de Betty se tendit soudain au maximum. Jennsen regarda derrière elle, prête à parier que la chèvre s'était arrêtée pour s'attaquer à une jeune branche. Mais ce n'était pas le cas. Comme tétanisée, Betty freinait des quatre fers, et rien ne semblait pouvoir la convaincre d'avancer.

— Allons, viens ! cria Jennsen. Quelle mouche te pique ? Viens !

Le poids de la chèvre ne posant aucun problème à Rouquine, la pauvre Betty fut obligée de se remettre en route contre sa volonté.

Quand le cheval de Sebastian fit un écart, bousculant Rouquine, Jennsen comprit quel était le problème. Un homme marchait sur la piste, dans la même direction qu'eux, et ils ne l'avaient pas vu du premier coup d'œil à cause de ses vêtements sombres. Sachant que les équidés détestaient les surprises, Jennsen flatta l'encolure de la jument pour la rassurer.

Toujours soupçonneuse, Betty utilisa toute la longueur de corde à sa disposition pour passer le plus loin possible de l'inconnu.

Jennsen reconnut le grand type blond de l'auberge qui avait proposé de leur payer à boire. Un homme dont elle pensait, pour une raison inconnue, qu'il aurait dû appartenir à ses rêves, pas à sa vie réelle…

Jennsen l'observa tandis qu'ils le dépassaient. Dans la nuit glaciale, elle eut l'impression qu'une porte s'ouvrait sur le royaume des morts, laissant filtrer un vent plus froid que tout ce qu'on pouvait endurer en ce monde.

Sebastian et l'inconnu échangèrent un bref regard.

Dès qu'elle eut dépassé l'homme, Betty accéléra comme si elle avait hâte d'être le plus loin possible de lui.

Grushdeva du kalt misht.

Jennsen étouffa de justesse un cri de surprise et se retourna pour regarder le grand type blond. Elle aurait juré qu'il venait de prononcer ces quelques mots. Mais c'était impossible, car ces paroles résonnaient uniquement à l'intérieur de son crâne.

Sebastian n'ayant rien remarqué, la jeune femme préféra ne pas mentionner l'incident, pour qu'il ne la soupçonne pas de perdre la raison.

Betty ne la ralentissant plus, Rouquine repartit au trot.

Juste avant de négocier un lacet de la piste, Jennsen tourna la tête et vit que l'homme lui souriait.

Chapitre 13

Quand il entendit sa mère l'appeler, Oba était en train de descendre une balle de foin du grenier.

— Oba, où es-tu donc ? Saute de ton perchoir !

Le jeune homme dévala l'échelle, épousseta ses vêtements et se mit presque au garde-à-vous devant sa génitrice.

— Qu'y a-t-il, maman ?

— Où sont mon médicament et ton traitement ? Et pourquoi n'as-tu pas encore nettoyé l'étable ? Le fumier est toujours là, à ce que je vois ! Hier soir, je ne t'ai pas entendu rentrer. Qu'est-ce qui t'a pris si longtemps ? Et regarde-moi cet enclos à vache laitière ! Depuis quand te dis-je qu'il faut le réparer ? Que fiches-tu donc à longueur de journée ? Faut-il toujours tout te rappeler, espèce de tête de linotte ?

Oba se demanda à quelle question il devait répondre en premier. Sa mère utilisait toujours cette méthode pour le perturber. Et quand il faisait le mauvais choix, elle l'insultait et l'humiliait. Mais après tout ce qu'il avait appris la veille, il estimait pouvoir se montrer plus confiant devant elle.

Hélas, ça ne marchait pas. En plein jour, dans l'étable, devant sa matrone de mère, il se sentait exactement comme d'habitude : petit, honteux et sans valeur. En rentrant, la veille, il avait le sentiment d'être important. Un grand homme. À présent, il rapetissait à vue d'œil, dévasté par les remontrances maternelles.

— Eh bien, je...

— Tu tirais au flanc, voilà ce que tu faisais ! J'ai un mal de chien aux genoux, et mon fils, Oba le balourd, a oublié de me rapporter mon médicament. Qu'as-tu donc fait en ville ?

— Je n'ai pas oublié, maman…

— Alors, où est mon médicament ?

— Je ne l'ai pas…

— Je savais bien que tu gaspillerais l'argent que je t'ai donné. J'ai sué sang et eau pour le gagner, et tu le dilapides avec des femmes de mauvaise vie. C'est ce que tu as fait, n'est-ce pas ?

— Non, maman, pas du tout.

— Dans ce cas, où est ma potion ? Pourquoi ne l'as-tu pas achetée, comme je te l'ai ordonné ?

— Je n'ai pas pu, parce que…

— Tu n'as pas *voulu*, espèce de gros crétin ! Il te suffisait d'aller chez Lathea…

— Maman, elle est morte !

Voilà, c'était dit. Une bonne chose de faite.

La mère d'Oba en resta bouche bée. Il ne l'avait jamais vue ainsi, stupéfiée au point de ne plus pouvoir parler. Pour être franc, c'était un spectacle plutôt plaisant.

Oba sortit de sa poche une pièce qu'il avait mise de côté pour que sa mère ne croie pas qu'il l'avait escroquée. Dans un lourd silence, il tendit l'argent à sa terrible génitrice.

— Lathea, morte… ? Que veux-tu dire ? Elle est tombée malade ?

Oba secoua la tête. En pensant au sort qu'il avait réservé à la magicienne, il sentit sa confiance revenir.

— Non, maman, c'était un accident… Sa maison a pris feu, et elle est morte dans les flammes.

— Sa maison a brûlé ? Mais comment sais-tu qu'elle est morte ? Lathea ne risque pas de se laisser surprendre par un incendie. C'est une magicienne, ne l'oublie pas…

Oba haussa les épaules.

— Quand je suis arrivé en ville, c'était l'affolement général. Des gens couraient vers la maison de Lathea et je les ai suivis. Le feu dévorait déjà tout. Nous sommes restés à bonne distance des flammes, car il n'y avait malheureusement plus rien à faire.

La dernière partie de l'histoire était à peu près vraie.

Oba était sorti de la ville en pensant que personne ne remarquerait l'incendie avant le lendemain matin. Étant donné son rôle dans l'affaire, il n'avait eu aucune envie d'être celui qui donnerait l'alarme. Cela aurait risqué d'éveiller les soupçons, en particulier ceux de sa mère, toujours prompte à mettre en doute ce qu'il disait. Il avait prévu de lui raconter ce qui devait de toute façon inévitablement arriver : l'impuissance des sauveteurs, le désastre, la découverte du corps carbonisé...

Mais alors qu'il rentrait chez lui, après être passé par l'auberge – presque au moment où il avait rencontré Jennsen et son compagnon Sebastian, en route pour trouver Althea –, il avait entendu des gens crier au feu. Pour ne pas risquer de se trahir, il avait couru avec tout le monde jusqu'à la maison de Lathea et l'avait regardée se consumer comme un simple spectateur.

Personne ne pouvait avoir l'ombre d'un soupçon à son sujet, c'était sûr.

— Lathea a peut-être échappé aux flammes, dit sa mère sans grande conviction.

Oba secoua la tête.

— J'ai attendu, parce que j'espérais la même chose que toi, maman. Je savais que tu aurais voulu que je l'aide, si c'était possible. Alors, je suis resté, et c'est même pour ça que je suis rentré si tard.

Cette partie de l'histoire était également vraie – dans les grandes lignes. Oba était resté avec les citadins, se régalant de leurs conversations, de leur surprise et de leurs spéculations...

— C'est une magicienne... Le feu ne peut pas surprendre une femme de ce genre.

Oba avait prévu que sa mère aurait des doutes. C'était dans sa nature, même quand il n'y avait rien de louche dans des événements...

— Quand les flammes se sont calmées, quelques hommes et moi avons jeté de la neige dans la maison pour pouvoir y entrer. Nous avons découvert les os carbonisés de Lathea.

Oba sortit un doigt noirci et recroquevillé et le tendit à sa mère. Elle baissa les yeux sur cette preuve évidente mais refusa de s'en saisir. Assez content de son effet, Oba remit la précieuse relique dans sa poche.

— Lathea gisait au milieu de la pièce, une main tendue, comme si elle avait voulu atteindre la porte mais avait succombé à la fumée. Certains hommes ont dit que c'était la fumée qui tuait les gens, pas les flammes... C'est ce qui a dû arriver à Lathea. Elle est tombée à cause de la fumée, puis le feu l'a dévorée...

La mère d'Oba le foudroya du regard et ne dit rien, sa petite bouche curieusement pincée. Pour une fois, elle avait la chique coupée. Mais son expression valait un long discours. Comme toujours, elle pensait que son maudit crétin de fils n'était qu'un bon à rien.

Le fils bâtard de Darken Rahl. Un prince raté !

— Je dois retourner au travail... Maître Tuchmann m'a passé une grosse commande. Tu vas nettoyer le sol, c'est compris ? Et plus vite que ça !

— Je le ferai, maman...

— Arrange-toi aussi pour avoir réparé cet enclos avant que je revienne constater que tu passes tes journées à tirer au flanc !

Des jours durant, Oba batailla contre le fumier qui s'entassait sur le sol de l'étable. Il n'obtint pas beaucoup de résultats, car le temps ne s'était pas amélioré et le monticule devenait chaque matin un peu plus dur. Le déblayer était une mission impossible, comme si quelqu'un avait tenté de se débarrasser d'une falaise avec un marteau et un burin. Un exploit encore plus impensable qu'arracher un sourire à sa triste mégère de mère !

Oba avait d'autres corvées à accomplir, bien entendu, et il ne pouvait pas les négliger. Il avait réparé l'enclos et remplacé une charnière sur la porte de l'étable. Et en plus de mille autres petites choses, il devait s'occuper des animaux...

Tout en travaillant, il réfléchissait à la construction de la cheminée. Comme base, il utiliserait la cloison qui séparait la maison de l'étable – une idée très économique, puisque ce pan de mur existait déjà. En imagination, Oba empilait des pierres contre ce plan vertical afin de structurer son foyer. Pour le manteau de la cheminée, il avait déjà des vues sur une longue pierre. Et bien entendu, il solidariserait le tout avec un excellent mortier. Quand Oba décidait de faire quelque chose, il y mettait toute son énergie, car il n'était pas homme à bâcler le travail.

Depuis qu'il avait décidé de mettre son projet à exécution, il imaginait la surprise et la joie de sa mère quand elle verrait ce qu'il avait construit. À coup sûr, elle reconnaîtrait sa valeur lorsqu'il aurait réussi ça. Oui, elle ne le prendrait plus pour un bon à rien. Mais avant de s'attaquer à ce chef-d'œuvre, il avait d'autres choses à faire.

Une corvée en particulier l'accablait : le monticule de fumier qui lui résistait inlassablement. Il y avait des brèches partout où Oba était parvenu à trouver des faiblesses, mais l'essentiel de la maudite masse de déjections refusait de céder. Parfois, la pelle creusait une dépression assez large pour qu'Oba ait l'espoir d'être proche de la solution. Mais il devait déchanter très vite : ce tas de fumier ne se laisserait pas vaincre si facilement.

Eh bien, soit ! Quand il s'agissait de relever des défis, Oba n'était pas homme à renoncer face au premier obstacle.

Il avait néanmoins un problème... philosophique. Un homme de son importance devait-il vraiment perdre son temps sur un sujet aussi mineur ? Quand on était peu ou prou un prince, qu'importait un tas de fumier gelé ? Jusque-là, Oba ignorait qu'il était un Rahl – et mieux que ça, le fils de Darken Rahl, le chef suprême de D'Hara. Maintenant qu'il le savait, sa vision du monde changeait. L'héritier d'un roi devait-il manier la pelle et traire tous les jours une vache ?

Sans doute pas... Car enfin, il était le fils d'un homme, Darken Rahl, dont nul n'ignorait le nom dans ce pays – et probablement dans le monde entier.

Tôt ou tard, Oba jetterait au visage de sa mère cette vérité qu'elle lui dissimulait depuis toujours. Oui, il lui dirait quel homme il était vraiment ! Mais comment s'y prendre pour qu'elle ne devine pas qu'il avait découvert la vérité grâce à Lathea, juste avant de la tuer ?

Épuisé par la défense acharnée que lui opposait le monticule de fumier gelé, Oba prit appui sur le manche de sa pelle et inspira à fond. Malgré le froid, son front et ses cheveux ruisselaient de sueur.

— Oba le balourd ! lança sa mère en entrant dans l'étable. Encore à ne rien faire, à ne penser à rien et à ne rien valoir ! On ne te changera jamais, pas vrai, espèce de crétin congénital ?

Elle s'arrêta devant son fils et leva sur lui un regard plein de mépris.

— Maman, je reprenais simplement mon souffle... Regarde tous ces éclats de fumier ! Je travaille dur, tu peux me croire, mais ce n'est pas facile du tout.

La terrible fileuse de laine ne daigna pas baisser les yeux sur le sol. Elle foudroya du regard son fils, qui se raidit, devinant qu'elle ne venait pas seulement pour se plaindre du tas de fumier. Il sentait toujours quand elle déboulait avec l'intention de l'humilier, toute contente à l'idée de le mettre plus bas que terre sans qu'il ose se rebiffer.

Dans leurs trous, les rats ne manquaient pas une miette de ce spectacle délectable.

Les yeux rivés dans ceux d'Oba, sa mère lui tendit une pièce qu'elle tenait entre le pouce et l'index, la brandissant un peu comme un flambeau.

Oba en fut déconcerté. Lathea était morte et il n'y avait dans le coin aucune autre magicienne susceptible de fabriquer le médicament pour les genoux – et encore moins le foutu « traitement ».

Il accepta cependant la pièce.

— Regarde-la bien ! dit sa mère en la laissant tomber dans sa grande paume calleuse.

Oba leva la pièce pour qu'elle soit bien éclairée par la lumière de l'entrée et l'étudia soigneusement. Sa mère s'attendait qu'il découvre quelque chose. Il ignorait quoi, bien entendu, mais ce n'était pas une raison pour ne pas essayer.

Pendant qu'il examinait la pièce, il jeta un regard discret à sa mère mais ne parvint pas à obtenir un indice sur ce qu'elle attendait de lui.

— Voilà, maman, j'ai bien regardé...

— Et tu n'as rien vu d'inhabituel ?

— Rien du tout.

— Il n'y a pas de rayure sur la tranche de cette pièce ?

Oba ne cacha pas sa surprise. Puis il inspecta de nouveau la pièce en insistant sur la tranche.

— Non, maman.

— C'est la pièce que tu m'as rendue.

Le jeune homme acquiesça. Pour quelle raison aurait-il douté de la parole maternelle ?

— Si tu le dis... C'est donc celle que tu m'as donnée pour régler Lathea. Mais comme je te l'ai dit, la magicienne est morte dans un incendie et je n'ai pas pu acheter ton médicament. Du coup, je t'ai restitué la pièce, comme il se devait...

— Ce n'est pas la même pièce, Oba !

— Bien sûr que si, répondit le paysan, impressionné malgré lui par le regard meurtrier et le ton glacial de sa mère.

— Celle que je t'ai confiée avait une marque sur la tranche. Une rayure que j'avais faite.

Oba cessa de sourire et réfléchit à toute allure à ce qu'il pouvait dire. Comment improviser une histoire convaincante en quelques secondes ? Prétendre qu'il avait mis la pièce dans sa poche et qu'il en avait sorti une autre ne marcherait pas, parce que sa mère savait qu'il n'avait pas d'argent. Elle n'avait pas beaucoup de mérite à en être informée, puisqu'elle ne lui donnait jamais un sou. Un mauvais garçon comme lui pouvait uniquement gaspiller l'argent, et celui-ci ne poussait pas sur les arbres, comme elle le répétait souvent.

Mais Oba avait de l'argent, à présent. Toutes les pièces qu'il avait prises à Lathea. Celles qu'il avait trouvées sur elle et celles de la bourse, sous son matelas... Mais quand il avait sélectionné celle qu'il devrait rendre à sa mère, il ignorait l'histoire de la marque. Malchanceux comme d'habitude, il n'avait pas restitué la bonne pièce à sa génitrice, et il n'avait sans doute pas fini de s'en mordre les doigts.

— Maman, tu es sûre ? Tu as peut-être simplement voulu marquer la pièce. Puis tu as oublié. Ça arrive à tout le monde...

La terrible matrone secoua lentement la tête.

— Non, je l'ai marquée pour pouvoir remonter ta piste si tu la dépensais avec des femmes ou dans une taverne. Pour savoir la vérité, il m'aurait suffi de retrouver cette pièce, comprends-tu ?

L'immonde garce ! Elle ne se fiait pas à son propre fils. Quelle sorte de mère pouvait agir ainsi ?

Et qu'aurait donc prouvé une rayure sur la tranche d'une pièce ? Cette femme était folle à lier, voilà tout ! Elle n'avait que du vent dans la tête.

— Maman, tu te trompes sûrement... Je n'ai pas d'argent, tu le sais bien. Où aurais-je déniché une autre pièce ?

— C'est ce que j'aimerais bien savoir... Tu devais acheter le médicament avec cet argent...

Sous le regard terrifiant de sa mère, Oba perdait peu à peu toute contenance. Il le sentait, mais ne parvenait pas à se ressaisir.

— Oui, mais je n'ai pas pu parce que Lathea est morte. Du coup, je t'ai rendu la pièce...

Cette femme semblait soudain si grande, comme un esprit vengeur qui aurait pris forme humaine pour parler au nom des morts. Le fantôme de Lathea revenait-il demander des comptes à son meurtrier ? Jusque-là, Oba n'avait pas envisagé cette possibilité, mais ça n'aurait rien eu d'étonnant, avec cette maudite magicienne. Elle était méchante et pouvait très bien avoir trouvé ce moyen de le priver de son glorieux destin de prince.

— Sais-tu pourquoi je t'ai baptisé Oba ? demanda soudain sa mère.

— Non, maman...

— C'est un très ancien nom d'haran... Le savais-tu, Oba l'imbécile ?

— Non, maman... (Comme souvent chez le paysan, la curiosité prit le dessus.) Que signifie-t-il ?

— Deux choses : « serviteur » et « roi ». Je t'ai nommé ainsi en espérant que tu serais un jour un grand monarque – et dans le cas contraire, en souhaitant que tu serves au moins loyalement le Créateur. Les crétins sont rarement couronnés, et tu es au bas mot l'empereur des imbéciles. Pour rêver de te voir porter la couronne, il fallait bien être une jeune mère crédule… Il ne reste donc plus que l'autre option. Qui sers-tu loyalement, Oba ?

Le paysan connaissait la réponse à cette question. Et depuis qu'il avait fait allégeance à la voix, il était devenu invincible !

— Où as-tu eu cette pièce, Oba ?

— Je te l'ai déjà dit, maman ! Lathea étant morte dans l'incendie de sa maison, je n'ai pas pu acheter ton médicament. La marque de la pièce s'est peut-être effacée contre un objet que j'avais dans ma poche.

Pour la première fois, dame Schalk parut réfléchir aux propos de son fils.

— Tu es sûr que ça s'est passé comme tu me l'as raconté, Oba ?

Le paysan acquiesça. S'il parvenait à détourner l'attention de sa mère des histoires de pièces, il avait une chance de s'en sortir.

— Oui, maman. Lathea est morte et je t'ai rendu l'argent parce que je n'ai pas pu acheter ton médicament pour les genoux et mon… hum… traitement.

— Tu es certain de ta version, Oba ?

La matrone glissa une main dans la poche de sa robe et en sortit un petit objet qu'Oba ne reconnut pas. Mais qu'importait, si on passait à autre chose que la fichue pièce !

— Oui, maman. Lathea était morte…

Trois mots qu'Oba adorait répéter, depuis ce fameux soir.

— C'est vrai, Oba ? Et tu n'as pas pu acheter le médicament ? Tu ne mentirais pas à ta mère, n'est-ce pas ?

— Sûrement pas, maman !

— Alors, quel est cet objet ?

Dame Schalk tendit la main, brandissant la fiole de potion que Lathea avait donnée à Oba avant qu'il lui règle son compte.

— J'ai trouvé cette fiole dans la poche de ta veste, mon fils…

Oba regarda sauvagement le maudit flacon. La vengeance de la magicienne ! Bon sang ! il aurait dû la tuer avant qu'elle ait le temps de lui donner cette fiole. Sur le coup, il l'avait rangée dans sa poche avec l'intention de la jeter quelque part sur le chemin de sa maison. Mais après avoir appris tant de choses nouvelles, il avait complètement oublié le médicament de malheur.

— Eh bien… Maman, c'est sans doute une vieille fiole…

— Vieille ? Elle est pleine ! Comment as-tu pu récupérer gratuitement une fiole de médicament auprès d'une magicienne censément morte dans l'incendie de sa maison ? Explique-moi ça, Oba ! Et pourquoi m'as-tu rendu une autre pièce que celle que je t'avais donnée ? (Dame Schalk fit un pas en avant.) Explique-toi, Oba, et vite !

Oba recula d'instinct. Il ne parvenait pas à détourner le regard de la maudite fiole. Et ça valait mieux, parce que s'il levait les yeux sur sa mère, il verrait qu'elle était résolue à le réduire en bouillie.

— Eh bien, je...

— Eh bien quoi, maudit bâtard ? Sale crétin paresseux ! Bon à rien invétéré ! Tu ne mérites pas d'être en vie, Oba Schalk !

Le jeune homme leva les yeux et constata qu'il ne s'était pas trompé : sa mère rivait sur lui un regard meurtrier.

Mais il était invincible, désormais.

— Oba Rahl, rectifia-t-il.

Sa mère ne bronchant pas, il comprit qu'elle lui avait tendu un piège, pour qu'il lâche tout ce qu'il savait. Un plan subtil... Ce simple nom, Rahl, trahissait tout ce qu'il avait fait la fameuse nuit.

Oba se pétrifia. Il était pris au piège comme un rat qui a la queue coincée sous la chaussure de son futur bourreau.

— Que les esprits du bien me maudissent ! siffla dame Schalk. J'aurais dû faire ce que Lathea me conseillait. Ainsi, je lui aurais sauvé la vie. Parce que tu l'as tuée, n'est-ce pas, sale bâtard ? Tu me répugnes, et...

Rapide comme un renard, Oba leva sa pelle et frappa en mettant tout le poids de son corps dans le coup. En percutant le crâne de sa mère, la partie métallique de l'outil vibra comme une cloche.

Dame Schalk tomba comme une masse.

Oba recula d'un pas, car il redoutait qu'elle puisse ramper vers lui comme une araignée et lui mordre la cheville avec sa petite bouche venimeuse. Oui, elle en était parfaitement capable, cette ignoble garce !

Oba bondit en avant et frappa de nouveau avec sa pelle, toujours à la tête, exactement à l'endroit d'où coulait un flot de sang. Puis il battit en retraite, hors de portée de son venin.

Il pensait depuis toujours à elle comme à une araignée. Une veuve noire...

Quand le dernier écho des vibrations du métal se fut tu, un lourd silence s'abattit sur l'étable.

Oba leva de nouveau sa pelle, prêt à frapper encore. Puis il examina sa mère. Du sang coulait de ses narines et venait rosir le tas de fumier gelé.

Lâchant la bonde à sa rage et exorcisant toute une vie d'angoisse, Oba frappa à plusieurs reprises, chaque coup se répercutant dans l'étable comme une sonnerie de glas.

Terrifiés, les rats qui assistaient au spectacle se réfugièrent au fond de leurs trous.

Titubant sur ses jambes, Oba reprit péniblement son souffle. Réduire cette veuve noire au silence l'avait épuisé. Encore pantelant, il regarda le cadavre qui gisait sur le monticule de fumier. Dame Schalk avait les bras écartés, comme si elle réclamait un câlin à son fils. L'immonde garce! Elle mijotait encore quelque chose. Oui, elle essayait de se faire pardonner. C'était ça! Elle jouait sur la tendresse pour qu'il oublie les heures passées dans son enclos, à mourir de chaud.

Mais son visage était différent... Elle arborait une expression qui ne lui ressemblait pas. Oba approcha sur la pointe des pieds. Le crâne de sa mère était en bouillie, comme un melon trop mûr tombé d'un chariot.

C'était une telle nouveauté qu'Oba ne parvint pas à faire le tri dans ses pensées.

Sa mère, la tête éclatée...

Pour faire bonne mesure, il la frappa encore trois fois puis recula, sa pelle brandie, comme si elle avait encore pu se relever pour lui sauter dessus. Oh! ça lui aurait bien ressemblé, ce genre de résurrection! Cette femme était folle. Une vraie vipère.

Dans l'étable silencieuse, Oba regarda un moment son souffle se transformer en buée quand il expirait. Aucun air ne sortait du nez et de la bouche de sa mère, et sa poitrine ne se soulevait plus. La flaque de sang, sous sa tête, ruisselait sur les flancs du monticule de fumier. Des morceaux de cervelle reposaient dans les trous qu'Oba avait péniblement creusés avec sa pelle.

Devant ce spectacle, le paysan commença à croire sérieusement que la veuve noire ne se relèverait plus pour le couvrir d'insultes.

Étant assez stupide de nature, dame Schalk s'était laissé influencer par Lathea et elle avait fini par détester la chair de sa chair. Son propre fils! Ces deux harpies avaient régné sur l'existence d'Oba. Jusqu'à présent, il avait plié l'échine sous leur joug.

Mais il était devenu invincible, et cela lui avait permis d'échapper à son esclavage.

—Tu veux savoir qui je sers, maman? La voix qui m'a rendu invincible. Et qui m'a aidé à me débarrasser de toi.

Dame Schalk ne trouva rien à répondre. Enfin, après tant d'années, il lui avait rivé le bec.

Oba sourit comme un petit garçon.

Puis il dégaina son couteau. Il était un nouvel homme qui ne manquait jamais une occasion de se cultiver. Aujourd'hui, il avait bien envie de voir ce qui se cachait dans le corps de sa folle de mère.

Sa soif de connaissance était inextinguible.

Oba mangeait avec délectation des œufs cuits dans la cheminée qu'il avait commencé à construire – pour lui seul ! – quand il entendit un chariot entrer dans la cour.

Une semaine s'était écoulée depuis que sa mère avait pour la dernière fois ouvert sa méchante petite bouche.

Oba alla ouvrir la porte et, en continuant à manger ses œufs, regarda le chariot finir de se garer.

Un homme sauta au sol.

C'était maître Tuchmann, le type qui apportait régulièrement de la laine. Dame Schalk la filait, et il utilisait le fil sur son métier à tisser.

Avec tout ce qui l'occupait, ces derniers temps, Oba avait oublié jusqu'à l'existence de maître Tuchmann. Jetant un coup d'œil dans un coin de la pièce, il constata que sa mère n'avait pas eu le temps de filer beaucoup de laine avant son trépas. Si elle s'était occupée de son travail, au lieu de chercher des noises à son fils, elle n'en aurait peut-être pas été là, à présent...

Oba se demanda ce qu'il allait faire.

Quand il tourna de nouveau la tête vers la porte, maître Tuchmann se campait déjà devant lui. Ce grand type au gros nez et aux oreilles trop larges avait des cheveux aussi bouclés que la laine dont il faisait commerce. Il était veuf de fraîche date, et Oba savait que sa mère l'aimait bien. Aurait-il pu la rendre un peu moins venimeuse ? L'adoucir dans une certaine mesure ? Une théorie fascinante, mais à jamais invérifiable.

— Bon après-midi, Oba, dit maître Tuchmann tandis que ses petits yeux fouillaient la pièce. Ta mère est là ?

Gêné par cette intrusion dans son intimité, son assiette toujours à la main, le paysan chercha ce qu'il pouvait bien dire.

À présent, maître Tuchmann regardait avec intérêt la nouvelle cheminée.

Oba se souvint soudain qu'il était un nouvel homme. Un type important ! Les princes ne se sentaient jamais mal à l'aise. Ils saisissaient au vol les occasions de tisser leur légende et d'affirmer leur grandeur.

— Maman ? (Oba posa son assiette et regarda lui aussi la cheminée.) Oh ! elle doit être quelque part dans le coin…

Maître Tuchmann dévisagea un long moment Oba.

— Tu sais ce qui est arrivé à Lathea ? Tu es au courant, pour ce qu'on a trouvé dans sa maison ?

Oba constata soudain que cet homme avait une méchante petite bouche, comme sa mère.

— Lathea est morte et sa maison est en cendres. Que peut-on y avoir trouvé ?

— En fait, je me suis mal exprimé… C'est ce qu'on n'a pas trouvé qui est surprenant. Lathea était riche, tout le monde le sait. Mais on n'a pas découvert une seule pièce dans les cendres.

Oba haussa les épaules.

— Son trésor a dû fondre…

— C'est possible, fit maître Tuchmann, visiblement sceptique. Et peut-être pas… Certaines personnes pensent que l'argent a disparu avant que l'incendie éclate. Tu vois ce que je veux dire ?

Oba trouva insupportable que les gens se mêlent ainsi de ce qui ne les regardait pas. N'avaient-ils pas leurs propres problèmes ? Pourquoi ne laissaient-ils pas les morts dormir en paix ? Ils auraient dû se réjouir que la magicienne ne leur traîne plus dans les pattes, puis penser à autre chose. Pourquoi fouillaient-ils dans les immondices, comme des cochons qui se vautrent dans leur auge ? Des charognards, voilà ce qu'ils étaient !

— Je dirai à maman que vous êtes passé, maître Tuchmann.

— J'ai besoin du fil, et j'ai un autre chargement de laine pour elle. L'ennui, c'est que je ne peux pas l'attendre. D'autres personnes à voir, tu comprends…

Maître Tuchmann faisait travailler une multitude de femmes. Leur laissait-il jamais le temps de souffler, cet exploiteur du pauvre monde ?

— Désolé, mais j'ai peur que maman n'ait pas eu le temps de…

Maître Tuchmann regardait toujours la cheminée, mais son expression avait changé. Il n'était plus curieux, mais sur le point d'éclater de colère. Habitué à commander, il força Oba à s'écarter, avança jusqu'au milieu de la pièce et continua à fixer la cheminée.

— Par le Créateur, qu'est-ce que c'est ? cria-t-il en tendant un bras.

Oba tourna la tête et ne vit d'abord que la nouvelle cheminée qu'il avait construite contre le mur qui séparait la ferme de l'étable. Le travail était bien fait, il n'en doutait pas un instant, puisqu'il avait étudié d'autres cheminées pour voir comment elles étaient conçues. Même si le conduit n'était pas encore tout à fait fini, il faisait déjà du feu, et il avait brûlé pas mal de... vieilleries.

Soudain, il vit ce que maître Tuchmann pointait du doigt.

La mâchoire de maman !

Eh bien, c'était amusant, ça... Ne s'attendant pas à recevoir des visiteurs – surtout un pareil sans-gêne –, il n'avait pas encore retiré les derniers ossements du foyer. Mais de quel droit ce type venait-il fourrer son nez dans les affaires des autres ?

Maître Tuchmann recula vers la porte. Connaissant le bonhomme, Oba était sûr qu'il parlerait à tout le monde de ce qu'il avait vu. Ne bavassait-il pas déjà à tort et à travers au sujet de l'argent de Lathea ?

Un argent, soit dit en passant, qui revenait de droit à Oba après le calvaire qu'il avait enduré.

Pourquoi une légion d'imbéciles s'acharnaient-ils à découvrir la vérité sur la mort de cette maudite magicienne ?

Dès que maître Tuchmann aurait parlé de la mâchoire, dans la cheminée, d'autres crétins jugeraient bon de se poser des questions. Ils viendraient fouiner partout et se demanderaient où était passée dame Schalk.

Non, ça ne pouvait pas continuer comme ça !

Un véritable homme d'action devait intervenir ! Oba était un type important, le sang des Rahl coulait dans ses veines, et il était assez intelligent pour résoudre ses problèmes avec une parfaite efficacité.

Efficience. Rapidité. Décision !

Oba saisit maître Tuchmann par le col et le tira en arrière. L'homme se débattit. Il était grand et vigoureux, mais pas de taille à affronter un adversaire tel qu'Oba.

Avec un grognement de bûcheron, le paysan enfonça son couteau dans le ventre de l'employeur de sa défunte mère.

Maître Tuchmann écarquilla les yeux de terreur et ouvrit la bouche sur un cri muet.

Oba se laissa tomber sur le sol avec sa victime. Tous les deux, ils avaient du pain sur la planche, et le fils de Darken Rahl n'avait jamais été du genre à tirer au flanc...

Pour commencer, il devrait se débarrasser du cadavre. Puis il y aurait la question du chariot. Des enquiquineurs chercheraient sûrement maître Tuchmann, et la vie d'Oba risquait de devenir très compliquée.

Le moribond appelant à l'aide, son meurtrier dut se résoudre à l'égorger. Puis il se pencha sur lui et le regarda agoniser.

Oba n'avait jamais rien eu contre maître Tuchmann, même s'il le trouvait un rien arrogant et autoritaire. Tout ça était la faute de cette magicienne de malheur. Même morte, elle continuait à lui attirer des ennuis. C'était sans doute elle qui avait envoyé un message à sa mère, puis à ce pauvre crétin. La garce continuait à le harceler depuis le royaume des morts.

Il y avait d'abord eu sa mère et ses soupçons. Puis cette fouine de Tuchmann. Comme un nuage de sauterelles, ces gens s'abattaient sur lui pour lui empoisonner la vie.

Parce qu'il était important, sans aucun doute. Les princes n'avaient jamais la paix.

L'heure de changer d'air avait peut-être sonné. Il ne pouvait pas rester dans le coin et supporter que des casse-pieds viennent sans cesse lui poser des questions. De toute façon, que faisait un homme comme lui dans un endroit pareil ?

Si maître Tuchmann ne pouvait plus crier, il tentait toujours d'échapper à son destin. Mais pour ce veuf inconsolable, l'heure avait sonné de rejoindre la magicienne et dame Schalk dans le royaume des morts, où le Gardien « veillerait » sur eux.

Oba, lui, devait ficher le camp d'ici et aller continuer ailleurs sa vie d'homme important.

À l'instant où il s'avisa qu'il n'aurait jamais plus besoin d'aller voir l'ignoble tas de fumier gelé, une idée le frappa. Obéissant à sa folle de mère, il avait tenté de déblayer l'étable. Mais s'il avait utilisé une pioche, au lieu d'une pelle, le travail serait allé dix fois plus vite.

Eh bien, c'était amusant, ça...

Chapitre 14

D'un mouvement du poignet souple et fluide, Friedrich Gilder prit une feuille d'or sur la pointe de son pinceau. Avec une précision incroyable, il la déposa sur l'enduit encore humide. Penché sur son établi, le front plissé de concentration, Friedrich utilisa un petit carré de pure laine de mouton pour frotter la figurine représentant un oiseau qu'il était en train de dorer. Quand ce fut fait, il inspecta son ouvrage, en quête du plus petit défaut.

Dehors, la pluie battait aux fenêtres. Avec les nuages noirs qui dérivaient dans le ciel, on se serait cru au crépuscule. Pourtant, on était à peine à la mi-journée.

De l'alcôve où il avait installé son atelier, Friedrich jeta un coup d'œil dans la pièce principale, où sa femme était en train de lancer les pierres sur sa Grâce. Des années plus tôt, Friedrich avait doré toutes les lignes du diagramme sacré – après que son épouse l'eut tracé, bien sûr, car pour que la Grâce ait de la valeur, il fallait qu'elle soit dessinée par un détenteur du don.

Friedrich aimait faire tout ce qui était en son possible pour embellir la vie de sa femme. Car c'était elle qui rendait la sienne si magnifique. Selon lui, le sourire de cette femme avait été « doré » par le Créateur en personne.

Du coin de l'œil, le doreur vit la cliente qui venait se faire prédire l'avenir. Penchée en avant, fascinée, elle regardait les pierres et tentait de deviner quel futur elles lui annonçaient.

S'ils avaient pu interpréter seuls la configuration des pierres, pourquoi les gens auraient-ils consulté Althea ? Mais ils réagissaient tous de la même façon, sondant le damier sacré après que la magicienne eut lâché les pierres pour qu'elles roulent sur la Grâce et s'arrêtent là où le déciderait le destin.

La cliente d'aujourd'hui, une veuve d'âge mûr, était plutôt sympathique, et ce n'était pas sa première visite à Althea. Cela dit, les deux précédentes remontaient à des années.

Tandis qu'il se concentrait sur son propre travail, Friedrich avait entendu la femme parler de ses fils et de ses filles – tous grands, ils étaient mariés et vivaient pas très loin de chez elle – et de son premier petit-enfant, dont la naissance était imminente.

Mais à présent, c'était le mouvement des pierres qui fascinait la future grand-mère.

— Encore ? lança-t-elle. (C'était moins une question que l'expression d'une profonde surprise.) Elles l'ont encore fait ?

Althea ne dit rien. Tandis qu'il polissait la dorure toute fraîche, Friedrich l'entendit ramasser les pierres sur le damier.

— Font-elles ça souvent ? demanda la cliente.

Elle leva les yeux de la Grâce et les riva sur la magicienne, qui ne sortit pas de son mutisme. Nerveuse, la veuve se frotta si fort les doigts que Friedrich eut peur que sa peau n'y résiste pas.

— Qu'est-ce que ça veut dire ?

— Silence ! souffla Althea tandis qu'elle faisait tourner les pierres dans ses mains comme un joueur qui s'apprête à lancer ses dés.

Friedrich n'avait jamais vu sa femme se montrer si peu communicative avec un client.

Dans son poing, les pierres se heurtaient en cliquetant comme des osselets. Se tordant nerveusement les mains, la veuve attendait d'en savoir plus sur son destin.

Les sept pierres roulèrent de nouveau sur le damier où était gravée la Grâce.

De sa position, Friedrich ne vit pas où elles étaient tombées, mais il les entendit rouler sur le damier. Après toutes ces années, il regardait rarement Althea quand elle exerçait sa profession. Ou plutôt, il la regardait – car elle était le soleil de sa vie –, mais sans s'intéresser à ce que faisaient les pierres.

Ému par le profil de son épouse, le doreur sourit. Quand elle se penchait ainsi sur le damier, ses cheveux blonds ressemblaient à une cascade d'or en fusion…

— Encore ! s'écria la cliente. (Comme pour ponctuer sa surprise, le tonnerre roula dans le lointain.) Maîtresse Althea, qu'est-ce que ça signifie ?

À l'évidence, la veuve mourait de peur.

Assise sur un coussin posé sur le sol, Althea leva la tête vers sa cliente.

— Cela veut dire, Margery, que vous êtes une femme à l'esprit fort...

— Une des pierres me représente ? Et je serais un esprit fort ?

— C'est exactement ça...

— Mais l'autre pierre ? Sa position ne présage rien de bon. C'est de très mauvais augure...

— J'allais vous dire que la deuxième pierre, qui se place au même endroit à chaque lancer, représente aussi un esprit fort. Un homme, cette fois...

Margery regarda les pierres, sur le damier, et se tordit nerveusement les mains.

— Mais ces pierres-là vont toujours... eh bien... là-bas... au-delà du cercle extérieur. Dans le royaume des morts.

Les yeux troublés de Margery cherchèrent ceux d'Althea.

La magicienne saisit ses genoux et ramena ses jambes vers elle afin de les croiser. Même si ses membres inférieurs ratatinés ne lui servaient pratiquement à rien, les croiser devant son coussin, sur le parquet, l'aidait à s'asseoir bien droite.

— Non, non, très chère, vous vous trompez ! Ne voyez-vous pas ? C'est un très bon présage, au contraire. Deux esprits forts qui traversent la vie ensemble et ne sont pas séparés, même après la mort... C'est le meilleur résultat possible d'une divination...

Margery jeta un nouveau regard angoissé sur le damier.

— Vraiment ? C'est ce que vous pensez, maîtresse Althea ? Selon vous, c'est un bon signe que les pierres continuent à rouler comme ça ?

— Bien entendu, Margery... C'est excellent... Deux esprits forts qui s'unissent, il n'y a rien de mieux...

Se tapotant la lèvre inférieure, Margery leva de nouveau les yeux vers Althea.

— Qui est-il donc ? Je parle de l'homme mystérieux que je suis destinée à rencontrer...

La magicienne haussa les épaules.

— Il est trop tôt pour le dire... Mais les pierres prédisent que vous rencontrerez un homme et que vous serez très unis – inséparables, pour ainsi dire, comme les doigts d'une main. Félicitations, Margery ! On dirait que vous êtes près de trouver le bonheur que vous cherchez !

— Quand ? Oui, dans combien de temps ?

Althea haussa de nouveau les épaules.

— Cela aussi, il est trop tôt pour le dire. Les pierres ne sont jamais aussi précises. Ce sera peut-être demain, ou dans un an, mais l'essentiel reste que vous rencontrerez bientôt un homme fait pour vous, Margery. Gardez l'œil ouvert et soyez vigilante ! Si vous vous terrez dans votre maison, vous risquez de le rater.

— Mais si les pierres disent...

— Elles affirment que c'est un esprit fort et qu'il est fait pour vous, mais l'avenir reste fluctuant, et tout dépendra de vous et de cet homme. Quand il entrera dans votre vie, ne ratez pas l'occasion, sinon il risque de passer sans vous voir...

— Je serai attentive, maîtresse Althea, promit Margery. Oui, je le serai... Je resterai prête à tout moment, ainsi, quand l'événement tant attendu se produira, je ne risquerai pas de le manquer et la prédiction des pierres se réalisera comme il se doit.

— Parfait...

Margery fouilla dans la bourse de cuir accrochée à sa ceinture et en sortit une pièce qu'elle remit gaiement à Althea, car le résultat de la séance la satisfaisait au plus haut point.

Cela faisait près de quarante ans que Friedrich voyait sa femme monnayer ses talents divinatoires. Et c'était la première fois qu'il l'entendait mentir à une cliente.

Margery se leva et tendit une main à la magicienne.

— Puis-je vous aider, maîtresse Althea ?

— Merci beaucoup, ma chère, mais Friedrich s'occupera de moi un peu plus tard. Je veux rester un moment devant mon damier...

Un sourire flottant sur les lèvres, peut-être parce qu'elle pensait à son merveilleux avenir, Margery inclina la tête.

— Dans ce cas, je devrais y aller, histoire d'être rentrée avant la tombée de la nuit... J'ai un long chemin à faire, vous savez... (La cliente se tourna vers l'alcôve et agita la main.) Bien le bonsoir, maître Friedrich.

La pluie martelait de plus en plus fort les fenêtres et le ciel s'était encore obscurci.

Friedrich se leva de son établi.

— Je vous accompagne jusqu'à la porte, Margery. Quelqu'un vous attend, si je ne me trompe.

—Mon gendre est au sommet du canyon, avec les chevaux, à la naissance du chemin qui conduit chez vous. (Margery désigna la sculpture, sur l'établi.) C'est un petit chef-d'œuvre, maître Friedrich.

—J'espère trouver au palais un client qui partagera votre opinion…

—Oh ! ça, je n'en doute pas ! Vous êtes un grand artiste, maître Friedrich, tout le monde le dit. Ceux qui possèdent une pièce dorée par vos soins savent qu'ils ont beaucoup de chance.

Margery s'inclina devant Althea, la remercia encore, puis prit son manteau de laine pendu à un crochet fixé à la porte. Enfilant le vêtement, elle releva la capuche et s'apprêta à affronter le mauvais temps, s'en fichant comme d'une guigne maintenant qu'elle savait qu'un nouvel homme l'attendait quelque part sur son chemin.

Avant de fermer la porte derrière la veuve, Friedrich lui rappela de ne surtout pas s'éloigner de la piste et de marcher prudemment jusqu'à ce qu'elle soit sortie du canyon.

Elle promit de suivre à la lettre ces instructions.

Friedrich la regarda s'éloigner dans la bruine, puis il ferma enfin la porte.

Dehors, le tonnerre se déchaînait comme pour exprimer son mécontentement.

Friedrich vint se placer derrière sa femme.

—Je vais t'aider à t'asseoir dans ton fauteuil, si tu veux…

Althea avait ramassé ses pierres, qui s'entrechoquaient de nouveau dans sa main comme les ossements de quelque fantôme. D'une nature délicate, la femme de Friedrich se permettait rarement de l'ignorer quand il lui parlait. Il paraissait tout aussi inhabituel qu'elle veuille de nouveau lancer ses pierres après le départ d'un client. Friedrich n'aurait su dire pourquoi, mais il savait que mobiliser son don pour une divination épuisait son épouse. Au sortir d'une séance, elle désirait en général se reposer, et ne retouchait plus à ses pierres pendant un long moment.

Mais aujourd'hui, elle semblait animée par une pulsion plus forte que tout le reste, y compris son amour pour Friedrich.

Tournant le poignet, Althea ouvrit les doigts et lança les pierres sur le damier sacré avec une grâce et une souplesse au moins égales à celles de son mari.

Les cailloux noirs aux formes irrégulières roulèrent sur le plateau où était gravée la Grâce dorée à l'or fin.

Depuis qu'ils vivaient ensemble, Friedrich avait assisté à ce spectacle des dizaines de milliers de fois. À certaines occasions, comme les clients de sa femme, il avait tenté d'interpréter la disposition finale des pierres. Sans aucun succès, bien entendu…

Althea, elle, y parvenait toujours.

Elle distinguait des choses qu'aucun mortel normal ne pouvait voir. Dans la position des pierres, elle discernait des augures que seule une magicienne de son calibre pouvait interpréter.

Les arcanes de la magie…

Le lancer en lui-même n'avait aucun effet. Le pouvoir – une force que le doreur préférait ne même pas imaginer – influençait la chute des pierres et leur façon de rouler sur le damier. Grâce à son don, la magicienne comprenait le sens profond de l'événement. Contemplant le résultat du lancer – qui dessinait un motif apparemment dû au hasard –, elle parvenait à voir comment le pouvoir circulait dans le monde des vivants – et probablement, redoutait Friedrich, dans celui des morts, même si elle n'en parlait jamais.

Bien que leur union fût totale, c'était la seule chose qu'ils ne pourraient jamais partager, et il s'y était résigné.

Cette fois encore, les pierres roulèrent sur le damier, et l'une d'entre elles s'arrêta exactement au centre de la Grâce. Deux s'immobilisèrent sur des coins opposés du carré, à l'endroit où ils touchaient le cercle extérieur. Deux autres se placèrent sur des points où le carré et le cercle intérieur se touchaient. Les deux dernières s'immobilisèrent au-delà du cercle extérieur, dans une zone qui représentait le royaume des morts.

Dehors, des éclairs zébrèrent le ciel et des roulements de tonnerre firent trembler les vitres.

Les yeux écarquillés, Friedrich se demanda quelles étaient les probabilités pour que les pierres finissent leur course sur ces points précis de la Grâce. Il n'avait jamais rien vu de semblable.

Althea aussi rivait sur le damier un regard incrédule.

— Tu as déjà vu une configuration pareille ? lui demanda son mari.

— J'ai bien peur que oui…, répondit la magicienne avant de ramasser délicatement les pierres.

— Vraiment ? s'étonna Friedrich. (À coup sûr, il s'en serait souvenu, car c'était vraiment une configuration hors du commun.) Quand ça ?

Althea secoua de nouveau les pierres.

—Lors des quatre lancers précédents... C'est la cinquième fois de suite que chaque pierre occupe exactement la même position. Je ne parviens pas à y croire, et pourtant... Vois par toi-même...

Althea lança de nouveau les pierres. Au même moment, le ciel sembla s'ouvrir en deux et des trombes d'eau s'écrasèrent sur le toit de la maison. Alarmé par le vacarme, Friedrich leva d'instinct les yeux, mais il les baissa très vite sur le damier.

La première pierre s'immobilisa de nouveau au centre exact de la Grâce. Alors que les éclairs se déchaînaient, les six autres, comme si c'était la chose la plus naturelle du monde, vinrent se positionner aux mêmes endroits que la fois précédente.

—Six..., souffla Althea.

Dans le lointain, le tonnerre gronda.

Friedrich regarda sa femme, se demandant si elle venait de s'adresser à lui ou si elle parlait toute seule.

—Les quatre premiers lancers étaient pour Margery, dit-il. Ces prédictions concernent ta cliente, il n'y a pas de quoi s'inquiéter.

Même sans être un expert, Friedrich devinait que son petit discours ne tenait pas la route.

—Margery est venue pour une divination, dit Althea. Ça ne signifie pas que les pierres ont accédé à ses désirs. Au contraire, elles ont décidé que ces prédictions *me* concernent.

—Et que disent-elles ?

—Rien de précis pour le moment... Jusqu'ici, c'est potentiel, comme lorsqu'une tempête s'annonce à l'horizon. Les pierres m'indiquent simplement que nous ne serons pas épargnés...

Voyant que sa femme ramassait de nouveau les pierres, Friedrich frissonna soudain d'angoisse.

—Suffit, maintenant ! s'écria-t-il. Tu dois te reposer. Laisse-moi m'occuper de toi, je t'en prie. Je vais te faire à manger... (Althea ramassa la dernière pierre encore sur le damier – celle qui s'était immobilisée au centre de la Grâce.) Oublie tout ça ! Je vais commencer par te faire du thé. Qu'en dis-tu ?

Friedrich n'avait jamais pensé aux pierres comme à des entités menaçantes. Mais aujourd'hui, il aurait juré qu'elles représentaient un terrible danger pour eux deux.

Il ne fallait pas qu'Althea les lance une septième fois !

—Mon épouse..., soupira-t-il en s'asseyant à côté d'elle.

—Silence, Friedrich !

Il n'y avait aucune agressivité dans cet ordre, et pas une trace d'agacement. Elle avait besoin qu'il se taise, tout simplement.

La pluie matraquait le toit et des cascades d'eau se déversaient de l'auvent en rugissant.

Dehors, des éclairs continuaient à déchirer sporadiquement les ténèbres.

Friedrich entendit les pierres se heurter et pensa qu'il s'agissait d'ossements de défunt qui s'adressaient exclusivement à sa femme. Pour la première fois depuis qu'il vivait avec Althea, il éprouva de la haine pour les sept pierres qu'elle tenait dans sa main – presque comme si elles avaient été les complices d'un amant décidé à lui arracher la femme de sa vie.

Assise sur son coussin rouge et jaune, Althea lança de nouveau les pierres.

Accablé, Friedrich les regarda s'immobiliser sur leurs emplacements précédents. Bien que ce fût totalement incroyable, il aurait été surpris s'il en avait été autrement.

— Sept fois, souffla Althea. Sept fois pour sept pierres…

Le tonnerre fit écho à ses paroles. On eût dit que les esprits, dans le royaume des morts, tentaient de manifester leur mécontentement.

Friedrich posa une main sur l'épaule de sa femme. Une entité venait d'envahir leur maison et de faire irruption dans leur vie. Il ne la voyait pas, mais il était certain de sa présence. Et une terrible lassitude pesait sur ses épaules, comme si les années, d'un seul coup, venaient de le rattraper malgré les illusions qu'il entretenait sur sa « bonne forme ». Était-ce un peu ce qu'éprouvait Althea, après une divination ? Un épuisement fondamental, qu'on sentait jusqu'au plus profond de ses os… À l'idée de ce que sa femme endurait depuis tant d'années, le doreur frissonna. Son travail, qui était aussi sa passion, semblait tellement simple et paisible, comparé à ce perpétuel écartèlement.

Le plus terrible, dans tout cela, c'était son impuissance à aider l'être qu'il aimait le plus au monde. Contre les menaces invisibles, il n'avait aucune arme…

— Althea, qu'est-ce que ça veut dire ?

Toujours immobile, la magicienne étudiait la configuration des pierres sur la Grâce.

— L'un de ceux qui entendent les voix approche…

Les éclairs crépitèrent, inondant la pièce d'une lueur blanche aveuglante. Le contraste entre leur lumière et les ténèbres qui régnaient dehors donnait le tournis. Chaque fois que la foudre s'abattait, le sol tremblait comme s'il allait s'ouvrir en deux.

— Tu sais lequel ? demanda Friedrich.

Althea lui tapota la main qu'il avait posée sur son épaule.

— Tu as parlé de thé, je crois ? Cette pluie de fin du monde me fait frissonner. Une boisson chaude serait vraiment la bienvenue...

Friedrich regarda sa femme, qui lui souriait tendrement, puis posa de nouveau les yeux sur les pierres. À l'évidence, Althea refusait de répondre à sa question. Du coup, il décida d'en poser une autre.

— Cette configuration des pierres, sept fois de suite... Que signifie un événement aussi improbable ?

La foudre s'abattit non loin de la maison, qui en trembla sur ses fondations. À présent, on eût dit que la pluie martelait les vitres de coups de poing.

Althea tourna la tête vers la fenêtre, contempla un moment la fureur du Créateur en action, puis se pencha sur le damier et posa un index sur la pierre centrale.

— Le Créateur ? avança Friedrich.

Sa femme secoua la tête.

— Non, le seigneur Rahl...

— Mais l'étoile, au centre, représente le Créateur et le don.

— C'est vrai sur une Grâce, mais ce que nous voyons est une prédiction. Il y a une énorme différence. Une divination se sert de la Grâce, et dans celle-ci, la pierre du centre représente l'homme qui a reçu le don du Créateur.

— Alors, ça peut être n'importe qui, dit Friedrich. Toute personne qui a le don...

— Non. Les lignes qui partent des huit pointes de l'étoile représentent le don qui circule dans la vie, qui traverse le voile et qui se répand dans le royaume des morts, au-delà du cercle extérieur. En ce sens, la pierre symbolise une seule et unique personne : celle qui contrôle la magie des deux mondes. Cette pierre touche les deux univers. Elle représente les deux variantes de magie, l'Additive et la Soustractive...

Friedrich étudia de nouveau la pierre centrale.

— Je veux bien, mais pourquoi s'agirait-il du seigneur Rahl ?

— Parce qu'il est le premier, depuis trois mille ans, à naître avec les deux sortes de don. Jusqu'à ce qu'il se soit révélé à lui-même, aucune pierre ne s'est jamais arrêtée au centre de la Grâce. C'était impossible.

» Depuis quand a-t-il succédé à son père ? Deux ans, je crois… Mais son double don s'est révélé il y a beaucoup moins longtemps que ça. Ce qui nous laisse avec des questions dont les réponses sont des plus troublantes…

— Althea, il y a des années, tu m'as dit que Darken Rahl recourait aux deux sortes de magie.

Plongée dans de sombres souvenirs, la magicienne secoua lentement la tête.

— Il utilisait la Magie Soustractive, mais il n'était pas né avec cette capacité. Pour obtenir des faveurs du Gardien, Darken Rahl sacrifiait des enfants innocents. Il devait payer un prix afin d'avoir accès à l'autre facette du pouvoir. Mais le nouveau seigneur Rahl, lui, est né avec les deux dons, comme les sorciers de l'ancien temps.

Friedrich se demanda ce qu'il devait conclure de tout ça, et pourquoi il éprouvait un tel sentiment de danger.

Il se souvenait parfaitement du jour où le nouveau seigneur Rahl avait pris le pouvoir. Venu au palais pour vendre ses créations, il avait assisté de loin à ce grand événement. Et ce jour-là, il avait même vu Richard Rahl.

Le genre de moment qu'un homme n'oubliait jamais. Dans sa longue vie, Friedrich n'avait connu que trois seigneurs Rahl. Le dernier en date, un homme grand et fort au regard fascinant, allait et venait dans le palais comme s'il n'avait rien eu à y faire – et en même temps comme s'il n'avait jamais eu d'autre foyer.

Et il y avait aussi son épée, une arme légendaire qu'on n'avait plus vue en D'Hara depuis l'enfance de Friedrich, avant que la frontière coupe le pays du reste du Nouveau Monde.

Quand il l'avait vu, le nouveau seigneur Rahl marchait dans un couloir du Palais du Peuple en compagnie d'un vieux bonhomme – un sorcier, disait-on – et d'une superbe femme en longue robe blanche. Comparées à elle, toutes les splendeurs environnantes pâlissaient, et ce n'était pas un mince exploit…

Richard Rahl et la femme semblaient faits l'un pour l'autre. Friedrich l'avait vu à la façon très particulière dont ils se regardaient. Dans les yeux gris de l'homme et dans ceux de la femme, d'un vert magnifique, on lisait une loyauté, un engagement et une passion que rien ne pouvait détruire.

— Et les autres pierres ? demanda Friedrich, revenant au présent.

Althea désigna la zone, hors du cercle extérieur, où seule osait s'aventurer la Lumière du Créateur. Deux pierres noires s'y étaient immobilisées.

— Ceux qui entendent les voix…, dit simplement la magicienne.

Ce que son mari avait cru deviner… Mais en matière de magie, il n'était pas rare qu'il se trompe du tout au tout, surtout quand la déduction paraissait évidente.

— Et les quatre dernières ?

— Ce sont les Protectrices, dit Althea. Elles veillent sur les principales intersections.

— Pour défendre le seigneur Rahl ?

— Non, pour nous défendre tous.

Friedrich vit que des larmes ruisselaient sur les joues ridées de sa femme.

— Prions pour que cela suffise, sinon le Gardien nous aura tous entre ses mains.

— Veux-tu dire qu'il n'existe que ces quatre Protectrices pour toute l'humanité ?

— Il y en a d'autres, mais celles-ci sont essentielles. Sans elles, tout serait perdu.

Friedrich frissonna, terriblement inquiet pour les quatre sentinelles qui devaient affronter le terrible Gardien du royaume des morts.

— Althea, sais-tu qui sont les Protectrices ?

La femme de Friedrich se tourna, lui passa un bras autour de la taille et se serra contre lui. Un geste de toute petite fille qui lui serrait le cœur, chaque fois qu'elle le faisait, et emplissait son âme d'amour pour elle.

Il l'enlaça, désireux de la réconforter et de lui communiquer un précieux sentiment de sécurité. Une illusion, bien sûr, car il ne pouvait rien contre les forces qu'elle redoutait à juste titre.

— Porte-moi dans mon fauteuil, Friedrich…

Quand son mari la prit dans ses bras, Althea enfouit sa tête dans le cou de l'homme qu'elle aimait à la folie.

Ses jambes ratatinées pendaient lamentablement, comme d'habitude. Magicienne assez puissante pour influer sur le temps qu'il faisait autour de leur maison, Althea avait pourtant besoin d'un vulgaire mortel pour prendre place dans son fauteuil.

Un simple mortel dépourvu du don, peut-être, mais qu'elle aimait et qui le lui rendait au centuple.

— Tu n'as pas répondu à ma question, Althea.

La magicienne se serra plus fort contre son mari.

— Une des quatre pierres me représente, souffla-t-elle.

Friedrich se tourna vers le damier, étudia la Grâce et vit, éberlué, qu'une des « Protectrices » venait de tomber en poussière.

Althea n'avait pas eu besoin de regarder pour le savoir.

— Une autre représentait ma sœur, dit-elle en ravalant un sanglot. Et maintenant, nous ne sommes plus que trois…

Chapitre 15

Jennsen s'était écartée du flot de gens qui descendaient la route, en provenance du sud.

Elle se tenait très près de Sebastian afin de s'abriter autant que possible du vent. Un instant, elle envisagea de se rouler en boule et de dormir sur le sol gelé.

Elle était affamée et son estomac gargouillait sans arrêt.

Quand Rouquine fit un pas nerveux sur le côté, Jennsen saisit la bride plus haut, très près du mors, afin de mieux contrôler la jument. Histoire de se rassurer, Betty, dont les yeux, les oreilles et la queue étaient toujours en mouvement, se pressait contre la cuisse de sa maîtresse. Très fatiguée, la chèvre bêlait de temps en temps son mécontentement aux humains qui passaient près d'elle – et qui s'en fichaient comme d'une guigne.

Dès que Jennsen caressait le ventre rebondi de Betty, la chèvre agitait la queue plus frénétiquement que jamais. Levant les yeux sur sa maîtresse, elle donnait un gentil coup de langue sur les naseaux de Rouquine puis se couchait de nouveau aux pieds de la jeune femme.

Un bras passé autour des épaules de Jennsen, Sebastian regardait les chariots, les charrettes et les gens qui avançaient vers le Palais du Peuple. Cette longue procession produisait un vacarme infernal : un concert de grincements, de cris, de craquements, de roulements de sabots et de cliquetis métalliques. Elle soulevait aussi une fantastique colonne de poussière dans laquelle flottaient d'agréables odeurs de nourriture et des relents de sueur humaine ou animale beaucoup moins plaisants.

—À quoi penses-tu donc ? demanda Sebastian à sa compagne.

Les premiers rayons du soleil commençaient à se refléter sur les falaises du haut plateau, dans le lointain. Ces murailles de roche s'élevaient des milliers de pieds au-dessus des plaines d'Azrith, et le complexe bâti à leur sommet semblait carrément tutoyer le ciel. Ce qu'on nommait le Palais du Peuple était un ensemble beaucoup plus grand et imposant que la majorité des cités de D'Hara. Derrière son mur d'enceinte, d'innombrables toits se serraient frileusement les uns contre les autres.

Très petite quand sa mère l'avait emmenée loin du palais, Jennsen en gardait de très vagues souvenirs qui ne l'avaient pas préparée à ce qu'elle découvrait maintenant. Le cœur de D'Hara, d'une incroyable beauté, dominait un immense désert. S'il ne s'était pas agi du fief ancestral des seigneurs Rahl, la jeune femme aurait tenu cet endroit pour une des merveilles du monde.

Jennsen se passa une main sur le visage, ferma les yeux pour soulager sa migraine et pesta pour la énième fois contre son destin. Être la proie du seigneur Rahl était décidément un sort peu enviable…

Pour ne rien arranger, le voyage avait été difficile et épuisant. Chaque soir, pendant que sa compagne préparait le camp, Sebastian profitait du couvert de l'obscurité pour aller voir ce qui se passait derrière eux. Plus d'une fois, il était revenu pour annoncer que leurs poursuivants gagnaient du terrain. À ces moments-là, malgré la fatigue et le découragement, les deux jeunes gens devaient tout remballer et se remettre en route.

— Ce que je pense ? répondit enfin la jeune femme. Nous sommes ici pour une raison, et ce n'est pas le moment de baisser les bras.

— Peut-être, mais c'est notre dernière possibilité de renoncer…

Jennsen regarda son compagnon, surprise par cette soudaine prudence, et répondit simplement en reprenant sa place dans la colonne de visiteurs. Betty bondit sur ses pattes, regarda avec méfiance la meute d'inconnus et se pressa contre le flanc gauche de la jeune femme.

Sebastian vint se placer de l'autre côté.

Une femme d'âge mûr assise dans un chariot sourit à Jennsen.

— Ta chèvre est à vendre, ma fille ?

Serrant plus fort la longe de Betty, qu'elle tenait dans la même main que la bride de Rouquine, Jennsen sourit mais secoua vigoureusement la tête.

Alors que la femme lui répondait d'une moue qui exprimait toute sa déception, Jennsen vit une enseigne, sur le chariot, qui vantait la qualité de « saucisses à des prix défiant toute concurrence ».

— Maîtresse ! cria Jennsen. Vous allez vendre vos saucisses au palais ?

La femme tendit un bras derrière elle, écarta un couvercle et plongea une main dans une de ses grosses casseroles qu'elle avait enveloppées d'une couverture pour qu'elles restent bien chaudes.

— Cuite ce matin même ! lança-t-elle en brandissant fièrement une énorme saucisse. Ça t'intéresse ? Un sou d'argent pour cette merveille !

Jennsen acquiesça frénétiquement et Sebastian remit à la femme le paiement demandé. Puis il coupa la saucisse en deux et en donna une moitié à sa compagne.

Jennsen avala les premières bouchées sans prendre le temps de mâcher. Quand on crevait de faim, il fallait d'abord parer au plus pressé. Ensuite, on pouvait se permettre de déguster...

— C'est un délice ! lança-t-elle à la marchande.

La femme sourit et ne parut pas surprise par ce compliment.

— Vous connaissez une femme nommée Althea ? demanda Jennsen en pressant le pas pour rester au niveau du chariot.

Sebastian jeta un coup d'œil inquiet aux gens qui marchaient autour d'eux. Absolument pas perturbée par la question, la marchande de saucisses se pencha vers Jennsen.

— Tu es venue pour une prédiction ?

Jennsen hésita un peu puis devina ce que voulait dire son interlocutrice.

— Oui, c'est ça, mentit-elle. Savez-vous où je pourrais trouver cette femme ?

— Eh bien, ma fille, je ne la connais pas, mais je sais que son mari s'appelle Friedrich et qu'il vient régulièrement au palais vendre ses petites sculptures dorées à l'or fin.

La majorité des gens qui se dirigeaient vers le palais semblait avoir quelque chose à vendre. De sa lointaine enfance, Jennsen se souvenait que le fief du seigneur Rahl bourdonnait d'activité chaque jour, car il était pris d'assaut par des colporteurs qui proposaient à peu près tout ce qu'on pouvait imaginer. Toutes les villes près desquelles la jeune femme avait vécu instauraient un jour de marché. Au Palais du Peuple, le commerce battait son plein à longueur d'année. Une ou deux fois, se rappelait-elle, sa mère l'avait amenée dans une boutique pour acheter de la nourriture – et même, un jour, faire l'acquisition de tissu pour une robe.

— Comment pouvons-nous trouver Friedrich ou quelqu'un d'autre qui nous donnera l'adresse d'Althea ?

La marchande de saucisses désigna les hauteurs.

— Friedrich a un petit stand sur la place du marché, là-haut. D'après ce qu'on dit, il faut avoir montré patte blanche pour voir Althea. Ton ami et toi devriez essayer de parler à Friedrich. Là-haut...

Sebastian passa un bras autour de la taille de Jennsen et se pencha vers la marchande.

— Que voulez-vous dire par « là-haut » ? demanda-t-il.

— Eh bien, au palais, tout là-haut. Moi, je n'y vais jamais, bien sûr...

— Où vendez-vous vos saucisses, dans ce cas ?

— Le long de la route, tout simplement. J'ai mon chariot, mon cheval, et je commerce avec les gens qui entrent ou qui sortent du palais. Si vous voulez voir le mari d'Althea, les gardes ne laisseront pas entrer vos montures. Et encore moins la chèvre. Il y a des rampes d'accès pour les cavaliers importants, mais les chariots passent par la route de la falaise, à l'est. Par mesure de sécurité, les soldats ne laissent pas entrer de cavaliers. Une garantie de plus pour le seigneur Rahl...

— Si je comprends bien, dit Jennsen, nous allons devoir trouver une écurie avant de nous mettre en quête du mari d'Althea.

— Friedrich ne vient pas souvent... Pour lui mettre la main dessus, il vous faudra avoir de la chance. Cela dit, il vaudrait mieux que vous commenciez par lui parler...

— Savez-vous s'il sera là aujourd'hui ? demanda Jennsen après avoir avalé une nouvelle bouchée de saucisse. Ou avez-vous au moins idée des jours où il vient au palais ?

— Désolée, ma fille, mais je n'en sais rien... (La femme s'empara d'un énorme foulard rouge, l'enroula autour de sa tête et noua les deux extrémités sous son menton.) Je le vois de temps en temps, et c'est tout... Parfois, il m'achète des saucisses qu'il apporte à sa femme.

Jennsen leva les yeux vers le fantastique palais.

— Dans ce cas, nous allons devoir le dénicher, je suppose...

Ils n'étaient pas encore à l'intérieur, et le cœur de la jeune femme battait déjà la chamade. Du coin de l'œil, elle vit Sebastian glisser une main sous son manteau et tapoter la garde de son épée. Pour se rassurer, elle posa une main sur sa hanche afin de sentir la présence du couteau sous son propre manteau.

Jennsen n'avait pas l'intention de s'attarder au palais. Dès qu'ils sauraient où vivait Althea, ils s'en iraient pour ne plus jamais revenir.

Le seigneur Rahl était-il dans son fief ou occupé à guerroyer dans le pays de Sebastian ? Jennsen éprouvait une grande sympathie pour les compatriotes de son ami, car elle savait à quel point il était dur d'avoir pour adversaire un monstre comme Richard Rahl.

Pendant le voyage, elle avait interrogé Sebastian sur sa terre natale. Avec une grande ouverture d'esprit, il lui avait parlé des principales croyances et convictions de ses compatriotes. Dans l'Ancien Monde, les gens se souciaient beaucoup du sort de leurs semblables et ils désiraient vivre dans la Lumière du Créateur et obtenir Sa bénédiction.

Sebastian débordait d'enthousiasme dès qu'il évoquait frère Narev, le guide spirituel de l'Ancien Monde. Sa philosophie, répandue par ses disciples, affirmait que s'occuper des autres était bien plus que la responsabilité de chaque être humain : son devoir sacré, en réalité.

Jennsen n'avait jamais pensé qu'il existait un endroit où la compassion primait sur tout.

L'Ordre Impérial, avait expliqué Sebastian, luttait héroïquement contre les hordes d'envahisseurs du seigneur Rahl. Jennsen était mieux placée que quiconque pour savoir à quel point il fallait redouter cet homme.

Si bien placée, même, qu'elle avait peur de pénétrer dans le palais. S'il y était, son demi-frère risquait de capter sa présence…

Une colonne de soldats en cuirasse et cotte de mailles avançait en direction des plaines d'Azrith. Quand ces guerriers croisèrent le chemin de Jennsen, leurs armes brillant au soleil, elle baissa les yeux et s'efforça de ne pas les regarder. Si elle portait une marque visible par les seuls séides de Richard, ils risquaient de la repérer dans la foule. Heureusement, elle n'avait pas abaissé son capuchon, car ses cheveux roux auraient pu attirer leur attention.

À mesure qu'elle approchait du grand portail qui donnait sur l'entrée souterraine du palais, la foule devenait plus dense. Juste avant, sur une bande de terrain, les vendeurs ambulants avaient déjà installé leurs étals. Les premiers arrivants avaient pris toutes les bonnes places, et les autres faisaient contre mauvaise fortune bon cœur. Malgré le froid, tous ces gens semblaient de bonne humeur et les affaires marchaient bien.

Il y avait des soldats partout. Des colosses, comme tous les militaires d'harans, protégés par une cotte de mailles et armés au minimum d'une épée – mais beaucoup portaient aussi une hache, une masse d'armes ou un énorme couteau. Même s'ils se montraient vigilants, ils n'ennuyaient pas inutilement les marchands et ne les empêchaient pas d'exercer leur métier.

La vendeuse de saucisses salua gentiment Jennsen et Sebastian. Puis elle rangea son chariot à côté de l'étal de trois hommes qui vendaient du vin. Blonds et larges d'épaules, les marchands aux traits taillés à la serpe étaient à l'évidence des frères.

— Choisissez bien les gens à qui vous confierez vos animaux…, souffla la marchande de saucisses aux deux jeunes gens.

Beaucoup de commerçants qui exposaient leurs produits dans la plaine avaient des animaux, et il devait leur sembler plus simple de travailler là où ils étaient que de grimper jusqu'au palais. D'autres, des colporteurs, vendaient leurs divers produits à la sauvette en se mêlant à la foule. Selon ce qu'ils proposaient – bien souvent des choses très simples –, ça paraissait une excellente solution.

Les vendeurs de nourriture, comme la nouvelle « amie » de Jennsen, écoulaient sans problème leur marchandise dans la plaine, et ils auraient donc été idiots de se fatiguer à monter jusqu'au palais – d'autant plus que les soldats et les fonctionnaires devaient y surveiller de bien plus près toutes les transactions…

Sebastian prenait note de tout avec une discrétion remarquable. Alors qu'il assimilait sans doute des données stratégiques de la plus haute importance, on aurait juré qu'il s'intéressait exclusivement aux marchands, époustouflé par la variété de ce qu'ils proposaient. Mais Jennsen n'était pas dupe…

— Qu'allons-nous faire des chevaux et de Betty ? demanda-t-elle.

Sebastian désigna un grand enclos.

— Il faudra les laisser là, je suppose…

En plus d'être très près de la demeure de l'homme qui voulait sa mort, Jennsen était coincée dans une foule, et elle détestait ça. Quand elle se sentait menacée à ce point, réfléchir sainement devenait difficile. Confier Betty à une écurie, dans une cité normale, ne la gênait pas trop. Mais elle n'allait sûrement pas abandonner son amie d'enfance parmi des inconnus qui risquaient… Eh bien, elle ne savait pas trop quoi, mais ça lui paraissait très dangereux.

Du menton, elle désigna les types miteux qui tenaient le fameux enclos. Pour l'instant, ils étaient surtout concentrés sur leur partie de dés.

— Tu crois qu'on peut confier des animaux à des gens pareils ? Ce sont peut-être des voleurs, pour ce qu'on en sait… Tu devrais rester avec les chevaux et Betty pendant que je cherche le mari d'Althea.

Sebastian cessa d'observer les soldats en poste devant le portail.

— Jenn, dans des endroits comme celui-ci, se séparer n'est jamais une bonne idée. Et je refuse de te laisser y aller seule, pour commencer.

Jennsen lut une sincère inquiétude dans les yeux de son ami.

— Et si nous avons des ennuis, tu crois que nous nous en sortirons en combattant ?

— Non. Jennsen, tu auras besoin de toute ton intelligence, c'est certain. Mais je t'ai guidée jusqu'ici, alors pas question de t'abandonner maintenant. C'est bien compris ?

— Et si on nous menace avec des épées ?

— Dans ce cas, en un lieu pareil, se battre ne nous sauvera pas... Il faut impressionner les gens, les inciter à penser que tu es très dangereuse, histoire qu'ils n'aient pas envie de t'affronter. C'est ce qu'on appelle l'« intoxication »... Ou le « bluff », plus simplement...

— J'ai peur de ne pas être très douée pour cet exercice.

Sebastian lâcha un petit rire.

— Tu t'en tires très bien, au contraire ! N'est-ce pas exactement ce que tu m'as fait avec la Grâce, la première nuit ?

— Oui, mais il n'y avait que toi, et ma mère était à mes côtés. C'est différent dans un lieu inconnu, avec tant de gens autour de moi.

— Tu as eu recours à cette tactique à l'auberge, quand tu as montré tes cheveux roux à la tenancière. C'est ça qui lui a délié la langue. Ensuite, tu as tenu les clients à distance par ta seule posture menaçante. Ces types t'ont crue plus forte que tu l'es, et ils t'ont fichu la paix.

Jennsen n'avait jamais vu les choses sous cet angle-là. Elle avait cru agir sous le coup du désespoir, mais en un sens, Sebastian n'avait pas tort.

Betty se frottant contre sa jambe, la jeune femme lui gratta l'oreille en regardant les types miteux se détourner un moment de leurs dés pour prendre leurs chevaux à des voyageurs. Elle n'aimait pas la brutalité de ces hommes, plus disposés à jouer de la badine qu'à user de persuasion.

Jennsen sonda la foule jusqu'à ce qu'elle ait repéré le foulard rouge de la marchande de saucisses. Puis elle enroula la longe de Betty autour de son poignet et avança, tenant Rouquine par la bride.

D'abord surpris, Sebastian la suivit avec Pete.

La marchande finissait d'installer son étal quand Jennsen la rejoignit.

— Maîtresse ?

— Oui ma fille ? Encore envie de saucisses ? (La femme souleva un couvercle.) Tu sens cette odeur délicieuse ?

— C'est un parfum grisant, oui, mais je ne suis pas là pour ça. Je me demandais… Contre un paiement, vous accepteriez de veiller sur nos chevaux et sur ma chèvre ?

La marchande remit le couvercle en place.

— Les animaux ? Je ne tiens pas une écurie, ma fille !

La longe et la bride toujours dans une main, Jennsen appuya son avant-bras sur le flanc du chariot. Betty se laissa tomber sur le sol et se coucha à côté d'une roue.

— Je crois que vous apprécierez la compagnie de Betty… C'est une chèvre adorable et elle ne vous fera pas le moindre ennui.

La marchande baissa les yeux et sourit.

— Betty, c'est son nom ? Eh bien, je suppose que je pourrai veiller sur elle.

Sebastian tendit une pièce d'argent à la marchande.

— Je vais attacher nos chevaux avec le vôtre, dit-il. Les savoir entre de bonnes mains nous permettra d'avoir l'esprit en paix.

La marchande étudia la pièce puis jeta sur Sebastian un regard quelque peu critique.

— Combien de temps comptez-vous rester là-haut ? Quand j'ai vendu mes saucisses, j'aime rentrer très vite chez moi. Vous pouvez comprendre ça, non ?

— Nous ne serons pas longs, assura Jennsen. Dès que nous aurons trouvé Friedrich, nous reviendrons, c'est promis.

L'air détaché, Sebastian désigna la pièce que la marchande n'avait pas encore rangée dans sa poche.

— À notre retour, je vous en donnerai une autre, pour vous remercier. Et si nous ne revenons pas avant que vous ayez écoulé toutes vos saucisses, je doublerai la somme pour vous dédommager.

La marchande hocha la tête.

— Marché conclu, dit-elle. Je serai ici, occupée à vendre mes délicieuses saucisses. Attachez la chèvre à la roue, que je puisse garder un œil sur elle. Quant aux chevaux, laissez-les avec ma vieille jument, qui sera ravie d'avoir un peu de compagnie.

Betty accepta joyeusement le petit morceau de carotte que Jennsen lui offrit. Pour ne pas être oubliée, Rouquine frotta ses naseaux contre l'épaule de sa cavalière, qui lui donna aussi une gâterie, puis en tendit une à Sebastian afin que le brave Pete ne soit pas en reste.

— Si vous ne réussissez plus à me trouver, demandez Irma, la vendeuse de saucisses.

— Merci, Irma. Je vous suis reconnaissante, et nous reviendrons très vite.

Quand ils reprirent place dans la foule, Sebastian passa un bras autour de la taille de Jennsen pour la réconforter alors qu'elle allait se jeter dans la gueule du loup.

La jeune femme capta les lointains bêlements de Betty, désespérée qu'on l'abandonne encore.

Chapitre 16

Des soldats au plastron étincelant, tous armés d'une pique dont la pointe brillait au soleil, étudiaient en silence les visiteurs qui passaient entre les deux grandes colonnes du portail. Quand ils examinèrent Sebastian et Jennsen, la jeune femme fit très attention à ne pas les regarder dans les yeux. Gardant la tête baissée, elle ne vit pas si ces hommes s'intéressaient particulièrement à elle. Personne ne la retenant par un bras ni ne lui barrant le chemin, elle continua à avancer.

La grande entrée souterraine étant faite de pierres aux couleurs vives, la jeune femme eut l'impression de pénétrer dans un immense hall, pas dans un tunnel creusé dans les entrailles d'une montagne. Disposées à intervalles réguliers sur des supports, des torches fournissaient une illumination un peu irréelle. Une odeur de poix brûlée flottait dans l'air, mais l'agréable chaleur du tunnel compensait bien des désagréments.

Sur les côtés, des rangées de petites pièces étaient taillées à même la roche. Ces niches abritaient les échoppes de divers commerçants ou artisans. Avec leurs murs souvent tendus de tentures colorées, elles ajoutaient un peu de gaieté à un endroit par ailleurs très solennel.

Dehors, n'importe qui pouvait exposer sa marchandise et la vendre. À l'intérieur, il fallait sans doute payer une patente, mais les conditions plus agréables, qui incitaient les clients potentiels à s'attarder, devaient compenser cet investissement.

Attendant que leurs chaussures soient réparées, un petit groupe d'hommes et de femmes bavardaient devant la boutique d'un cordonnier. Plus loin, des gens faisaient la queue pour acheter de la bière, du pain ou du ragoût de mouton bien chaud.

Un commerçant à la voix chantante attirait des dizaines de personnes devant sa boutique, où il vendait de très appétissantes tourtes à la viande.

Plus loin, dans un coin très fréquenté et bruyant, un coiffeur s'occupait de couper les cheveux de ces dames, de les teindre ou de les orner de minuscules morceaux de verre coloré enfilés sur de petites longueurs de fil. Non loin de là, une manucure officiait à côté d'une experte en maquillage. Également dans ce secteur, plusieurs boutiques proposaient de magnifiques rubans – certains imitaient si bien des fleurs qu'on s'y serait trompé – parfaits pour pimenter un peu une robe trop banale.

Si on en jugeait par l'activité de ces commerçants, se dit Jennsen, beaucoup de gens tenaient à paraître sous leur meilleur jour au palais, où ils venaient autant pour être vus que pour voir...

Sebastian semblait aussi surpris que la jeune femme par ce qu'il découvrait.

Jennsen s'arrêta devant l'étal – négligé par la clientèle – d'un petit homme souriant qui proposait des chopes en étain.

— Maître, savez-vous où je pourrais trouver un doreur nommé Friedrich ?

— Il n'y a personne de ce nom ici, répondit le commerçant. Mais les œuvres d'art se vendent en général là-haut.

Alors qu'ils avançaient dans les entrailles de la montagne, Sebastian prit de nouveau sa compagne par la taille.

Jennsen se sentit rassurée par la présence du jeune homme, son beau visage et les gentils sourires qu'il lui faisait. Avec ses cheveux blancs hérissés sur le crâne, il ne ressemblait à personne d'autre, et ses yeux bleus semblaient détenir les réponses aux dizaines de questions que Jennsen se posait sur le vaste monde.

Parfois, Sebastian parvenait presque à lui faire oublier qu'elle avait le cœur brisé par la mort de sa mère.

Les visiteurs franchirent une série de grandes portes en fer très intimidantes. Mal à l'aise, Jennsen préféra ne pas penser à ce qui arriverait si elles se refermaient soudain dans son dos, la piégeant au cœur du fief de son ennemi...

Un peu plus loin, une volée d'imposantes marches en marbre jaune pâle conduisait à un grand palier entouré d'une balustrade de pierre. Ici, de délicates portes en bois rare artistiquement sculpté remplaçaient les lourds battants de fer. Les couloirs aux murs enduits de plâtre étaient éclairés par des lampes, et on oubliait très vite qu'on avançait au cœur d'une montagne.

Au-delà du premier palier, l'escalier continuait à monter, se séparant en deux à certains endroits. Plusieurs paliers intermédiaires donnaient sur de larges couloirs. Chaque fois, une partie des visiteurs s'y engageaient, car ils étaient arrivés à destination.

La cité souterraine était immense, racontait-on, et des milliers de lampes ou de lampadaires y brillaient jour et nuit à longueur d'année.

Sur certains paliers, des échoppes proposaient de la nourriture, et certaines offraient même des tables et des bancs à leur clientèle. Loin de ressembler à un antre infernal, la cité de l'éternelle nuit était un endroit confortable et même romantique, d'une certaine façon.

Quelques énormes portes gardées par des soldats semblaient être l'entrée de casernes. À un endroit, Jennsen aperçut une rampe en colimaçon que gravissait une colonne de cavaliers.

De son enfance, la jeune femme gardait des souvenirs très vagues, surtout quand il s'agissait de la cité construite sous le palais. À présent, elle découvrait que c'était un endroit merveilleux.

Ses jambes la torturant à force de gravir des marches, Jennsen comprit soudain pourquoi tant de gens préféraient installer leurs étals dans la plaine. Monter jusque « là-haut » durait très longtemps et c'était épuisant. D'après les conversations qu'elle avait entendues, Jennsen savait désormais que les visiteurs prenaient souvent une chambre dans une auberge pour prolonger leur séjour dans le palais-cité… et ménager leurs mollets.

Jennsen et Sebastian furent récompensés de leurs efforts quand ils émergèrent de nouveau à la lumière du jour.

Trois étages de grandes arcades dominaient le grand hall au sol de marbre où ils venaient d'entrer. Dans la voûte, des vitraux laissaient entrer la lumière, créant une sorte de couloir lumineux qui ne ressemblait à rien que Jennsen eût jamais vu.

Alors que la splendeur des lieux éblouissait sa compagne, Sebastian en était comme assommé.

— Comment peut-on construire un endroit pareil ? marmonna-t-il. Et pourquoi en avoir envie, pour commencer ?

Jennsen n'avait aucune réponse à ces questions. Cela dit, même si elle vomissait le seigneur Rahl – sous toutes ses incarnations –, elle ne pouvait résister à la fascination du palais, un lieu sorti de l'imagination de visionnaires dont le génie l'époustouflait.

— La maison Rahl a forcé des milliers de gens à trimer pour élever un monument à sa propre gloire, souffla Sebastian, visiblement indigné.

Jennsen ne crut pas utile de lui faire remarquer que le seigneur Rahl ne semblait pas être le seul à tirer profit du Palais du Peuple. Des milliers de D'Harans vivaient grâce à ce complexe – jusqu'à Irma la vendeuse de saucisses, qui n'aurait sûrement pas prospéré sans le flot de visiteurs qui venaient chaque jour au palais.

Le grand couloir qui s'étendait à l'infini vers l'avant et vers l'arrière était aussi un centre d'activité commerciale, car des boutiques s'alignaient tout au long des arcades. Certaines abritaient un seul artisan et n'avaient pas de vitrine. D'autres, beaucoup plus grandes, disposaient d'une façade vitrée et d'une porte. À l'évidence, elles fournissaient de l'emploi à des dizaines de gens.

On trouvait de tout dans ce couloir – des coiffeurs, des arracheurs de dents, des portraitistes, des couturiers –, et on y vendait tout ce qu'on pouvait imaginer, des produits les plus simples jusqu'aux parfums et aux bijoux hors de prix. Sans oublier, bien entendu, tout ce qui pouvait se boire ou se manger…

Alors qu'elle tentait de repérer l'échoppe du doreur parmi des centaines d'autres, Jennsen remarqua deux femmes en uniforme de cuir marron aux longs cheveux blonds tressés en une unique natte.

Aussitôt, elle tira Sebastian par le bras et l'entraîna dans un passage latéral. Sans aucune explication, elle accéléra le pas, mais s'efforça cependant de ne pas éveiller les soupçons des gens en courant franchement.

Soucieuse de mettre le plus de distance possible entre elle et les deux femmes, elle finit quand même par s'arrêter et entraîna son compagnon à l'abri d'une énorme colonne qui les dissimulerait. Voyant que des curieux les regardaient, elle tira Sebastian par la main jusqu'à un banc et s'y assit avec lui en prenant l'air innocent, comme si elle était une visiteuse qui entendait se reposer un peu.

Au-dessus des deux jeunes gens, l'imposante statue d'un guerrier nu appuyé sur une lance semblait monter la garde dans le passage.

Jennsen et son compagnon tendirent un peu le cou – discrètement, bien entendu – et attendirent que les deux femmes vêtues de cuir passent devant eux.

Quand elles arrivèrent, elles regardèrent à droite et à gauche, étudiant froidement et efficacement tous les badauds qui les entouraient.

Dans leurs yeux, on voyait que ces femmes avaient l'habitude de décider sans remords et en une fraction de seconde de la vie ou de la mort des autres.

Jennsen se plaqua contre le mur, comme si elle avait voulu s'y enfoncer. Tétanisée, elle retint son souffle jusqu'à ce que les deux femmes aient repris leur chemin.

— Tu peux m'expliquer ce qui se passe ? demanda Sebastian quand il vit que son amie reprenait des couleurs.

— Des Mord-Sith...

— Pardon ?

— C'étaient des Mord-Sith !

Le jeune homme aux cheveux blancs jeta un coup d'œil en direction des « Mord-Sith », mais elles étaient déjà hors de vue.

— Je ne sais pas grand-chose au sujet de ces femmes, et j'avais presque oublié leur nom... Ce sont des gardes d'élite, ou quelque chose comme ça ?

N'étant pas d'haran, il semblait logique que Sebastian ignore certains... détails... sur les Mord-Sith.

Jennsen décida qu'il était temps de faire son éducation.

— Des gardes, oui, on peut dire ça comme ça... Mais très particulières, parce qu'elles sont exclusivement attachées au seigneur Rahl. Elles le protègent, bien sûr, mais ce n'est pas leur seule mission. Elles sont aussi chargées d'arracher des informations aux gens qui ont le don. Par la torture...

— Qu'entends-tu par « les gens qui ont le don » ? Les personnes qui ont des pouvoirs mineurs ?

— Non, tous ceux qui pratiquent la magie ! Y compris les magiciennes et les sorciers.

Sebastian ne parut pas convaincu.

— Les sorciers sont très puissants... Il leur suffirait d'un simple sortilège pour écrabouiller ces femmes...

La mère de Jennsen lui avait longuement parlé des Mord-Sith. La règle d'or était de les éviter à n'importe quel prix, car il existait peu de gens plus redoutables qu'elles. Lorsqu'il était question de danger, dame Daggett ne cachait jamais l'*entière* vérité à sa fille.

— Non, parce que les Mord-Sith peuvent s'approprier le pouvoir de leurs adversaires – y compris celui d'une magicienne ou d'un sorcier. Elles ne capturent pas seulement une personne, mais emprisonnent son pouvoir. Quand on est entre leurs mains, il n'y a aucun moyen de leur échapper. Elles seules peuvent rendre sa liberté à un prisonnier, et elles le font rarement…

Sebastian parut plus troublé qu'éclairé par les explications de son amie.

— « S'approprier le pouvoir de leurs adversaires », c'est bien ce que tu as dit ? Bon sang, mais ça n'a aucun sens ! Que peuvent-elles faire avec la magie de quelqu'un d'autre ? Cela revient à arracher les dents d'un homme pour essayer de manger avec ! Bref, c'est ridicule…

Jennsen glissa une main sous sa capuche pour remettre en place une mèche rousse vagabonde.

— Je ne peux pas t'en dire plus, Sebastian… On raconte qu'elles retournent le pouvoir de leurs prisonniers contre eux-mêmes, pour les blesser et les faire souffrir.

— Je n'ai aucun pouvoir… Pourquoi devrais-je avoir peur de ces femmes ?

— Elles savent arracher des informations aux ennemis du seigneur Rahl qui pratiquent la magie, mais pour ce qui est de faire souffrir, elles ne se limitent pas à ces victimes-là. Tu n'as donc pas vu l'arme qu'elles portent ?

— Non, je n'ai pas aperçu d'arme sur elles… En revanche, elles avaient une bizarre petite tige de cuir rouge…

— C'est ça, leur arme ! On l'appelle un « Agiel »… Elles le portent toujours autour du poignet, au bout d'une chaîne, afin de pouvoir le prendre en main très vite et en toutes circonstances. C'est une arme magique.

Sebastian essaya d'assimiler ce que lui disait son amie, mais il n'y parvint visiblement pas.

— Et que font-elles avec leur Agiel ?

Son incrédulité surmontée, il posait à présent des questions avec le calme et la précision d'un esprit analytique. Bref, il remplissait la mission dont Jagang l'avait chargé.

— Je ne suis pas experte en ce domaine, répondit Jennsen, mais d'après ce que je sais, le simple contact d'un Agiel peut briser un os, provoquer une souffrance intolérable ou entraîner une mort subite. C'est la Mord-Sith qui décide de l'effet qu'aura son arme sur une victime donnée…

Sebastian essaya de nouveau d'apercevoir les deux femmes, mais elles étaient décidément trop loin.

— Pourquoi as-tu si peur de ces Mord-Sith ? Après tout, ce sont simplement des histoires que tu as entendues. Elles ne devraient pas t'impressionner comme ça.

Jennsen n'en crut pas ses oreilles.

— Sebastian, le seigneur Rahl me traque depuis toujours, et ces femmes sont ses tueuses à gages. Tu penses qu'elles n'aimeraient pas me livrer pieds et poings liés à leur maître ?

— Bien entendu, si tu présentes les choses comme ça…

— Au moins, ces deux-là portaient leur tenue en cuir marron. Quand elles sentent un danger, ou lorsqu'elles s'occupent d'un « petit chien », elles revêtent leur uniforme rouge, sur lequel le sang ne se voit pas trop.

Sebastian se posa les mains sur les yeux, puis il les passa dans ses cheveux blancs en bataille.

— Tu vis dans un royaume de cauchemar, Jennsen Daggett.

Jennsen Rahl, faillit corriger amèrement la jeune femme.

— Tu crois m'apprendre quelque chose ?

— Et que feras-tu si cette magicienne refuse de t'aider, ma pauvre amie ?

— Je n'en sais rien…

— Le seigneur Rahl ne cessera jamais de te harceler. Tu ne seras pas libre…

Tant que tu ne l'auras pas tué, ajouta mentalement Jennsen, complétant la phrase de son compagnon.

— Althea m'aidera… Je suis fatiguée de fuir et de vivre avec la peur. Il faut que ça s'arrête.

Sebastian posa une main sur l'épaule de la jeune femme.

— Je comprends…

Ces deux mots, à cet instant précis, valaient plus cher que de longues protestations de loyauté. Le saisissant, la jeune femme hocha la tête pour montrer qu'elle appréciait la fidélité de son ami.

— Jennsen, il y a des magiciennes comme Althea dans l'Ancien Monde. Elles font partie d'un ordre, les Sœurs de la Lumière, qui vivait jusqu'à ces derniers temps au Palais des Prophètes. Quand il a envahi mon pays, Richard Rahl s'est empressé de détruire ce lieu d'une incroyable beauté et d'une indicible valeur. À présent, les sœurs combattent aux côtés de l'empereur Jagang. Je pense qu'elles seraient en mesure de t'aider.

Jennsen regarda son ami dans les yeux.

— Vraiment ? Ces femmes qui se sont alliées à l'empereur pourraient connaître un moyen de me soustraire à la sorcellerie de mon ignoble demi-frère ? Mais il me suit toujours de près, guettant le moment où je trébucherai… Sebastian, je dois trouver une solution avant que nous soyons chez toi. Althea m'a aidée par le passé, et je dois la convaincre de recommencer. Si elle refuse, je crains de n'avoir aucune chance de m'en tirer.

Sebastian sonda une nouvelle fois le couloir, puis il eut un sourire plein d'assurance.

— Nous trouverons Althea, c'est promis. Sa magie te dissimulera, et tu pourras fuir D'Hara.

Un peu réconfortée, Jennsen sourit aussi.

Estimant que les Mord-Sith étaient loin et qu'il n'y avait plus aucun danger, les deux jeunes gens commencèrent à chercher Friedrich. Après avoir interrogé plusieurs commerçants, ils en trouvèrent enfin un qui connaissait le doreur. Le cœur plein d'espoir, ils s'enfoncèrent dans le palais, suivant les indications qu'on leur avait données.

À l'intersection de deux grands couloirs, Jennsen fut surprise de découvrir une petite cour au sol carrelé au milieu de laquelle miroitait un bassin protégé des rigueurs de l'hiver par un toit vitré qui laissait filtrer la lumière du soleil.

Au centre du bassin, à un endroit qui semblait logique à Jennsen, même si elle ne comprenait pas pourquoi, se dressait un rocher noir sur lequel reposait une petite cloche.

Un sanctuaire étonnant, dans une cité qui bourdonnait pareillement d'activité.

À la vue de ce lieu, des souvenirs remontèrent à la mémoire de Jennsen. Il s'agissait d'une cour de dévotions, se rappela-t-elle, et tout le monde, au palais, y venait quand les cloches sonnaient afin de chanter les louanges du seigneur Rahl. Cet hommage, soupçonna-t-elle, était sans doute le prix à payer quand on désirait séjourner longtemps au Palais du Peuple.

Assis sur le muret qui entourait le bassin, des gens murmuraient entre eux en regardant les poissons orange qui nageaient dans les eaux sombres.

Fasciné, Sebastian lui-même contempla un long moment ce spectacle avant de se remettre en chemin.

Des soldats patrouillaient partout et d'autres étaient en poste aux endroits stratégiques du palais. Les groupes de gardes restaient en permanence sur le pied de guerre, et ils n'hésitaient pas à intercepter et à interroger les visiteurs qui semblaient suspects. Ignorant sur quoi portaient ces interrogatoires, Jennsen avait des sueurs froides à l'idée d'en subir un.

— Que dirons-nous si on nous pose des questions ? demanda-t-elle à Sebastian.

— Le moins de choses possible, sauf si on ne peut pas faire autrement...

— Et si on ne peut pas faire autrement ?

— Il faudra raconter que nous vivons dans une ferme, au sud... Les paysans sont isolés de tout et ils ne connaissent rien, à part leur petite vie à la campagne. Notre ignorance n'étonnera personne. Prétendre que nous sommes venus pour voir le palais et faire quelques emplettes – par exemple des herbes – serait sans doute une bonne idée.

Jennsen avait rencontré pas mal de paysans, et ils étaient beaucoup moins stupides que son ami le prétendait.

— Les paysans font pousser les herbes dont ils ont besoin... Je ne vois pas pourquoi ils devraient venir en acheter au palais...

— Oui, c'est bien raisonné... Voyons voir... Nous sommes venus acheter du tissu, pour le trousseau du bébé.

— Le bébé ? Quel bébé ?

— Le tien ! Tu es ma femme, et tu viens d'apprendre que tu attends un petit.

Jennsen sentit qu'elle s'empourprait. Ce mensonge idiot inciterait les soldats à poser des tas de questions gênantes...

— Tout compte fait, je préfère que nous soyons des paysans venus acquérir des herbes qu'ils ne savent pas bien faire pousser...

Sebastian eut un petit sourire, puis il enlaça de nouveau Jennsen pour l'aider à oublier sa timidité et son embarras.

Suivant les indications qu'on leur avait fournies, les deux jeunes gens s'engagèrent dans un autre couloir, sur la droite, où s'alignaient aussi des boutiques. Jennsen repéra immédiatement l'étoile dorée qui servait d'enseigne à l'échoppe de Friedrich. Que ce fût intentionnel ou non, cette étoile avait huit branches, comme celle de la Grâce. La jeune femme avait assez souvent dessiné le diagramme sacré pour le savoir...

Sebastian à ses côtés, elle pressa le pas, atteignit l'échoppe et eut un pincement au cœur en découvrant qu'elle était déserte. Mais à cette heure matinale, le doreur n'était peut-être pas encore arrivé. D'ailleurs, dans le coin, plusieurs boutiques n'étaient pas encore ouvertes.

Jennsen s'arrêta devant l'étal d'un vendeur de chopes.

— Savez-vous si le doreur viendra aujourd'hui ? demanda-t-elle à l'homme assis derrière son établi.

— Désolé, mais je l'ignore, répondit l'artisan sans lever les yeux de la pièce qu'il était en train de graver. Je viens juste d'arriver...

Jennsen approcha d'une autre boutique, où on proposait de splendides coussins brodés de scènes bucoliques. Se tournant pour dire quelque chose à Sebastian, elle constata qu'il était allé interroger un autre commerçant.

La marchande brodait sur un carré de tissu un torrent bleu qui dévalait le flanc d'une montagne. Des images de ce genre ornaient les coussins exposés derrière elle sur une étagère.

— Maîtresse, dit Jennsen, savez-vous si le doreur viendra aujourd'hui ?

La femme sourit.

— Navrée, mais je crains qu'il ne se montre pas de la journée...

— Hum, je vois... (Très déçue, Jennsen se demanda ce qu'elle devait faire, à présent.) Avez-vous idée du jour où il viendra ?

— Hélas non, dit la marchande en continuant à coudre. Je n'en ai pas la moindre idée... La dernière fois que je l'ai vu, il y a plus d'une semaine, il a dit qu'il serait peut-être absent un long moment.

— Et vous savez pourquoi ?

— Pas vraiment, mais il lui arrive de ne pas venir pendant un mois ou deux. Il travaille à ses sculptures, le temps d'en avoir produit assez pour que ça vaille le déplacement jusqu'au palais.

— Vous avez idée de l'endroit où il habite ?

La femme plissa le front.

— En quoi ça vous intéresse ?

Jennsen réfléchit et décida de répéter ce que lui avait dit Irma, la marchande de saucisses engagée pour veiller sur Betty et les chevaux.

— Je viens pour une prédiction.

— Ah oui ! je comprends, fit la brodeuse, ses soupçons envolés. Donc, c'est Althea que vous voulez voir, en réalité. C'est bien ça ?

— Ma mère m'a amenée chez cette magicienne quand j'étais petite... Depuis que je suis... orpheline... j'ai envie de revoir Althea. Je pense que ses prédictions me réconforteraient...

— Toutes mes condoléances pour ta mère, ma fille... Je comprends ce que tu éprouves. Quand j'ai perdu la mienne, j'ai eu du mal à m'en remettre.

— Vous savez où habite Althea ?

La marchande posa son ouvrage et se leva.

— Ce n'est pas la porte à côté... Il faut marcher vers l'ouest, à travers un désert...

— Les plaines d'Azrith ?

— C'est ça. À l'ouest, le paysage devient moins plat... De l'autre côté du pic le plus haut que tu verras à l'ouest d'ici – le seul qui soit couronné de neige –, il faudra tourner au nord, longer des falaises puis descendre au fond d'un canyon où se niche un marécage puant. Althea et Friedrich vivent dans ce coin.

— Un marécage ? Ils ne peuvent pas y habiter en hiver, voyons !

— C'est pourtant ce qu'ils font, d'après ce qu'on dit. Le marécage d'Althea... Un endroit à éviter, paraît-il. Certaines personnes affirment que ce n'est pas un lieu... naturel... si tu vois ce que je veux dire.

— Vous voulez parler de sorcellerie ?

— Eh bien, ce n'est pas moi qui l'ai dit, mais...

Jennsen remercia la femme d'un hochement de tête et répéta ses indications.

— De l'autre côté du plus haut pic, à l'ouest d'ici, il faut tourner au nord, longer des falaises et descendre dans un canyon.

— C'est dangereux, ma fille, dit la marchande en se grattouillant la tête. Et tu n'auras pas intérêt à y aller sans avoir été invitée.

Jennsen tourna la tête pour faire signe à Sebastian qu'elle avait trouvé des réponses à leurs questions, mais elle ne le vit pas dans les environs.

— Et comment s'y prend-on pour être invité ?

— En général, les gens s'adressent à Friedrich... J'en ai vu venir lui parler et repartir sans même jeter un coup d'œil à ses sculptures. Selon moi, il demande à Althea si elle veut voir telle ou telle personne, et il transmet la réponse quand il revient au palais. Parfois, des clients lui confient une lettre pour son épouse. Certains voyagent jusqu'aux abords du marécage et attendent des jours durant qu'il en sorte pour leur adresser une invitation d'Althea. Il paraît que quelques téméraires se sont même aventurés jusqu'à la lisière du territoire de la magicienne et en sont revenus sans avoir reçu d'invitation. Mais personne n'est jamais entré dans ce trou puant sans l'autorisation d'Althea. Enfin, personne qui en soit revenu pour le raconter, si tu vois ce que je veux dire...

— Dois-je comprendre que je devrai aller là-bas et attendre qu'Althea ou son mari daigne se montrer pour m'autoriser à entrer ?

— C'est ça, en gros, sauf qu'Althea ne sort jamais du marécage. C'est toujours son mari qui s'y colle. Cela dit, ma fille, tu as une autre solution : revenir ici tous les jours jusqu'à ce que Friedrich se montre. Il est rarement absent plus d'un mois d'affilée, donc l'attente ne sera pas trop longue…

Des semaines… Jennsen ne pouvait pas rester si longtemps au même endroit alors que les sbires du seigneur Rahl la traquaient. D'après Sebastian, ils avaient à peine quelques jours d'avance sur leurs poursuivants…

— Eh bien, merci de votre obligeance, maîtresse… Je reviendrai un autre jour pour tenter de voir Friedrich et lui demander une invitation.

La marchande se rassit et reprit son ouvrage.

— C'est sans doute la meilleure solution… Encore toutes mes condoléances, pour ta mère. C'est une dure épreuve, et je sais de quoi je parle.

Des larmes aux yeux, Jennsen se contenta d'acquiescer, car elle avait peur que sa voix tremble trop.

En un éclair, elle revit l'atroce scène. Les tueurs, le sang, le bras coupé de sa mère… Non sans peine, elle chassa ces images de son esprit, afin que le chagrin et l'angoisse n'en prennent pas le contrôle.

Elle avait des soucis plus immédiats. Pour trouver Althea et obtenir de l'aide, Sebastian et elle avaient fait un long voyage en plein milieu de l'hiver. À présent, ils ne pouvaient pas attendre une invitation de la magicienne, parce que les assassins du seigneur Rahl leur collaient aux basques. La dernière fois qu'elle avait hésité, devant Lathea, Jennsen avait irrémédiablement gâché une de ses rares chances. La magicienne avait été tuée, et ce drame pouvait se reproduire. Jennsen devait trouver Althea avant les meurtriers – au minimum pour la prévenir du danger et l'informer de la mort de sa sœur.

Jennsen chercha Sebastian du regard dans le grand couloir. Il ne pouvait pas être allé bien loin.

De fait, elle l'aperçut, de dos, devant la boutique d'un bijoutier.

Avant qu'elle ait fait deux pas vers l'échoppe, des soldats surgirent et entourèrent Sebastian.

Jennsen se pétrifia.

Immobile comme une statue, Sebastian ne broncha pas lorsqu'un des soldats, du bout de son épée, souleva son manteau pour étudier sa panoplie d'armes.

Paniquée, Jennsen aurait été incapable de faire un pas en avant.

Une demi-douzaine de piques se braquèrent sur Sebastian et d'autres soldats dégainèrent leur épée.

Les badauds s'écartèrent prudemment, formant un cercle afin d'observer la scène.

Entouré de colosses armés jusqu'aux dents, le jeune homme aux cheveux blancs leva les mains.

Renonce.

Dans la cour de dévotions, la cloche se mit à sonner.

Chapitre 17

Au moment où la cloche sonnait l'heure des dévotions, deux soldats prirent Sebastian par les avant-bras et l'entraînèrent avec eux.

Impuissante, Jennsen regarda les autres militaires entourer leurs camarades afin d'interdire au prisonnier de fuir, et d'empêcher quiconque d'essayer de le libérer. À l'évidence, ces gardes étaient prêts à toutes les éventualités et ils ne prendraient aucun risque, car ils ignoraient si cet homme armé était seul ou faisait partie d'une force importante infiltrée au palais.

Jennsen avait vu d'autres visiteurs qui portaient des armes comme Sebastian. Le problème était peut-être la nature très particulière de la panoplie du jeune homme – l'équipement d'un guerrier, pour tout dire – et le fait qu'il l'ait dissimulée sous son manteau. Pourtant, ce dernier détail n'avait rien de surprenant. En plein hiver, n'était-il pas logique de se vêtir chaudement ?

Sebastian n'avait fait aucun mal. Jennsen brûlait d'envie de crier aux soldats de lui ficher la paix, mais elle avait trop peur qu'ils l'arrêtent également si elle s'en mêlait.

Les curieux qui suivaient la scène de loin se mirent tous en mouvement vers des cours de dévotions. Dans les boutiques, les commerçants abandonnèrent leur travail pour se joindre à la procession.

Plus personne ne s'intéressait aux soldats. Depuis que la cloche avait sonné, les rires et les conversations s'étaient tus pour céder la place à des murmures respectueux.

Jennsen paniqua quand elle vit les soldats entraîner Sebastian dans un couloir latéral. Désormais, elle n'apercevait plus que le dessus blanc du crâne de son ami, au milieu des D'Harans en cuirasse sombre.

Que pouvait-elle faire ? Cette catastrophe n'aurait pas dû se produire. Ils étaient simplement venus voir un doreur... Tétanisée, Jennsen n'osa pas crier aux militaires que son ami n'avait rien fait de mal.

Jennsen.

La jeune femme réussit à ne pas se laisser emporter par le flot de fidèles du seigneur Rahl en route pour leurs dévotions. Sebastian était déjà pratiquement hors de vue. Son demi-frère la traquait, il avait fait assassiner sa mère, et maintenant, il avait capturé son seul ami. Ce n'était pas juste.

Alors qu'elle regardait Sebastian s'éloigner, trop apeurée pour intervenir, la jeune femme eut honte de sa propre lâcheté. Sebastian avait tant fait pour elle. Consenti tellement de sacrifices... Risqué sa vie...

Le souffle de Jennsen s'accéléra. Tout ça était vrai, mais que pouvait-elle faire ?

Renonce...

Ce qu'on infligeait à Sebastian, à Jennsen et à d'innombrables innocents était ignoble. Au plus profond d'elle-même, la jeune femme sentit monter une rage comme elle n'en avait jamais éprouvé.

Tu vash misht.

Sebastian ne serait jamais venu au palais si elle ne lui avait pas demandé de l'accompagner.

Tu vask misht.

Et maintenant, il était en danger.

Grushdeva du kalt misht.

Ces paroles semblaient si justes. Elles déferlaient en Jennsen, attisant sa colère.

Remontant le flot de fidèles à contre-courant, Jennsen joua des coudes pour se frayer un chemin. Elle devait suivre les soldats qui emmenaient Sebastian. Il n'avait pas mérité ça, et il fallait que ces hommes le laissent en paix.

Qu'ils arrêtent, oui, qu'ils arrêtent !

Malade de frustration, Jennsen constata une fois de plus qu'elle était impuissante. Les soldats continuaient de marcher comme si de rien n'était...

Renonce.

Jennsen glissa la main droite sous son manteau et posa les doigts sur la garde d'argent de son couteau. Comme d'habitude, elle sentit le « R » qui la décorait s'enfoncer dans sa paume.

Un soldat la poussa gentiment, l'orientant dans la même direction que la foule.

— La cour de dévotions est par là, ma dame, dit-il d'un ton poli mais avec une grande fermeté.

Tremblant de rage, Jennsen regarda l'homme dans les yeux. Elle crut revoir ceux du soldat mort, au pied de la falaise, puis ceux des monstres qui l'avaient attaquée dans sa cabane après avoir tué sa mère.

Du sang partout... l'horreur... le bras coupé...

Alors que l'homme la toisait, Jennsen sentit qu'elle dégainait son couteau.

Mais une main se posa sur son avant-bras.

— Par ici, ma fille, je vais te montrer le chemin...

Jennsen sursauta. C'était la femme qui lui avait expliqué comment aller chez Althea. La brodeuse qui tenait boutique dans le palais d'un monstre nommé Richard Rahl et qui décorait des coussins de scènes bucoliques.

Jennsen regarda la marchande, qui lui souriait bizarrement. Tout ce qui se passait autour d'elle lui semblait incompréhensible. Elle ne comprenait plus rien, ne sentait plus rien, à part le désir de dégainer sa lame.

Curieusement, le couteau refusait de quitter son fourreau.

Pensant d'abord qu'on faisait usage sur elle de sorcellerie, Jennsen s'avisa que la brodeuse lui bloquait le bras. Sans le vouloir, cette femme l'empêchait de dégainer son arme !

Jennsen tenta de s'arrimer au sol afin que la commerçante ne puisse pas l'entraîner avec elle.

— Personne ne doit manquer les dévotions, mon enfant, dit la femme avec un gentil sourire. Personne... Viens, je vais t'accompagner...

L'air pas commode, le soldat regarda Jennsen se laisser entraîner par la marchande.

Quand elles eurent été happées par la foule, Jennsen regarda un moment sa compagne, qui souriait toujours. Autour de la jeune femme, le monde semblait inondé d'une étrange lumière. Les voix dont elle captait les murmures étaient souvent couvertes par l'écho des cris qui avaient retenti dans sa cabane, ce terrible jour...

Jennsen.

Claire et nette dans un vacarme indistinct, la voix attira l'attention de Jennsen, qui se concentra pour entendre ce qu'elle avait à dire.

Renonce à ta volonté, Jennsen.

Étrangement, ces mots avaient un sens – au moins, ils lui remuaient les entrailles.

Renonce à ta chair.

Plus rien d'autre ne semblait compter. Rien de ce que la jeune femme avait fait dans sa vie ne lui avait apporté le salut, la sécurité ou la paix. Bien au contraire, elle semblait avoir tout perdu.

— Nous y voilà, ma fille, dit la femme.

— Pardon ?

— Nous y voilà…

Jennsen sentit que sa compagne la forçait à s'agenouiller. Des dizaines de personnes s'étaient prosternées autour du bassin.

Mais pour Jennsen, seule la voix comptait.

Jennsen, renonce !

C'était un ordre, cette fois. Un ordre qui attisait les flammes de sa fureur.

Tremblant de rage, Jennsen s'inclina en avant. Au plus profond de son esprit, un cri de terreur déchira son silence intérieur. Malgré cette angoisse larvée, c'était la colère qui avait pris le contrôle de son corps et de son âme.

Renonce !

Jennsen s'aperçut qu'elle pleurait, ses larmes s'écrasant sur le sol carrelé. Elle haletait, un peu d'écume au coin des lèvres, et ses yeux étaient tellement écarquillés qu'ils lui faisaient mal. Elle tremblait de tous ses membres, comme si elle avait été seule dehors une nuit où soufflait un vent glacial.

Malgré tous ses efforts, elle ne parvint pas à arrêter ses convulsions.

Autour d'elle les gens étaient face contre terre.

Elle désirait entendre la voix et sortir son couteau !

— Maître Rahl nous guide…

Ce n'était pas la voix, mais les fidèles, autour d'elle, qui récitaient les dévotions, le front plaqué contre les carreaux du sol. Un soldat qui circulait entre les adorateurs de Rahl passa à côté de Jennsen, sans doute pour vérifier si elle se prosternait convenablement.

— Maître Rahl nous dispense son enseignement !

Non, ce n'était pas ça qu'elle voulait entendre !

La voix, elle désirait la voix ! Et son couteau, car elle avait soif de sang.

— Maître Rahl nous protège ! déclamèrent à l'unisson les adorateurs abrutis.

De plus en plus folle de fureur et submergée par le dégoût, Jennsen n'avait plus que deux idées en tête : entendre la voix et dégainer son arme.

Hélas, elle n'entendait que l'absurde litanie.

— À sa lumière, nous nous épanouissons. Dans sa bienveillance, nous nous réfugions. Devant sa sagesse, nous nous inclinons. Nous existons pour le servir et nos vies lui appartiennent.

De l'époque où elle vivait au palais, Jennsen gardait un vague souvenir des dévotions. Mais les entendre de nouveau raviva sa mémoire. Enfant, elle connaissait la litanie, et elle l'avait déclamée plus d'une fois. Après que sa mère et elle se furent enfuies, elle avait banni de son esprit des mots qui chantaient les louanges de leur ennemi juré.

À présent, alors qu'elle brûlait d'entendre sa voix intérieure, ses lèvres tremblantes laissaient échapper les très anciennes paroles qu'elle avait pensé ne plus prononcer de sa vie.

— Maître Rahl nous guide ! Maître Rahl nous dispense son enseignement ! Maître Rahl nous protège ! À sa lumière, nous nous épanouissons. Dans sa bienveillance, nous nous réfugions. Devant sa sagesse, nous nous inclinons. Nous existons pour le servir et nos vies lui appartiennent.

Les innombrables voix qui répétaient cette prière, dans toutes les cours de dévotions, résonnaient dans le grand hall comme le reflux lointain d'une marée.

Jennsen tentait d'entendre la voix intérieure qui la harcelait depuis toujours, mais pour une fois, elle se taisait obstinément.

La jeune femme récitait la litanie avec les autres. Elle ne pouvait plus s'en empêcher, les paroles sortant de sa gorge malgré elle.

— Maître Rahl nous guide ! Maître Rahl nous dispense son enseignement ! Maître Rahl nous protège ! À sa lumière, nous nous épanouissons. Dans sa bienveillance, nous nous réfugions. Devant sa sagesse, nous nous inclinons. Nous existons pour le servir et nos vies lui appartiennent.

Oui, Jennsen répétait inlassablement une prière à la gloire de l'homme qu'elle détestait plus que n'importe qui au monde. En elle, tout était submergé par ce flot de propos exaltés. Elle en oubliait sa peur et sa colère, recouvrant même une forme de calme intérieur...

Le temps s'écoulait sans qu'elle en ait conscience, comme s'il ne comptait plus.

Les dévotions avaient sur elle un effet apaisant. Un peu comme lorsqu'elle grattait les oreilles de Betty pour la rassurer. L'absurde prière désamorçait la juste colère de Jennsen. Elle tentait de résister, mais rien n'y faisait, et elle sombrait dans une sorte d'euphorie hypnotique.

Maintenant, elle comprenait pourquoi on appelait cela les « dévotions ».

Cet exercice d'hystérie collective la vidait de ses émotions, la plongeant dans un étrange état de béatitude.

Ne résistant plus, elle récita les mots avec une conviction grandissante et oublia totalement sa tristesse et sa fureur. Agenouillée sur les carreaux, avec le seul désir de répéter inlassablement les dévotions, elle se sentait libérée du monde, des autres et d'elle-même.

Tandis qu'elle priait, la lumière du soleil, qui approchait de son zénith, pénétra à flots dans la cour, ses chaudes caresses rappelant à Jennsen la rassurante tendresse de sa mère. Qu'il était bon de se sentir de nouveau protégée ! Dans cette formidable lumière, on se sentait si près des esprits du bien qu'on en avait les larmes aux yeux.

Soudain, la cloche annonça la fin des dévotions.

Comme les autres, Jennsen se releva lentement, la tête encore dans les nuages.

Un sanglot lui échappa, sans doute parce que toute l'atroce réalité de la vie lui revenait d'un coup à la mémoire.

— Il y a un problème ? demanda le soldat qui patrouillait au milieu des fidèles.

La brodeuse passa un bras autour des épaules de Jennsen.

— Elle vient juste de perdre sa mère, expliqua-t-elle simplement.

— Je suis désolé, ma dame, dit le soldat, très mal à l'aise. Toutes mes condoléances, à vous et à votre famille…

Dans les yeux bleus de l'homme, Jennsen vit qu'il était parfaitement sincère.

Stupéfiée, elle regarda le tueur en cuirasse du seigneur Rahl continuer paisiblement sa patrouille. De la compassion chez un assassin ? S'il avait su qui était Jennsen, il l'aurait livrée sans remords à une bande de bourreaux sadiques !

Jennsen posa la tête sur l'épaule de la marchande et pleura en mémoire de sa mère, dont la chaleur et la tendresse lui manquaient tant.

Elle ne se remettait toujours pas de son deuil. Et maintenant, en plus de tout, elle était morte d'inquiétude pour Sebastian.

Chapitre 18

Jennsen remercia la marchande de coussins brodés et s'éloigna dans le grand corridor. Après quelques minutes, elle s'avisa qu'elle ne connaissait même pas le nom de sa nouvelle amie. Mais ça n'avait aucune importance. Ayant chacune aimé et perdu leur mère, elles savaient ce que ça signifiait, et partageaient les mêmes sentiments.

À présent que les dévotions étaient terminées, les murs de marbre du palais renvoyaient de nouveau l'écho des bruits de la vie quotidienne – et on entendait même des éclats de rire un peu partout, un détail qui ne cadrait pas avec les souvenirs de Jennsen...

Les gens étaient retournés à leurs occupations, qu'ils fussent des marchands, des clients ou de simples visiteurs. Les gardes patrouillaient et les employés du palais, la plupart en livrée aux couleurs claires, transportaient des messages ou s'affairaient à résoudre des problèmes qui dépassaient de loin l'imagination de Jennsen.

En marchant, elle vit une équipe d'ouvriers occupés à réparer les charnières de la lourde porte de chêne qui défendait un couloir latéral.

Le personnel d'entretien s'était également remis au travail, briquant, lavant et polissant sans relâche. Jadis, la mère de Jennsen avait fait partie de ces équipes. Travaillant dans les zones du palais interdites au public, elle s'occupait des salles de réunion, des quartiers des fonctionnaires de haut rang et – hélas ! – des appartements du seigneur Rahl.

Après avoir déclamé les dévotions pendant une petite éternité, Jennsen avait l'esprit reposé et clair, comme si elle venait de faire une bonne sieste. Grâce à ce calme et à cette fraîcheur intellectuelle, elle avait trouvé une solution. Oui, désormais, elle savait ce qu'elle devait faire.

Elle accéléra le pas, refaisant en sens inverse le chemin qui l'avait conduite jusqu'à la cour de dévotions. Il n'y avait pas de temps à perdre, elle le savait…

Sur les balcons, au-dessus de sa tête, les résidents du Palais du Peuple allaient et venaient en jetant des coups d'œil curieux aux visiteurs qui arpentaient le grand couloir et s'émerveillaient presque à chaque pas.

Fendant la foule les yeux baissés, Jennsen avançait dans une bulle de concentration et de détermination.

Sebastian lui avait appris qu'il ne fallait pas courir quand on ne voulait pas éveiller les soupçons des gens. Pour passer inaperçu, avait-il dit, il fallait se comporter le plus normalement possible. Malgré tout ce qu'il savait, le palais était un endroit si dangereux qu'il avait fini par se faire capturer. Si Jennsen attirait l'attention sur elle, des soldats l'interpelleraient, découvriraient son identité, et…

Non, il ne fallait pas qu'elle pense à ça !

Jennsen voulait que Sebastian soit de nouveau à ses côtés. Elle avait peur pour lui, et cette angoisse lui donnait le courage d'agir. Il fallait à tout prix qu'elle l'arrache aux griffes des soldats d'harans. Avec chaque minute qui passait, ces monstres risquaient de faire davantage de mal à son ami.

S'ils le torturaient, Sebastian risquait de craquer. Et s'il avouait qu'il était un espion, on le condamnerait à mort sans autre forme de procès. À l'idée qu'il soit exécuté, Jennsen sentait sa tête tourner comme si elle allait s'évanouir. Sous la torture, on pouvait confesser n'importe quoi, y compris des crimes imaginaires… Si ses geôliers décidaient de le soumettre à la question, Sebastian n'aurait pas une chance de s'en tirer. Penser qu'il subissait peut-être des horreurs en ce moment même désespérait Jennsen.

Elle devait le sauver !

Pour cela, il lui fallait l'aide de la magicienne. Si Althea lui lançait un sort de protection, elle pourrait tenter de secourir Sebastian. Althea accepterait, il ne pouvait pas en être autrement. Surtout quand la vie d'un jeune homme innocent était dans la balance.

Jennsen atteignit le grand escalier. Des visiteurs en sortaient encore, le souffle court après la longue et pénible ascension. À cette heure de la journée, très peu de gens avaient déjà entrepris de redescendre les marches.

Debout sur le palier, une main sur la rampe de marbre, Jennsen regarda autour d'elle pour s'assurer qu'on ne l'avait pas suivie et que personne ne la regardait. Même si elle brûlait d'envie de courir, elle parvint à jouer à la visiteuse que rien ne pressait particulièrement.

Certaines personnes la regardaient, constata-t-elle, mais sans lui accorder plus d'attention qu'aux autres badauds. Et pour l'instant, aucune patrouille de gardes n'était à proximité.

Jennsen commença à descendre les marches le plus vite possible, mais sans trahir qu'elle s'occupait d'une affaire de vie ou de mort.

La vie ou la mort de Sebastian... Car sans elle, il était perdu.

Au début, elle pensait que descendre serait plus facile que monter. Après quelques centaines de marches, elle constata que c'était une illusion. Les mollets en feu, elle se força à continuer, consciente que chaque minute comptait si elle voulait sauver Sebastian.

Lorsqu'on ne la regardait pas, la jeune femme descendait les marches deux à deux. Quand elle passait devant un poste de garde, elle tentait d'avancer dans le sillage de petits groupes de promeneurs, afin de passer plus facilement inaperçue.

Lorsqu'elle traversait un palier, les gens assis sur les bancs la remarquaient à peine. Alors qu'ils mangeaient de la tourte à la viande – souvent arrosée de bière –, ce que faisaient les autres visiteurs ne les intéressait pas le moins du monde.

S'ils avaient su que la demi-sœur du seigneur Rahl était parmi eux...

Jennsen continua à descendre, les jambes de plus en plus douloureuses, mais elle refusa de s'accorder du repos et ne renonça pas à aller un peu plus vite chaque fois que c'était possible. Quand elle aborda une volée de marches absolument déserte, elle s'autorisa à courir, mais ralentit le pas dès qu'elle aperçut un couple qui gravissait l'escalier bras dessus bras dessous en bavardant gaiement.

Plus on descendait, plus l'air devenait frisquet. À un niveau où les gardes grouillaient davantage que les mouches dans une étable au printemps, un des soldats regarda Jennsen dans les yeux et lui sourit. D'abord pétrifiée de terreur, la jeune femme s'avisa que le garde lui avait souri comme un homme qui trouve une femme attirante, pas comme un tueur qui tente d'hypnotiser sa proie.

Elle sourit à son tour, poliment mais sans trop de chaleur, afin de ne pas encourager le séducteur en puissance. Puis elle resserra les pans de son manteau autour d'elle et s'engagea dans l'escalier suivant. Quand elle jeta un coup d'œil par-dessus son épaule, elle vit que le soldat, debout au sommet des marches, la regardait s'éloigner. Voyant qu'elle avait tourné la tête, il lui sourit de nouveau, lui fit un petit signe de la main et retourna vaquer à ses occupations.

Cédant à la panique, Jennsen dévala les marches, déboula sur un palier, passa en trombe devant les diverses boutiques et les visiteurs assis sur des bancs et fonça vers la volée de marches suivante. Voyant que presque tout le monde la regardait, elle cessa de courir et continua à avancer d'une démarche sautillante, histoire de laisser penser qu'elle avait dans les jambes les démangeaisons typiques de la jeunesse.

Cette tactique fonctionna à merveille. La prenant pour une jeune femme qui débordait d'énergie et devait en évacuer le trop-plein, les visiteurs ne lui accordèrent plus la moindre attention. Contente de sa trouvaille, Jennsen la réutilisa plusieurs fois, ce qui lui permit de descendre un peu plus rapidement que prévu.

Le souffle un peu court, elle atteignit enfin le tunnel d'entrée éclairé par des torches. Avant de passer devant les gardes du portail, elle emboîta le pas à un couple d'âge mûr, pour faire croire qu'elle était une fille en promenade avec ses parents.

L'homme et la femme menaient un débat enflammé au sujet d'un ami qui venait d'ouvrir au palais une boutique de perruquier. L'épouse pensait que c'était un marché plein d'avenir. Le mari soulignait que leur ami, si les ventes se multipliaient, serait très vite à court de vendeurs de cheveux, et qu'il perdrait trop de temps à se procurer cette indispensable matière première.

Comment pouvait-on parler d'idioties pareilles alors qu'un innocent venait d'être capturé, devait être torturé en ce moment et serait sans doute bientôt exécuté ? Pour Jennsen, le Palais du Peuple était un piège mortel, et rien d'autre. Et elle devait secourir Sebastian au plus vite.

L'homme et la femme ne remarquèrent pas l'inconnue qui marchait derrière eux, la tête baissée. Et comme prévu, les gardes crurent avoir affaire à une innocente famille.

Dehors, le froid coupa le souffle à Jennsen. Et après avoir évolué si longtemps à la lumière des lampes, elle fut aveuglée par celle du jour. Dès qu'elle fut entrée dans le marché en plein air, elle abandonna ses « parents » et se lança à la recherche d'Irma, la vendeuse de saucisses.

Tendant le cou, Jennsen essaya de repérer le foulard rouge tandis qu'elle avançait entre les rangées de boutiques. Après ce qu'elle avait aperçu au palais, tout ce qui lui avait paru splendide, quelques heures plus tôt, lui semblait maintenant minable. De sa vie, elle n'avait jamais vu quoi que ce fût de comparable au Palais du Peuple. Comment un endroit si beau pouvait-il être le fief de la maison Rahl, ce nid d'assassins et de monstres ?

Un colporteur aborda soudain Jennsen.

— Des charmes pour la petite dame ? lança-t-il. (La jeune femme recula, car l'haleine du bonhomme empestait.) Un porte-bonheur ? Une amulette magique ? Pour un sou d'argent, ça ne peut pas faire de mal !

— Non, merci, je n'ai besoin de rien.

Le type ne lâcha pas si facilement sa proie.

— Ma dame, un sou d'argent, ce n'est rien.

Jennsen résista à l'envie de faire un croche-pied à cet importun.

— Non, merci ! S'il vous plaît, laissez-moi tranquille !

— Un sou de cuivre, peut-être ?

— Non !

Jennsen avait beau pousser l'homme chaque fois qu'il la collait de trop près, il revenait inlassablement à l'assaut, lui infligeant son sourire édenté.

— Ce sont de bons charmes, ma dame. (Le colporteur barra à demi le passage à Jennsen, qui tentait toujours d'apercevoir le foulard rouge.) Ils vous porteront chance.

— Non ! Combien de fois devrai-je le répéter ? (Manquant se prendre les pieds dans ceux de l'importun, Jennsen le poussa sans ménagement.) S'il vous plaît, fichez-moi la paix !

La jeune femme soupira de soulagement quand le colporteur l'abandonna pour se ruer sur une nouvelle victime, un homme d'âge moyen à qui il tenta également de vendre un charme pour un sou d'argent.

Au fond, c'était assez amusant... Ce colporteur voulait lui vendre de la magie et elle l'avait éconduit parce qu'elle était pressée d'aller en acheter chez quelqu'un d'autre.

Alors qu'elle passait devant un étal où étaient exposées des barriques de vin, Jennsen s'arrêta net. Elle reconnut les trois frères, l'un servant un gobelet à un client pendant que les deux autres déchargeaient un tonneau plein de leur chariot, mais...

... Mais il n'y avait plus trace d'Irma. L'emplacement était vide. Où avait filé la marchande de saucisses – avec les chevaux et Betty ?

Paniquée, Jennsen parvint à peine à attendre que le client soit parti avant de prendre par le bras le vendeur de vin.

— S'il vous plaît, savez-vous où est Irma ?

— La dame aux saucisses ? demanda l'homme.

— Oui, elle-même ! Où est-elle ? Avec toutes les saucisses qu'elle devait vendre, elle ne peut pas être déjà partie !

Le vendeur de vin sourit.

— D'après elle, être à côté de nous l'a aidée à écouler son stock à une vitesse record. Elle n'avait jamais vu ça, à l'en croire...

— Elle est partie..., gémit Jennsen.

— Oui, et c'est bien dommage... Ses produits nous ont également beaucoup aidés à vendre notre vin. Surtout les saucisses de chèvre épicées, qui donnaient la pépie aux clients.

— Les... quoi ? s'étrangla Jennsen.

Le sourire de l'homme s'effaça.

— Les saucisses... Vous avez un problème, ma dame ? On dirait qu'un esprit sorti du royaume des morts vient de vous taper sur l'épaule...

— Qu'avez-vous dit ? Des saucisses... de chèvre... ?

L'homme acquiesça, l'air soucieux.

— Parmi d'autres, oui... J'ai tout goûté, mais ce sont celles-là que j'adore. (Il désigna ses frères, dans son dos.) Joe préfère la variété au bœuf, et Clayton aime mieux le porc. Moi, ce sont les saucisses de chèvre épicées...

Jennsen frissonnait, et ce n'était pas à cause du froid.

— Où est-elle ? Je dois trouver Irma !

Le marchand passa une main dans ses cheveux blonds en bataille.

— Désolé, mais je ne peux rien vous dire... Elle vient ici pour vendre ses saucisses, et tout le monde la connaît, mais simplement de vue, comme nous nous connaissons tous. C'est une femme agréable, toujours souriante et aimable...

Jennsen sentit des larmes glacées rouler le long de ses joues.

— Mais où vit-elle ? Il me faut son adresse, parce que je dois absolument la retrouver.

Le marchand prit Jennsen par le bras, comme s'il avait peur qu'elle s'écroule.

— Navré, ma dame, mais je ne peux pas vous aider. Quel est votre problème, exactement ?

— Cette femme a nos chevaux... Et Betty.

— Betty ?

— Ma chèvre. Nous l'avons payée pour qu'elle veille sur nos animaux jusqu'à notre retour.

— Ah !... (L'homme parut désolé de n'avoir rien à dire à son interlocutrice.) Ses saucisses se sont vendues à toute vitesse, aujourd'hui...

D'habitude, il lui faut jusqu'au soir pour écouler sa production, mais nous avons tous des hauts et des bas, dans nos métiers. Quand elle a eu tout vendu, elle est restée avec nous un bon moment, à parler de tout et de rien. Puis elle a soupiré qu'il était temps de rentrer chez elle.

Jennsen tenta de réfléchir, mais on eût dit que le monde tournait follement autour d'elle. Désorientée, ne sachant que faire, elle ne s'était jamais sentie aussi seule de sa vie.

— S'il vous plaît, dit-elle, des sanglots dans la voix, vous voulez bien me louer un de vos chevaux ?

— Et comment rentrerions-nous à la maison, si je fais ça ? De plus, ce sont des bêtes d'attelage, ma dame. Nous n'avons pas de selle, et…

— Je vous en prie ! J'ai de l'or, si c'est une affaire de paiement.

Jennsen porta une main à sa ceinture… et ne trouva pas sa bourse remplie de pièces d'or et d'argent. Écartant son manteau, elle chercha, et, près du couteau, vit un tout petit morceau de lanière de cuir coupée avec une précision de chirurgien.

— Ma bourse… Elle n'est plus là… Mon argent a disparu…

L'air accablé, le marchand regarda la pauvre femme détacher le moignon de lanière de sa ceinture.

— Dans le coin, beaucoup de voleurs tournent autour des proies innocentes…

— Mais j'ai besoin de cet argent !

L'homme ne dit rien.

Jennsen regarda derrière elle et tenta de repérer le colporteur. Maintenant, tout lui paraissait clair. Ce sale type l'avait bousculée puis serrée de près pendant qu'elle marchait. Tandis qu'il la distrayait avec ses boniments, il l'avait délestée de sa bourse. Elle n'aurait même pas pu dire à quoi il ressemblait, sinon qu'il était miteux et mal lavé. Une description qui correspondait hélas à des dizaines de traîne-misère.

Mieux valait être réaliste : elle n'avait aucune chance de le retrouver.

— Non, non…, gémit-elle, abattue. (Elle se laissa glisser sur le sol, devant l'étal des marchands de vin.) Il me faut un cheval. Par les esprits du bien, j'ai besoin d'un cheval !

L'homme versa du vin dans un gobelet, fit le tour de son étal et s'agenouilla à côté de Jennsen.

— Buvez ça…

— Je n'ai pas d'argent…

— C'est gratuit! (Le marchand sourit, dévoilant des dents étincelantes.) Et ça fait toujours du bien. Allez, videz-moi ce gobelet!

Les deux autres hommes, Joe et Clayton, de solides gaillards blonds comme les blés, se tenaient de l'autre côté de l'étal, l'air désolés pour la femme dont leur frère s'occupait avec tant de dévouement.

Le marchand fit boire Jennsen, qui avala à peine quelques gouttes de vin, parce qu'il n'était pas aisé de déglutir en sanglotant.

— Pourquoi vous faut-il un cheval, ma dame?

— Je dois aller chez Althea.

— La vieille magicienne?

Jennsen acquiesça, puis elle essuya le vin qui avait coulé sur son menton.

— Elle vous a invitée?

— Non, mais je dois y aller quand même...

— Pourquoi?

— Une affaire de vie ou de mort. Si Althea ne m'aide pas, un homme risque d'être tué.

Le gobelet toujours à la main, le marchand prit pour la première fois le temps d'examiner Jennsen, et il aperçut ses mèches de cheveux roux, sous sa capuche. Pensant qu'elle cesserait peut-être de pleurer s'il la laissait seule, il se leva et alla rejoindre ses frères.

La jeune femme, déjà inquiète pour Sebastian, se rongeait maintenant les sangs pour Betty. Bien plus qu'une chèvre, c'était son amie d'enfance et son dernier lien avec sa mère. Si elle vivait encore, la pauvre bête se sentait sûrement seule et abandonnée. Jennsen aurait donné n'importe quoi pour la voir agiter joyeusement la queue.

Mais elle devait cesser de s'apitoyer ainsi sur elle-même et sur les autres! Pleurnicher comme une gamine ne la conduirait nulle part. Elle devait agir! Près du palais de Richard Rahl, elle ne pouvait pas espérer obtenir de l'aide – surtout depuis qu'elle n'avait plus d'argent. Elle n'avait personne sur qui compter, à part Sebastian, qui était totalement incapable de l'aider. Désormais, tout dépendait d'elle, et passer son temps à pleurer n'était pas une option. Sa mère ne lui avait sûrement pas appris à baisser les bras à la première difficulté.

Pour l'instant, elle ignorait comment sauver Betty, mais elle savait que faire pour tenter de secourir Sebastian. C'était une mission importante, et elle devait l'accomplir.

Pour ça, il fallait cesser de gaspiller un temps précieux.

Jennsen se leva, essuya furieusement ses larmes et mit une main en visière pour ne pas être éblouie. Étant restée assez longtemps au palais, elle estimait qu'on devait être en fin d'après-midi. En se fiant à la position du soleil, à ce moment de la journée, il lui fut facile de déterminer où était l'ouest.

Si elle avait eu Rouquine, ce voyage aurait été un jeu d'enfant. Et sans le voleur, elle aurait pu louer ou acheter un autre cheval.

Mais pleurer sur le lait renversé ne menait à rien. Jennsen devrait marcher, voilà tout...

— Merci pour le vin, dit-elle au marchand qui la regardait d'un air inquiet.

— De rien..., dit l'homme, les yeux baissés.

Quand Jennsen s'éloigna, il sembla trouver le courage d'agir. Jaillissant de derrière son étal, il la rattrapa et la prit par le bras.

— Un moment, ma dame ! Qu'avez-vous donc l'intention de faire ?

— La vie d'un homme dépend de moi. Il faut que j'aille chez Althea. Je n'ai pas le choix.

— De quel homme s'agit-il ? Et en quoi sa survie peut-elle être liée à Althea ?

Jennsen soutint le regard bleu de l'homme et dégagea doucement son bras. Ce colosse blond à la mâchoire carrée la faisait terriblement penser aux assassins de sa mère.

— Désolée, mais je dois y aller...

Jennsen avança, tenant d'une main sa capuche afin que le vent ne la rabatte pas. Refusant d'abandonner, le marchand de vin la rattrapa et la prit de nouveau par le bras pour la forcer à s'arrêter.

— Vous avez de l'eau et des vivres ? demanda-t-il tandis que la jeune femme le foudroyait du regard.

Jennsen dut ravaler ses larmes de rage.

— Tout est avec les chevaux ! Irma a tout ce qui m'appartient, à part mon argent, qui est entre les mains d'un voleur !

— Donc, vous n'avez rien...

Une simple constatation, pas une question...

— Si, ma volonté et la certitude que je fais ce qu'il faut !

— Et vous envisagez d'aller à pied chez Althea, en plein hiver, sans nourriture ni eau ?

— J'ai passé la plus grande partie de ma vie dans la forêt. On y apprend à survivre...

Jennsen tenta de se dégager, mais cette fois, l'homme ne la lâcha pas.

— C'est possible, mais les plaines d'Azrith sont bien pires que la forêt... Vous n'y trouverez pas d'abri et pas l'ombre d'une brindille pour allumer un feu. Après le coucher du soleil, il y fait aussi froid que dans le cœur du Gardien. Si vous ne vous alimentez pas, la mort viendra vite...

Jennsen se débattit et parvint à se libérer.

— Je n'ai pas le choix, vous dis-je ! Cette notion vous dépasse sans doute, mais il existe des choses qu'on doit faire, y compris au risque de sa vie. Sinon, l'existence ne vaut pas la peine d'être vécue.

Avant que le marchand puisse l'en empêcher, Jennsen se lança dans la foule qui circulait entre les étals. Jouant des coudes pour se frayer un chemin, elle passa devant des boutiques qui proposaient de délicieux plats cuisinés. Des merveilles qu'elle ne pouvait plus se payer !

Depuis la saucisse, le matin, elle n'avait plus rien avalé.

Tant pis ! Sebastian était en danger, et rien d'autre ne comptait.

Jennsen s'engagea sur la première route menant à l'ouest qu'elle croisa. Alors que les derniers rayons du soleil jouaient sur son visage, elle repensa au moment passé dans la cour de dévotions, au palais, et s'étonna que cette expérience lui ait tellement rappelé la tendresse de sa mère.

Chapitre 19

En traversant le marché en plein air, Jennsen imagina qu'elle avançait dans la forêt – l'endroit où elle se sentait chez elle – et pas au milieu d'une horde d'inconnus tous plus menaçants les uns que les autres.

Bon sang, elle aurait donné cher pour que ce soit vrai ! Être dans une forêt, avec sa mère, et regarder Betty brouter de jeunes pousses. Quand elle fermait brièvement les yeux, il lui semblait entendre les oiseaux chanter...

Quelques commerçants et leurs clients la regardaient passer avec curiosité, mais elle gardait la tête baissée et s'éloignait sans leur accorder une once d'attention.

Jennsen s'inquiétait beaucoup au sujet de son amie d'enfance. Irma vendait de la viande de chèvre, et ça expliquait pourquoi elle avait voulu acheter Betty.

La pauvre bête devait être terrifiée de se retrouver seule avec une inconnue. Mais si son destin était important – car elle méritait d'être sauvée –, la survie de Sebastian restait prioritaire.

Les échoppes qui vendaient de la nourriture étaient une torture pour la jeune femme. Toutes ces bonnes odeurs lui rappelaient qu'elle crevait de faim, surtout après avoir pris tant d'« exercice » dans les divers escaliers du palais. Sans rien dans l'estomac depuis le matin, Jennsen aurait aimé avoir au moins de quoi s'acheter une miche de pain, mais il ne lui restait plus un sou.

Autour d'elle, des gens cuisinaient sur des feux alimentés par du bois qu'ils avaient sans doute apporté avec eux. Partout, de délicieuses odeurs montaient des poêles où cuisaient des ragoûts et des jardinières de légumes. Ces arômes faisaient tourner la tête de la jeune femme, qui se demandait parfois si elle n'allait pas s'évanouir.

Dès qu'elle oubliait sa faim, ses pensées revenaient à Sebastian. Chaque seconde qu'elle perdait pouvait lui valoir un autre coup de fouet, un nouvel os cassé, un ongle arraché de plus… Imaginer le calvaire qu'il vivait donnait envie de vomir à Jennsen. Dans ces conditions, il n'était pas étonnant qu'il se soit aventuré en terre ennemie, au risque de sa vie, pour contribuer à la défaite de D'Hara.

Une idée encore plus terrifiante traversa l'esprit de la jeune femme. Les Mord-Sith ! Partout où elle avait voyagé en D'Hara avec sa mère, les gens craignaient ces femmes plus que quiconque d'autre. Leur aptitude à infliger la douleur était légendaire. Dans le royaume des vivants, disait-on, les Mord-Sith n'avaient pas d'égal, et on pouvait même se demander si le Gardien était à leur niveau…

Et si Sebastian était entre les mains d'une de ces femmes ? Qu'il n'ait pas le don ne changeait rien. Avec leur Agiel – et le Créateur savait quoi d'autre –, les Mord-Sith pouvaient faire souffrir n'importe qui. Le pouvoir de s'approprier la magie de leurs adversaires était une sorte de bonus. Un être humain normal, comme Sebastian, n'avait absolument aucune chance de leur résister.

La foule s'éclaircit dès que Jennsen fut sortie du marché en plein air. Ce qu'elle avait pris pour une route menant à l'ouest s'arrêtait devant le dernier étal où un commerçant dégingandé proposait de la sellerie et des harnais d'occasion. Derrière son chariot rempli de marchandise, il n'y avait rien, à part un désert.

Une interminable colonne de gens avaient pris la route qui conduisait au sud. Plus loin, une intersection permettait de se diriger vers le sud-ouest et le sud-est. Mais aucun chemin ne partait vers l'ouest.

Quelques commerçants et une poignée de clients regardèrent Jennsen partir seule en direction du soleil couchant. Personne ne tenta de la suivre ni de l'empêcher de s'enfoncer dans les terribles plaines d'Azrith. La jeune femme s'en félicita, car la compagnie des autres, comme elle le redoutait depuis toujours, s'était révélée une menace perpétuelle…

Marchant d'un bon pas, Jennsen s'éloigna très vite du marché. Pour se rassurer, elle glissa la main sous son manteau et toucha la garde de son couteau. Serrée contre son corps, l'arme était chaude comme une créature vivante, pas comme un objet fait d'argent et d'acier.

Au moins, le voleur ne lui avait pas pris le couteau. La perte des pièces la désolait, mais ce n'était pas un drame pour elle. Depuis sa plus tendre enfance, elle avait vu sa mère se débrouiller avec un minimum d'argent. En revanche, un couteau pouvait être vital en cas de danger…

Les gens qui vivaient dans les palais avaient besoin d'argent. Les vagabonds, eux, ne pouvaient pas survivre sans une bonne lame, et celle-ci, malgré son origine, était la meilleure que Jennsen ait jamais eue.

Du bout des doigts, elle suivit les contours du « R » qui ornait la garde. Certaines personnes avaient sûrement besoin d'un couteau même si elles vivaient dans un palais, soupçonna-t-elle.

Se retournant, Jennsen fut soulagée de voir que personne ne la suivait. Elle était maintenant si loin du haut plateau que les gens qui s'agitaient dans la plaine, au pied du palais, lui semblaient aussi petits que des fourmis. Avoir quitté cet endroit lui faisait plaisir. Hélas, pour sauver Sebastian, elle devrait y retourner après avoir vu Althea, et ça, c'était une idée beaucoup moins réjouissante.

Le vent lui cinglant le visage, Jennsen décida d'avancer un moment à reculons. Cela lui permit d'étudier le paysage d'un point de vue inédit. Suivant du regard la route qui serpentait le long de la falaise jusqu'au mur d'enceinte du palais – une voie d'accès qu'on ne distinguait pas lorsqu'on arrivait par le sud –, elle remarqua que ce chemin traversait un gouffre impressionnant. Pour l'instant, le pont-levis qui permettait de passer était relevé. En cas d'attaque, cette défense naturelle serait d'une mortelle efficacité. Et même si les agresseurs parvenaient à la franchir, par exemple en prenant le contrôle du pont, il leur faudrait encore escalader la muraille d'enceinte sous une pluie de projectiles et d'huile bouillante.

Jennsen espéra que la demeure d'Althea n'était pas aussi bien défendue.

Sebastian était prisonnier quelque part dans le gigantesque palais. Se sentait-il triste et abandonné, comme Betty, si elle était encore en vie ? Jennsen implora les esprits du bien d'aider son ami à ne pas perdre espoir. Elle leur demanda aussi de lui souffler à l'oreille qu'elle faisait tout pour le sortir de là.

Quand elle fut lasse de marcher à reculons – et de voir le Palais du Peuple –, la jeune femme se retourna. Avancer avec le vent de face ne fut pas facile, car les bourrasques glaciales lui coupaient le souffle et lui envoyaient dans les yeux des nuages de poussière.

Le désert était aride et désolé, comme il se devait : une alternance de sol rocheux et d'étendues de sable un peu plus brunâtre que le reste du terrain, comme s'il s'agissait d'immenses taches de thé très noir. La végétation, très rare, était ratatinée et miteuse.

À l'ouest se dressait une chaîne dont le plus haut sommet, au centre, pouvait bien être couronné de neige – mais de si loin, c'était difficile à dire. Se demandant à quelle distance elle en était, Jennsen eut du mal à produire une estimation. Peu habituée aux plaines, elle ne réussissait pas à trouver des points de repère fiables. Elle allait peut-être devoir marcher des heures… ou des jours. Au moins, elle ne serait pas obligée de patauger dans la neige, contrairement aux gens qui allaient au palais par la route extérieure, et c'était déjà ça de gagné.

Même en hiver, comme l'avait souligné le marchand blond, Jennsen aurait besoin d'eau. Mais en principe, elle devrait en trouver sans problème dans un marécage.

La marchande de coussins brodés avait parlé d'un long chemin, mais sans préciser ce qu'elle entendait par là. Ce qui lui semblait une interminable marche pouvait être pour Jennsen l'équivalent d'une tranquille randonnée.

La jeune femme espéra qu'il en serait ainsi. Même si l'idée de s'aventurer dans un marécage ne l'enthousiasmait pas, elle était pressée d'atteindre sa destination…

Captant un son lointain, elle se retourna et vit une petite colonne de poussière monter dans le ciel, très loin derrière elle. Les yeux plissés, elle finit par voir qu'il s'agissait d'un chariot.

Apparemment, le véhicule venait droit sur elle.

Jennsen regarda autour d'elle en quête d'une cachette. Hélas, elle n'en repéra pas. Et l'idée d'être rattrapée par le chariot en terrain découvert la terrifiait. Si des hommes malveillants l'avaient vue quitter le marché en plein air, ils pouvaient avoir décidé d'attendre qu'elle soit très loin dans la plaine pour se lancer à sa poursuite et l'attaquer. Un bon moyen d'être sûrs de ne pas être dérangés quand ils… s'occuperaient… d'elle.

Jennsen se mit à courir. Le chariot venant du palais, elle continua d'avancer en direction des montagnes, vers l'ouest. L'air glacé lui faisant mal à la gorge tant elle l'aspirait violemment, la jeune femme sonda le terrain sans apercevoir l'ombre d'un endroit où elle aurait pu se dissimuler. Dans les montagnes, cela aurait été différent, mais il était évident qu'elle ne les atteindrait pas avant que ses poursuivants l'aient rattrapée.

Consciente qu'elle se comportait comme une idiote, Jennsen se força à s'arrêter. Quoi qu'elle fasse, elle ne pourrait pas courir plus vite que des chevaux.

Pliée en deux, les mains sur les hanches, elle reprit son souffle en regardant approcher le chariot. Si des gens arrivaient avec l'intention de s'en prendre à elle, s'épuiser inutilement, au lieu de préserver ses forces pour se défendre, était d'une imbécillité crasse.

Elle se remit en chemin à un pas rapide mais raisonnable. Si elle devait se battre, autant être en pleine possession de ses moyens. Mais il s'agissait peut-être de marchands qui rentraient chez eux, et qui changeraient de direction longtemps avant de l'avoir rattrapée. Elle avait repéré le chariot à cause du bruit qu'il produisait et de la poussière qu'il soulevait. De là où ils étaient, les occupants du véhicule ne la voyaient probablement pas.

À moins que… Et si ce n'était pas un hasard ? Ni des hommes du marché ? Une Mord-Sith pouvait avoir déjà arraché la vérité à Sebastian. Impitoyables comme elles l'étaient, ces femmes devaient briser un prisonnier en quelques heures. Quand elle imaginait qu'on lui cassait les os les uns après les autres, Jennsen ne pouvait pas honnêtement affirmer qu'elle n'aurait pas trahi sa propre mère. Sous la torture, nul ne savait comment il réagirait, et c'était normal.

N'en pouvant plus, Sebastian avait peut-être déjà livré Jennsen aux Mord-Sith. Il savait tout sur elle : son nom, l'identité de son père, son lien familial avec Richard Rahl… Et il était même informé qu'elle voulait demander de l'aide à Althea.

Les Mord-Sith avaient peut-être promis à Sebastian de le laisser en paix s'il leur disait tout ce qu'il savait. Pouvait-on reprocher une trahison à quelqu'un, dans ces conditions ?

Ce chariot était peut-être plein de grands soldats d'harans chargés de la capturer. Dans ce cas, son cauchemar était peut-être à peine en train de commencer… En arrivait-elle au jour qu'elle avait redouté toute sa vie ?

Alors que la peur lui arrachait des larmes, Jennsen glissa une main sous son manteau pour s'assurer que le couteau à garde d'argent coulissait bien dans son fourreau. L'arme glissa comme il le fallait et se remit en place dans sa gaine de cuir avec un cliquetis métallique que la jeune femme trouva très rassurant.

Elle continua à marcher, certaine que le chariot serait très bientôt à sa hauteur. Essayant de contrôler sa peur, elle passa en revue tout ce que sa mère lui avait appris au sujet du maniement des armes. Jennsen était seule, mais pas sans défense. Elle savait parfaitement que faire, se rappela-t-elle, et elle ne devait jamais perdre ça de vue.

S'il y avait trop de soldats, ses compétences ne lui serviraient à rien, elle le savait. Dans la cabane, ses agresseurs l'avaient surprise, et elle ne s'était jamais sentie aussi impuissante de sa vie. Si Sebastian n'avait pas été là, elle ne s'en serait jamais sortie.

Quand elle regarda derrière elle, le chariot était à quelques dizaines de pas.

Jennsen s'immobilisa, laissant les pans de son manteau flotter assez pour qu'elle puisse s'emparer de son arme et surprendre ses agresseurs. L'élément de surprise pouvait aussi jouer pour elle, et c'était le seul avantage qu'elle pensait avoir.

Avec un sourire étincelant, un colosse blond tira sur les rênes de son attelage. Ses roues soulevant des cailloux et de la poussière, le chariot s'arrêta dans un concert de grincements.

Le conducteur serra le frein. Quand la poussière se fut dissipée, Jennsen reconnut le marchand de vin. L'homme qui avait un emplacement à côté d'Irma. Celui qui lui avait fait boire du vin...

Il était seul.

Se méfiant toujours, Jennsen garda la main droite près de son couteau.

— Que faites-vous ici ? demanda-t-elle d'un ton cassant.

— Je viens te proposer de faire un petit tour avec moi, ma dame, répondit le marchand sans cesser de sourire.

— Et vos... tes... frères ?

— Je les ai laissés au palais.

Jennsen se méfia d'instinct, car cet homme n'avait aucune raison d'être venu jusque-là pour l'aider.

— Merci, dit-elle, mais tu ferais mieux de rebrousser chemin et de t'occuper de tes affaires.

Le marchand sauta du chariot. Jennsen se retourna, prête à se battre si ça s'imposait.

— Je ne me sentirais pas bien si je faisais ça..., dit l'homme.

— Si tu faisais quoi ?

— Eh bien, je ne pourrais plus me regarder dans un miroir si je te laissais marcher seule vers ta mort – une issue inéluctable, puisque tu n'as ni eau ni vivres. J'ai réfléchi à ce que tu m'as dit au sujet des choses qu'il faut faire pour que l'existence vaille la peine d'être vécue. La mienne n'aurait plus de sens si je t'abandonnais à ton destin. (L'homme hésita, son ton soudain beaucoup moins assuré.) Allez ! monte dans le chariot et permets-moi de t'accompagner...

— Et tes frères ? Juste avant que je découvre qu'on m'avait détroussée, tu as refusé de me louer un cheval parce que vous deviez rentrer chez vous.

Les pouces glissés dans sa ceinture, le marchand consentit à s'expliquer :

— Nous avons vendu tellement de vin aujourd'hui... Avoir les poches pleines change bien des choses, tu sais... Joe et Clayton avaient envie de rester un peu au palais pour prendre du bon temps. Grâce aux clients que nous a fait avoir Irma avec ses saucisses, mes frères vont s'amuser comme des petits fous. Moi, j'ai décidé d'en profiter pour t'aider. Irma t'ayant pris ta monture et tes vivres, j'ai eu le sentiment que te véhiculer était la moindre des choses... Une affaire de justice, si tu vois ce que je veux dire... Bon ! je ne vais pas risquer ma vie, mais simplement t'accompagner. J'aide une personne qui en a besoin, c'est tout...

Jennsen n'était pas en position de refuser une main tendue, bien sûr, mais comment se fier à un inconnu ?

— Je m'appelle Tom, dit l'homme comme s'il avait lu ses pensées. Et je te serais reconnaissant si tu me laissais t'aider.

— Reconnaissant ?

— Tu l'as dit toi-même : accomplir certaines missions est valorisant. (Tom jeta un bref coup d'œil aux mèches rousses de Jennsen, sous son capuchon. Il esquissa un sourire, mais redevint très vite sérieux.) Voilà ce que j'éprouverais, si tu me permettais de t'aider : de la gratitude, parce que j'aurais fait une bonne action.

— Je m'appelle Jennsen. Mais je...

— Monte avec moi dans le chariot. J'ai du vin et...

— Je n'aime pas le vin ! Il me donne encore plus soif...

Tom haussa les épaules.

— J'ai aussi de l'eau... Et des tourtes à la viande qui doivent être encore chaudes... Si tu te décides vite, tu vas te régaler.

Jennsen sonda un moment les yeux de Tom, bleus comme ceux de son monstre de père. Malgré cette détestable coïncidence, la jeune femme lut une désarmante sincérité dans le regard du marchand de vin. Comme dans son sourire, d'ailleurs, qui n'avait rien d'arrogant.

— As-tu une épouse auprès de laquelle retourner quand tu as fini ta journée de travail ?

Tom baissa les yeux.

— Non, ma dame, je ne suis pas marié... Je voyage beaucoup, et je doute qu'une femme se ferait à ce genre de vie. De plus, changer tout le temps d'endroit ne me laisse guère l'occasion de connaître assez bien une femme pour songer à l'épouser. Cela dit, j'espère en trouver une un jour. Quelqu'un qui voudra partager ma vie. Une personne qui me fera sourire et qui me forcera à donner le meilleur de moi-même...

Jennsen fut surprise de voir que sa question avait rendu Tom rouge comme une pivoine. Apparemment, la hardiesse dont il faisait montre avec elle n'était pas habituelle, bien au contraire. En réalité, cet homme devait être affligé d'une timidité quasiment maladive. Qu'un colosse comme lui puisse être intimidé par une femme seule – tout ça parce qu'elle l'avait interrogé sur sa vie privée – rassura beaucoup Jennsen.

—Si tu m'accompagnes, dit-elle, ça ne risque pas de nuire à tes affaires ?

—Non, non, pas du tout ! (Tom désigna la plaine, dans son dos.) Nous avons fait de jolis bénéfices aujourd'hui, et c'est le moment de s'offrir un peu de repos. Mes frères sont tout à fait d'accord. Toute l'année, nous voyageons pour acheter à un bon prix tout ce qu'on peut imaginer : du vin, des tapis, des volailles... Puis nous venons ici pour vendre nos marchandises. Mes frères sont ravis de se reposer un peu, après tant de mois passés à travailler.

—Ta proposition m'intéresse, Tom...

—Je sais... La vie d'un homme est en jeu...

Le marchand remonta dans son chariot et tendit une main à Jennsen.

—Ne te blesse pas en montant, ma dame...

—Je m'appelle Jennsen, dit la jeune femme en s'accrochant à l'énorme main du colosse.

—Tu me l'as déjà dit, ma dame...

Dès que Jennsen fut assise sur le banc du conducteur, Tom prit une couverture, sous le siège, et la lui posa sur les genoux. Par délicatesse, comprit la jeune femme, il n'avait pas voulu étendre la couverture sur elle. Pendant qu'elle s'en chargeait, elle sourit à son nouvel ami, pour le remercier.

Tom tendit une main derrière lui et sortit de sous une couverture les tourtes à la viande enveloppées dans un morceau de tissu blanc. Comme il l'avait promis, elles étaient encore chaudes.

Il prit aussi une outre d'eau et la posa entre eux sur le siège.

—Si tu préfères, ma dame, tu peux voyager à l'intérieur du chariot. J'ai apporté plusieurs couvertures pour que tu aies bien chaud. Tu serais sans doute mieux derrière que sur ce banc inconfortable.

— Ça me va très bien pour l'instant, dit Jennsen. (Elle prit une tourte et la brandit devant elle.) Quand j'aurai récupéré mes chevaux, mes vivres et mon argent, je te dédommagerai pour tout ce que tu fais. Garde bien le compte, afin que je sache ce que je te dois.

Tom desserra le frein et fit claquer les rênes.

— Si c'est ce que tu veux... Mais je ne comptais pas là-dessus.

— J'y tiens, dit Jennsen alors que le chariot s'ébranlait.

Très vite, le véhicule s'écarta du chemin que suivait la jeune femme pour se diriger légèrement vers le nord-ouest.

— Que fais-tu ? demanda Jennsen, de nouveau soupçonneuse. Où veux-tu donc m'emmener ?

Tom parut surpris par la réaction agressive de sa passagère.

— Tu m'as bien dit que tu voulais aller chez Althea ? Ou ai-je mal compris ?

— C'est ça, mais on m'a conseillé de marcher vers l'ouest jusqu'au plus haut pic de la chaîne, celui qui est couronné de neige. Ensuite, il faudra avancer en direction du nord, le long de...

— Je comprends pourquoi tu t'inquiètes, coupa Tom. Mais cet itinéraire est tout juste bon à rallonger le voyage d'un jour entier.

— Pourquoi la marchande de coussins m'aurait-elle fait perdre du temps ainsi ?

— Parce que c'est le chemin que tout le monde emprunte, et qu'elle ignorait que tu étais pressée.

— Si c'est plus long, pourquoi les gens passent-ils tous par là ?

— Les voyageurs ont peur du marécage... Cet itinéraire permet de n'en traverser qu'une très petite partie avant d'arriver chez Althea. À mon avis, la femme qui t'a parlé n'en connaissait pas d'autre...

Le chariot dut négocier un trou, sur le semblant de piste, et Jennsen fut obligée de s'accrocher au banc pour garder son équilibre. Tom avait raison : le siège en bois n'était pas très confortable, surtout quand le véhicule, parce qu'il n'était pas chargé au maximum, cahotait autant.

— Ne devrais-je pas aussi redouter le marécage ?

— Eh bien, sans doute...

— Alors, pourquoi ne pas me faire prendre le chemin normal ?

Tom regarda sa compagne et en profita pour jeter un nouveau petit coup d'œil à ses cheveux. Habituée à la curiosité des gens, Jennsen ne s'en formalisa pas.

— Tu as dit qu'un homme était en danger, déclara Tom, oubliant soudain sa timidité. Le chemin que j'ai choisi est beaucoup plus rapide, puisqu'il évite de remonter le canyon, entre les murailles rocheuses. En contrepartie, tu devras entrer dans le marécage plus tôt, et donc le traverser sur une plus longue distance.

— Et ça ne me fera pas perdre du temps ? s'étonna la jeune femme. Ma progression risque d'être très lente…

— C'est vrai, mais même comme ça, mon chemin te fera gagner une bonne journée. Aller et retour, ça en fait deux, ce qui n'est pas négligeable.

Certes, mais Jennsen détestait les marécages. Pour être plus précise, elle abominait les créatures qui y vivaient.

— Est-ce dangereux ? s'enquit-elle.

— Si j'ai bien compris, l'enjeu est important, sinon, tu ne te serais pas aventurée dans le désert sans vivres ni monture. Tu as parlé d'une affaire de vie ou de mort. Étant prête à prendre tous les risques, tu ne vas sûrement pas reculer alors que tu peux gagner du temps. Enfin, c'est ce que j'ai pensé… Si tu préfères, je peux te faire passer par l'autre chemin, qui est beaucoup plus tranquille. À toi de voir. Mais si tu es vraiment pressée, sache que ça te fera perdre deux jours entiers.

— Non, tu as raison… (Serrant toujours la tourte encore chaude, Jennsen songea que Tom était décidément un homme prévenant et intelligent.) Et puisque nous y sommes, merci d'avoir pensé à voler à mon secours.

— Qui est l'homme dont la vie est en jeu ?

— Un ami…

— Un très bon ami, je suppose…

— Sans lui, je ne serais plus de ce monde.

Tom se tut tandis que le chariot avançait vers la chaîne de montagnes. Maussade, Jennsen songea à ce qui l'attendait dans le marécage. Cela dit, Sebastian risquait d'être pendu si elle n'arrivait pas à temps chez Althea…

— Quand atteindrons-nous le marécage ? demanda-t-elle soudain.

— Tout dépend de l'enneigement du col et de quelques autres données. Je ne passe pas souvent par là, tu sais… Mais si nous voyageons toute la nuit, nous ne devrions pas être loin du but, demain matin.

— Et à partir de là, combien de temps me faudra-t-il pour arriver chez Althea ?

Tom eut l'air embarrassé.

— Désolé, Jennsen, mais je n'en sais trop rien. Je ne me suis jamais aventuré dans le marécage de la magicienne.

— D'accord… Mais tu dois bien avoir une idée ?

— D'après ce que je sais de la configuration du terrain, tu ne devrais pas en avoir pour plus d'une journée, aller et retour… Mais c'est une estimation, et ça ne tient pas compte du temps que tu passeras avec Althea. (Tom eut de nouveau l'air très mal à l'aise.) Je vais te conduire chez la magicienne aussi vite que possible…

Jennsen voulait parler à Althea du seigneur Rahl – en fait, *des* seigneurs Rahl : son père, et l'actuel maître de D'Hara, son demi-frère Richard. Mais il valait mieux que Tom ne sache rien de tout ça. S'il découvrait la véritable identité de Jennsen – et ce qu'elle avait en tête –, il risquait de perdre toute envie de l'aider.

Donc, il ne fallait pas qu'il assiste à l'entretien avec la magicienne. Mais quelle bonne raison invoquer pour qu'il consente à rester en arrière ?

— Tom, je crois qu'il vaudrait mieux que tu veilles sur les chevaux et sur le chariot, demain matin. Après une nuit blanche, tu auras besoin de repos. Comme nous repartirons dès mon retour, procéder ainsi nous fera gagner du temps.

Le marchand prit le temps de réfléchir, puis il hocha la tête :

— C'est logique, je sais, mais…

— Il n'y a pas de « mais » ! Je te suis reconnaissante de m'avoir accompagnée, et je ne te remercierai jamais assez pour la nourriture, l'eau et la couverture. Mais je ne veux pas que tu risques ta vie dans le marécage. Tu m'aideras davantage en veillant sur le chariot et en étant prêt à partir dès que je reviendrai.

Pendant que Tom réfléchissait, Jennsen regarda le vent faire voleter ses cheveux blonds.

— D'accord, si c'est ce que tu veux… Je suis déjà content que tu me laisses participer à cette aventure… Où voudras-tu aller, après ta rencontre avec Althea ?

— Au palais.

— Alors, si la chance nous sourit, je t'y aurai ramenée dans deux jours…

En clair, ça signifiait que Sebastian aurait passé trois jours entre les mains des soldats… ou des Mord-Sith. Pouvait-on survivre si longtemps à la torture ? Jennsen en doutait, mais elle devait prendre tous les risques, au cas où il y aurait quand même un espoir.

Malgré ses angoisses au sujet du marécage, elle se régala de sa tourte à la viande. Affamée comme elle l'était, n'importe quoi lui aurait paru délicieux, mais cette spécialité était vraiment savoureuse.

Jennsen prit l'autre tourte et aida Tom à se restaurer tout en conduisant le chariot.

—La lune se lèvera peu de temps après le coucher du soleil, dit le marchand quand il eut fini de manger. Lorsque j'atteindrai le col, il devrait y avoir assez de lumière pour que je puisse continuer. Il y a une pile de couvertures à l'arrière, comme je te l'ai déjà dit. Quand il fera nuit, tu devrais te faire un petit nid et dormir un peu, pour être en forme demain matin. Crois-moi, ça ne sera pas superflu ! Moi, je me reposerai pendant la journée, et le soir, quand tu reviendras de chez Althea, je serai prêt à repartir. En procédant ainsi, nous ferons peut-être assez vite pour sauver ton ami.

—Merci, Tom, dit Jennsen au compagnon providentiel qu'elle ne connaissait pas quelques heures plus tôt. Tu es vraiment un brave garçon.

—C'est ce que répète toujours ma mère… J'espère que c'est également l'avis du seigneur Rahl. Tu lui diras du bien de moi quand tu le verras, j'espère ?

Jennsen ne comprit pas ce que voulait dire Tom, et elle eut trop peur pour le lui demander. Pourtant, il fallait bien qu'elle trouve quelque chose à répondre.

La vie de Sebastian était en jeu.

—Bien entendu, dit-elle enfin, tu peux compter sur moi !

Au sourire qui s'épanouit sur les lèvres de Tom, la jeune femme devina que c'était la réponse dont il rêvait.

Chapitre 20

Les yeux blessés par la lumière, Jennsen mit une main en visière et vit que Tom était en train de tirer sur la couverture dans laquelle elle s'était enroulée.

La jeune femme bâilla, s'étira, puis se souvint enfin qu'elle était à l'arrière d'un chariot. Quand elle se rappela pourquoi elle y était, et l'épreuve qui l'attendait, elle s'assit en sursaut.

Le véhicule était arrêté à la lisière d'une prairie verdoyante.

Jennsen s'accrocha au flanc du chariot, regarda autour d'elle et cligna des yeux. Derrière eux, elle vit une muraille rocheuse déchiquetée dont les flancs étaient constellés de buissons luxuriants ramassés sur eux-mêmes comme si ça les aidait à lutter contre le vent.

Le sommet de cette falaise se perdait dans le brouillard, loin au-dessus de sa tête. Des broussailles poussaient au pied de la muraille rocheuse à l'endroit où elle se divisait pour former la gueule d'un étroit défilé. Le Créateur seul savait comment, Tom était parvenu à guider le chariot à travers ce passage comparable, toutes proportions gardées, au chas d'une aiguille. À présent, ses deux grands chevaux de trait broutaient l'herbe bien grasse.

Devant le chariot, au-delà de la prairie, le sol descendait en pente douce vers un bois dont tous les arbres et les buissons verdoyants se laissaient paresseusement réchauffer par les premiers rayons du soleil.

Des cris, des sifflets et des cliquetis étranges montaient de cet îlot de verdure.

— En plein milieu de l'hiver…, souffla Jennsen, incapable de trouver mieux à dire.

— C'est incroyable, pas vrai ? s'écria Tom tout en déchargeant du chariot les sacs d'avoine des chevaux. Ce serait un endroit idéal pour passer la mauvaise saison, s'il n'y avait pas ce que racontent les gens. Il paraît que des créatures de cauchemar sortent de ces bois, capturent les curieux et les entraînent dans les profondeurs de leur repaire. C'est le genre d'histoires que je ne gobe pas, d'habitude, mais si c'était faux, je ne vois pas pourquoi ce petit paradis serait désert.

— Tu veux dire… eh bien, qu'il y a vraiment des monstres dans ce bois ?

Tom regarda la jeune femme dans les yeux.

— Jennsen, je ne suis pas du genre qui aime effrayer les dames. Quand j'étais gamin, certains de mes copains adoraient envoyer des petits serpents vivants sur les filles, rien que pour les entendre crier. Je n'ai jamais fait ça, et je ne cherche pas à te terroriser.

» Mais je ne pourrai plus me regarder dans un miroir si je te laisse croire que ces histoires sont fausses et si tu ne reviens jamais de ce foutu marécage. Au fond, ce sont peut-être des légendes, mais je n'en sais rien, parce que je n'y suis jamais allé… Pour tout te dire, je ne connais personne qui y soit entré sans y avoir été invité. Et encore, les gens munis d'une invitation ne passent pas par ici, mais par l'autre chemin dont je t'ai déjà parlé. Selon ce qu'on dit, emprunter celui-ci est le meilleur moyen de ne pas revenir vivant du voyage. Mais tu as une très bonne raison de vouloir prendre ce risque : la vie d'un ami. Du coup, il me semble logique que tu ne sois pas disposée à lambiner des semaines pour avoir une invitation.

Jennsen déglutit péniblement. Elle avait un goût amer dans la bouche, mais elle allait devoir s'y faire. Le raisonnement de Tom était juste, et il n'y avait rien à ajouter.

Le marchand de vin passa une main dans sa crinière blonde.

— Je tenais à te dire la vérité, voilà tout, conclut-il avant d'aller apporter les mangeoires de voyage aux chevaux.

Quoi qu'il y ait dans ce marécage, Jennsen ne pouvait pas reculer. Il faudrait qu'elle tente le coup, c'était clair, et elle n'avait pas le choix. Pour arracher Sebastian à ses geôliers, il n'y avait que cette solution. De plus, voir Althea était sa seule chance d'échapper au seigneur Rahl, qui lui empoisonnait la vie depuis toujours.

Glissant une main sous son manteau, la jeune femme tapota la garde du couteau. Elle n'était pas une fille de la ville terrifiée par son ombre et incapable de se défendre.

Elle se nommait Jennsen Rahl !

Écartant la couverture, elle se leva et descendit du chariot en utilisant une roue comme marchepied.

— Un peu d'eau ? proposa Tom en approchant avec une outre. Je la garde accrochée au harnais des chevaux pour que leur chaleur corporelle l'empêche de geler.

Jennsen but avidement et s'étonna d'être aussi assoiffée au milieu de l'hiver. Puis elle vit Tom éponger du dos de la main la sueur qui ruisselait sur son front, et mesura à quel point il faisait chaud. Assez logiquement, un marécage peuplé de monstres digne de ce nom ne devait pas avoir envie d'être transformé en glacière géante par l'hiver.

Tom prit un petit paquet dans le chariot et le déballa en souriant.

— Tu as faim ? lança-t-il à Jennsen en lui tendant une tourte à la viande.

— Tu es un brave garçon, dit la jeune femme, mais également un homme qui pense à tout.

Ravi par cette réaction, Tom donna la tourte à Jennsen, puis il entreprit de débarrasser les chevaux de leur harnais.

— N'oublie pas que tu as promis de vanter mes mérites auprès du seigneur Rahl ! lança-t-il gaiement.

Peu désireuse de parler de son tourmenteur, Jennsen s'empressa de changer de sujet.

— Tu seras là ? demanda-t-elle. À mon retour, je veux dire. Tu m'attendras afin que nous puissions repartir ensemble ?

Sans cesser de s'occuper des chevaux, Tom regarda sa compagne :

— Tu as ma parole, Jennsen ! Je ne te trahirai pas, fais-moi confiance.

À en juger par l'expression de Tom, il ne s'agissait pas de paroles en l'air mais d'un authentique serment de loyauté.

Jennsen en fut profondément touchée.

— Tu devrais te reposer, dit-elle. Ce serait bien, après une nuit blanche…

— Je vais essayer, promit Tom.

Jennsen prit une nouvelle bouchée de tourte. La spécialité culinaire tenait à l'estomac, et elle était savoureuse, même froide. En mangeant, la jeune femme garda les yeux rivés sur l'entrée du marécage, au fond de la prairie. Il semblait faire si sombre dans ce bois…

— Tu as une idée de l'heure qu'il est ? demanda la jeune femme à Tom.

— Le soleil est levé depuis moins d'une heure, répondit le marchand. (Il désigna la direction d'où ils venaient.) Avant de descendre jusqu'ici, nous avancions au-dessus du brouillard, et il faisait très clair, là-haut.

Jennsen comprenait fort bien qu'il puisse faire très sombre sous une couverture nuageuse. Là où ils étaient, il semblait que l'aube ne s'était pas encore levée. Croire que le soleil brillait déjà dans le ciel était difficile, mais la jeune femme avait déjà vu des nappes de brouillard très bas alors qu'elle se trouvait en altitude, et elle savait que de tels phénomènes n'avaient rien de surnaturel.

Quand elle eut fini de manger, Jennsen se frotta vigoureusement les mains, pour se débarrasser des miettes, puis regarda un moment Tom, qui finissait de déharnacher les chevaux. Ces deux grandes bêtes amoureusement soignées étaient grises avec une crinière et une queue noires. Jennsen n'avait jamais vu des chevaux de cette taille. Jusqu'à ce que Tom vienne s'en occuper, elle les avait trouvés… disproportionnés. Près de leur maître, ils semblaient moins imposants, surtout quand il leur flattait l'encolure. Bizarrement, ces gigantesques équidés paraissaient très friands de caresses.

Ils regardaient Tom tandis qu'il les débarrassait de leur harnachement, tournaient de temps en temps la tête vers Jennsen et surveillaient fréquemment – beaucoup trop, au goût de la jeune femme – le bois plongé dans l'obscurité.

— Je devrais y aller, dit Jennsen. Après tout, nous n'avons pas de temps à perdre. (Tom acquiesça.) Merci beaucoup, mon ami. Je n'aurai peut-être pas d'autre occasion de te le dire, alors sache que je te suis reconnaissante. Peu de gens auraient agi comme tu l'as fait.

Tom sourit, dévoilant de nouveau ses dents blanches.

— Tout être humain digne de ce nom t'aurait aidée… Je suis fier d'être celui qui a croisé ton chemin au bon moment.

Jennsen aurait mis sa main à couper qu'elle ne comprenait pas tout ce que lui disait son compagnon. Mais pour l'heure, elle avait plus urgent à faire que déchiffrer ses discours allusifs…

Elle se tourna vers le marécage, d'où continuaient à monter des cris. Il était impossible de déterminer la taille des arbres, car leur cime était noyée dans la brume. Mais à en juger par leur diamètre, ces troncs devaient être très hauts. Des lianes et d'autres plantes grimpantes s'enroulaient autour de leurs branches, accentuant leur allure fantomatique.

Jennsen trouva très vite une arête rocheuse qui descendait du bord de la prairie, telle l'épine dorsale d'une bête sauvage géante. À proprement parler, ce n'était pas un chemin, mais un simple point de départ. Vivant depuis toujours dans la forêt, Jennsen pouvait repérer une piste là où quiconque d'autre n'aurait rien vu. Dans ce marécage, il n'y avait pas l'ombre d'un sentier. Aucun animal n'y avait ouvert une voie d'accès, et elle devrait se débrouiller seule.

Jennsen tourna la tête et échangea un long regard avec l'homme qui était devenu son ami en si peu de temps.

Tom lui sourit – une manifestation de respect, face au défi qu'elle allait relever.

— Puissent les esprits du bien t'accompagner et veiller sur toi...

— Je te souhaite la même chose, Tom. Repose-toi, surtout. Quand je reviendrai, nous devrons retourner au palais le plus vite possible.

— Tes désirs sont des ordres, noble dame, dit Tom en esquissant une révérence.

Jennsen sourit, impressionnée par les bonnes manières du marchand, puis elle regarda de nouveau le marécage.

Quand elle s'y enfonça, la chaleur et l'humidité lui coupèrent le souffle. On eût dit que c'étaient deux gardiennes chargées de repousser les intrus avec l'aide de l'obscurité, qui devenait plus épaisse à chaque pas. Dès que les cris et les appels se taisaient, le silence oppressant glaçait les sangs.

Jennsen continua d'avancer sur sa bande de roche. De chaque côté, les branches des arbres ployaient sous le poids des lianes. À certains endroits, Jennsen dut se baisser pour passer sous des branches qui lui barraient le chemin. À d'autres, elle dut écarter des lianes pour se frayer un passage. Une ignoble odeur de décomposition flottait dans l'air, lui retournant l'estomac.

Regardant derrière elle, Jennsen vit qu'elle avait créé une sorte de trouée lumineuse qui permettait d'apercevoir la prairie. Au bout de ce « tunnel », elle aperçut la silhouette de Tom, les mains sur les hanches, qui devait plisser les yeux pour tenter d'apercevoir encore son amie. Mais le marécage était trop obscur pour qu'il ait la moindre chance de la repérer.

Et pourtant, il restait là, stoïque...

Jennsen n'aurait su dire ce qu'elle pensait de lui. C'était un homme énigmatique, mais qui semblait animé de bonnes intentions. Cela dit, elle ne se fiait à personne, à part Sebastian...

Alors que ses yeux s'habituaient à l'obscurité, Jennsen s'aperçut que le chemin qu'elle avait emprunté était le seul possible pour entrer dans le marécage – en tout cas dans les environs. Encaissée entre des murailles de pierre, la prairie était une sorte de plate-forme naturelle qui saillait du flanc de la montagne. Au-dessous, la végétation envahissait tout et l'arête rocheuse était l'unique moyen de descendre en pente relativement douce. Car partout ailleurs, l'à-pic était bien trop abrupt.

Jennsen prit une grande inspiration, sonda une dernière fois le terrain et continua sa descente sur ce qui ressemblait de plus en plus à une très étroite corniche. Par endroits, des abîmes vertigineux s'ouvraient sur sa droite et sur sa gauche. Le plus souvent, ces gouffres étaient si sombres que la jeune femme eut le sentiment de marcher en équilibre instable sur la seule longueur de terre ferme qui subsistait après un cataclysme où le reste du monde avait été englouti.

Imaginer que le Gardien l'attendait au fond de ces abysses doucha l'enthousiasme de Jennsen, qui se mit à avancer beaucoup plus prudemment.

Peu à peu, elle s'aperçut que les feuillages qu'elle avait vus d'en haut étaient ceux de grands chênes vénérables enracinés depuis des siècles dans la roche. De loin, Jennsen avait pris certaines de leurs branches pour des troncs.

Elle n'avait jamais vu de si grands arbres ! L'émerveillement lui faisant presque oublier la peur, elle continua à descendre et commença à distinguer, au creux des branches enchevêtrées, de grands nids faits de brindilles et de mousse. S'ils étaient occupés, elle ne voyait pas quels types d'oiseaux pouvaient les avoir construits. Mais de toute évidence, ce devaient être des rapaces.

Alors que Jennsen s'accroupissait pour passer sous un entrelacs de lianes très basses, elle aperçut, en contrebas, un paysage saisissant. Une immense contrée que nul n'avait jamais explorée et qui se révélait à elle dans sa terrible splendeur. Un royaume de la pénombre – car les rayons du soleil n'étaient pas assez puissants pour y pénétrer – où seul un fou (ou une folle) aurait eu l'audace de s'aventurer.

Des oiseaux survolaient en silence cette jungle insensée. Dans le lointain, un cri retentit, poussé par un animal dont la jeune femme n'avait jamais entendu la voix. Montant d'une autre direction, une réponse déchira à son tour le silence.

Si primitif et terrifiant qu'il fût, cet endroit n'était pas dépourvu d'une noire beauté. Jennsen s'imagina qu'elle avait pénétré dans un des jardins du royaume des morts, où des plantes fantomatiques poussaient sous une éternelle lumière crépusculaire. Car même au cœur du fief glacé du Gardien, la Lumière du Créateur parvenait à venir nourrir et réchauffer les âmes vraiment pures.

En un sens, ce marécage était une version miniature de D'Hara. Un lieu sombre, menaçant et dangereux, mais en même temps extraordinairement beau. Cela n'avait rien de contradictoire. Le couteau à garde d'argent, par exemple, était une petite merveille esthétique même s'il symbolisait la maison Rahl, ce haut lieu de la laideur et de l'ignominie.

Sur le flanc de cette montagne, les arbres s'accrochaient au sol avec des racines qui auraient bien mérité le nom de « griffes ». Comme Jennsen, en ce moment même, ils devaient redouter de basculer dans le vide et de sombrer dans le Créateur seul savait quel cauchemar. Les pins les plus anciens, morts depuis longtemps, étaient retenus par leurs frères, et tous les arbres environnants tendaient au maximum leurs branches, comme pour participer à ces poignants sauvetages.

Quelques géants abattus gisaient sur le sol. À moitié pourris et dévorés par des légions d'insectes, ces grands cadavres végétaux contraignirent Jennsen à des acrobaties parfois périlleuses. Mais elle parvint à les contourner tous sans y laisser de plumes.

Perchée en haut d'un arbre, une chouette suivait depuis longtemps la lente progression de la jeune femme. Devant elle, des colonies de fourmis traversaient la corniche, chaque insecte transportant un butin au moins deux fois plus grand et plus lourd que lui.

D'énormes cafards grouillaient sur le sol couvert de feuilles mortes en train de pourrir. Dérangées par l'intrusion de l'humaine, des créatures invisibles s'enfuyaient et faisaient onduler les branches.

Ayant passé sa vie dans la forêt, Jennsen y avait vu tout ce qu'on pouvait y voir. Les ours géants, les faons nouveau-nés, les oiseaux, les insectes, les chauves-souris, les tritons... Rien ne lui était étranger, et elle redoutait bien peu d'animaux, à part les serpents et les ourses qui se sentaient obligées de protéger leurs oursons. Les bêtes sauvages n'avaient guère de secrets pour elle, et leur seul désir, elle le savait, était qu'on les laisse tranquilles. Redoutant les humains – les pires prédateurs de la Création –, elles s'en tenaient en général le plus loin possible.

Mais les créatures de ce marécage étaient peut-être différentes. Dans un endroit pareil, qui pouvait dire quel poison coulait des crocs ou enduisait les griffes ? Dans l'antre d'une magicienne, des monstres qui dépassaient l'imagination pouvaient attendre les visiteurs imprudents afin de leur faire payer au prix fort leur témérité.

Jennsen vit d'énormes araignées velues descendre lentement le long des fils qu'elles avaient dû arrimer un peu plus haut. Arrivées sur le sol, elles s'enfonçaient dans des buissons ou se glissaient sous des pierres.

Même si elle crevait de chaleur, Jennsen boutonna complètement son manteau et releva sa capuche pour se protéger la tête.

La morsure d'une araignée pouvait être aussi mortelle que celle d'un ours. Et quand on trépassait, peu importait la cause ! D'après ce que savait Jennsen, le Gardien n'accordait pas de traitement de faveur aux victimes d'animaux si petits qu'ils pouvaient en paraître insignifiants. Tous ceux qui passaient dans le royaume des morts, et pour quelque raison que ce fût, avaient droit aux ténèbres et à une éternité de souffrance. Les causes de la mort ne comptaient plus, une fois qu'on avait fait le grand saut.

Même si elle se sentait en général chez elle dans la forêt, et malgré la fascination que lui inspirait cet endroit, Jennsen avait le cœur qui battait la chamade et elle ne relâchait pas une seconde sa vigilance. Chaque liane ou chaque branche qu'elle touchait pouvait dissimuler un piège mortel, et elle n'eut pas honte de bondir en arrière en deux ou trois occasions.

Ce marécage était une antichambre de la mort, cela ne faisait pas de doute.

Soudain, la corniche se volatilisa pour céder la place à un carré de terre boueuse d'où émergeaient des racines pourrissantes – à croire que les arbres, révulsés par cette gadoue, tentaient de les en garder à l'abri.

À gauche et à droite de Jennsen, une végétation dense composait une double muraille.

Sur un côté, la jeune femme repéra un tibia qui saillait de la boue. Couvert de mousse verdâtre, l'os était encore reconnaissable, même s'il se révélait impossible de dire à quel animal il avait appartenu.

Si ce n'était pas un os humain…

Très surprise, Jennsen enjamba des flaques de ce qui semblait être de la boue en ébullition. Les grosses bulles marron explosaient parfois, envoyant au loin des giclées de gadoue brûlante.

Bien entendu, rien ne poussait dans cette zone dévastée. À certains endroits, la boue pétrifiée formait des espèces de volcans miniatures d'où sortaient des volutes de fumée jaunâtre.

Alors que Jennsen se frayait un chemin entre les racines, les flaques et les monticules fumants, elle vit que le terrain changeait devant elle. Ici, les trous n'étaient plus remplis de gadoue mais d'eau croupissante. Il en montait des vapeurs âcres dont l'odeur de soufre prenait à la gorge.

Laissant très vite derrière elle ces sources chaudes, Jennsen atteignit un endroit où s'étendaient de plus grandes mares entourées de roseaux et survolées par des essaims d'insectes bourdonnants.

À présent, le sol tout entier n'était plus qu'un cloaque et des troncs morts en émergeaient, sentinelles depuis longtemps oubliées par la terre pourrissante qui avait eu raison d'elles.

Des cris d'animaux retentissaient de tous les côtés. Dans certains coins sombres, de grands ronds de lentilles d'eau imitaient à s'y méprendre le bon vieux plancher des vaches – un moyen radical de se noyer, quand on ne connaissait pas ce piège.

En passant, Jennsen vit de gros yeux bulbeux briller sous ce tapis végétal.

La jeune femme marchait à présent dans une boue brunâtre. Au début, elle apercevait le sol, quelques pouces sous cette mélasse spongieuse. Très vite, elle ne vit plus rien du tout...

Autour d'elle, dans la pénombre, des ombres se déplaçaient furtivement.

Jennsen décida de sauter de racine en racine, un bon moyen pour conserver son équilibre sans avoir à s'appuyer trop souvent au tronc visqueux des arbres morts. De plus, en procédant ainsi, elle évitait de patauger dans la boue.

Mais les racines étant de plus en plus loin les unes des autres, chaque nouveau bond devenait un peu plus périlleux. L'estomac noué, Jennsen avança de plus en plus lentement. Et si elle s'aventurait trop loin, tombant dans un piège d'où elle n'aurait même plus l'option de rebrousser chemin ?

Pour l'instant, elle n'avait jamais eu à se demander si elle suivait la bonne route, puisqu'il n'y en avait pas d'autre. En un sens, c'était rassurant...

Tendant le cou, Jennsen sonda le terrain. Si la brume ne l'abusait pas, le sol remontait un peu, à quelque six pas devant elle, et on devait pouvoir y marcher au sec.

La jeune femme inspira à fond – une bouffée d'air fétide ! – et tendit la jambe pour atteindre la racine suivante. En réalité, elle devrait sauter, pas marcher, et cela ne lui disait rien. Si elle se réceptionnait mal, glisser et tomber dans l'eau ne lui paraissait pas une option acceptable. Se retrouver en équilibre sur une racine solitaire, au milieu de la boue, ne semblait pas très judicieux. Mais si elle se servait de la racine comme d'un tremplin, elle devait pouvoir atteindre en deux bonds l'endroit où le sol semblait sec.

Pour prendre de l'élan, Jennsen s'appuya du bout des doigts à un tronc lisse mais gluant. Au moins, il n'était pas glissant, la menaçant de lui faire perdre sa prise au plus mauvais moment.

La jeune femme tenta d'évaluer plus précisément la distance. Ce ne serait pas facile, mais elle n'avait aucune autre solution. En prenant un peu d'élan, elle allait parvenir à poser les pieds sur la racine, d'où elle rebondirait jusqu'à la terre relativement ferme.

Prenant une nouvelle inspiration, Jennsen se propulsa avec les mains et vola au-dessus de l'eau.

Quand elle atterrit dessus, la racine bougea sous ses pieds. Entraînée vers l'avant, Jennsen essaya en vain de garder son équilibre.

Sous ses pieds, la racine disparut soudain, comme si elle venait de... plonger. Une fraction de seconde plus tard, quelque chose s'enroula autour du mollet de Jennsen – une sorte de tentacule couvert d'écailles qui fut bientôt rejoint par un deuxième.

Sentant qu'elle basculait en avant, Jennsen voulut dégainer son couteau le plus vite possible, mais les tentacules la secouèrent si violemment qu'elle leva d'instinct les bras pour se protéger le visage de l'impact à venir.

Jennsen tomba face la première dans l'eau croupie. En un éclair, elle vit que le sol était vraiment sec, devant elle, et tendit un bras pour s'accrocher à une racine – authentique, celle-là – qui affleurait à la lisière de l'eau.

Les doigts de la jeune femme se refermèrent sur le bois humide. Mais cela ne suffirait pas, comprit-elle très vite, à empêcher le serpent géant qui s'était enroulé autour d'elle de l'entraîner sous l'eau.

Chapitre 21

S'accrochant à la racine, Jennsen luttait de toutes ses forces pour échapper à une mort certaine.

Le serpent enroulé autour de sa jambe tira, la força à lâcher sa racine et la retourna sur le côté. Elle tendit les bras, désespérée, pour tenter de trouver une autre prise au bord de l'eau. Du bout des doigts, elle détecta une deuxième racine et parvint à fermer une main dessus.

À l'instant où le serpent allait l'entraîner sous l'eau, elle parvint à fermer son autre main sur la racine.

La tête du reptile jaillit des profondeurs du marécage pour venir inspecter de plus près sa proie récalcitrante.

Jennsen n'avait jamais vu un serpent de cette taille ! Ce qu'elle apercevait de son immense corps couvert d'écailles vertes brillait à la chiche lumière qui filtrait de la frondaison. Ce monstre était incroyablement musclé. Les bandes noires qui barraient ses yeux jaunes donnaient l'impression qu'il portait un masque, et la langue rouge qui jaillissait de sa gueule ressemblait à une lame ensanglantée.

L'énorme tête verte du reptile remonta le long du ventre de Jennsen, passa entre ses seins puis vint étudier son visage.

La jeune femme cria de terreur. En réponse, le serpent la serra plus fort, tentant de l'entraîner plus profondément sous l'eau. Jennsen s'accrocha à la racine avec l'énergie du désespoir et essaya de se tirer au sec. Mais le reptile était trop fort et beaucoup trop lourd.

La jeune femme voulut battre des jambes, mais son adversaire lui immobilisait à présent les deux. L'étau vivant se resserrait et l'issue semblait inévitable. Respirant déjà de l'eau fétide qui la faisait tousser, Jennsen serait bientôt à bout de forces.

La panique s'empara d'elle. Une ennemie aussi impitoyable et dangereuse que le reptile qui prévoyait de la dévorer.

Elle avait besoin de son couteau ! Mais pour le dégainer, elle devrait lâcher la racine. Dans ce cas, le serpent l'attirerait sous l'eau et elle serait noyée avant d'avoir pu se servir de son arme.

Lâche la racine d'une main ! se dit Jennsen. Oui, une seule suffirait. Pour prendre le couteau, elle n'avait pas besoin de plus. C'était faisable...

Mais le reptile se contractait, la tirant vers la mort, et elle ne pouvait convaincre les doigts de sa main droite de s'ouvrir. Son cerveau leur en donnait l'ordre, mais ils serraient de plus en plus fort leur dernier lien avec la surface.

La tête plate du serpent sortit de l'eau puis recommença à glisser le long de la poitrine de Jennsen.

La jeune femme se concentra, serra la racine de la main gauche aussi fort que si elle avait voulu la broyer et s'obligea à ouvrir les doigts de la droite. L'instinct de survie prenant le dessus sur la panique, elle réussit à lâcher la racine et à glisser la main vers son manteau. Mais le tissu humide refusa de s'écarter. Affolée, Jennsen chercha à tâtons un bouton...

La tête du serpent appuya de plus en plus lourdement sur sa poitrine. Pour en finir, le reptile allait sans doute s'enrouler autour du torse de sa victime afin de l'étouffer...

Jennsen rentra l'estomac et poussa très fort avec ses doigts pour les glisser sous le corps écailleux du monstre qui lui entourait déjà la taille. Si elle ne parvenait pas à dégainer son couteau, la fin ne tarderait plus.

Agacé que sa proie se débatte, le serpent l'emprisonna un peu plus, lui plaquant le bras droit contre le flanc.

Jennsen tenait toujours la racine de la main gauche. Mais avec le simple poids de la créature, sans parler de la traction, elle savait que son épaule ne tarderait pas à se disloquer. Pourtant, lâcher prise, elle en avait conscience, serait la plus grosse (et la dernière) erreur de sa vie. Hélas, la douleur était trop violente. Le serpent tirait trop fort. Encore quelques secondes, et la peau de Jennsen se détacherait de ses doigts...

Bien qu'elle luttât de toutes ses forces, la jeune femme sentit qu'elle lâchait prise. La douleur lui arrachant des larmes, elle ouvrit en grand la main gauche.

Aussitôt, elle s'enfonça dans l'eau noire. Mais quand ses pieds touchèrent le fond, l'instinct de survie prit de nouveau le contrôle de son esprit, et elle n'empêcha pas ses jambes de se plier pour mieux prendre de l'élan.

La terreur décuplant ses forces, Jennsen déplia les jambes et se propulsa comme une flèche vers le haut. Crevant la surface, elle inspira à fond et, dans la même fraction de seconde, ferma de nouveau sa main gauche sur la racine providentielle.

Le serpent se contorsionna, la forçant à se tourner sur le dos. Son épaule gauche lui faisant atrocement mal, la jeune femme hurla à s'en casser les cordes vocales.

Mais pour la contraindre à changer de position, le reptile avait un bref instant relâché sa pression sur la taille de Jennsen, lui offrant une minuscule ouverture dans laquelle elle s'engouffra.

Juste ce qu'il lui fallait pour dégainer son arme !

Alors que l'énorme gueule à la langue rouge avançait de nouveau vers son visage, Jennsen leva le couteau, la pointe orientée vers la mâchoire du reptile.

La créature se pétrifia comme si elle identifiait la menace. Un bref instant, les deux adversaires se toisèrent du regard.

Même si elle n'avait plus aucune chance de s'en tirer, à présent, Jennsen était heureuse de sentir dans sa paume la garde en argent de l'arme.

Coincée dans l'eau et écrasée par le poids du serpent, elle n'avait aucun moyen de renverser la situation. De plus, elle était épuisée, et ses deux bras la torturaient à force d'avoir été tordus et étirés. Avec tous ces handicaps, se débarrasser d'un reptile si grand et si puissant ne serait pas possible. Même sur la terre ferme, cela aurait été un exploit...

Sondant le regard jaune du serpent, Jennsen se demanda s'il était venimeux. Elle n'avait pas aperçu de crochets, mais ça ne voulait rien dire.

Si le reptile tentait de la mordre au visage, serait-elle assez rapide pour esquiver l'attaque ?

— Je suis désolée de t'avoir marché dessus, souffla Jennsen.

Bien entendu, elle n'espérait pas que le serpent la comprenne. Mais elle raisonnait à voix haute, peut-être pour se donner du courage.

— Chacun de nous a terrorisé l'autre...

Le serpent ne bougea pas. La pointe du couteau était à quelques pouces de sa gorge, et il avait compris, à l'évidence, que ce combat risquait de se solder par une mortelle égalité. Était-il capable de renoncer à une proie dans des conditions pareilles ? À même de comprendre que ni l'un ni l'autre n'avait rien à gagner dans cette affaire ?

Jennsen était dans l'eau, donc sur le territoire de son adversaire. Avec le couteau, elle pouvait tuer le reptile, mais ça ne l'assurerait en aucun cas de s'en tirer vivante. Quand le poids de la créature morte finirait par l'entraîner sous l'eau, elle se noierait à coup sûr.

— Lâche-moi, dit-elle d'un ton très calme et très ferme. Sinon, je vais être obligée de te tuer.

Histoire de mieux se faire comprendre, Jennsen approcha la pointe de son arme de la peau du serpent. Rompre le combat serait préférable pour les deux belligérants, désormais. Mais il fallait que la créature à sang froid le saisisse aussi…

La pression se fit moins forte autour des jambes de la jeune femme. Puis la tête du reptile recula de quelques pouces.

Jennsen ne baissa pas son arme, prête à frapper au moindre signe de traîtrise. Mais le serpent la lâcha complètement, recula et disparut sous l'eau.

Dès qu'elle eut récupéré sa liberté de mouvement, la jeune femme se hissa sur la terre ferme. Sans lâcher son arme, elle resta un moment à quatre pattes, se laissant le temps de reprendre son souffle et de se calmer un peu.

Pourquoi le serpent l'avait-il libérée ? Parce qu'il avait compris que cette situation était une impasse ? Jennsen l'ignorait, et elle ne savait pas non plus si la même tactique avait une chance de marcher un autre jour et dans un endroit différent. Mais aujourd'hui, ça avait fonctionné, et elle murmura une courte prière pour remercier les esprits du bien.

Après s'être levée sur des jambes tremblantes, Jennsen essuya du dos de sa main gauche les larmes de terreur qui ruisselaient sur ses joues. Puis elle regarda les eaux noires qu'elle venait de traverser. La méthode qui consistait à passer de racine en racine n'était pas mauvaise, mais pour le retour, elle devrait se munir d'un long bâton qui l'aiderait à marcher et lui permettrait de distinguer les serpents des racines *avant* de poser le pied dessus…

Le souffle toujours un peu court, Jennsen songea au chemin qu'il lui restait à parcourir. Elle n'avait pas encore trouvé la maison de la magicienne, et voilà qu'elle pensait déjà au retour ! Au lieu de se lamenter sur son sort et de lambiner, elle devait se mettre en mouvement ! Sebastian avait besoin de son aide, et chaque seconde comptait…

Trempée jusqu'aux os, Jennsen se remit en route. Par bonheur, il faisait chaud dans ce marécage, même en plein hiver. Au moins, elle ne risquerait pas de mourir de froid.

Quand elle avait fui de chez elle avec Sebastian, après la mort de sa mère, elle était mouillée aussi, se souvint-elle. Et même par un temps moins clément, elle avait réussi à s'en sortir vivante.

Dans cette partie du marécage, des bandes de terre à peu près sèche émergeaient de la boue pratiquement partout. Ce « sol » n'était pas vraiment très ferme, mais le réseau de racines entrelacées qui le soutenait le rendait assez résistant pour supporter le poids de la jeune femme.

Les parties submergées, peu fréquentes, n'étaient pas assez profondes pour présenter un danger. Instruite par l'expérience, Jennsen les négocia néanmoins très prudemment, surtout dès qu'une racine lui semblait avoir la taille ou la forme d'un serpent.

Les reptiles aquatiques comptaient parmi les plus dangereux. Et le venin d'un serpent – même long de dix pouces – pouvait tuer un être humain en quelques minutes. Comme avec les araignées, la taille n'avait pas beaucoup d'importance...

Jennsen atteignit un endroit où de la vapeur jaillissait des fissures qui constellaient le sol. Des dépôts jaunâtres entouraient ces crevasses, et l'odeur qui en montait prit la jeune femme à la gorge. Craignant de mourir étouffée si elle insistait, elle dut contourner cette zone en se frayant un chemin dans un rideau de végétation dense et hérissée d'épines.

Utilisant son couteau, elle parvint à couper assez de branches pour se ménager un étroit sentier le long d'une muraille rocheuse. Progressant sur cette sorte de corniche, elle contourna une mare d'eau sombre dont la surface ondula tant qu'elle en resta à proximité, comme si quelque chose, dans cet étang, attendait qu'elle trébuche pour se jeter sur elle.

Son couteau au poing, Jennsen fit attention à ne pas poser les pieds n'importe où et garda en permanence un œil sur la mare, au cas où un monstre en surgirait.

À tout hasard, elle jeta un gros caillou dans l'eau, mais la créature invisible qui la suivait n'en fut pas effrayée et ne la lâcha pas d'un pouce jusqu'à ce qu'elle ait atteint un endroit, presque au bout de l'étang, où elle put monter sur une sorte de tertre et progresser bien plus rapidement au milieu de grandes plantes aux larges feuilles vertes.

Jennsen aurait pu croire qu'elle avançait dans un champ cultivé, s'il n'y avait pas eu la taille démesurée des « épis » et les ombres fugitives qu'elle apercevait de temps en temps devant elle. Des prédateurs ? Probablement, et d'après ce qu'elle devinait de leur taille, la jeune femme n'avait aucune envie d'en apprendre plus sur eux.

Le « champ » céda de nouveau la place à une végétation sauvage et difficilement pénétrable. Jouant du couteau, Jennsen progressa avec une lenteur qui lui donna envie de hurler. Le temps passait, et elle n'était toujours pas arrivée à destination…

Quand elle atteignit un terrain relativement découvert, Jennsen accéléra le pas. Elle errait dans ce marécage depuis des heures.

À coup sûr, midi avait sonné depuis longtemps.

Selon Tom, en passant par l'arrière du marécage, il fallait une demi-journée pour atteindre la maison de la magicienne. Jennsen marchait depuis plus longtemps que ça, elle l'aurait juré. Avait-elle raté la demeure d'Althea ? Après tout, elle ignorait quelle était la taille de ce marécage. Donc, elle avait pu passer près de la maison sans la voir. Et dans ce cas, elle risquait de devoir tourner en rond pendant des heures.

Et si elle ne trouvait rien, que ferait-elle ? L'idée de passer la nuit dans cet endroit maudit ne lui disait rien qui vaille. Après le coucher du soleil, quel monstre risquait d'émerger des broussailles ? Et avec l'humidité ambiante, allumer un feu serait probablement impossible.

Rester ici toute une nuit sans lumière ? Pas question…

Quand elle sortit enfin de la jungle humide et déboucha sur la rive d'un grand lac, Jennsen marqua une petite pause pour reprendre son souffle. Ici, des arbres au tronc énorme émergeaient de l'eau et s'élançaient vers les cieux où ils composaient une sorte de dôme vert du plus bel effet.

Au-dessus du lac, la lumière était un peu plus vive que dans le reste du marécage. Sur la droite, une muraille rocheuse parfaitement lisse jaillissait de l'eau, formant un obstacle infranchissable.

Jennsen inspecta la rive, sur la gauche, et fut surprise d'y apercevoir des empreintes. S'agenouillant, elle les étudia et déduisit qu'elles avaient été faites par un homme – une affaire de taille et de profondeur. Mais elles n'étaient pas récentes, en tout cas…

Suivant cette piste, Jennsen trouva à plusieurs endroits des petits tas d'écailles de poisson. Le pêcheur avait nettoyé ses prises sur place…

Encouragée par ces différents indices, la jeune femme marcha à grandes enjambées jusqu'au bout du lac, où elle trouva un sentier qui serpentait entre des saules étroitement serrés les uns contre les autres. Parvenue au sommet de ce qui devait être une petite butte, elle sonda les environs et repéra une maison nichée dans une clairière, pas très loin de là. Une fumée noire sortait de la cheminée pour venir se mêler aux nuages qui dérivaient dans le ciel. À mieux y regarder, on avait même l'impression qu'elle les créait...

Dans la pénombre du marécage, la lumière qui brillait à une fenêtre, sur un côté de la demeure, semblait être un phare qui souhaitait la bienvenue à toutes les âmes égarées, désespérées, réprouvées et sans défense.

Comprenant qu'elle était au bout de son voyage, Jennsen versa quelques larmes de soulagement.

Puis elle pensa à Sebastian et se remit en chemin sans tarder. Avançant très vite entre les saules et quelques chênes, elle atteignit bientôt la maison.

Bâtie sur des fondations en pierre solidarisées avec du mortier, la demeure avait des murs en rondins de cèdre et un toit de tuiles muni d'un large auvent. Face à Jennsen, quelques marches donnaient accès à un balcon qui faisait tout le tour de la maison.

La jeune femme gravit l'escalier, marcha jusqu'à la façade du bâtiment et s'arrêta devant une porte flanquée par des colonnes de bois surmontées d'un fort joli portique. Un deuxième escalier descendait jusqu'à un chemin net et dégagé qui menait à la partie avant du marécage. Les visiteurs « invités » devaient arriver par là, devina Jennsen. Et après ce qu'elle avait enduré, ce chemin, à ses yeux, ressemblait à une voie royale.

Jennsen frappa, attendit à peine, et frappa de nouveau...

Elle allait frapper une troisième fois quand la porte s'ouvrit, dévoilant un homme assez âgé qui riva sur la jeune femme un regard surpris.

Les cheveux plus que grisonnants mais encore abondants, l'homme était d'une corpulence et d'un poids moyens. L'air distingué, il ne portait pas une tenue de trappeur, mais les vêtements d'excellente qualité d'un artisan prospère.

Avisant sa chemise décorée de petites feuilles d'or, Jennsen comprit qu'elle avait affaire au doreur Friedrich.

— Que faites-vous ici ? demanda-t-il d'un ton peu amical tout en étudiant Jennsen.

L'œil vif, il avait bien entendu repéré les cheveux roux, sous son capuchon.

— Je voudrais voir Althea, si c'est possible.

— Et comment êtes-vous arrivée chez moi ?

Voyant Friedrich regarder le chemin « officiel », Jennsen devina qu'il devait avoir un moyen de déterminer si quelqu'un l'avait récemment emprunté. Quand on savait y faire, c'était facile, et sa mère plaçait toujours des petits « pièges » autour de chez elles pour savoir si quelqu'un y était venu en leur absence.

— Je suis passée par l'arrière du marécage... En longeant le lac...

— Personne ne peut suivre ce chemin-là, pas même moi ! Vous mentez !

Jennsen n'en crut pas ses oreilles. Sans chercher à comprendre, ni lui demander la moindre explication, cet homme l'accusait d'être malhonnête.

— Non, c'est la vérité ! Je dois voir Althea, votre épouse, et c'est très urgent.

— Vous n'avez pas été invitée, donc, vous devez partir ! Et sans tarder, si vous ne voulez pas qu'il vous arrive malheur. Allez, fichez le camp !

— C'est une affaire de vie ou de mort. Je dois...

Jennsen se tut, car Friedrich venait de lui fermer la porte au nez.

Chapitre 22

Devant la porte fermée, Jennsen resta immobile comme une statue, incapable de savoir ce qu'elle devait faire – et tellement surprise qu'elle n'éprouvait pas l'ombre d'une émotion.

— Qui était-ce, Friedrich ? demanda une voix de femme à l'intérieur de la maison.

— Tu le sais très bien, répondit le doreur.

Son ton n'avait plus aucun rapport avec celui dont il avait usé pour éconduire Jennsen. À présent, il parlait avec tendresse, respect et douceur.

— Eh bien, laisse-la entrer…

— Mais Althea, tu ne peux pas…

— Laisse-la entrer, Friedrich, répéta la femme.

C'était un ordre, mais lui aussi plein de tendresse, de respect et de douceur.

Jennsen en frissonna de soulagement et oublia aussitôt la longue liste d'arguments qu'elle se préparait à réciter.

La porte s'ouvrit lentement. Friedrich regarda Jennsen avec l'expression d'un homme résolu à affronter bravement son destin.

— S'il vous plaît, entrez, Jennsen, dit-il avec une grande courtoisie.

— Merci, répondit la jeune femme d'une toute petite voix.

Comment pouvait-il connaître son nom ? se demanda-t-elle.

Une fois dans la maison, elle grava tous les détails dans sa mémoire. Malgré la chaleur qui régnait dans le marécage, un feu crépitait dans la cheminée, embaumant et asséchant l'atmosphère. Et plus que la chaleur, ce fut la sécheresse, après son séjour dans le marécage, que Jennsen trouva particulièrement agréable.

Le mobilier de très bonne qualité était orné de délicates sculptures – du travail de très bon artisan. La pièce principale, assez grande, était munie de deux fenêtres seulement, disposées face à face. Il y avait d'autres pièces, bien entendu. Dans une grande alcôve, Jennsen aperçut un établi sur lequel s'alignaient des outils rangés par ordre de taille.

Cette maison ne disait rien à la jeune femme. Était-ce là qu'elle avait rendu visite à Althea avec sa mère ? L'impression de familiarité lui venait davantage des visages que du lieu, il fallait bien le dire. Mais les décorations accrochées aux murs lui disaient quelque chose, et c'était un indice fiable, car une enfant aurait à coup sûr remarqué ces dizaines de petites sculptures d'oiseaux, de poissons et d'autres animaux qui pendaient à des ficelles ou étaient rangées sur des étagères. Oui, une petite fille aurait dévoré des yeux ces merveilles…

Certaines de ces figurines étaient peintes et d'autres restaient en bois brut, mais dans tous les cas, les détails tels que les plumes, les écailles ou les poils étaient reproduits avec une telle précision qu'on aurait cru avoir affaire à de véritables animaux transformés en sculptures miniatures par quelque sortilège.

Sur un mur, accroché assez bas, un miroir rond avait pour cadre un magnifique soleil scintillant dont les rayons étaient alternativement revêtus d'or fin et d'argent.

Près de la cheminée, un gros coussin rouge et jaune reposait sur le sol. Jennsen fut intriguée par l'étrange damier placé devant. Plus qu'un damier, d'ailleurs, il s'agissait d'une sorte de plateau de jeu orné d'une Grâce en relief dorée à l'or fin. Ce diagramme ressemblait à ceux que Jennsen avait appris à dessiner pour impressionner les gens. Mais celui-là, comprit-elle, avait un réel pouvoir.

Plusieurs petites pierres étaient empilées à côté…

Près de la cheminée, dans un magnifique fauteuil à haut dossier et aux accoudoirs sculptés, une femme aux grands yeux noirs et aux longs cheveux blond grisonnant regardait fixement Jennsen. Les mains posées sur les accoudoirs, elle suivait le tracé des sculptures du bout de ses longs doigts fins et délicats.

— Je suis Althea, dit-elle sans se lever.

Sa voix était agréable, mais on y reconnaissait la calme autorité d'une personne habituée à être obéie.

Jennsen fit une révérence.

— Maîtresse Althea, je vous prie d'excuser mon intrusion des plus inattendues…

— Il s'agit bien d'une intrusion, en effet... Mais quant à être inattendue, ma pauvre Jennsen...

— Vous connaissez mon nom ?

Jennsen avait posé sa question avant de mesurer à quel point elle était stupide. Cette femme était une magicienne. Rien ne se trouvait hors de portée de ses pouvoirs.

Althea eut un sourire qui illumina son visage pourtant austère.

— Je me souviens de toi... Quand on a rencontré quelqu'un comme toi, on ne l'oublie pas...

— Eh bien, merci..., fit Jennsen, même si elle n'était pas très sûre de ce que voulait dire Althea.

La magicienne sourit de plus belle et une lueur malicieuse dansa dans ses yeux.

— Tu es le portrait craché de ta mère, mon enfant ! S'il n'y avait pas les cheveux roux, je croirais être revenue à l'époque où je l'ai vue pour la dernière fois. Elle devait avoir exactement ton âge, à ce moment-là... Toi, tu n'étais pas plus haute que trois pommes.

Jennsen sentit qu'elle s'empourprait. En plus d'être sage et douce, sa mère avait été une femme extraordinairement belle. Être comparée à un tel modèle semblait excessif, même si la jeune femme savait qu'elle n'était pas désagréable à regarder...

— Et comment va-t-elle ? demanda la magicienne.

— Maman... Maman est morte... (Jennsen baissa les yeux.) Elle a été assassinée.

— Je suis désolé, dit Friedrich, qui se tenait derrière Jennsen. (Il lui tapota gentiment l'épaule.) Ce ne sont pas des paroles en l'air. J'ai connu ta mère, au palais, et c'était une femme de qualité.

— Qu'est-il arrivé ? demanda Althea.

— Ils ont fini par nous rattraper...

— De qui parles-tu ?

— Des soldats d'harans, bien entendu... Les hommes du seigneur Rahl. (Jennsen écarta les pans de son manteau pour montrer le couteau à Althea, puis elle se tourna assez pour que Friedrich le voie aussi.) J'ai pris cette arme à un de ces hommes...

Althea regarda un moment le couteau, puis elle leva les yeux sur son interlocutrice.

— Je suis navrée, mon enfant...

— Merci... Je suis venue pour vous avertir, maîtresse Althea. Votre sœur Lathea...

— L'as-tu vue avant sa mort ?

Jennsen en sursauta de surprise.

— Oui, mais…

Althea secoua tristement la tête.

— La pauvre chérie… Comment se portait-elle ? Je veux dire, avait-elle une vie agréable ?

— Je n'en sais trop rien… Elle avait une très jolie maison, mais à part ça, je l'ai à peine vue, et… Eh bien, j'ai eu le sentiment qu'elle vivait seule… Pour être franche, j'étais allée la voir pour lui demander de l'aide. Ma mère m'avait parlé d'une magicienne qui nous avait soutenues, mais j'ai confondu les noms, et je me suis retrouvée chez votre sœur. Elle a refusé de me parler. À l'en croire, elle ne pouvait rien pour moi, et c'était vous qui m'aviez aidée, pas elle. C'est ce qui m'a décidée à venir ici.

— Combien de temps as-tu mis ? demanda Friedrich. Tu as réussi à suivre tout le temps le bon chemin ?

— Il n'y avait pas de chemin… Je suis passée par l'arrière du marécage.

Althea plissa le front.

— C'est impossible ! Il n'y a pas de voie d'accès.

— On ne peut pas parler d'une piste, je suis d'accord, mais j'ai quand même réussi à arriver jusqu'ici.

— Personne ne peut passer par là ! insista Althea. Il y a des gardiens qui…

— Je sais, coupa Jennsen. J'ai eu des ennuis avec un très gros serpent…

— Tu as vu le reptile ? demanda Friedrich.

— Je lui ai marché dessus, plutôt, parce que je l'ai pris pour une racine. Il n'a pas apprécié et j'ai eu du mal à m'en tirer vivante…

Friedrich et Althea dévisagèrent Jennsen avec une intensité qui la mit mal à l'aise.

— Oui, oui…, fit la magicienne, comme si tout ce qui concernait le serpent ne l'intéressait pas. Mais tu as sûrement vu d'autres créatures ?

Jennsen regarda alternativement les deux époux.

— Je n'ai rien vu du tout, à part le serpent.

— Ce n'est qu'un banal reptile, dit Althea d'un ton agacé. (D'un geste impatient, elle signifia que ce sujet ne l'intéressait pas le moins du monde.) Mais il y a dans cette partie du marécage des créatures très dangereuses qui ne laissent passer personne. Et quand je dis « personne », ce n'est pas une façon de parler ! Au nom du Créateur, comment as-tu réussi à tromper leur vigilance ?

— Comment sont ces... gardiens ?

— Ce sont des êtres magiques...

— Désolée, mais je vous dis la stricte vérité, et je n'ai rien vu du tout, à part le serpent. (Jennsen plissa le front et fouilla dans sa mémoire.) Encore que... J'ai remarqué des silhouettes noires, sous l'eau...

— Des poissons..., ricana Friedrich.

— Et dans les broussailles ! Oui, j'ai aperçu des choses dans les broussailles ! Sans savoir ce que c'était, mais il y avait des ombres et... Enfin, je n'ai pas pu voir les détails, mais...

— Ces gardiens, coupa Althea, ne se cachent pas dans les broussailles... Ces créatures n'ont peur de rien ni de personne. Elles auraient dû se dresser sur ton chemin et te réduire en bouillie.

— Eh bien, j'ignore pourquoi elles s'en sont abstenues, dit Jennsen.

Tournant la tête vers une fenêtre, elle aperçut un rideau de lianes qui marquait la naissance du marécage, de ce côté de la maison. Son voyage de retour l'inquiétait par avance, elle devait l'admettre. De plus, la vie de Sebastian étant en jeu, elle trouvait de plus en plus agaçant le discours de la magicienne au sujet du marécage et de ses gardiens.

Elle avait réussi à passer, quoi qu'en disent Friedrich et sa femme, donc ce n'était pas impossible. Ce n'était pas plus compliqué que ça, alors pourquoi en parler jusqu'à la fin des temps ?

— Pourquoi vivez-vous ici, pour commencer ? Avec votre sagesse et votre pouvoir, pourquoi résider dans un marécage infesté de serpents ?

— Parce que je préfère les vrais reptiles, ceux qui n'ont ni bras ni jambes !

Jennsen saisit le message mais ne renonça pas pour autant.

— Althea, je suis ici parce que j'ai terriblement besoin de votre aide.

La magicienne secoua la tête comme si elle refusait d'en entendre plus.

— Je ne peux rien pour toi.

Six mots ! Voilà tout ce qu'Althea consentait à dire pour condamner au désespoir sa visiteuse.

— Mais il le faut !

— Vraiment ?

— Je vous en prie ! Par le passé, vous m'avez aidée, et j'ai de nouveau besoin de vous. Le seigneur Rahl est sur ma piste, et il gagne continuellement du terrain. Je m'en suis sortie par miracle, la dernière fois, et je ne sais plus du tout que faire. Pour commencer, j'ignore pourquoi mon père tenait tant à me tuer.

— Parce que tu n'as pas le don.

— Et voilà, vous venez de citer la seule raison qui n'a absolument aucun sens ! Puisque je n'ai pas le don, quel danger puis-je représenter ? Darken Rahl était un puissant sorcier. Que redoutait-il de moi ? Et pourquoi a-t-il cherché à me tuer avec une telle obstination ?

— Le seigneur Rahl élimine tous ses rejetons qui n'ont pas le don.

— Mais pourquoi ? C'est un fait, pas une explication, et il doit bien y en avoir une. Si j'avais une idée de ce qui se passe, ça me permettrait peut-être de mieux me défendre.

— Je n'en sais pas plus que toi, dit Althea. Le seigneur Rahl n'a jamais eu pour habitude de partager ses secrets avec moi, tu sais…

— Après qu'elle a refusé de m'aider, je suis retournée voir votre sœur pour lui poser cette question, mais elle avait été tuée par les hommes qui me poursuivent. Ayant peur qu'elle me dise des choses utiles, ils l'ont assassinée… Je suis navrée pour Lathea, sachez-le ! Mais ne comprenez-vous pas que vous êtes également menacée à cause de ce que vous savez ?

— Je ne comprends pas pourquoi ces hommes lui ont fait du mal, dit Althea. (Elle réfléchit quelques instants.) Ton hypothèse au sujet de ce qu'elle aurait pu te dire n'a pas de sens. Elle n'a jamais été impliquée dans ces histoires, et elle en savait encore moins long que moi. Elle n'aurait pas pu te dire pourquoi Darken Rahl désirait que tu cesses d'arpenter ce monde. En fait, elle n'aurait rien pu te dire du tout !

— Si Darken Rahl jugeait que ses enfants privés du don étaient des êtres inférieurs – la lie de la terre, en quelque sorte –, ça expliquerait son comportement. Mais pas celui de son fils, Richard, qui désire tout autant me tuer. Je ne pouvais pas nuire à mon père, et je peux encore moins faire du mal à Richard. Alors, pourquoi m'envoie-t-il des *quatuors* ?

Althea ne paraissait toujours pas convaincue.

— Tu es sûre que les coupables sont des soldats d'harans ? Ce n'est pas ce que disaient les pierres…

— Ces hommes sont venus chez moi, ils ont tué ma mère et je les ai combattus. C'étaient des soldats d'harans ! (Jennsen dégaina son couteau et le tendit à la magicienne.) L'un d'eux portait cette arme sur lui…

Althea regarda l'arme avec une méfiance mêlée de répulsion, mais elle ne fit aucun commentaire.

— Pourquoi le seigneur Rahl a-t-il fait tuer ma mère ? Et pourquoi la maison Rahl veut-elle ma mort ?

— Je n'en sais rien ! s'écria Althea. (Elle leva les bras et les laissa retomber en signe d'impuissance.) Désolée, mais c'est la stricte vérité...

Jennsen tomba à genoux devant la magicienne.

— Althea, même si vous ne connaissez pas les réponses, j'ai besoin de votre aide ! Votre sœur a dit qu'elle ne pouvait rien pour moi, mais que vous... Eh bien, il paraît que vous êtes la seule capable de voir les « trous dans le monde »... J'ignore ce que ça veut dire, mais j'ai deviné que ça avait un rapport avec la magie. S'il vous plaît, aidez-moi !

— Et que veux-tu que je fasse ? demanda la magicienne, visiblement perplexe.

— Dissimulez-moi ! Comme quand j'étais petite. Jetez un sort qui empêchera mes ennemis de me reconnaître et de savoir où je suis. Ainsi, ils ne pourront plus me suivre. Je veux vivre en paix. Tout ce que je demande, c'est le sort qui me débarrassera du seigneur Rahl. J'en ai aussi besoin pour aider un ami. Je dois retourner au palais pour l'en sortir, et...

— L'en sortir ? De quoi parles-tu ? Qui est cet ami ?

— Il s'appelle Sebastian... Quand les hommes du seigneur Rahl ont attaqué ma mère, c'est lui qui m'a sauvé la vie. Puis il m'a accompagnée jusque dans la région. Votre sœur nous a conseillé d'aller au palais pour savoir où vous trouver. Sebastian a voyagé avec moi afin que je puisse vous rencontrer. Quand nous étions à la recherche de Friedrich, au palais, des gardes l'ont capturé...

» Ne comprenez-vous pas ? Il m'a aidée, et voilà qu'il est prisonnier ! Je suis sûre qu'on le torture. Et c'est à cause de moi qu'il lui arrive malheur ! Althea, aidez-moi, pour que je puisse le tirer de là. Il me faut un sort qui dissimule mon identité. Comme ça, je pourrai retourner au palais et libérer Sebastian.

— Pourquoi crois-tu qu'un sortilège fonctionnerait comme ça ? demanda Althea, incrédule.

— Je n'en sais rien ! Pour moi, la magie est un complet mystère ! Mais je sais qu'elle peut être utile et qu'il me faut un moyen de dissimuler ma véritable identité.

Althea secoua la tête, accablée comme si elle s'entretenait avec une folle furieuse.

— Jennsen, la magie ne fonctionne pas comme ça ! Tu penses que je peux jeter un sort qui te permettra de marcher tranquillement dans le palais ? Tu imagines peut-être aussi que les gardes, hypnotisés, t'ouvriront obligeamment toutes les portes ?

— Eh bien, je ne sais pas, mais…

— Bien sûr que tu ne sais pas ! C'est pour ça que je te dis que ça ne marche pas ainsi. La magie n'est pas une clé qui ouvre des serrures. Ni une entité mystérieuse qui résout les problèmes spontanément. En règle générale, elle commence d'abord par compliquer les choses. Quand tu as un ours sous ta tente, tu n'en invites pas un deuxième. Deux intrus ne sont pas mieux qu'un seul.

— Sebastian a besoin d'aide, seule la magie peut m'assister et…

— Tu veux aller au palais, y jeter je ne sais quelle poudre magique, et libérer ton ami comme par enchantement ? C'est ce que tu penses pouvoir faire ? Après, vous vous enfuirez, Sebastian et toi, et tout sera pour le mieux dans le meilleur des mondes ?

— Eh bien, je ne sais pas trop, mais…

Althea se pencha en avant.

— Tu ne crois pas que les responsables du palais voudront savoir comment ça s'est passé, afin d'empêcher que ça se reproduise ? Tu ne te demandes pas si des gens parfaitement innocents n'auront pas de terribles ennuis parce qu'ils n'auront pas su empêcher un prisonnier de s'enfuir ? Enfin, penses-tu que les chefs des gardes ne voudront pas récupérer le fugitif ? De grands moyens ayant été mobilisés pour le libérer, ils concluront que ton ami est encore plus important qu'ils le croyaient, et ils le traqueront impitoyablement. Au cas où tu ne le saurais pas, beaucoup d'innocents peuvent souffrir lorsqu'on organise de telles chasses à l'homme. Et pour ta gouverne, sache que l'armée et les sorciers du seigneur Rahl commenceraient à ratisser la région avant que ton ami et toi ayez parcouru une lieue…

» Enfin, es-tu assez idiote pour imaginer que le seigneur Rahl, le plus puissant sorcier du pays, ne garde pas une mauvaise surprise ou deux en réserve à l'attention des fous qui seraient tentés d'utiliser contre lui – et dans son palais – les sorts ridicules d'une vieille magicienne ?

— Je n'avais pas pensé à tout ça…, avoua piteusement Jennsen.

— Ça, je m'en serais doutée, ma fille !

— Mais dans ce cas, comment puis-je aider Sebastian ?

— Je suppose qu'il te faudra imaginer un moyen de le libérer – si c'est possible – qui tienne compte de tous les éléments que je viens d'énumérer… et de quelques autres. Creuser un trou dans le mur de sa cellule ne paraît pas une très bonne idée, avouons-le. Au minimum, ça te vaudrait autant d'ennuis que la magie… Donc, tu dois réfléchir à une façon de convaincre tes ennemis de libérer Sebastian. Du coup, ils ne te poursuivront pas pour le récupérer.

Tout ça était très logique, mais il y avait un petit problème…

— Et comment m'y prendrai-je, selon vous ?

La magicienne haussa les épaules.

— Si c'est faisable, je parie que tu y arriveras ! N'as-tu pas déjà réussi à atteindre l'âge adulte, à échapper à des *quatuors*, à traverser mon marécage et à entrer chez moi ? Tu es capable de beaucoup de choses, ma fille. Mobilise ton intelligence, voilà tout. Mais surtout, ne commence pas par saisir un bâton pour secouer un nid d'abeilles !

— Je ne vois pas comment réussir sans l'aide de la magie. Je ne suis rien en ce monde !

— Rien en ce monde ? répéta Althea avec l'impatience d'un professeur confronté à un élève borné. Tu es Jennsen, une jolie fille très intelligente. Que fais-tu à mes pieds, en train de m'implorer d'agir à ta place ?

» Si tu veux être une esclave jusqu'à la fin de tes jours, continue à demander aux autres de s'impliquer à ta place. Certains accéderont à ta demande, c'est sûr, mais tu découvriras vite que cela te coûte ta liberté, ton libre arbitre et ta vie, en fin de compte. Ils agiront pour toi, mais tu leur seras liée à jamais, cédant ton identité et ton autonomie pour moins qu'une bouchée de pain. Alors, et seulement alors, tu ne seras rien en ce monde, et ce sera parce que tu l'auras voulu !

— Mais dans ce cas particulier, c'est peut-être différent…

— Le soleil se lève à l'est, et il n'y a jamais d'exception ! Et surtout pas parce qu'on en a envie… Je sais de quoi je parle, et dans le cas présent, la magie n'est pas la solution. Que t'imagines-tu ? Si un sort les empêchait de savoir que tu es la fille de Darken Rahl, tu crois que les gardes t'ouvriraient la porte de la cellule de Sebastian ? Ils ne feront ça pour personne, sauf s'ils pensent que c'est leur devoir. Et il en serait ainsi même si je te transformais en un lapin à six pattes ! Oui, mon enfant, même devant un tel lapin magique, les geôliers ne laisseraient pas fuir un prisonnier…

— Mais le pouvoir…

— … est un outil, pas une solution en soi.

Jennsen réussit à garder son calme, même si elle crevait d'envie de prendre la magicienne par les épaules et de la secouer jusqu'à ce qu'elle consente à l'aider. Devant Lathea, elle n'avait pas su agir, et il ne fallait pas que ça se reproduise.

— La magie n'est pas une solution ? Que voulez-vous dire ? Je la croyais toute-puissante.

— Tu as un couteau… Je le sais parce que tu me l'as montré…

— C'est exact.

— Quand tu as faim, brandis-tu ta lame sous le nez des gens en leur demandant du pain ? Non, tu les incites à t'en donner en échange d'une pièce…

— Je dois corrompre les gardes ?

Althea eut un soupir accablé.

— Non… D'après ce que je sais, c'est parfaitement impossible, en tout cas de la façon conventionnelle. Cela dit, le principe n'est pas très éloigné… Enfin, en gros…

» Quand Friedrich veut du pain, il n'utilise pas son couteau pour le prendre à ceux qui en ont – en tout cas, pas dans le sens où tu voudrais te servir de la magie. Mais avec son couteau, il sculpte des figurines avant de les dorer. Une fois qu'il a vendu un objet fabriqué avec sa lame, il échange la pièce ainsi obtenue contre du pain.

» Tu saisis ? S'il utilisait l'outil – un couteau, dans mon exemple – pour se procurer directement du pain, ça lui nuirait énormément, au bout du compte. On le tiendrait pour un voleur, et il finirait en prison. Mais Friedrich se sert de son cerveau, le couteau devient un instrument qui exécute ses ordres, et cette façon de faire lui permet d'avoir du pain… grâce à son outil !

— Je dois recourir indirectement à la magie, c'est ce que vous voulez dire ? La considérer comme un outil susceptible de m'aider ?

Althea soupira à pierre fendre.

— Non, mon enfant ! Oublie la magie ! Tu dois utiliser ta tête ! La magie t'attirerait des ennuis. Aie recours à ton intelligence !

— Je l'ai déjà fait, rappela Jennsen. Ce n'était pas facile, mais j'ai fait appel à mon intelligence pour venir jusqu'ici et vous demander de l'aide. À présent, j'ai besoin d'un sort – un outil qui m'aidera à me cacher. Présenté comme ça, c'est exactement ce que vous dites !

Althea tourna la tête et regarda les flammes crépiter dans la cheminée.

— Je ne peux pas t'aider de cette façon-là…

— J'ai peur que vous ne compreniez pas ! Des tueurs me poursuivent et j'ai besoin d'un sortilège pour leur dissimuler mon identité. Vous l'avez fait à l'époque où je vivais au palais avec ma mère… Quand j'étais petite…

La vieille magicienne garda le regard rivé sur les flammes.

— Je ne peux pas faire ça… Mon pouvoir n'est pas assez fort…

— Il l'était en ce temps-là ! explosa Jennsen, lâchant la bonde à une vie entière d'amertume et de frustration. Je n'ai pas voyagé jusqu'ici et surmonté tant d'épreuves pour essuyer un refus ! Lathea m'a repoussée en disant que vous étiez la seule à voir les « trous dans le monde ». Donc la seule à pouvoir m'aider ! Il me faut du secours, Althea ! Je vous supplie de me sauver la vie !

— Je ne peux pas lancer un sort pareil pour toi…

— Althea, par pitié ! Je veux simplement qu'on me laisse tranquille, et vous avez le don !

— Pas celui que tu as inventé dans ton esprit d'enfant. Je t'ai aidée jadis de la seule façon qui était en mon pouvoir…

— Comment pouvez-vous rester assise ici en sachant que d'autres personnes souffrent et meurent ? Comment pouvez-vous refuser de les aider ? Un tel égoïsme me dépasse, Althea !

Friedrich glissa une main sous le bras de Jennsen et l'aida à se relever.

— Je suis désolé, mais vous avez posé votre question, et Althea vous a répondu. Essayez de tirer parti de ce qu'elle vous a dit pour apprendre à vous aider vous-même. À présent, il est temps pour vous de…

— Friedrich, coupa Althea d'une voix très douce, si tu nous préparais un peu de thé ?

— Althea, tu n'as aucune raison d'expliquer tout cela, et surtout pas à cette femme.

— Tout va bien, ne t'inquiète pas…

— Expliquer quoi ? demanda Jennsen.

— Mon mari semble très méchant, mais en réalité, il ne veut pas que je t'accable d'un fardeau. Il sait que beaucoup de gens sont malheureux à cause des connaissances que je leur communique. (Althea tourna la tête vers Friedrich.) Alors, ce thé ?

Le doreur eut l'air très triste, mais il finit par capituler et se dirigea vers une grande armoire.

— De quoi parlez-vous ? demanda Jennsen. De quelles connaissances ? Que me cachez-vous ?

Pendant que Friedrich sortait de l'armoire une théière et des tasses, Althea fit signe à Jennsen de s'asseoir sur le grand coussin, devant elle.

Chapitre 23

Jennsen s'installa confortablement sur le coussin rouge et jaune, aux pieds de la magicienne.

— Il y a des années, dit Althea en tirant sur les plis de sa robe imprimée noir et blanc, beaucoup plus d'années que tu peux l'imaginer, ma sœur et moi sommes allées dans l'Ancien Monde en contournant la grande barrière matérialisée par les Tours de la Perdition…

Jennsen décida qu'il était plus judicieux, en tout cas pour l'instant, d'en apprendre aussi long que possible en dissimulant ce qu'elle savait déjà. Le seigneur Rahl avait détruit la barrière en question parce qu'il voulait envahir l'Ancien Monde, et Sebastian, un fidèle de Jagang le Juste, était venu en D'Hara pour trouver un moyen d'enrayer l'invasion.

Si Althea lui fournissait une vision plus complète de toute cette affaire, Jennsen finirait peut-être par trouver un moyen de la convaincre d'intervenir en sa faveur.

— Je suis allée dans l'Ancien Monde pour séjourner un moment au Palais des Prophètes.

Oui, se souvint Jennsen, Sebastian avait mentionné ce lieu.

— J'avais un don très grossier pour les prédictions, et je voulais être formée par des magiciennes expérimentées. Lathea, elle, désirait en découvrir plus sur l'art de guérir. En outre, j'entendais en savoir plus long sur les gens comme toi.

— Les gens comme moi ? répéta Jennsen. Que voulez-vous dire ?

— Les ancêtres de Darken Rahl étaient exactement comme lui… Tous cherchaient à éliminer leurs descendants privés du don. Lathea et moi, avec la fougue bien connue de la jeunesse, voulions aider tous les gens qui en avaient besoin, et en particulier ceux qui étaient injustement persécutés. Nous désirions utiliser le don pour changer le monde, comprends-tu ? Chacune entendait apprendre des choses bien particulières, mais nos motivations étaient identiques.

Jennsen estima que ce petit discours militait en son sens. Après tout, c'était exactement le genre d'aide qu'elle demandait. Mais le faire remarquer à Althea n'aurait pas été très subtil, en ce moment précis. Mieux valait poser une question, pour montrer qu'elle suivait...

— Pourquoi avez-vous dû voyager si loin pour être formées ?

— Les magiciennes du Palais des Prophètes ont la réputation d'en savoir long sur le pouvoir et les sorciers – et surtout au sujet de tout ce qui concerne notre monde... et les autres.

— Les autres ? (Jennsen désigna l'espace qui se trouvait au-delà du cercle extérieur, sur la Grâce dorée.) Vous voulez parler du royaume des morts ?

Althea plissa pensivement le front.

— En un sens, oui, mais pas seulement... Sais-tu ce que représente une Grâce ?

Jennsen acquiesça.

— Eh bien, mon enfant, les magiciennes du palais détiennent des connaissances précieuses sur le don et son interaction avec notre monde. Elles savent aussi beaucoup de choses sur le voile qui nous sépare du royaume des morts. Bref, elles ont une idée très précise de la façon dont fonctionne l'univers. À propos, on les appelle les Sœurs de la Lumière.

Jennsen se souvint de ce que lui avait dit Sebastian : désormais, les Sœurs de la Lumière luttaient aux côtés de l'empereur Jagang. Ces femmes, avait-il ajouté, pourraient certainement l'aider, et il avait proposé de la conduire jusqu'à elles. À l'évidence, ces magiciennes avaient un lien très étroit avec la Lumière du Créateur et avec le don – deux puissances représentées au centre de la Grâce.

Une idée frappa soudain Jennsen.

— C'est lié à ce que m'a dit Lathea, n'est-ce pas ? Au sujet de ces « trous dans le monde » que vous pouvez voir, contrairement aux autres gens.

Althea sourit avec la satisfaction d'un professeur qui voit un élève s'engager sur le chemin de la connaissance et se diriger vers une découverte importante.

— C'est le cœur même de toute cette histoire ! Jennsen, tous les enfants dépourvus du don du seigneur Rahl – en fait, de tous les seigneurs Rahl de l'histoire – sont des êtres à part. Pour nous, qui avons le don, vous êtes des « trous dans le monde ».

— Et qu'est-ce que ça veut dire ?

— Que nous ne vous voyons pas...

— Comment ça ? Vous me voyez ! Et Lathea aussi me voyait... Je ne comprends pas !

— Je ne parle pas de nos yeux, mais de notre pouvoir... (Althea fit un grand geste circulaire.) Il y a des créatures vivantes partout autour de nous. Tu les vois avec tes yeux : Friedrich en train de préparer le thé, les arbres derrière la fenêtre... Bien entendu, je les vois moi aussi, comme tous les autres êtres humains... (Elle leva un index pour souligner l'importance de ce qu'elle allait dire.) Mais je vois aussi à travers mon don.

» Les gens qui ont le don sont incapables de l'utiliser pour distinguer les êtres comme toi. Darken Rahl n'en était pas plus à même que moi, et son successeur n'est pas différent sur ce point. Pour tous ceux qui contrôlent la magie, tu es un « trou dans le monde »...

— Mais, mais..., bafouilla Jennsen, désorientée, ça n'a pas de sens ! Le seigneur Rahl me poursuit ! Il a envoyé des hommes sur ma piste, et l'un d'eux avait sur lui un morceau de parchemin où était écrit mon nom.

— Ces gens te traquent, mais il s'agit d'une poursuite normale dans laquelle la magie n'intervient pas. Le seigneur Rahl ne peut pas utiliser son pouvoir contre toi. En plus de son intelligence et de sa ruse, il doit avoir recours à des espions qui menacent ou corrompent des témoins pour savoir où tu es. S'il n'en était pas ainsi, il enverrait une bête sauvage magique qui te réduirait en bouillie en un clin d'œil. Tu n'aurais jamais atteint ton âge actuel, crois-moi, et aucun tueur n'aurait dû avoir ton nom sur un bout de parchemin pour te trouver...

— Si je comprends bien, je suis invisible pour le seigneur Rahl ?

— Non... Je te connais, je me suis souvenue de tes cheveux roux, et je t'ai identifiée parce que tu ressembles à ta mère. Bref, je peux savoir qui tu es grâce à des moyens conventionnels dont n'importe qui dispose. S'il était encore vivant, Darken Rahl saurait qui tu es à cause de tes points communs avec ta mère. Et d'autres personnes, dont moi, par exemple, peuvent voir en toi les traits dont tu as hérité de ton père, car tu lui ressembles aussi... Darken Rahl se reconnaîtrait sans doute en toi, comme n'importe quel père face à son enfant... Richard Rahl, lui, verrait sûrement que vous avez un air de famille. En résumé, le seigneur Rahl ou n'importe quel magicien sont en mesure de t'identifier par des moyens classiques, mais pas en utilisant leur pouvoir. Bien entendu, ton frère ou toute personne qui a le don verraient aussi que tu es une enfant sans pouvoir de la lignée Rahl.

» Mais Richard ne peut pas invoquer son don pour te localiser ! C'est impossible pour lui et pour tous ceux qui contrôlent la magie. Voilà la définition d'un « trou dans le monde », mon enfant...

Jennsen lut dans le regard d'Althea le reflet de sa profonde perplexité. Elle comprenait les mots que disait la magicienne, mais leur sens continuait à lui échapper...

— Quand j'étais au Palais des Prophètes, j'ai rencontré une magicienne nommée Adie qui était venue seule d'un très lointain pays pour apprendre à maîtriser son don. Mais elle était aveugle...

— Aveugle ? Et elle pouvait voyager seule ?

Althea sourit au souvenir de son ancienne amie.

— Bien entendu ! En se servant de son don, pas de ses yeux ! Toutes les magiciennes – en fait, tous les gens qui ont le don – disposent de cette extraordinaire capacité. De plus, chez certains, le pouvoir est plus fort – comme les muscles, qui sont plus développés chez une personne que chez une autre. Regarde Friedrich, par exemple. Il est bien plus costaud que moi. Et prends tes cheveux... Ils sont roux alors que d'autres gens ont une crinière blonde, brune ou châtaine... Malgré toutes leurs ressemblances, les êtres humains ont des attributs très différents...

» Il en va de même pour le don... Son « aspect » varie, et sa puissance n'est jamais la même chez deux individus. Comme parmi les gens normaux, il y a des faibles et des forts dans nos rangs. Chaque pratiquant de la magie est unique en son genre. Son don ne ressemble pas à celui des autres – bref, il est unique, comme tout être vivant.

— Et votre amie Adie, qu'avait-elle de particulier ?

— Ses yeux étaient uniformément blancs, mais elle avait appris à voir avec le don, et elle distinguait plus de choses, dans le monde, que moi avec mon excellente vue. En particulier, elle sondait les gens parfaitement bien, comme si elle avait eu un regard d'aigle. Quand les êtres normaux deviennent aveugles, ils développent leurs autres sens. Et leur ouïe, par exemple, se révèle bien meilleure que la tienne ou que la mienne.

» Adie a développé son don. Et elle a appris à « voir » en repérant l'infinitésimale étincelle de Lumière du Créateur qui existe chez tout être vivant.

» Mais pour elle comme pour moi ou pour Darken Rahl, tu n'existes pas. Tu es un « trou dans le monde ».

Pour des raisons qu'elle ne comprit d'abord pas, Jennsen se sentit glacée de terreur. Puis les contours de son angoisse se précisèrent, et elle sentit des larmes monter à ses yeux.

— Ce n'est pas le Créateur qui m'a donné la vie, comme aux autres gens ? Je suis venue à l'existence d'une autre façon, et cela fait de moi un monstre ? Mon père voulait ma mort pour débarrasser le monde d'une erreur de la nature ?

— Non, non, mon enfant... (Althea se pencha et caressa la tête de Jennsen.) Ce n'est pas du tout ce que je voulais te dire...

Jennsen tenta de contenir l'angoisse toute nouvelle qui menaçait de la submerger. À travers ses larmes, elle vit l'inquiétude sincère qui s'affichait sur le visage d'Althea.

— Je ne fais pas vraiment partie de la Création ! C'est pour ça que le don ignore mon existence. Le seigneur Rahl veut simplement détruire un être maléfique dont le monde n'a aucun besoin.

— Jennsen, ne mets pas dans ma bouche des propos que je n'ai jamais prononcés. Et écoute-moi, à présent !

— Oui, je vous écoute..., dit docilement la jeune femme en s'essuyant les yeux.

— Être différent ne signifie pas automatiquement qu'on est un monstre.

— Et que suis-je d'autre, alors que je ne fais pas vraiment partie de la Création ?

— Ma chère enfant, tu es un Pilier de la Création, au contraire !

— Mais vous avez dit...

— ... Que ceux qui ont le don ne peuvent pas te voir grâce à leur magie. Ai-je prétendu que tu n'existais pas pour leurs autres sens ? Ou que tu n'as pas, comme nous tous, ta place dans la Création ?

— Alors, pourquoi suis-je un de ces... « trous dans le monde », comme vous dites ?

Althea secoua tristement la tête.

— Je n'en sais rien, ma petite... Mais mon ignorance ne fait pas de toi un monstre. Les chouettes y voient la nuit. Es-tu une créature maléfique parce qu'une chouette peut te regarder alors que les gens en sont incapables ? Les limites d'une personne ne font pas la monstruosité d'une autre ! En fait, elles prouvent une seule chose : qu'il existe des limites !

— Et tous les rejetons des Rahl sont comme moi ?

Althea prit le temps de réfléchir avant de répondre.

— Ceux qui sont *totalement* dépourvus du don, oui... Pas ceux qui en ont en eux une étincelle, si fragile fût-elle. Cette « magie » peut être inutilisable, invisible et difficile à identifier, même par un très grand sorcier. Ces « rejetons », comme tu dis, passent pour des êtres banals, mais ils ont cependant une trace de pouvoir qui les empêche d'être des trous dans le monde. Bien entendu, cela les rend vulnérables, car ils peuvent être débusqués par la magie et éliminés à distance.

— Est-il possible que la majorité des... bâtards... des seigneurs Rahl entre dans cette catégorie ? Et que je fasse partie d'une très petite minorité ?

— Oui, répondit simplement Althea.

Jennsen sentit une grande tension dans la voix de la magicienne.

— Dois-je comprendre que notre seule particularité n'est pas d'être des « trous dans le monde » pour les magiciennes et les sorciers ?

— Oui... C'est en partie pour ça que je suis allée étudier sous la coupe des Sœurs de la Lumière. Je voulais comprendre mieux les interrelations entre le don et la vie telle que nous la connaissons – la Création, pour utiliser un autre mot.

— Avez-vous découvert quelque chose ? Les Sœurs de la Lumière ont-elles pu vous aider ?

— Hélas, non... (Le regard d'Althea se fit lointain, comme si elle s'immergeait dans son monde intérieur.) Très peu de gens partagent mon opinion, mais j'en suis venue à supposer que tous les êtres humains – à part les rejetons Rahl tels que toi – ont en eux une étincelle de magie. Inutilisable et invisible, cette « ombre de pouvoir » les relie à ceux qui ont le don et à la Création en général.

— Désolée, mais je ne saisis pas ce que ça signifie pour moi ou pour mes semblables.

Althea secoua de nouveau la tête.

— Je suis loin d'avoir tout compris, Jennsen... Mais je soupçonne qu'il y a en jeu quelque chose de bien plus important...

Sans doute, admit mentalement Jennsen, mais de quoi pouvait-il s'agir ?

— Combien de rejetons naissent sans l'étincelle de pouvoir dont vous avez parlé ?

— Pour autant que je le sache, il est très rare qu'un seigneur Rahl donne naissance à plus d'un enfant pourvu du don – et celui-ci devient donc son héritier légitime. (Althea se pencha en avant et brandit un index.) Mais il est possible que d'autres rejetons, sans avoir exactement le don, détiennent l'étincelle dont nous avons parlé. Du coup il serait facile pour le seigneur Rahl de les localiser et de les éliminer sans que personne en entende jamais parler.

» Bref, il est possible que les « bâtards » comme toi soient très rares – presque autant que l'héritier authentique –, mais que les gens tels que moi les remarquent pour une raison toute simple : parce qu'ils ont survécu ! Dans ce cas, notre vision de ce qui est fréquent et de ce qui ne l'est pas serait en somme faussée à la base. Comme je te l'ai dit, je suis loin d'avoir tout compris, et je doute d'en être capable. Mais une chose est sûre : tous ceux qui comme toi ne possèdent pas cette imperceptible trace de pouvoir sont...

— ... Des Piliers de la Création ? lança Jennsen, ironique.

Althea sourit.

— Eh bien, c'est un plus joli nom, oui...

— Mais pour tous ceux qui ont le don, nous sommes des trous dans le monde.

Le sourire d'Althea s'effaça.

— C'est ça, oui... Si Adie était avec nous, elle qui ne regarde pas avec ses yeux mais avec le don, elle verrait tout ce qu'il y a dans cette pièce, à part toi. Pour elle, tu serais un trou dans le monde, littéralement.

— Pour être franche, je ne trouve pas ça très flatteur...

— Ne comprends-tu pas ? Cela prouve seulement l'existence des limites. Pour un aveugle, tous les gens sont des trous dans le monde.

Jennsen réfléchit un moment.

— Si je comprends bien, tout ça est une affaire de perception. Certaines personnes ne sont pas capables de me voir en utilisant un « sens » bien précis.

La magicienne hocha la tête.

— C'est exactement ça... Mais pour les gens comme moi, le don est un « sens » comme les autres, et nous y recourons sans y penser, comme tu te sers de tes yeux. Du coup, être en face d'un être tel que toi nous perturbe énormément...

— Pourquoi ?

— Quand les divers sens d'une personne ne sont pas d'accord entre eux, c'est une source de confusion, tu ne crois pas ?

— Mais les détenteurs du don me voient avec leurs yeux... Donc, je ne devrais pas être un problème pour eux.

— Eh bien, imagine que tu entendes une voix, mais que tu ne puisses pas dire d'où elle vient...

Pour comprendre cette comparaison, Jennsen n'avait pas besoin d'imaginer – c'était l'histoire même de sa vie.

— Ou encore, continua la magicienne, imagine que tu puisses me voir, mais que ta main me traverse comme si je n'existais pas lorsque tu veux me toucher. Ne serais-tu pas perturbée ?

— Je suppose, oui… Les trous dans le monde ont-ils d'autres particularités ? Je veux dire à part être invisibles par les magiciennes et les sorciers ?

— Sans doute, mais je ne peux rien te dire… Il est très rare que les êtres comme toi survivent aussi longtemps… Mais tu n'es peut-être pas la seule actuellement. J'ai entendu dire qu'un de tes semblables vivait avec les Raug'Moss, des guérisseurs. Mais ce n'est peut-être qu'une rumeur…

Quand elle était très petite, Jennsen avait rendu visite aux Raug'Moss – en compagnie de sa mère, bien entendu…

— Vous connaissez le nom de ce « trou dans le monde » ?

— On parle d'un certain Drefan, mais là non plus, je ne sais pas s'il s'agit ou non de la vérité. En admettant que ça le soit, il y a fort peu de chances que cet homme soit toujours vivant. Le seigneur Rahl est le seigneur Rahl, et sa volonté a force de loi. Comme ses ancêtres, Darken Rahl a sûrement engendré beaucoup de bâtards. Protéger l'enfant d'un tel père est très dangereux et je doute que beaucoup de gens aient pris ce risque. En conséquence, presque tous tes demi-frères et demi-sœurs ont dû être exécutés dès leur naissance. Et les rares survivants n'ont pas pu échapper indéfiniment à leurs poursuivants.

— Et si notre nature de « trou dans le monde » était en fait une protection ? demanda Jennsen, réfléchissant à voix haute. Certains animaux ont des caractéristiques congénitales qui les aident à survivre. Les faons, par exemple, ont un pelage tacheté qui leur permet de ne pas être vus des prédateurs. En somme, une sorte de camouflage qui fait d'eux des trous dans le monde…

Althea sourit à cette idée.

— C'est une explication qui en vaut une autre, je suppose… Mais connaissant la magie, j'imagine que c'est un peu plus complexe que ça. Dans l'univers, tout est affaire d'équilibre. Les cerfs et les loups sont une bonne illustration de ce principe. Le camouflage des faons est bon pour eux, puisqu'il contribue à leur survie. Mais il met en danger celle des loups, qui ont besoin de nourriture… Cela dit, tout équilibre est fragile par nature. Si les loups mangeaient tous les faons, les cerfs n'existeraient plus et cela entraînerait la disparition des prédateurs, puisqu'ils n'auraient plus rien à se mettre sous les crocs. Tout ce qui rompt un équilibre est dangereux. Celui qui existe entre les loups et les cerfs assure la survie des deux espèces. Mais il y a un prix : le sacrifice de quelques individus…

» En matière de magie, l'équilibre est essentiel. Ce qui paraît très simple superficiellement se révèle souvent extrêmement complexe. En ce qui concerne les gens comme toi, je suppose qu'une forme très élaborée d'équilibre est en jeu. Votre nature de « trou dans le monde » est très certainement une conséquence secondaire…

— Et si l'équilibre, dans ce cas, était que quelques magiciennes ou quelques sorciers soient capables de me voir ? Après tout, certains faons sont mangés malgré leur camouflage. Votre sœur m'a dit que vous pouviez voir les trous dans le monde.

— C'est faux… J'ai seulement appris à me servir du don d'une façon spéciale. En un sens, ça ressemble à ce qu'a fait Adie…

Jennsen plissa le front, car elle ne comprenait plus rien au discours de la magicienne.

— Peux-tu voir un oiseau par une nuit sans lune ?

— Non… S'il n'y a pas de lune, c'est totalement impossible.

— Tu crois vraiment ? Eh bien, tu te trompes… (Althea leva un bras, bougeant sa main comme si elle était un oiseau en plein vol.) En passant devant les étoiles, l'oiseau occulterait leur lumière. Regardant les trous, dans le ciel, tu pourrais en un sens distinguer l'oiseau – ou les oiseaux.

— C'est une façon différente de voir, c'est ça ? avança Jennsen, séduite par une idée si intelligente. Et c'est ainsi que vous nous distinguez, moi et les autres trous dans le monde ?

— L'image que j'ai utilisée est la façon la plus simple de t'expliquer tout ça… Bien entendu, la réalité est un peu plus compliquée… Tu peux voir l'oiseau par une nuit sans lune à condition qu'il vole sur un fond de firmament étoilé – et pour ça, il faut par exemple qu'il n'y ait pas de nuages dans le ciel. Avec les gens comme toi, c'est à peu près le même principe. J'ai découvert un « truc » qui me permet de vous voir avec le don, mais ça ne marche pas dans toutes les circonstances…

— Quand vous étiez au Palais des Prophètes, avez-vous développé votre don pour les prédictions ? Qui sait, ça pourrait peut-être m'aider…

— Rien de ce qui est lié aux prophéties ne saurait t'être utile.

— Pourquoi donc ?

Althea regarda fixement Jennsen, se demandant visiblement si elle avait bien suivi ses explications.

— Dis-moi, d'où viennent les prophéties, selon toi ?

— Des prophètes.

— Exactement ! Et que sont les prophètes ? Des sorciers particulièrement doués pour une variante de magie. As-tu déjà oublié que ceux qui ont le don ne te voient pas avec leur pouvoir ? Pour eux, tu es un trou dans le monde. En conséquence, tu es totalement absente des prophéties qu'ils produisent. Tu saisis ?

» J'ai une étincelle de don pour les prédictions, mais je ne suis pas une prophétesse. Lors de mon séjour chez les Sœurs de la Lumière, passionnée par ce sujet, j'ai passé de longues années dans les catacombes pour étudier les prophéties. Des textes écrits par de puissants sorciers tout au long des âges. Grâce à mes lectures, et à mon expérience personnelle, je peux t'assurer que tu es absolument invisible pour cette variante de la magie. Bref, du point de vue des prophéties, toi et tes semblables n'avez jamais existé, vous n'existez pas aujourd'hui et vous n'existerez jamais.

— Des trous dans le monde, au sens propre de l'expression, dit Jennsen en s'asseyant sur les talons.

— Au palais des Sœurs de la Lumière, continua Althea, j'ai rencontré un prophète nommé Nathan. Et si je n'ai rien appris sur les personnes comme toi, j'ai découvert beaucoup de choses au sujet de mon don. Pour l'essentiel, j'ai mesuré à quel point il était limité. J'ai également appris des choses qui me hantent depuis...

— De quoi voulez-vous parler ?

— Le Palais des Prophètes a été bâti il y a des milliers d'années, et il ne ressemble à aucun endroit que je connaisse. Un sortilège très puissant l'entoure. Cette magie modifie le passage du temps pour ceux qui vivent en ces lieux. En d'autres termes, ils vieillissent d'une façon différente...

— Si je comprends bien, ce séjour vous a modifiée ?

— Oui, comme tout le monde à l'intérieur du palais... On vieillit beaucoup plus lentement. C'est à peine si on prend un an alors que les autres, à l'extérieur, en ont dix ou quinze de plus sur les épaules.

— Comment est-ce possible ? demanda Jennsen, visiblement sceptique.

— Rien n'est éternel et le monde change sans cesse. Il y a trois mille ans, tout était très différent, et la magie n'échappait pas à la règle. Au moment où furent érigées les Tours de la Perdition, au sud de D'Hara, les sorciers étaient bien plus nombreux et puissants que ceux d'aujourd'hui.

— Darken Rahl était pourtant *très* puissant…

— Peut-être, mais pas si on le compare aux sorciers de ce temps-là. Ils contrôlaient une magie que Darken Rahl n'était même pas capable d'imaginer.

— Et tous les sorciers de cette force sont morts ? Sans être remplacés ?

— Depuis les Grandes Guerres, répondit Althea d'un ton très grave, aucun sorcier de ce calibre n'est venu au monde. En fait, au fil des siècles, le don lui-même s'est fait de plus en plus rare. Mais quelque chose est arrivé : pour la première fois depuis trois mille ans, un homme est l'égal des sorciers de ce lointain passé. Et il s'agit de Richard Rahl, ton demi-frère…

Eh bien, l'homme qui traquait Jennsen était encore plus redoutable qu'elle l'avait imaginé ! Maintenant, la mort de sa mère ne l'étonnait plus, et il lui paraissait logique que les sbires de Richard soient sur ses talons. Ce seigneur Rahl était encore plus fort et plus dangereux que le précédent.

— Sa naissance étant un événement capital, continua Althea, certaines personnes, au Palais des Prophètes, en étaient informées très longtemps à l'avance. Elles attendaient avec impatience l'avènement de ce sorcier de guerre.

— Sorcier de guerre ? répéta Jennsen, qui n'aimait pas du tout cette notion.

— C'est ça, oui… Mais la prophétie qui annonçait sa naissance était une cause de polémiques – comme son titre de « sorcier de guerre », d'ailleurs. Pendant mon séjour au palais, j'ai pu rencontrer deux fois le prophète dont je t'ai déjà parlé. Nathan… Nathan Rahl.

— Nathan Rahl…, répéta Jennsen, éberluée. Un authentique Rahl, vous voulez dire ?

Althea sourit de la surprise de son interlocutrice – et au souvenir de ce stupéfiant personnage.

— Un vrai Rahl, oui ! Autoritaire, puissant, intelligent, charmant et incroyablement dangereux. Les Sœurs de la Lumière le gardaient dans une sorte de prison magique censée le rendre inoffensif. Mais il parvenait quand même à nuire de temps en temps. Un Rahl digne de ce nom ! Et âgé de plus de neuf cents ans.

— C'est impossible ! s'exclama Jennsen juste avant de s'apercevoir que ses commentaires étaient affreusement répétitifs.

Friedrich se racla la gorge, se pencha par-dessus Jennsen et tendit une tasse de thé fumant à sa femme. Puis il en donna une autre à son « invitée ».

— J'ai près de deux cents ans, dit Althea, répondant à la question muette de son interlocutrice.

Jennsen écarquilla les yeux. La magicienne semblait être vieille, certes, mais sûrement pas à ce point.

— Toute cette affaire d'âge et de sortilège qui ralentit le vieillissement explique en partie pourquoi j'ai eu affaire à ta mère à l'époque où tu étais enfant. (Althea soupira et but une gorgée de thé.) Voilà qui nous ramène au début de notre conversation : pourquoi je ne peux pas t'aider avec ma magie.

Jennsen but un peu de thé, puis elle regarda Friedrich, qui paraissait avoir le même âge que sa femme.

— Vous avez également deux siècles ?

— Non, Althea m'a enlevé quand j'étais au berceau !

Jennsen surprit le regard qu'échangèrent les deux époux – à l'évidence, il existait entre eux une telle complicité qu'ils se comprenaient sans avoir besoin de longs discours. Comme sa mère et elle, en quelque sorte. Une façon de communiquer qui naissait bien entendu de l'habitude, mais avait pour source l'amour et le respect.

— J'ai rencontré Friedrich à mon retour de l'Ancien Monde, expliqua Althea. Nous avions à peu près le même âge, pourtant, j'avais vécu bien plus longtemps. Mais grâce au sortilège du Palais des Prophètes, ça ne se voyait pas…

» En ce temps-là, je me suis impliquée dans beaucoup de choses. Entre autres, j'ai cherché à savoir comment aider les gens comme toi…

— Et c'est à ce moment-là que vous avez rencontré ma mère ? demanda Jennsen.

— Oui… Ce fameux sort qui altérait le temps m'a donné une idée au sujet des personnes telles que toi. Je savais que les sorts classiques se révélaient incapables de vous protéger. D'autres que moi avaient essayé, mais sans sauver leur « trou dans le monde ». Alors, j'ai pensé à une solution : ne pas jeter le sort sur ta mère ou sur toi, mais sur toutes les personnes qui entraient en contact avec vous.

Jennsen tendit l'oreille, concentrée à l'extrême. Enfin, on en arrivait à l'essentiel : l'aide que pouvait lui apporter la magicienne.

— Qu'avez-vous fait ? Comment vous y êtes-vous prise ?

— J'ai utilisé la magie pour altérer la perception du temps de ces gens.

— Je ne comprends pas... En quoi cela pouvait-il me protéger ?

— Comme je te l'ai dit, Darken Rahl, pour te chercher, était obligé d'utiliser des moyens conventionnels. J'ai brouillé les cartes, en quelque sorte. En m'arrangeant pour que ceux qui te connaissaient aient une perception altérée du temps.

— Je ne comprends toujours pas... Que leur avez-vous fait « percevoir » ? Le temps est le temps...

Althea se pencha en avant et eut un sourire malicieux.

— J'ai fait croire à ces gens que tu venais juste de naître...

— Quand leur avez-vous fait croire ça ?

— Tout le temps ! Dès que quelqu'un découvrait une information à ton sujet – une enfant engendrée par Darken Rahl –, il te voyait et te décrivait comme une nouveau-née ! Que tu aies deux mois, dix mois, quatre, cinq ou six ans, tes poursuivants cherchaient toujours un bébé, même s'ils avaient entendu parler de toi depuis des années. Mon sort ralentissait leur perception du temps, mais uniquement en ce qui te concernait. Du coup, ils traquaient toujours un nourrisson, alors que tu étais déjà une petite fille.

» Grâce à ce sortilège, tes six premières années sont passées inaperçues, et tous les calculs à ton sujet sont faux de six ans. Aujourd'hui, ceux qui pensent que tu existes croient que tu as environ quatorze ans – alors que tu en as plus de vingt – parce que, pour eux, tu es née lorsque le sort a cessé d'agir. Bref, quand tu avais six ans, et c'est à partir de là qu'ils commencent à décompter ton âge.

Jennsen changea de position, s'appuyant sur les genoux pour soulager un peu ses mollets.

— Mais ça peut marcher ! s'exclama-t-elle. Il suffit que vous recommenciez. Si vous jetiez un sort pour moi aujourd'hui, comme quand j'étais petite, cela aurait le même résultat, n'est-ce pas ? Mes poursuivants ignoreraient que j'ai grandi, et ils ne me traqueraient plus. Ou plutôt, ils chercheraient un bébé. Je vous en prie, Althea ! S'il vous plaît, refaites ce que vous avez fait jadis !

Du coin de l'œil, Jennsen vit que Friedrich, désormais assis à son établi, dans l'alcôve, avait détourné la tête pour ne plus regarder les deux femmes. Dans les yeux d'Althea, elle lut qu'elle venait de dire exactement ce qu'il ne fallait pas – et au mot près ce que la magicienne attendait qu'elle dise.

Bref, elle venait de se jeter tête la première dans le piège qu'Althea lui avait tendu.

— Il fut un temps où je contrôlais un pouvoir considérable, dit l'épouse de Friedrich avec des étincelles dans le regard. J'ai connu de si grands moments, dans ma vie! En trois mille ans, très peu de gens sont parvenus à aller dans l'Ancien Monde et à en revenir vivants. Je l'ai fait! J'ai étudié avec les Sœurs de la Lumière, leur Dame Abbesse m'a accordé des audiences et j'ai rencontré un très grand prophète. Des exploits extraordinaires, non? À un âge avancé, j'avais encore l'air jeune, j'étais belle, et mon mari, un homme aussi charmant que doux, me croyait capable de décrocher la lune, si l'envie m'en prenait.

» Oui, j'avais une longue existence derrière moi, et en même temps, un avenir presque aussi long. La sagesse de la maturité et la fougue de la jeunesse! De plus j'étais intelligente – oui, tellement intelligente – et détentrice d'un fabuleux pouvoir! Une magicienne expérimentée, pleine de savoir et attirante. Une femme qui ne manquait pas d'amis et dont le cercle d'admirateurs tenait chacun de ses mots pour un oracle.

De ses longs doigts gracieux, Althea saisit sa robe et la remonta sur ses jambes.

Jennsen recula d'instinct, terrorisée par ce qu'elle découvrit.

Elle comprit pourquoi Althea ne s'était à aucun moment levée de son fauteuil. Réduites à des os couverts d'une peau parcheminée, ses jambes squelettiques n'avaient presque plus rien d'humain. On eût dit qu'elles étaient mortes depuis des années, mais qu'on avait omis de les enterrer, puisque leur propriétaire vivait toujours.

Comment la magicienne pouvait-elle se retenir de hurler à chaque seconde de sa vie? se demanda Jennsen.

— Tu avais six ans, dit Althea d'une voix terriblement calme, lorsque Darken Rahl a découvert ce que j'avais fait. Ce seigneur Rahl était un homme très ingénieux. Bien plus malin, en fait, qu'une magicienne pourtant dans la pleine force de l'âge.

» Avant qu'il me capture, j'ai à peine eu le temps de dire à ma sœur d'avertir ta mère...

Jennsen se souvint vaguement. Quand elle était petite, sa mère et elle avaient fui le palais en pleine nuit, très peu de temps après qu'une visiteuse fut venue frapper à leur porte. Sa mère avait parlé un moment avec la femme, dans l'entrée, puis elle s'était mise à préparer leurs maigres bagages.

— Mais Darken Rahl ne vous a pas tuée..., souffla Jennsen. Il vous a laissé la vie sauve. Je ne l'aurais pas cru capable de clémence.

Althea eut un rire sans joie. La réaction d'une personne blasée face à la naïveté de la jeunesse.

— Darken Rahl n'était pas primaire au point de toujours exécuter ceux qui lui déplaisaient. Parfois, il leur souhaitait même une très longue vie, parce que la mort aurait été pour eux une délivrance. Sous terre, comment auraient-ils pu souffrir, se repentir et servir d'exemple aux autres ?

» Tu ne peux pas imaginer – et je serais bien incapable de te décrire – ce qu'on éprouve lorsqu'on est capturé, amené devant le seigneur Rahl, puis livré à la volonté de ce tueur froid aux yeux bleus et aux cheveux blonds. À cet instant, un être comprend que tout ce qu'il est, tout ce qu'il possède et tout ce qu'il espère cesse d'exister. Comment pourrais-tu, à ton âge, imaginer ce que cela représente ?

» En revanche, tu dois deviner combien j'ai souffert. Pour cela, il te suffit de regarder mes jambes...

— Je suis désolée, gémit Jennsen, les yeux pleins de larmes et les mains posées sur son cœur déchiré.

— Mais la douleur n'était pas le pire, et loin de là ! Darken Rahl m'a dépouillée de tout ce que je pensais être et de tout ce que je croyais avoir. Ce qu'il a fait à mon don est bien plus terrible que ce qu'ont subi mes jambes. Toi, tu ne vois pas ces dégâts-là, parce que tu es aveugle à la magie. Moi, je les contemple chaque jour. C'est douloureux, tu peux me croire sur parole.

» Mais pour Darken Rahl, ce n'était pas une punition suffisante. Pour me châtier, alors que j'avais osé lui dissimuler un de ses rejetons, il m'a exilée dans ce marécage puant. Oui, il m'y a emprisonnée et l'a peuplé de monstres créés avec le pouvoir qu'il m'avait arraché. Le seigneur voulait que je vive assez près de lui, vois-tu. Il est même venu voir plusieurs fois comment je souffrais dans ma prison.

» Je suis à la merci des horreurs nées de mon pouvoir, auquel je n'ai plus accès. Je ne pourrai jamais sortir de ce lieu maudit en rampant, et même si c'était faisable, ou si quelqu'un m'aidait, les monstres me réduiraient en charpie. Car je n'ai pas le pouvoir de les empêcher de m'attaquer...

» Darken Rahl a laissé un chemin, devant la maison, pour qu'on puisse me faire parvenir des vivres et toutes les autres choses dont j'ai besoin. Friedrich a dû nous construire un foyer, puisque je ne pourrai jamais habiter ailleurs. Oui, Darken Rahl voulait que je vive très longtemps, afin que ma souffrance soit la plus longue possible.

Tremblant comme une feuille, Jennsen n'était plus en état de parler.

Althea désigna Friedrich.

— L'homme qui m'aime a dû assister à tout ça. Friedrich a été condamné à vivre avec une infirme qui ne pourra jamais plus être sa compagne au sens charnel du mot.

Althea passa une main sur ses jambes, les caressant comme si elle les revoyait telles qu'elles étaient jadis.

— Je n'ai plus jamais connu le bonheur d'être la maîtresse de l'homme que j'aime. Et Friedrich est privé de l'intimité qu'il aimait tant partager avec moi.

La magicienne prit une profonde inspiration et parvint à recouvrer son calme.

— Pour mieux me punir, Darken Rahl m'a laissé la possibilité d'utiliser mon don de la façon qui me serait la plus douloureuse : en faisant des prédictions !

Frappée par une idée, Jennsen ne put s'empêcher de la formuler à voix haute.

— Utiliser cette composante de votre pouvoir n'est pas une source de joie ? Ou au moins, une consolation ?

— As-tu aimé le dernier jour que tu as passé avec ta mère ? Les ultimes heures que vous avez partagées avant sa mort ?

— Oui.

— As-tu parlé avec elle ? As-tu ri en sa compagnie ?

— Oui.

— Imagine que tu aies su qu'elle allait mourir dans quelques heures. Que tu aies déjà vu cette affreuse scène des jours, des semaines voire des années à l'avance. Oui, imagine que tu aies tout vécu des dizaines de fois, jusqu'au détail le plus sanglant. Parce que ton pouvoir t'aurait montré la violence, la douleur, la perte de la vie… Ce don-là serait-il une source de joie ? Et aurais-tu pu apprécier pleinement votre dernière journée ensemble ?

— Non, souffla Jennsen d'une toute petite voix.

— Désormais, Jennsen Rahl, tu sais pourquoi je ne t'aiderai pas. Ce n'est pas par égoïsme, mais parce que je n'ai plus le pouvoir de lancer le sort que tu demandes. Tu devras trouver toute seule la force de t'aider toi-même et le courage d'aller jusqu'au bout de tes actes. C'est la seule façon de réussir véritablement sa vie…

» Je ne peux pas t'offrir le sortilège que tu réclames, et je souffre depuis des années parce que je t'ai aidée jadis. Si ça ne tenait qu'à moi, j'accéderais à ta demande, parce que j'ai agi selon mes convictions, et qu'elles n'ont pas changé. Mon calvaire est dû à un homme monstrueux, pas à une enfant innocente. Je n'en souffre pas moins pour autant, sache-le, et je me désespère pour Friedrich, qui aurait dû…

— … Qui aurait dû rien du tout ! coupa Friedrich en approchant des deux femmes. Je tiens chaque jour de ma vie passé avec toi pour une petite éternité de bonheur. Tu es la seule beauté qui existe en ce monde. Ton sourire, un soleil doré par le Créateur, est l'unique source de lumière de ma modeste vie. Si ces dernières années sont le prix qu'il fallait payer pour tant de bonheur, eh bien, qu'il en soit ainsi ! Ne dévalue pas ce qui fut et reste ma joie, Althea – c'est la seule chose de mal que tu pourrais faire.

La magicienne regarda fixement Jennsen.

— Tu vois ? Voici ma torture quotidienne : penser à ce que je n'aurai pas été capable d'être pour cet homme.

Jennsen éclata en sanglots aux pieds de la magicienne.

— Crois-moi, mon enfant, la magie est un souci supplémentaire dont tu n'as pas besoin.

Chapitre 24

L'esprit embrumé, Jennsen avançait comme un automate. Elle avait conscience de l'existence du marécage autour d'elle, bien entendu, mais la confusion qui régnait dans sa tête dépassait de loin celle qui prédominait dans ce lieu sinistre et étouffant. En quelques heures, ses certitudes s'étaient écroulées les unes après les autres. Dans ce processus, elle avait perdu la majorité de ses raisons d'espérer. Pis encore, il lui semblait à présent qu'il n'existait pas de solution à ses problèmes.

Pour ne rien arranger, elle venait de découvrir que tous ceux qui s'étaient efforcés de l'aider avaient payé leur bonne volonté au prix fort. Sa mère, Althea… Des vies dévastées, des destins ravagés…

Tant de souffrances à cause d'elle !

La vision brouillée par les larmes, Jennsen avançait à l'aveuglette dans le marécage.

Trébuchant régulièrement, elle s'était étalée à plusieurs reprises dans l'eau boueuse. Dès qu'elle s'arrêtait un moment pour reprendre son souffle, elle éclatait en sanglots, le cœur serré dans un étau d'angoisse et de chagrin. On eût dit qu'elle revivait le jour de l'assassinat de sa mère. Tout y était : la tristesse, la désorientation, le désespoir… Mais aujourd'hui, c'était sur la vie gâchée d'Althea qu'elle pleurait.

Tandis qu'elle se frayait un chemin dans la végétation dense et envahissante, la jeune femme s'accrochait à des lianes dès que ses jambes menaçaient de se dérober. Depuis la disparition de sa mère, trouver la magicienne et obtenir son aide avait donné un sens à son existence. À présent, elle ne savait plus que faire. Hier était un cauchemar, aujourd'hui existait à peine et demain lui semblait une porte ouverte sur l'enfer.

Atteignant un endroit où des colonnes de vapeur montaient de grosses crevasses, Jennsen tenta d'abord de les contourner. Prise à la gorge par la puanteur de ces émanations, elle dut vite renoncer. Recommençant à progresser dans un rideau de broussailles, elle s'écorcha les mains et les jambes, tomba de nouveau et crut un moment qu'elle n'aurait plus la force de se relever.

Elle y parvint pourtant et arriva bientôt en vue d'une étendue d'eau noire qui lui rappelait vaguement quelque chose. Alors qu'elle entreprenait de la contourner, marchant sur une étroite bande de pierre, elle se demanda si glisser et tomber dans l'eau n'était pas la meilleure chose qui pouvait lui arriver.

Oui, tomber, puis se laisser sombrer et en finir une bonne fois pour toutes avec le calvaire qu'était sa vie ! Mourir ainsi paraissait une façon douce et agréable de tirer sa révérence. Pour elle, il n'y avait probablement pas d'autre moyen de trouver la paix qu'elle désirait tant.

Si elle mourait ici, en quelques minutes, son combat perdu d'avance serait terminé. Et elle en aurait également fini avec le chagrin et le désespoir. Avec un peu de chance, elle pourrait rejoindre sa mère et les esprits du bien dans un monde meilleur…

Cela dit, elle doutait que les esprits du bien acceptent d'accueillir une personne qui s'était suicidée. Sauf pour défendre la vie, tuer était mal, et ce péché suffirait sans doute à la jeter entre les griffes du Gardien. De plus, si elle renonçait maintenant, tous les sacrifices consentis par sa mère seraient vains. De là où elle regardait sa fille, la femme aux cheveux auburn risquait d'être déçue. Qu'arriverait-il si elle ne pardonnait pas à Jennsen d'avoir jeté sa vie aux orties ?

Et Althea ? Elle aussi avait pratiquement tout perdu à cause d'elle. Comment pouvait-elle ignorer un pareil courage ? Sans parler de celui de Friedrich, dont elle avait également ravagé l'existence. Non, malgré sa culpabilité – ou plutôt, à cause de sa culpabilité –, elle n'avait pas le droit de baisser les bras.

Une idée la hantait : avoir volé son bonheur à Althea. Malgré les propos de la magicienne, qui affirmait avoir écouté la voix de sa conscience, Jennsen mourait de honte à l'idée que quelqu'un, à cause d'elle, ait été condamné à une telle souffrance. Jusqu'à la fin de ses jours, Althea resterait prisonnière de ce maudit marécage, payant très cher la générosité qui l'avait poussée à aider Jennsen – et à s'attirer le courroux de Darken Rahl.

Lorsqu'on raisonnait froidement, il était aisé de conclure que le seigneur défunt était l'unique coupable. Mais dans son cœur, Jennsen ne voyait pas les choses ainsi. Parce qu'elle avait pris le risque de l'aider, Althea s'était retrouvée privée de ses jambes, de son don et de sa liberté. Et personne, quoi qu'il arrive, ne pourrait jamais lui rendre ce qu'elle avait perdu.

De quel droit Jennsen exigeait-elle que les autres viennent à son secours ? Pourquoi devaient-ils sacrifier leur liberté, voire leur vie, pour elle ? Et d'où tirait-elle l'audace de le leur demander ?

Comme elle venait de le découvrir, sa mère n'était pas la seule à avoir souffert de son fait. Il y avait aussi Althea et Friedrich. Sans oublier Lathea, assassinée à cause d'elle, et Sebastian, emprisonné au Palais du Peuple. Et ce pauvre Tom ! Pour lui porter secours, il avait négligé le travail qui lui permettait de gagner sa vie...

Tous les gens qui tentaient de l'aider le payaient cher. D'où tenait-elle la certitude que les autres devaient se plier à ses quatre volontés ?

Cela dit, que pouvait-elle espérer faire sans leur aide ?

Quand elle eut dépassé la mare noire, Jennsen entreprit de slalomer entre des racines affleurantes qui semblaient prendre un malin plaisir à tenter de la faire trébucher. En deux occasions, elle ne parvint pas à maintenir son équilibre et s'étala de tout son long. Chaque fois, elle se releva tant bien que mal et continua son chemin.

La troisième fois qu'elle tomba, sa tête heurta si durement le sol qu'elle en resta sonnée pendant quelques minutes. Se tâtant le front puis les joues, certaine de s'être cassé quelque chose, elle ne trouva ni sang ni bosse.

Étendue parmi les racines qui ressemblaient à des serpents, Jennsen repensa à tous les gens qui avaient souffert à cause d'elle.

Elle eut d'abord honte, puis céda à la colère.

Jennsen.

Elle se remémora les paroles de sa mère : « Ne te sens pas coupable parce qu'ils sont maléfiques. »

La jeune femme se releva à demi. Oui, ses ennemis étaient maléfiques, et elle n'y pouvait rien. Au fil du temps, beaucoup de braves gens avaient dû tenter d'aider les personnes comme elle – les bâtards privés du don d'un seigneur Rahl – et le payer de leur vie. Cela n'était pas près de cesser, elle le savait. Pourtant, ces « bienfaiteurs », comme elle et comme tous ses semblables, avaient un droit inaliénable à l'existence et au bonheur.

Le vrai coupable était le seigneur Rahl.

Jennsen. Renonce...

Cela cesserait-il un jour ?

Grushdeva du kalt misht.

Sebastian était la dernière victime inscrite sur une très longue liste. Était-il torturé en ce moment même à cause de Jennsen ? Parce qu'il avait tenté de lui porter secours ?

Renonce...

Pauvre Sebastian... Comme il lui manquait ! Il avait été si courageux, si fort, si généreux...

Tu vash misht. Tu vask misht. Grushdeva du kalt misht.

Insistante comme jamais, la voix retentissait dans la tête de Jennsen, répétant des mots qui n'avaient aucun sens pour elle.

La jeune femme se releva péniblement. Ne pourrait-elle donc jamais être libre – au moins dans son propre esprit ? La voix du seigneur Rahl la poursuivrait-elle jusqu'à la fin de ses jours ?

Jenn...

— Fiche-moi la paix !

Jennsen devait aider Sebastian. Rien d'autre ne comptait.

Elle recommença à avancer, écartant les branches, les lianes et les buissons. Avec la brume omniprésente, un éternel crépuscule régnait dans le marécage. Du coup, impossible de savoir quelle heure il était. Mais atteindre la demeure d'Althea lui avait pris longtemps et elle était restée un long moment avec la magicienne. Pour ce qu'elle en savait, la nuit tombait peut-être déjà...

Au mieux, on était en fin d'après-midi, et la prairie où attendait Tom restait à des heures de marche.

Jennsen était venue chercher de l'aide dans le marécage, mais il s'agissait d'une illusion – une fantaisie née de son imagination. Toute sa vie, elle s'était reposée sur sa mère. Puis elle avait voulu transférer ce fardeau sur les épaules d'Althea. À présent, elle devait admettre qu'il lui fallait se débrouiller seule et faire le nécessaire pour ne plus avoir besoin des autres.

Jennsen. Renonce.

— Non ! Fiche-moi la paix !

La jeune femme était tellement fatiguée de toute cette histoire. Fatiguée et... furieuse.

Elle entreprit de traverser dans l'autre sens l'étendue d'eau semée de racines. Sebastian avait besoin d'elle. Il fallait qu'elle le rejoigne au plus vite.

Tom l'attendait et il la conduirait au palais.

Et ensuite ? Comment tirerait-elle Sebastian des griffes de ses bourreaux ? Jusque-là, elle avait compté sur le soutien magique d'Althea. Mais elle savait désormais qu'il n'y en aurait pas…

À bout de souffle à force de courir, Jennsen ralentit quand elle fut en vue de l'endroit où elle avait eu maille à partir avec le serpent. Sondant les eaux paisibles, elle ne repéra rien mais ne fut pas rassurée pour autant. Les racines ne ressemblaient pas à des reptiles, mais dans cette pénombre, on ne pouvait être sûr de rien.

La vie de Sebastian était en jeu ! Stimulée par cette idée, Jennsen recommença à marcher.

À mi-chemin, elle se souvint qu'elle avait prévu d'utiliser un bâton pour distinguer les serpents des racines et mieux conserver son équilibre si elle glissait. Marquant une pause, elle se demanda si elle devait revenir en arrière pour se procurer une canne de fortune. Après avoir fait la moitié du parcours, conclut-elle, retourner sur ses pas n'aurait eu aucun sens.

Testant du bout du pied la racine suivante, elle détermina qu'il ne s'agissait pas d'un reptile, fit une grande enjambée et sonda de nouveau le terrain.

Elle sursauta, car quelque chose venait de heurter sa cheville. Un simple poisson, constata-t-elle avec soulagement.

Immédiatement après, son pied glissa, elle bascula sur le côté et tomba dans l'eau.

Surprise, elle rua frénétiquement, espérant rencontrer le fond pour se propulser à la surface. Mais elle ne trouva rien. Ici, l'eau était très profonde et elle sombrait inexorablement.

Ses lourdes bottes, si utiles sur la terre ferme, l'entraînaient vers le fond.

Jennsen battit des bras et parvint à crever la surface – juste le temps de prendre une inspiration avant de boire de nouveau la tasse.

Terrorisée, elle battit encore des bras pour tenter de revenir à l'air libre. Mais ses vêtements gorgés d'eau ralentissaient ses gestes, les privant de toute efficacité. Les yeux écarquillés, ses cheveux roux flottant autour d'elle, Jennsen voyait la pâle lumière du marécage devenir de plus en plus diffuse au-dessus de sa tête.

Tout se passait si vite !

La jeune femme tentait de s'accrocher à la vie, qui lui glissait entre les doigts…

Tout cela lui semblait irréel.

Jennsen.

Des ombres dansaient autour d'elle et ses poumons brûlaient à cause du manque d'air. Selon Althea, il était impossible de passer par l'arrière du marécage parce que des monstres y rôdaient. La première fois, Jennsen avait eu de la chance. À présent, c'était différent...

Folle de terreur, elle vit qu'une ombre noire approchait.

Jennsen ne voulait pas mourir. Quelques minutes plus tôt, elle avait souhaité que vienne la fin, mais ce n'était pas sincère. Elle n'avait qu'une vie et ne désirait la perdre pour rien au monde.

Elle continua à tenter de remonter à la surface, mais ça semblait impossible, comme si elle se débattait dans de la glu.

Jennsen !

La voix était impérieuse – non, pressante...

Jennsen !

Quelque chose venait de percuter la jeune femme. Apercevant des reflets verts, elle comprit que c'était le serpent.

Jennsen aurait crié, si elle n'avait pas été sous l'eau. Se débattant à peine, elle dut laisser le reptile s'enrouler autour d'elle.

Trop épuisée pour se battre, les poumons vidés de leur air, la jeune femme se laissa entraîner dans les profondeurs du marécage, très loin de la surface et de la vie. Même si elle essayait encore de remonter, ses bras et ses jambes lui semblaient en plomb...

Jennsen !

Voilà, c'était fini, elle allait se noyer.

Bien sûr elle savait nager, mais avec ses vêtements mouillés et ses bottes trop lourdes, elle n'en était plus capable. De plus, il y avait le serpent, dont le poids l'entraînait vers le fond.

Que c'était douloureux !

Jusque-là, Jennsen avait cru qu'une noyade était une mort relativement douce – une plongée définitive dans des eaux accueillantes. Une idée idiote ! De sa vie, elle n'avait jamais autant souffert et le sentiment de suffoquer était horrible. Sa poitrine lui faisait mal comme si elle était sur le point d'exploser, et elle aurait tout donné pour que son calvaire cesse. Oui, sa vie entière pour pouvoir respirer un peu d'air !

Bientôt, elle ne pourrait plus s'empêcher de prendre une inspiration, et elle inhalerait de l'eau.

Que c'était douloureux !

Jennsen sentait la peau du serpent contre ses jambes. Devait-elle tenter de tuer son ennemi alors qu'elle en avait encore l'occasion ? En principe, elle devait pouvoir dégainer son couteau. Mais elle se sentait trop faible.

Et elle avait trop mal.

Mieux valait abandonner la lutte. Tout cela n'avait plus de sens, et la mort du serpent ne lui apporterait rien.

Jennsen!

La jeune femme s'étonna que la voix ne lui demande pas de « renoncer », comme elle le faisait d'habitude. C'était paradoxal : alors qu'elle baissait enfin les bras, la voix ne l'encourageait pas à continuer et se contentait de répéter son nom.

Une masse compacte percuta l'épaule de la jeune femme, puis sa tête et une de ses cuisses.

On la guidait vers la rive, à l'endroit où les racines s'enfonçaient sous l'eau. Par réflexe, elle tendit les bras, en saisit une et tira de toutes ses forces.

Le serpent entreprit de la pousser doucement vers le haut.

Revenue à la surface, Jennsen respira à fond, avala un peu d'eau, toussa pour la recracher puis parvint à se hisser à demi sur la berge. Elle ne réussit pas à faire mieux, mais au moins, sa tête était hors de l'eau et elle pouvait respirer.

Les jambes toujours immergées, elle ferma les yeux, serra très fort sa racine pour ne pas risquer de glisser de nouveau dans l'eau et se concentra sur le rythme de sa respiration.

Avec chaque inspiration, elle sentait ses forces revenir.

Quand elle eut assez récupéré, elle se hissa péniblement sur la berge – à la force du poignet, et pouce après pouce – puis se coucha sur le côté, encore pantelante, et regarda l'eau qui venait lécher la pointe de ses bottes.

Le simple fait de respirer la remplissait de joie.

En silence, la tête du serpent émergea de l'eau, et deux gros yeux jaunes se rivèrent dans ceux de Jennsen.

Un long moment, le reptile et la jeune femme se regardèrent fixement.

— Merci..., murmura Jennsen.

Voyant qu'elle était en sécurité et qu'elle respirait, le serpent replongea sous l'eau.

Pourquoi n'avait-il pas tenté de tuer sa proie, alors qu'il lui aurait été facile de le faire ? Jennsen n'en savait rien, mais elle pouvait formuler une ou deux hypothèses. Après leur première rencontre, le reptile avait dû conclure qu'elle était trop grosse pour qu'il la dévore. Il était également possible qu'il ait craint qu'elle lui refasse le coup du couteau.

Mais pourquoi l'avait-il aidée ? Afin de lui montrer son respect ? Parce qu'il la prenait pour une prédatrice concurrente et désirait la chasser de son territoire sans prendre le risque de l'affronter ?

Si rien de tout cela n'avait beaucoup de sens, il restait une certitude : le serpent lui avait sauvé la vie. Elle détestait les reptiles, et celui-ci l'avait empêchée de se noyer.

Une des créatures qu'elle redoutait le plus était venue à son secours.

Toujours occupée à reprendre sa respiration – et à recouvrer ses esprits, après être passée si près de la mort –, Jennsen rampa pour s'éloigner de l'eau. Encore trop faible pour tenir sur ses jambes, elle ne s'en inquiétait pas vraiment, car le simple fait de pouvoir bouger était délectable. Bientôt, elle serait assez remise pour se lever. Il le fallait, car elle devait continuer son chemin.

Le temps pressait.

Dès qu'elle put se redresser et avancer normalement, elle se sentit revivre. Depuis toujours, elle adorait marcher, et aujourd'hui, cela l'aidait à se sentir de nouveau elle-même. Désormais, elle savait qu'elle tenait à la vie. Une leçon qu'elle avait payée cher.

Maintenant, elle devait s'occuper de Sebastian.

Se frayant un chemin entre les lianes et les broussailles, Jennsen atteignit assez vite le pied de la corniche rocheuse par laquelle elle était arrivée, des heures plus tôt. Mais la lumière continuait à baisser, et l'ascension serait longue, elle le savait. Même si elle n'aurait voulu pour rien au monde passer la nuit dans le marécage, l'idée d'escalader dans le noir ne lui disait rien de bon.

Mais l'angoisse lui donna des ailes. Tant qu'il y aurait un peu de lumière, elle devrait avancer, voilà tout !

Cela dit, il lui faudrait rester prudente. À certains endroits, la corniche longeait un gouffre sans fond, et si elle y tombait, aucun serpent au grand cœur ne viendrait à son secours...

Pendant l'ascension, Jennsen repensa à tout ce qu'Althea lui avait dit. Avec un peu de chance, elle y puiserait bien une idée utile ou deux. Pour l'heure, elle ne savait absolument pas comment libérer Sebastian, mais elle devait essayer, car elle était son seul espoir. Par le passé, il lui avait sauvé la vie, et elle devait lui rendre la pareille.

Elle aurait tant voulu le voir sourire, plonger son regard dans le sien, admirer ses étranges cheveux blancs… L'idée qu'on le torture lui était insupportable. Elle devait l'arracher aux griffes de ses bourreaux.

C'était facile à dire… et beaucoup moins facile à faire. D'abord, il fallait retourner au Palais du Peuple. Avec un peu de chance, elle trouverait un plan en chemin.

Tom la raccompagnerait jusqu'au palais…

Tom… Il devait l'attendre, mort d'inquiétude. Mais pourquoi l'avait-il aidée, pour commencer ?

À bien y réfléchir, cette question était angoissante, car Jennsen ne savait pas où la réponse la mènerait. C'était un peu comme basculer dans un abîme, quand on marchait sur une corniche…

Oui, pourquoi Tom était-il venu à son secours ?

En avançant, Jennsen se concentra sur cette obsédante question. À l'en croire, Tom avait eu peur de ne plus pouvoir se regarder dans un miroir s'il la laissait s'enfoncer seule dans les plaines d'Azrith. Certain qu'elle y laisserait la vie, il avait voulu empêcher ce drame.

Un noble sentiment, il fallait l'avouer.

Mais il y avait plus que cela, c'était certain. Tom semblait résolu à l'aider, comme s'il s'était agi d'une mission divine. Il n'avait jamais tenté de la dissuader de partir dans les plaines, se contentant de la mettre en garde contre une façon de procéder qu'il jugeait dangereuse. Ensuite, il avait fait tout son possible pour l'aider.

Il lui avait même demandé de dire du bien de lui au seigneur Rahl. Ce souvenir la perturbait. Même si Tom avait parlé sur le ton de la plaisanterie, il était sérieux, elle en aurait mis sa tête à couper. Mais pourquoi pensait-il qu'elle pouvait le recommander au maître de D'Hara ?

Jennsen retourna cette question dans sa tête tandis qu'elle continuait son ascension. D'étranges cris d'animaux retentissaient autour d'elle et la puanteur du marécage montait encore à ses narines. Mais elle approchait de sa destination, et cela seul comptait.

Au moment où elle s'était aperçue qu'on lui avait volé sa bourse, Tom avait dû voir le couteau à la garde en argent… C'était cela, la réponse ! Quand elle avait écarté son manteau, le marchand de vin avait certainement vu et reconnu l'arme gravée du « R » de la maison Rahl.

Jennsen marqua une pause pour mieux réfléchir. Tom pensait-il qu'elle était une représentante spéciale du seigneur Rahl ? Une sorte d'agent de confiance ? Croyait-il qu'elle était en mission pour le maître de D'Hara ? S'imaginait-il qu'elle le connaissait ?

Tom la prenait-il pour une personne importante ? En un sens, cela n'aurait rien eu d'étonnant, si on songeait à sa détermination à entreprendre un voyage apparemment impossible. Tom avait bien vu qu'il s'agissait pour elle d'un devoir sacré. De plus, elle lui avait dit que c'était une affaire de vie ou de mort…

Jennsen se baissa pour passer sous un entrelacs de branches basses. Ensuite, elle regarda autour d'elle et s'avisa qu'il faisait de moins en moins clair. Elle devait se dépêcher, sinon, elle ne rejoindrait pas le marchand de vin avant la nuit.

En avançant, elle se souvint de la façon dont Tom avait regardé ses cheveux roux. Souvent, les gens la craignaient à cause de sa chevelure – parfois parce qu'ils la tenaient pour une preuve qu'elle avait le don. Tout au long de sa vie, elle s'était servie de cette caractéristique pour rester en sécurité. Et avec Sebastian, le premier soir, elle s'était fait passer pour une magicienne, au cas où il aurait eu de mauvaises intentions. Plus tard, à l'auberge, elle avait encore utilisé l'angoisse des gens pour se protéger des danseurs.

Le souffle court, car la pente devenait de plus en plus raide, Jennsen continua son ascension sans cesser de réfléchir.

La nuit approchait et elle n'arriverait peut-être pas à destination avant qu'il fasse trop noir. Mais elle devait essayer. Oui, pour Sebastian, elle n'avait pas le droit de renoncer !

Soudain, une masse sombre passa devant ses yeux et une autre lui heurta le visage. Criant de terreur, Jennsen faillit glisser tandis que ses deux agresseurs s'éloignaient à tire-d'aile.

Des chauves-souris, rien de plus ! En soupirant, Jennsen posa une main sur son cœur, qui battait au moins aussi vite que leurs ailes. Les deux petites bêtes chassaient simplement les insectes qui voletaient par centaines autour d'elle…

Un incident ridicule ! Cela dit, surprise et effrayée, Jennsen avait bel et bien failli basculer dans le vide. Au crépuscule, la moindre erreur pouvait être mortelle quand on avançait sur une étroite corniche. Un geste un peu brusque, et adieu ! Mais rester dans le marécage aurait été au moins aussi dangereux…

Moralement et physiquement épuisée, Jennsen continua sa route en s'efforçant de rester au centre de sa corniche. Une précaution utile, mais qui ne lui servirait à rien si un des monstres magiques dont avait parlé Althea lui sautait soudain dessus.

Selon la magicienne, personne ne pouvait entrer dans le marécage par l'arrière. Dans ce cas, une fois la nuit tombée, Tom serait peut-être lui aussi en danger. Sous le couvert de l'obscurité, une des créatures risquait de s'aventurer dans la prairie pour l'attaquer.

Qu'arriverait-il à Jennsen si elle découvrait, en arrivant, les cadavres mutilés de Tom et de ses chevaux ? Que ferait-elle, si ça se produisait ?

Allons, elle avait assez de raisons de s'inquiéter ! Pourquoi en inventer de nouvelles ?

Soudain, elle se retrouva sur un terrain découvert et vit devant elle les flammes d'un feu de camp.

— Jennsen ! s'écria Tom.

Il se leva d'un bond, courut vers son amie et lui passa un bras autour des épaules pour la soutenir.

— Par les esprits du bien ! ça va ?

Trop fatiguée pour parler, la jeune femme hocha la tête.

Sans remarquer son geste, Tom la lâcha, fonça vers le chariot et revint au pas de course avec une couverture.

— Tu es trempée, dit-il en enveloppant son amie dans la couverture. Que t'est-il arrivé ?

— J'ai nagé un peu..., répondit Jennsen, incroyablement heureuse d'être là, hors du maudit marécage.

Tom la regarda, l'air sévère.

— Je sais que ça ne me regarde pas, mais de toute évidence, ce n'était pas une très bonne idée.

— Le serpent serait sûrement d'accord avec toi.

— Le serpent ? Que s'est-il passé dans ce marécage ? Et que veux-tu dire par « serait sûrement d'accord avec toi » ?

Ayant toujours du mal à reprendre son souffle, Jennsen éluda la question d'un vague geste de la main. Terrorisée à l'idée d'être surprise par la nuit sur la corniche, elle avait couru pendant toute la dernière heure et cela l'avait vidée de ses maigres forces.

Rattrapée par la peur, elle se mit à trembler et s'aperçut qu'elle serrait le bras musclé de Tom aussi fort que la racine, au bord du lac.

Le marchand de vin ne parut pas s'en apercevoir. Et s'il faisait semblant, c'était un excellent acteur...

Si agréable que fût sa présence, Jennsen le lâcha et s'écarta un peu de lui.

— Tu as vu Althea ? demanda-t-il.

Jennsen hocha la tête.

Tom lui tendant une outre d'eau, elle s'en empara et but goulûment.

— Bon sang, je n'ai jamais entendu parler de quelqu'un qui ait réussi à pénétrer dans ce marécage sans y être invité ! Tu as vu les… créatures ?

— Un énorme serpent s'est enroulé deux fois autour de moi, si tu veux le savoir… J'ai eu tout loisir de l'admirer, même si je m'en serais bien passée.

Tom émit un sifflement admiratif.

— La magicienne a accepté de t'aider ? As-tu obtenu d'elle tout ce que tu désirais ? Jennsen, dis-moi que tout va bien ! (Tom cessa soudain de bombarder son amie de questions.) Désolé… Tu es glacée et trempée comme une soupe, et je te fais subir un interrogatoire en règle…

— J'ai eu une longue conversation avec Althea… Sans résultat concluant, mais connaître la vérité vaut mieux que courir après des illusions.

— Si je comprends bien, dit Tom, très inquiet, tu n'as rien obtenu du tout. Que vas-tu faire, à présent ?

Jennsen prit une grande inspiration pour se donner de l'assurance, puis elle dégaina son couteau, le tint par la lame et brandit la garde devant le nez de Tom. À la lueur des flammes du feu de camp, le « R » gravé sur la garde brilla comme un petit soleil.

La jeune femme tenait l'arme comme un talisman ou un sceptre – le symbole d'un pouvoir auquel rien ne devait être refusé.

— Je dois retourner au Palais du Peuple.

Aussitôt, Tom prit son amie dans ses bras – pour lui, on eût dit qu'elle ne pesait rien – et la porta jusqu'au chariot. Avec une touchante délicatesse, il la déposa à l'arrière, dans le nid de couvertures.

— Ne t'en fais pas, je vais t'y ramener. Le plus dur est derrière toi. À présent, repose-toi bien au chaud et laisse-moi me charger du reste.

Depuis qu'elle avait brandi le couteau devant Tom, Jennsen savait que son hypothèse était juste : il la prenait pour un agent du seigneur Rahl. Un grand avantage pour elle, même si mentir à son ami et l'utiliser sans vergogne l'emplissait de honte. Ce n'était pas bien du tout, mais elle ne voyait pas ce qu'elle aurait pu faire d'autre.

Avant qu'il puisse s'éloigner, elle prit Tom par le bras.

— N'as-tu pas peur de m'aider alors que je suis impliquée dans une affaire si…

— … Dangereuse ? acheva le marchand de vin. Ma modeste contribution n'est rien comparée aux risques que tu cours. (Il désigna la crinière rousse de Jennsen.) Contrairement à toi, je suis une personne banale, et je me réjouis que tu me laisses jouer un petit rôle dans tout ça.

— Je suis très banale aussi, dit Jennsen, qui se sentit soudain toute petite. Je fais ce qui doit être fait, voilà tout...

Tom prit une couverture et l'étendit sur la jeune femme.

— Je vois beaucoup de gens, tu sais... Inutile d'avoir le don pour s'apercevoir que tu n'es pas comme tout le monde.

— Tu as compris que c'était secret, n'est-ce pas ? Je ne peux rien te dire... Je suis désolée, mais c'est ainsi...

— C'est tout à fait normal ! Pour avoir une arme pareille, il faut être une personne très importante. Je ne m'attends pas à des confidences, et je ne t'en demanderai pas.

— Merci, Tom...

Se détestant de manipuler ainsi un homme d'une telle loyauté, Jennsen lui serra gentiment le bras, comme pour se racheter.

— Sache au moins que c'est important et que ton aide m'est précieuse...

— Allons, blottis-toi dans ces couvertures et sèche-toi ! Nous serons bientôt de retour dans les plaines d'Azrith. Au cas où tu l'aurais oublié, c'est l'hiver partout ailleurs qu'ici ! Trempée comme tu l'es, tu mourras de froid.

— Merci, Tom. Tu es un homme formidable.

Trop épuisée pour rester assise, Jennsen se laissa tomber sur les couvertures.

— Eh bien, ne manque pas d'en informer le seigneur Rahl ! plaisanta Tom avant de s'éloigner.

Il recouvrit le feu de poussière et sauta sur le banc du conducteur.

Sans la moindre arrière-pensée, Tom aidait Jennsen et il se disait que cela lui faisait courir quelques risques. En réalité, il se mettait gravement en danger en secourant la fille de Darken Rahl. Convaincu de travailler dans l'intérêt du nouveau seigneur, il faisait exactement le contraire – sans le savoir, et en ignorant qu'il bravait la mort.

Et avant que tout soit terminé, Jennsen allait le mettre dans une situation encore plus périlleuse.

Bien qu'elle fût terrorisée à l'idée de retourner dans le fief de l'homme qui désirait sa mort – et ce après un voyage inutile, puisqu'elle n'avait pas obtenu l'aide qu'elle cherchait –, Jennsen s'endormit comme une masse malgré les cahots du chariot. Oubliant jusqu'à ses vêtements glacés, elle sombra dans un sommeil réparateur. Une excellente chose, considérant les épreuves qui l'attendaient.

Chapitre 25

Assise sur le banc du conducteur, à côté de Tom, Jennsen regardait le haut plateau grandir régulièrement à l'horizon. Sous les premiers rayons de soleil, les murs du Palais du Peuple prenaient des reflets pastel. Bien que le vent fût tombé, l'air restait glacial. Mais après l'humidité étouffante du marécage et son ignoble puanteur, Jennsen trouvait les plaines étrangement accueillantes.

Se massant les tempes du bout des doigts, la jeune femme essayait de faire passer un début de migraine. Tom avait tenu les rênes du chariot toute la nuit pendant qu'elle dormait à l'arrière – un sommeil trop fragmenté pour être vraiment reposant. Mais au moins, elle avait pu fermer l'œil, et ils seraient bientôt de retour au palais.

— Dommage que le seigneur Rahl ne soit pas là...

Arrachée à ses sombres pensées, Jennsen ouvrit brusquement les yeux.

— Qu'as-tu dit ?

— Le seigneur Rahl... (Tom désigna le sud.) Dommage qu'il ne soit pas là pour t'aider...

Tom avait tendu le bras en direction de l'Ancien Monde. Un jour, la mère de Jennsen lui avait parlé du lien qui unissait tous les D'Harans à leur seigneur. Grâce à une très ancienne magie, ils pouvaient sentir où était le seigneur Rahl. Bien que sa force fût différente selon les individus, le lien était présent chez tous les D'Harans de souche.

Quel avantage le seigneur tirait-il de ce lien ? Jennsen n'aurait su le dire, même si elle supposait qu'il était un maillon de la chaîne qui assurait sa domination sur le peuple. Mais pour sa mère, par exemple, cela avait plutôt servi à éviter de tomber entre les griffes de Darken Rahl.

Jennsen connaissait le lien à travers les descriptions de sa mère. Pour une raison inconnue, elle ne l'avait jamais éprouvé dans sa chair. Peut-être simplement parce qu'il était très faible en elle, comme chez certains D'Harans. Du coup, elle était incapable de le sentir. Selon sa mère, cela n'avait rien à voir avec la dévotion qu'on pouvait éprouver pour le seigneur Rahl. Il s'agissait d'un phénomène magique soumis à des critères qui n'avaient aucun rapport avec les goûts ou les dégoûts d'un individu.

Jennsen se souvint des moments où sa mère, debout sur le seuil d'une maison ou campée devant une fenêtre, regardait longuement l'horizon. À ces instants-là, elle sentait le seigneur Rahl à travers le lien. Sachant où il était, elle pouvait même dire s'il s'approchait ou s'éloignait. Hélas, le lien restait muet quand il s'agissait de détecter les brutes qu'il envoyait aux trousses des deux femmes…

Comme tout D'Haran, Tom tenait le lien pour une chose naturelle. Sans y penser, il venait de livrer à Jennsen une information précieuse : Richard Rahl n'était pas dans son palais. Une excellente nouvelle qui regonflait le moral de la jeune femme. Voilà qui faisait un obstacle et un souci de moins !

Le seigneur Rahl était au sud, dans l'Ancien Monde, occupé à combattre le peuple de Sebastian.

— Oui, c'est vraiment dommage…, souffla enfin Jennsen.

Le marché en plein air, au pied du plateau, grouillait déjà de monde. Des colonnes de poussière, sur la route du sud, indiquaient que d'autres visiteurs affluaient. Jennsen se demanda où était Irma la marchande de saucisses. Betty lui manquait terriblement. Elle mourait d'envie de la voir remuer la queue et bêler pour montrer son bonheur de revoir sa chère maîtresse…

Tom dirigea son chariot vers le marché, en direction de l'endroit où il avait installé son étal. Irma reviendrait-elle sur le même emplacement ? C'était possible, mais de toute façon, Jennsen devrait de nouveau lui laisser Betty si elle voulait entrer au palais. Après avoir gravi des centaines de marches, il lui faudrait encore découvrir où était retenu Sebastian.

Jennsen regarda la route vide qui serpentait sur le flanc du haut plateau.

— On passe par l'extérieur ! lança-t-elle.

— Pardon ?

— On prend la route extérieure !

— Tu es sûre de toi, Jennsen ? Désolé, mais je doute que ce soit une très bonne idée. Ce chemin est réservé aux officiels et aux...

— On va passer par là !

Tom n'insista pas et dirigea ses chevaux vers la gauche, en direction de l'entrée de la route. Du coin de l'œil, Jennsen vit que le pauvre marchand de vin jetait des regards inquiets à son étrange passagère.

Les soldats en poste au pied du plateau, là où naissait la route, regardèrent le chariot approcher.

— Ne t'arrête pas, dit Jennsen à Tom tout en dégainant son couteau.

— As-tu perdu l'esprit ? Je suis obligé de m'arrêter. Ces hommes ont des arcs, au cas où tu ne l'aurais pas remarqué.

— Continue d'avancer, dit simplement Jennsen, le regard rivé droit devant elle.

Quand ils atteignirent les sentinelles, elle brandit son couteau en le tenant par le manche, afin que la garde soit bien visible. Se servant de l'arme comme d'un sceptre, elle la braqua sur les soldats sans daigner leur accorder un regard. Le comportement d'une personne très importante résolue à ne pas perdre de temps avec des sous-fifres.

Tous les hommes fixèrent intensément la garde en argent de l'arme sur laquelle brillait la lettre « R ». Aucun ne fit mine d'encocher une flèche ni de tenter d'intercepter le chariot.

Impressionné, Tom émit un sifflement admiratif et fit avancer un peu plus vite son attelage.

La corniche décrivait de larges boucles qui conduisaient très lentement jusqu'au sommet du plateau. Le plus souvent assez large, le chemin rétrécissait par endroits, forçant le véhicule à frôler le bord de l'abîme. À chaque nouvelle boucle, les deux voyageurs bénéficiaient d'une vue de plus en plus panoramique sur les plaines d'Azrith. D'ici, on s'apercevait qu'elles étaient délimitées par des montagnes, très loin au sud-ouest.

Tom et Jennsen durent s'arrêter quand ils arrivèrent devant le pont-levis. Bien entendu, il était relevé. La jeune femme frissonna quand elle comprit que c'était sans doute à cause de cet obstacle infranchissable – et pas de son plan génial – que les soldats les avaient laissé passer. Pour que le chariot franchisse le pont, il faudrait que les gardes l'abaissent. Sachant que l'étrange femme ne pourrait pas s'introduire à sa guise dans le palais, les sentinelles, en bas, avaient décidé de ne pas s'attirer d'ennuis avec quelqu'un qui détenait peut-être un sauf-conduit remis par le seigneur Rahl en personne.

Plus intelligemment, ils avaient incité les deux intrus à avancer jusqu'à un endroit où ils seraient coincés sans moyen de faire demi-tour ni espoir qu'on vienne à leur secours. Au bord du gouffre, massacrer d'éventuels espions était un jeu d'enfant...

Pas étonnant que Tom n'ait eu aucune envie d'emprunter la route !

Concentrés sur l'ascension, les deux grands chevaux secouèrent nerveusement la tête quand ils durent s'immobiliser brusquement.

Un soldat approcha et les saisit par le mors afin qu'ils se tiennent tranquilles. D'autres hommes rejoignirent leur camarade. Jennsen étant assise du côté du vide, les gardes semblaient surtout se méfier de Tom, mais deux ou trois avaient quand même pris position derrière elle.

— Bonjour, sergent, dit Tom.

Le sous-officier jeta un coup d'œil dans le chariot, constata qu'il était vide, puis se tourna vers le conducteur et sa compagne.

— Bonjour...

Jennsen comprit que ce n'était pas le moment de se montrer timide. Si elle échouait maintenant, tout serait perdu. Sebastian n'aurait plus une chance de s'en sortir, et elle le rejoindrait très vite dans les geôles du seigneur Rahl. Bref, elle ne pouvait pas se permettre de craquer.

Tendant un bras devant Tom, elle montra la garde du couteau au sergent.

— Abaissez le pont-levis ! ordonna-t-elle avec l'espoir de prendre le militaire de court.

— Que venez-vous faire ici ? demanda l'homme, qui en avait vu d'autres dans sa carrière.

Selon Sebastian, Jennsen était une championne dès qu'il s'agissait de bluffer. D'après lui, elle le faisait depuis toujours et c'était devenu une seconde nature pour elle. À présent, elle allait devoir prouver qu'il ne se trompait pas, si elle entendait le sauver et se sortir entière de cette aventure.

Bien que son cœur battît la chamade, elle regarda le sergent avec une impassibilité à glacer les sangs.

— Je suis au service du seigneur Rahl. Abaissez ce pont-levis !

L'homme parut ébranlé par le ton de Jennsen et vaguement étonné par le discours qu'elle lui tenait. Il se tendit, méfiant à l'extrême, mais ne parut pas décidé à lâcher un pouce de terrain.

— J'ai besoin d'une explication plus convaincante que ça, ma dame...

Jennsen fit tourner le couteau entre ses doigts, jonglant avec une habileté remarquable. La lame refléta le soleil, puis la garde s'immobilisa devant le nez du sergent, le « R » orienté vers lui.

Avec une grâce presque nonchalante, Jennsen abaissa son capuchon pour montrer aux soldats son impressionnante crinière rousse. Dans le regard des hommes, elle lut que son message était passé...

— Vous devez vous acquitter d'un devoir, dit-elle au sergent, je le sais, mais c'est également mon cas. Je suis en mission pour le seigneur Rahl. Comme vous vous en doutez, il serait furieux que j'entre dans les détails au sujet de la tâche qu'il m'a confiée. Je vais donc m'en abstenir... Sachez seulement, sergent, que c'est une affaire de vie ou de mort. Et vous me faites perdre un temps précieux ! Maintenant, abaissez ce pont-levis !

— Puis-je connaître votre nom, ma dame ?

Histoire de mieux foudroyer l'homme du regard, Jennsen se pencha à moitié au-dessus de Tom.

— Si vous n'abaissez pas ce pont-levis, sergent, vous vous souviendrez de moi comme de Dame Calamité, une émissaire spéciale du seigneur Rahl.

Soutenu par une dizaine d'hommes armés jusqu'aux dents, le sous-officier ne semblait pas résigné à s'en laisser conter.

— Quel rôle jouez-vous dans cette affaire ? demanda-t-il à Tom.

— Je me contente de conduire le chariot... Mais si j'étais vous, sergent, j'éviterais de mettre cette dame en retard...

— Sans blague ?

— Sans blague, oui !

Le sergent regarda un long moment Tom dans les yeux. Puis il étudia de nouveau Jennsen, soupira et fit signe à un de ses hommes d'abaisser le pont.

Du bout de son couteau, Jennsen désigna le palais, au sommet du plateau.

— Où garde-t-on les prisonniers, là-haut ? demanda-t-elle.

— Demandez aux soldats, à l'entrée, ma dame, répondit le sergent. Ils sauront vous renseigner...

— Merci..., marmonna Jennsen.

Se redressant, elle s'assit bien droite sur son siège et attendit que le pont ait fini de s'abaisser. Lorsque ce fut fait, le sergent fit signe à Tom d'avancer.

Le remerciant d'un hochement de tête, le marchand de vin fit claquer les rênes de son attelage.

Si elle voulait réussir, Jennsen devrait jouer son rôle jusqu'à la fin de cette histoire. Par bonheur, la colère qui bouillait en elle l'avait aidée à bien se comporter. Mais Tom avait contribué au succès de la mystification, et ça la perturbait beaucoup, parce qu'il ne pourrait pas la soutenir plus longtemps…

Eh bien, le mieux serait sans doute de se servir de sa colère face à tous les gardes qu'elle rencontrerait.

— Tu veux voir les prisonniers ? demanda Tom.

Jennsen s'avisa qu'elle ne lui avait jamais dit pourquoi elle désirait retourner au palais.

— Oui… Un homme a été incarcéré par erreur. Je suis ici pour le faire libérer.

Tom tira sur les rênes pour aider les chevaux à négocier un lacet particulièrement serré.

— Demande à voir le capitaine Lerner, dit-il.

Jennsen regarda son ami, surprise qu'il lui ait donné un nom au lieu de réciter une longue liste d'objections.

— Un ami à toi ?

— On ne peut pas vraiment dire ça… Mais nous avons fait affaire une fois ou deux…

— Du vin ?

— Non, autre chose…

À l'évidence, Tom n'avait pas l'intention d'en dire davantage.

Pendant l'ascension, Jennsen contempla les lointaines montagnes, au bout des plaines d'Azrith. Au-delà de ces pics, la liberté l'attendait…

Au sommet du plateau, la route redevenait plane sur la centaine de pas qui la séparait du mur d'enceinte du palais. Devant les énormes portes, des gardes firent de grands gestes et sifflèrent à l'attention d'autres hommes postés à l'intérieur du complexe. Jennsen comprit que son arrivée avait été annoncée depuis un bon moment…

Le chariot franchit les portes, traversa un court tunnel et déboucha dans un immense parc. Dans le lointain, un immense escalier de marbre donnait accès au palais proprement dit. Tout le long du chemin, Jennsen vit des soldats en cuirasse et cotte de mailles armés de piques et de hallebardes. Ces hommes n'étaient pas là pour se tourner les pouces, ça se voyait, et aucun envahisseur n'avait l'ombre d'une chance de les surprendre.

Imitant Tom, qui affichait une sereine nonchalance, Jennsen essaya de ne pas avoir l'air impressionnée.

Une centaine de gardes attendaient les deux intrus au pied de l'escalier. Quand Tom eut immobilisé le chariot, Jennsen vit que trois hommes se tenaient sur les marches. Celui du milieu, tout de blanc vêtu, avait glissé les mains dans les manches brodées d'or de son imposante tenue.

Tom tira le frein du chariot tandis que des soldats prenaient les chevaux par la bride.

Voyant que le marchand de vin faisait mine de sauter à terre, Jennsen le retint par le bras.

— Tu n'iras pas plus loin, mon ami.

— Mais tu…

— Tom, tu en as fait assez. Sans toi, je n'aurais pas réussi, mais à partir de maintenant, je pourrai me débrouiller seule.

Le marchand de vin étudia les gardes qui entouraient le chariot.

— Un peu de compagnie ne te ferait pas de mal, dit-il.

— Je préfère que tu retournes auprès de tes frères.

Tom regarda la main de Jennsen, toujours posée sur son bras.

— Si c'est ce que tu veux… (Il baissa le ton.) Est-ce que je te reverrai ?

Plus qu'une question, il s'agissait d'une sorte de requête. Après tout ce que Tom avait fait pour elle, Jennsen n'eut pas le cœur de ne pas répondre.

— Quand j'aurai libéré mon ami, nous devrons acheter des chevaux sur le marché en plein air. Avant, je passerai te voir, si tu es encore là à vendre du vin…

— C'est promis ?

— As-tu oublié que j'entends te dédommager pour tes efforts ?

Tom eut un demi-sourire.

— Je n'ai jamais rencontré une personne comme toi, Jennsen. Je… Mais avec tous ces soldats autour de nous, l'heure n'est pas aux effusions – et encore moins aux murmures. Merci de m'avoir permis de participer à ton aventure, ma dame. Et bonne chance pour la suite.

Sans le savoir, Tom avait déjà couru assez de risques, et il était temps que ça cesse. Jennsen sourit, espérant exprimer ainsi toute la gratitude qu'elle éprouvait pour son ami. Car elle doutait d'avoir le temps de passer lui dire adieu quand elle partirait.

Tom prit à son tour le bras de la jeune femme.

— Soyons l'acier qui lutte contre l'acier, afin qu'il puisse être la magie qui affronte la magie.

Sous la torture, Jennsen n'aurait su dire de quoi parlait son ami. Sans se démonter, elle soutint son regard et hocha gravement la tête.

Soucieuse que les soldats ne la prennent pas pour une douce et charmante enfant, elle se détourna de Tom, sauta du chariot et vint se camper devant l'homme qui semblait diriger le détachement.

— Je veux voir le responsable des prisonniers, dit-elle. Le capitaine Lerner, si ma mémoire est bonne.

— Vous désirez voir le chef des gardes de la prison ? s'étonna l'officier.

Jennsen aurait été incapable de dire s'il s'agissait d'un caporal ou d'un général ! Pour être honnête, elle ignorait tout de l'armée, à part que des soldats essayaient de la tuer depuis près de quinze ans.

Cela dit, à voir sa tenue, son âge et son comportement, l'homme devait plutôt être un caporal, ou quelque chose dans ce genre. Craignant de faire une boulette, Jennsen décida de ne pas l'appeler par son grade.

— C'est ce que je veux, en effet, dit-elle, et je n'ai pas toute la vie devant moi ! Bien entendu, j'aurai besoin d'une escorte. Quelques-uns de vos hommes et vous, voilà qui fera l'affaire…

En s'engageant dans l'escalier, Jennsen regarda derrière elle et vit Tom lui faire un clin d'œil. Cet encouragement lui remonta le moral.

Les soldats s'étant écartés, Tom fit faire demi-tour au chariot. Après l'avoir regardé s'éloigner un court moment, Jennsen prit une grande inspiration et se tourna vers l'homme en robes blanches.

— Conduisez-moi à l'endroit où on garde les prisonniers, ordonna-t-elle d'une voix qui ne tremblait pas.

L'homme aux cheveux gris clairsemés leva un index pour signifier aux gardes d'aller reprendre leur poste. Seul l'officier au grade inconnu et une dizaine de soldats restèrent derrière Jennsen.

— Puis-je voir le couteau ? demanda l'homme en blanc.

Une personne qui commandait ainsi aux gardes devait être importante, se dit Jennsen. Et au palais du seigneur Rahl, les gens haut placés pouvaient très bien avoir le don. Si c'était le cas, son interlocuteur verrait qu'elle était un « trou dans le monde ». Hélas, il était bien trop tard pour rebrousser chemin – et encore plus pour cesser de jouer son rôle.

Espérons qu'il s'agisse simplement d'un fonctionnaire du palais qui n'entend rien à la magie…

Sous le regard de bon nombre de soldats, Jennsen dégaina tranquillement son couteau. En silence, mais sans dissimuler qu'elle serait bientôt à bout de patience, elle brandit l'arme afin que son interlocuteur puisse admirer le « R » gravé sur la garde.

— C'est un vrai ? demanda l'homme après un examen attentif.

— Non, je l'ai fabriqué hier soir, alors que j'étais assise devant mon feu de camp ! Allez-vous oui ou non me conduire jusqu'à la prison ?

Toujours impassible, l'homme tendit gracieusement une main.

— Si vous voulez bien me suivre, ma dame…

Chapitre 26

Les robes blanches du fonctionnaire flottaient autour de lui tandis qu'il gravissait les marches, flanqué de ses deux acolytes en tenue couleur argent.

Comme une invitée de marque, Jennsen marchait à distance respectueuse de ses trois guides. Quand le vieil homme en blanc s'en aperçut, il ralentit le pas pour qu'elle comble son retard.

La jeune femme fit de même pour maintenir l'écart. L'homme regarda derrière lui, très nerveux, puis marcha encore plus lentement. Ne renonçant pas à son petit jeu, Jennsen réduisit l'allure en proportion. Bientôt, les trois fonctionnaires, la visiteuse et les soldats qui la suivaient durent marquer une pause pratiquement sur chaque marche.

Quand la petite procession atteignit un somptueux palier, l'homme en blanc regarda de nouveau derrière lui. Voyant le geste agacé de Jennsen, il comprit enfin qu'elle n'avait aucune envie de progresser à ses côtés, mais entendait au contraire qu'il lui ouvre la marche.

Le fonctionnaire capitula et cessa d'avancer avec la lenteur d'un escargot. Visiblement, il détestait être rabaissé ainsi au niveau d'un banal huissier, mais Jennsen se fichait comme d'une guigne de ses états d'âme.

L'officier et sa dizaine d'hommes gravissaient les marches très lentement afin de rester eux aussi à bonne distance de la jeune femme. Pour une escorte, surtout improvisée, c'était un exercice assez pénible et agaçant. Exactement l'intention de Jennsen : comme ses cheveux roux, cela distrayait les soldats, les empêchant de se poser les bonnes questions au sujet de l'« émissaire » du seigneur Rahl.

Après avoir traversé plusieurs grands paliers – une bénédiction pour les mollets, quand on devait monter autant de marches –, la petite colonne se retrouva devant d'énormes portes de bronze flanquées de gigantesques colonnes. La façade du palais était la structure la plus impressionnante que Jennsen ait jamais vue, mais elle n'était pas d'humeur à apprécier des merveilles architecturales. L'important était ce qui l'attendait à l'intérieur du palais, pas ses qualités esthétiques.

Précédée par les trois fonctionnaires, Jennsen passa entre les colonnes puis franchit les portes ouvertes. Les soldats la suivirent, leurs armes et leurs cottes de mailles cliquetant étrangement dans le grand hall de marbre.

Dans le palais, les gens qui vaquaient à leurs occupations, conversaient par petits groupes ou se promenaient sur les balcons s'arrêtèrent tous pour regarder l'étrange procession. Trois fonctionnaires, dont un en robes blanches, qui guidaient une femme aux cheveux roux suivie de loin par une dizaine de soldats… La chose n'était pas banale ! D'autant moins qu'il semblait évident, à voir la tenue de Jennsen, qu'elle venait juste d'arriver – au terme d'un voyage qui n'avait rien eu d'une promenade de santé.

Jennsen fut ravie par la réaction des badauds. Cette curiosité un rien angoissée était prévue à son programme et devait en principe augmenter le malaise des fonctionnaires et des militaires.

Déstabiliser, toujours déstabiliser !

Quand l'homme en blanc leur eut murmuré quelques mots, les deux types en robes couleur argent hochèrent la tête, s'éloignèrent et disparurent dans un passage latéral. Leur chef reprit son chemin, Jennsen se laissa guider, toujours à bonne distance, et les soldats continuèrent à traînasser nerveusement derrière elle.

Le petit groupe remonta une interminable série de couloirs et monta ou descendit une succession d'escaliers de service. Au bout d'un moment, à force de tours et de détours, Jennsen dut se rendre à l'évidence : malgré un excellent sens de l'orientation, elle était complètement perdue.

Très observatrice, elle nota cependant que l'homme en blanc, pour qu'elle arrive plus vite à destination, n'hésitait pas à lui faire emprunter des couloirs mal éclairés et des escaliers poussiéreux. Des raccourcis, sans aucun doute – le genre de passages réservé aux urgences…

Ce détail rassura beaucoup la jeune femme, parce qu'il montrait qu'on la prenait au sérieux. Du coup, jouer son rôle devint beaucoup plus facile. Se répétant qu'elle était une personne importante et un agent spécial du seigneur Rahl, elle parvint à se convaincre que les soldats et les fonctionnaires étaient là pour la servir et lui obéir. C'était leur travail et leur devoir, voilà tout !

Mémoriser le chemin étant impossible, Jennsen décida de profiter du trajet pour mettre un plan au point. Une fois à pied d'œuvre, elle aurait intérêt à savoir que dire, si elle voulait sauver sa peau et celle de Sebastian.

Quoi qu'il arrive, se dit-elle, elle devait continuer à jouer son rôle. Si Sebastian était dans un état pitoyable, éclater en sanglots, se jeter sur lui, gémir ou trembler ne serait pas du tout productif. Cela dit, quand elle se trouverait devant son ami, rester impassible se révélerait plus facile à dire qu'à faire.

Le fonctionnaire en blanc jeta un coup d'œil derrière lui avant de s'engager dans un escalier de pierre à la rampe de fer rouillée sous sa peinture écaillée. Les marches en colimaçon, très raides, donnaient sur un couloir étroit éclairé par des torches et non par des lampes ou des déflecteurs, comme dans les étages supérieurs.

Les deux hommes en robes couleur argent attendaient la petite colonne au pied de l'escalier. De la fumée flottait dans le couloir, charriant une odeur de poix brûlée, et il faisait un froid glacial.

Jennsen sentit dans ses tripes à quel point ils s'étaient enfoncés dans les entrailles du palais. Un instant, ça lui rappela sa chute dans les eaux noires du marécage. Ici, elle se sentait tout aussi oppressée qu'à ce moment-là, comme si le poids du complexe tout entier lui comprimait la poitrine.

Le long du couloir de droite, la jeune femme crut distinguer des portes disposées à intervalles réguliers. Ces battants étaient munis d'un guichet, et il semblait bien que des doigts s'accrochaient parfois aux barreaux. Du fond du corridor monta le son d'une toux sèche et profonde.

Alors qu'elle tentait de déterminer d'où venait exactement ce son, Jennsen eut l'impression que ce lieu n'était pas un endroit où on envoyait les prisonniers subir un châtiment. À l'évidence, ils étaient là pour y crever comme des chiens.

Un colosse au cou de taureau se tenait droit comme un « i » devant la porte bardée de fer qui défendait le couloir de gauche. Les mains croisées dans le dos, le menton agressivement pointé, ce geôlier avait un regard susceptible de glacer les sangs de personnes bien plus courageuses que Jennsen.

Elle eut une incroyable envie de filer à toutes jambes. Pourquoi s'était-elle fourrée dans cette absurde situation ? Et pour qui se prenait-elle ? Elle n'était qu'une moins-que-rien. Personne…

Selon Althea, c'était faux, sauf si elle faisait en sorte qu'il en soit ainsi. Hélas, Jennsen aurait aimé partager la confiance de la magicienne en ce qui concernait ses éventuelles aptitudes.

Les yeux plongés dans ceux de la jeune femme, l'homme en blanc désigna le colosse.

— Je vous présente le capitaine Lerner… L'homme que vous vouliez voir. Capitaine, voici une émissaire personnelle du seigneur Rahl. En tout cas, c'est ce que cette gente dame prétend.

Lerner eut un rictus qui n'augurait rien de bon.

— Merci, dit Jennsen aux soldats et aux trois fonctionnaires. Vous pouvez vous en aller, à présent…

L'homme en blanc voulut protester, mais le regard glacial de Jennsen l'en dissuada. Après une brève révérence, il battit des bras comme une fermière qui fait avancer ses volailles et partit avec les soldats et ses deux subordonnés.

— Je cherche un prisonnier, dit Jennsen au capitaine Lerner. Un homme qui vous a été amené récemment.

— Et pour quelle raison le cherchez-vous ?

— Il y a une erreur. Il n'aurait pas dû être emprisonné.

— Et qui prétend qu'il s'agit d'une erreur ?

Jennsen dégaina son couteau, le prit par la lame et brandit la garde devant le nez du capitaine.

— Moi.

Sans broncher, l'homme accorda à peine un regard à l'arme – de toute évidence, ce n'était pas la première qu'il voyait.

Impassible, Lerner continua à barrer la route à sa visiteuse.

Tout aussi calme, Jennsen fit tourner l'arme entre ses doigts, la prit par la garde et la rengaina.

— Je portais le même couteau, dit le capitaine en désignant la hanche gauche de Jennsen. Il y a quelques années de ça…

— Et plus maintenant ? demanda la jeune femme.

Lerner haussa les épaules.

— Risquer sa vie à chaque instant pour le seigneur Rahl finit par être épuisant…

Jennsen eut soudain peur que l'homme lui pose au sujet du seigneur une question évidente à laquelle elle serait pourtant incapable de répondre. Elle devait prendre les devants, afin de ne pas tomber dans un piège.

— Vous étiez au service de Darken Rahl, dans ce cas… Je ne portais pas encore cette arme, à l'époque. Connaître un tel homme a dû être un grand honneur.

— On voit bien que vous ne l'avez pas rencontré…

Jennsen craignit d'avoir commis sa première bourde. D'après elle, tous les serviteurs du seigneur Rahl l'aimaient et lui étaient fidèles. Cette hypothèse de travail lui avait paru justifiée. Une grossière erreur, apparemment.

Lerner détourna la tête, cracha sur le sol puis regarda de nouveau Jennsen.

— Darken Rahl était un foutu salaud ! J'aurais aimé lui enfoncer son couteau de malheur entre les omoplates et lui traverser le cœur.

Totalement prise au dépourvu, Jennsen parvint pourtant à rester froide comme une lame.

— Pourquoi ne l'as-tu pas fait ? demanda-t-elle, passant au tutoiement à un moment qui lui semblait judicieux.

— Quand le monde entier est cinglé, être sain d'esprit ne sert à rien. J'ai fini par prétendre que j'étais trop vieux, et on m'a donné ce boulot, au donjon… Peu après, un type bien plus courageux que moi a expédié Darken Rahl chez le Gardien.

Jennsen n'y comprenait plus rien. Le discours de Lerner était aussi étrange qu'inattendu. Mais que penser de sa sincérité ? Cet homme avait-il vraiment haï Darken Rahl, ou faisait-il son possible pour encenser le nouveau seigneur Rahl, Richard, qui était allé jusqu'à assassiner son propre père ? Devant une émissaire de Richard, parler ainsi était sûrement une bonne tactique, quand on tenait à sa peau.

— Tom semble t'estimer beaucoup, dit Jennsen. Et ce n'est pas le genre d'homme à s'emballer pour rien.

Le capitaine éclata de rire. Bizarrement, Jennsen sourit devant l'hilarité incongrue d'un colosse qui aurait facilement pu se faire passer pour le fiancé de la mort.

— Tom sait de quoi il parle ! lança Lerner quand il se fut calmé.

Il se tapa du poing sur le cœur – le salut en vigueur dans l'armée d'harane – puis sourit presque gentiment à Jennsen.

Même quand il n'était pas là, le marchand de vin réussissait à aider son amie.

Jennsen rendit son salut au militaire. D'instinct, cela lui avait paru la bonne chose à faire.

— Je m'appelle Jennsen…

— Ravi de te rencontrer, Jennsen… Si je connaissais aussi bien que toi le nouveau seigneur Rahl, je servirais peut-être encore à tes côtés. Mais j'avais abandonné avant qu'il prenne le pouvoir, et je croupissais déjà dans ce couloir. Depuis, le nouveau seigneur a tout bouleversé. Toutes les règles ont changé, et le monde est sens dessus dessous.

Jennsen sentit que la conversation glissait sur un terrain dangereux. Ne comprenant rien à ce que racontait Lerner, elle risquait de se trahir à chaque instant. Pour l'éviter, elle devait entrer aussi vite que possible dans le vif du sujet.

— Maintenant, je comprends pourquoi Tom m'a conseillé de demander à te voir…

— Quel est ton problème, Jennsen ?

La jeune femme prit une grande inspiration. Après s'être préparée pendant des heures, elle était sûre de maîtriser parfaitement sa partition. À présent, l'interpréter devant un public serait sans doute un jeu d'enfant…

— Comme tu le sais, les serviteurs du seigneur Rahl tels que moi peuvent rarement clamer à tous les vents ce qu'ils sont et ce qu'ils font.

— C'est évident, oui…

Bien que son cœur cognât follement dans sa poitrine, Jennsen croisa les bras, l'air détendue comme si elle bavardait avec un vieil ami. Son entrée en matière ayant mis dans le mille, le reste avait une bonne chance de passer tout seul.

— Eh bien, j'avais engagé un homme, et j'ai entendu dire qu'il avait été emprisonné. Pour être franche, ça ne m'a pas surprise, parce que c'est le genre de type qui ne passe pas inaperçu dans une foule. Mais pour ma mission, c'était l'adjoint adéquat. Hélas, les gardes n'ont pas les yeux dans leur poche. À cause du travail dont je l'avais chargé, et des gens avec qui nous traitions, mon homme était armé jusqu'aux dents. C'est sûrement ça qui a attiré l'attention des soldats…

» Mon agent n'est jamais venu au palais, donc, il ne sait pas à qui il peut se confier. De plus, nous sommes ici pour démasquer des traîtres.

Lerner plissa le front.

— Des traîtres ? Au Palais du Peuple ?

— Nous n'en sommes pas sûrs à cent pour cent, mais nous craignons des tentatives d'infiltration. Ça nous complique la tâche, puisque nous ne pouvons nous fier à personne. Si l'identité de mon compagnon est découverte par les mauvaises personnes, ça mettra en danger des dizaines de serviteurs du seigneur Rahl. Je doute que le prisonnier vous ait seulement révélé son vrai nom. Il est assez expérimenté pour savoir qu'il faut en dire le moins possible afin de protéger les autres membres du réseau. Tu as entendu parler d'un certain Sebastian ?

Fasciné par l'histoire de Jennsen, Lerner fouilla dans ses souvenirs.

—Non, aucun prisonnier n'a donné ce nom-là... (Le capitaine fronça les sourcils.) Tu peux me décrire ton compagnon ?

—Quelques années de plus que moi... Les yeux bleus... Des cheveux blancs très courts hérissés sur sa tête...

—Je vois très bien, oui ! s'exclama Lerner.

—Mon information était exacte ? Il est bien ici ?

Jennsen aurait aimé prendre l'homme par le cou et le secouer comme un prunier pour savoir si Sebastian avait été torturé. Elle brûlait d'envie de crier : « Libérez mon ami » ! Mais elle n'en fit rien.

—Oui, il est ici... Si nous parlons du même homme, bien entendu. Mais la description correspond...

—Parfait ! J'ai besoin de le récupérer pour une mission urgente qui ne peut pas attendre. Capitaine, c'est important, car nous devons suivre une piste avant qu'elle refroidisse trop. D'après moi, il vaudrait mieux que la libération de Sebastian soit la plus discrète possible. Nous devrons partir sans nous faire remarquer et en n'ayant aucun contact avec les soldats. Les espions peuvent s'être infiltrés jusque dans l'armée, et je ne veux courir aucun risque.

Lerner soupira, croisa les bras et se pencha vers Jennsen à la manière d'un grand frère qui s'inquiète pour sa petite sœur.

—Jennsen, tu es sûre qu'il est de notre côté ?

La jeune femme sentit qu'elle ne devait pas trop en faire si elle ne voulait pas briser le charme.

—Il a été choisi pour cette mission parce que les soldats ne risquaient pas de le soupçonner d'être... l'un de nous. En le voyant, on ne le devine pas, c'est vrai. Il est très doué pour s'approcher des espions ennemis sans qu'ils se doutent un instant qu'il est un agent secret.

—Tu es certaine de sa loyauté ? insista Lerner. Tu peux affirmer qu'il ne complote pas contre la sécurité du seigneur Rahl ?

—Sebastian est un de mes agents, j'en ai la certitude. Mais comment savoir si l'homme que tu détiens est bien celui que je cherche ? Pour ça, il va falloir que je le voie. Et d'ailleurs, pourquoi toutes ces questions ?

Le capitaine secoua pensivement la tête.

— Eh bien, je ne sais pas trop... Alors que tu commences à peine, j'ai porté un couteau semblable au tien pendant des années. Souvent, je suis allé dans des endroits où il valait mieux que je n'aie pas cette arme avec moi, afin que personne ne sache qui j'étais. Comme tu t'en es sans doute aperçue, quand on est en permanence en danger, on finit par développer une sorte de sixième sens au sujet des gens. Eh bien, ton... ami... aux cheveux blancs me met mal à l'aise, voilà tout... Je ne peux rien préciser, mais c'est comme ça.

Jennsen ne sut trop que dire. Le capitaine étant deux fois plus costaud que Sebastian, ce n'était sûrement pas sa présence physique qui l'inquiétait. Cela dit, la taille ou le volume de muscles ne voulaient pas dire grand-chose. Si elle l'affrontait au couteau, Jennsen pouvait tout à fait triompher de Lerner. Au fond, le capitaine avait peut-être simplement senti à quel point Sebastian était redoutable, les armes à la main.

Quand Jennsen avait jonglé avec le couteau, Lerner n'avait pas manqué une miette du spectacle... La preuve qu'il accordait de l'importance à tous les détails.

Lerner avait peut-être aussi découvert que Sebastian n'était pas d'haran. Un réseau de petits indices avait peut-être pu lui suffire – rien d'étonnant pour un ancien agent secret. Si c'était ça, Jennsen avait préparé une explication qui rassurerait le capitaine.

— Tom a résolu son problème ? demanda soudain Lerner.

— Tu le connais, il se sort toujours de tout... En ce moment, il vend du vin avec l'aide de Joe et Clayton.

Le capitaine parut ne pas en croire ses oreilles.

— Tom et ses frères, marchands de vin ? (Lerner secoua la tête et sourit.) Je donnerais cher pour savoir ce qu'il fait *vraiment*.

Jennsen haussa les épaules.

— Eh bien, c'est son occupation en ce moment, rien de plus... Ses frères et lui passent leur temps à voyager pour acheter des marchandises et les revendre ensuite...

Le capitaine rit de bon cœur et tapa sur l'épaule de Jennsen.

— C'est ce qu'il veut qu'on raconte, et tu t'en tiens à la lettre à cette version. Je ne m'étonne plus qu'il te fasse confiance...

Complètement larguée, Jennsen chercha un moyen de changer de sujet. Si la conversation sur Tom continuait, elle finirait par se trahir. Car contrairement au capitaine, elle ne savait rien sur son – très récent – ami.

—Il faudrait que j'aille voir ce prisonnier, à présent… Si c'est Sebastian, il est urgent que je le tire d'ici pour qu'il se remette au travail.

—Tu as raison, approuva Lerner. S'il s'agit bien de ton agent, je connais au moins son nom, désormais… (Il sortit une clé de sa poche et se tourna vers la porte.) Si c'est lui, il a de la chance que tu sois arrivée avant la femme en rouge désignée pour l'interroger. Entre les pattes d'une Mord-Sith, ton Sebastian aurait craché beaucoup plus que son nom, tu peux me croire ! Mais il se serait épargné pas mal d'ennuis en disant qui il était… Et il t'aurait facilité la vie, du même coup.

Jennsen fut soulagée d'apprendre que Sebastian n'avait pas été torturé par les Mord-Sith.

—Quand on travaille pour le seigneur Rahl, dit-elle, continuant à jouer son rôle, on ne parle pas à tort et à travers. Sebastian sait quel prix il faut être prêt à payer quand on fait notre métier.

Lerner acquiesça tout en faisant tourner la clé dans la serrure, qui s'ouvrit avec un grincement sinistre.

—Pour ce seigneur Rahl, je me tairais, même si je tombais entre les pattes d'une meute de Mord-Sith. Mais tu le connais bien mieux que moi, Jennsen, et je n'ai rien à t'apprendre sur ce plan.

La jeune femme ne comprit rien au discours du capitaine, mais elle ne commit pas la bévue de lui poser des questions qui auraient fini par se retourner contre elle.

Lerner ouvrit la porte, révélant un long couloir faiblement éclairé par des bougies. Ici, d'autres cellules s'alignaient, et une bonne dizaine de paires de bras se tendirent à travers les barreaux sur le passage de Jennsen et du capitaine. Des jurons montèrent de derrière les portes, permettant à la jeune femme de déduire que chacune de ces pièces contenait plusieurs prisonniers.

Jennsen suivit le capitaine et ne tressaillit pas quand des obscénités jaillirent de derrière les barreaux. Pourtant, les horreurs que lui lançaient les prisonniers la choquaient profondément. Mais si elle voulait réussir, il ne fallait surtout pas qu'elle tombe le masque.

Lerner avançait bien au centre du couloir et n'hésitait pas à écarter sans douceur les bras trop insistants.

—Attention…, souffla-t-il à Jennsen.

Attention à quoi ? faillit demander la jeune femme.

Elle n'en eut pas l'occasion, car un prisonnier lui jeta dessus une boule de ce qui semblait être de la boue. Quand le projectile eut manqué sa cible et se fut écrasé contre le mur d'en face, Jennsen, révulsée, constata qu'il s'agissait de matière fécale.

D'autres prisonniers bombardèrent la visiteuse, qui dut esquiver de son mieux.

Furieux, Lerner tira un grand coup de pied dans une des portes. Le son qui se répercuta jusqu'au fond du couloir incita les prisonniers à battre prudemment en retraite au fond de leur cellule.

Le capitaine s'immobilisa, attendit un peu pour être sûr qu'on avait compris son message, puis il recommença à marcher.

— De quoi sont accusés ces hommes ? ne put s'empêcher de demander Jennsen.

Lerner lui jeta un rapide coup d'œil par-dessus son épaule.

— Un tas de choses... Meurtre, viol, ce genre de crime... Quelques-uns sont des espions. Le type de proie que tu traques...

La puanteur menaçait de faire suffoquer Jennsen. Bien entendu, la haine des prisonniers était compréhensible, quand on connaissait le seigneur Rahl. Pourtant, même si elle sympathisait de tout cœur avec tous les opposants au tyran, le comportement de ces captifs n'était pas acceptable, car il permettait à leurs ennemis de les traiter comme des bêtes sauvages.

Quand Lerner s'engagea dans un couloir latéral, Jennsen lui colla prudemment aux basques.

Le capitaine prit une lampe dans une niche murale et l'alluma à la flamme d'une bougie. De la lumière jaillit, illuminant ce décor de cauchemar et le rendant encore plus terrifiant. Terrorisée, Jennsen imagina qu'on la démasquait puis la jetait dans ce trou à rats. Que se passerait-il si elle était emprisonnée avec des brutes pareilles ? Elle le savait très bien et dut faire un effort surhumain pour ne pas prendre ses jambes à son cou.

Lerner ouvrit une nouvelle porte et s'engagea dans un couloir bas de plafond où les portes étaient beaucoup plus proches les unes des autres. Des cellules individuelles, certainement...

Une main couverte de plaies suppurantes jaillit d'un guichet et tenta de s'accrocher au manteau de Jennsen. Se dégageant vivement, la jeune femme continua son chemin à grandes enjambées.

Au bout du couloir, le capitaine ouvrit une troisième porte bardée de fer. Le nouveau corridor était très étroit – à peine plus large que les épaules de Lerner – et les portes des cellules, ici, semblaient faites pour des hommes bien plus petits que la moyenne.

Lerner s'arrêta, jeta un coup d'œil par un judas et parut satisfait de ce qu'il voyait.

— C'est la section réservée aux prisonniers spéciaux, dit-il en tendant sa lampe à Jennsen.

Quand elle l'eut prise, le colosse eut besoin de ses deux mains – et de toutes ses forces – pour ouvrir la porte de la cellule.

Jennsen jeta un coup d'œil et découvrit un petit sas qui donnait accès à une autre porte. C'était pour ça qu'on n'entendait pas de cris, dans ce corridor, et qu'aucun bras ne jaillissait des guichets : chaque cellule avait une double porte, afin d'empêcher totalement les évasions.

Lerner ouvrit le second battant puis reprit la lampe. Se pliant en deux, il entra à demi dans la cellule et tendit une main à Jennsen pour l'inciter à avancer.

La jeune femme prit la main du colosse, une précaution qui lui évita de trébucher sur une haute marche, et entra avec lui dans la cellule.

Creusée à même la roche de la montagne, la pièce était plus grande que Jennsen l'aurait cru. Des dizaines d'hommes avaient dû suer sang et eau pour évider ainsi la roche. Sans outil, les prisonniers n'avaient aucune chance de forer un tunnel pour s'évader.

Sebastian était assis sur une étroite couchette elle aussi taillée dans la roche. Dès qu'il aperçut Jennsen, il riva sur elle ses beaux yeux bleus. En un éclair, la jeune femme lut dans son regard à quel point il désirait sortir de là. Mais il ne broncha pas et n'afficha aucune émotion visible par un étranger. N'importe quel observateur aurait juré qu'il ne connaissait pas sa visiteuse.

Le jeune homme aux cheveux blancs était assis sur son manteau soigneusement plié. Un gobelet reposait à côté de lui, voisinant avec un morceau de pain. Rien ne laissait supposer que Sebastian avait été maltraité par ses geôliers...

Jennsen se réjouit de revoir le beau visage et les cheveux si particuliers de son ami. Sans parler de ses magnifiques lèvres, qui lui avaient si souvent souri...

Pour l'heure, Sebastian se gardait bien de sourire, et il avait raison, car cela aurait tout fichu en l'air.

Jennsen se retint de se jeter sur lui pour le prendre dans ses bras et dire à quel point elle était heureuse qu'il soit sain et sauf.

— C'est lui ? demanda Lerner.

— Oui, capitaine...

Sous le regard intense de Sebastian, Jennsen avança de trois pas.

— Tout va bien, dit-elle d'une voix qui ne tremblait pas (un miracle de volonté). Le capitaine Lerner sait que tu appartiens à mon équipe. (Elle tapota la garde de son couteau.) Il ne révélera à personne ta véritable identité, tu peux te rassurer…

Le capitaine tendit la main au prisonnier.

— Content de te connaître, Sebastian, et désolé pour la façon dont nous t'avons traité. Mais nous ne savions pas, pour votre mission, à Jennsen et à toi. J'ai fait le même métier que vous, et je sais ce que signifie l'expression « travailler sous couverture ».

Sebastian se leva et serra la main de Lerner.

— Oublions ça, capitaine ! Vos hommes ont simplement accompli leur devoir, et on ne peut pas les en blâmer.

Ignorant tout du plan mis au point par Jennsen, Sebastian attendait qu'elle lui indique discrètement la marche à suivre.

La jeune femme décida de lui poser une question à laquelle il ne pourrait pas répondre mais qui lui donnerait une excellente idée de l'histoire qu'elle avait inventée.

— Avant ton arrestation, étais-tu entré en contact avec les espions infiltrés au palais ? As-tu au moins réussi à gagner la confiance d'un de ces traîtres ? Peux-tu me donner un nom ?

Sebastian comprit tout au vol et réagit avec sa souplesse d'esprit habituelle.

— Non, répondit-il, sinistre. Je venais juste d'arriver quand les gardes… Eh bien, tu connais la suite ! (Il baissa les yeux.) Désolé…

— Tu n'as pas à t'excuser, compatit Jennsen. Les gardes ont rudement raison de ne pas courir de risques dans l'enceinte du palais. Cela dit, nous devrions déjà être au travail. J'ai suivi une piste et découvert des indices précieux. Il nous faut contacter de nouveaux informateurs, mais ils sont très méfiants, et je voudrais que tu te charges des manœuvres d'approche. Si une femme propose de leur payer à boire, ces types risquent de se faire des idées, donc il vaut mieux que tu t'en occupes. Moi, j'ai d'autres pièges à tendre et d'autres poissons à ferrer.

— Très bien, répondit Sebastian comme s'il savait parfaitement de quoi parlait sa « chef ».

— Vous avez du pain sur la planche, dit Lerner. Si on filait d'ici ?

Jennsen se tourna vers la sortie.

— Il me faudrait mes armes, capitaine, dit Sebastian. Et l'argent que j'avais dans ma bourse. Cette somme m'a été remise par le seigneur Rahl. J'en ai besoin pour le servir loyalement.

— J'ai tout gardé, et rien ne manque, vous avez ma parole d'honneur !

Quand ils furent dans l'étroit couloir, Jennsen et Sebastian attendirent le capitaine, qui prit le temps de refermer les deux portes.

Dès que ce fut fait, Lerner passa devant Sebastian et prit Jennsen par le bras pour l'empêcher de s'éloigner.

La jeune femme se pétrifia. Puis elle sentit la main de Sebastian frôler sa hanche et se poser sur la garde de son couteau.

— Ce que disent les gens est vrai ? demanda Lerner.

— De quoi parles-tu ?

— Eh bien, du seigneur Rahl… Il paraît qu'il est… hum… différent. Je l'ai entendu dire par des hommes qui l'ont rencontré et qui ont combattu avec lui. Ils mentionnent la façon dont il se bat avec son épée, bien sûr, et ses extraordinaires pouvoirs, mais ils insistent sur ses… comment dirais-je… ses qualités humaines. C'est la vérité ?

Jennsen n'avait aucune idée de la réponse. Elle ignorait ce que les D'Harans, en particulier les soldats, disaient de leur seigneur, et ça ne l'intéressait pas le moins du monde. Si elle répondait à Lerner et se trahissait, ça ficherait tout en l'air.

Sebastian et elle pouvaient tuer le capitaine, elle le savait. La surprise jouerait en leur faveur, et son ami, la main sur la garde du couteau, devait penser exactement la même chose.

Mais il leur restait encore à sortir du palais. S'ils tuaient Lerner, son cadavre serait vite découvert. Et même s'ils parvenaient à le cacher, les soldats d'harans n'étaient pas des imbéciles, loin de là. Un simple contrôle des prisonniers leur apprendrait que Sebastian s'était évadé. À partir de là, passer à travers les mailles du filet serait pratiquement impossible.

De plus, Jennsen doutait fort d'être capable d'assassiner Lerner. Même s'il était un officier d'haran, elle n'éprouvait aucune haine à son égard.

Le capitaine semblait être un homme digne de ce nom, pas un monstre. Il estimait Tom, qui paraissait lui rendre la pareille. Poignarder un agresseur était une chose. Mais commettre un meurtre de sang-froid…

Non, Jennsen ne s'en sentait pas la force.

— Nous donnerions notre vie pour cet homme, dit Sebastian d'un ton vibrant de conviction. Afin de ne pas le mettre en danger, je me serais laissé torturer à mort sans vous révéler une seule information.

— Comme Sebastian, ajouta Jennsen, je pense tout le temps au seigneur Rahl. Il m'arrive même de rêver de lui.

C'était la stricte vérité… et en même temps un mensonge éhonté !

Lerner sourit, l'air profondément satisfait, puis lâcha le bras de Jennsen, qui sentit les doigts de Sebastian s'éloigner de la garde de son couteau.

— Je crois que ça se passe de commentaires, dit le capitaine. J'ai été dans le métier pendant longtemps, et je n'espérais plus qu'une chose pareille se produise… (Il marqua une pause puis continua :) Et son épouse ? Est-elle vraiment une Inquisitrice, comme on le raconte ? J'ai entendu des histoires au sujet des Inquisitrices – des rumeurs venues de l'autre côté de la frontière que je n'ai jamais pu infirmer ou confirmer.

Son épouse ? Jennsen ne savait rien de la femme du seigneur Rahl. À vrai dire, elle n'avait jamais imaginé qu'il était marié. À quoi pouvait ressembler sa compagne ? Et pourquoi le seigneur, alors qu'il avait un droit de cuissage sur toute la gent féminine de son royaume, s'était-il passé la corde au cou ?

Enfin, que pouvait bien être une « Inquisitrice » ? Ce titre était impressionnant et peu engageant, certes, mais à part ça…

— Désolée, capitaine, mais je n'ai jamais rencontré dame Rahl.

— Moi non plus, dit Sebastian. Mais je n'ai entendu que de bonnes choses à son sujet, comme vous…

Lerner sourit de nouveau.

— Je suis heureux d'avoir vécu assez longtemps pour voir un seigneur Rahl tel que celui-là prendre le pouvoir en D'Hara. Le pays est enfin dirigé comme il le méritait.

Troublée, Jennsen détourna le regard. Même s'il était très sympathique, Lerner se réjouissait que sa patrie soit entre les mains d'un tyran assoiffé de sang. C'était étrange et inquiétant…

Jennsen ayant hâte d'être sortie du donjon puis du palais, ils remontèrent au pas de course les étroits couloirs, repassèrent les portes bardées de fer et traversèrent à la hâte le corridor où étaient enfermés les prisonniers « ordinaires ».

Les brutes tendirent de nouveau les bras, mais les menaces du capitaine les dissuadèrent d'aller plus loin.

Arrivés devant l'escalier, Lerner, Jennsen et Sebastian s'immobilisèrent brusquement.

Une femme leur barrait le chemin. Vêtue d'un uniforme de cuir rouge, ses cheveux blonds nattés, elle affichait une expression glaciale.

Mais on sentait qu'elle était sur le point d'exploser – ou plutôt, de se détendre pour frapper, tel un serpent venimeux ou un tigre.

De toute évidence, il s'agissait d'une Mord-Sith.

Chapitre 27

Les mains croisées dans le dos, la femme en rouge approcha du capitaine et de ses deux compagnons.

Jennsen en eut la chair de poule et les poils de sa nuque se hérissèrent. La Mord-Sith était encore plus inquiétante qu'un serpent ou un tigre…

D'un pas mesuré, elle tourna autour de ses trois proies tel un faucon qui décrit des cercles au-dessus d'une bande de rongeurs.

Jennsen aperçut l'Agiel qui pendait au poignet de la Mord-Sith. Si mortelle qu'elle fût, cette arme ressemblait à une vulgaire tige de cuir longue de moins d'un pied…

— Un fonctionnaire est venu me parler, dit la femme en rouge d'un ton presque mielleux, et il était très énervé. (Son regard se posa sur Jennsen puis s'attarda sur Sebastian.) Il m'a conseillé de venir voir ce qui se passait ici. Il m'a aussi parlé d'une rousse qui lui semblait être une fautrice de troubles. Selon vous, pourquoi était-il inquiet, ce brave homme ?

Lerner vint se camper devant Jennsen.

— Cette histoire ne vous regarde pas, dit-il, et de toute façon…

D'un coup de poignet, la Mord-Sith fit voler l'Agiel dans sa main puis le brandit devant le nez du capitaine.

— Ce n'est pas toi que j'interroge, mais cette jeune femme… Alors, chère amie, pourquoi ce fonctionnaire m'a-t-il demandé de venir ici, selon toi ?

Jennsen.

— Eh bien… Parce que c'est un crétin pompeux qui n'a pas aimé que je le traite comme il le méritait, c'est-à-dire par le mépris.

La Mord-Sith sourit. Pas parce qu'elle était amusée, mais parce qu'elle approuvait le jugement de son interlocutrice sur le type en robes blanches.

Elle se rembrunit dès qu'elle regarda de nouveau Sebastian.

— Crétin ou pas, je vois qu'un prisonnier va être relâché sans raison, simplement parce que tu le demandes…

— Mes désirs sont des ordres, lâcha froidement Jennsen. (Elle tapota la garde du couteau, sur sa hanche.) Cette arme me confère tous les droits.

— Cette arme, corrigea la Mord-Sith, ne représente absolument rien.

Jennsen s'empourpra de colère.

— Au contraire, elle…

— Tu nous prends tous pour des idiots, dans ce palais ? (Le cuir rouge de l'uniforme craqua quand la grande blonde se pencha vers Jennsen.) Tu imagines qu'il suffit de nous agiter ce couteau devant le nez pour que notre cerveau se liquéfie ?

Le cuir moulant révélait un corps puissamment musclé et pourtant harmonieux. Devant cette femme, Jennsen se sentait laide et minuscule. Comment allait-elle pouvoir abuser une personne dotée d'une telle confiance en elle-même ? C'était impossible !

Mais si elle ne tentait pas le tout pour le tout, Sebastian et elle étaient perdus.

— Je porte ce couteau parce que le seigneur Rahl me l'a remis, et je te somme de t'incliner devant moi !

— Tu me sommes ? En quel honneur ?

— Parce que ce couteau témoigne de la confiance que m'accorde le seigneur Rahl.

— Sous prétexte que tu portes cette arme à la ceinture, nous devrions croire que le seigneur te l'a confiée et qu'il se fie à toi ? Qui nous prouve que tu n'as pas trouvé ce couteau quelque part ?

— Trouver un objet pareil ? As-tu perdu l'esp…

— Il est aussi possible que ton ami et toi ayez assassiné le légitime propriétaire de cette arme afin de vous procurer un précieux sauf-conduit.

— Comment peux-tu proférer des âneries si…

— Lâche comme tu sembles l'être, je t'imagine en train d'égorger ce malheureux dans son sommeil… Mais n'est-ce pas te prêter trop de courage, au fond ? Et si tu avais simplement acheté l'arme au véritable meurtrier ? Voilà qui te ressemblerait davantage.

—Assez de mensonges ! s'écria Jennsen.

La Mord-Sith se pencha un peu plus sur sa proie.

—J'ai une autre hypothèse... Tu as peut-être laissé le propriétaire de l'arme jouir de ton corps, et pendant ce temps, ton complice l'aura dépouillé de tous ses biens... Attends, j'ai mieux encore : si tu étais une simple catin dont un meurtrier aurait payé les faveurs en lui faisant cadeau d'une jolie arme ?

—Je... Il n'est pas..., bafouilla Jennsen.

—Exhiber un couteau de ce genre ne prouve rien, puisque nous ne savons pas à qui il appartient vraiment.

Renonce.

—Il est à moi ! cria Jennsen.

—Vraiment ? demanda la Mord-Sith, les sourcils froncés.

Le capitaine Lerner croisa les bras. Debout aux côtés de son amie, Sebastian était immobile comme une statue. Réussissant à refouler ses larmes et à contenir sa panique, Jennsen accomplit un petit exploit : regarder la Mord-Sith avec du défi dans les yeux.

Jennsen... Renonce.

—J'ai une mission essentielle à remplir pour le seigneur Rahl, et tu me fais perdre mon temps.

—Sans blague ? railla la Mord-Sith. Une « mission essentielle », rien que ça ? Et elle consiste en quoi, cette mission ?

—C'est mon affaire, pas la tienne !

—C'est lié à la magie, pas vrai ? Je ne me trompe pas ?

—Tu n'as pas à fourrer ton nez dans cette histoire ! J'exécute les ordres du seigneur Rahl, et tu ferais bien de réfléchir à ce que ça signifie. Il détestera savoir que tu t'es occupée de ce qui ne te regarde pas.

—De ce qui ne me regarde pas ? Ma jeune amie, pour une Mord-Sith, il est impossible de « s'occuper de ce qui ne la regarde pas », comme tu dis. Si tu étais ce que tu prétends être, tu le saurais... Les Mord-Sith existent exclusivement pour protéger le seigneur Rahl. Si je ne m'étais pas intéressée à ce qui se passe ici, ç'aurait été une faute professionnelle.

—Mais tu...

—Silence ! Imagine que le seigneur Rahl soit en train de se vider de son sang, et qu'il me demande ce qui est arrivé, juste avant de mourir. Tu me vois lui répondre qu'une jeune femme porteuse d'un joli couteau a fait libérer un prisonnier des plus douteux ? Que pensera le seigneur, avant de quitter ce monde, si je lui raconte que nous t'avons crue sur parole parce que tu as de beaux yeux et une grande gueule ?

— Je comprends que…

— Allons, invoque ton pouvoir, histoire que je sache qui tu es ! (La Mord-Sith tendit un bras et prit entre le pouce et l'index une mèche de cheveux roux de Jennsen.) Un sortilège, un petit sort, un charme, tout ce que tu voudras ! Un éclair plus aveuglant que la foudre, si ça te chante. Ou une flamme, si tu préfères…

— Je ne…

— Utilise ton pouvoir, magicienne !

C'était un ordre et un défi.

Renonce !

Furieuse contre la voix, mais plus encore contre la Mord-Sith, Jennsen écarta la main qui jouait avec ses cheveux.

— Assez ! cria-t-elle.

Sebastian bondit sur la femme en rouge. Incroyablement rapide, celle-ci lui abattit son Agiel sur l'épaule.

Le jeune homme aux cheveux blancs se pétrifia et hurla de douleur. Appuyant sur son épaule avec l'Agiel, la Mord-Sith le força à s'agenouiller puis à se rouler en boule sur le sol.

Jennsen voulut avancer, mais la femme se retourna, son arme magique brandie.

Ne pensant qu'à Sebastian, qui devait avoir besoin de son aide, Jennsen saisit l'Agiel, tira et écarta la blonde de son chemin. Puis elle se pencha sur son ami, recroquevillé sur lui-même comme s'il avait été frappé par la foudre.

Sentant la main de Jennsen se poser sur lui, il se calma un peu – assez pour tenter de se relever, en tout cas.

Son amie lui passa un bras autour des épaules pour le soutenir. Il haletait, souffrant toujours atrocement, et battait des paupières pour éclaircir sa vision brouillée par des larmes de douleur.

Terrifiée par les dégâts que pouvait provoquer un Agiel, Jennsen caressa la joue de Sebastian. Puis elle lui souleva le menton, pour voir s'il la reconnaissait.

Il lui fit un signe de tête, la rassurant un peu.

— Levez-vous ! cria la Mord-Sith. Tous les deux !

Sebastian n'en étant pas encore capable, Jennsen fut la seule à obéir. Furieuse, elle se campa devant la Mord-Sith.

— C'est inacceptable ! rugit-elle. Quand je raconterai ça au seigneur Rahl, il te condamnera au fouet !

La Mord-Sith tendit son Agiel en direction de Jennsen.

— Touche-le !

La jeune femme referma les doigts sur l'arme et l'écarta, comme la première fois.

— Arrête avec ça ! s'écria-t-elle.

— Pourtant, marmonna la femme en rouge, son pouvoir est là, je le sens...

Se tournant, elle posa la pointe de son arme sur le bras du capitaine, qui cria de douleur et tomba à genoux.

— Assez ! cria Jennsen.

Elle saisit la lanière de cuir tressé et l'éloigna du bras de Lerner.

— Comment fais-tu ça ? demanda la Mord-Sith, éberluée.

— De quoi parles-tu ?

— Tu touches mon arme et ça ne te fait pas mal ! Personne n'est insensible au contact d'un Agiel, pas même le seigneur Rahl.

Jennsen devina que quelque chose d'extraordinaire venait de se produire. Elle n'y comprenait rien, mais à l'évidence, c'était une occasion dont elle devait profiter.

— Tu voulais voir ma magie ? Eh bien, tu as été servie.

— Mais comment... ?

— Tu crois que le seigneur Rahl m'aurait confié un couteau, si je n'étais pas compétente ?

— Certes, mais un Agiel...

— Quelle mouche vous a piquée ? demanda Lerner à la Mord-Sith. (Il se releva péniblement.) Que je sache, je lutte pour la même cause que vous...

— Protéger le seigneur Rahl, oui ! (La Mord-Sith leva son Agiel.) C'est avec ça que je le défends, et je dois savoir pourquoi ça ne marche pas sur cette femme.

Jennsen tendit la main, la referma sur l'Agiel et défia la Mord-Sith du regard. C'était le moment ou jamais de continuer à jouer son rôle, et une véritable espionne aurait poussé au maximum son avantage. Elle essaya d'imaginer ce que raconterait à sa place une authentique femme de confiance du seigneur Rahl.

— Je comprends ton inquiétude, dit-elle, décidée à ne pas laisser s'échapper la chance inespérée qui s'offrait à elle. Tu veux protéger le seigneur Rahl, et cela nous fait au moins un point commun. Sebastian et moi consacrons notre vie à la sécurité du seigneur ! Tu ignores tout de cette affaire, et je n'ai pas le temps de t'expliquer.

» Mais cette comédie a assez duré ! Le seigneur Rahl est en danger et je dois agir au plus vite. Si tu continues à me mettre des bâtons dans les roues, tu deviendras une menace pour mon maître, et je serai obligée de t'éliminer. Tu saisis ?

La Mord-Sith réfléchit. Jennsen aurait été en peine de dire à quoi, mais la voir en train de *penser* bouleversait sa vision du monde. Jusque-là, elle tenait ces femmes pour des tueuses sans cervelle. Mais là, c'était tempête sous un crâne...

Finalement, la blonde tendit une main à Sebastian pour l'aider à se relever. Puis elle se tourna vers Jennsen.

— Pour la sauvegarde de *ce* seigneur-là, je veux bien subir le fouet, et même pis. Va remplir ta mission, mon amie ! (La Mord-Sith sourit puis flanqua une tape sur l'épaule de Jennsen.) Que les esprits du bien soient avec toi ! Cela dit, je dois savoir pourquoi tu es insensible au pouvoir de mon Agiel. En principe, ce devrait être impossible...

Jennsen n'en crut pas ses oreilles. Comment un être si maléfique pouvait-il évoquer les esprits du bien ? Sa mère était avec eux, à présent, et elle en était peut-être même devenue un...

— Désolée, mais ça fait partie de ce que je n'ai pas le temps de te raconter. De plus, la sécurité du seigneur Rahl exige que je garde cette information secrète.

La Mord-Sith dévisagea longuement Jennsen.

— Je me nomme Nyda, dit-elle enfin. Jure-moi que tu n'as qu'un but dans la vie : protéger le seigneur Rahl.

— Je te le jure, Nyda ! Et maintenant, je dois partir, car je n'ai plus de temps à perdre.

La Mord-Sith tendit un bras et referma une main d'acier sur l'épaule de Jennsen.

— Nous ne pouvons pas nous permettre de perdre ce seigneur-là, car cela reviendrait à *tout* perdre. Si je découvre que tu m'as menti, je te promets deux choses. *Primo*, tu ne trouveras nulle part au monde un trou assez profond pour te cacher quand je me lancerai à ta recherche. *Secundo*, ton agonie sera plus atroce que ton pire cauchemar multiplié par cent. Me suis-je bien fait comprendre ?

Tétanisée, Jennsen parvint à peine à hocher la tête.

Nyda la lâcha et regarda l'escalier.

— Qu'attends-tu pour filer ?

— Vous êtes un peu remis ? demanda Lerner à Sebastian.

— J'aurais préféré recevoir cinquante coups de fouet, mais je crois que ça ira.

Le capitaine se massa le bras avec un petit sourire compatissant.

— Vos affaires sont là-haut, dans un meuble fermé. Vos armes et votre argent…

— L'argent du seigneur Rahl, corrigea Sebastian.

Pressée de quitter le palais, Jennsen s'engagea dans l'escalier et dut faire un gros effort pour ne pas courir.

— Au fait, lança la Mord-Sith dans son dos, j'ai oublié de te dire quelque chose !

— Quoi donc ? demanda Jennsen sans se retourner. Nous sommes pressés, ne l'oublie pas…

— Tu sais, le fonctionnaire en blanc ?

— Oui ?

— Après être passé me voir, il avait l'intention d'aller prévenir le sorcier Rahl, histoire qu'il vienne t'étudier aussi.

Jennsen devint blanche comme un linge.

— Le seigneur Rahl est au sud, très loin d'ici, dit Lerner en commençant à gravir les marches.

— Pas le seigneur, précisa Nyda, mais le sorcier. Nathan Rahl…

Chapitre 28

Nathan Rahl… Jennsen se souvenait de ce nom. Althea lui avait dit avoir rencontré cet homme au Palais des Prophètes, dans l'Ancien Monde. Nathan était un Rahl digne de ce nom, d'après la magicienne. Un puissant sorcier tellement dangereux qu'on l'avait enfermé derrière des boucliers magiques. Et malgré cela, il était parvenu à faire du mal de temps en temps.

Accessoirement, ce prophète était âgé de plus de neuf cents ans, d'après Althea.

D'une façon ou d'une autre, il avait réussi à s'évader.

— Nyda, que fait-il ici ? demanda Jennsen en prenant la Mord-Sith par le bras.

— Je n'en sais rien… En fait, je ne l'ai pas encore rencontré.

— Il est essentiel qu'il ne nous voie pas ! (Jennsen poussa Nyda en avant.) Je n'ai pas le temps de t'expliquer, mais cet homme est dangereux.

Nyda gravit les marches et se retourna quand elle fut en haut de l'escalier.

— Dangereux ? Tu es sûre de ce que tu avances ?

— Oui.

— Parfait. Dans ce cas, viens avec moi…

— Il me faut mes affaires, dit Sebastian.

— Ici…, souffla Lerner en désignant une porte.

Tandis que son ami entrait avec le capitaine dans une petite pièce, Jennsen resta devant la porte avec Nyda.

Pendant que les deux hommes récupéraient les armes et l'argent de Sebastian, la jeune femme sauta nerveusement d'un pied sur l'autre. Il lui semblait entendre déjà le bruit des pas de Nathan Rahl. Si cet homme les voyait, la panoplie d'armes de Sebastian ne servirait à rien. Du premier coup d'œil, Nathan verrait que Jennsen était un trou dans le monde – ou en d'autres termes, la fille illégitime de Darken Rahl. Face à lui, bluffer deviendrait inutile. Jennsen serait perdue, ça ne faisait pas de doute.

Sebastian sortit de la petite pièce avant le capitaine.

— En route, dit-il simplement.

À le voir, nul n'aurait soupçonné qu'il trimballait une telle quincaillerie sous son manteau. Mais ses yeux bleus et ses cheveux blancs le faisaient sortir de l'ordinaire, et c'était peut-être à cause de ça que les gardes l'avaient remarqué.

Lerner prit le bras de Jennsen.

— Comme notre amie, dit-il en désignant Nyda, j'espère que les esprits du bien t'accompagneront.

Jennsen accepta la lampe que lui tendait le capitaine. Après avoir remercié l'étrange geôlier, la jeune femme emboîta le pas à Sebastian et à la Mord-Sith.

Nyda guida les deux jeunes gens le long d'un couloir qui traversait plusieurs salles désertes. Puis ils passèrent sous une arche et s'engagèrent dans un couloir qui ne semblait pas avoir de voûte – en tout cas, lorsque Jennsen leva les yeux, elle ne vit que des ténèbres au-dessus d'elle.

Ici, le sol semblait être en roche brute. Sur la droite, le mur était un banal assemblage de moellons solidarisés par du mortier. Sur la gauche, en revanche, la paroi était composée d'énormes blocs de granit tacheté de rose. Chacun était plus large que la façade de la plus grande maison où Jennsen avait vécu. Malgré ce gigantisme, les joints étaient si bien faits qu'on n'aurait pas pu y insérer la pointe d'un couteau.

Au bout du corridor, Nyda et ses deux compagnons se penchèrent pour franchir une porte basse et s'engager sur une passerelle de fer et de bois qui passait au-dessus d'un incroyable gouffre. Baissant les yeux, Jennsen eut le tournis en découvrant cet à-pic vertigineux. La lumière de la lampe n'arrivait pas jusqu'au fond de cet abîme, et quand on le traversait ainsi, sur l'étroite passerelle, on se sentait aussi petit et insignifiant qu'une fourmi.

Une main sur le garde-fou, pour assurer son équilibre, Nyda jeta un coup d'œil derrière elle.

— Pourquoi le sorcier Rahl est-il dangereux ? demanda-t-elle. (À l'évidence, cette question la tracassait sérieusement.) Quel mal peut-il te faire ?

La Mord-Sith s'arrêta, attendant une réponse.

S'immobilisant aussi, Jennsen sentit la passerelle osciller lentement sous ses pieds. Luttant contre le vertige et la nausée, elle tenta d'improviser une réponse.

Un bref regard à Sebastian lui apprit qu'il était à court d'idées, pour une fois.

Jennsen se décida pour un subtil mélange de mensonge et de vérité, au cas où Nyda aurait eu quelques informations exactes sur Nathan Rahl.

— C'est un prophète, et il s'est évadé d'un endroit où on pouvait l'empêcher de nuire. On l'y avait enfermé parce qu'il est très dangereux, bien entendu…

La Mord-Sith saisit sa longue tresse, la fit passer par-dessus son épaule et joua distraitement avec tandis qu'elle réfléchissait aux propos de Jennsen.

— J'ai entendu dire que c'était un homme… intéressant, fit-elle, une lueur de défi dans le regard, comme si elle se voyait déjà affronter le vieil homme.

— Mais il est dangereux ! insista Jennsen.

— Dans quelle mesure ?

— Parce qu'il peut saboter ma mission.

— Et comment s'y prendrait-il ?

— Je te l'ai déjà dit : c'est un prophète !

— Et alors ? Les prédictions peuvent être bénéfiques. Y compris pour t'aider à protéger le seigneur Rahl. (Nyda plissa soudain le front.) Pourquoi refuser d'y recourir ?

Jennsen se souvint de ce qu'Althea lui avait dit au sujet de la divination.

— Nathan pourrait me dire comment je mourrai en précisant le jour et l'heure. Imagine que tu sois amenée à défendre le seigneur Rahl alors que tu es certaine que ta fin – horrible, bien entendu ! – est pour le lendemain ? Te battrais-tu normalement si tu connaissais tous les détails de ton agonie ? Ou serais-tu tétanisée, voire paniquée et incapable d'agir logiquement ? Une personne certaine de mourir bientôt ne me paraît pas apte à défendre efficacement le maître suprême de D'Hara.

Nyda ne parut toujours pas convaincue.

— Tu es sûre que Nathan Rahl te révélerait ton avenir jusque dans les moindres détails ?

— Pourquoi crois-tu qu'on l'a emprisonné ? Il est dangereux, te dis-je ! Les prédictions sont nuisibles pour les véritables protecteurs du seigneur Rahl.

— C'est une façon de voir la question, mais pas la seule... Quand on sait qu'un événement va se produire, on peut tenter de modifier le cours des choses...

— Nous parlons de *prophéties*, ne l'oublie pas ! Si on pouvait les modifier, elles ne porteraient pas ce nom.

Nyda réfléchit de nouveau.

— Si tu connaissais certaines prédictions, dit-elle, tu pourrais... eh bien... détourner le cours d'une prophétie et éviter un désastre.

— Si c'était possible, ça voudrait dire que les prophéties n'ont aucune valeur. À partir du moment où elles sont susceptibles de *ne pas* se réaliser, elles deviennent le simple radotage d'un vieillard sénile. Si tu avais raison, il serait impossible de distinguer les vraies prédictions du discours délirant de tous les fous furieux qui se prennent pour des prophètes.

» Les prophéties ne sont pas du délire ! insista Jennsen. Si Nathan Rahl désire saboter ma mission, il lui suffit de me révéler quelque chose de terrible au sujet de mon avenir. Perturbée par ces connaissances, je risquerais alors de ne pas servir de mon mieux le seigneur Rahl.

— Tu penses que ça fonctionne un peu comme mon Agiel, quand je frappe quelqu'un avec ? La douleur fait sursauter et déconcentre...

— C'est exactement ça. Si nous prenons connaissance d'une prophétie qui nous inquiète et nous affaiblit, c'est le seigneur Rahl qui risque d'en pâtir.

Nyda lâcha sa natte et reposa la main sur le garde-fou.

— Savoir comment je mourrai ne me déconcentrerait pas si j'étais en train de sauver la vie du seigneur Rahl. Comme toutes les Mord-Sith, je suis préparée à mourir. Nous désirons toutes périr en combattant pour le seigneur Rahl, pas finir vieilles et édentées dans un lit.

Jennsen se demanda si cette femme était folle. Une telle dévotion semblait impossible...

— Une belle déclaration de principe, intervint Sebastian. Mais tu serais aussi sûre de toi si la vie du seigneur Rahl était vraiment en jeu ?

— Oui, dit Nyda en regardant dans les yeux le compagnon de Jennsen. Si on m'apprenait quand et comment je quitterai ce monde, ça ne m'empêcherait pas d'accomplir mon devoir.

— Dans ce cas, dit Jennsen, tu es une bien meilleure personne que moi...

Nyda eut un sourire amer.

— Je ne te demande pas de me ressembler… Tu portes un couteau, certes, mais tu n'es pas une Mord-Sith, et toute la différence est là.

Jennsen espérait que Nyda allait se décider à avancer. Si les choses tournaient mal, la passerelle serait un mauvais endroit pour un combat à mort. La Mord-Sith était forte et rapide. Placé dans le dos de son amie, Sebastian ne pourrait pas intervenir. Pour ne rien arranger, Jennsen avait la tête qui tournait, car elle détestait depuis toujours les hauteurs.

— Si une situation pareille se présentait, dit-elle, je ferais de mon mieux pour ne pas trahir le seigneur Rahl. Mais je préférerais de beaucoup que ce cas ne se présente pas. Ne vaut-il pas mieux prévenir que guérir ?

— C'est la sagesse même…, soupira Nyda. (Elle regarda de nouveau devant elle et avança.) Mais pour ma part, j'essaierais quand même de modifier la prophétie…

Jennsen avança en traînant un peu les pieds. Pour une raison qui la dépassait, ses propos bouleversaient la Mord-Sith plus qu'elle l'aurait cru possible.

Elle jeta un coup d'œil dans l'abîme mais n'aperçut toujours pas le fond.

— Il est impossible de modifier les prophéties ! Sinon, elles ne seraient pas des prophéties, justement… Elles nous sont communiquées par les prophètes, qui ont un don spécial pour ça.

Nyda reprit sa natte de sa main libre et recommença à la triturer.

— Si Nathan est un prophète, il connaît l'avenir. Comme tu le dis si bien, le futur ne peut pas être modifié, sinon, il ne s'agirait pas de prophéties. Donc, Nathan te révélerait uniquement des choses qui *vont* se produire. Il ne pourrait rien y changer, et toi non plus. Bref, qu'il t'en parle ou non, ces événements arriveraient, c'est inéluctable. Si les connaître pouvait t'empêcher de protéger le seigneur Rahl, Nathan devrait avoir lu au moins une prophétie qui prédise que tu faillirais à ton devoir – et qui explique pourquoi. En un mot, l'avenir que tu redoutes serait déjà écrit et personne n'y pourrait rien.

Jennsen écarta une mèche de cheveux de ses yeux et continua d'avancer le long de la passerelle en serrant très fort le garde-fou. Elle devait absolument trouver un argument convaincant. Même si toutes les théories qu'elle avançait étaient une pure invention, elles sonnaient bien et semblaient logiques. Mais Nyda, impitoyable, posait des questions qui piégeaient de plus en plus son interlocutrice.

Jennsen avait le sentiment de glisser dans le vide, de parvenir à se rétablir au dernier moment, puis de glisser de nouveau. Il fallait que ça cesse, et elle ne devait surtout pas montrer qu'elle était poussée dans ses derniers retranchements.

— Ne comprends-tu pas ? lança-t-elle. Les prophètes ne savent pas *tout* sur *tout le monde*, comme si l'histoire entière de l'humanité était une pièce de théâtre qu'ils auraient déjà lue. Un prophète ne voit qu'une partie de l'avenir – et peut-être seulement celle qu'il *choisit* de voir. Mais rien ne l'empêche d'essayer d'avoir de l'influence sur le reste.

— Que veux-tu dire ? demanda Nyda, le front plissé.

Si elle voulait s'épargner des ennuis, Jennsen devait en rester au seul sujet qui intéressait vraiment la Mord-Sith : la sécurité du seigneur Rahl.

— C'est très simple : si Nathan voulait nuire au seigneur, il pourrait me dire quelque chose qui me paniquerait – même si l'événement en question ne figure dans aucune prophétie.

— Tu veux dire qu'il pourrait te mentir ?

— Exactement.

— Mais pourquoi Nathan Rahl voudrait-il nuire à Richard Rahl ? Quelle raison aurait-il de faire du mal à un membre de sa famille ?

— Je te l'ai dit, il est dangereux. C'est pour ça qu'il a été emprisonné au Palais des Prophètes. Les gens qui l'ont fait incarcérer devaient savoir beaucoup mieux que nous pourquoi il importait de l'empêcher d'arpenter le monde…

— Tu n'as toujours pas répondu à ma question : pourquoi voudrait-il nuire au seigneur Rahl ?

Jennsen avait l'impression de disputer un combat au couteau. Oui, dans cette joute verbale, la langue de Nyda était aussi tranchante qu'une lame.

— Il n'y a pas que les prophéties… Nathan a le don. C'est un sorcier. J'ignore s'il a vraiment de mauvaises intentions au sujet du seigneur Rahl – et il est très possible que ce ne soit pas le cas –, mais je ne prendrai pas le risque de le découvrir en mettant en danger la vie de notre maître. J'en sais assez sur la magie pour vouloir me tenir le plus loin possible de celle qui me dépasse ! Pour moi, la vie du seigneur Rahl passe avant tout. Je n'accuse pas Nathan d'être maléfique, comprends-moi bien. Je dis simplement que mon devoir est de protéger le seigneur de tous les dangers, y compris une magie que je ne comprends pas.

D'un coup d'épaule, Nyda ouvrit la porte qui se dressait au bout de la passerelle.

— Sur ce point-là, je ne peux pas te contredire. Je déteste avoir affaire à la magie ! Mais si ce sorcier-prophète est une menace pour le seigneur Rahl, tu devrais rester avec moi pour m'aider à l'affronter.

— Comme je te l'ai dit, j'ignore si Nathan est un réel danger pour notre maître. En revanche, ma mission en cours peut lui épargner bien des périls, et rien ne doit m'en détourner.

Nyda essaya d'ouvrir une porte latérale. N'y parvenant pas, elle entreprit de descendre un long couloir.

— Si tes soupçons au sujet de Nathan sont fondés, insista-t-elle, il faudrait...

— Nyda, tu devras garder un œil sur ce sorcier, parce que je ne peux pas m'en charger. Tu voudras bien faire ça pour moi ?

— Aimerais-tu que je l'élimine ?

— Non, répondit Jennsen, surprise qu'un meurtre semble être un acte des plus banals pour la Mord-Sith. Bien entendu que non ! Je te demande seulement de le surveiller, au cas où...

Nyda atteignit une nouvelle porte, qui voulut bien s'ouvrir.

La Mord-Sith s'écarta du seuil, se retourna et regarda les deux jeunes gens avec une expression qui leur glaça les sangs.

— C'est absurde ! s'écria-t-elle. Trop de choses n'ont pas de sens dans cette histoire ! Les pièces du puzzle ne s'emboîtent pas correctement. Je n'aime pas ça du tout !

Nyda était une femme dangereuse qui pouvait à tout moment se retourner contre eux. Pour éviter ça, Jennsen devait trouver un moyen de clore cette conversation à son avantage.

Elle se souvint des propos de Lerner et les répéta mot pour mot à Nyda.

— Le nouveau seigneur a tout bouleversé. Toutes les règles ont changé, et le monde est sens dessus dessous.

Nyda eut un sourire venu du fond du cœur.

— Oui, c'est vrai... Un miracle inespéré ! C'est pour ça que je donnerai ma vie pour lui et que je m'inquiète autant...

— Je suis comme toi, et j'ai une mission à remplir.

Nyda fit signe à ses compagnons de la suivre et s'engagea dans un escalier en colimaçon.

Consciente que son histoire ne tenait pas vraiment debout, Jennsen suivit le mouvement en s'étonnant que la Mord-Sith continue à tomber dans le panneau...

Jennsen, Sebastian et la Mord-Sith descendirent plusieurs escaliers et longèrent une interminable série de corridors. Croisant parfois des patrouilles de soldats – qui ne se risquèrent pas à ennuyer Nyda –, ils s'enfoncèrent de plus en plus profondément dans les entrailles du plateau, sous le Palais du Peuple.

À la grande satisfaction de Jennsen, Sebastian lui posa discrètement une main dans le dos pour la rassurer. La jeune femme n'en revenait pas : elle avait réussi à libérer son ami, et ils seraient bientôt sortis du palais et en sécurité !

Soudain, les trois compagnons émergèrent au niveau central du complexe souterrain – un grand palier où s'alignaient des dizaines de boutiques. Pour leur faire gagner du temps, Nyda avait emprunté des raccourcis. Jennsen aurait préféré continuer à avancer dans des couloirs isolés, mais apparemment, ce n'était plus possible. Que ça lui plaise ou non, elle devrait finir la descente au milieu de la foule.

L'odeur des merveilles proposées par les marchands lui fit monter l'eau à la bouche. Elle mourait de faim, mais après avoir tant insisté sur l'urgence de sa mission, s'arrêter pour casser la croûte aurait été pour le moins maladroit.

Ici aussi, les soldats remarquèrent Jennsen et Sebastian, sans doute parce qu'ils marchaient très vite, mais ils n'intervinrent pas dès qu'ils comprirent que Nyda leur servait de guide. Avec leur cuirasse, leur cotte de mailles et leurs armes, ces colosses étaient vraiment impressionnants et Jennsen se félicita de ne pas avoir à leur montrer patte blanche.

Voyant Sebastian relever sa capuche, elle l'imita, car il lui parut judicieux de dissimuler ses cheveux. L'air étant glacial, presque tous les visiteurs se protégeaient la tête, et ça ne risquerait donc pas d'éveiller les soupçons.

Alors qu'ils atteignaient le bout d'un grand palier, prêts à attaquer un nouvel escalier, Jennsen se retourna à demi. Derrière eux, au pied de l'escalier précédent, un vieil homme aux longs cheveux blancs venait d'arriver sur le palier. Très grand, les épaules larges, ce vieillard était encore d'une beauté saisissante et il se déplaçait avec l'énergie et la grâce d'un homme beaucoup plus jeune.

Son regard croisa celui de Jennsen.

Pour la jeune femme, plus rien ne sembla exister, à part les yeux bleu sombre de l'inconnu.

Un inconnu, vraiment ? Même si elle ne l'avait jamais vu, il lui paraissait familier, comme si…

Sebastian et Nyda s'étaient déjà engagés dans l'escalier. Ils s'immobilisèrent sur la même marche, et la Mord-Sith suivit le regard de Jennsen.

Le vieillard la fixait comme s'ils étaient les deux seules personnes présentes dans le palais.

— Par les esprits du bien, murmura Nyda, c'est sûrement Nathan Rahl...

— Comment le savez-vous ? demanda Sebastian.

Sans quitter l'homme du regard, la Mord-Sith remonta quelques marches pour se placer à côté de Jennsen.

— Il a les mêmes yeux que Darken Rahl... Je les ai assez vus dans mes cauchemars pour en être certaine.

Nyda se tourna vers Jennsen et fronça les sourcils.

Soudain, la jeune femme comprit où et quand elle avait déjà croisé les yeux du vieil homme...

Dans son miroir, chaque matin !

Chapitre 29

Jennsen vit le sorcier écarquiller les yeux, à l'autre bout du palier. Puis il leva une main, désignant… la jeune femme.

— Arrêtez ! cria-t-il d'une voix assez puissante pour couvrir le vacarme ambiant. Arrêtez !

Nyda dévisageait Jennsen comme si elle était sur le point de faire le rapprochement et de l'identifier.

— Tu dois l'empêcher de me rattraper ! cria la jeune femme en prenant le bras de la Mord-Sith.

Nyda tourna la tête vers le vieillard qui approchait à grandes enjambées. Puis elle dévisagea de nouveau Jennsen.

Althea l'avait dit : on reconnaissait l'héritage des Rahl sur ses traits. Toute personne qui avait côtoyé Darken Rahl devait être frappée par l'« air de famille ».

— Arrête-le ! cria Jennsen à la Mord-Sith. Et n'écoute rien de ce qu'il tentera de te dire !

— Mais s'il voulait simplement…

La prenant par les revers de son uniforme de cuir, Jennsen secoua violemment la Mord-Sith.

— Tu n'as donc pas écouté ce que j'ai dit ? Il risque de m'empêcher d'aider le seigneur Rahl. Cet homme est dangereux et rusé ! Nyda, empêche-le de me rattraper, je t'en prie ! La vie du seigneur Rahl est en jeu.

Ce dernier argument fit pencher la balance du bon côté.

— Filez ! lança la Mord-Sith.

Jennsen lâcha Nyda et commença à dévaler les marches. Jetant un coup d'œil derrière elle, elle vit que le prophète continuait d'approcher en criant qu'on veuille bien l'attendre.

Agiel au poing, Nyda vint lui barrer le chemin.

Après avoir regardé s'il y avait des soldats devant elle, Jennsen tourna de nouveau la tête pour voir si la Mord-Sith était parvenue à intercepter le vieux sorcier.

Sebastian prit la main de son amie et l'entraîna dans une course folle.

Concentrée sur les marches, Jennsen ne put plus s'intéresser à son lointain et très âgé parent.

Voir un membre de sa famille l'avait bouleversée – d'autant plus qu'il lui avait suffi d'un regard pour le reconnaître. C'était une expérience inattendue, vraiment. Jusque-là, il n'y avait eu que sa mère et elle. Et voilà qu'elle croisait un homme de sa lignée. Quelqu'un qui avait le même sang qu'elle dans les veines – enfin, en partie.

Elle aurait voulu mieux le connaître, mais s'il lui mettait la main dessus, ce serait la fin de tout.

Sebastian et sa compagne dévalèrent les marches en évitant de justesse les visiteurs qui les gravissaient à pas lents. Certains d'entre eux leur crièrent de faire attention et d'autres les insultèrent parce qu'ils couraient.

Sur chaque palier, les deux fuyards fendaient la foule et gagnaient aussi vite que possible l'escalier suivant.

Arrivant à un niveau qui grouillait de soldats, ils ralentirent le pas. Jennsen tira sur sa capuche pour s'assurer qu'elle cachait bien ses cheveux et même une partie de son visage – désormais, elle redoutait que des gens reconnaissent en elle la fille de Darken Rahl. Une angoisse de plus qui lui nouait les entrailles et dont elle se serait bien passée.

Un bras passé autour de la taille de son amie, Sebastian la guidait au milieu de la foule. Pour éviter les soldats qui patrouillaient le long de la balustrade, il fit un détour par le côté où des bancs étaient installés devant des échoppes.

Ici, des dizaines de personnes achetaient des souvenirs plus ou moins précieux de leur visite au Palais du Peuple. Et bien entendu, on trouvait aussi de quoi manger et boire…

Assis sur les bancs, des couples se restauraient en conversant gaiement. D'autres regardaient simplement passer la foule.

Dans certains coins sombres, derrière des colonnes, des amoureux s'embrassaient et se câlinaient.

À quelques pas de l'escalier suivant, Jennsen et Sebastian s'immobilisèrent, pétrifiés. Une importante patrouille gravissait les marches, avançant droit sur eux.

Sebastian hésita, sûrement parce qu'il se souvenait de sa dernière et désagréable rencontre avec des soldats.

Ces hommes étant nombreux, les deux fugitifs seraient obligés de passer tout près d'eux quand ils les croiseraient. Et ces colosses dévisageaient soigneusement tous les visiteurs.

Jennsen doutait de pouvoir de nouveau sortir son ami de prison en bluffant. De toute façon, comme ils étaient ensemble, ils risquaient d'être arrêtés tous les deux, cette fois.

Si Jennsen était incarcérée, Nathan Rahl la reconnaîtrait et la ferait exécuter. Le piège se refermait sur elle, comme dans un cauchemar…

Ne voulant pas être séparée de Sebastian, la jeune femme lui prit la main et le tira loin de l'escalier, au milieu de la foule, des bancs, des boutiques et des colonnes. Repérant un coin sombre, entre deux piliers, elle y attira son compagnon et l'enlaça de façon que les soldats ne voient plus que son dos.

Sebastian ayant relevé sa capuche, ses cheveux blancs ne le trahiraient pas. Si les soldats s'intéressaient à eux, ils ne verraient qu'un homme et une femme en train de partager un moment d'intimité. Visiblement, c'était habituel et ça n'étonnait personne…

Dans leur petit refuge, Jennsen et Sebastian savourèrent leur premier moment de répit depuis des heures. La plupart des gens ne pouvaient pas les voir et ceux qui en avaient la possibilité détournaient consciencieusement le regard. Jennsen avait été un peu gênée de voir des couples s'étreindre, et elle ne devait sûrement pas être la seule à réagir ainsi.

Son plan se révéla judicieux : les soldats se fichaient comme d'une guigne de deux jeunes gens qui cherchaient à partager un peu d'intimité.

Sebastian avait posé les mains sur les hanches de Jennsen. En attendant que les soldats soient passés, il fallait donner le change – et de toute façon, ce n'était pas désagréable du tout.

Une nouvelle fois, Jennsen remercia les esprits du bien de l'avoir aidée à sauver son ami.

— J'ai cru que je ne te reverrais jamais, souffla Sebastian.

La première fois qu'il pouvait parler librement depuis l'audacieuse évasion…

Cessant de sonder la foule, Jennsen regarda son compagnon et vit qu'il était bouleversé.

— Je ne pouvais pas t'abandonner…

— Je n'en crois toujours pas mes yeux et mes oreilles ! Comment as-tu réussi ça ? Tu as embobiné tous ces gens, et pourtant, ils ne sont pas nés de la dernière pluie.

Jennsen retint les larmes qu'elle sentait perler à ses paupières. L'émotion, la peur, la fatigue, le soulagement, une étrange euphorie… Tout cela tourbillonnait en elle, lui donnant le tournis.

— Je devais le faire, voilà tout ! Il fallait que je te tire de là. (Avant de continuer, la jeune femme s'assura que personne ne les écoutait.) Je ne supportais pas l'idée que tu sois en prison et qu'on te fasse du mal. Je suis allée demander de l'aide à Althea, la magicienne…

— C'est elle qui t'a permis de réussir ton coup ?

Jennsen secoua la tête.

— Non, elle ne pouvait rien pour moi, mais c'est une très longue histoire… Tu sais, elle est allée dans ton pays, l'Ancien Monde… Mais je te raconterai ça plus tard. C'est lié aux Piliers de la Création…

— Elle les a vus ? Vraiment ?

— Pardon ?

— Les Piliers de la Création ? Elle est allée sur place quand elle était dans l'Ancien Monde ? (Sebastian suivit du regard un soldat qui passait non loin de là.) Tu as dit que c'était « lié aux Piliers de la Création ». Elle connaît cet endroit ?

— De quoi parles-tu donc ? Althea m'a dit qu'elle ne pouvait pas m'aider, et que je devais trouver un moyen de te sauver. J'avais peur pour toi, mais je ne savais que faire. Puis je me suis souvenue de notre conversation, au sujet du bluff… (Jennsen plissa le front.) Mais pourquoi me demandes-tu si elle a vu les…

Sebastian sourit et Jennsen oublia aussitôt la question qu'elle était en train de poser.

— Je n'ai jamais vu personne réussir un exploit comparable ! s'extasia Sebastian.

Jennsen fut agréablement touchée d'être parvenue à étonner son ami – et en bien, par-dessus le marché.

Elle trouvait tellement agréable d'être dans ses bras. Il la serrait de si près qu'elle sentait son souffle sur sa joue.

— Sebastian, j'ai eu tellement peur de ne plus jamais te revoir. Et je m'inquiétais tant pour toi.

— Je sais…

— Tu as eu peur aussi ?

— Oui… Et je me disais sans arrêt que je ne te reverrais plus…

Leurs visages étaient si proches que Jennsen sentait la chaleur de la peau de son compagnon.

Sebastian baissa la tête, ses lèvres touchant presque celles de sa compagne, dont le cœur battit la chamade.

Mais le jeune homme recula un peu, comme s'il avait changé d'idée. Jennsen se félicita qu'il la serre dans ses bras, car après cette promesse de baiser, elle avait le sentiment que ses jambes ne la portaient plus.

Un baiser volé dans un coin sombre… Quelle idée romantique et grisante !

Les gens qui marchaient sur le palier semblaient à des lieues de là. Jennsen aurait juré qu'elle était seule au monde avec Sebastian – en sécurité dans ses bras, avec le droit de s'y abandonner.

Sebastian l'attira contre lui comme s'il cessait de résister à une force qu'il ne pourrait de toute façon pas contrôler.

Dans ses yeux, Jennsen vit que lui aussi s'abandonnait.

Il l'embrassa.

La jeune femme resta immobile comme une statue, surprise que Sebastian se soit enfin décidé à l'étreindre comme s'ils étaient vraiment deux amoureux.

Puis elle s'arracha à sa torpeur et lui rendit son baiser.

Elle n'avait jamais imaginé qu'une expérience puisse être si grisante.

Depuis toujours, elle pensait qu'un bonheur pareil ne lui serait jamais accordé. Elle en rêvait, bien sûr, mais en sachant que ce n'était pas pour elle – une joie hors de sa portée.

Et voilà que Jennsen Rahl avait un amoureux !

Comme par magie !

Cédant à la passion, Sebastian la serra plus fort. Jennsen gémit de plaisir et s'abandonna tout entière au désir.

Soudain, cela cessa. Comme si Sebastian avait repris ses esprits d'un coup et décidé que c'était une folie.

Haletante, Jennsen le regarda dans les yeux. Elle adorait la façon dont il la serrait contre lui. Se dévisager de si près était délicieux.

Tout était arrivé si vite. Une expérience bouleversante, inattendue, merveilleuse…

… et parfaitement logique.

Jennsen aurait voulu un deuxième baiser. Voyant que Sebastian regardait autour d'eux, méfiant, elle se ressaisit. Repenser à l'endroit où ils étaient lui fit l'effet d'une douche froide.

Nathan Rahl les traquait et seule Nyda se dressait entre eux et lui. S'il lui révélait l'identité de Jennsen – et si elle le croyait –, toute l'armée d'harane serait bientôt sur leur piste.

Sebastian et elle devaient quitter au plus vite le palais.

—Allons-y! lança le jeune homme en s'écartant de sa compagne. Je ne vois aucun danger.

Il prit les mains de Jennsen, la fit sortir de leur sanctuaire et se dirigea vers l'escalier.

Un flot d'émotions et de sentiments tourbillonnait dans la tête de la jeune femme. La peur, une vague honte, une euphorie grisante... Sebastian l'avait embrassée. Un vrai baiser – comme un homme embrasse une femme. Elle, Jennsen Rahl, une personne traquée par presque tous les D'Harans.

Alors qu'ils descendaient les marches, elle tenta de ressembler à une visiteuse quittant tranquillement le palais. Cela dit, elle ne se sentait pas normale du tout. Elle aurait juré que tout le monde voyait au premier regard qu'on venait de lui donner son premier baiser.

Quand un soldat apparut soudain devant eux, Jennsen enlaça son compagnon, posa la tête sur son épaule et sourit au militaire avec une innocence désarmante. Surpris, l'homme ne songea pas à dévisager Sebastian avant que les deux jeunes gens l'aient dépassé.

—Tu as réagi très vite, comme d'habitude, souffla Sebastian, admiratif.

Dès que le soldat ne fut plus en vue, les deux fugitifs accélérèrent de nouveau le pas. Autour de Jennsen, le décor défilait dans une sorte de brouillard. Tout ce qui l'avait tant impressionnée, lors de sa première visite, ne l'intéressait plus du tout. Elle ne désirait plus qu'une chose : fuir cet endroit où Sebastian avait été emprisonné et où ils étaient tous les deux en danger. Son séjour dans le fief du seigneur Rahl l'avait davantage épuisée physiquement et mentalement que ses mésaventures dans le marécage.

Jennsen et Sebastian finirent par atteindre le pied du dernier escalier. La lumière qui se déversait de la grande entrée les éblouit, mais savoir qu'ils étaient si près de la sortie les réconforta. Main dans la main, ils coururent vers la liberté.

Il y avait une foule de gens devant les boutiques, et les derniers arrivés s'extasiaient sur la taille des lieux. Des visiteurs s'attaquaient à peine aux premières marches sous l'œil attentif des gardes.

Les deux jeunes gens marchèrent au milieu de la foule, soit le plus loin possible de ces militaires postés des deux côtés de la voie. Une précaution sans doute superflue, car les soldats semblaient se ficher totalement des personnes qui quittaient le palais.

Il faisait un beau soleil à l'extérieur et le marché en plein air grouillait de monde. Des curieux se déplaçaient entre les étals ou discutaient fermement les prix avec des commerçants qui ne paraissaient pas décidés à lâcher le morceau.

Des visiteurs continuaient à se diriger vers l'entrée du complexe. Des colporteurs circulaient entre eux, vantant les qualités de produits qu'ils prétendaient bien entendu uniques au monde.

Jennsen ayant informé Sebastian de la disparition des chevaux et de Betty, son ami la guida jusqu'à un grand enclos où ils trouveraient ce qu'il leur fallait en matière de montures.

L'homme qui s'occupait des bêtes était assis sur une caisse et se massait les bras pour les réchauffer.

— Nous voudrions acheter des chevaux, annonça Sebastian.

Il examina les animaux puis les selles exposées le long de la clôture de corde du corral.

— Grand bien vous fasse…, marmonna le type en relevant à peine les yeux.

— Vous êtes vendeur, ou non ? demanda Sebastian.

— Non, répondit l'homme. (Détournant la tête, il cracha sur le sol puis se nettoya la bouche du dos de la main.) Ces chevaux ont des propriétaires. On me paie pour les surveiller, pas pour les vendre. Si je le faisais, je finirais écorché vif, c'est certain !

— Vous pouvez au moins nous dire où trouver des montures ?

— Désolé, mais je n'en sais rien. Faites le tour du marché, et vous verrez bien.

Les deux jeunes gens remercièrent l'homme et se mirent en quête d'un autre enclos. Jennsen n'avait rien contre la marche – après tout, sa mère et elle avaient toujours voyagé à pied –, mais elle comprenait que son compagnon veuille se procurer des chevaux. Après une évasion miraculeuse, et alors que Nathan Rahl était à leurs trousses, s'éloigner le plus vite possible du palais semblait judicieux.

Ils trouvèrent un autre enclos où on leur répondit également par la négative. Morte de faim, Jennsen aurait voulu qu'ils prennent le temps de se restaurer. Mais il était plus urgent de fuir, elle devait l'admettre. S'attarder pour manger risquait simplement de leur valoir de mourir le ventre plein : une piètre consolation, il fallait en convenir.

Serrant plus fort la main de sa compagne, Sebastian la guida vers un troisième enclos.

— Vous vendez des chevaux ? demanda-t-il à l'homme qui surveillait les bêtes.

Adossé contre un poteau, les bras croisés, le type daigna à peine relever la tête.

— Non, dit-il, je n'en ai pas de disponibles…

— Eh bien, merci quand même…

L'homme rattrapa Sebastian par un pan de son manteau.

— Vous voulez quitter la région ?

— Pour aller au sud, oui… En visitant le palais, on s'est dit que se procurer des montures serait une bonne idée.

L'homme se pencha en avant et regarda autour de lui.

— Venez me voir après la tombée de la nuit… Vous comptez être encore là ? Il y a des chances que je puisse vous aider.

— Je dois m'occuper d'une affaire qui m'empêchera de partir avant la nuit, répondit Sebastian. Considérez que nous avons rendez-vous.

Il prit Jennsen par la taille et la guida de nouveau au milieu de la foule. À un moment, ils durent s'écarter du chemin de deux sœurs qui s'extasiaient sur les colliers qu'elles venaient d'acheter. Leur père marchait derrière, les bras lestés de paquets. Tirant deux moutons au bout d'une longe, la mère surveillait ses filles du coin de l'œil.

En voyant les ovins, Jennsen pensa à Betty et eut le cœur serré.

— As-tu perdu l'esprit ? s'écria-t-elle quand ils furent hors de portée d'oreille du type. Nous ne pouvons pas rester ici jusqu'à ce soir !

— Bien sûr que non… Cet homme voulait nous détrousser. Puisque je lui ai demandé s'il vendait des chevaux, il a compris que nous avions de l'argent. Si nous honorons le rendez-vous, des amis à lui nous attendront dans les ombres pour nous faire la peau.

— Cet homme était un voleur et un assassin ? Tu en es sûr ?

— Ce pays regorge de criminels… Souviens-toi : nous sommes en D'Hara, un royaume où les forts et les méchants sont impitoyables avec les faibles. Ici, les gens ne se soucient pas les uns des autres et l'avenir de l'humanité leur est indifférent.

Jennsen comprit très bien ce que voulait dire son compagnon. Sur le chemin du Palais du Peuple, il lui avait parlé de la philosophie du frère Narev. Cet homme merveilleux rêvait d'un avenir où plus personne ne souffrirait. Un monde qui ignorerait la faim, la maladie et la cruauté.

Oui, un monde où chacun s'intéresserait à son prochain et le protégerait. Selon Sebastian, avec l'aide de Jagang le Juste et de tous ceux qui le servaient loyalement, l'Ordre Impérial permettrait de réaliser ce rêve.

Jennsen avait du mal à imaginer un futur si radieux – et où ne sévirait plus aucun seigneur Rahl.

— Si cet homme avait de mauvaises intentions, pourquoi lui as-tu promis que tu reviendrais le voir ?

— Parce que si j'avais refusé sa proposition, en disant par exemple que nous ne pouvions pas attendre, il aurait sans doute prévenu ses complices. Nous n'aurions pas pu les identifier, mais ils auraient eu notre description, et nous tendre une embuscade aurait été un jeu d'enfant.

— Tu crois que cet homme est pervers à ce point ?

— Ce pays est un repaire de criminels, je te l'ai déjà dit ! Sois prudente, si tu ne veux pas t'apercevoir soudain que quelqu'un t'a délestée de ta bourse.

Jennsen allait avouer que c'était déjà fait, mais un événement imprévu l'en empêcha.

Quelqu'un venait de crier son nom.

— Jennsen ! Jennsen !

C'était Tom. Avec sa taille hors du commun, il dominait tout le monde d'une bonne tête. Pourtant, il agitait la main comme s'il avait peur que la jeune femme ne parvienne pas à le repérer dans la foule.

— Tu connais ce type ? demanda Sebastian.

— Il m'a aidée à te faire sortir de prison...

Jennsen ne put pas donner davantage d'explications à son ami. Agitant à son tour la main, elle fit signe à Tom qu'elle l'avait vu, puis lui sourit.

Content comme un chiot qui retrouve sa maîtresse, le marchand de vin courut rejoindre Jennsen.

Ses frères, Joe et Clayton, étaient de nouveau à pied d'œuvre derrière leur étal.

— Je savais que tu tiendrais ta promesse de venir me voir, fit Tom avec un grand sourire. Mes frères se sont moqués de ma crédulité, mais j'ai soutenu que tu n'étais pas du genre à manquer à ta parole.

— Je viens... Eh bien... Je viens juste de sortir du palais. (Jennsen tapota son manteau, à l'endroit où elle portait le couteau.) J'ai peur que mon ami et moi soyons très pressés, hélas...

Tom hocha gravement la tête. Puis il prit la main de Sebastian et la serra longuement comme s'ils étaient deux amis fêtant leurs retrouvailles après une très longue séparation.

— Je me nomme Tom, et tu dois être l'homme que Jennsen voulait secourir.

— C'est ça… Je m'appelle Sebastian.

Tom tourna la tête vers Jennsen.

— C'est un sacré numéro, pas vrai ?

— Je n'ai jamais vu une personne comme elle, acquiesça Sebastian.

— Un homme ne pourrait pas rêver d'une meilleure compagne, il faut le dire ! renchérit Tom. (Il se plaça entre les deux jeunes gens, les prit par les épaules et les guida gentiment mais fermement vers son étal.) J'ai un petit quelque chose pour vous deux…

— De quoi parles-tu ? demanda Jennsen.

— Une surprise…

La jeune femme sourit au colosse blond.

— Allons, parle, de quoi s'agit-il ?

L'heure n'était pas aux cachotteries, car le temps pressait. Jennsen et Sebastian devaient être partis avant que Nathan Rahl leur tombe dessus ou ait mobilisé la moitié de l'armée d'haranе pour les retrouver. Maintenant que le sorcier avait vu la jeune femme, il pouvait donner son signalement à des gardes. Bientôt, tout le monde saurait à quoi elle ressemblait.

— Quelle surprise ? insista Jennsen.

Tom glissa une main dans sa poche et en sortit une bourse qu'il tendit à sa protégée.

— Pour commencer, j'ai récupéré ça pour toi… Il me semble que cet objet t'appartient.

— C'est mon argent ?

Tom sourit de l'incrédulité de la jeune femme, stupéfiée par ce qui lui arrivait.

— Tu seras contente d'apprendre que le gentilhomme qui la détenait n'avait aucune envie de s'en séparer. Mais j'ai réussi à le convaincre qu'il n'était pas digne de s'approprier les biens des autres. J'ai dû recourir à des arguments… frappants… mais c'était pour l'édification de ce triste individu.

Tom haussa les épaules afin de signifier que son amie n'avait pas besoin d'en savoir davantage.

Sebastian regarda la jeune femme raccrocher la bourse à sa ceinture. De toute évidence, il ne lui faudrait pas un dessin pour comprendre ce qui s'était passé.

— Comment l'as-tu retrouvé, cet individu ?

— Cet endroit paraît immense, quand on y vient pour la première fois, mais quand on le fréquente régulièrement, comme moi, on sait très vite qui est qui... J'ai reconnu le voleur à la description que tu m'en as faite. Très tôt ce matin, il était déjà à l'ouvrage, tentant de délester une pauvre femme de ses économies. Quand il est passé devant moi, je l'ai vu glisser une main sous le long châle de sa victime. Je l'ai pris par le col, histoire de lui faire comprendre que je n'appréciais pas. Puis avec mes frères, nous avons longuement prêché la bonne parole à ce mauvais homme. Au terme de la séance, il était disposé à rendre à leurs propriétaires les diverses choses qu'il avait trouvées ces derniers temps.

— Ce coin regorge de voleurs ! s'écria Jennsen.

Tom secoua lentement la tête.

— Ne juge pas toute une population à partir d'un seul homme... Je suis d'accord avec toi, il y a des voleurs par ici. Mais la plupart des gens sont plutôt honnêtes. Selon mon expérience, on trouve des criminels partout dans le monde. C'est comme ça depuis toujours, et ça ne changera jamais. Pour ma part, je redoute surtout les margoulins qui prêchent la vertu et parlent de lendemains qui chantent pour séduire les gens sincères et les empêcher de voir la lumière de la vérité.

— Je te comprends..., dit Jennsen.

— Il existe peut-être des cas où la fin, quand elle est noble, justifie les moyens, dit Sebastian.

— Selon mon expérience, un type qui promet un monde meilleur en étant prêt à sacrifier la vérité cherche à créer un univers où il est le maître et toi l'esclave...

— Je vois ce que tu veux dire, fit Sebastian. J'ai eu la chance de ne jamais rencontrer des gens de ce genre.

— Remercie les esprits du bien chaque matin, dans ce cas !

Dès qu'ils furent devant l'étal, Jennsen serra la main de Joe puis de Clayton.

— Merci de votre contribution, dit-elle. J'ai toujours du mal à croire que vous ayez réussi à récupérer ma bourse.

Les deux hommes sourirent avec la même joie presque enfantine que Tom.

— C'était très amusant, dit Joe.

— Et ce n'est pas tout, ajouta Clayton. Pendant que vous occupiez Tom, nous avons eu un jour ou deux pour visiter le palais. Il était temps que ce tyran nous accorde quelques vacances !

Tom poussa Jennsen vers le chariot garé derrière l'étal. Sebastian suivit le mouvement et passa lui aussi derrière l'étal où Irma avait vendu ses saucisses le jour de leur arrivée. Aujourd'hui, l'emplacement était occupé par un marchand d'articles en cuir.

Rouquine et Pete attendaient derrière le chariot de Tom en compagnie des deux grands chevaux qui en composaient l'attelage.

— Nos montures ! s'écria Jennsen. Tu les as récupérées aussi ?

— Eh oui ! s'exclama Tom, rayonnant de fierté. J'ai vu Irma ce matin, alors qu'elle arrivait avec une nouvelle cargaison de saucisses. Elle avait vos chevaux. Quand je lui ai dit que tu passerais me voir avant de partir, elle a été ravie de me confier les bêtes pour que je te les restitue. Toutes vos affaires sont là, mes amis. Il ne manque rien.

— C'est une extraordinaire nouvelle, dit Sebastian. Nous ne pourrons jamais te remercier assez, Tom. À présent, nous devons vraiment filer !

— Je comprends…, dit Tom en désignant la taille de Jennsen, à l'endroit où elle portait le couteau.

La jeune femme blêmit soudain, comme si une idée terrible venait de lui traverser l'esprit.

— Où est Betty ?

— Betty ? répéta Tom, perplexe.

— Ma chèvre, dit Jennsen d'une voix qui réussit de justesse à ne pas trembler. Où est-elle ?

— Désolé, Jennsen, mais je ne sais rien au sujet d'une chèvre. Irma avait seulement les chevaux et il ne m'est pas venu à l'esprit de lui parler d'autre chose.

— Tu sais où vit cette femme ?

— Non, désolé… Elle est arrivée ce matin avec vos chevaux et vos affaires. Après avoir vendu ses saucisses, elle a attendu un peu, puis elle a estimé qu'il était temps de rentrer chez elle.

— Quand est-elle partie ?

— Je n'en sais trop rien… Environ deux heures ?

Tom consulta du regard ses deux frères, qui hochèrent la tête.

Les mâchoires serrées, Jennsen se demanda si elle pourrait parler sans éclater en sanglots. Sebastian et elle ne pouvaient pas attendre l'hypothétique venue d'Irma le lendemain. Depuis que le sorcier était sur leur piste, leurs chances de se tirer vivants de ce guêpier avaient considérablement diminué. Ils ne pouvaient pas se permettre une erreur.

L'expression de Sebastian était d'ailleurs éloquente.

— Mais…, commença Jennsen, des larmes aux yeux. Tu ne crois pas pouvoir dénicher son adresse ?

Le marchand de vin secoua la tête.

— Et tu ne lui as pas demandé si elle avait autre chose qui nous appartenait ?

— Hélas, non…

Pour s'empêcher de crier, Jennsen se plaqua les mains sur les joues.

— As-tu pensé à l'interroger sur ses intentions ? Par exemple, quand elle compte revenir ici ?

Tom secoua encore la tête.

— Nous avions promis de la payer si elle gardait nos chevaux. Elle aurait dû te dire quand elle pensait pouvoir venir toucher son dû.

Tom baissa les yeux sur la pointe de ses chaussures.

— Elle a mentionné que vous lui aviez proposé de l'argent… Je l'ai payée pour vous…

Sebastian ouvrit sa bourse, compta quelques pièces d'argent et les tendit à Tom.

Le marchand de vin les refusa. Un peu agacé, Sebastian les jeta sur l'étal en guise de solde de tout compte.

Jennsen avait toujours du mal à se remettre. Betty était perdue à jamais.

— Je suis désolé, souffla Tom, qui semblait désespéré.

Jennsen put seulement hocher la tête. Puis elle regarda tristement Joe et Clayton seller leurs chevaux. Les bruits de la vie quotidienne lui semblaient si lointains… Comme anesthésiée, elle ne sentait presque plus le froid. En voyant les chevaux, elle avait cru que…

Maintenant, elle pensait à la pauvre Betty bêlant de détresse. Si elle était encore vivante.

— Nous ne pouvons pas rester, dit Sebastian lorsqu'elle l'implora du regard. Tu le sais aussi bien que moi. Nous devrions même être déjà partis.

— Tom, je t'avais pourtant parlé de Betty…, gémit la jeune femme. Je t'ai dit qu'Irma avait nos chevaux et ma chèvre. Je suis certaine d'avoir mentionné Betty.

Le colosse baissa les yeux.

— Tu l'as fait, ma dame… Navré, mais j'ai oublié de poser la question à Irma. Je refuse de te mentir ou de me trouver une excuse. Tu m'as parlé de Betty, et ça m'est sorti de l'esprit…

Jennsen posa une main sur le bras de son ami.

—Merci pour les chevaux, et pour tout ce que tu as fait pour moi. Sans toi, je n'aurais pas réussi.

—Il faut y aller, dit Sebastian. (Il s'assura que ses sacoches de selle étaient bien accrochées et fermées.) Traverser la foule risque de nous prendre pas mal de temps, et nous devons être loin d'ici au plus vite.

—Nous allons vous escorter, dit Joe.

—Les gens s'écartent sur le chemin de nos grands chevaux, expliqua Clayton. Suivez-nous, et vous aurez fendu la foule en moins de temps qu'il en faut pour le dire.

Les deux frères tirèrent chacun un cheval par la longe. Puis ils sautèrent sur un tonneau afin de pouvoir enfourcher leur monture géante.

Sans rien renverser, ils slalomèrent entre les tonneaux et contournèrent l'étal.

Tenant les rênes de Rouquine et de Pete, Sebastian attendait que Jennsen le rejoigne.

Mais la jeune femme s'était campée devant Tom et le regardait dans les yeux, partageant avec lui un moment d'intimité et d'amitié. Puis elle se hissa sur la pointe des pieds et l'embrassa sur la joue.

Tom tapota l'épaule de sa protégée et lui rendit son chaste baiser.

—Merci de m'avoir aidée, murmura Jennsen. Sans toi, j'aurais été condamnée à mort…

—Tout le plaisir a été pour moi, ma dame.

—Jennsen… Pour toi, c'est Jennsen.

—Jennsen, oui… Tu sais, je suis désolé, et…

Retenant ses larmes, la jeune femme posa un index sur les lèvres du colosse blond.

—Grâce à toi, j'ai pu sauver Sebastian. Tu as été un héros pour moi au moment où il le fallait. Merci du fond du cœur.

Tom enfonça les mains dans ses poches et baissa de nouveau les yeux.

—Bon voyage, Jennsen, où que puisse te conduire la vie. Et merci de m'avoir laissé marcher à tes côtés un petit moment.

—L'acier qui affronte l'acier, dit Jennsen. (Elle ignorait pourquoi cette phrase lui était venue à l'esprit, mais ces mots lui semblaient appropriés.) Voilà ce que tu m'as aidée à être.

—Pour qu'il puisse être la magie qui combat la magie, acheva Tom. Merci pour tout, Jennsen.

La jeune femme flatta l'encolure de Rouquine avant de glisser un pied dans un étrier et d'enfourcher la jument.

En s'éloignant, Jennsen jeta un dernier coup d'œil à Tom pardessus son épaule. Au milieu de ses tonneaux, il regardait Sebastian et la jeune femme tenter de suivre Joe et Clayton dans une véritable marée humaine. Comme promis, les deux frères forçaient les gens à dégager le passage. Avec un peu de chance, les deux fugitifs auraient quitté le marché en plein air bien plus tôt que prévu.

L'air mécontent, Sebastian se pencha vers sa compagne.

— Qu'a donc raconté ce grand crétin au sujet de la magie ? murmura-t-il.

— Je ne sais pas ce que ça veut dire, avoua Jennsen. (Elle soupira.) Mais sans lui, je ne t'aurais pas sauvé…

Elle aurait voulu dire que Tom, s'il était effectivement grand, n'avait rien d'un crétin. Mais pour une raison qui la dépassait, elle n'avait aucune envie de parler du marchand de vin avec son compagnon de voyage. Même si Tom avait œuvré à la libération de Sebastian, cette partie de l'aventure ne regardait pas le jeune homme aux cheveux blancs.

Quand ils furent sortis du marché en plein air, Joe et Clayton dirent adieu aux deux jeunes gens, qui lancèrent leurs montures au galop dans les plaines d'Azrith.

Chapitre 30

Jennsen et Sebastian traversèrent les plaines d'Azrith quasiment dans la direction d'où la jeune femme était venue le matin même avec Tom, après son excursion dans le marécage d'Althea. Sa visite à la magicienne, qui remontait pourtant à moins de vingt-quatre heures, paraissait très lointaine à Jennsen – tout comme sa périlleuse aventure dans le « fief » de la pauvre femme, d'ailleurs.

Mais la journée avait été harassante. D'abord la longue ascension, avec l'angoisse permanente d'être démasquée par des gardes, puis la libération de Sebastian, le jeu mortel avec Nyda – être parvenue à la bluffer était un incroyable exploit – et pour terminer la descente jusqu'au marché en plein air avec le sorcier Rahl aux trousses…

À cause de l'heure tardive, les deux fugitifs furent assez vite contraints de s'arrêter pour camper à découvert dans les plaines.

— Avec ces voleurs à nos trousses, dit Sebastian, nous ne pouvons pas prendre le risque de faire du feu. (Il parut désolé de voir sa compagne trembler de froid.) Nos poursuivants nous repéreraient à des lieues de distance. En outre, éblouis par la lueur des flammes, nous risquerions de ne pas les voir venir…

Les étoiles brillaient dans un ciel sans lune. Perplexe, Jennsen repensa à la théorie d'Althea au sujet des oiseaux qu'on pouvait voir, par de pareilles nuits, lorsqu'ils bloquaient la lumière des étoiles. Selon la magicienne, c'était ainsi qu'elle parvenait à distinguer les trous dans le monde…

Pour l'heure, Jennsen ne voyait pas d'oiseaux, mais seulement trois coyotes, dans le lointain, occupés à arpenter leur territoire de chasse nocturne. Dans ces plaines désertes, il était facile de repérer les prédateurs à la lueur pourtant faiblarde des étoiles.

Les doigts gourds, Jennsen détacha sa couverture de l'arrière de sa selle et la posa sur le sol.

— De toute façon, où voudrais-tu trouver du bois pour faire un feu ? lança-t-elle à son compagnon.

Sebastian se tourna vers la jeune femme, la dévisagea puis lui sourit.

— Je n'avais pas pensé à ce détail... Même si nous voulions faire un feu, il faudrait nous en passer...

Tout en sondant les plaines désertes, Jennsen retira sa selle à Rouquine et la posa sur le sol près de Sebastian. Même sans les rayons de lune, la jeune femme y voyait assez clairement, cette nuit...

— Si des voleurs approchent, dit-elle, nous les verrons venir de loin. Tu crois que nous devrions monter la garde à tour de rôle ?

— C'est inutile... Sans feu de camp, personne ne pourrait nous localiser dans ces vastes étendues obscures. Il vaut mieux nous offrir une bonne nuit de sommeil, histoire d'avancer à un excellent rythme demain.

Jennsen s'assit sur sa selle et commença à dérouler sa couverture. À l'intérieur, elle découvrit deux petits paquets – des objets ronds enveloppés dans du tissu blanc. Ce n'était pas elle qui les avait mis là, elle en avait l'absolue certitude.

Défaisant le nœud d'un des paquets, elle l'ouvrit et dévoila... une magnifique tourte à la viande.

Elle tourna la tête et vit que Sebastian avait fait la même découverte dans sa propre couverture.

— On dirait que le Créateur a pensé à notre estomac, fit-il.

Jennsen baissa les yeux sur sa tourte et sourit.

— J'y vois plutôt l'œuvre de Tom, corrigea-t-elle.

Sebastian ne demanda pas d'où son amie tirait cette certitude.

— Eh bien, dit-il, le Créateur s'est occupé de nous par l'intermédiaire de Tom. Selon le frère Narev, même quand nous pensons qu'une autre personne subvient à nos besoins, cette manne provient en réalité du Créateur. Dans l'Ancien Monde, nous sommes persuadés qu'aider les nécessiteux revient à accomplir la volonté du Créateur. C'est pour ça que le bien-être des autres est notre devoir sacré.

Jennsen ne dit rien, car elle craignait que Sebastian croie qu'elle entendait critiquer le frère Narev – voire le Créateur. Mais elle n'aurait jamais osé mettre en doute la parole d'un grand homme comme le frère Narev. Comparée à lui, qu'avait-elle donc accompli en ce monde ? Lui était-il seulement arrivé d'aider quelqu'un ? Ne serait-ce qu'en lui fournissant une banale tourte à la viande ? Au contraire, elle avait toujours été une source de problèmes et de souffrance pour les autres : sa mère, Lathea, Althea, Friedrich, et combien d'autres encore ? Si une force surnaturelle l'animait, ce n'était certainement pas celle du Créateur.

Comme s'il avait lu certaines de ses pensées, Sebastian se pencha vers sa compagne et souffla :

— C'est pour ça que je t'aide… Parce qu'il me semble que c'est la volonté du Créateur. Ainsi, je sais que le frère Narev et l'empereur Jagang approuveraient ma décision de t'assister. C'est le cœur même de notre combat : faire en sorte que les gens s'entraident et partagent leur fardeau.

Jennsen sourit pour signifier qu'elle était admirative face à de si nobles et si bonnes intentions. Pourtant, et pour des raisons qui la dépassaient, ces « nobles intentions », à certains moments, lui paraissaient être la pointe d'un couteau braquée dans son dos…

— Ainsi, dit-elle en relevant les yeux, c'est pour ça que tu m'aides… (Son sourire vacilla.) Parce que c'est ton devoir…

Sebastian sursauta comme si elle venait de le gifler.

— Non ! (Il approcha de Jennsen et s'agenouilla devant elle.) Non, je… Au début, c'était ça, bien sûr, mais… Eh bien, ce n'est plus du tout une affaire de devoir !

— En t'entendant parler, j'ai eu l'impression d'être une lépreuse que tu devais…

— Non, ce n'est pas du tout ça ! (Alors qu'il cherchait ses mots, Sebastian eut le sourire radieux et désarmant de bonté qui faisait chavirer le cœur de Jennsen.) Je n'ai jamais rencontré une personne comme toi, je le jure ! Sache-le, c'est la première fois que mes yeux se posent sur une femme aussi intelligente et aussi belle que toi. Devant toi, je me sens tout petit. Un type insignifiant. Mais dès que tu me souris, j'ai l'impression d'être un homme important. Personne ne m'a jamais fait éprouver de tels sentiments. Au début, j'ai accompli mon devoir, mais depuis, c'est…

Jennsen ne réagit pas, assommée d'entendre des propos si touchants sortir de la bouche de son ami.

— Sebastian, je…

— Je n'aurais pas dû t'embrasser ! J'ai tout de suite compris que c'était une erreur. Je consacre ma vie à aider mon peuple – non, toute l'humanité ! – et je n'ai rien à offrir à une femme comme toi.

Pourquoi voulait-il avoir quelque chose à lui offrir ? se demanda Jennsen. Il lui avait sauvé la vie, n'était-ce pas suffisant ?

— Si tu penses ça, pourquoi m'as-tu embrassée ?

Sebastian regarda Jennsen dans les yeux. On eût dit qu'il avait un mal fou à parler, comme s'il allait puiser ses mots dans d'insondables et douloureuses profondeurs.

— Désolé, mais je n'ai pas pu m'en empêcher... Pourtant, j'ai essayé... Je savais qu'il ne fallait pas, mais tu étais si près de moi, ton regard plongé dans le mien et tes bras passés autour de mon torse... De ma vie, je n'ai jamais eu autant envie de quelque chose. C'était plus fort que moi, et j'en suis navré...

Jennsen détourna le regard. Affichant de nouveau son impassibilité coutumière – un masque, à l'évidence –, Sebastian alla s'asseoir sur sa selle.

— Ne te désole pas, souffla Jennsen en gardant les yeux baissés sur sa tourte. J'ai aimé ce baiser.

— Vraiment ? s'exclama Sebastian.

Jennsen hocha la tête.

— Vraiment, et je suis contente d'apprendre que tu ne m'as pas embrassée par sens du devoir.

Cette remarque fit sourire le jeune homme et dissipa la tension.

— Aucun devoir n'a jamais été aussi agréable, crois-moi !

Les deux jeunes gens éclatèrent de rire. Depuis quand Jennsen n'avait-elle pas ri ainsi ? Une petite éternité, et elle se réjouissait d'en être de nouveau capable.

En dévorant sa tourte, se régalant de la viande savoureusement épicée, Jennsen se sentit bien pour la première fois depuis très longtemps.

Elle espéra n'avoir pas été trop dure avec Tom, coupable d'avoir oublié Betty. Très injustement, elle avait défoulé sur lui son angoisse, ses craintes et sa colère. Mais c'était un type bien, et il l'avait aidée au moment où elle en avait le plus besoin.

La jeune femme pensa un long moment à Tom. Près de lui, elle était... eh bien... à l'aise. Elle se sentait importante et pleine de confiance, alors que Sebastian lui inspirait plutôt un respect craintif qui augmentait son humilité naturelle. Et il y avait aussi l'affaire des sourires...

Celui de Tom était différent de celui de Sebastian parce qu'il venait du cœur. Comme toutes ses expressions, celui de Sebastian était... insondable.

Quand Tom lui souriait, la jeune femme se sentait forte et en sécurité. Face à Sebastian, elle avait l'impression d'être faible et sans défense...

Quand elle eut dévoré la tourte, Jennsen s'enveloppa dans sa couverture. Tremblant de froid malgré cette protection, elle repensa à Betty et à la façon dont elle leur avait tenu chaud la nuit.

Peu à peu, l'angoisse revint hanter la jeune femme. Bien qu'elle fût épuisée après deux journées très éprouvantes, elle ne parvint pas à s'endormir.

Sa vie était devenue un piège mortel. Dès qu'elle songeait à l'avenir, elle voyait une longue traque qui finirait le jour où les hommes du seigneur Rahl la captureraient. Mais ce n'était pas tout... Sans sa mère et sans Betty, son existence lui semblait vide. De fait, elle n'avait aucun projet, à part continuer à fuir tant que ce serait possible. Quelques jours durant, elle s'était réconfortée en songeant qu'Althea l'aiderait, mais ce rêve était tombé en miettes au cœur du marécage.

Dans un recoin secret de son âme, Jennsen avait espéré que revenir sur les lieux de son enfance l'aiderait à reconstruire sa vie. Une pure illusion, bien entendu.

Elle tremblait de plus en plus, constata-t-elle. Et ce n'était pas seulement de froid...

La peur de l'avenir, toujours...

Sebastian se rapprocha un peu d'elle, coupant le vent glacial. Savoir qu'elle était davantage pour lui qu'une « bonne action » la réconfortait un peu.

Elle s'imagina couchée dans ses bras et frissonna en repensant à leur baiser.

Les mots qui l'avaient tant surprise lui revinrent en mémoire.

« Sache-le, c'est la première fois que mes yeux se posent sur une femme aussi intelligente et aussi belle que toi. »

Jennsen n'était pas sûre de devoir croire cette déclaration exaltée.

Mais n'avait-elle pas plutôt peur d'y croire, en réalité ?

Le jour de leur rencontre, Sebastian l'avait déjà couverte de compliments. Selon lui, les gens risquaient de penser que la chute du soldat était sa faute, parce que voir une belle femme l'avait perturbé. Il y avait eu aussi l'affaire du couteau et la fameuse première règle de Sebastian au sujet de la beauté...

Jennsen n'avait jamais été encline à croire les beaux parleurs.

Mais Sebastian n'en était pas vraiment un. Chaque fois qu'il faisait assaut de courtoisie, il semblait emprunté, comme si ça ne lui était pas naturel. Les menteurs faisaient souvent montre d'aisance. Les gens honnêtes, en revanche, étaient mal à l'aise quand on en venait aux sentiments les plus profonds.

Le plus surprenant restait que Sebastian ait déclaré « se sentir important » quand elle lui souriait. Comment pouvait-il éprouver les mêmes sentiments qu'elle ? C'était déconcertant, vraiment…

Jennsen n'aurait jamais cru qu'on pouvait être euphorique parce qu'un homme comme Sebastian vous trouvait belle. Il était tellement important, alors qu'elle ne valait rien… De plus, comparée à sa mère, la jeune femme s'était toujours trouvée parfaitement ordinaire. Elle aimait beaucoup savoir que quelqu'un pensait le contraire.

Que se passerait-il si Sebastian se retournait, la prenait dans ses bras et l'embrassait alors qu'ils étaient seuls dans la nuit ?

Le cœur de Jennsen battit soudain la chamade à cette idée.

— Je suis navré pour ta chèvre, dit soudain Sebastian, lui tournant toujours le dos.

— Je sais…

— Mais elle nous aurait ralentis, et avec le sorcier Rahl à nos trousses, nous n'aurions pas eu besoin de ça…

Malgré l'intensité de son amour pour Betty, Jennsen savait qu'elle devait avoir d'autres priorités. Pourtant, elle aurait donné presque n'importe quoi pour entendre de nouveau les bêlements de la chèvre et pour la voir agiter la queue de joie.

Dans son sac, qui lui servait d'oreiller, il y avait la réserve de carottes destinée à Betty…

Sebastian avait raison : rester près du palais aurait été de la folie. Mais ça ne rendait pas les choses plus faciles, quand on devait abandonner sa meilleure amie.

En réalité, Jennsen en avait le cœur brisé.

— T'ont-ils fait du mal, en prison ? demanda-t-elle à son compagnon. C'était ma plus grande inquiétude…

— La Mord-Sith m'en aurait fait voir. Tu es arrivée juste à temps.

— Qu'as-tu ressenti quand elle t'a frappé avec son Agiel ?

Sebastian réfléchit quelques secondes.

— J'ai eu l'impression d'être touché par la foudre, ou quelque chose dans ce genre.

Jennsen se demanda pourquoi l'arme de la femme en rouge n'avait eu aucun effet sur elle. Son compagnon devait se poser la même question, mais il ne jugeait pas utile de l'énoncer à voix haute. De toute façon, Jennsen ignorait la réponse.

Nyda avait paru très surprise. À l'en croire, l'Agiel était efficace sur tout le monde.

Eh bien, elle se trompait !

Bizarrement, Jennsen trouvait ça plutôt inquiétant, si elle y réfléchissait bien.

Chapitre 31

Percluse de douleurs après une nuit passée sur le sol glacé, Jennsen se réveilla aux premières lueurs de l'aube. À l'ouest, des étoiles brillaient encore dans le ciel...

La jeune femme avait très mal dormi, mais il n'était pas question de s'attarder ici. En terrain découvert, on pouvait être repéré de très loin, et se faire surprendre par des ennemis n'était jamais une très bonne idée.

Alors qu'elle s'étirait, Jennsen aperçut la silhouette massive du haut plateau, à l'horizon oriental. Au sommet, le Palais du Peuple, touché par les premiers rayons de soleil, brillait déjà et paraissait plus magnifique que jamais. En le contemplant, la jeune femme eut le cœur bizarrement serré. C'était son lieu de naissance, et elle désirait tant se sentir chez elle quelque part. Mais sa terre natale ne lui promettait que des angoisses et de la souffrance...

Conscients de n'être pas loin du tout du sorcier Rahl, les deux jeunes gens remballèrent à la hâte leurs affaires et sellèrent leurs chevaux.

S'asseoir sur du cuir glacé était une expérience très désagréable. Pour se réchauffer, Jennsen posa une couverture sur ses genoux, mais l'effet ne fut pas très concluant.

Autant par affection que pour se réchauffer les doigts, elle flatta l'encolure et les naseaux de Rouquine.

La chaleur corporelle de la jument préserverait du froid la seconde tourte, toujours emballée et protégée par la couverture.

Jennsen et Sebastian avancèrent à un train d'enfer. Pour ménager leurs montures, ils marchèrent sur une partie du chemin, mais ne marquèrent pratiquement pas de pause. En fin de journée, leurs efforts furent récompensés, car ils atteignirent le bout des plaines d'Azrith. Leur plan consistait à disparaître dans les montagnes qui se dressaient à l'horizon occidental. Et pour l'instant, ils n'apercevaient pas l'ombre d'un poursuivant derrière eux.

Peu avant le crépuscule, ils traversèrent une série de basses collines et de ravins envahis par une végétation grisâtre. On eût dit que les plaines d'Azrith, mortellement lasses d'être plates comme le dos de la main, avaient décidé de changer de configuration pour se distraire.

En chemin, les chevaux broutèrent avidement les plantes pourtant ratatinées. Même s'ils avaient un mors dans la bouche – un équipement qui pouvait les faire avaler de travers –, Jennsen n'eut pas le cœur de priver Rouquine et Pete de ce dérisoire festin.

Cela dit, elle crevait également de faim. Les deux tourtes avaient constitué un délicieux petit déjeuner, mais voilà beau temps qu'elles n'étaient plus qu'un souvenir.

Peu avant la nuit, les deux fugitifs atteignirent les contreforts des montagnes et installèrent leur campement au pied d'un rocher qui les protégerait du vent. Au grand plaisir des chevaux, un peu d'herbe ratatinée poussait autour de ce refuge. Dès qu'on leur eut retiré leur harnachement, Rouquine et Pete s'attaquèrent avec enthousiasme à cette « manne » inespérée.

Tandis que Jennsen déballait une partie de leurs affaires, Sebastian partit en exploration et revint avec une petite collecte de bois mort idéalement desséché. Après avoir débité les branches avec sa hache de guerre, il fit un feu au pied du rocher, dans un renfoncement où les flammes seraient difficiles à repérer. Voyant que sa compagne grelottait en attendant que le feu ait pris, il lui posa tendrement une couverture sur les épaules. Assise devant les flammes, son compagnon à ses côtés, la jeune femme entreprit de piquer des morceaux de porc fumé sur des bâtons qu'elle disposerait ensuite au-dessus du feu, en équilibre entre deux pierres.

— Tu as eu du mal à aller chez Althea ? demanda Sebastian.

Préoccupée par les événements qui s'étaient enchaînés à une vitesse incroyable, Jennsen n'avait rien raconté de ses mésaventures à Sebastian.

— J'ai dû traverser un marécage, dit-elle, mais j'y suis arrivée.

Un résumé lapidaire, mais elle n'avait aucune envie de gémir sur ses angoisses, sa bataille contre le serpent et sa quasi-noyade. Tout ça était du passé, et elle avait survécu. Pendant ce temps, Sebastian croupissait dans une cellule en sachant qu'on pouvait venir le torturer ou le tuer à n'importe quel moment.

Althea était à jamais prisonnière de son marécage... Décidément, il y avait des gens bien plus malheureux qu'elle.

— Un marécage, ce ne devait pas être si mal que ça... En tout cas, il devait y faire moins froid qu'ailleurs... Bon sang, je n'avais jamais connu ça de ma vie !

— Tu veux dire qu'il fait toujours chaud chez toi, dans l'Ancien Monde ?

— Non, bien entendu... L'hiver est parfois rigoureux, et il arrive même qu'il pleuve, mais nous n'avons jamais de neige et de températures glaciales, comme dans le Nouveau Monde. Franchement, je ne sais pas comment vous faites pour y vivre.

Un hiver sans neige ni températures très basses ? Jennsen avait du mal à imaginer une chose pareille...

— Et où irions-nous ? demanda-t-elle, un peu agacée. C'est notre pays.

— Tu as raison, oui, admit Sebastian, conscient d'avoir dit une bêtise.

— De toute façon, l'hiver touche à sa fin et le printemps sera là avant que tu aies le temps de t'en apercevoir.

— J'espère bien... Je préférerais être dans cet endroit dont tu m'as parlé – la Fournaise du Gardien – que dans ce désert gelé !

— L'endroit dont je t'ai parlé ? répéta Jennsen, troublée. Je n'ai jamais mentionné un lieu nommé la Fournaise du Gardien.

— Bien sûr que si ! (Sebastian utilisa son épée comme un tisonnier, et les flammes crépitèrent avec plus de vigueur.) Au palais, dans le coin sombre, juste avant notre baiser...

Jennsen tendit les mains pour les réchauffer au-dessus du feu.

— Je ne me souviens plus...

— Mais si ! Tu m'as même dit qu'Althea avait vu les Piliers de la Création.

Jennsen remit ses mains sous son manteau et dévisagea son compagnon.

— Désolée, mais je n'ai jamais dit ça. Les Piliers de la Création dont m'a parlé la magicienne ne sont pas un lieu.

— De quoi parlait-elle, dans ce cas ?

Jennsen éluda la question d'un geste impatient.

— Nous bavardions, c'est tout... Rien d'important. (Elle écarta une mèche rousse de son front.) Pour toi, les Piliers de la Création sont un endroit ?

— Je te l'ai déjà dit : la Fournaise du Gardien.

Baissant les yeux, Sebastian attisa de nouveau les flammes.

— Que me racontes-tu là ? marmonna Jennsen. Les Piliers, la Fournaise... Je n'y comprends plus rien.

Surpris par le ton de la jeune femme, Sebastian releva les yeux.

— Tout ça tourne autour de la notion de « chaleur ». Comme quand les gens disent : « Il fait aussi chaud que dans la Fournaise du Gardien. » Eh bien, on appelle parfois ainsi un endroit dont le véritable nom est « les Piliers de la Création ».

— Tu y as été ?

— Tu veux rire ? Je ne connais personne qui se soit jamais aventuré jusque-là. Ce lieu terrorise les gens. Selon certaines personnes, il s'agit d'une province du Gardien, et seule la mort peut y exister – en admettant qu'elle *existe.*

— Où est cet endroit ?

Sebastian désigna le sud avec son épée.

— Au cœur d'une région désolée de l'Ancien Monde. Tu sais ce que c'est : on devient vite superstitieux au sujet des lieux perdus au bout de tout...

Jennsen regarda les flammes et tenta d'assimiler ces informations. Il y avait dans tout ça quelque chose qui semblait incohérent et qui l'inquiétait beaucoup.

— Les Piliers de la Création... Pourquoi ce nom ?

Toujours surpris par le ton de Jennsen, Sebastian haussa les épaules.

— Comme je te l'ai dit, c'est un coin désertique où il fait atrocement chaud. Ce point explique le surnom du lieu. Quant à son vrai nom, on dit que...

— Si personne n'y va jamais, comment peut-on dire quoi que ce soit ?

— Au fil des siècles, quelques aventuriers se sont au moins *approchés* des Piliers de la Création, et ils ont raconté ce qu'ils ont vu. Ces histoires se sont transmises de génération en génération, et c'est ainsi que nous savons qu'il s'agit d'un lieu très semblable à ces plaines...

— Les plaines d'Azrith, tu veux dire ?

— Oui. C'est un désert, comme les plaines d'Azrith, mais en beaucoup plus grand. Et il y fait perpétuellement chaud. Un temps sec et chaud mortel, à ce qu'on dit. Très peu de routes commerciales traversent ces terres. Sans les vêtements requis pour se protéger du soleil, un voyageur frirait tout simplement sur sa selle. Et bien entendu, sans une bonne réserve d'eau, on ne survit pas très longtemps...

— Et c'est ça, les Piliers de la Création ?

— Non, là, je décris seulement le territoire où il faut avancer pour y arriver. Au milieu de ce désert s'étend paraît-il une vallée où il fait encore plus chaud – comme dans la Fournaise du Gardien. C'est ça, les Piliers de la Création.

— Mais pourquoi ce nom ? insista Jennsen.

Du bout du pied, Sebastian érigea autour du feu une couronne de sable qui retiendrait dans le foyer les braises qui s'écroulaient à présent les unes sur les autres.

— D'après ce qu'on dit, au cœur de cette vallée encaissée dans un immense canyon se dressent d'immenses colonnes de roche. C'est de ça que l'endroit tire son nom.

Jennsen fit tourner les brochettes improvisées au-dessus des braises.

— C'est assez logique... Des piliers de pierre...

— J'ai vu des tours naturelles de ce genre dans d'autres lieux... De loin, on dirait des piles de pièces de monnaie disposées au hasard sur une table. Toujours selon les rumeurs, ces colonnes-là sont les plus extraordinaires du monde, comme si la terre elle-même avait voulu rendre un fervent hommage au Créateur. Certaines personnes pensent que cet endroit est sacré. Pour elles, il s'agit de la Forge du Créateur plutôt que de la Fournaise du Gardien. Mais cette façon de voir les choses est loin d'être majoritaire. En plus de la chaleur, nous avons d'autres raisons d'avoir peur de cet endroit. Pour mon peuple, c'est le théâtre de conflits surnaturels dont les mortels sont avisés de ne pas se mêler.

— Le combat entre la Création et la Destruction ? Bref, entre la vie et la mort ?

— C'est ce qu'on dit, oui...

— Des gens croient que ce lieu est le cadre d'une bataille entre la mort et le monde des vivants ?

— La mort ne cesse jamais de traquer les vivants. Selon les enseignements du frère Narev, c'est la perversité de l'humanité qui permet à l'ombre du Gardien de s'étendre sur le monde. Si nous nous abandonnons au mal, le monde des vivants deviendra une proie facile pour le royaume des morts. Quand le Gardien aura renversé les Piliers de la Création, toute vie cessera d'exister.

Ces mots glacèrent les sangs de Jennsen comme si le Gardien lui-même venait de refermer la main sur son cœur.

Repensant à sa rencontre avec Althea, elle se souvint de ce que lui avait dit sa mère : les magiciennes adoraient faire des mystères et elles ne disaient pratiquement jamais la vérité. Qu'avait en tête Althea lorsqu'elle avait traité Jennsen de « Pilier de la Création » ? C'était impossible à dire, mais le hasard ne jouait sûrement aucun rôle là-dedans. La magicienne avait voulu planter une graine dans l'esprit de son interlocutrice, c'était évident.

— Qu'est-il arrivé avec Althea ? demanda soudain Sebastian. Pourquoi n'a-t-elle pas pu t'aider ?

Tirée de sa sombre méditation, Jennsen réfléchit à la réponse qu'elle devait donner. Pour gagner un peu de temps, elle se pencha sur les brochettes, vit qu'elles n'étaient pas tout à fait cuites et les tourna une nouvelle fois.

— Elle m'a aidée par le passé, quand j'étais très petite. Darken Rahl l'a découvert, et sa punition a été terrible. Il a rendu Althea infirme et s'est arrangé pour qu'elle ne dispose plus de son pouvoir. Aujourd'hui, elle est incapable de jeter un sort pour me secourir…

— Sans le savoir, sûrement, Darken Rahl a accompli l'œuvre du Créateur.

— Que veux-tu dire ?

— L'Ordre Impérial veut éliminer la magie. Selon le frère Narev, c'est la volonté du Créateur, parce que la magie est maléfique.

— Tu es d'accord avec cette vision des choses ? Tu crois vraiment qu'un don accordé par le Créateur peut être une mauvaise chose ?

— Comment utilise-t-on la magie ? demanda Sebastian, la colère faisant briller son regard. Sert-elle à aider les gens ? Soutient-elle les enfants du Créateur ? Non, elle défend des intérêts particuliers ! Prends comme exemple la maison Rahl. Depuis des millénaires, la magie lui permet d'imposer sa tyrannie à D'Hara. Ce règne a-t-il été le moins du monde bénéfique au royaume et à sa population ? Non ! Au contraire, il a semé partout la torture et la mort.

Ce dernier argument fit mouche, car Jennsen ne pouvait rien lui opposer.

— Il est donc possible, continua Sebastian, que le Créateur se soit servi de Darken Rahl pour libérer Althea de sa malédiction.

Posant le menton sur ses genoux, Jennsen regarda la viande grésiller sur les braises. La magicienne s'était plainte auprès d'elle d'avoir seulement gardé des dons de voyance qui la faisaient souffrir encore plus…

La mère de Jennsen lui avait appris à dessiner une Grâce. Elle lui avait aussi dit que le don était un présent du Créateur. Entre des mains compétentes, une Grâce avait un authentique pouvoir. Et même si Jennsen ne détenait pas une étincelle de magie, le diagramme l'avait protégée en de multiples occasions.

Les gens étaient capables du pire, elle le savait. Mais penser que le don puisse être maléfique en soi lui déplaisait souverainement. Même si la magie était hors de sa portée, elle avait conscience de son potentiel bénéfique.

Elle tenta d'aborder les choses sous un autre angle pour ébranler les certitudes de son compagnon.

— Tu m'as dit que des magiciennes, les Sœurs de la Lumière, combattaient aux côtés de Jagang. Tu as même ajouté que ces femmes pourraient m'aider. Si je comprends bien, elles contrôlent la magie. Mais si celle-ci est maléfique…

— Les sœurs servent notre cause et elles utilisent la magie afin que le pouvoir disparaisse un jour totalement du monde.

— C'est absurde ! Si vous pensez que la magie est une mauvaise chose, comment pouvez-vous collaborer avec des femmes qui la pratiquent ?

Jennsen prit une brochette et la tendit à Sebastian, qui piqua un morceau de viande bien cuite sur la pointe de son couteau.

Au lieu de manger, il brandit l'arme sous le nez de Jennsen.

— Les gens s'entre-tuent avec des couteaux et des épées. Nous voulons également éliminer ces armes afin que la boucherie cesse. Mais crois-tu que nous réussirons en prêchant la bonne parole ? Pour désarmer les gens, nous devrons recourir à la force, que ça nous plaise ou non. Le mal exerce sa fascination sur les peuples. Pour libérer l'humanité de l'horreur, nous devrons brandir des couteaux et des épées. Quand il n'y aura plus d'armes en circulation, la paix s'installera. Privés des moyens de se battre, les hommes se calmeront et le Gardien ne pourra plus s'insinuer dans leur cœur.

Jennsen prit à son tour un morceau de viande et souffla dessus pour le refroidir un peu.

— Et vous avez recours à la magie dans le même esprit ?

— Exactement ! dit Sebastian avant de commencer à manger.

(Il mâcha la viande, fit signe qu'elle était parfaite, avala et reprit son raisonnement.) Nous voulons nous débarrasser de la magie, qui est un fléau. Mais pour ça, nous avons besoin d'elle, sinon, nous risquerions d'être vaincus.

Jennsen goûta à son tour la viande et la trouva également délicieuse. Manger chaud était un vrai bonheur, après tant de repas froids…

— Le frère Narev et l'empereur Jagang pensent aussi que les armes sont maléfiques ?

— Bien entendu, puisqu'elles servent exclusivement à tuer et à mutiler. Comme tu t'en doutes, nous n'avons rien contre les ustensiles de cuisine, mais toutes les autres lames sont maléfiques. Un jour, l'humanité sera débarrassée de ce fléau. Alors, le meurtre et la mort ne seront plus que de lointains souvenirs… Car leur règne sera révolu !

— Dois-je comprendre que les soldats n'auront plus d'armes ?

— Non, non… Il faudra bien qu'ils en portent pour défendre la liberté et la paix.

— Dans ce cas, comment les simples citoyens se protégeront-ils ?

— Quels ennemis auront-ils à craindre ? Seuls les soldats seront armés.

— Si je n'avais pas porté un couteau, rappela Jennsen, des soldats m'auraient tuée comme ils ont tué ma mère.

— Des agents du mal ! Nos militaires luttent pour le bien. Ils défendent le peuple et n'ont aucune intention de le réduire en esclavage. Quand nous aurons vaincu les forces d'haranes, la paix régnera partout.

— Mais même à ce moment-là…

— Ne comprends-tu pas ? coupa Sebastian. Quand la magie n'existera plus, les armes ne seront plus nécessaires. Les passions corrompues de l'humanité sont dangereuses parce que les couteaux et les épées leur permettent de s'exprimer et de nuire…

— Les soldats aussi ont des passions, rappela Jennsen.

Sebastian chassa l'objection d'un geste nonchalant.

— Pas quand ils sont correctement entraînés et placés sous les ordres d'officiers compétents.

Jennsen leva les yeux vers le firmament et sourit. Le monde dont rêvait Sebastian était séduisant, ça ne faisait pas de doute. Mais il y avait une faiblesse dans son raisonnement. Si la magie pouvait servir à des fins bénéfiques, elle n'était ni bonne ni mauvaise, mais parfaitement neutre, comme tous les outils. L'important, c'était l'intention de celui qui la contrôlait, comme avec les couteaux et les épées…

Au lieu de polémiquer, Jennsen préféra poser une nouvelle question.

— À quoi ressemblerait un univers sans magie ?

Sebastian eut un grand sourire.

— Les gens y seraient égaux. Oui, plus personne n'aurait d'avantages injustes ! (Il prit un autre morceau de viande.) Les gens travailleraient ensemble, parce qu'ils auraient des objectifs communs. Plus personne ne pourrait dominer des innocents grâce à un pouvoir surnaturel. Par exemple, tu vivrais librement sans que le seigneur Rahl te persécute avec sa magie.

Selon Althea, Richard Rahl était né avec des pouvoirs tels qu'on n'en avait jamais vu depuis des milliers d'années. De fait, il était parvenu à approcher davantage de Jennsen que leur sinistre père. N'était-ce pas lui qui avait envoyé les assassins de sa mère ? Pourtant, quelque chose ne collait pas. Jennsen était un trou dans le monde pour son demi-frère. Il ne pouvait donc pas utiliser ses pouvoirs pour la traquer...

— Tu ne seras pas libre tant que tu n'auras pas éliminé le seigneur Rahl, conclut Sebastian.

— Et pourquoi moi ? Avec tous les ennemis qu'il a, pourquoi devrais-je être celle qui l'assassinera ?

En posant la question, Jennsen entrevit son abominable réponse.

— Eh bien, fit Sebastian, je ne voulais pas vraiment dire ça... En réalité, tu ne seras pas libre tant que quelqu'un n'aura pas éliminé le seigneur Rahl. Peu importe qui...

Sebastian tendit la main et s'empara d'une outre d'eau. Jennsen le regarda boire, puis elle posa une nouvelle question afin de changer de sujet.

— Le capitaine Lerner a dit que le seigneur Rahl est marié.

— À une Inquisitrice, confirma Sebastian. S'il cherchait une compagne à sa hauteur, il l'a trouvée, ça ne fait pas de doute !

— Tu sais des choses sur cette femme ?

— Ce que j'ai entendu dire par l'empereur... Je peux te le répéter, si ça t'intéresse...

Jennsen fit signe qu'elle était prête à écouter. Puis elle prit un nouveau morceau de viande et le savoura.

— La barrière qui séparait l'Ancien Monde et le Nouveau Monde a tenu pendant des milliers d'années jusqu'à ce que Richard Rahl la détruise afin de conquérir mon pays. Pas très longtemps avant la naissance de ta mère, je crois, le Nouveau Monde a été divisé en trois pays. Terre d'Ouest est à l'ouest, comme son nom l'indique, et D'Hara est à l'est. Après avoir tué son père et pris le pouvoir, Richard Rahl a détruit les frontières qui séparaient les trois pays.

» Les Contrées du Milieu s'étendent entre Terre d'Ouest et D'Hara. Les Inquisitrices vivaient dans ce royaume où la magie dominait tout. En fait, c'est la Mère Inquisitrice qui règne sur les Contrées. D'après l'empereur Jagang, cette femme est jeune – environ mon âge –, mais ça ne l'empêche pas d'être intelligente et dangereuse. Mortellement dangereuse, même...

Comme pour souligner ces propos angoissants, Sebastian marqua un temps d'arrêt et Jennsen en profita pour poser une question.

— Sais-tu ce qu'est une Inquisitrice ? Que signifie ce nom ?

Sans lâcher l'outre, Sebastian passa les bras autour de ses genoux.

— Eh bien, je n'ai pas beaucoup d'informations, à part que ces femmes ont un pouvoir terrifiant. Par exemple, la Mère Inquisitrice peut carboniser le cerveau d'un homme par un simple contact... Le malheureux devient alors son esclave – une sorte de marionnette dont elle tire les fils.

Jennsen eut l'estomac révulsé par cette seule idée. Quelle infamie !

— Et ses victimes lui obéissent au doigt et à l'œil ? Tout ça parce qu'elle les a touchées ?

Sebastian tendit l'outre à son amie et haussa les épaules.

— N'oublie pas qu'elle contrôle une magie maléfique... L'empereur Jagang m'a parlé du pouvoir de cette femme. Quand elle ordonne à un de ses esclaves de mourir, il cesse immédiatement de vivre.

— Tu veux dire qu'il se suicide devant ses yeux ?

— Non... Il tombe raide mort, parce qu'elle lui en a donné l'ordre. Son cœur cesse de battre, ou un truc comme ça... Une mort subite sans aucune explication.

Bouleversée par ces évocations, Jennsen posa l'outre près d'elle et s'enroula plus étroitement dans sa couverture. Morte de fatigue, elle n'avait plus tellement envie, ce soir, d'apprendre de nouvelles choses au sujet du seigneur Rahl. Car chaque information était pire que la précédente...

Après le repas, une fois les chevaux bouchonnés, Jennsen s'étendit et se blottit sous sa couverture et son manteau.

Elle aurait voulu s'endormir, se réveiller fraîche et dispose et découvrir que toute cette affaire n'était qu'un cauchemar. Ou ne plus se réveiller du tout, afin de n'avoir pas à affronter l'avenir.

Puisqu'ils avaient un feu, Sebastian ne la réchauffa pas en dormant contre elle, cette nuit-là. Sa présence rassurante lui manquant, Jennsen resta un long moment éveillée, les yeux rivés sur les flammes. Alors que son ami s'était endormi comme une masse, elle dut se battre pied à pied contre ses angoisses.

Qu'allait-elle devenir ? Sa mère était morte, la laissant sans foyer ni famille. Cette femme avait toujours été tout pour elle... La regardait-elle, à présent, de là où elle était, en compagnie des esprits du bien ? Avait-elle enfin trouvé la paix et une forme de bonheur ?

Jennsen pensa à Althea, et son cœur se serra. La magicienne vivait un calvaire qui ne s'achèverait qu'avec sa mort. Tous les gens qui tentaient d'aider Jennsen le payaient au prix fort. Sa mère était morte pour expier le crime de l'avoir mise au monde. Lathea avait été tuée par les monstres qui la traquaient. Et Althea était emprisonnée dans un marécage parce qu'elle avait tenté de protéger une enfant innocente.

Il y avait aussi Friedrich, privé des plus grandes joies de la vie à cause de Jennsen...

La jeune femme se souvint du baiser de Sebastian... Althea et Friedrich n'avaient plus la possibilité de vivre leur passion. Jennsen, elle, avait le sentiment qu'il n'y aurait jamais plus rien au-delà de ce baiser. Elle avait entrevu le bonheur, mais la porte de sa prison s'était refermée sur elle. Comme le marécage d'Althea, sa malédiction était une invention du seigneur Rahl, qui ne manquait jamais d'imagination quand il s'agissait de torturer les autres.

Qu'avait donc dit Sebastian ? Elle ne serait jamais libre tant qu'elle n'aurait pas éliminé le seigneur Rahl ?

Jennsen regarda l'homme endormi qui était entré si soudainement dans sa vie. Sans lui, elle n'aurait plus été de ce monde... Mais comment aurait-elle pu imaginer, à l'instant de leur rencontre, qu'il lui donnerait un jour son premier baiser ?

Les cheveux blancs du dormeur prenaient des reflets argentés à la lueur des flammes. Jennsen aimait tant contempler le beau visage de son ami...

Mais comment évoluerait leur relation ? Elle ignorait la réponse à cette question. Que signifiait vraiment ce baiser, et où les conduirait-il, s'il devait vraiment les conduire quelque part ?

Voulait-elle aller jusqu'au bout de ce chemin ? Et Sebastian le désirait-il ?

Elle n'en était pas sûre. Et elle ne savait pas si cela la rassurait ou l'inquiétait...

Chapitre 32

Laissant les plaines derrière eux, les deux jeunes gens commencèrent un difficile voyage sur un terrain accidenté et enneigé qui les conduirait lentement dans les montagnes. Sebastian avait accepté d'emmener son amie dans l'Ancien Monde, où elle espérait être libre et en sécurité pour la première fois de sa vie. Et sans le jeune homme aux cheveux blancs, ce rêve n'aurait pas été possible.

La chaîne de montagnes qu'ils allaient traverser pour aller vers le sud constituait la frontière occidentale de D'Hara. Ils ne risqueraient pas d'y rencontrer beaucoup de voyageurs et finiraient par déboucher dans l'Ancien Monde.

Une fois dans les montagnes, isolés de tout par des pics majestueux, ils chevauchèrent plein sud, lancés sur la piste de la liberté et du bonheur.

Avec l'altitude, le climat devint plus rigoureux encore. Plusieurs jours durant, les deux fugitifs durent marcher afin de ménager leurs montures. Rouquine et Pete mouraient de faim et ils ne trouvaient rien à brouter à cause de la neige. Très affaiblis, les chevaux parvenaient pourtant à tenir le coup à force de volonté. En cela, ils étaient les fidèles reflets de leurs maîtres.

Un soir, alors que le ciel s'assombrissait et que des flocons de neige commençaient à tomber, ils eurent la chance de trouver un petit village. Ils y passèrent la nuit, les chevaux bien à l'abri dans une petite écurie où le foin semblait délicieux.

Le village n'ayant pas d'auberge, Sebastian et Jennsen durent débourser quelques pièces de cuivre pour pouvoir dormir dans le grenier à foin de l'écurie. Après tant de nuits passées à la belle étoile, la jeune femme eut le sentiment d'être dans un palais.

Au matin, une tempête de neige se déchaîna. Des grêlons se mêlant aux flocons, voyager dans de telles conditions aurait été atrocement pénible et mortellement dangereux.

Jennsen fut ravie de cet événement, surtout pour les chevaux, qui bénéficieraient ainsi d'un jour supplémentaire de repos.

Tandis que leurs montures mangeaient, Jennsen et Sebastian se racontèrent presque joyeusement des histoires de leur enfance. Quand son compagnon évoqua ses mésaventures de jeune pêcheur, Jennsen adora voir ses yeux briller d'amusement rétrospectif.

Le lendemain, à l'aube, il n'y avait plus un nuage dans le ciel. Malgré un vent violent, les deux fugitifs estimèrent que s'attarder plus longtemps serait trop dangereux.

Ils repartirent, continuant à emprunter les pistes et choisissant les plus difficiles pour réduire les risques de faire de mauvaises rencontres. Toujours très prudent, Sebastian semblait pourtant assez confiant. Réconfortée par la présence du couteau à sa ceinture, Jennsen trouvait également préférable qu'ils empruntent des pistes, quitte à s'exposer un peu, au lieu de s'enfoncer dans des territoires non balisés couverts de neige. Couper par les bois était toujours difficile, parfois dangereux et souvent carrément impossible, considérant la configuration de ces montagnes.

L'hiver n'arrangeait rien, bien entendu. Sous la neige, beaucoup de pièges pouvaient se cacher, et que feraient-ils si un de leurs chevaux se cassait une jambe ?

Une raison de plus de limiter les risques...

Cette nuit-là, alors que Jennsen leur improvisait une tente avec des branches de sapin baumier, Sebastian partit comme d'habitude en exploration.

Il revint au camp au pas de course, haletant et les mains rouges de sang.

— Un soldat..., dit-il entre deux inspirations saccadées.

Jennsen n'eut pas besoin de plus d'explications.

— Mais comment ont-ils pu nous suivre ? demanda-t-elle. Ils n'auraient pas dû nous repérer.

— Les sorciers du seigneur Rahl sont à tes trousses, voilà tout ! N'oublie pas que Nathan Rahl t'a vue, au Palais du Peuple.

Tout ça n'avait aucun sens. Pour les détenteurs du don, Jennsen était un trou dans le monde. En d'autres termes, ils ne pouvaient pas la voir.

— De toute façon, suivre une piste dans la neige n'est pas difficile, même quand on n'a pas le don, fit Sebastian, conscient du trouble de sa compagne.

La neige… Oui, c'était sûrement ça.

— Ton soldat faisait partie d'un *quatuor*? demanda Jennsen, les tripes nouées par la peur.

— Je n'en suis pas sûr… En tout cas, c'était un D'Haran. Il m'a sauté dessus et j'ai dû lutter pour ma vie. Après l'avoir tué, je t'ai rejointe aussi vite que possible au cas où il n'aurait pas été seul.

Jennsen était bien trop effrayée pour polémiquer. Qu'il fasse nuit ou non, ils devaient repartir. L'idée qu'une attaque pouvait se produire à n'importe quel moment les incita à harnacher très vite leurs chevaux.

Sautant en selle, ils galopèrent aussi longtemps qu'ils le purent. Quand la lumière ne suffit plus, ils sautèrent à terre et marchèrent à côté des bêtes pour les laisser se reposer un peu.

Sebastian affirma qu'ils avaient sûrement semé leurs poursuivants.

La neige améliorant la visibilité nocturne, ils purent continuer à marcher jusqu'à l'aube.

Après une brève halte, ils reprirent leur chemin et ne s'arrêtèrent plus avant le crépuscule, épuisés au point de se ficher du risque d'être capturés. Ils dormirent assis, appuyés l'un contre l'autre, devant les flammes d'un tout petit feu.

Les jours suivants, ils avancèrent lentement mais régulièrement et ne virent pas trace d'éventuels poursuivants.

Jennsen n'en fut pas rassurée pour autant. Les sbires du seigneur Rahl, elle avait payé pour le savoir, n'abandonnaient jamais si facilement…

Puis le temps devint plus clément, leur permettant de progresser plus vite. Là non plus, Jennsen ne s'en réjouit pas, car cela vaudrait aussi pour leurs ennemis, également avantagés parce que leurs proies laisseraient une piste de plus en plus facile à suivre.

« Heureusement », il y eut une nouvelle tempête. La rage au ventre, les deux jeunes gens continuèrent à voyager malgré le blizzard. Tant qu'ils pouvaient voir les pistes et mettre un pied devant l'autre, ils devaient en profiter pour avancer, car la tempête brouillait presque instantanément leurs empreintes. Après tant d'années passées dans les bois, Jennsen savait que suivre des traces était impossible dans de telles conditions.

Ils avaient enfin une chance de glisser leur cou hors du nœud coulant!

Désormais, ils choisissaient au hasard les pistes ou les routes qu'ils empruntaient. Devant chaque carrefour, Jennsen se réjouissait, car leurs ennemis auraient une chance supplémentaire de se tromper.

En quelques occasions, ils coupèrent par les bois afin de brouiller davantage leur piste avec l'aide de la neige, devenue leur plus fidèle alliée.

Malgré son épuisement, Jennsen commença à se sentir un peu moins oppressée.

Voyager dans des conditions si dures était tout de même un calvaire, d'autant plus que le temps ne semblait pas vouloir s'améliorer.

Il finit pourtant par le faire. En fin d'après-midi, un beau jour, le vent cessa soudain, et les choses redevinrent à peu près supportables.

Ce même soir, ils rattrapèrent une femme qui avançait dans la même direction qu'eux. Alors qu'ils approchaient, Jennsen vit qu'elle portait une assez lourde charge.

Même s'il faisait meilleur, de petits flocons continuaient à voler dans l'air. Entre les nuages, le soleil parvenait à laisser filtrer quelques rayons qui conféraient une touche d'orangé à la lumière de cette journée pourtant grisâtre.

Entendant arriver les cavaliers, la femme s'écarta de leur chemin. Mais elle tendit un bras vers eux quand ils la dépassèrent.

— Vous voulez bien m'aider?

Jennsen eut l'impression que la femme avait dans les bras un enfant enveloppé de plusieurs couvertures.

Voyant l'expression de Sebastian, elle eut peur qu'il décide de continuer sans s'intéresser à la voyageuse. Si elle lui demandait pourquoi, il répondrait que s'arrêter quand on avait des tueurs et un sorcier aux trousses était de la folie.

C'était exact, en théorie, mais ils avaient pris assez d'avance et pouvaient se permettre d'être un peu moins rigoureux.

Alors que Sebastian tournait la tête vers elle, Jennsen parla avant qu'il ait l'occasion de dire quoi que ce fût.

— Il semble que le Créateur ait décidé de s'occuper de cette femme, puisqu'Il nous a envoyés pour lui prêter assistance.

Sebastian tira sur les rênes de sa monture. Parce que le discours de Jennsen l'avait convaincu, ou à cause de la référence au Créateur, toujours impressionnante pour un croyant tel que lui? Jennsen n'en savait rien, mais en tout cas, elle avait obtenu ce qu'elle désirait.

Quand son compagnon eut mis pied à terre et saisi la bride des deux chevaux, Jennsen se laissa glisser du dos de Rouquine. S'enfonçant presque jusqu'aux genoux dans la neige, elle approcha de la voyageuse.

La femme lui tendit son fardeau comme si ça suffisait à tout expliquer. On aurait juré qu'elle était prête à accepter l'aide du Gardien en personne, s'il l'avait fallu.

Jennsen écarta un peu les couvertures et découvrit le visage tout rouge et couvert de boutons d'un petit garçon de trois ou quatre ans. Les yeux fermés, il ne bougeait pas et brûlait de fièvre.

Jennsen prit l'enfant à la femme qui tremblait d'épuisement.

— Je ne sais pas ce qu'il a, dit la voyageuse, au bord des larmes. Il est tombé malade d'un coup...

— Que faites-vous dehors par ce temps ? demanda Sebastian.

— Mon mari est parti à la chasse il y a deux jours et il ne reviendra pas avant une bonne semaine. Je ne pouvais pas attendre seule chez moi, sans personne pour m'aider.

— Certes, mais où comptez-vous aller ? intervint Jennsen.

— Voir les Raug'Moss...

— Les quoi ?

— Des guérisseurs..., dit Jennsen.

La femme caressa la joue du petit garçon. Puis elle leva les yeux vers les deux voyageurs.

— Pouvez-vous m'aider à aller jusque-là ? J'ai l'impression que le petit va de plus en plus mal...

— Je crains que nous..., commença Sebastian.

— Où vivent les Raug'Moss ? coupa Jennsen.

La femme tendit un bras.

— Par là, dans la direction où vous allez. Et pas très loin d'ici.

— Quelle distance, exactement ? demanda Sebastian.

Ses nerfs craquant, la femme éclata en sanglots.

— Je n'en sais rien... J'espérais être arrivée ce soir, mais la nuit ne tardera plus à tomber. J'ai peur que ce soit trop loin pour mes pauvres jambes. Vous ne voulez pas m'aider, c'est sûr ?

Jennsen berça l'enfant malade et sourit à sa mère.

— Mais si, bien entendu !

— C'est vrai ? (La femme prit le bras de Jennsen et le serra très fort.) Je suis désolée de vous déranger...

— Allons, ce n'est rien ! Nous n'aurons même pas besoin de faire un détour.

— Et nous ne pouvons pas vous laisser ici avec un enfant malade, renchérit Sebastian. Nous irons tous ensemble chez les guérisseurs.

— Laissez-moi monter sur mon cheval, puis redonnez-moi l'enfant, dit Jennsen avant de rendre le petit garçon à sa mère.

Quand elle fut en selle, elle tendit les bras. Redoutant d'être séparée de son fils, la femme hésita un peu, puis elle se rendit à la raison. Jennsen installa l'enfant sur ses genoux et s'assura qu'il y était bien calé et ne risquait pas de glisser. Pendant ce temps, Sebastian avait aidé la femme à monter derrière lui. Quand les chevaux se mirent en route, elle passa les bras autour de la taille du cavalier mais ne quitta pas du regard le petit garçon blotti sur les genoux de Jennsen.

Celle-ci prit la tête afin que la mère puisse voir en permanence l'inconnue qui lui avait arraché son fils... pour le sauver. Devinant que le petit n'était pas endormi mais rendu inconscient par la fièvre, Jennsen talonna Rouquine afin qu'elle accélère le pas.

Dans les tourbillons de neige, les deux chevaux avançaient pratiquement à l'aveuglette. Très inquiète pour l'enfant et désireuse de l'aider, Jennsen eut le sentiment que la route ne s'achèverait jamais. Le sommet de chaque butte ne révélait rien d'autre que la forêt, interminable et monotone, et une cruelle déception attendait la jeune femme au sortir de chaque tournant.

Jennsen avait d'autres raisons de s'inquiéter. S'ils continuaient à les pousser comme ça, Rouquine et Pete ne tiendraient plus très longtemps. Tôt ou tard, malgré l'urgence et la nuit qui approchait, il faudrait que les chevaux se reposent.

Entendant Sebastian siffler, Jennsen tourna la tête.

— Par là ! lança la femme en désignant une piste latérale plus étroite que la route actuelle.

Jennsen poussa Rouquine vers la droite, s'engagea sur ce nouveau chemin et constata qu'il montait très abruptement. Les arbres qui poussaient sur le flanc de la montagne étaient énormes – des troncs dont trois hommes n'auraient pas fait le tour en se tenant les mains – et incroyablement hauts. Leurs branches serrées les unes contre les autres formaient une frondaison impénétrable sous laquelle régnait un éternel crépuscule.

Personne n'ayant récemment précédé Jennsen et son compagnon sur la piste, ils ne devraient pas compter sur des empreintes pour se repérer. Cela dit, le chemin bordé d'arbres et de rochers serait assez facile à suivre, même avec une visibilité réduite.

Jennsen baissa les yeux sur l'enfant et vit que son état ne s'était pas amélioré. Vaguement inquiète, elle sonda la forêt, autour d'elle, mais ne repéra rien d'inquiétant. Après avoir été au palais, dans le marécage d'Althea et dans les plaines d'Azrith, elle aimait beaucoup de retrouver le décor familier des bois. Sebastian, lui, n'appréciait pas particulièrement la nature. Quant à la neige, il la détestait, alors que Jennsen avait toujours trouvé apaisants et réconfortants les paysages drapés d'un manteau blanc.

Une odeur de fumée – du bois de chauffe – lui apprit qu'ils n'étaient plus très loin de leur destination. Jetant un coup d'œil à la mère du petit, elle eut confirmation de ce qu'elle pensait.

Arrivant au sommet d'une butte, les trois voyageurs découvrirent plusieurs petites cabanes érigées sur un des côtés de la route. Dans une clairière, derrière ce hameau, Jennsen remarqua un grand enclos et une écurie. Campé derrière la clôture, les oreilles dressées, un cheval regardait approcher les visiteurs. Quand il hennit pour les saluer, Rouquine et Pete lui rendirent la politesse.

Alors que sa jument se dirigeait vers l'unique cabane dont la cheminée fumait, Jennsen porta deux doigts à sa bouche et émit un long sifflement.

La porte de la cabane s'ouvrit, et un homme la franchit en finissant d'enfiler son manteau.

Ce guérisseur avait l'âge requis pour être un des rejetons de Darken Rahl, constata Jennsen. Hélas, il releva la capuche de son manteau avant qu'elle ait eu le temps de bien étudier ses traits.

— Nous vous amenons un petit garçon malade, dit-elle tandis que l'homme prenait Rouquine par la bride. Seriez-vous un des guérisseurs qu'on nomme les Raug'Moss ?

L'homme hocha la tête.

— Qu'on porte cet enfant dans la cabane.

Ayant déjà mis pied à terre, la mère attendait impatiemment que Jennsen lui rende son petit.

— Je remercie le Créateur de vous avoir rencontrés aujourd'hui, dit-elle aux deux jeunes gens.

Le guérisseur posa une main sur l'épaule de la femme et la poussa gentiment vers l'entrée de la cabane.

— Mettez vos chevaux dans l'enclos avec le mien, dit-il à Sebastian, puis rejoignez-nous chez moi.

Tandis que son compagnon conduisait leurs montures jusqu'à l'enclos, Jennsen suivit le guérisseur et la femme dans la cabane.

Gênée par la capuche et la chiche lumière du crépuscule, elle n'avait toujours pas pu voir en détail les traits de l'homme.

Qu'il s'agisse de Drefan aurait été trop beau, elle le savait. Mais au moins, c'était un Raug'Moss, et il saurait répondre à la question qui l'obsédait...

Chapitre 33

Presque tout le mur de droite de la cabane était occupé par une grande cheminée construite avec des pierres rondes. Au fond de la première pièce, deux passages protégés par de simples rideaux donnaient accès aux autres salles.

Une lampe était posée sur le manteau de la cheminée et une autre, sur les tréteaux qui tenaient lieu de table. Aucune n'était allumée.

Dans le foyer, des bûches de chêne crépitaient en produisant une fumée à l'odeur très agréable et une marmite suspendue à un trépied restait au chaud en permanence.

Après être restée si longtemps exposée aux intempéries, Jennsen trouva qu'il faisait étouffant dans la cabane.

Le guérisseur étendit le petit garçon sur une des paillasses alignées en face de la cheminée. Agenouillée près de son fils, la mère regarda le Raug'Moss débarrasser l'enfant de ses multiples couvertures.

Jennsen en profita pour examiner les lieux et s'assurer qu'aucune mauvaise surprise ne les guettait. Les cheminées des autres cabanes ne fumaient pas et elle n'avait vu aucune trace dans la neige. C'était rassurant, mais ça ne voulait pas dire qu'il n'y avait personne d'autre dans le coin.

La jeune femme approcha de la cheminée en contournant la table, ce qui lui permit de jeter un coup d'œil dans les deux pièces de derrière. De minuscules chambres à coucher, rien de plus, avec un mobilier et un confort minimum.

Alors que Jennsen se réchauffait les mains au-dessus des flammes, le guérisseur confia l'enfant aux bons soins de sa mère – qui entonna une berceuse – et approcha d'une grande armoire d'où il sortit toute une collection de pots et de flacons.

— Vous pouvez allumer la lampe ? demanda-t-il avant de poser sur la table les divers récipients.

Jennsen cassa une longue brindille sur une des bûches empilées près de la cheminée. La passant dans les flammes, elle attendit qu'elle s'embrase puis s'en servit pour allumer la lampe.

Très concentré, le guérisseur était en train de mélanger plusieurs poudres dans une coupe blanche.

— Comment va l'enfant ? demanda Jennsen à voix basse.

— Pas très bien…, répondit l'homme.

— Que puis-je faire pour vous aider ?

— Eh bien, si vous y tenez, allez donc chercher le mortier et le pilon, dans la grande armoire…

Jennsen s'approcha du meuble, trouva très vite les deux objets et vint les poser sur la table, à côté de la lampe. Le guérisseur ajoutait à présent à sa préparation une poudre couleur moutarde. Très concentré, il n'avait pas pris le temps d'enlever son manteau. Mais il eut la bonne idée d'abaisser sa capuche, et Jennsen put enfin l'étudier à loisir.

Contrairement à celui du sorcier Rahl, son visage ne fascina pas Jennsen. Aucun de ses traits, agréables au demeurant, ne lui était familier. Bref, il ne s'agissait sûrement pas de Drefan.

Le guérisseur désigna un flacon en verre vert.

— Vous auriez la gentillesse de réduire en poudre un peu de ce qu'il y a là-dedans ?

Alors qu'il courait au fond de la pièce pour prendre une grande jatte posée sur une étagère étonnamment haute, Jennsen dévissa le bouchon du flacon et sursauta en découvrant les étranges petits objets qu'il contenait. Leur forme, surtout, était surprenante.

S'emparant d'un des mystérieux composants, elle le fit tourner entre ses doigts et constata qu'il était plat, noir et rond. À la lumière de la lampe, elle vit qu'il s'agissait d'un végétal séché. Et tous ceux que contenait le flacon avaient exactement la même forme.

Des dizaines de Grâces miniatures !

Comme pour le symbole magique, on distinguait un cercle extérieur, un carré et un cercle plus petit enchâssé à l'intérieur. Et tout cela était lié par une quatrième structure fibreuse en forme d'étoile.

Même s'il y avait quelques différences avec les Grâces que Jennsen avait appris à dessiner, les similitudes étaient frappantes.

— Qu'est-ce que c'est ? demanda-t-elle.

Le guérisseur se débarrassa enfin de son manteau et releva les manches de sa tunique toute simple.

— Un fragment de fleur… La base séchée du filament d'une rose à fièvre des montagnes. Ces fleurs sont très jolies, et je suis sûr que vous en avez déjà vu. Selon l'endroit où elles poussent, leur couleur peut varier, mais elles sont mauves, le plus souvent. Votre mari ne vous a jamais apporté un bouquet de roses à fièvre des montagnes ?

Jennsen s'empourpra jusqu'aux oreilles.

— Ce n'est pas… Eh bien, nous voyageons ensemble, mais nous sommes simplement des amis…

— Bien, bien, fit le guérisseur, pas plus intéressé que ça. (Il tendit un index.) Vous voyez ? Les pétales sont fixés ici, là et ici. Quand on les retire, ainsi que les étamines, ce qui reste de la fleur – son cœur, si vous préférez – a cette forme des plus remarquables.

— Une Grâce miniature…, fit Jennsen, étrangement émue.

— C'est ça, oui… Et comme les Grâces, ces fleurs peuvent être à la fois bénéfiques et mortelles.

— Comment peut-on être les deux en même temps ?

— Une de ces fleurs séchées, une fois réduite en poudre et ajoutée à la potion que je prépare, aidera l'enfant à dormir profondément et à lutter contre la fièvre. Deux fleurs, ou davantage, font monter la température d'une personne en parfaite santé.

— Vraiment ?

Le guérisseur ne sembla pas étonné par l'incrédulité de Jennsen. Visiblement, ce n'était pas la première fois qu'il répondait à des questions sur cette étrange rose.

— Si vous ingériez une vingtaine de fleurs – ou une trentaine, selon la variété –, personne ne pourrait vous sauver. Les fièvres de ce type sont mortelles. La fleur tire son nom de cette caractéristique… foudroyante. (Le guérisseur eut un sourire espiègle.) Un nom qui va très bien à une fleur si intimement associée à l'amour.

— Sans doute, acquiesça distraitement Jennsen. Si j'en mangeais plus d'une, mais beaucoup moins que vingt, serais-je également condamnée ?

— Une personne assez idiote pour ajouter une dizaine de fleurs à son infusion aurait une fièvre de cheval, c'est certain.

— Mais finirait-elle par en mourir ?

— Non… Cette quantité-là rend très malade, mais on est remis au bout d'un ou deux jours.

Jennsen étudia un moment le flacon de fausses Grâces empoisonnées puis le reposa sur la table.

— En toucher une ne vous fera pas de mal, dit le guérisseur. Pour être affecté, il faut ingérer ces fleurs. Et quand on en ajoute une seule à d'autres ingrédients, l'effet thérapeutique est excellent.

Jennsen rougit d'embarras puis reprit la fleur séchée qu'elle avait lâchée, la déposa dans le mortier et trouva qu'elle ressemblait plus que jamais à une Grâce.

— Si c'était pour un adulte encore conscient, j'en émietterais simplement une entre mes doigts, dit le guérisseur en ajoutant un peu de miel dans sa coupe. Mais notre patient est très jeune et plongé dans le coma. Le faire boire ne sera pas facile, donc, réduisez la fleur en poussière !

Dès que la jeune femme eut terminé, le guérisseur ajouta la poudre sombre à sa préparation.

Comme la Grâce à laquelle elle ressemblait tant, cette rose pouvait être à la fois un bienfait et un fléau. Jennsen se demanda ce que Sebastian penserait d'une chose pareille. Et le frère Narev ? Ordonnerait-il l'élimination de ces fleurs parce qu'elles pouvaient tuer au lieu de sauver ?

Jennsen rangea les flacons et les pots du guérisseur pendant qu'il se chargeait de faire boire la potion à l'enfant. Avec l'aide de la mère, il réussit à faire avaler le médicament à son patient – pratiquement goutte après goutte, mais l'essentiel était le résultat. Totalement inconscient, le petit garçon n'avait pas ouvert un œil depuis que Jennsen l'avait vu pour la première fois. S'il s'en sortait, il pourrait remercier le Créateur...

Sebastian revint de l'écurie sur ces entrefaites. Avant qu'il referme la porte, Jennsen vit que des étoiles brillaient au firmament. Lorsque le ciel s'éclaircissait, le soir, et que le vent tombait, ça annonçait en principe une nuit glaciale.

Sebastian approcha de la cheminée pour se réchauffer. Jennsen ajouta une bûche dans les flammes et utilisa le tisonnier pour la placer idéalement, afin qu'elle s'embrase bien.

Une main sur l'épaule de la femme, le guérisseur l'encourageait et la soutenait pendant qu'elle finissait de faire boire l'enfant. Voyant que tout se passait bien, il la laissa finir seule, alla pendre son manteau à un crochet, sur la porte, puis rejoignit Jennsen et Sebastian devant la cheminée.

— Des parents à vous ? demanda-t-il en désignant la femme et l'enfant.

— Non, répondit Jennsen. (Elle retira également son manteau et le posa sur un des bancs qui flanquaient la table.) Nous les avons rencontrés sur la route, et la mère nous a demandé de l'aide. Bien entendu, nous avons accepté de les conduire jusqu'ici.

— Je vois... Eh bien, elle pourra dormir ici avec le petit, parce qu'il faudra que je le surveille pendant la nuit. (Le guérisseur cilla imperceptiblement quand il baissa les yeux et aperçut le couteau très spécial que Jennsen portait à la ceinture.) Si vous avez faim, il y a du ragoût dans cette marmite. Nous prenons toujours garde à pouvoir nourrir nos visiteurs. Comme il est un peu tard pour vous remettre en route, n'hésitez pas à occuper deux cabanes, cette nuit. Elles sont toutes vides, donc vous aurez l'embarras du choix.

Jennsen faillit dire qu'une seule cabane suffirait, mais elle se souvint avoir annoncé au guérisseur que Sebastian n'était pas son mari. Ne voulant pas que son interlocuteur se fasse des idées, elle préféra en rester là sur ce sujet.

De plus, s'il lui semblait naturel de dormir à la belle étoile avec Sebastian, l'idée de partager une cabane la dérangeait un peu. Pourtant, tout au long de leur voyage vers le Palais du Peuple, ils avaient souvent dormi dans une seule chambre d'hôtel. Mais c'était avant le baiser, et ça changeait tout...

— C'est ici que vivent les Raug'Moss ? demanda Jennsen en faisant un grand geste circulaire.

Le guérisseur sourit gentiment. Il trouvait la question amusante, ça se voyait, mais ne voulait pas se moquer de l'ignorance de son interlocutrice.

— Bien entendu que non ! Il s'agit d'un des petits avant-postes que nous utilisons quand nous voyageons. Les gens qui ont besoin de nous savent qu'ils y trouveront de l'aide.

— L'enfant a eu de la chance que vous soyez là, dit Sebastian.

Le guérisseur sonda un moment le regard du compagnon de Jennsen.

— S'il survit, je me féliciterai aussi d'avoir été là. Mais il est rare qu'il n'y ait pas au moins un frère ici.

— Pourquoi donc ? demanda Jennsen.

— Parce que les avant-postes comme celui-ci nous fournissent des revenus supplémentaires. Nous touchons des gens qui ne pourraient pas aller chez nous...

— Des revenus ? s'étonna Jennsen. Je pensais que les Raug'Moss étaient des bénévoles.

— Le toit, la chaleur et la nourriture que nous proposons à nos invités ne sont pas là par magie, simplement parce que nous en avons besoin. Les gens qui ont recours à nos connaissances – acquises au cours de toute une vie d'études – doivent nous apporter une contribution en échange de ce qu'ils reçoivent. Si nous mourons de faim, où trouverons-nous l'énergie d'aider les autres ? Quand on en a les moyens, la charité est un choix personnel. Mais pour un groupe tel que le nôtre, le « bénévolat », comme vous dites, serait un synonyme poli d'« esclavage ».

Le guérisseur ne visait pas spécialement Jennsen, bien entendu. Pourtant, elle se sentit frappée de plein fouet. N'avait-elle pas toujours attendu que les autres l'aident comme si c'était son dû ? Ne leur demandait-elle pas d'oublier leurs propres intérêts au profit des siens, et sans se soucier de ce que ça leur coûtait ?

Sebastian plongea une main dans sa poche et en sortit une pièce d'argent qu'il tendit au guérisseur.

— Voici notre contribution, dit-il simplement.

Le guérisseur jeta un rapide coup d'œil au couteau de Jennsen.

— Pour vous, ce n'est pas nécessaire, dit-il.

— Nous y tenons ! insista la jeune femme.

Penser que cet argent n'était pas vraiment à elle la mettait mal à l'aise. Pour payer son gîte et son couvert, elle aurait préféré donner une pièce honnêtement gagnée, pas volée à des cadavres.

Le guérisseur inclina la tête pour signifier qu'il acceptait le paiement.

— Il y a des assiettes dans l'armoire, sur la droite. Servez-vous, je vous en prie. Moi, je dois m'occuper de l'enfant.

Jennsen et Sebastian s'assirent sur un des bancs et dévorèrent chacun deux portions du délicieux ragoût. La meilleure viande qu'ils mangeaient depuis les tourtes offertes par Tom.

— Voilà une bonne action qui tourne à notre avantage…, souffla Sebastian.

Jennsen jeta un bref coup d'œil au guérisseur, agenouillé près de l'enfant, à côté de la mère.

— Que veux-tu dire ?

— Les chevaux seront bien nourris et bien reposés. Nous aussi, par la même occasion. Nos poursuivants n'auront pas cette chance, et c'est très bien pour nous.

— Tu crois qu'ils savent où nous sommes ? Et tu as peur qu'ils aient gagné du terrain ?

Sebastian haussa les épaules, mangea une nouvelle cuillerée de ragoût puis répondit :

— Je ne vois pas comment ils auraient réussi ça, mais il leur est déjà arrivé de nous surprendre, pas vrai ?

Jennsen dut admettre que c'était bien raisonné. Après avoir sobrement acquiescé, elle recommença à manger.

— Quoi qu'il en soit, les chevaux avaient besoin de repos et nous aussi. Demain, nous serons en pleine forme, et ça nous aidera à mettre encore plus de distance entre nos poursuivants et nous. Tu as très bien fait de me rappeler que le Créateur nous incite à aider notre prochain.

Jennsen fut ravie de voir sourire son compagnon.

— J'espère que ce pauvre petit s'en sortira…

— Moi aussi.

— Je vais faire la vaisselle puis voir si nos amis ont besoin d'aide.

Sebastian baissa les yeux sur son assiette vide.

— Bonne idée… Tu prendras l'avant-dernière cabane et moi la dernière. Pendant que tu en termines ici, j'irai allumer un feu dans ta cheminée.

Jennsen attendit que son ami ait posé sa cuiller, puis elle lui prit la main.

— Dors bien…

Sebastian sourit, se leva et alla murmurer quelques mots à l'oreille du guérisseur. Le voyant hocher la tête, Jennsen devina qu'il avait dû le remercier et lui souhaiter une bonne nuit.

Toujours agenouillée auprès de son enfant, dont elle caressait le front, la mère remercia une fois encore Sebastian.

Dès que son compagnon fut sorti, Jennsen apporta une assiette de ragoût à la pauvre femme, qui devait mourir de faim. Concentrée sur son fils, elle accepta distraitement l'attention et commença à manger du bout des dents.

Cédant à l'insistance de Jennsen, le guérisseur consentit à venir s'asseoir à table pour se restaurer.

— Ce ragoût est très bon, dit-il quand il l'eut goûté, même si c'est moi qui l'ai fait…

Jennsen assura qu'elle s'était régalée aussi. Laissant l'homme manger en paix, elle alla laver les deux assiettes sales dans un seau d'eau puis ajouta des bûches dans la cheminée. Des flammèches jaillirent aussitôt du foyer. Le chêne brûlait bien, mais il était un peu dangereux, quand on n'avait pas de pare-feu. Et très salissant…

S'emparant d'un balai et d'une pelle, Jennsen ramassa les cendres éparses et les remit dans le foyer.

Quand le guérisseur eut fini de manger, elle vint s'asseoir à côté de lui sur le banc.

— Nous partirons tôt, demain matin... Si nous ne vous voyons pas, j'aimerais vous remercier de votre aide. Pas seulement pour l'enfant, mais aussi pour nous...

À l'expression du guérisseur, Jennsen devina ce qu'il pensait. Le couteau, croyait-il, expliquait pourquoi les deux jeunes voyageurs, des agents en mission, étaient obligés de partir aux premières lueurs de l'aube.

Bien entendu, Jennsen se garda de le détromper.

— Nous sommes reconnaissants envers ceux dont les contributions sont généreuses, dit l'homme. Cela nous aide à mieux secourir les pauvres...

Des propos courtois pour passer le temps en attendant que Jennsen se décide à poser la question qui lui brûlait les lèvres. Décidément, ce guérisseur était subtil...

— Je voudrais en savoir plus sur un homme qui vit avec les Raug'Moss, d'après ce qu'on dit. J'ignore s'il est un guérisseur ou non. Vous le connaissez peut-être...

— Eh bien, dites-moi son nom, et nous verrons.

— Drefan.

Pour la première fois, le masque d'impassibilité du guérisseur se lézarda.

— Drefan était le rejeton maudit de Darken Rahl !

Jennsen se força à ne pas réagir face à cette déclaration enflammée. Avec l'arme qu'elle portait, on la croyait très liée à la maison Rahl, et l'homme voulait peut-être simplement lui être agréable.

Pourtant, il semblait sincère.

— Je le savais..., dit Jennsen. Et j'ai quand même besoin de le voir.

— Vous arrivez trop tard, fit le guérisseur avec un grand sourire. Vous connaissez les dévotions ? « Le seigneur Rahl nous protège. »

— Désolée, mais je ne comprends pas.

— Le seigneur Rahl – le nouveau, bien entendu – nous a débarrassés du fils bâtard de Darken Rahl. Il l'a tué, pour notre bien à tous.

Jennsen.

La jeune femme se raidit, terrorisée comme si des serres invisibles venaient de se refermer sur sa gorge.

— Vous en êtes sûr ? parvint-elle à dire. C'est vraiment le seigneur Rahl qui a fait ça ?

— De pieux discours ont circulé au sujet de la fin de Drefan. On a raconté qu'il était mort au service du peuple d'haran. Mais comme tous les Raug'Moss, je pense que c'est le seigneur Rahl qui l'a tué.

Jennsen.

« De pieux discours... » Bien entendu, puisque personne n'aurait eu le courage de lancer des accusations de meurtre à la face du seigneur Rahl. En un sens, toutes les victimes de ce monstre mouraient au service du peuple d'haran.

Jennsen frissonna en pensant que le nouveau seigneur n'en était plus qu'à un assassinat d'elle. Darken Rahl n'avait jamais débusqué Drefan. Richard y était arrivé, et bientôt, ce serait le tour de la jeune femme.

Jennsen croisa les mains, sous la table, et espéra que son visage ne trahissait rien de ses angoisses. Ce guérisseur était à l'évidence un loyal serviteur du seigneur Rahl. Elle ne devait surtout pas lui révéler ses véritables sentiments.

Renonce.

Sa véritable colère...

Renonce.

Ce verbe retentissait dans sa tête, y produisant un vacarme assourdissant.

Renonce.

Et la tentation de céder se faisait chaque fois plus forte...

Chapitre 34

Jennsen s'assit à même le sol devant la cheminée où brûlait un feu allumé pour elle par Sebastian. Les yeux rivés sur les flammes, elle laissait son esprit vagabonder dans un néant où ni l'angoisse ni le désespoir ne pouvaient la rattraper.

Elle se souvenait à peine d'avoir fait ses adieux au guérisseur et à la mère du petit malade. Après, elle avait marché sous la neige pour rejoindre la cabane – enfin, elle *devait* l'avoir fait, sinon, comment serait-elle arrivée dans son refuge ?

Depuis quand était-elle assise ainsi, le regard perdu dans le vide et l'esprit hanté par de sombres pensées qui lui paraissaient presque aussi lointaines que le monde extérieur, dont elle ne sentait plus vraiment l'existence ?

Dans sa rage de l'éliminer, Richard Rahl avait commencé par lui arracher sa mère. Depuis, il ne lui restait rien qui la raccrochât à la vie.

Jennsen se languissait de sa mère et son deuil lui paraissait insupportable. Pourtant, elle n'avait pas le choix et devait faire avec. Quant à pleurer, elle n'en était plus capable. Lorsqu'on approchait du bout de la nuit, même le chagrin devenait inaccessible.

C'était cela, glisser lentement vers la mort. Elle le comprenait, maintenant...

Quand Althea lui avait parlé de Drefan, elle s'était dit que trouver son demi-frère, un autre bâtard de Darken Rahl condamné à être un trou dans le monde, lui donnerait un peu de force pour aller jusqu'au bout de son destin. En s'unissant, deux enfants du monstre avaient peut-être une chance de trouver une solution au problème qui leur empoisonnait la vie. Mais elle ne saurait jamais si c'était exact, car Drefan n'était plus de ce monde.

Elle avait espéré que ce n'était pas le cas, et elle s'était trompée, y perdant le peu d'espoir qui lui restait. Richard Rahl avait tué Drefan et il lui ferait subir le même sort dès qu'il lui mettrait la main dessus. L'issue était inéluctable, elle le savait. Quoi qu'elle fasse, Richard Rahl la trouverait un jour ou l'autre.

Jennsen.

Des pensées contradictoires tourbillonnaient dans la tête de Jennsen : l'espoir et l'accablement, la terreur et l'indifférence, la colère et un calme plus profond que celui de la mort…

Tu vash misht. Tu vask misht. Grushdeva du kalt misht.

Dominant le tumulte de ses émotions, la voix lui soufflait des promesses séduisantes avec une assurance qu'elle ne lui avait jamais connue.

Mais la colère prenait le dessus sur tout le reste, occultant jusqu'au chant de cette sirène-là.

Jennsen. Renonce.

Elle avait tout essayé, et il ne lui restait plus d'autres possibilités. Le seigneur Rahl ne lui laissait pas d'autres options, et elle n'avait plus le choix.

Désormais, elle savait ce qu'il lui restait à faire.

Jennsen se leva, envahie par une paix intérieure comme elle n'en avait jamais connu. Elle avait pris sa décision, et cela la soulageait au-delà de tout ce qu'elle aurait pu imaginer.

Après avoir enfilé son manteau, elle sortit et avança dans la nuit. Comme elle l'avait prévu, l'air était glacial au point que le respirer devenait douloureux. Sous ses pieds, la neige givrée crissait tandis qu'elle se dirigeait vers la dernière cabane.

Tremblant à cause du froid – ou peut-être de l'énormité de ce qu'elle venait de décider –, elle tapa doucement à la porte de Sebastian.

Le jeune homme aux cheveux blancs entrouvrit le battant pour voir qui venait lui rendre visite à une heure si tardive. Dès qu'il eut reconnu Jennsen, il ouvrit en grand pour la faire entrer.

La jeune femme franchit le seuil et fut aussitôt enveloppée par une délicieuse chaleur.

Sebastian était torse nu. Voyant la serviette pliée sur une de ses épaules, Jennsen devina qu'elle l'avait dérangé pendant ses ablutions. Il avait probablement rempli d'eau une cuvette dans la cabane de la jeune femme, mais elle ne s'en était pas aperçue.

Les sourcils froncés, Sebastian regarda son amie, attendant visiblement de savoir ce qui l'amenait.

Jennsen vint se camper devant son compagnon et le regarda calmement, les poings plaqués sur les hanches.

— J'ai décidé de tuer Richard Rahl, annonça-t-elle.

Sebastian ne broncha pas, comme s'il savait depuis toujours qu'elle en viendrait tôt ou tard à cette conclusion. Il ne dit rien, attendant la suite de ce que Jennsen avait à lui confier.

— Tu as raison depuis le début... Si je ne l'élimine pas, je ne serai jamais en sécurité, ni en mesure de vivre librement ma vie. Je suis la seule personne capable de tuer ce monstre, et je dois le faire !

Jennsen ne précisa pas pourquoi il en était ainsi. Les explications viendraient plus tard.

Sebastian lui prit le bras et riva son regard dans le sien.

— Tu auras du mal à approcher assez de cet homme pour accomplir ton devoir. Je t'ai déjà dit que des magiciennes luttent aux côtés de l'empereur Jagang pour mettre fin au règne du seigneur Rahl. Avant de passer à l'action, laisse-moi te conduire auprès d'elles.

Jennsen s'était concentrée sur sa décision, laissant dans l'ombre les « détails » pratiques. En particulier, elle n'avait pas encore réfléchi aux moyens d'échapper à la vigilance de tous les gens qui protégeaient le seigneur Rahl. Or, pour en finir avec lui, elle devrait être assez près pour frapper. Jusque-là, elle s'était seulement imaginée en train d'abattre sur lui le couteau qu'elle portait à la ceinture. Hurlant de haine, elle criait à ce monstre qu'elle l'abominait et lui souhaitait de souffrir beaucoup afin d'expier ses crimes. Dans son esprit, elle s'était attardée sur la façon de donner le coup de grâce, pas sur les aspects pratiques de la traque. Mais si elle voulait réussir, il fallait qu'elle leur accorde de l'importance.

— Tu crois que ces femmes pourront m'aider en utilisant la magie dont tu m'as parlé ? Celle qui vise à éradiquer la magie, justement ? Tu penses qu'elles me diront comment accéder à Richard Rahl ?

— Si je n'en étais pas persuadé, je ne te proposerais pas une telle rencontre. Jennsen, j'ai vu de mes yeux les ravages que fait le pouvoir des sbires du seigneur Rahl. Nos magiciennes ont heureusement pu limiter les dégâts. Elles sauront t'aider, j'en suis certain, même si leur don ne leur permet pas de tout faire.

Jennsen se tint bien droite, le menton pointé.

— Leur concours me serait précieux, et je l'accepterais sans arrière-pensée.

Sebastian eut un petit sourire.

— Mais n'oublie jamais ce que je vais te dire ! Avec ou sans leur aide, je suis résolue à tuer Richard Rahl. Si je dois l'affronter seule et à mains nues, ça ne me découragera pas. Et tant que ce ne sera pas fait, je n'aurai pas de repos, car il m'empoisonne la vie. C'est lui qui me pousse à agir ainsi. Je suis fatiguée de fuir, et je passe à l'offensive.

— Je comprends... Et je te conduirai jusqu'aux magiciennes.

— Où sont-elles dans l'Ancien Monde ? Nous faudra-t-il longtemps pour les rejoindre ?

— Pour l'instant, nous n'irons pas dans l'Ancien Monde. Demain matin, nous chercherons un col qui mène vers l'ouest, car nous allons prendre le chemin des Contrées du Milieu.

Remarquant que Sebastian regardait fixement la mèche de cheveux qui pendait sur son front, Jennsen l'écarta d'un geste vif.

— Je croyais que l'empereur et les Sœurs de la Lumière étaient dans l'Ancien Monde...

Un éclair malicieux passa dans les yeux bleus du jeune homme.

— Non... Nous ne pouvions pas permettre au seigneur Rahl de semer le vent chez nous sans récolter la tempête en échange. Nous avons décidé de nous battre et de lui faire payer le prix de son agression, comme tu viens de te résoudre à le faire. L'empereur Jagang est avec notre armée dans les Contrées du Milieu, où il conduit en personne le siège d'Aydindril, le fief de la femme du seigneur Rahl. Au printemps, nous prendrons la ville et le Palais des Inquisitrices, brisant ainsi l'échine du Nouveau Monde.

— Je n'aurais pas imaginé une chose pareille... Tu sais depuis longtemps que l'empereur prépare une manœuvre si audacieuse ?

— Jennsen, je suis son conseiller et son stratège...

— Tu veux dire que... Hum... Ce serait ton idée ?

— Ce n'est pas si simple... Jagang règne sur l'Ancien Monde parce qu'il est un génie. Dans le cas qui nous occupe, il y avait deux possibilités : attaquer d'abord D'Hara ou prendre pour cible les Contrées du Milieu. Le droit étant de notre côté, le frère Narev n'avait pas de préférence, puisqu'il était sûr que le Créateur nous accorderait la victoire finale.

» L'empereur penchait depuis le début pour Aydindril, mais il a patiemment écouté toutes les opinions. Finalement, c'est la mienne qui a prévalu. Jagang n'adopte pas toujours mes plans, mais là, il a partagé mon point de vue. Selon moi, prendre la ville et le palais de la femme du seigneur Rahl ne sera pas une simple victoire militaire, mais un coup mortel porté au moral de nos ennemis.

Jennsen revit Sebastian sous les traits de l'homme important qu'elle avait reconnu en lui dès le jour de leur rencontre. Le genre d'individu qui fait et défait l'histoire. Le destin des nations et d'une partie de l'humanité reposait sur les épaules de son compagnon.

— L'empereur a peut-être déjà conquis la ville et le palais, avança Jennsen.

— Non, affirma Sebastian. Il n'est pas question de sacrifier de valeureux soldats lorsque le climat est contre nous. Au printemps, quand cet ignoble froid aura disparu, nous lancerons l'attaque décisive. Si nous nous dépêchons, nous avons une chance d'arriver à temps pour assister au triomphe de l'Ordre Impérial.

Jennsen fut enthousiasmée à l'idée d'être témoin d'un tel événement. Voir les forces de la liberté frapper le seigneur Rahl lui mettrait du baume au cœur. Bien entendu, cela entraînerait peu après la chute de D'Hara. Mais en réalité, ce serait simplement la fin d'une tyrannie...

Cette nuit était décidément exceptionnelle. Le monde changeait, et Jennsen allait avoir un rôle à jouer dans tous ces bouleversements.

Et elle s'était métamorphosée aussi, elle le sentait.

Le rouge lui montant soudain aux joues, la jeune femme s'avisa qu'elle n'avait jamais vu Sebastian sans chemise.

Un spectacle des plus plaisants...

— L'empereur sera content de te connaître, dit le jeune homme aux cheveux blancs en prenant l'autre bras de son amie.

— Moi ? Mais je suis insignifiante !

— Tu te trompes, Jennsen ! Crois-moi, l'empereur sera ravi de te rencontrer. Voyons, il voudra encourager en personne la femme qui est résolue à prendre tous les risques pour sauver l'humanité d'un tyran nommé Richard Rahl ! La chute d'Aydindril et la prise du palais étant des événements historiques, le frère Narev prévoit de venir dans les Contrées du Milieu pour assister à la victoire. Fais-moi confiance, lui aussi demandera sans doute à te rencontrer.

— Le frère Narev...

Jennsen pensa aux événements extraordinaires qui se préparaient. Jusque-là, elle n'en avait rien su, et voilà qu'elle allait y prendre part. Et en plus de tout, elle rencontrerait peut-être Jagang le Juste – un empereur !

– et le frère Narev, que Sebastian tenait pour le plus grand guide spirituel que le monde ait jamais connu.

Sans le jeune homme aux cheveux blancs, rien de tout ça n'aurait été possible. C'était vraiment un être exceptionnel. En lui, tout était hors du commun : les yeux, les cheveux, le sourire… et l'intelligence.

— Puisque tu as participé à la préparation de cette campagne, je me réjouis que tu assistes à son point d'orgue. Quant à moi, je serai honorée d'être en présence d'hommes comme l'empereur Jagang ou le frère Narev.

Bien que Sebastian eût l'air aussi modeste que d'habitude, Jennsen crut voir de la fierté passer dans son regard.

Mais il se ressaisit très vite.

— Quand tu rencontreras l'empereur, ne te laisse pas angoisser par ce que tu verras.

— Que veux-tu dire ?

— Le Créateur a doté Jagang d'yeux qui peuvent voir bien plus de choses que ceux d'un homme ordinaire. Les imbéciles sont souvent effrayés par son regard. Je tenais à te prévenir. Ne va pas avoir peur d'un tel grand homme à cause de son apparence.

— Ne t'en fais pas, je me souviendrai de ta recommandation.

— Dans ce cas, tout est réglé.

— Je souscris à ta nouvelle stratégie, dit Jennsen en souriant. Dès demain matin, nous partirons pour les Contrées du Milieu afin de rejoindre l'empereur et les Sœurs de la Lumière.

Sebastian sembla avoir à peine entendu ce que disait la jeune femme. Il la dévisageait intensément, comme s'il ne parvenait pas à en croire ses yeux.

— Tu es la plus belle femme que j'aie rencontrée, dit-il.

Il serra plus fort les bras de Jennsen et l'attira vers lui.

— Je suis honorée de ce compliment, répondit la jeune femme.

Sebastian était le conseiller d'un empereur et elle, une simple fille des bois. Alors qu'il faisait l'histoire, elle passait son temps à fuir le monde.

Mais c'était terminé, à présent.

De plus, si important qu'il fût, Sebastian restait le compagnon avec lequel elle voyageait. Un ami qui conversait avec elle en partageant des repas frugaux. Un être humain tout à fait banal qu'elle avait vu bâiller de fatigue avant de s'endormir comme une masse.

Sebastian était un fascinant mélange de noblesse et de naturel. Il semblait ne pas aimer qu'on le regarde avec des yeux admiratifs, mais son comportement altier éveillait l'admiration des gens – à se demander d'ailleurs s'il ne la recherchait pas, malgré les apparences.

—Ces mots ne sont pas assez forts, dit-il, l'air accablé par son manque d'imagination. J'aimerais te dire tellement de choses plus complexes et profondes...

—Vraiment?

Ce n'était pas seulement une question mais une demande pleine d'anticipation.

Sebastian enlaça Jennsen et l'embrassa.

La jeune femme garda les bras écartés, car elle redoutait un peu de toucher la peau nue d'un homme. Le dos raide, elle ne parvenait pas encore à s'abandonner à l'étreinte de son compagnon.

Ses lèvres pressées contre celles de Jennsen, Sebastian ne se contentait pas de l'enlacer: il la protégeait entre ses bras.

Se détendant, Jennsen ferma les yeux et se laissa aller. Le corps de Sebastian était si ferme contre le sien!

Il prit Jennsen par la nuque et la serra plus fort contre lui. Puis sa langue se fraya un chemin entre les lèvres de la jeune femme.

Assaillie par de délicieuses sensations, Jennsen eut le tournis, comme si ses genoux allaient se dérober.

Le monde semblait tanguer, mais elle se sentait tellement en sécurité entre les bras de Sebastian qu'elle ne s'en souciait pas.

Elle eut l'impression de basculer en arrière, et ses mollets percutèrent ce qui paraissait être le pied d'un lit.

Une seconde plus tard, elle se retrouva allongée sur le dos, Sebastian sur elle...

Comment devait-elle réagir? Que fallait-il faire dans une situation pareille?

Elle aurait voulu dire à Sebastian de ne pas aller plus loin. Pourtant, elle craignait de faire quoi que ce fût qui pût lui laisser penser qu'elle le repoussait.

Ils étaient seuls dans cette cabane – *absolument* seuls! Cela inquiétait Jennsen. En même temps, ça l'excitait. Puisqu'il n'y avait personne d'autre, elle seule pouvait faire en sorte que les choses aillent plus loin ou non. Le choix qu'elle ferait n'engagerait pas qu'elle, mais infléchirait aussi le destin de Sebastian. Savoir cela donnait à Jennsen l'impression d'avoir un contrôle rassurant sur les événements.

Cela dit, il s'agissait seulement d'un baiser. Plus sensuel qu'au palais, mais un baiser quand même.

Jennsen s'abandonna et osa utiliser sa langue, comme son compagnon, que cette réaction stimula au plus haut point.

Alors que Sebastian lui caressait le dos, ses mains s'insinuant sous sa tunique, Jennsen eut pour la première fois de sa vie le sentiment d'être une vraie femme – une femme *désirable.*

Cette expérience lui faisait tourner la tête, tant elle était grisante.

—Jenn, murmura Sebastian, je t'aime!

La jeune femme en resta muette de stupéfaction. Elle ne pouvait pas avoir bien entendu. Ou alors, elle rêvait. Avait-elle été projetée par erreur dans le corps de quelqu'un d'autre?

En réalité, elle avait parfaitement entendu les trois mots prononcés par Sebastian. Mais tout ça continuait à ne pas lui sembler réel.

Son cœur battait si fort qu'elle eut peur qu'il explose. Sebastian haletait, comme si le désir lui faisait perdre la raison.

Jennsen se pressa contre lui, avide de l'entendre répéter les mots magiques.

En même temps, elle refusait d'y croire. Un tel bonheur ne pouvait pas être accordé à une fille comme elle. Les princes de ce monde ne tombaient pas amoureux de femmes insignifiantes...

—Tu... tu ne penses pas ce que tu dis? murmura-t-elle.

—Si! Je ne peux rien y faire, Jennsen. Je t'aime. C'est comme ça, voilà tout...

Sentir le souffle de Sebastian contre sa bouche fit frissonner la jeune femme de la tête aux pieds.

À cet instant, et pour une raison inconnue, l'image de Tom se forma dans l'esprit de Jennsen. Elle le vit tel qu'en lui-même, souriant et bienveillant, comme à son habitude.

Tom ne se serait pas comporté comme Sebastian. Sans savoir pourquoi ni comment, Jennsen en avait la certitude. Face à l'amour, il n'aurait pas eu la même approche...

Et il lui manquait terriblement, en cet instant précis!

—Sebastian...

—Demain, nous partirons pour accomplir notre destinée...

Jennsen hocha la tête, émerveillée par la beauté et la noblesse de ces quelques mots. « Leur destinée... »

Sebastian lui caressait les hanches, à présent, et un de ses genoux faisait tendrement mais fermement pression sur ses jambes pour qu'elles s'écartent.

Qu'allait-il dire maintenant ? Peut-être quelque chose qui l'effraierait et lui donnerait la force de reculer au dernier moment.

Elle l'espérait. En même temps, elle priait pour que ce ne soit pas le cas.

— Mais cette nuit nous appartient, Jennsen, et il ne tient qu'à toi d'en faire une petite éternité.

Jennsen.

— Sebastian...

— Je t'aime, Jenn, je t'aime !

Pourquoi l'image de Tom refusait-elle de s'effacer ?

— Sebastian, je ne sais pas...

— Je n'avais pas prévu ça... Il n'a jamais été dans mes intentions d'éprouver des sentiments pareils, mais c'est ainsi. Je t'aime, et je ne m'y attendais pas. Cher Créateur, pardonne-moi, mais je ne peux pas m'en empêcher. Jenn, je t'aime !

Fermant les yeux tandis que Sebastian lui embrassait le cou, Jennsen eut le cœur serré par les quelques mots qu'il venait de dire. Une confession douloureuse mêlée de colère et d'angoisse mais pourtant éclairée par un extraordinaire espoir.

— Je t'aime..., murmura-t-il encore.

Jennsen.

La jeune femme embrassa le cou, la joue et l'oreille de son compagnon. Comme il était grisant de se savoir une femme et de sentir qu'on éveillait le désir d'un homme ! Jusque-là, elle ne s'était jamais crue particulièrement séduisante. Mais à présent, elle avait la certitude d'être belle, attirante et fascinante.

Renonce.

Jennsen se pétrifia quand Sebastian glissa les mains sous sa jupe, ses paumes remontant le long de ses genoux puis de ses cuisses.

Le choix lui appartenait, se souvint-elle. C'était à elle de décider.

Elle poussa un petit cri, écarquilla les yeux et fixa un instant les poutres sombres du plafond.

La bouche de Sebastian couvrit la sienne, l'empêchant de souffler le mot qui lui brûlait les lèvres. Furieuse de ne pas pouvoir expulser de sa gorge cette unique syllabe qui lui semblait si importante, Jennsen tapa du poing sur l'épaule de son compagnon – une seule fois.

Puis elle lui saisit la tête à deux mains pour l'écarter d'elle et être de nouveau libre de parler. Mais cet homme, se souvint-elle, lui avait sauvé la vie. Sans lui, elle serait morte avec sa mère, cette terrible nuit.

Elle lui devait chaque battement de son cœur. Le laisser la toucher ainsi n'était rien, considérant la dette qu'elle avait envers lui. En quoi cela était-il mal ? Comparé à la façon dont il lui avait ouvert son cœur, ce n'était rien du tout…

De plus, elle aimait beaucoup Sebastian, un homme dont toute femme sensée aurait voulu. Il était beau, intelligent et… important. En outre, elle trouvait excitant et flatteur qu'il la désire.

Que pouvait-elle vouloir de plus ?

Se concentrant sur Sebastian et ce qu'il lui faisait, Jennsen réussit à chasser l'image indésirable de Tom.

Les caresses de son amoureux l'affaiblissaient d'une manière presque douloureuse. Le plaisir était tel qu'elle sentit des larmes lui monter aux yeux.

La jeune femme oublia le mot qu'elle voulait prononcer. Elle se demanda même pourquoi cette idée lui avait traversé l'esprit.

Elle posa une main sur la nuque de Sebastian, pressa l'autre contre le flanc nu du jeune homme, et gémit d'extase à cause de ce qu'il lui faisait. Ces sensations la submergeaient, la laissant impuissante et heureuse de l'être.

— Sebastian… Sebastian…

— Je t'aime tant, Jenn !

La forçant à écarter les genoux, il s'insinua entre ses cuisses tremblantes.

— J'ai besoin de toi, Jennsen… Tellement besoin ! Tu sais, je ne pourrais pas vivre sans toi.

C'était censé être son choix, se souvint Jennsen. Eh bien, elle se dit que ça l'était…

— Sebastian…

Renonce.

— Oui ! Oui ! Que les esprits du bien me pardonnent, mais c'est oui !

Chapitre 35

Oba s'adossa au flanc peint en rouge d'un chariot rangé un peu à l'écart de la cohue. Les mains dans les poches, il surveillait le marché en plein air sans avoir trop l'air d'y toucher.

Les gens paraissaient de bonne humeur, peut-être parce que le printemps n'était plus très loin, même si l'hiver ne semblait pas encore disposé à lever le camp. Malgré le froid encore mordant, tout le monde bavardait, marchandait ou se chamaillait gentiment dans une atmosphère quasiment festive.

Aucun de ces imbéciles ne savait qu'un homme très important était présent sur le marché. Oba en sourit de satisfaction. Un Rahl frayait avec cette populace. Un membre de la famille régnante.

Depuis qu'il était invincible, Oba était peu à peu devenu un homme nouveau. Quelqu'un qui désirait avoir une place dans le monde. Au début, après la mort de la magicienne et de sa folle de mère, il avait savouré sa liberté enfin conquise sans que l'idée d'aller au Palais du Peuple lui traverse seulement l'esprit. Mais en réfléchissant aux événements cruciaux qui s'étaient déroulés récemment et à toutes les nouvelles choses qu'il avait apprises, il lui avait semblé que ce voyage était incontournable.

Cette femme, Jennsen, avait dit que des *quatuors* la pourchassaient. Or, ces équipes de tueurs ne poursuivaient que des cibles importantes. Comme il était un prince – en quelque sorte –, Oba avait peur que ces chasseurs s'intéressent soudain à lui. Comme Jennsen, il était un « trou dans le monde ». Lathea ne lui avait pas fourni d'explications, mais ça signifiait que cette femme et lui n'étaient pas comme tout un chacun. Ils avaient des points communs et un lien spécial les unissait.

Le seigneur Rahl avait peut-être appris l'existence d'Oba – qui sait, par l'intermédiaire de cette fichue magicienne – et il s'inquiétait du défi que pouvait représenter pour lui un rival de son sang. Après tout, Oba était aussi un fils de Darken Rahl. Donc, en un sens, l'égal du seigneur actuel. Car si celui-ci avait le don, Oba, lui, était invincible.

Conscient que sa situation se compliquait, il avait jugé judicieux, et conforme à ses intérêts, d'aller rendre une petite visite au fief ancestral de sa lignée et d'apprendre tout ce qu'il pourrait.

Malgré tous les soucis qui lui tourbillonnaient dans la tête, visiter de nouveaux endroits lui avait plu, et il avait encore enrichi et approfondi ses connaissances. Mentalement, il avait dressé une liste très complète : les lieux, les curiosités géographiques, les gens. Dans la vie, tout avait de l'importance. Dès qu'il était un peu tranquille, il tentait de trier ces données, de les organiser et d'en tirer la substantifique moelle. Un homme devait sans cesse avoir l'esprit en éveil, avait-il toujours aimé dire. Aujourd'hui, il était libre de choisir son chemin et de faire ce qui lui plaisait. Mais ça ne le dispensait pas de continuer à apprendre et à se développer.

Cela dit, il n'aurait plus jamais besoin de nourrir les bêtes, de jardiner ou de réparer des clôtures, des portes et des enclos. Le temps où il trimait comme un esclave sous les ordres de sa mère, une folle furieuse, était révolu, et il ne devrait plus avaler les ignobles potions de la magicienne.

Fini les regards en coin que lui lançait Lathea ! Terminé les tirades humiliantes de sa mère et ses éternelles insinuations malveillantes.

Dire que cette mégère avait eu l'audace de le forcer à s'échiner sur un tas de fumier gelé. Lui, le fils de Darken Rahl ! Comment avait-il pu supporter ça ? Il n'en savait trop rien, mais c'était sans doute à cause de son inépuisable patience – une autre de ses fabuleuses caractéristiques.

Sa mère ayant toujours insisté pour qu'il ne dépense pas son argent avec les femmes de mauvaise vie, Oba avait décidé de fêter dignement sa libération. Une fois arrivé dans une ville de bonne taille, il s'était empressé de rendre visite à la catin la plus recherchée (et la plus coûteuse) du coin. Il avait ainsi compris pourquoi la vieille peau dont il s'était si judicieusement débarrassé l'avait contraint à rester loin des femmes. Parce que c'était formidablement agréable, bien entendu !

Cependant, il avait vite découvert que les filles de joie pouvaient également être très cruelles avec un homme sensible comme lui. Parfois, elles aussi le faisaient se sentir petit et insignifiant. Et il leur arrivait souvent de river sur lui le regard calculateur et condescendant qu'il détestait tant.

Oba soupçonnait que sa mère tirait les ficelles dans l'ombre. Depuis le royaume des morts, elle s'arrangeait pour continuer à le harceler en s'insinuant dans le cœur glacé des catins qu'il fréquentait. Ainsi, elle pouvait se moquer de lui à des moments qui auraient dû être triomphants. Sans nul doute, sa voix morte murmurait des horreurs à l'oreille des filles, les incitant à ridiculiser Oba. Ce genre de comportement était typique de sa mère. Même morte – et proprement incinérée –, elle s'acharnait à lui empoisonner la vie.

Oba n'était pas du genre à jeter l'argent par les fenêtres, loin de là, mais la petite fortune qui lui était fort justement revenue lui avait permis de s'offrir quelques plaisirs mérités. Dormir dans de bons lits, bien manger et boire et se distraire en compagnie de très jolies femmes. Craignant d'être de nouveau sans le sou, il dépensait avec parcimonie et se méfiait par-dessus tout des personnes que sa bonne santé financière rendait envieuses.

Mais avoir les poches pleines, avait-il découvert, était cependant un excellent moyen de se gagner les faveurs des gens – et en particulier des femmes. S'il payait à boire à ces dames ou leur offrait une babiole – dans le genre bijou à trois sous –, elles lui faisaient les yeux doux et le conduisaient souvent dans un endroit tranquille où elles entendaient passer un moment seules avec lui. Il pouvait s'agir d'une allée, d'une clairière voire d'une chambre.

Bien entendu, la plupart de ces filles avaient l'intention de le délester de son argent. Ça ne l'empêchait pas de tirer d'elles tout le plaisir que pouvait lui apporter la gent féminine. Souvent, il utilisait un couteau très affûté, pour que ce soit plus amusant…

Devenu un homme libre, Oba connaissait les femmes, désormais, et il en avait eu beaucoup, car il savait comment leur parler puis les satisfaire.

Dans chaque village, des filles se lamentaient, implorant le ciel qu'il daigne un jour revenir vers elles. De nombreuses épouses avaient quitté leur mari pour tenter de conquérir son cœur.

Les femmes ne pouvaient pas lui résister. Elles se pâmaient devant lui, admiraient sa prestance, s'émerveillaient de sa force et vantaient ses talents d'amant. Elles adoraient tout particulièrement qu'il leur fasse mal. Mais bien entendu, un individu moins sensible que lui n'aurait pas été capable de reconnaître leurs larmes de joie.

Malgré son goût prononcé pour la compagnie des femmes, Oba avait pris garde à ne pas s'engager dans une relation amoureuse. Puisqu'il pouvait multiplier les conquêtes à volonté, pourquoi se serait-il lié les mains ? Toutes ses idylles étaient brèves, et certaines, *très* brèves.

Pour l'heure, il n'avait pas trop de temps pour la bagatelle. Mais bientôt, comme son père, il pourrait avoir dans son lit toutes les beautés qu'il voulait.

Oba leva les yeux vers le palais qui se dressait au sommet du haut plateau. Le Palais du Peuple, son véritable foyer. Un jour, il en serait le seigneur et maître. La voix le lui avait prédit.

Un colporteur approcha d'Oba, l'arrachant à ses agréables rêveries sur son avenir.

— Un petit charme pour vous, seigneur ? Une amulette qui vous portera bonheur ?

— Pardon ? grogna Oba en foudroyant du regard le colporteur au dos voûté.

— Un peu de magie pour améliorer la vie… Et tout ça pour un sou d'argent !

— Et à quoi ça me servirait ?

— Eh bien, la magie est la magie, pas vrai ? N'avez-vous pas besoin d'un coup de pouce pour affronter les difficultés de la vie ? Et si tout allait bien pour vous, histoire de changer un peu ? Un pauvre sou d'argent, ce n'est pas beaucoup…

Depuis qu'il était débarrassé de sa mère, Oba trouvait que les choses n'allaient pas trop mal pour lui. Mais il restait avide de nouvelles connaissances et d'expériences inédites.

— Quels sont les effets de ta magie, l'ami ?

— Ils sont fantastiques, seigneur ! Formidables ! Ils vous donnent de la force. Et de la sagesse. Beaucoup plus que n'importe quel homme normal.

— Je n'ai pas besoin de magie pour ça, fit Oba avec un sourire.

Le type en resta bouche bée pendant un moment. Puis il regarda à droite et à gauche, pour être sûr que personne ne l'épiait, et approcha de son client potentiel afin de lui parler au creux de l'oreille.

— Vous multiplierez les succès féminins, seigneur, faites-moi confiance…

— Les femmes sont déjà à mes pieds, lâcha froidement Oba.

Le colporteur n'avait aucun intérêt, puisque sa magie permettait d'obtenir… ce qu'on avait déjà. Autant promettre au client qu'il aurait deux bras et deux jambes !

Le petit homme crasseux s'éclaircit la gorge et se pencha un peu plus sur son pigeon récalcitrant.

— Seigneur, aucun homme ne peut cracher sur une amélioration de…

— Un sou de cuivre si tu me dis où je peux trouver la magicienne Althea, coupa Oba.

L'haleine du type empestant, il le poussa en arrière.

— Vous êtes un sage, seigneur, et ce n'est rien de le dire ! Au premier coup d'œil, j'ai vu que nous étions faits pour nous entendre. Bravo, parce que vous avez repéré le seul homme, ici, capable de répondre à votre question. (Le colporteur se tapota fièrement la poitrine.) Moi, bien entendu ! Je peux vous dire tout ce que vous voulez savoir sur la magicienne. Mais comme vous vous en doutez, ô puits infini de sagesse et de savoir, ces informations si particulières vous coûteront beaucoup plus qu'un sou de cuivre. Beaucoup plus, j'ose le dire, et j'affirme que c'est justifié.

— Combien ?

— Une pièce d'argent.

Oba éclata de rire et s'éloigna du bouffon crasseux. Il avait largement de quoi payer, mais il détestait qu'on le prenne pour un idiot.

— Je vais poser la question ailleurs… Quand on leur demande l'adresse de quelqu'un, les gens normaux se contentent d'un « merci beaucoup » en guise de récompense.

Le colporteur suivit Oba, se collant à lui, avide de négocier l'affaire au mieux de ses intérêts. Tandis qu'il pressait le pas pour ne pas être distancé, les pans de son manteau se gonflaient comme des vagues dans le vent.

— Oui, seigneur, vous êtes un homme très avisé, vraiment… J'ai peur de ne pas être à la hauteur, face à vous. Battu à plate couture, voilà ce que je suis, il faut l'avouer. Mais il y a cependant des données très… délicates… dont vous ne savez rien et qu'un homme tel que vous, avec sa sensibilité et son intelligence, devrait absolument connaître. Il s'agit de votre sécurité, seigneur, et de risques que je ne voudrais pour rien au monde vous voir prendre. Et là, les « gens normaux » ne vous seraient d'aucun secours.

Oba était intelligent, de ce côté-là, le minable colporteur qui trottinait à côté de lui ne se trompait pas.

— Un sou d'argent, puisque tu insistes… C'est à prendre ou à laisser.

— Eh bien, va pour un sou d'argent, soupira l'homme. Pour des informations que vous n'obtiendriez nulle part ailleurs, ce n'est pas cher payé, seigneur !

Oba cessa de marcher, satisfait que le colporteur ait rendu les armes face à une intelligence supérieure. Les mains sur les hanches, il regarda le pauvre minable qui se léchait d'avance les babines. Les largesses financières n'étaient pas dans la nature d'Oba, mais il avait beaucoup d'argent et le discours du colporteur avait éveillé sa curiosité.

Il glissa une main dans sa poche et tira un sou d'argent de sa bourse de cuir.

— Je t'écoute, dit-il en lançant la pièce à son informateur. (Au moment où le bouffon attrapait le sou, il lui saisit le poignet au vol.) Comme tu vois, je te paie rubis sur l'ongle. Mais si je ne te crois pas, ou si j'ai l'impression que tu me caches quelque chose, je reprendrai ma pièce et il faudra que j'essuie le sang qui la souillera – ton sang ! – avant de la remettre dans ma poche.

Le colporteur déglutit péniblement.

— Seigneur, je n'ai pas l'intention de vous tromper, surtout après vous avoir donné ma parole.

— Il vaudrait mieux pour toi que tu n'essaies pas... Alors, où est-elle ? Où puis-je trouver Althea ?

— Elle vit dans un marécage. Je peux vous dire comment y aller, contre...

— Tu me prends pour un crétin ? (Oba tordit le poignet du type.) Je sais déjà que des gens vont voir cette magicienne qui les reçoit dans son foutu marécage. Si tu veux mériter ton sou, tu as intérêt à m'en dire plus long que ça.

— Oui, oui, bien sûr, fit l'homme en grimaçant de douleur. À l'instant, j'allais ajouter que votre paiement, si généreux, m'incitait à vous révéler le chemin secret qui conduit chez la magicienne. Les autres gens vous auraient indiqué l'itinéraire que tout le monde emprunte, mais moi, je vous en donne plus ! C'est une information détenue par une poignée d'initiés, seigneur, et tout ça pour un simple sou d'argent ! Mais je ne ferai pas de cachotteries à un homme tel que vous.

— Un chemin secret ? grogna Oba. S'il en existe un que tout le monde connaît et utilise, à quoi ça me servira ?

— Les gens vont voir Althea pour avoir des prédictions. C'est une sacrée magicienne, soit dit entre nous. Mais pour lui rendre visite, il faut y avoir été invité. Personne n'ose s'aventurer chez Althea sans invitation.

Comme tous les clients suivent la même route, elle peut les voir venir de loin et interdire d'attaquer aux bêtes sanguinaires qui surveillent le chemin. (L'homme eut un sourire matois.) Selon moi, si vous aviez été invité par Althea, vous n'auriez pas besoin de demander le chemin à un inconnu. Je me trompe, seigneur ?

Oba éluda la question.

— Tu parles d'un chemin secret, donc…

— Et il existe bel et bien ! Il faut passer par l'arrière du marécage. Un excellent moyen de s'introduire chez Althea tandis que ses monstres gardent l'accès frontal. Un homme intelligent, et le Créateur sait que vous l'êtes, préférerait sans doute approcher de la magicienne par un chemin qui n'est pas surveillé.

Cette fois, ce fut Oba qui regarda autour de lui pour voir si personne n'écoutait.

— Je n'ai pas besoin d'un chemin secret, parce que cette magicienne ne me fait pas peur. Mais puisque je t'ai payé, je veux en avoir pour mon argent. Dis-moi tout sur les deux façons d'entrer dans le marécage et répète-moi tout ce que tu sais au sujet de la magicienne.

— Eh bien, si vous préférez, vous pouvez simplement chevaucher tout droit vers l'ouest, comme le font les invités d'Althea. Il vous suffira de voyager vers l'ouest jusqu'aux montagnes. Après le pic le plus haut couvert de neige, vous devrez obliquer vers le nord et longer le pied des falaises. Le terrain descend en pente douce jusqu'au marécage. Quand vous y serez, suivez le chemin balisé très bien entretenu. Surtout, ne vous en écartez pas, parce que ça pourrait être dangereux. Cette voie mène tout droit à la demeure d'Althea.

— Mais à ce moment de l'année, il doit faire un froid mortel dans ce marécage !

— Non, mon seigneur. C'est le repaire d'une redoutable magicienne et de sa terrifiante magie. Le fief d'Althea se fiche de la mauvaise saison.

Oba tordit de nouveau le poignet du colporteur, qui cria comme un cochon qu'on égorge.

— Tu me prends pour un crétin ? En hiver, tous les marécages sont gelés.

— Demandez aux gens ! cria le type, des larmes de douleur aux yeux. Tous vous diront que le marécage d'Althea ne se plie pas aux lois de l'hiver telles que les a pourtant dictées le Créateur. Toute l'année, il y fait une chaleur d'enfer.

Oba lâcha le poignet de son interlocuteur.

— Tu as parlé d'un second chemin ?

Pour la première fois, l'homme hésita.

— Il est difficile à trouver... Il y a peu de points de repère, et les localiser n'est pas un jeu d'enfant. Si je vous donne l'itinéraire, vous risquez de vous perdre quand même et de m'accuser de vous avoir menti. En fait, ce ne sera pas ma faute, mais simplement parce qu'il est dur de s'orienter quand on ne connaît pas très bien la région.

— Je pense sérieusement à reprendre ma pièce, menaça Oba.

— Je me soucie avant tout de votre sécurité, seigneur ! Et je ne voudrais surtout pas vous fournir des informations incomplètes puis le regretter jusqu'à la fin de mes jours. Il faut que je sois d'une parfaite précision, et ce n'est pas aisé.

— Je t'écoute.

Le colporteur s'éclaircit la gorge, cracha sur le sol et se nettoya la bouche du dos de la main.

— Seigneur, le meilleur moyen de ne pas commettre d'erreur serait que je vous serve de guide.

Oba regarda passer un couple d'âge mûr, puis il reprit le poignet du type.

— Dans ce cas, allons-y !

Le colporteur enfonça les talons dans le sol.

— Un petit moment ! J'ai promis de parler, et je le ferai. Mais ça risque de ne pas vous avancer beaucoup. Cela dit, comment pourrais-je abandonner ma profession pendant plusieurs jours ? J'ai besoin de revenus réguliers, comme tout un chacun.

— Et combien veux-tu pour me servir de guide ?

L'homme réfléchit, remuant les lèvres comme s'il se livrait à un calcul mental compliqué.

— Eh bien, seigneur, dit-il en levant un index, je veux bien m'absenter quelques jours en échange d'une pièce d'or.

Oba éclata de rire.

— Je ne te donnerai pas une pièce d'or – ni d'argent, d'ailleurs – pour quelques journées de voyage. Un autre sou d'argent, voilà tout ce que tu auras. Si tu n'acceptes pas, rends-moi celui que je t'ai déjà donné et fiche le camp.

Le colporteur hocha la tête en continuant de marmonner. Puis il leva un regard résigné sur son coriace interlocuteur.

— Ces derniers temps, mes amulettes ne se vendent pas très bien... Pour être franc, deux sous d'argent me dépanneraient bien.

Vous m'avez encore eu, seigneur ! Je vous guiderai pour un sou d'argent supplémentaire.

— En route ! lança Oba en lâchant le poignet de l'homme.

— Pour traverser les plaines d'Azrith, il nous faudra des chevaux.

— Tu voudrais que j'achète des canassons ? As-tu perdu l'esprit, espèce de crétin ?

— Marcher n'est pas très bon, dans ce coin-là... Ici, je connais des gens qui passeraient avec vous un marché avantageux. Si nous leur ramenons les bêtes en bon état, je suis sûr que mes amis accepteront de nous les racheter – moins une petite commission pour le voyage, bien sûr.

Oba réfléchit longuement. Il avait hâte de visiter le palais, mais il lui semblait pourtant plus judicieux de voir d'abord la sœur de Lathea. Il y avait des choses à apprendre, et ça ne pouvait pas attendre.

— Une bonne idée, colporteur... Allons trouver des chevaux, dans ce cas...

Les deux hommes remontèrent une petite voie latérale tranquille et s'engagèrent sur une large route qui grouillait de monde. Oba repéra une multitude de femmes séduisantes qui fondirent toutes quand elles le virent, comme d'habitude. Il les gratifia de sourires pleins de promesses et constata qu'elles avaient du mal à contenir leur excitation.

Mais il lui vint à l'esprit qu'il s'agissait de vulgaires paysannes. Au palais, il rencontrerait sûrement les femmes de qualité qu'il recherchait. Et qu'il lui fallait, car il était un prince – et peut-être plus que ça – et ne pouvait se contenter de banales gueuses.

— Comment t'appelles-tu ? demanda-t-il au colporteur. Autant que je le sache, puisque nous allons voyager ensemble...

— Clovis.

Oba ne daigna pas mentionner son nom. Il aimait qu'on lui donne du « seigneur », et c'était parfaitement approprié.

— Avec tous les gens qui traînent dans le coin, comment se fait-il que tes amulettes ne se vendent pas ? Et comment peux-tu être sans le sou ?

— C'est une triste histoire, soupira le colporteur, et je ne veux pas vous ennuyer avec ça.

— Puisque je t'ai posé la question, la réponse m'intéresse...

— Si vous y tenez... (Le colporteur mit une main en visière pour ne pas être ébloui par le soleil tandis qu'il regardait son client.) Eh bien, seigneur, il y a quelque temps, au plus fort de l'hiver, j'ai rencontré une très belle jeune femme…

Oba regarda le petit type bossu et ridé qui marchait à côté de lui.

— Toi ? Tu as « rencontré » une beauté ?

— Pour dire la vérité, je voulais lui vendre une amulette… (Clovis plissa le front comme si une idée venait soudain de le frapper.) Ce sont ses yeux qui m'ont fasciné. De grands yeux bleus comme on en voit rarement. Le fait est, seigneur, qu'ils ressemblaient beaucoup aux vôtres !

— Aux miens ? grogna Oba.

Clovis hocha la tête avec conviction.

— Oui, seigneur. Elle avait des yeux semblables aux vôtres. Imaginez ça : un air de famille entre elle et vous. Voilà qui m'en bouche un coin, je l'avoue…

— Quel rapport avec tes difficultés financières ? Tu lui as donné tout ton argent sans réussir à te frayer un chemin entre ses cuisses ?

Clovis parut choqué par ces insinuations.

— Non, seigneur, ce n'est rien de ce genre. J'ai voulu lui vendre un de mes charmes pour que la chance soit avec elle. En récompense, elle m'a détroussé.

Oba eut un grognement sceptique.

— Dis plutôt qu'elle t'a fait de l'œil pendant qu'elle explorait tes poches, et que tu t'es laissé avoir comme un bleu !

— Là encore, vous vous trompez, seigneur… Les choses ne se sont pas passées ainsi. Elle m'a envoyé un homme qui m'a dépouillé de tout. C'est lui qui a agi, mais sur son ordre à elle, j'en suis sûr. Ces deux-là m'ont pris tous les fruits d'une vie de dur labeur.

Quelque chose alerta la mémoire d'Oba, qui révisa mentalement sa liste de bizarreries à éclaircir. Certaines pièces du puzzle se mettaient en place…

— Cette femme aux yeux bleus, elle ressemblait à quoi ?

— Elle était superbe, seigneur, avec sa crinière rousse.

Même si cette fille l'avait soulagé de ses économies, le colporteur était visiblement toujours sous le charme.

— Son visage ressemblait à l'incarnation d'un esprit du bien, et sa silhouette avait de quoi vous couper le souffle. Mais à voir ses cheveux roux, j'aurais dû me douter que sa beauté cachait quelque chose de malfaisant.

Oba cessa de marcher et prit Clovis par le bras.

— Elle se nommait Jennsen ?

— Désolé, seigneur, mais je n'ai jamais su son nom. Cela dit, je doute qu'elle ait un sosie en ce monde. De tels yeux bleus, des cheveux pareils, un visage si fin…

Oba était d'accord avec Clovis. La description correspondait parfaitement à Jennsen.

Eh bien, voilà qui était amusant…

— Nous y sommes, seigneur ! Voici l'homme qui voudra sûrement nous vendre des chevaux.

Chapitre 36

Oba plissa les yeux pour mieux y voir dans la pénombre. Il avait de la peine à croire qu'il puisse faire si sombre en plein jour. Mais depuis qu'il était entré dans le marécage, par une matinée pourtant ensoleillée, il y voyait à peine mieux qu'en pleine nuit.

Il se détourna de l'entrelacs de lianes et de broussailles pour regarder derrière lui, en direction de l'endroit où il avait laissé Clovis en le chargeant de veiller sur leurs chevaux. Oba était content de ne plus avoir cet enquiquineur dans les pattes. Comme une mouche, Clovis lui tournait sans cesse autour, et ça l'agaçait. Durant la traversée des plaines d'Azrith, il n'avait pas cessé de parler de tout et de rien.

Oba l'aurait volontiers planté là, mais comment aurait-il trouvé son chemin ? Sur ce point, Clovis n'avait pas menti : il était très difficile d'avoir accès à l'« entrée de derrière » du marécage d'Althea.

Au moins, Clovis n'avait pas manifesté l'intention d'accompagner son client jusqu'à la demeure de la magicienne. En revanche, il avait paru très inquiet que son « seigneur » finisse par renoncer à l'aventure. Sans doute parce qu'il craignait qu'Oba ne le croie pas.

Debout au bord de la clairière, il était encore en train d'encourager son client à aller de l'avant, histoire de vérifier qu'il en aurait pour son argent.

Oba soupira et se remit en route. Se faufilant entre les lianes, il se baissa pour passer sous certaines branches et pataugea dans la gadoue quand c'était inévitable.

Dans cette humidité étouffante, l'air empestait presque autant que l'eau boueuse.

D'étranges cris d'oiseaux retentissaient au sommet des arbres, dans des ombres que le soleil n'atteignait sans doute jamais. À ras du sol, des troncs pourris à demi écroulés ou appuyés les uns contre les autres comme des ivrognes lui barraient sans cesse le chemin. Pour ne rien arranger, des créatures se déplaçaient dans l'eau. Des poissons ? Des reptiles ? Les monstres d'Althea ? Oba n'aurait su le dire, mais une chose était certaine : il abominait cet endroit !

Il se rappela qu'il aurait une myriade de choses nouvelles à apprendre une fois qu'il aurait atteint la demeure d'Althea. Mais cette idée ne parvenait pas à le réconforter. En chemin, il avait vu d'étranges variétés d'insectes, de lézards et de mammifères aquatiques. Normalement, il aurait dû être fasciné par cette faune exotique. Mais elle éveillait à peine son intérêt.

Non, une bonne fois pour toutes, il n'aimait pas cet endroit, et rien ne le ferait changer d'avis.

Se penchant pour passer sous des branches, il déchira au passage un réseau d'énormes fils visqueux. La plus grosse araignée qu'il ait jamais vue tomba sur le sol et tenta de fuir vers une cachette. Redoutablement rapide, Oba l'écrasa d'un coup de talon. Les grosses pattes de la bestiole battirent dans l'air avant de s'immobiliser.

Oba reprit son chemin en souriant. Si ça continuait comme ça, il finirait par détester un peu moins cet endroit.

Il plissa les narines. Plus il avançait, plus la puanteur devenait insupportable. Devant lui, de la vapeur montait entre les arbres et une odeur d'œuf pourri, mais en plus acide encore, flottait dans l'air.

De nouveau, Oba se dit qu'il détestait ce maudit marécage.

Il continua d'avancer en se demandant s'il avait eu raison d'emprunter le chemin suggéré par le colporteur surexcité. Non sans soupirer, il s'enfonça dans un entrelacs de roseaux et de lianes. Plus vite il aurait vu Althea, plus rapidement il pourrait sortir de cet abominable piège.

De toute façon, la voix insistait pour qu'il ne rebrousse pas chemin.

Dès qu'il en aurait fini avec la sœur de Lathea, il partirait pour le Palais du Peuple – la demeure de ses ancêtres, rien de moins. Avant, il devrait glaner autant d'informations que possible et se faire une idée de ce qu'il devait attendre de son demi-frère.

Il se demanda si Jennsen était allée voir Althea. Et dans ce cas, qu'avait-elle bien pu apprendre ? Plus il réfléchissait, plus il lui semblait que son destin était lié à celui de cette femme. Trop de pistes menaient à elle pour qu'il s'agisse d'un simple hasard. Sur sa liste mentale, Oba était particulièrement attentif à la manière dont les données se combinaient. La plupart des gens se montraient moins attentifs et observateurs que lui, mais ça n'avait rien de gênant, parce qu'ils n'étaient pas importants, contrairement à lui.

Comme Jennsen, Oba était un « trou dans le monde ». En outre, ainsi que Clovis l'avait remarqué, les yeux de la femme et les siens étaient spéciaux. Il y avait bel et bien quelque chose, mais le colporteur n'aurait su dire quoi.

Alors que la matinée s'écoulait, Oba remonta aussi vite qu'il était possible le « sentier » qui traversait un épais rideau de végétation. Quand il en émergea, il se retrouva devant une grande étendue d'eau noire.

Haletant et en nage, il marqua une pause afin de sonder le terrain. La pente qui menait à l'eau était assez abrupte. Sur l'autre rive, il lui faudrait remonter et s'engager de nouveau dans une jungle putride. Mais il fallait d'abord traverser ce lac. Une idée pas si désagréable que ça, quand on avait si chaud.

Ne voyant aucune liane pendant assez bas pour qu'il puisse éventuellement s'y accrocher, il coupa une branche de taille moyenne à un arbre et la tailla pour en faire un bâton à peu près convenable.

Sa canne improvisée au poing, Oba entra dans l'eau, qui se révéla moins fraîche qu'il l'avait espéré. Comme de bien entendu, elle empestait et grouillait de sangsues. Alors qu'il avançait, Oba dut utiliser son bras libre pour disperser les nuages d'insectes qui fondaient sur lui. S'il se laissait piquer par une horde de foutues bestioles, il risquait de finir avec une mauvaise fièvre, et ce n'était sûrement pas une mort digne d'un fils de Darken Rahl.

Il continua à scruter le terrain et constata qu'il n'y avait pas moyen de contourner l'eau. Puisqu'il n'était pas question de faire demi-tour, ça ne lui laissait pas le choix.

Pour plus de sécurité, il tentait de marcher au maximum sur des racines affleurantes ou très légèrement immergées. Mais elles étaient glissantes, surtout pour la pointe de son bâton, et ne lui assuraient pas un très bon équilibre.

Aurait-il dû tenter de nager pour aller plus vite ? Dans l'eau, il ne se débrouillait pas mal, mais c'était la compagnie éventuelle qui le dérangeait. Cela dit, gagner du temps le tentait, et...

Au moment où il envisageait de prendre des risques pour aller plus vite, Oba sentit quelque chose percuter sa jambe. Avant qu'il ait pu réagir, son agresseur attaqua une seconde fois, assez fort pour lui faire perdre l'équilibre.

Dès qu'Oba fut tombé dans l'eau, quelque chose s'enroula autour de ses jambes. Aussitôt, il pensa aux monstres censés vivre dans le marécage. Pendant le voyage, Clovis l'avait accablé de récits terrifiants au sujet de ces créatures. Sûr de sa force et de son invincibilité, Oba avait ri de ces enfantillages.

Et maintenant, voilà qu'il criait de terreur parce qu'un monstre tentait de le noyer. Paniqué, il luttait frénétiquement pour dégager ses membres inférieurs, mais son agresseur le tenait, et il n'avait aucune chance de se libérer.

Il se souvint de ses séjours dans l'enclos spécial, quand il était petit. Un cri inhumain jaillit de sa gorge, et son écho se répercuta longuement dans l'immonde marécage. Une seule idée rationnelle parvenait à avoir encore une place dans son cerveau : il était trop jeune pour mourir, surtout d'une façon si atroce. Il lui restait tant d'années – un avenir glorieux ! Il n'était pas juste que sa vie finisse ainsi.

Criant de nouveau, Oba se débattit frénétiquement, comme à l'époque où il voulait s'échapper de sa prison – ou au moins de l'angoisse que lui inspirait son incarcération. En ce temps-là, crier ne l'avait jamais aidé, et il en serait de même aujourd'hui, car personne ne viendrait à son secours.

Son agresseur le força à pivoter sur lui-même puis l'entraîna vers le fond.

Au dernier moment, Oba prit une grande inspiration. Lorsque sa tête fut sous l'eau, il aperçut pour la première fois la peau écailleuse de son adversaire. Le plus gros serpent qu'il ait jamais vu ! De quoi s'inquiéter, bien sûr, mais également une excellente raison de se rassurer : ce n'était qu'un animal ! Plus gros que la normale, certes, mais sans rien de monstrueux.

Avant que le reptile ait pu lui immobiliser les bras, Oba dégaina le couteau qu'il portait à la ceinture. Dans l'eau, il aurait moins de force qu'à l'air libre, il le savait, mais sa seule chance était de larder le serpent de coups tant qu'il était encore en état de le faire.

Bref, avant la noyade…

Le poids du reptile l'entraînant toujours vers le fond, Oba tendit le cou au maximum, mais il était déjà trop loin de la surface pour pouvoir la crever et respirer.

Soudain, ses pieds rencontrèrent une matière plane et solide. Cessant de lutter pour remonter, il plia au contraire les jambes au maximum afin de pouvoir les détendre comme des ressorts.

Donnant une violente impulsion au bon moment, il parvint à émerger de nouveau – à demi, et avec le serpent toujours enroulé autour de ses jambes.

Il retomba, mais parvint à basculer sur le côté et à atterrir sur un entrelacs de racines. Le torse hors de l'eau et le reste du corps toujours immergé, il ne s'était bien entendu toujours pas débarrassé du reptile, dont la tête sortit de l'eau. Des yeux jaunes se rivèrent dans ceux d'Oba et une langue rouge jaillit de l'énorme gueule de l'animal.

— Viens donc me voir... Petit, petit !

Le regard menaçant, le serpent releva le défi. Si un animal à sang froid pouvait éprouver de la fureur, eh bien, celui-là était fou de rage.

Rapide comme l'éclair, Oba referma le poing juste sous la tête vert sombre de son agresseur. Par le passé, il lui était arrivé d'affronter quelques gaillards à la lutte. Il adorait ça, et personne ne l'avait jamais vaincu.

Le reptile siffla de haine. Dans ce duel, chacun des combattants tenait l'autre en respect. Le serpent tentait de prendre l'avantage en s'enroulant autour du torse de l'humain – la technique de la constriction. Oba, lui, essayait d'étrangler le prédateur. Une variante de la même stratégie.

Depuis qu'il avait obéi à la voix, se souvint Oba, il était devenu invincible. Avant, il avait vécu sous le joug de la peur : peur de sa mère, bien sûr, mais aussi de la magicienne. Chez lui, tout le monde redoutait la vieille harpie. Et la plupart des gens avaient peur des serpents. Mais Oba s'était dressé face à la sorcellerie, si dangereuse fût-elle. Lathea l'avait frappé avec du feu et des éclairs capables de désintégrer le mur d'une maison, et ça n'avait eu aucun effet, parce qu'il était invincible. Comparé à une adversaire de cette envergure, que représentait un misérable petit serpent ?

Oba eut un peu honte d'avoir crié de peur. Qu'avait-il à craindre d'un minable reptile, lui, le prince Oba Rahl ?

Il se glissa un peu plus au sec, entraînant le serpent avec lui. Puis, souriant, il plaça son couteau sous la mâchoire de la créature, qui se pétrifia.

Très lentement, la tête de l'animal toujours serrée dans son poing, Oba entreprit de pratiquer une incision. Au début, la peau épaisse du reptile résista, et le fils de Darken Rahl dut mobiliser toute sa force.

Comprenant que sa vie était menacée, le reptile reprit le combat. Pas pour vaincre, cette fois, mais pour échapper à son destin. Lâchant les jambes d'Oba, le serpent tenta de s'arrimer à une racine, sous l'eau, afin d'avoir un point d'appui pour résister de toutes ses forces.

Du bout d'un pied, Oba tira vers lui une longue partie du corps de son adversaire, le privant de toute possibilité de s'enfuir.

La pointe acérée du couteau finit par entailler la peau du reptile. Fasciné, Oba regarda le sang sourdre de la plaie et couler sur son poing.

Fou de douleur et de peur, le serpent ne cherchait plus à imposer sa force, mais à échapper à son bourreau. Pour réussir, il mobilisait toute sa puissance, qui n'avait rien de négligeable.

Mais Oba aussi était fort. Et aucune proie ne lui avait jamais échappé.

Bandant ses muscles, il tira le serpent plus loin encore sur l'entrelacs de racines puis sur la terre ferme. Considérant le poids de l'animal, c'était un exploit extraordinaire, mais qu'est-ce qui pouvait arrêter un prince invincible comme Oba Rahl ?

Hurlant de défi, Oba se releva, tenant toujours le reptile, et avança jusqu'à un grand arbre. Quand il l'eut atteint, il enfonça son couteau dans l'écorce noire, clouant le reptile à ce qui allait très vite devenir un poteau de torture.

Ses yeux jaunes exorbités, l'animal regarda Oba tirer un deuxième couteau d'une de ses bottes.

Le fils de Darken Rahl jubila : il voulait que les yeux de sa victime soient rivés sur lui au moment où elle mourrait.

Très calme, il pratiqua une autre incision un peu plus bas sur le corps du serpent. Une fente juste assez large pour qu'il puisse y glisser la main. Rien de mortel en soi, car son plan était beaucoup plus subtil que ça.

— Tu es prêt ? demanda-t-il en souriant à sa future victime.

Impuissant, le serpent continuait à le regarder.

Oba retroussa autant qu'il le put la manche de sa tunique puis introduisit sa main dans l'ouverture. Celle-ci n'était pas bien large, mais en forçant, il réussit à lentement glisser son bras à l'intérieur du corps cylindrique de sa proie vivante.

Le serpent se débattait furieusement, plus pour s'enfuir, mais parce qu'il souffrait atrocement. Avec un genou, Oba lui plaqua une partie du corps contre le tronc puis il posa un pied sur la queue qui continuait à s'agiter.

Le fils de Darken Rahl eut l'impression que le monde disparaissait autour de lui. Concentré sur sa proie, il eut le sentiment de devenir un serpent et d'éprouver tout ce que celui-ci ressentait alors qu'il n'était plus qu'à quelques secondes de sa fin. Quel était ce corps étranger qui s'introduisait en lui ? Que cherchait-il et qu'entendait-il faire ?

Oba enfonça davantage son bras. Il était si près du reptile à présent, que leurs yeux se touchaient presque.

Dans ceux de sa victime, Oba eut l'extraordinaire plaisir de lire autre chose que de la souffrance : de la terreur pure !

Un invraisemblable délice !

Des pulsations affolées avertirent Oba qu'il était proche de son objectif. Soudain, il le trouva : le cœur battant de son adversaire vaincu.

Sans cesser de soutenir le regard du reptile, il referma les mains sur le gros muscle palpitant.

Puis il serra.

Quand son cœur explosa dans le poing du fils de Darken Rahl, le serpent eut un formidable spasme d'agonie. Puis il fut secoué de convulsions de moins en moins fortes et finit par s'immobiliser pour toujours.

Tout au long du processus, Oba avait gardé les yeux rivés dans ceux du serpent. Ce n'était pas aussi fascinant que voir mourir un être humain, parce qu'il n'y avait pas entre le bourreau et la victime ce lien si singulier que constitue une identité commune. Dans la situation du reptile, un homme ou une femme aurait eu des pensées qu'Oba aurait pu reconstituer ou partager. Là, il n'y avait rien eu de tel, mais la mort du serpent géant avait quand même été un grand moment.

Décidément, Oba avait eu tort de détester le marécage, qui pouvait être un endroit très divertissant.

Victorieux mais couvert de sang, il alla se laver dans l'eau boueuse et nettoya aussi ses deux couteaux. Ce combat contre un serpent, totalement inattendu, avait été très excitant, il fallait le reconnaître. Cela dit, rien ne valait le même genre d'expérience avec une femme, car il y avait la dimension érotique. Au moment où sa victime mourait, Oba n'avait pas qu'une main à l'intérieur de son corps, et ça faisait toute la différence.

Il n'y avait pas de plus grande intimité que celle-là. Un lien sacré.

Quand Oba eut fini de se nettoyer, l'eau sombre avait tourné au rouge, une couleur qui le fit penser aux cheveux de Jennsen.

Tout émoustillé, il se redressa et vérifia qu'il n'avait rien perdu pendant la bataille.

Quand il tapota sa poche, il constata que sa bourse pleine de pièces d'or et d'argent n'y était plus.

Sa fortune avait disparu !

Paniqué, il fourra la main dans sa poche, mais ne trouva rien. À coup sûr, il avait perdu la bourse dans l'eau, pendant qu'il luttait contre le serpent. C'était étrange, car il avait noué autour une lanière de cuir fixée à sa ceinture, afin d'éviter les mésaventures de ce genre. Mais le nœud avait pu se défaire, même si ça semblait peu vraisemblable avec du cuir mouillé...

Maudit serpent ! Fou de colère, Oba saisit le reptile mort par la gorge et martela le tronc avec sa tête jusqu'à ce qu'elle éclate comme une noix.

Le souffle court, il lâcha l'animal et décida de réfléchir à son problème. Qu'il le veuille ou non, il n'y avait qu'une solution : plonger dans l'eau boueuse et explorer le fond jusqu'à ce qu'il ait retrouvé son bien. Cette perspective le révulsant, il fouilla une dernière fois sa poche, au cas où un miracle se produirait.

Il découvrit que la lanière de cuir était toujours là. Comme il l'avait supposé, le nœud ne s'était pas défait.

Le cuir avait été proprement coupé par un expert.

Oba se tourna dans la direction d'où il venait.

Clovis ! Ce chien lui collait toujours aux basques, et il avait dû voir la bourse au moment de l'achat des chevaux. Partant de là, le reste avait dû être un jeu d'enfant...

Une bruine avait commencé à tomber, faisant bruisser les feuilles des grands arbres. Quelques gouttes coulèrent le long des joues d'Oba, le rafraîchissant un peu.

Il bouillait de colère. Mais ce foutu voleur ne perdait rien pour attendre. Clovis aurait une mort lente et douloureuse.

Bien entendu, il feindrait l'innocence et demanderait même à être fouillé pour prouver qu'il n'avait pas la bourse. Mais Oba n'était pas né de la dernière pluie. Cette vermine aurait probablement enterré son butin avec l'idée de revenir le chercher plus tard.

Mais Oba lui ferait avouer la vérité. C'était une certitude, et il ne se faisait pas le moindre souci sur ce point-là. Clovis se croyait malin, mais il n'avait jamais eu affaire à quelqu'un de l'envergure d'Oba Rahl.

Alors qu'il allait faire demi-tour pour s'occuper du cas de Clovis, le fils de Darken Rahl se ravisa. Non, il avait mis un temps fou à arriver jusque-là, et il ne devait plus être très loin de chez Althea. Il ne devait pas se laisser dominer par la colère.

Oba était intelligent. Beaucoup plus que sa mère, plus que la magicienne Lathea, et cent mille fois plus qu'un minable petit voleur. Il ne se laisserait pas pousser à l'erreur.

Clovis pouvait attendre qu'il en ait fini avec Althea.

De très mauvaise humeur, Oba reprit son chemin.

Chapitre 37

Posté à bonne distance de la maison, Oba plissa les yeux pour mieux voir à travers le rideau de pluie. Apparemment, il n'y avait personne à l'extérieur de la demeure d'Althea. Sur les rives d'un petit lac, il avait repéré des traces – les empreintes des bottes d'un homme – plutôt anciennes mais encore assez visibles pour le conduire jusqu'à la maison.

De la fumée montait de la cheminée, indiquant que l'endroit était habité. Et il devait s'agir de la résidence d'Althea, car à part une magicienne, personne n'aurait été assez fou pour vivre dans un coin pareil.

Oba approcha et gravit une volée de marches sur la pointe des pieds. S'immobilisant devant la porte flanquée de deux colonnes, il étudia le large chemin qui venait mourir au pied de l'escalier. C'était à l'évidence la « voie officielle » qu'empruntaient les visiteurs invités par la magicienne.

Trop en colère pour jouer la comédie de la politesse et frapper, Oba ouvrit simplement la porte.

Avec ses deux petites fenêtres et sa minuscule cheminée, la maison d'Althea était très chichement éclairée. Les murs étaient décorés de ridicules petites figurines peintes ou dorées qui représentaient en majorité des animaux. S'il aimait aussi sculpter, Oba, en matière de support, préférait de très loin la chair au bois.

Le mobilier était plus luxueux que tout ce qu'il avait connu dans sa jeunesse, mais beaucoup moins raffiné que celui dont il avait l'habitude depuis qu'il était devenu riche.

Près de la cheminée, une femme aux grands yeux noirs était assise sur un magnifique fauteuil. Telle une reine sur son trône, elle fixait Oba tout en sirotant une tasse de thé. Même si ses cheveux blonds étaient différents de ceux de Lathea – tout comme ses traits, beaucoup moins austères –, Oba n'aurait pas pu passer à côté de la ressemblance. Sans nul doute, il s'agissait de la sœur de la vieille peau qui lui avait empoisonné la vie.

Sur une de ses listes mentales, il y avait quelque chose au sujet des yeux de ces femmes…

—Je suis Althea, dit la magicienne en éloignant la tasse de ses lèvres.

Sa voix ne ressemblait pas du tout à celle de sa sœur. Elle vibrait d'autorité, comme celle de Lathea, mais sans faire grincer des dents ceux qui l'entendaient.

—J'ai peur que tu arrives bien plus tôt que prévu, dit Althea sans se lever.

Cherchant à s'assurer qu'il n'y avait pas de danger, Oba ignora la femme et regarda autour de lui. Dans une alcôve, au fond de la pièce, il aperçut un établi. Clovis l'avait prévenu qu'Althea était mariée. L'homme se prénommait Friedrich, et il était doreur, comme en témoignaient les outils proprement rangés sur l'établi. Mais ces ciseaux, ces couteaux et ces petits marteaux, entre des mains expertes, pouvaient devenir des armes très redoutables.

Cela dit, le doreur semblait être absent, aujourd'hui.

—Mon mari est au palais, confirma Althea. Nous sommes seuls…

Oba ne se fia pas à la parole de la magicienne. Pour plus de sécurité, il alla voir dans la chambre, et la trouva vide.

Althea ne lui avait pas menti. Il n'y avait qu'eux deux dans la maison battue par la pluie qui se faisait de plus en plus forte.

Certain qu'il ne serait pas dérangé, Oba retourna dans la pièce principale. Sans lui sourire, mais sans trahir non plus une once d'inquiétude, Althea le regarda approcher.

Si elle n'avait pas été idiote, songea le fils de Darken Rahl, elle aurait dû trembler de peur – ou au moins, ne pas se sentir tranquille. Mais elle semblait résignée et presque… endormie. Vivre dans un marécage pouvait finir par rendre les gens gâteux, sûrement…

Près du fauteuil, sur le sol, Oba remarqua un damier décoré d'un symbole en relief doré à l'or fin. Ce dessin lui rappela un autre élément noté sur une de ses listes mentales.

Près du damier, il remarqua une petite pile de pierres noires et un grand coussin rouge et jaune.

Oba fit soudain le lien entre le symbole doré et un des éléments enregistrés sur ses listes. Le symbole ressemblait au cœur séché d'une rose à fièvre des montagnes – un des composants des ignobles potions de Lathea. En principe, tous les végétaux qu'elle utilisait étaient déjà réduits en poudre, sauf celui-là. Avant de l'ajouter au breuvage, elle broyait entre ses doigts une de ces fleurs séchées.

Sans nul doute, une telle coïncidence était un avertissement à ne pas négliger. Oba avait raison depuis le début : cette magicienne était une menace à prendre très au sérieux.

Les poings plaqués sur les hanches, Oba toisa la vieille harpie de haut.

— Par les esprits du bien…, souffla Althea, je croyais ne plus jamais devoir plonger mes yeux dans ce regard-là.

— De quoi parles-tu, vieille folle ?

— Du regard de Darken Rahl…

Dans la voix de la magicienne, Oba crut entendre vibrer du désespoir. Et peut-être aussi l'écho d'une ancienne terreur…

— Le regard de Darken Rahl, répéta-t-il, souriant, je suis très touché du compliment, sache-le.

— Ce n'en était pas un…, souffla Althea, comme si elle se parlait à elle-même.

Le sourire d'Oba perdit de sa superbe.

Il n'était pas trop surpris qu'Althea sache, pour son lien avec Darken Rahl. Après tout, cette femme était une magicienne… et la sœur de Lathea. Qui pouvait savoir ce que la vieille peau, même au fond du royaume des morts, était encore capable de faire pour nuire au pauvre Oba ?

— C'est toi qui as tué Lathea…

Ce n'était pas une question, mais le simple énoncé d'un fait. Avec une condamnation sous-jacente.

Si confiant qu'il fût grâce à son invincibilité, Oba resta cependant méfiant. Bien qu'il ait redouté Lathea toute sa vie, elle s'était révélée, à la fin, beaucoup moins dangereuse qu'il le pensait. Mais elle n'était pas l'égale de sa sœur, très loin de là…

Désireux de changer de sujet, Oba contre-attaqua en posant une question.

— Qu'est-ce qu'un « trou dans le monde » ?

Althea eut un sourire énigmatique puis tendit gracieusement un bras.

— Si tu t'asseyais pour boire un peu de thé avec moi ?

Oba se dit qu'il avait le temps de traîner un peu. Il arriverait à ses fins avec cette femme, c'était une certitude, et il n'avait aucun besoin de se presser. En un sens, il regrettait de s'être précipité, avec Lathea, et d'en avoir fini avant d'avoir pensé à toutes les questions qu'il voulait lui poser. Mais comme il disait toujours : « Ce qui est fait est fait ! »

Althea, elle, répondrait à toutes ses questions. Cette fois, il prendrait son temps et ne mettrait pas la charrue avant les bœufs. Avant la grande scène de l'acte final, Althea lui aurait appris tout ce qu'il devait savoir. Du point de vue pratique, c'était très important, mais il y avait plus que cela. Esthétiquement parlant, une expérience pareille devait se savourer, pas être consommée à la va-vite.

Oba prit place dans un fauteuil. Il y avait bien une théière sur la table basse, entre les deux sièges, mais pas de seconde tasse.

— Désolée, dit Althea, quand elle vit où était le problème. Il y a des tasses dans cette armoire, sur la droite. Aurais-tu la bonté d'aller en chercher une ?

— Vous êtes la maîtresse de maison… Pourquoi ne vous en chargez-vous pas ?

Althea caressa du bout des doigts les accoudoirs sculptés de son fauteuil.

— J'ai bien peur d'en être incapable… Vois-tu, je ne peux pas marcher. Comme une pauvre infirme, je parviens seulement à me traîner dans la maison quand c'est absolument indispensable.

Oba dévisagea la magicienne et se demanda s'il devait la croire. Elle transpirait beaucoup, un signe très révélateur, même s'il ne savait pas de quoi, pour le moment. Mais elle devait être terrifiée face à un homme assez puissant pour avoir vaincu sa sœur.

Tentait-elle de le distraire afin de s'enfuir dès qu'il aurait le dos tourné ? C'était une possibilité.

Althea saisit sa jupe entre le pouce et l'index et la releva lentement, dévoilant ses jambes jusqu'aux genoux, puis un peu plus haut. Oba se pencha pour regarder. Les membres inférieurs de la magicienne étaient ratatinés et desséchés. On eût dit qu'ils appartenaient à un cadavre qu'on avait oublié d'enterrer.

Le fils de Darken Rahl trouva ce spectacle fascinant.

— Infirme, comme je te le disais…, souffla Althea.

— Pour quelle raison ?

— C'est l'œuvre de ton père.

Eh bien, voilà qui était amusant...

Pour la première fois, Oba sentit un lien très fort avec son géniteur.

Après une matinée mouvementée et difficile, il avait très envie de savourer une tasse de thé. Pour être franc, cette idée l'amusait même beaucoup, car ce qu'il avait en tête pour la magicienne lui donnerait sûrement soif.

Très docile, il se leva, approcha de l'armoire et en sortit la plus grosse tasse qu'il y trouva.

Quand il fut revenu s'asseoir, Althea lui servit du thé très noir et très épais.

— Un mélange spécial, expliqua-t-elle quand elle vit son invité plisser le front. La chaleur et l'humidité sont souvent très gênantes, dans ce marécage. Ce breuvage aide à s'éclaircir les idées après une matinée consacrée à un long labeur. Il redonne aussi leur tonus aux muscles, par exemple quand une longue marche les a fatigués.

Suite à ses exploits, Oba avait un début de migraine. Bien que ses vêtements aient séché et ne soient plus souillés de sang, il se demanda si Althea avait vu d'une façon ou d'une autre qu'il avait traversé des moments difficiles. Les pouvoirs de cette femme n'avaient peut-être pas fini de l'étonner. Pourtant, il ne s'inquiétait pas le moins du monde. Comme l'avait prouvé la mort de Lathea, il était invincible.

— Votre thé va me défatiguer ?

— Oui, c'est un tonique très puissant. Il te fera beaucoup de bien, tu vas voir.

Oba attendit d'être sûr que la vieille peau buvait pour de bon le breuvage. La voyant transpirer, il ne doutait pas de ce qu'elle avait dit au sujet de l'humidité et de la chaleur.

Elle vida sa tasse et s'en servit une autre.

— À la douceur de la vie, lança-t-elle, tant que nous pouvons encore en profiter !

Oba trouva que c'était une phrase bien étrange, en un moment pareil. On eût dit que la vieille peau était résignée à mourir.

— À la douceur de la vie, répéta-t-il. Tant que nous pouvons en profiter...

Il but une gorgée de thé et fit la grimace en reconnaissant le goût. C'était une infusion de rose à fièvre des montagnes, la fleur qui ressemblait tellement au symbole qui ornait le damier. Les ignobles potions de Lathea en contenaient toujours, et il aurait reconnu ce goût entre mille.

— Bois, dit la magicienne, dont la respiration semblait soudain laborieuse. Comme je te l'ai dit, ce breuvage nous fera à tous un bien immense…

Elle vida sa tasse.

Oba savait que Lathea mélangeait parfois plusieurs potions pour soigner ses patients. Tandis qu'il la regardait préparer le médicament de sa mère et son « traitement », il l'avait souvent vue ajouter une fleur séchée réduite en poudre aux breuvages qu'elle préparait pour d'autres malades. Althea buvant tasse sur tasse de son infusion, elle devait elle aussi se fier aux vertus curatives de la rose.

Une humidité pareille flanquait toujours d'atroces maux de tête au fils de Darken Rahl. Malgré le goût amer de la boisson, il en but encore un peu en espérant que ça l'aiderait à se sentir mieux.

— J'ai des questions à te poser, magicienne, dit-il, passant au tutoiement pour marquer un changement dans leurs rapports.

— Ce n'est pas très surprenant, dit Althea, et tu espères, je suppose, que je te fournirai les réponses.

— C'est ça, oui.

Oba prit une autre gorgée de l'immonde infusion. Pourquoi la vieille peau appelait-elle cette horreur du « thé » ? Sa décoction n'avait rien d'un thé ou d'une tisane. C'était une vulgaire infusion de rose à fièvre séchée et ça n'avait rien d'agréable.

Althea regarda le fils de Darken Rahl poser sa tasse sur la table basse.

Le vent s'était levé et rabattait violemment la pluie sur la maison. Oba songea qu'il était arrivé à destination à temps. Maudit marécage !

Il oublia ses ennuis géographiques et se tourna vers la magicienne.

— Je veux savoir ce qu'est un « trou dans le monde ». Ta sœur m'a dit que tu peux voir ces trucs-là…

— Vraiment ? Comment a-t-elle pu te révéler une chose pareille ?

— J'ai dû la… convaincre…, si tu vois ce que je veux dire. Vais-je également devoir t'arracher les informations ?

Oba espérait bien que oui. Il bouillait d'excitation à l'idée de passer à la phase « couteau » de la conversation. Mais rien ne le pressait. Quand il en avait le temps, il adorait jouer au chat et à la souris avec ses proies. Cela l'aidait à comprendre leur façon de raisonner. Du coup, lorsqu'il les regardait dans les yeux, le moment venu, il parvenait à mieux deviner à quoi elles pensaient en sentant approcher la mort.

Althea baissa les yeux sur la table.

— Mon thé n'agira pas si tu n'en prends pas assez. Bois donc un peu !

Oba déclina l'invitation d'un vague geste et se cala confortablement dans son fauteuil.

— J'ai fait un long chemin pour venir jusqu'ici. Réponds à ma question.

Althea détourna la tête pour ne plus devoir soutenir le regard du fils de Darken Rahl. Puis, à la seule force des bras, elle lutta pour quitter son siège et s'asseoir sur le sol. Un défi titanesque, pour cette pauvre femme.

Oba ne lui proposa pas d'aide, car il adorait voir les faibles souffrir et lutter sans espoir.

Ses jambes mortes traînant derrière elle, la magicienne rampa jusqu'à son beau coussin rouge et jaune. Quand elle eut réussi à s'asseoir dessus, elle ramena ses membres inférieurs sous elle. La manœuvre était délicate, mais elle semblait avoir une certaine aisance, à force d'habitude.

— Pourquoi n'utilises-tu pas ton pouvoir ? demanda Oba, sincèrement surpris.

Althea riva sur lui ses grands yeux noirs pleins de reproche contenu.

— Ton père a infligé à ma magie la même punition qu'à mes jambes.

Oba en resta un moment sans voix. Son père avait-il lui aussi été invincible, en tout cas à un moment de sa vie ? Dans ce cas, Oba devait être depuis toujours destiné à lui succéder. Oui, il était son successeur légitime, ça ne faisait pas de doute. S'il avait survécu jusque-là, c'était parce qu'un grand avenir l'attendait.

— Si je comprends bien, tu es une magicienne, mais tu ne peux pas lancer de sorts ?

Alors que des roulements de tonnerre retentissaient dans le lointain, Althea fit signe à Oba de s'asseoir à côté d'elle sur le sol. Pendant qu'il obéissait, elle saisit le damier, le tira vers elle et le posa entre eux.

— Il ne me reste qu'un don de voyance partiel, dit-elle, et absolument rien d'autre. Si ça t'amuse, tu peux m'étrangler d'une main tout en finissant de boire ton thé de l'autre. Je ne pourrai rien faire pour t'en empêcher.

Oba se rembrunit, car cette donnée inattendue risquait de lui gâcher une grande partie du plaisir. Pour que tout soit parfait, il fallait que la victime se défende un minimum. Que ferait une vieille infirme ? Pas grand-chose, probablement.

Enfin, il aurait au moins le plaisir de sentir sa terreur et sa souffrance quand la mort l'emporterait.

— Mais tu peux encore faire des prédictions ? C'est bien comme ça que tu as su que je venais ?

— En un sens, oui…

Althea soupira comme si descendre de son fauteuil et se traîner jusqu'au coussin l'avait vidée de ses dernières forces.

Dominant sa faiblesse, elle parvint à s'intéresser à son damier et à ses pierres.

— Je veux te montrer quelque chose…, souffla-t-elle sur le ton de la confidence. Ainsi, tu auras sans doute une partie des réponses que tu cherches.

Oba se pencha en avant, ravi que la magicienne ait décidé de lui révéler des secrets. Depuis toujours, il adorait apprendre et découvrir…

Fasciné, il la regarda fouiller dans sa petite pile de pierres, les inspectant soigneusement afin de trouver celle qu'elle cherchait. Quand ce fut fait, elle rangea les autres un peu à l'écart, dans un ordre qu'elle devait être la seule à connaître, car aux yeux d'Oba, tous ces cailloux se ressemblaient.

— C'est toi, dit Althea en brandissant la pierre noire qu'elle avait sélectionnée.

— Moi ? répéta Oba. Que veux-tu dire ?

— Eh bien, cette pierre te représente.

— Pourquoi donc ?

— Parce qu'elle en a décidé ainsi.

— Tu veux dire parce que *tu* en as décidé ainsi ?

— Absolument pas ! C'est le choix de la pierre. Ou plutôt, de l'entité qui la contrôle.

— Et de quelle entité s'agit-il ?

Oba fut surpris de voir un sourire s'afficher sur le visage d'Althea. Cette expression tourna assez vite au rictus menaçant. Lathea elle-même n'avait jamais réussi à paraître si malveillante.

— La magie… C'est elle qui décide.

Oba dut se souvenir qu'il était invincible. Lorsque ce fut fait, il prit un air détaché.

— Et les autres pierres, qui sont-elles ? demanda-t-il.

— Je croyais que tu voulais des renseignements sur toi-même, pas au sujet des autres ? (Althea se pencha vers Oba avec une parfaite sérénité, comme si elle avait dépassé le stade où il lui faisait peur.) Les autres ne comptent pas pour toi, n'est-ce pas ?

— J'ai bien peur que non…

Althea fit tourner la pierre dans son poing, puis elle la lança sur le damier. Alors que la foudre tombait dehors, la pierre roula et alla s'immobiliser au-delà du cercle extérieur de l'étrange dessin.

— Et alors ? demanda Oba. Qu'est-ce que c'est censé vouloir dire ?

Sans répondre ni cesser de regarder le fils de Darken Rahl dans les yeux, la magicienne ramassa la pierre, la fit tourner dans son poing et la lança de nouveau.

La foudre tomba encore.

Très bizarrement, la pierre s'immobilisa exactement au même endroit que la première fois. Pas *presque* à la même place, mais *précisément*, au centième de pouce près.

Désormais, la pluie martelait le toit comme si elle avait voulu le défoncer.

Althea ramassa la pierre et la lança une troisième fois. Tout se déroula selon le même rituel, n'était que la foudre semblait être tombée beaucoup plus près, ce coup-ci.

Oba attendit que la pierre qui le représentait cesse de rouler sur le damier.

Il eut la chair de poule quand elle s'immobilisa une troisième fois sur le même emplacement, comme si elle avait été aimantée.

Le tonnerre fit trembler la maison.

Oba se redressa et posa les mains sur ses genoux.

— Un vulgaire truc, lâcha-t-il.

— Non, dit Althea. La magie.

— Tu n'as plus de pouvoir, à ce que tu dis.

— C'est vrai.

— Alors, comment fais-tu ça ?

— Je ne fais rien, c'est la pierre toute seule, je te l'ai déjà dit.

— Et ça veut dire quoi à mon sujet, que cette pierre s'arrête là ?

Oba s'avisa que le rictus de la magicienne avait disparu. D'un index gracieux, elle désigna l'endroit où reposait la pierre.

— C'est le royaume des morts, dit-elle. Le domaine du Gardien.

Oba fit un gros effort pour avoir l'air désinvolte.

— Et quel rapport ça aurait avec moi ?

Les yeux noirs d'Althea continuèrent à sonder ceux du fils de Darken Rahl.

— C'est de là que vient la voix, Oba…

Le meurtrier de Lathea, si invincible qu'il fût, eut de nouveau la chair de poule.

— Comment connais-tu mon nom ?

Althea inclina tristement la tête.

— J'ai commis une erreur, il y a très longtemps.

— Quelle erreur ?

— Contribuer à te sauver la vie ! J'ai aidé ta mère à fuir avant que Darken Rahl découvre ton existence et te tue ou te fasse tuer.

— Menteuse ! s'écria Oba. (Il ramassa la pierre noire.) Je suis son fils ! Pourquoi aurait-il voulu ma mort ?

— Peut-être parce qu'il savait que tu écouterais la voix…

Oba décida qu'il arracherait les yeux de cette harpie. Oui, il l'énucléerait avec la pointe de son couteau ! Mais avant, il devait en apprendre plus. Et rassembler tout son courage, également…

— Tu étais une amie de ma mère ?

— Non… Je la connaissais à peine, mais Lathea, elle, la fréquentait un peu. Ta mère n'était qu'une jeune femme parmi des dizaines d'autres dont la vie ne tenait qu'à un fil. Je les ai toutes aidées, voilà tout… Pour me punir, Darken Rahl a fait de moi une infirme. Si tu refuses de me croire, au sujet de ses intentions à ton égard, eh bien, débrouille-toi pour trouver une autre réponse à ta question, parce que je ne peux rien pour toi.

Oba réfléchit aux propos de la magicienne et tenta de les connecter à l'une ou l'autre de ses listes mentales. Hélas, il ne trouva rien de convaincant.

— Lathea et toi avez aidé les enfants de Darken Rahl ? demanda-t-il, incrédule.

— À une époque, ma sœur et moi étions très proches. Chacune à sa façon, nous étions engagées dans la défense des faibles et des innocents. Après le châtiment qui fut le mien, elle s'est mise à détester les rejetons de Darken Rahl tels que toi. Ne pouvant supporter de voir ce que j'étais devenue, et ce que j'endurais, elle est partie…

» Elle a fait montre de faiblesse en agissant ainsi, mais ce n'était pas sa faute. Elle ne pouvait pas s'en empêcher, comprends-tu ? Puisque je l'aimais, il aurait été très mal de la supplier de venir me voir, même si elle me manquait terriblement. Je ne l'ai jamais revue…

» C'était la seule gentillesse que je pouvais lui faire : la laisser partir. J'imagine qu'elle ne t'a jamais beaucoup aimé. Elle avait de bonnes raisons pour ça, même si tu n'y étais pour rien…

Oba n'allait sûrement pas tomber dans le piège que lui tendait Althea. Vouloir l'avoir à la sympathie, lui ! Après avoir étudié la pierre noire, il la rendit à la magicienne.

— Ces trois lancers étaient un coup de chance, rien de plus.

— Tu ne me croirais pas si je le faisais cent fois de suite. (Althea tendit de nouveau la pierre au fils de Darken Rahl.) Lance-la toi-même…

Oba fit tourner la pierre dans sa main, imitant la gestuelle de la magicienne. S'adossant à un montant de son fauteuil, Althea le regarda attentivement. Mais par moments, ses yeux semblaient se voiler…

Oba lança la pierre avec assez de force pour qu'elle roule bien au-delà du damier et démontre à la vieille harpie qu'elle racontait n'importe quoi.

Quand la pierre quitta sa main, la foudre tomba si près de la maison qu'une lumière aveuglante jaillit derrière les fenêtres. Oba leva les yeux, redoutant que le toit ait été désintégré. Une fraction de seconde plus tard, le tonnerre fit trembler la maison sur ses bases.

Quand le silence revint, la demeure d'Althea était toujours debout et intacte. Un vrai miracle…

Oba sourit, baissa les yeux…

… Et vit que la pierre de malheur s'était arrêtée au même endroit que les trois fois précédentes.

Le fils de Darken Rahl bondit sur ses pieds comme s'il avait été mordu par un serpent.

— C'est un truc ! lança-t-il en essuyant ses paumes moites sur le devant de son pantalon. Un fichu truc, et rien de plus. Tu es une magicienne, et tu utilises ton pouvoir, voilà tout !

— C'est toi qui as fait ce que tu appelles un « truc », Oba. Oui, c'est toi qui as accueilli dans ton âme *son* obscurité.

— Et alors ? C'était mon droit !

— Tu peux écouter sa voix, Oba, mais tu n'es pas l'élu… Tu es son serviteur, rien de plus. Et pour que l'obscurité déferle sur le monde, il devra choisir quelqu'un d'autre.

— Tu ne sais pas de quoi tu parles, vieille folle !

— Oh que si ! Tu es un trou dans le monde, certes, mais il te manque un ingrédient indispensable.

— Et lequel, d'après toi ?

— *Grushdeva*.

Tous les poils de la nuque d'Oba se hérissèrent. Même s'il ne connaissait pas ce mot-là, son origine était indiscutable. De par sa structure et ses sonorités, il appartenait à la voix, ça ne faisait pas le moindre doute.

— Ce mot ne signifie rien, tenta-t-il de mentir.

Althea regarda Oba avec une expression qui le terrifia parce que son visage ressemblait désormais à un masque conçu pour dissimuler des connaissances interdites et mortellement dangereuses. Et dans le regard de la vieille femme, il voyait que son couteau ne pourrait pas la forcer à dévoiler tous ses secrets.

— Il y a longtemps, très loin d'ici, dit Althea, une autre magicienne m'a appris quelques mots qui sortent de la bouche du Gardien. Celui que je viens de dire appartient à son langage primal. Pour l'entendre, il aurait fallu que tu sois l'élu, mon pauvre Oba. *Grushdeva* veut dire « vengeance », et ce n'est pas toi qui as été choisi.

Oba pensa que la magicienne se moquait de lui.

— Comment pourrais-tu savoir quels mots j'entends ou n'entends pas ? Je suis le fils de Darken Rahl, et son héritier légitime. Tu ne sais rien de ce que j'entends. Bientôt, j'aurai des pouvoirs qui dépassent ton imagination.

— Quand on traite avec le Gardien, on peut dire adieu à son libre arbitre. Tu as vendu ton bien le plus précieux en échange… de quelques cendres.

» Tu t'es condamné à la pire forme d'esclavage, Oba, et tu n'as qu'une illusion en échange. Celle d'être quelqu'un d'important. Mais tu n'es pas l'élu. (Althea essuya la sueur qui ruisselait sur son front.) Tu n'as aucune influence sur l'avenir, Oba !

— Aurais-tu l'impudence de te croire capable de modifier le cours des choses tel que je l'ai décidé ? Crois-tu pouvoir modeler le futur ?

Oba fut surpris par les mots qui venaient de sortir de sa gorge, car ils semblaient s'être imposés à lui sans qu'il ait eu besoin d'y penser.

— Les femmes comme moi n'ont pas un pouvoir pareil, admit Althea. Au Palais des Prophètes, j'ai appris à ne pas me mêler de ce qui me dépasse. Le grand canevas de la vie et de la mort est le domaine exclusif du Créateur et du Gardien. Mais moi, Oba, je n'ai pas perdu la possibilité d'exercer mon libre arbitre.

Le fils de Darken Rahl décida qu'il en avait assez entendu. Cette femme tentait de lui embrouiller l'esprit, voilà tout. Mais pourquoi son cœur battait-il la chamade ainsi ?

— Que sont les « trous dans le monde », femme ?

— La fin des gens comme moi, répondit Althea. Et de tout ce que je connais dans l'univers.

Répondre par une énigme était bien un truc de magicienne ! Mais Oba était plus malin que ça.

— Qui sont les autres pierres ? demanda-t-il.

Althea tourna la tête pour regarder les cinq autres cailloux noirs. D'une main tremblante, elle en saisit un et le porta à hauteur de ses yeux.

Son autre main se plaqua sur son cœur.

Oba comprit que la vieille femme souffrait. Elle avait fait de son mieux pour le cacher, mais ce n'était plus possible, désormais. Elle transpirait à cause de la douleur.

Un gémissement lui échappa.

Oba la regarda, fasciné, mais elle sembla aller un peu mieux, parvint à se redresser et se concentra de nouveau sur leur conversation.

— La pierre que je tiens me représente, dit-elle.

— Ce caillou, c'est toi ?

Althea hocha la tête et lança la pierre sans même baisser les yeux sur son damier.

Cette pierre-là s'immobilisa sans que retentisse la foudre ni que jaillissent des éclairs. Oba en fut d'abord rassuré, puis il se maudit d'avoir été si impressionnable les fois précédentes.

Quelle idiotie ! Des pierres et un damier, alors qu'il était Oba Rahl l'invincible.

La pierre s'était arrêtée sur l'un des coins du carré.

— Et ça signifie quoi ? lança Oba.

— Que je suis une Protectrice..., souffla Althea d'une voix presque inaudible.

Elle ramassa la pierre, ferma les doigts dessus, leva la main au prix d'un gros effort puis écarta les doigts.

La pierre qui la représentait reposait sur sa paume.

Sous les yeux d'Oba, le caillou tomba en poussière.

— Pourquoi fait-il ça ? demanda le fils de Darken Rahl.

Althea ne répondit pas. Basculant en avant, elle s'affaissa, les bras en croix et les jambes sur le côté.

Les cendres de la pierre s'éparpillèrent sur le sol.

Oba se leva d'un bond. Il avait vu assez de cadavres pour savoir que la magicienne n'était plus de ce monde.

Dehors, l'orage se déchaînait et des éclairs illuminaient sporadiquement la dépouille de la magicienne.

Oba sentit de la sueur dégouliner de son front.

Un long moment, il regarda la morte.

Puis il s'enfuit à toutes jambes.

Chapitre 38

Haletant et presque à bout de forces, Oba émergea du rideau de végétation et déboucha dans la prairie. Ébloui par le soleil, il dut cligner plusieurs fois des yeux. Terrorisé, affamé, assoiffé et furieux, il crevait d'envie d'arracher le cœur du foutu petit voleur ou de l'écorcher vif.

Mais il n'y avait plus personne dans la prairie.

— Clovis ? beugla le fils de Darken Rahl. Clovis ? Où es-tu, mon cher ami ?

Bien entendu, il n'y eut aucune réponse...

Oba se demanda si le colporteur, un peu inquiet, hésitait à sortir de sa cachette. Il devait sûrement redouter que son client ait découvert la disparition de la bourse – et déduit sans peine qui en était responsable.

— Clovis, montre-toi, bon sang ! Nous devons partir ! Il faut que j'aille au palais le plus vite possible. Clovis !

Le souffle court, Oba attendit une réponse qui ne vint jamais. Les poings plaqués sur les hanches, il cria encore plusieurs fois le nom du maudit petit voleur.

Comprenant qu'il n'aurait pas de réponse, Oba s'agenouilla à côté du feu que le colporteur avait allumé le matin et plongea les doigts dans les cendres grises. Il n'avait pas plu dans la prairie, pourtant, elles étaient froides comme la peau d'un mort.

Oba sonda l'étroit défilé par lequel ils étaient passés, le matin même. Alors que le vent frisquet lui ébouriffait les cheveux, le fils de Darken Rahl se plaqua les mains sur la tête comme s'il voulait l'empêcher d'exploser.

Car il venait de comprendre l'atroce vérité !

Ce Clovis de malheur n'avait pas enterré la bourse afin de venir la chercher plus tard. Cette manœuvre n'avait jamais fait partie de son plan. Ce vermisseau avait filé avec l'argent dès qu'Oba s'était un peu enfoncé dans le marécage. Oui, ce misérable avait fichu le camp avec la fortune de son « client ».

L'estomac retourné, Oba comprit enfin ce qui s'était passé – *tout* ce qui s'était passé. Personne n'avait jamais tenté d'entrer dans le marécage par l'arrière. Clovis l'avait encouragé à essayer parce qu'il était persuadé qu'il n'en reviendrait pas vivant. Oui, convaincu que son pigeon se perdrait, Clovis avait pensé qu'il ne le reverrait jamais. En somme, il l'avait joyeusement sacrifié aux monstres censés protéger la demeure d'Althea.

Pourquoi le petit salopard aurait-il enterré l'argent, puisqu'il pensait qu'Oba était mort ? Tout content, il s'en était allé avec la fortune de sa victime.

Mais Oba était invincible, et il avait survécu au marécage. Après sa victoire éclatante contre le serpent, aucun monstre n'avait osé sortir de sa cachette pour l'affronter.

Clovis avait sans doute pensé que le marécage aurait raison de sa victime. Mais même dans le cas contraire, deux autres éléments jouaient en la faveur du colporteur.

Primo, Althea n'avait jamais invité Oba à lui rendre visite, et les magiciennes, c'était bien connu, détestaient qu'on prenne à la légère leurs injonctions. Quand ça arrivait, elles avaient tendance à réduire en bouillie les gens qui leur tapaient sur les nerfs.

Mais Clovis ne pouvait pas savoir qu'Oba était invincible…

Secundo, il y avait les plaines d'Azrith. Présentement, c'était tout ce qui assurait encore la sécurité de Clovis. Et là, Oba avait vraiment un problème. Seul dans un coin perdu, il n'avait pas de nourriture, aucun récipient pour emporter de l'eau et pas de cheval. En outre, il avait laissé à Clovis sa veste de laine, qui lui semblait inutile dans un marécage. S'il quittait la prairie sans vivres ni vêtements chauds, il ne survivrait pas, surtout après les épreuves qu'il avait endurées dans le marécage d'Althea.

Oba était épuisé et il avait du mal à mettre un pied devant l'autre. Les choses étant ce qu'elles étaient, s'il quittait la prairie et s'exposait au froid, il crèverait comme un chien, c'était garanti. Bien qu'il fasse un peu plus frais dans la prairie que dans le marécage, il suait comme un porc et sa tête lui faisait très mal.

Oba se retourna et sonda le marécage. Chez Althea, il trouverait tout ce qu'il lui fallait: des vivres, un manteau et un récipient pour transporter de l'eau. Ayant passé sa vie à se débrouiller, il serait capable de s'improviser un paquetage suffisant pour son voyage jusqu'au palais.

Dans la maison de la magicienne, il trouverait à coup sûr de quoi se nourrir. Son mari ne pouvait pas l'avoir abandonnée sans rien à se mettre sous la dent. En principe, les gens ne traitaient pas les infirmes comme ça...

Quant aux vêtements, Oba n'aurait qu'à puiser dans la garde-robe du mari. Traversant souvent les plaines d'Azrith, ce gaillard devait avoir de quoi se protéger du froid, et il possédait sûrement un manteau de rechange. Sinon, Oba se débrouillerait avec des couvertures et tout ce qui lui tomberait sous la main.

Mais il y avait le risque que le mari d'Althea revienne au mauvais moment. Selon toute vraisemblance, il arriverait par le chemin de devant. En fait, il pouvait être déjà là et avoir découvert le cadavre de sa femme...

Oba ne s'inquiétait pas trop de cette éventualité, car il se sentait de taille à affronter un veuf éploré. De plus, le type lui serait peut-être reconnaissant de l'avoir débarrassé d'une épouse infirme qui exigeait des soins constants. À quoi pouvait servir une femme dans un état pareil? Tout bien pesé, le mari avait toutes les raisons de payer un coup à boire à Oba pour célébrer la fin de son calvaire.

Cela dit, le fils de Darken Rahl n'était pas d'humeur à faire la fête. En crevant toute seule, le Gardien seul savait comment, Althea l'avait privé de la récompense qu'il méritait amplement après avoir fourni tant d'efforts pour dénicher sa proie. Décidément, les magiciennes n'étaient jamais dignes de confiance! Mais au moins, celle-là pourrait lui fournir ce qu'il lui fallait pour retourner au Palais du Peuple – le fief de ses ancêtres.

Certes, mais une fois au palais, il n'aurait plus un sou en poche. Sauf s'il parvenait à trouver Clovis, bien sûr. Hélas, il ne se donnait guère de chances d'y parvenir. Après s'être approprié une telle fortune, le petit voleur pouvait avoir décidé de voyager dans tout le royaume et de dépenser son butin dans les plus belles auberges. S'il n'était pas stupide, le colporteur serait parti depuis longtemps...

Oba était de nouveau fauché comme les blés. Comment allait-il survivre? Il n'était pas question qu'il en revienne à la vie qu'il menait avec sa mère – une existence de minable, véritable cauchemar qui lui donnait à présent la nausée. Maintenant qu'il avait découvert qu'il était un Rahl, soit presque un roi, il ne pouvait plus se résoudre à vivre comme un mendiant.

Non, il ne reviendrait pas à son ancienne vie. Ce n'était pas envisageable.

Bouillant de rage, Oba s'engagea de nouveau sur la corniche rocheuse qui s'enfonçait dans le marécage. Il se faisait tard, et il n'avait pas de temps à perdre.

Oba prit garde à ne pas toucher le cadavre.

En règle générale, il n'était pas effrayé par les morts, bien au contraire, car ils le fascinaient. Mais cette femme lui donnait la chair de poule. Même crevée, elle semblait l'observer tandis qu'il fouillait sa maison et empilait au centre de la pièce les vêtements et les vivres qu'il comptait emporter.

La vieille harpie étendue sur le sol avait quelque chose de maléfique et… d'obscène. Même les mouches qui volaient pourtant un peu partout dans la maison n'osaient pas s'approcher d'elle. Lathea était déjà malsaine, mais sa sœur battait tous les records. Se fichant des obstacles qu'Oba avait surmontés pour arriver jusqu'à elle, cette garce avait utilisé sa magie pour disparaître au plus mauvais moment et le priver des réponses qu'il était en droit d'attendre.

Bien sûr, il savait depuis toujours que les magiciennes étaient une sale engeance. Mais celle-là était sûrement la pire de toutes. Plus que malsaine, elle était impie. Oui, c'était le mot juste : impie. N'avait-elle pas réussi à voir en lui, un exploit qui avait toujours été hors de portée de Lathea ? Dans sa jeunesse, il avait cru qu'elle lisait ses pensées, mais c'était faux. En revanche, Althea était capable de tout.

Elle avait même su qu'il entendait la voix.

Du coup, il ne se sentait pas en sécurité en sa présence, même si elle ne respirait plus. Vu qu'il était invincible, c'était sûrement un effet de son imagination, mais un homme n'était jamais assez prudent.

Dans la chambre, Oba trouva des chemises d'homme en laine. Trop petites pour lui, certes, mais en faisant craquer les coutures aux bons endroits, ça irait pour ce qu'il voulait en faire.

Quand il les eut élargies, il jeta ses trouvailles sur la pile. Désormais, il ne risquerait plus de mourir de froid dans les plaines. Assez satisfait, il regarda un moment son butin et eut un rictus mauvais.

Le mari d'Althea n'était pas revenu, et il le regrettait. Pour ne plus penser à la magicienne morte dont le regard semblait toujours peser sur lui, il fallait qu'il tue quelqu'un. Sinon, il risquait de devenir fou. Une mégère ferait tout à fait l'affaire. Quelqu'un qui aurait l'air méchant, comme sa mère. Méchant et stupide... Dans tous les cas, un être humain devrait payer pour tous les malheurs qui s'étaient abattus sur Oba. Ce n'était pas juste, à la fin ! Pourquoi le destin s'acharnait-il sur lui ?

La nuit étant tombée, il dut allumer une lampe pour continuer sa fouille. Malgré tous ses malheurs, ce devait être son jour de chance, car il trouva une outre à eau au fond d'une armoire. Agenouillé sur le sol, il farfouilla dans un tas de vieux chiffons, de tasses ébréchées, d'ustensiles de cuisine brisés et d'autres objets mis au rebut. Il trouva aussi une réserve de cire et de mèche, et, tout au fond, un petit rouleau de toile. Éprouvant la résistance du matériau, il la trouva satisfaisante. Avec un peu de fil et une aiguille, il pourrait se coudre un sac à dos convenable. Pour les sangles, il utiliserait des vêtements ou des draps. Cerise sur le gâteau, il venait de voir un nécessaire à couture posé sur une étagère basse, dans la chambre...

Toutes les choses vraiment utiles étaient rangées assez près du sol, sans doute pour que la magicienne infirme puisse y avoir accès.

Une magicienne sans pouvoir... Enfin, d'après ce qu'elle disait. Oba n'y croyait pas vraiment. Il pensait surtout qu'elle était jalouse parce que la voix l'avait choisi et pas elle. Elle avait mijoté quelque chose, sûrement, mais raté son coup...

Trouver tout ce qu'il lui fallait puis fabriquer le sac allait lui prendre du temps, il le savait. Du coup, il ne pourrait pas repartir ce soir. Traverser le marécage de nuit serait un suicide. Et Oba était invincible, pas idiot...

Posant la lampe près de lui, il s'assit à l'établi et entreprit de se coudre un sac. Dans la pièce principale, Althea rivait toujours sur lui ses yeux morts. Avec une magicienne, lui jeter une couverture sur la tête aurait été peine perdue. Si elle pouvait l'espionner depuis le royaume des morts, un morceau de tissu ne serait certainement pas capable de l'aveugler. Il devrait se résigner à travailler sous son regard...

Quand le sac fut terminé, Oba le posa sur l'établi et commença à le remplir. En matière de nourriture, il avait trouvé de la viande fumée, des saucisses, du fromage, des fruits secs et des biscuits qui seraient très pratiques à transporter. Il avait laissé de côté les divers bocaux, trop fragiles, et tous les aliments qui exigeaient d'être cuits. Dans les plaines d'Azrith, il ne trouverait pas de quoi faire du feu, et il n'allait certainement pas s'embarrasser d'une réserve de bois mort. En voyageant aussi léger que possible, rejoindre le palais devait lui prendre à peine quelques jours.

Mais que ferait-il une fois qu'il y serait ? Sans argent, il n'irait pas bien loin, c'était certain. Bien sûr, il pouvait devenir voleur, mais ce n'était pas dans sa nature, et un homme de son importance ne devait pas s'abaisser ainsi. Bref, il ignorait comment il s'en sortirait, une fois au Palais du Peuple. Mais il devait y aller, c'était une certitude.

Quand il eut terminé ses « bagages », les yeux d'Oba se fermaient tout seuls et il bâillait à s'en décrocher la mâchoire. Après avoir tant travaillé, il suait comme un porc. Même la nuit, la chaleur était insupportable dans ce foutu marécage. Comment la magicienne, avec tout son pouvoir, avait-elle pu supporter de vivre dans cet enfer ? Il n'était pas étonnant que son mari aille au palais à la première occasion. En ce moment, il devait être en train de vider des chopes de bière en se lamentant devant ses amis parce que le moment de retourner chez lui approchait.

Oba n'aimait pas l'idée de devoir dormir sous le même toit que la magicienne. Mais elle était morte, après tout… Pourtant, il se méfiait toujours, comme si elle lui réservait encore un sale tour…

Il bâilla encore et essuya la sueur qui ruisselait sur son front.

Deux nattes bien rembourrées reposaient sur le sol, dans la chambre. L'une était très proprement faite, et l'autre avait à l'évidence récemment servi. Logiquement, celle qui n'avait pas été utilisée devait appartenir au mari d'Althea. Puisqu'elle gisait morte dans la pièce d'à côté, Oba ne voyait pas pourquoi il se serait privé d'une nuit confortable dans sa chambre.

Le mari ne risquait pas de rentrer en pleine nuit, dans un coin pareil. Du coup, le fils de Darken Rahl n'avait pas à craindre d'être réveillé par un fou furieux résolu à l'étrangler. Malgré tout, il jugea plus prudent, avant de se retirer pour la nuit, de coincer le dossier d'une chaise sous la poignée de la porte d'entrée. Se sentant en sécurité, il s'étira et bâilla. Alors qu'il se dirigeait vers la chambre, passer à côté du cadavre d'Althea lui donna de nouveau la chair de poule.

Il s'endormit comme une masse, mais ne trouva pas vraiment le repos, car des cauchemars le perturbèrent.

Il faisait une chaleur d'enfer dans la maison. L'hiver sévissant partout, sauf dans le marécage, Oba n'était pas habitué à dormir dans une telle fournaise. De plus, les insectes et les prédateurs nocturnes faisaient un tel boucan, dehors, qu'il en était dérangé jusque dans son sommeil.

Le fils de Darken Rahl se tourna et se retourna sur sa natte pour tenter d'échapper au regard accusateur de la magicienne. Mais ses yeux morts le suivaient quoi qu'il fasse, l'empêchant de dormir pour de bon.

Il se réveilla tout à fait aux premières lueurs de l'aube, et constata qu'il avait glissé sur le lit d'Althea.

Il s'assit en sursaut, se débarrassa du drap et de la couverture et roula sur le côté pour fuir ce qui avait été la couche de la magicienne. Alors qu'il s'appuyait de tout son poids sur le rembourrage, une de ses mains le traversa. Affolé, Oba retira la literie et souleva la natte pour voir quel mauvais tour la maudite Althea lui jouait par-delà la mort. Elle savait qu'il viendrait la voir. Donc, elle avait eu tout le temps de mijoter quelque chose…

À l'endroit où avait reposé la natte, Oba vit qu'une latte du plancher était disjointe. C'était pour ça qu'il avait eu l'impression de passer à travers la literie.

Très soupçonneux, Oba étudia la latte et vit qu'elle était traversée par une sorte d'axe afin de pouvoir basculer sur elle-même. Du bout des doigts, il appuya sur une extrémité. L'autre se souleva, révélant un compartiment secret où reposait une boîte en bois.

Oba s'en empara et tenta de l'ouvrir, mais elle était hermétiquement fermée. Il n'y avait pas de trou pour une clé, et on ne distinguait pas la séparation qui aurait dû délimiter le couvercle. Une boîte magique, sans doute, qu'il fallait ouvrir avec un sort.

La boîte était rudement lourde. La secouant, Oba entendit seulement un bruit sourd – pas du tout celui qu'auraient produit des bijoux, par exemple. Il s'agissait peut-être d'une arme que la vieille harpie gardait sous son lit afin de pouvoir écraser un serpent ou une araignée géante, en cas d'attaque surprise…

Hum… une hypothèse qui ne paraissait pas très vraisemblable.

La boîte sous un bras, Oba approcha de l'établi, s'assit sur la chaise et réfléchit à ce qu'il allait faire. Quand il s'empara d'un petit marteau et d'un burin, il remarqua que la magicienne morte continuait de le regarder.

— Qu'y a-t-il dans cette boîte ? lança-t-il à Althea.

Bien entendu, elle ne dit rien, car elle n'avait aucune intention de lui faciliter la vie. Sinon, elle aurait répondu à ses questions avant de mourir. Se souvenir de la façon dont la vieille peau lui avait faussé compagnie, après avoir fait son truc avec la pierre, donnait encore des frissons à Oba. Sa rencontre avec Althea faisait partie des expériences qu'il espérait oublier très vite.

Utilisant le burin pour tenter d'ouvrir la boîte, il n'obtint aucun résultat, même s'il avait fini par repérer des joints. Il tapa avec le marteau, mais le manche lui resta dans la main. Agacé, il songea qu'il perdait son temps. C'était sûrement une arme qu'Althea gardait à portée de la main. Et lui, il devait partir au plus vite.

Il faillit se lever, fatigué de résoudre les énigmes imbéciles de la magicienne, mais une impulsion l'incita à n'en rien faire et à pousser plus loin sa réflexion au sujet de la boîte. Quand on se munissait d'une arme pour dormir, on se débrouillait pour qu'elle soit facile à saisir. Donc, on ne la cachait pas sous une latte du parquet. Cette boîte avait une très grande importance, son intuition le lui soufflait, et il devait s'y fier.

Résolu à trouver une solution au problème, il choisit un burin plus fin et un autre petit marteau. Avec une infinie patience, il introduisit la petite lame dans une jointure, près d'un coin de la boîte. Gêné par la sueur qui dégoulinait de son front, il plissa les yeux pour mieux voir et fit levier avec le burin afin d'entrouvrir ce qu'il pensait être le couvercle.

Il y eut un grincement, quelques échardes de bois volèrent dans l'air, et la boîte explosa plus qu'elle s'ouvrit. Des pièces d'or et d'argent en jaillirent comme les boyaux d'une carpe qu'on est en train de vider. Ébahi, Oba regarda la fortune éparpillée sur l'établi. La boîte n'avait pas fait de bruit parce qu'elle était pleine à craquer. Il y avait là de quoi acheter la moitié de D'Hara.

Eh bien, voilà qui était amusant…

La moitié du royaume valait sans doute plus cher que ça, mais il y avait bien vingt fois la somme dont ce maudit Clovis s'était emparé. Jusque-là, Oba s'était cru condamné à la pauvreté par le petit voleur. Et voilà qu'il se retrouvait plus riche que dans ses rêves les plus fous ! Décidément, il était bel et bien invincible. Depuis sa naissance, il avait survécu à des malheurs qui auraient eu raison de plus d'un homme, et le destin le récompensait enfin de n'avoir jamais baissé les bras. Il y avait dans cette affaire une intervention divine, c'était incontestable.

Oba adressa un sourire méprisant au cadavre de la magicienne.

Fouillant dans les tiroirs de l'établi, il y trouva trois bourses de cuir qui contenaient de minuscules outils de graveur. On les avait sans doute rangés ainsi pour protéger leur pointe d'une incroyable finesse. Dans une quatrième bourse, en tissu, celle-là, le fils de Darken Rahl découvrit un jeu de compas. D'autres petits sacs de cuir ou de tissu contenaient toute une variété d'outils précieux. Le mari d'Althea semblait être un maniaque du rangement. Vivre dans un marécage avec sa magicienne infirme avait dû finir par le rendre un peu cinglé.

Après avoir essuyé la sueur, sur son front, Oba fit plusieurs piles avec les pièces, afin de savoir exactement à combien se montait sa fortune.

Quand ce fut fait, il remplit soigneusement les bourses et les répartit sur toute sa personne. Dans ses poches, bien entendu, mais aussi dans ses bottes et à l'intérieur de son pantalon, à un endroit où nul n'aurait l'audace de fouiller. Cela dit, il devrait se méfier des belles dames aux mains lestes, qui risquaient sinon de repartir avec bien plus d'argent qu'il aurait voulu leur donner…

Oba Rahl avait retenu la leçon. À partir de ce jour, il ne mettrait plus jamais tous ses œufs dans le même panier. Un homme devait veiller sur ses possessions, car le monde grouillait de voleurs.

Chapitre 39

Quand Oba atteignit la lisière du marché en plein air, il fut un instant désorienté par la foule et le bruit. Après avoir traversé les plaines désertes, tant de vie et d'activité saturait ses sens. En temps normal, il se serait intéressé à ce qui se passait autour de lui. Là, ça ne l'intéressait pas le moins du monde.

Lors de son premier passage, il avait appris qu'on pouvait louer des chambres au palais. C'était son seul désir : entrer dans le Palais du Peuple et y obtenir un petit refuge douillet et tranquille. Après avoir bien dormi et s'être rempli le ventre, il irait s'acheter de nouveaux vêtements, puis il ferait en quelque sorte le tour du propriétaire. Mais pour l'instant, il voulait seulement se reposer. Et bizarrement, l'idée même de manger, en ce moment précis, lui fichait la nausée.

En un sens, il lui semblait anormal qu'un Rahl doive s'abaisser à louer une chambre dans la demeure de ses ancêtres, mais il réglerait cette question plus tard. Pour l'instant, il désirait simplement s'allonger dans le noir. Sa tête lui faisait un mal de chien et ses yeux brûlaient chaque fois qu'il tentait de regarder quelque chose. Il marchait donc la tête baissée, en fixant la pointe de ses bottes, car ça l'aidait à avancer droit.

Revenir du marécage jusqu'au palais avait été une épreuve dont il avait triomphé par miracle. En dépit du froid, il avait transpiré tout au long du voyage. Se méfiant du climat qui l'attendait dans les plaines d'Azrith, il avait dû s'habiller trop chaudement. Après tout, on approchait du printemps et il faisait beaucoup moins froid qu'à l'époque où sa folle de mère l'avait contraint à s'attaquer à un tas de fumier gelé.

Oba tira sur un repli de tissu inconfortable, sous son aisselle. Les chemises étant trop petites, il avait dû exploser les coutures à certains endroits. Comme il les portait les unes sur les autres, celles qui avaient fini par se déchirer complètement lui faisaient des bourrelets un peu partout, car le tissu s'était enroulé sur lui-même.

Son sac de voyage improvisé craquait lui aussi et un grand pan de couverture noire en dépassait, faisant comme une traîne au fils de Darken Rahl.

Avec ses chemises déchiquetées et de toutes les couleurs – sans parler des couvertures qui lui tenaient lieu de manteau –, Oba devait avoir l'air d'un mendiant. Pourtant, il était assez riche pour s'acheter tout le marché – et probablement deux fois plutôt qu'une. Mais il verrait plus tard pour les vêtements. L'urgence était de se reposer dans un endroit tranquille.

Pas de nourriture, pour l'instant… Décidément, il ne se sentait pas capable d'avaler quelque chose. Il avait mal partout, pour être franc, mais le plus grave restait ses intestins, qui lui semblaient en feu.

Lors de sa première visite, les bonnes odeurs de nourriture l'avaient fait saliver. Aujourd'hui, il parvenait par miracle à ne pas vomir quand elles venaient lui agresser les narines. Était-ce parce qu'il avait désormais des goûts plus raffinés ? Au palais, il pourrait peut-être s'acheter des mets assez fins pour ne pas le rendre malade.

Cette idée pourtant séduisante ne stimula pas son appétit. Il était épuisé au point de ne plus avoir faim, voilà tout…

Traversant le marché la tête basse, Oba se dirigeait vers l'entrée du complexe souterrain, droit devant lui. Sur son dos, le sac improvisé semblait peser trois tonnes. Sans doute un ultime sort de la maudite magicienne. Sachant qu'il allait venir chez elle, cette chienne avait dû se débrouiller pour que ses saucisses soient aussi lourdes qu'un cheval !

Penser à des saucisses retourna l'estomac du pauvre Oba.

Alors qu'il relevait brièvement les yeux pour contempler le palais qui brillait au soleil, très haut au-dessus de sa tête, le fils de Darken Rahl percuta accidentellement un passant. Agacé, il allait écarter cet enquiquineur de son chemin quand il le reconnut soudain.

C'était Clovis, ce maudit voleur au dos voûté ! Toujours vêtu des mêmes haillons, il puait le bouc, comme le jour de leur rencontre.

Avant qu'Oba ait pu le prendre par le col, Clovis détala à toutes jambes, manquant renverser deux innocents badauds. Lui collant aux basques, le fils de Darken Rahl, plus large d'épaules, fit bel et bien tomber les deux pauvres types.

Il parvint à ne pas trébucher et continua à pister Clovis.

Immobile entre deux étals, le colporteur semblait se demander par où il devait fuir. Sautant sur l'occasion, Oba lui plongea dessus, mais il rata sa cible d'un souffle.

Clovis lui ayant échappé au dernier moment, Oba perdit l'équilibre et s'étala face dans la poussière.

En se relevant, il vit sa proie sauter au-dessus d'un feu où des voyageurs faisaient cuire des brochettes. Pour un individu si rabougri, Clovis était rudement agile et il courait plus vite que le vent !

Mais Oba aussi était rapide. Sautant à son tour au-dessus des flammes, il se lança à la poursuite du colporteur, qui courait désormais entre deux rangées de chevaux attachés à des piquets.

Effrayés par les deux humains qui passaient près d'eux, certains équidés ruèrent en hennissant de fureur. L'homme qui les surveillait insulta les imbéciles qui jouaient à faire peur aux bêtes. Se fichant comme d'une guigne de ce crétin, Oba l'écarta sans douceur quand il eut l'audace de vouloir lui barrer le chemin.

Les chevaux s'agitèrent de plus belle.

Fou de colère, Oba continua à traquer le petit voleur.

Ce n'était plus une question d'argent, car il était vingt fois plus riche qu'avant. Même s'il ne se refusait rien, il aurait probablement du mal à tout dépenser avant de mourir. Mais la question n'était pas là. Il s'agissait d'un crime et d'une trahison. Il avait payé Clovis, qui n'avait pas hésité à abuser de sa confiance.

Ce chien l'avait pris pour un idiot ! Sa mère adorait le traiter de crétin. « Oba le balourd », comme elle disait. Eh bien, il ne se laisserait plus humilier ainsi par personne. Il prouverait à sa folle de mère qu'elle s'était toujours trompée.

Il avait triomphé du marécage et en était sorti plus riche qu'avant. Certes, mais Clovis n'y était pour rien ! Oba avait réussi ça tout seul. Au moment où il se croyait retombé dans la pauvreté, il était parvenu à s'approprier une fortune qui lui revenait en quelque sorte de droit. Ne l'avait-il pas amplement méritée après avoir traversé ce foutu marécage – tout ça pour se faire jouer un tour de cochon par la maudite magicienne ?

Clovis avait tout manigancé avec l'espoir qu'il ne reviendrait pas vivant. Et s'il avait finalement survécu, ce n'était pas grâce au colporteur ! Tout bien pesé, Clovis était un meurtrier. Quand il l'aurait châtié, Oba mériterait la reconnaissance de tous les D'Harans, heureux d'être débarrassés d'une telle vermine.

Clovis venait juste de contourner un étal où étaient exhibées des centaines de petits articles en corne. Plus lourd que sa proie, Oba eut du mal à obliquer aussi vite. De plus, en tentant la manœuvre, il glissa sur du crottin de cheval. À sa place, plus d'un homme se serait ridiculement étalé. Mais des années à porter de lourdes charges dans toutes les conditions climatiques, y compris sur du verglas, lui avaient conféré un sens de l'équilibre hors du commun.

Bref, il chancela mais ne s'écroula pas.

À cet instant, il ne regretta plus ses années de labeur et d'effort, car grâce à elles, il allait sûrement pouvoir mettre la main sur son meurtrier potentiel.

Surpris que son poursuivant soit parvenu à le suivre avec une agilité déconcertante pour un homme de sa taille et de son poids, Clovis manqua s'étaler à son tour. Mais voir le colosse qu'il avait détroussé fondre sur lui le stimula, et il réussit à se rétablir par miracle. Certain qu'il passerait un mauvais quart d'heure s'il tombait entre les mains de sa victime, le petit voleur s'engagea entre deux autres rangées d'étals – une « ruelle » plus étroite et beaucoup moins fréquentée.

Mais Oba l'avait suivi et le serrait de près. Terrifié, Clovis sentit une main se poser sur son épaule, saisir fermement ses haillons et le tirer en arrière.

Le colporteur battit ridiculement des bras comme s'il était un oiseau géant tentant en vain de s'envoler.

Soudain, il écarquilla les yeux. De surprise, pour commencer, puis parce qu'une main puissante venait de se refermer sur sa gorge. Il tenta de crier, mais pas un son ne consentit à jaillir de ses lèvres.

Son épuisement oublié, le fils de Darken Rahl tira le misérable cloporte entre deux chariots rangés si près l'un de l'autre que leurs toiles se rejoignaient, formant comme une frondaison artificielle. Une pile de caisses, au fond de l'espace exigu, interdisait toute fuite à Clovis. Debout devant l'entrée de cette minuscule cellule improvisée, Oba bloquait la vue des éventuels badauds.

Cette vermine de voleur était bel et bien piégée.

Dans son dos, Oba entendait des gens vaquer à leurs occupations en bavardant joyeusement. Plus loin, des clients marchandaient opiniâtrement avec des commerçants résolus à ne pas céder un pouce de terrain.

Partout, les marchands ambulants beuglaient pour attirer la clientèle. À les en croire, bien entendu, tous proposaient les produits les plus merveilleux de l'univers.

Clovis, lui, fermait sa grande gueule, mais ce n'était pas volontaire. Il tentait de dire quelque chose – pour sa défense, sans doute –, mais la main d'Oba lui écrasait la glotte.

Très calme, le fils de Darken Rahl souleva sa victime du sol. Les pieds battant dans le vide, Clovis tenta de desserrer l'étau qui l'empêchait de respirer. Ses ongles crasseux se brisèrent contre le poing d'acier de la justice.

Ses yeux étaient désormais aussi ronds que les pièces d'or qu'il avait volées à Oba.

Tenant sa proie d'une main, le vengeur invincible la plaqua contre la pile de caisses et entreprit de la fouiller.

Il n'y avait rien dans les poches du voleur. Rouge comme une pivoine, Clovis désigna frénétiquement sa poitrine.

Oba sentit une bosse sous les épaisses couches de haillons. Déchirant les « vêtements », il vit que sa bourse pendait à une lanière de cuir passée autour du cou du voleur.

Le fils de Darken Rahl tira. Avant de casser net, la lanière s'enfonça dans la chair de Clovis, l'entaillant profondément.

Oba glissa la bourse dans sa poche, d'où elle n'aurait jamais dû sortir.

Le petit voleur tenta de sourire. Une façon de s'excuser et de dire qu'ils étaient quittes, maintenant…

Mais le fils de Darken Rahl ignorait le pardon.

S'abandonnant à un juste courroux, il frappa Clovis au foie – un formidable coup de poing, assez puissant pour assommer un bœuf. Alors que les joues du vermisseau tournaient à l'écarlate, Oba lui écrasa son poing sur la figure et sentit des os se briser sous l'impact.

D'un coup de coude, l'instrument de la vengeance divine cassa toutes les dents de devant du colporteur. Après cette saine opération, une série de gifles manqua briser le cou de l'abominable vermine.

La tête de Clovis n'était plus qu'un melon qui finirait tôt ou tard par exploser.

Oba était fou furieux !

Ces derniers jours, il avait été trahi par un minable voyou qui s'était enfui avec son argent après l'avoir envoyé dans un piège mortel. Comme si ça ne suffisait pas, il avait dû combattre un serpent géant

– au risque de se noyer dix fois. Puis il avait été roulé dans la farine par Althea, qui avait osé regarder au fond de son âme sans lui demander la permission. Elle l'avait privé des réponses qui lui revenaient de droit, et elle était morte avant qu'il ait le plaisir de la tuer.

Sans compter ses allées et venues dans le marécage, il avait traversé les plaines d'Azrith vêtu de misérables haillons – lui, Oba Rahl, un héritier royal, rien que ça ! Tant d'humiliations devaient être lavées dans le sang.

Il était d'humeur à en verser, du sang, pour sûr que oui ! Par miracle, il tenait entre ses mains l'objet de tout son ressentiment. Eh bien, Clovis n'échapperait pas à un juste châtiment.

Plaquant le vermisseau au sol, un genou pressé sur sa poitrine, Oba laissa libre cours à sa fureur. Frappant à coups redoublés, il accabla le petit colporteur d'insultes bien senties censées lui faire au moins aussi mal que sa punition corporelle.

Oui, il allait réduire ce chien en bouillie et l'humilier comme il le méritait !

En nage, Oba eut soudain du mal à respirer et ses bras lui parurent peser des tonnes. Dans sa poitrine, son cœur s'affolait et il voyait en double, voire en triple, l'objet de son courroux.

Le sol était rouge de sang. Ce qui restait de Clovis n'était plus identifiable, et sa propre mère ne l'aurait pas reconnu. La mâchoire déboîtée, un œil hors de son orbite… De la bouillie, vraiment ! En plus, le genou d'Oba, dans cette furie vengeresse, avait défoncé le sternum du misérable.

Une exécution glorieuse !

Le fils de Darken Rahl sentit des mains se refermer sur ses bras et le tirer en arrière. À bout de forces, il ne songea même pas à résister.

Quand on l'eut traîné loin de sa victime, il vit la foule qui avait formé un demi-cercle devant les deux chariots. Tous les gens semblaient frappés d'horreur.

Oba en fut ravi, car cette réaction prouvait que Clovis avait eu ce qu'il méritait. Pour avoir force d'exemple, les châtiments devaient être horribles et marquer l'imagination du peuple. C'était sûrement ce que son père aurait dit sur la question.

Oba regarda enfin les hommes qui s'étaient emparés de lui. Des soldats en cotte de mailles bardés d'armes qui étincelaient au soleil – et dont une bonne moitié étaient braquées sur lui.

Trop fatigué pour simplement lever une main, Oba cligna des yeux afin de ne pas être ébloui.

Épuisé, haletant et trempé de sueur, il ne parvenait plus à tenir la tête droite.

Alors qu'on l'emmenait sans douceur vers son destin, il perdit connaissance.

Chapitre 40

Accablé, Friedrich se servit de sa pelle comme point d'appui et se laissa tomber à genoux. S'asseyant sur les talons, il laissa tomber l'outil sur le sol froid. Un vent frisquet ébouriffait ses cheveux et faisait onduler les herbes dans la prairie.

L'univers du doreur venait de s'écrouler.

Dans son chagrin, c'était la seule idée rationnelle qui surnageait. Plus rien ne comptait, et le monde extérieur existait à peine.

De toute manière, Friedrich en avait fini avec la réalité, et il ne s'y intéresserait plus jamais.

Après avoir tenté en vain de ravaler un sanglot, il se demanda une fois de plus s'il avait fait ce qu'il fallait. Il faisait quand même assez froid, ici. Il ne fallait surtout pas qu'Althea ait froid. Oui, il refusait qu'elle frissonne alors qu'elle dormirait de son dernier sommeil !

Cela dit, la prairie était ensoleillée, et Althea lui avait toujours dit qu'elle adorait sentir sur sa peau les douces caresses de l'astre du jour. Même s'il faisait une chaleur infernale dans le marécage, la lumière du jour parvenait rarement à percer la frondaison, surtout aux endroits où Althea, prisonnière de la magie de Darken Rahl, avait le droit d'aller.

Mais Friedrich s'en moquait, car pour lui, les cheveux blonds de sa femme remplaçaient avantageusement les rayons de soleil. Quand il le disait à Althea, elle se moquait de lui. Mais de temps en temps, lorsqu'il ne lui avait pas fait ce compliment depuis un moment, elle lui demandait innocemment si ses cheveux étaient assez bien coiffés pour qu'elle puisse accueillir sans rougir un de ses clients. Quand elle voulait très fort quelque chose, Althea ne reculait devant aucune « ruse ». Ravi de tomber dans le panneau, son mari lui assurait que sa chevelure était un véritable soleil miniature.

Rougissant comme une adolescente, Althea lui minaudait un « Oh ! Friedrich ! » qui le faisait défaillir de bonheur.

Désormais, le soleil ne brillerait plus jamais pour lui.

Après une longue réflexion, il avait décidé que sa femme reposerait hors du marécage, dans la prairie. Vivante, il n'avait pas réussi à l'arracher à sa prison. À présent, il était en mesure de le faire. Dormir à un endroit que le soleil pouvait atteindre plairait à Althea.

Friedrich aurait donné n'importe quoi pour libérer sa femme du marécage et la voir de nouveau sourire dans des endroits merveilleux inondés de lumière. Mais elle était prisonnière, et personne n'y pouvait rien changer.

Pour accéder à la maison, tout le monde, y compris lui, devait emprunter le chemin de devant. C'était le seul moyen d'échapper aux monstres générés par le pouvoir perverti d'Althea.

Pour elle, même ce chemin-là était impraticable.

Friedrich savait très bien que s'aventurer hors de cette voie balisée était mortellement dangereux. Les risques n'avaient rien d'imaginaire, et au fil des ans, tous les visiteurs qui s'étaient éloignés de la route l'avaient payé de leur vie. Les fous qui avaient tenté de passer par-derrière avaient bien entendu connu le même sort. Consciente que son pouvoir provoquait la mort d'innocents, Althea s'était sentie terriblement coupable, alors qu'elle n'y était pour rien.

Comment Jennsen avait-elle pu passer par l'arrière du marécage ? Althea elle-même l'ignorait.

Pour le dernier voyage de sa femme, Friedrich avait emprunté le chemin interdit – la première fois qu'il s'y aventurait. Une façon de célébrer la liberté recouvrée d'Althea. Car maintenant qu'elle était auprès des esprits du bien, les monstres issus de sa magie n'existaient plus.

Et Friedrich le doreur était condamné à une atroce solitude.

Plié en deux, il pleura comme un enfant sur la tombe fraîchement recouverte. Pour lui, l'univers n'était plus qu'un lieu vide, glacial et hostile. Les doigts enfoncés dans la terre qui le séparait de sa bien-aimée, il crut une nouvelle fois que son cœur allait exploser sous la pression de la culpabilité. S'il avait été là, sa femme ne serait pas morte, il en avait la certitude. Et qu'elle soit en vie était son seul désir.

Althea près de lui.

Althea de retour dans ses bras.

Althea à ses côtés.

Chaque fois qu'il revenait à la maison, Friedrich se régalait de décrire à sa femme tout ce qu'il avait vu. Un oiseau qui survolait un champ, un arbre dont le feuillage brillait au soleil, une route qui se déroulait comme un ruban à travers des collines... Bref, tout ce qui permettait à Althea de rester en contact avec le monde réel, bien qu'elle fût en prison.

Au début, Friedrich avait cru préférable de ne pas mentionner ce qui existait hors des limites du marécage. Selon lui, en lui racontant ce qu'il voyait lors de ses déplacements, il risquait d'aggraver sa frustration et de la rendre plus malheureuse encore.

Un jour, avec son sourire de petite fille, Althea lui avait dit qu'elle voulait avoir un rapport détaillé sur tout ce qu'il faisait et voyait. Ainsi, par un moyen détourné, elle parviendrait à échapper au châtiment que lui avait infligé Darken Rahl. Si Friedrich devenait ses yeux et ses oreilles, elle s'évaderait de sa prison au nez et à la barbe du tyran.

L'esprit d'Althea n'avait jamais été atteint par la volonté de nuire du maître de D'Hara. En décrivant à sa femme le monde extérieur, Friedrich lui permettait d'être libre. Par procuration, peut-être, mais c'était mieux que rien.

Dans ce contexte, Friedrich pouvait s'absenter du marécage sans se sentir coupable d'y abandonner son épouse. Du coup, il ne savait plus trop qui faisait du bien à qui. Althea était ainsi, s'arrangeant pour qu'il ait l'impression de la dorloter alors que c'était elle, en réalité, qui prenait soin de lui.

À présent, le doreur n'avait plus aucun projet d'avenir. Sa vie lui semblait comme suspendue, car il n'imaginait pas l'existence sans Althea. C'était elle qui lui avait donné de l'énergie et de l'enthousiasme, l'aidant à se sentir un être humain à part entière. Sans elle, il ne voyait plus aucune raison de continuer son chemin dans un monde qui l'indifférait.

Comble de douleur, il ne savait même pas exactement comment elle était morte. Ce qu'il avait vu en revenant chez lui était incompréhensible. Althea n'avait pas été blessée, mais la maison était sens dessus dessous. Et ce que le voleur avait emporté paraissait délirant : leurs économies, bien sûr, mais aussi de la nourriture, des objets bizarres et de vieilles frusques. En revanche, il n'avait pas daigné prendre les sculptures dorées, les feuilles d'or et des outils d'une valeur inestimable. Même en se creusant la cervelle, Friedrich n'était pas parvenu à trouver une logique à ce comportement.

Il n'y avait qu'une certitude : Althea s'était empoisonnée. La présence d'une seconde tasse laissait penser qu'elle avait tenté de supprimer quelqu'un d'autre. Peut-être un client venu lui demander une divination alors qu'elle ne l'y avait pas invité.

Quoi qu'il en soit, elle devait avoir su que ce visiteur viendrait, et elle s'était bien gardée de le dire à son mari, l'encourageant même à aller au palais vendre sa production récente. Face à l'insistance inhabituelle de sa femme, et sachant qu'elle n'attendait pas de client, Friedrich s'était dit qu'elle avait besoin d'un peu de solitude. Cela arrivait parfois, et c'était parfaitement compréhensible. À moins qu'elle ait eu envie qu'il aille faire pour elle une moisson d'images, de sons et d'odeurs du monde extérieur.

Au moment de la séparation, Althea avait longuement tenu entre ses mains le visage de Friedrich.

Maintenant, il connaissait la vérité. Ce dernier baiser était un adieu. Elle avait voulu qu'il parte afin de le mettre en sécurité.

Friedrich sortit de sa poche le mot qu'elle lui avait laissé. Elle rédigeait souvent de petits textes pendant qu'il était absent – ses pensées, les choses qu'elle voulait se souvenir de lui dire, ce qu'elle avait fait pendant qu'il n'était pas là.

Friedrich avait trouvé cette lettre sous le coussin rouge et jaune.

Plissant les yeux, il la relut pour la centième fois, et tant pis s'il connaissait par cœur chaque mot…

« Mon Friedrich adoré,

Je devine que tu auras du mal à le comprendre en ces instants, mais en agissant comme je l'ai fait, sache que je ne me suis pas dérobée à mon devoir sacré envers la vie. Bien au contraire, je l'ai loyalement accompli. Je sais que tu souffriras, mais tu dois me croire : il fallait absolument que je le fasse.

Je suis en paix, Friedrich… J'ai eu une très longue existence – bien plus longue, en fait, que la majorité des êtres humains. Mais sa meilleure part, je tiens à le dire, fut celle que j'ai vécue avec toi. Je t'aime depuis le jour où tu es entré dans ma vie, éveillant ainsi mon corps et mon cœur. Ne te laisse pas détruire par le chagrin : dans l'autre monde, nous serons ensemble pour l'éternité.

Dans celui-ci, tu es comme moi un des quatre Protecteurs. Tu te souviens des pierres, aux coins de ma Grâce ? Tu as voulu savoir ce qu'elles représentaient, et je t'ai dit que Lathea et moi étions deux Protectrices. Je regrette de n'avoir pas ajouté que tu étais le troisième, mais à ce moment-là, je n'en ai pas eu le courage. Mon don de voyance ne me permet pas de prédire tout ce qui va arriver, mais le peu que je sais me confère une certitude : je dois aller jusqu'au bout de mon chemin, sinon, l'humanité entière n'aura plus aucune chance de continuer à vivre et à aimer.

N'oublie jamais que tu es toujours dans mon cœur et que tu y resteras même lorsque j'aurai franchi le voile pour rejoindre les esprits du bien.

Les vivants ont besoin de toi, Friedrich. Ton rôle dans tout cela commence à peine, et je t'implore, quand le devoir t'appellera, de ne pas faire la sourde oreille.

À toi pour l'éternité,

Althea. »

Friedrich essuya les larmes qui roulaient sur ses joues et relut une fois encore la lettre de sa femme. Quand il le faisait, il entendait sa voix, dans sa tête, et il aurait juré qu'elle était à côté de lui, comme avant. Il aurait voulu ne jamais rompre ce charme, mais il dut quand même se résoudre à replier la feuille de parchemin et à la remettre dans sa poche.

Quand il releva les yeux, il s'aperçut qu'un grand type se tenait devant lui.

— J'ai connu Althea, dit l'homme d'une voix puissante, et je partage votre chagrin. Je suis venu vous présenter mes condoléances et vous assurer de ma sympathie.

Friedrich se redressa et soutint le regard bleu sombre de son interlocuteur.

— Comment savez-vous qu'elle est morte ? Qui vous l'a appris ? Quel rôle avez-vous joué dans sa mort ?

— Celui d'un témoin attristé qui ne peut rien changer aux événements…, répondit l'homme. (Il posa une main sur l'épaule de Friedrich.) J'ai rencontré Althea il y a très longtemps, lors de son séjour au Palais des Prophètes.

— Vous n'avez toujours pas répondu à ma question. Comment savez-vous qu'elle est morte ?

— Je suis le prophète Nathan…

— Nathan… Nathan Rahl ? Le sorcier Rahl ?

L'homme hocha sobrement la tête. Lâchant l'épaule de Friedrich, il laissa glisser son bras le long de son flanc.

Le doreur inclina la tête en signe de respect, mais il ne put se résoudre à en faire plus. Il n'était plus d'humeur à s'incliner, même devant un sorcier de la lignée Rahl.

L'homme portait des bottes montantes, un pantalon marron et une chemise de la même couleur – bref, il n'était pas vêtu de la tunique classique des sorciers. Pour être franc, il ne ressemblait pas du tout à un membre de sa profession, du moins selon la façon dont Friedrich voyait les choses. Et même s'il avait l'air très vieux – bien que remarquablement vigoureux –, on ne lui aurait certainement pas donné quelque neuf cents ans.

Rasé de près, Nathan Rahl arborait une longue chevelure blanche qui cascadait jusqu'à ses épaules. Droit comme un « i », il avait l'allure d'un fier escrimeur plutôt que d'un vieux sorcier – même s'il ne portait pas d'arme – et son aura d'autorité avait de quoi glacer les sangs.

Ses yeux, en revanche, correspondaient à ce que Friedrich attendait d'un tel homme. C'étaient bien ceux d'un Rahl, avec tout ce que cela impliquait de terrifiant.

Friedrich eut une bouffée de jalousie. Cet homme avait connu Althea longtemps avant lui, quand elle était dans sa prime jeunesse, avec tout l'éclat de sa beauté. Une magicienne au sommet de son pouvoir, et une femme épanouie courtisée par les hommes les plus puissants de son entourage.

Althea avait toujours su ce qu'elle voulait, et elle ne s'était jamais laissé arrêter par rien. Friedrich, lui, n'était pas assez naïf pour croire qu'il avait été le seul homme de sa vie.

—Je lui ai parlé une ou deux fois, dit Nathan, comme pour répondre à la question muette de son interlocuteur. (Friedrich se demanda si ce diable d'homme avait le pouvoir de lire les pensées d'autrui.) Elle avait un don impressionnant pour les prophéties. Enfin, pour une magicienne, bien entendu. Comparée à un vrai prophète, c'était une enfant qui tentait de jouer à un jeu réservé aux adultes. (Nathan sourit afin de modérer ses propos.) Je ne dis pas ça pour diminuer ses mérites, mais afin de mettre les choses en perspective, tout simplement…

Friedrich baissa les yeux sur la tombe.

—Savez-vous ce qui est arrivé ? demanda-t-il. (N'obtenant aucune réponse, il regarda de nouveau le prophète.) Et si vous l'aviez su, auriez-vous pu empêcher que ça se produise ?

Nathan réfléchit quelques secondes.

—Avez-vous souvenir d'un cas où Althea aurait pu modifier un événement qu'elle avait prédit en lançant ses pierres ?

—Non, dut admettre Friedrich.

En quelques occasions, il avait serré Althea dans ses bras tandis qu'elle pleurait justement parce qu'elle était incapable de modifier l'avenir. Quand il l'interrogeait, elle lui répondait que ces choses-là n'étaient pas aussi simples que semblaient le croire les gens dépourvus du don. Même s'il ne comprenait pas toutes les subtilités de son pouvoir – loin de là –, Friedrich savait que le fardeau des prédictions pesait souvent très lourd sur les épaules de sa femme.

— Savez-vous pourquoi elle a fait ça ? demanda-t-il, en quête d'une explication qui rendrait son chagrin plus supportable. Ou pouvez-vous me dire qui l'a contrainte à agir ainsi ?

— Elle a choisi sa façon de mourir, répondit Nathan. Vous devez croire qu'elle a fait ce qu'elle jugeait nécessaire et qu'elle avait d'excellentes raisons. Dites-vous bien une chose, mon ami : elle n'avait pas seulement son intérêt ou le vôtre à l'esprit. Elle s'est aussi sacrifiée pour les autres.

— Les autres ? Que voulez-vous dire ?

— Vous saviez tous les deux ce que l'amour ajoute à la vie... En se suicidant, elle a fait son possible pour que d'autres personnes aient une chance de connaître la vie et l'amour.

— Je ne comprends toujours pas...

Le regard dans le vague, Nathan secoua lentement la tête.

— Friedrich, je n'ai que des bribes d'informations au sujet de tout ça... Dans cette affaire, je suis aveugle d'une façon que je n'ai jamais expérimentée.

— Vous voulez dire que c'est lié à Jennsen ?

Le front soudain plissé, le prophète dévisagea son interlocuteur.

— Jennsen ? répéta-t-il, méfiant.

— Un des trous dans le monde... Selon Althea, c'est une fille de Darken Rahl...

— C'est donc ainsi qu'elle s'appelle ? (Le prophète eut un petit sourire.) Un « trou dans le monde »... Je n'avais jamais entendu ce nom, mais il est très expressif, aux yeux d'une magicienne au pouvoir limité. Malgré toutes ses qualités, Althea ne pouvait pas appréhender ce que représentent les personnes comme Jennsen. Le fait qu'elles ne soient pas visibles par les sorciers et les magiciennes est la partie visible de l'iceberg. Celle qui importe le moins. Le mot « trou » n'est d'ailleurs pas très précis. « Vide » serait plus approprié.

— Désolé de vous contredire, mais je crois qu'elle comprenait bien mieux que vous le pensez. Althea s'occupait depuis très longtemps de gens comme Jennsen. Elle en savait peut-être plus long que vous le supposez. Devant Jennsen et moi, elle a admis que ce problème la dépassait, pour l'essentiel, mais que l'« invisibilité » des trous dans le monde était un élément capital.

Nathan baissa les yeux sur la tombe toute fraîche. Dans son regard, Friedrich vit un respect parfaitement sincère.

— Votre femme savait énormément de choses, mon ami. Cette histoire de trous dans le monde invisibles est l'arbre qui cache la forêt, quand on s'intéresse à ses connaissances sur le sujet...

Friedrich ne songea pas à contredire le sorcier, car il savait que les magiciennes aimaient à garder des secrets. Elles ne révélaient jamais *tout* ce qu'elles connaissaient, et Althea ne faisait pas exception à la règle.

Même avec lui... Et il avait conscience que ce n'était pas à cause d'un manque d'amour ou de respect, mais seulement parce que les magiciennes étaient ainsi. Il aurait eu tort de s'en offusquer, car personne ne pouvait aller contre sa nature.

— Donc, il y a bien plus à savoir sur les gens comme Jennsen, si je comprends bien ?

— Et comment ! Cet iceberg est énorme, mon ami ! Hélas, même si mon pouvoir est immensément moins limité que celui d'Althea, je suis incapable de voir, d'analyser et d'interpréter tout ce qui est en jeu dans les événements qui ont commencé à se produire. Sur ce point précis, les prophéties restent obscures, même pour moi. Mais j'en sais assez pour affirmer que la nature même de la vie est en jeu.

— Vous êtes un Rahl... Normalement, vous devriez tout savoir sur ces choses-là.

— J'étais très jeune quand les Sœurs de la Lumière m'ont capturé, conduit dans l'Ancien Monde et incarcéré au Palais des Prophètes. C'est vrai, je suis un Rahl, mais je ne sais pas grand-chose sur D'Hara, qui est pourtant le royaume de mes ancêtres. Et l'essentiel de mes connaissances me vient des prophéties.

» Il n'y a aucune prédiction au sujet des gens comme Jennsen. Récemment, j'ai commencé à comprendre pourquoi, et à mesurer les conséquences de cette lacune... (Nathan croisa les mains dans son dos.) Jennsen est venue voir Althea ? Comment connaissait-elle son existence ?

— Eh bien, elle était la cause de...

Friedrich détourna le regard du prophète et se demanda comment celui-ci allait réagir à ce qu'il allait dire. Devait-il s'en abstenir ? Non, il fallait qu'il parle, quitte à éveiller la colère du sorcier Rahl.

— Quand Jennsen était petite, Althea a tenté de la protéger. Pour la punir, Darken Rahl a rendu ma femme infirme et il l'a enfermée dans ce marécage. Il l'a privée de son pouvoir, à part le don de voyance.

— Je sais, souffla Nathan, très triste. J'ai vu ça dans les prophéties, mais je n'ai jamais compris pourquoi Darken Rahl a agi ainsi.

— Si vous saviez, pourquoi n'avez-vous pas aidé Althea ? demanda Friedrich en faisant un pas en avant.

Cette fois, ce fut Nathan qui détourna le regard.

— Mais je l'ai fait ! Quand elle est venue me voir, j'étais emprisonné au Palais des Prophètes, et…

— Emprisonné pour quelle raison ?

— À cause des angoisses imbéciles des autres ! Je suis un prophète, c'est-à-dire un être très rare… On me redoute à cause de ma spécificité. Les gens pensent que je suis un fou furieux et un destructeur. Tout ça parce que je vois des choses qu'ils ne voient pas. À certains moments, je suis bien obligé d'essayer de modifier le cours des choses.

— Les prophéties ne peuvent pas être modifiées. Si elles ne se réalisent pas, c'est qu'elles sont fausses. Bref, qu'il ne s'agit pas de prophéties.

Nathan leva les yeux au ciel et le vent fit voleter sa longue chevelure blanche.

— Pour comprendre, il faut avoir le don… Vous fournir des explications détaillées serait une perte de temps, mais vous devriez pouvoir saisir les grandes lignes. Certains recueils de prophéties sont vieux de plusieurs millénaires, et ils évoquent des événements qui ne se sont pas encore produits. Pour que le libre arbitre existe, il faut que certaines options restent ouvertes. C'est rendu possible par ce que nous appelons les « prophéties à fourche ».

— Vous voulez dire que les événements peuvent suivre deux cours différents ?

— Au minimum, car dans cette arborescence, chaque branche peut de nouveau se dédoubler. En ce qui concerne les événements essentiels, en tout cas. Un recueil peut contenir une série de prophéties qui visent les différents résultats de l'application du libre arbitre. Quand une fourche devient la bonne – à savoir, la réalité –, certaines prédictions sont « vraies » et les autres, à partir de ce moment-là, perdent toute leur validité. Mais jusqu'à cet instant, toutes étaient potentiellement fiables. À chaque bifurcation, une « branche » se ratatine et meurt. Mais bien entendu, les prophéties la concernant ne disparaissent pas. Quand on connaît le cours de l'histoire, on peut les qualifier de « fausses », mais ça ne veut rien dire, parce qu'on ne les considère plus à partir du bon point de vue. Le mot « virtualité » est encore ce qui décrit le mieux ce phénomène.

— Vous saviez ce qui attendait Althea, lâcha Friedrich, furieux, et vous auriez pu la prévenir ?

— Lors de notre conversation, je lui ai parlé d'une fourche capitale. J'ignorais quand elle se produirait, mais je savais que la mort serait au bout des deux chemins. Avec les informations que je lui ai données, elle était en mesure de savoir quand le moment crucial se présenterait. À l'époque, j'espérais qu'elle trouverait un moyen d'échapper à son destin. Parfois, il existe des fourches voilées qu'aucun prophète ne peut voir. Je souhaitais que ce soit le cas, et qu'elle s'en sorte...

Friedrich n'en crut pas ses oreilles.

— Vous auriez pu l'aider ! Oui, vous auriez pu la sauver, si vous l'aviez voulu !

Nathan tendit une main vers la tombe.

— Voilà ce qui arrive quand on tente de modifier ce qui doit se produire. Ça ne marche pas, mon ami...

— Oui, mais si...

— Il n'y a pas de « mais » ! Pour la paix de votre âme, je vais vous révéler une seule chose, et ne vous avisez surtout pas de m'en demander plus. Si Althea avait choisi l'autre chemin, elle aurait été tuée d'une façon si affreuse que vous vous seriez suicidé en découvrant ses... restes. Félicitez-vous que ce ne soit pas arrivé. Votre femme n'a pas choisi une mort plus douce parce qu'elle avait peur, mais en partie parce qu'elle vous aimait et ne voulait pas vous infliger ces horreurs. (Nathan désigna de nouveau la tombe.) Voilà le chemin qu'elle a choisi...

— C'était ça, la fourche dont vous lui aviez parlé ?

— Pas exactement... Celle-ci est la fourche secondaire. La principale consistait à choisir entre la mort... et la survie. Althea a opté pour la mort, puis elle a décidé comment elle quitterait ce monde.

— Elle aurait pu suivre une autre voie et être encore vivante en ce moment ?

— Oui... Enfin, pour quelque temps... Mais dans ce cas, nous aurions tous fini entre les griffes du Gardien. Connaissant les acteurs de ce drame, je sais que la fin de tout nous attendait au bout de cette fourche. Le choix d'Althea nous laisse une chance.

— Une chance ? Bon sang ! une chance de quoi ?

Nathan soupira et Friedrich eut le sentiment que son accablement avait pour source une connaissance de l'avenir mille fois supérieure à celle qu'avait jamais eue Althea.

— Votre femme a gagné du temps afin que d'autres qu'elle puissent prendre les bonnes décisions quand le moment sera venu. Tout cela est une affaire de libre arbitre, mon ami. Dans le cas qui nous occupe, les fourches sont multiples et presque impossibles à distinguer les unes des autres, mais de toute façon, la plupart ne mènent à rien.

— Comment ça, à rien ? Je ne comprends pas... Que voulez-vous dire ?

— La vie même est en jeu... J'aurais dû dire « mènent au néant », en fait... Toutes ces prophéties finissent dans le vide – enfin, dans le royaume des morts – et personne n'échappera à ce destin.

— Mais vous voyez quand même un chemin qui conduit au salut ?

— Non. Le carrefour qui est devant nous reste un mystère pour moi. Dans ce cas précis, je suis impuissant. Oui, je me sens aveugle, comme les gens qui n'ont pas le don. Réduit à ne rien voir ni rien comprendre, je ne parviens même pas à identifier tous ceux qui feront les choix décisifs.

— Tout tourne autour de Jennsen, j'en suis sûr... Si vous lui mettiez la main dessus, tout changerait... Mais selon Althea, les gens comme elle et vous ne voient pas les rejetons de Darken Rahl privés du don.

— De Darken Rahl ou de n'importe quel seigneur de la lignée... Le pouvoir ne sert à rien quand il s'agit de localiser ces bâtards. Impossible de dire où ils sont ! Et pour les reconnaître, il faudrait faire défiler l'humanité tout entière devant les sorciers et les magiciennes. C'est la seule façon d'y arriver, puisque le don et la vue se contredisent. Quand j'ai aperçu Jennsen par hasard, mon pouvoir aurait pu contempler le vide alors que mes yeux distinguaient clairement une très jolie femme.

— Vous pensez également qu'elle est impliquée dans cette histoire ?

— Pour les prophéties, les êtres comme elle n'existent pas. J'ignore si elle a des frères et sœurs, et combien ils sont, si la réponse est positive. De plus, je n'ai aucune idée du rôle qu'ils jouent dans tout cela. Tout ce que je sais, c'est qu'il est capital.

» Je connais l'enjeu de cette histoire – au moins en partie – et je peux dire que certains individus auront une influence déterminante sur le cours que prendra l'histoire. Mais les fourches elles-mêmes sont invisibles, comme si un rideau me les dissimulait.

— Vous êtes un prophète, et même un grand prophète, selon ce que disait Althea. Comment pouvez-vous ne pas déchiffrer des prédictions, à partir du moment où elles existent ?

— Écoutez bien ce que je vais dire, car c'est un concept que très peu de personnes peuvent comprendre. Mais cette révélation soulagera votre chagrin, parce que c'est cela, justement, qui a influencé la décision d'Althea.

— Je vous écoute…

— Les prophéties et le libre arbitre sont des forces antagonistes. L'opposition est permanente et irréductible. Pourtant, il existe une interaction – voire une coopération. Les prédictions sont une forme de magie, et toute magie a besoin d'équilibre. La contrepartie des prophéties – l'antithèse qui leur permet d'exister, si vous préférez –, c'est le libre arbitre.

— Vous êtes un prophète et vous me dites que le libre arbitre est la négation des prédictions ?

— Ai-je parlé de « négation » ? La mort nie-t-elle la vie ? Empêche-t-elle qu'elle existe ? Au contraire, elle contribue à la définir et à lui conférer de la valeur.

Devant la tombe d'Althea, tous ces beaux discours n'avaient aucun sens pour Friedrich, et il n'était pas prêt à faire un effort pour qu'il en aille autrement. De toute façon, que changeaient-ils pour lui ? La mort avait nié la seule vie qui comptait à ses yeux, celle d'Althea. Cette femme était tout ce qui avait compté, comptait et compterait pour lui. Le chagrin de l'avoir perdue balayait tous ses autres sentiments. L'univers était condamné, selon Nathan ? Et alors ? Pour le doreur, la fin du monde s'était déjà produite.

— Je ne suis pas seulement venu pour vous faire mes condoléances, dit le sorcier Rahl. Je dois vous demander de participer au combat, Friedrich.

Épuisé et se fichant de ce que son interlocuteur penserait de lui, Friedrich se laissa tomber sur le sol, près de la tombe d'Althea.

— Vous vous êtes trompé de sauveur, sorcier Rahl…

— Savez-vous où est le *seigneur* Rahl ?

Friedrich releva les yeux.

— Le seigneur Rahl ?

— Oui, lui-même… Vous êtes un D'Haran, non ? Donc, vous devriez sentir où il est…

— Le lien se manifeste, mais très faiblement… (Friedrich désigna le sud.) Le seigneur Rahl est par là, mais très loin d'ici. Plus loin qu'il l'a jamais été depuis le jour de ma naissance...

— C'est exact, dit Nathan. Il est dans l'Ancien Monde, et vous devez l'y rejoindre.

— Je n'ai plus assez d'argent pour voyager, marmonna Friedrich.

Une excellente raison de refuser, et la première qui lui soit passée par la tête.

Nathan détacha de sa ceinture une bourse de cuir et la laissa tomber à côté du doreur.

— Je savais que vous diriez ça... Je suis un prophète, ne l'oubliez jamais. Cet argent vous remboursera très largement ce qu'on vous a volé.

Friedrich soupesa la bourse, qui était vraiment très lourde.

— Où avez-vous eu cette petite fortune ?

— Au palais... C'est une mission officielle, donc l'empire d'haran vous financera.

Friedrich secoua la tête.

— Merci d'être venu me faire vos condoléances... Désolé, mais je ne suis pas l'homme qu'il vous faut. Envoyez quelqu'un d'autre.

— Vous êtes l'homme de la situation ! Althea le savait, et elle a dû vous laisser une lettre pour vous dire de ne pas vous dérober face à votre devoir. Le seigneur Rahl a besoin de vous, et je vous demande d'agir.

— Vous savez, pour la lettre ? demanda Friedrich en se relevant.

— C'est une des rares et précieuses choses que je connais depuis le début. Les prophéties m'ont appris que vous partiriez rejoindre le seigneur Rahl. Mais vous devez agir librement. Je vous implore de le faire, Friedrich !

— Navré, mais je ne suis pas fait pour cette mission... Vous ne comprenez pas, j'en ai peur. Je me fiche de tout, désormais...

Nathan sortit de sous son manteau un petit livre et le tendit à Friedrich.

— Prenez-le ! ordonna-t-il.

Le mari d'Althea obéit et passa machinalement les doigts sur le titre en relief doré à l'or fin. Du très bon travail... Il y avait quatre mots sur la couverture, dans une langue que Friedrich ne comprenait pas.

— Ce livre remonte à l'époque des Grandes Guerres, il y a des milliers d'années. Je viens de le découvrir au Palais du Peuple après une recherche frénétique parmi des tonnes d'ouvrages. Dès que je l'ai déniché, je suis venu ici. N'ayant pas eu le temps de le lire, j'ignore ce qu'il raconte...

— Il est rédigé dans une langue étrangère…

— Non, c'est du haut d'haran, tout simplement… J'ai aidé Richard à apprendre cette langue, et il faut qu'il lise ce livre.

— Richard ?

— Le nouveau seigneur Rahl.

Le ton du prophète fit frissonner Friedrich.

— Si vous ne l'avez pas lu, comment savez-vous que c'est un livre important ?

— Le titre suffit…

— Puis-je en connaître la traduction ?

— *Les Piliers de la Création…*

Chapitre 41

Oba ouvrit les yeux. Pour une raison qui le dépassait, cela ne fut pas efficace, car il n'y voyait toujours rien.

Il était allongé sur le dos, à même le sol de pierre – très froid, pour ne rien arranger. Il n'aurait su dire où il était, et encore moins comment il y avait atterri, mais son premier souci, de loin, restait de savoir pourquoi il était aveugle. Tremblant de la tête aux pieds, il battit des paupières pour éclaircir sa vision – et n'obtint aucun résultat.

Une idée terrible fit flamber sa panique naissante : il se demanda s'il n'était pas de retour dans l'enclos spécial.

Il hésita à bouger, craignant de découvrir qu'il avait raison. Utilisant il ne savait quel sortilège, les trois femmes qui le harcelaient – sa folle de mère et les deux foutues magiciennes – avaient trouvé un moyen de l'enfermer de nouveau dans l'ignoble prison de son enfance. Complotant ensemble dans le royaume des morts, elles avaient profité de son sommeil pour le coincer.

Tétanisé de terreur, Oba ne parvenait plus à réfléchir logiquement.

Soudain, il entendit un bruit. Tournant la tête, il entrevit un mouvement et comprit qu'il n'était pas dans son enclos, mais dans une pièce très sombre, tout simplement. D'abord soulagé, il eut très vite honte d'avoir perdu le contrôle de ses nerfs. Quelle mouche l'avait piqué ? Il était Oba Rahl, un prince invincible. Comment avait-il pu être assez idiot pour l'oublier ?

Bien qu'il fût ravi de ne pas être dans la prison de son enfance, il resta très prudent. Cet endroit semblait étrange et dangereux. Se concentrant, il tenta de se rappeler comment il y était arrivé, mais rien ne lui vint. Sa mémoire était embrumée – un fouillis de sensations bizarres : la tête qui tourne, une atroce migraine, des nausées, une incroyable impression de faiblesse… Des gens l'avaient traîné sur le sol, ses yeux avaient été blessés par une vive lumière, puis l'obscurité l'avait enveloppé…

Oba se sentait courbatu comme si on l'avait frappé pendant des heures.

Sur sa gauche, quelqu'un toussa, et une autre personne, sur sa droite, lui cria d'arrêter. Tous les muscles tendus, Oba se mit à l'arrêt comme un félin des montagnes. Il s'efforça de recouvrer tous ses sens, puis sonda du regard la pièce obscure.

Il y avait un peu de lumière, contrairement à ce qu'il avait cru. Dans le mur qui lui faisait face, une petite ouverture carrée laissait filtrer la faible lueur d'une bougie.

Cette ouverture était munie de deux barres verticales qui devaient être… des barreaux.

Oba avait toujours mal à la tête, mais ça allait de mieux en mieux à chaque minute. Soudain, il se rappela à quel point il avait été malade. Avec du recul, il lui apparut qu'il n'avait pas mesuré la gravité de son état. Enfant, il avait eu une très forte fièvre, et ça ressemblait beaucoup à ce qu'il venait de subir. Sans doute une maladie contractée lors de sa visite à Althea, la magicienne du marécage.

Le fils de Darken Rahl voulut se lever, mais la tête lui tourna, et il jugea plus sûr de s'asseoir contre un mur, aussi glacé que le sol. Après avoir massé ses jambes engourdies, il s'étira puis appuya sur ses yeux avec ses doigts pour chasser le brouillard qui flottait toujours dans sa pauvre tête.

Quand ce fut fait, il vit que des rats, les moustaches frémissantes, couraient le long du mur d'en face.

Oba crevait de faim et la puanteur de ce lieu – un mélange de sueur et d'urine – ne parvenait pas à lui couper l'appétit.

— Regardez, le gros bœuf est réveillé ! lança une voix grave et moqueuse.

Oba regarda autour de lui et vit que des hommes l'entouraient. Apparemment, il y avait cinq types avec lui dans la pièce. Des miteux, de toute évidence. Celui qui avait parlé, dans un coin, sur la droite, était assis le dos contre le mur, comme Oba. Son rictus sinistre dévoilait des dents jaunâtres – non, des chicots, pour être plus précis.

Oba regarda les quatre autres hommes, tous debout.

— Vous avez l'air de criminels, dit-il.

Un éclat de rire général salua cette déclaration.

— Nous sommes tous injustement persécutés, dit le type assis dans son coin.

— Ouais, acquiesça un autre gaillard. On n'embêtait personne, et ces foutus gardes nous sont tombés sur le paletot. Puis ils nous ont enfermés comme si nous étions de vulgaires gibiers de potence.

D'autres éclats de rire ponctuèrent ce petit discours.

Oba songea qu'être incarcéré avec des criminels lui déplaisait au plus haut point. Pour commencer, il détestait être enfermé où que ce fût, car ça lui rappelait trop son enfance.

Se fouillant rapidement, il constata que tout son argent avait disparu, comme il le redoutait.

À l'entrée de la salle, devant la porte, un rat regardait les six hommes avec une curiosité de prédateur.

La petite ouverture munie de barreaux était le guichet de la porte en question.

— Où sommes-nous ? demanda Oba.

— Dans la prison du palais, gros crétin, répondit le type assis. Tu te croyais où ? Dans un bordel de luxe ?

Les autres hommes rirent grassement de cette plaisanterie.

— Ceux qu'il fréquente ressemblent peut-être à ça ! dit l'un d'eux, se croyant très fin.

— J'ai faim, grogna Oba. Quand nous donne-t-on à manger ?

— Messire a l'estomac dans les talons ! lança un des types d'une voix moqueuse. Ici, on te laisse d'abord crever de faim, puis on te file un croûton de pain quand on y pense.

Un des autres hommes vint s'agenouiller devant Oba.

— Comment tu t'appelles ?

— Oba.

— Et comment as-tu atterri ici, mon gars ? Tu as violé une servante centenaire ?

La plaisanterie plut beaucoup aux quatre autres prisonniers. Oba, lui, ne la trouva pas drôle du tout.

— Je n'ai rien fait de mal, se défendit-il.

Il n'aimait pas ces hommes – tous de sales criminels.

— Si je comprends bien, tu es innocent ?

— Je ne sais pas pourquoi on m'a jeté en prison.

— Eh bien nous, on a notre petite idée, dit l'homme agenouillé.

— Oui, dit le type assis dans son coin. D'après les gardiens, tu as réduit un gars en bouillie en le frappant à mains nues.

Oba n'en revint pas. Il se souvenait très bien de cette affaire, mais…

— Pourquoi m'aurait-on emprisonné à cause de ça ? Cet homme était un voleur. Après m'avoir détroussé, il m'a abandonné dans la nature pour que j'y crève. Il a eu ce qu'il méritait.

— C'est ta version des faits, dit le prisonnier assis. D'après ce qu'on raconte, c'est toi qui as détroussé ce malheureux.

— Quoi ? Qui ose dire ça ?

— Les gardiens.

— Ils mentent ! insista Oba. (Les hommes rirent de nouveau.) Clovis était un voleur et un meurtrier.

Les rires cessèrent brusquement. Surpris, les rats qui déambulaient dans la cellule s'immobilisèrent et humèrent l'air, le museau plissé.

— Clovis ? répéta le prisonnier édenté en se levant. Tu as bien dit Clovis ? Le colporteur qui vend des amulettes et des charmes ?

Oba frémit à ces évocations. Il aurait donné cher pour pouvoir frapper de nouveau la petite vermine.

— C'est bien lui, oui, Clovis le colporteur ! Il m'a détroussé et laissé pour mort dans un marécage. Je ne suis pas un assassin, mais un justicier, et on devrait me récompenser. Avoir châtié Clovis n'est pas un crime, bien au contraire.

Le type assis se leva et les autres approchèrent d'Oba.

— Clovis était l'un d'entre nous, dit le prisonnier édenté. Un de nos amis.

— Sans blague ? lança Oba. Eh bien, je l'ai réduit en bouillie, et si j'avais eu le temps, avant que sa tête ait explosé comme une noix, j'aurais prélevé quelques morceaux de choix pour me les faire cuire.

— Quel courage ! s'écria un des prisonniers. Pour un grand type comme toi, tabasser à mort un gringalet comme Clovis est un sacré exploit.

Quand un des hommes lui cracha dessus, la colère d'Oba se réveilla. Il voulut dégainer son couteau, mais ne le trouva pas à sa ceinture.

— Qui m'a pris mon couteau ? Je veux qu'on me le rende ! Lequel d'entre vous a fait ça ?

— Les gardiens te l'ont pris, dit le prisonnier édenté. Tu es aussi bête que tu en as l'air, mon pauvre vieux…

Oba foudroya du regard le criminel maintenant debout au centre de la pièce. C'était un vrai colosse, et son crâne rasé lui donnait l'air encore plus menaçant.

— Oba le balourd, voilà ce que tu es ! lâcha le prisonnier en avançant vers le fils de Darken Rahl. Un gros bœuf ! Un foutu balourd !

Les autres hommes éclatèrent de rire.

Oba écouta sa voix intérieure, qui lui soufflait de précieux conseils. Il brûlait d'envie de couper la langue à ces types, puis de les travailler longuement au couteau. En règle générale, il préférait infliger ça à des femmes, mais ces cinq salauds méritaient qu'il fasse une entorse à ses habitudes. Les voir se tordre de douleur l'aurait vraiment amusé, et il aurait été curieux de sonder leur regard de brute, au moment de leur passage dans l'autre monde.

Alors que ses adversaires approchaient, Oba se souvint qu'il n'avait pas son couteau. C'était ennuyeux, car il ne pourrait pas s'amuser comme il aimait le faire…

Il voulait récupérer son arme et sortir d'ici. Cet endroit le fatiguait…

— Debout, Oba le balourd, dit le voleur édenté.

Alors qu'un rat passait devant lui, le fils de Darken Rahl abattit une main sur sa queue. Le rongeur se débattit mais ne parvint pas à se dégager. Oba le prit dans son autre poing, l'enserrant dans un étau mortel.

En se levant, il décapita sa proie d'un coup de dents. Quand il fut bien droit, dépassant d'une bonne tête le prisonnier édenté, il regarda ses agresseurs potentiels tout en mâchant consciencieusement la tête du rat.

Les cinq détenus reculèrent.

Sans cesser de mâcher, Oba approcha de la porte, regarda à travers les barreaux et vit deux gardiens en train de converser dans le couloir.

— Hé ! vous deux ! cria-t-il. Il y a eu une erreur. Je veux vous parler !

Les deux hommes tournèrent la tête.

— Une erreur, dis-tu ? Quelle erreur, mon gars ?

Le regard d'Oba passa d'un des gardiens à l'autre. Mais ses yeux n'étaient plus seulement les siens – l'entité qu'il appelait la « voix » voyait à travers eux.

— Je suis le frère du seigneur Rahl, dit Oba.

Une révélation qu'il n'avait faite à personne, il en était conscient. Mais il ne pouvait pas s'empêcher de parler. Un peu surpris, il s'entendit continuer d'un ton assuré :

— J'ai été emprisonné à tort pour avoir puni un voleur, alors que c'était mon devoir. Le seigneur Rahl n'approuvera pas qu'on m'ait traité ainsi. J'exige de voir mon frère. (Oba foudroya les deux hommes du regard.) Allez le prévenir !

Les gardiens battirent des paupières comme si les yeux du fils de Darken Rahl les éblouissaient. Puis ils tournèrent les talons et s'en furent.

Oba regarda de nouveau les détenus. Tandis qu'il mâchait nonchalamment une patte arrière du rat, les cinq brutes s'écartèrent comme si le bruit des os craquant sous ses dents les terrorisait.

Oba jeta un nouveau coup d'œil dans le couloir et ne vit personne. Mais il devait prendre son mal en patience. Le palais était immense, et les deux gardiens risquaient de mettre du temps à revenir.

Les prisonniers s'écartèrent un peu plus pour le laisser retourner jusqu'à son coin de mur, où il s'assit afin de continuer paisiblement son repas.

Ces types étaient fascinés par lui, et ça ne l'étonnait pas. Il se nommait Oba Rahl – le prince Oba Rahl, en anticipant un peu. Ces pouilleux n'avaient jamais vu un homme si important et ils en restaient bouche bée.

— Vous m'avez dit qu'on ne nous donnait rien à manger… (Oba brandit triomphalement son déjeuner.) Pas question que je crève de faim !

Il tira sur la queue du rongeur, l'arracha au cadavre et la jeta loin de lui. Les animaux mangeaient les queues de rat, mais lui, il était un être humain.

— Tu n'es pas qu'un balourd, lâcha le prisonnier édenté, méprisant. Bon sang, je n'ai jamais vu un foutu bâtard aussi cinglé !

Oba se leva, traversa la cellule en un éclair et prit l'homme à la gorge avant que quiconque ait pu esquisser un geste.

Le soulevant du sol, le fils de Darken Rahl planta son regard dans les yeux du sale type. Puis il le propulsa contre un mur.

Le criminel s'écroula, aussi inerte que le rat aux trois quarts dévoré.

Jetant un coup d'œil par-dessus son épaule, Oba vit que les quatre autres prisonniers avaient reculé jusqu'au mur du fond. Le type au crâne rasé avait repris connaissance et il gémissait en se tenant la tête à deux mains.

Oba se désintéressa de ce crétin. Il avait mieux à faire que tuer un vulgaire criminel, même si c'était tout ce que celui-ci méritait.

Le fils de Darken Rahl retourna près de son coin de mur et s'assit. Après avoir été très malade, il se remettait à peine, et il devait faire attention à sa santé. Il lui fallait se reposer.

— Réveillez-moi quand ils seront là, dit-il aux quatre brutes qui le regardaient toujours en silence.

Avoir un prince parmi eux les fascinait vraiment, et c'était très amusant à voir. Cela dit, c'étaient des criminels de droit commun, et il ne s'opposerait pas à leur exécution quand il exercerait le pouvoir.

— Nous sommes cinq et tu es tout seul, dit un des hommes. Si tu fermes l'œil, mon gars, tu risques de ne plus jamais te réveiller.

Oba sourit au prisonnier.

Et la voix sourit avec lui.

Les yeux écarquillés, l'homme recula jusqu'à ce que ses épaules percutent le mur, puis il s'éloigna en gardant le dos plaqué contre la pierre. Quand il eut atteint le fond de la cellule, il se laissa glisser sur le sol et se recroquevilla sur lui-même.

Puis il éclata en sanglots comme un enfant.

Oba se tourna sur le côté et s'endormit comme une masse.

Chapitre 42

Des bruits de pas lointains, dans le couloir, tirèrent Oba de sa sieste. Il ouvrit les yeux mais ne bougea pas et n'émit pas un son.

Les autres prisonniers regardaient à travers les barreaux.

Quand les bruits de pas se firent plus proches, quatre des cinq criminels reculèrent. Le cinquième resta où il était, montant la garde. Debout sur la pointe des pieds, il agrippa les barreaux et pressa le visage contre le guichet pour mieux sonder le couloir.

Oba reconnut le bruit métallique d'une série de portes qu'on ouvrait et poussait les unes après les autres.

Le « veilleur » resta immobile un moment, puis il recula à son tour.

Massés au fond de la cellule, les cinq bandits tinrent une messe basse.

— Et si c'est une Mord-Sith qui entre ? demanda l'un d'eux.

On s'en fout ! répondit un de ses camarades. Je sais quelques petites choses sur ces femmes. Leur pouvoir les aide à capturer tous ceux qui ont le don. Elles ne craignent rien de la magie, mais sont vulnérables à la force brute.

— Tu oublies l'Agiel qu'aura cette Mord-Sith, dit le premier homme. Il agira sur nous, je te le garantis !

— Pas si nous réussissons à le lui prendre, mon gars ! Nous sommes cinq, souviens-toi ! Cinq hommes contre une simple femme.

— Oui, mais si…

— Selon toi, quel sort on nous réserve ? demanda un troisième prisonnier. Si nous ne saisissons pas cette occasion, nous finirons par crever ici. Nous n'aurons pas d'autres chances, c'est sûr. Agissons et filons d'ici !

Les autres prisonniers approuvèrent du chef ce programme.

Les cinq criminels se séparèrent et se placèrent aussi loin que possible les uns des autres, comme s'ils refusaient désormais de s'adresser la parole.

Alors qu'un autre type allait regarder par le guichet, un de ses compagnons approcha d'Oba et lui tapota le flanc du bout du pied.

— Ils reviennent… Réveille-toi ! Tu m'entends ?

Feignant de dormir, Oba grogna mais ne bougea pas.

L'homme lui flanqua un petit coup de pied.

— Tu voulais qu'on te réveille à leur retour ! Allez, debout, mon gars !

Prudent, le prisonnier s'écarta lorsque Oba s'étira et bâilla pour faire mine de venir de se réveiller.

À part celui qui avait déjà vu dans ses yeux plus de choses qu'il l'aurait voulu, les types regardèrent le fils de Darken Rahl avant de se mettre en position.

Ils prirent des poses nonchalantes, comme si rien de ce qui allait arriver ne les intéressait.

Dans le couloir, deux personnes parlaient à voix trop basse pour qu'Oba comprenne leur conversation. Mais à leur ton, il devina qu'il s'agissait d'un entretien strictement professionnel.

Les bruits de pas cessèrent exactement devant la porte, et une clé tourna dans la serrure.

Quand la porte se déverrouilla, les cinq criminels tournèrent la tête, soudain fascinés. Dehors, un gardien tirait le lourd battant en grognant sous l'effort.

Avec des grincements sinistres, la porte pivota pour dévoiler…

… Une silhouette incontestablement féminine.

Le gardien qui l'accompagnait alluma sa lampe à une chandelle murale. Alors que la femme, debout sur le seuil, prenait note de la position de tous les prisonniers, l'homme entra et accrocha la lampe à un piton planté dans un mur de la cellule.

Cette lumière crue permit à Oba de découvrir la véritable apparence de ses compagnons de captivité. De véritables déchets d'humanité, voilà ce qu'étaient ces types !

Bien entendu, tous regardaient la femme avec des yeux brillants de concupiscence.

À la lueur de la lampe, Oba vit qu'elle portait la plus étrange tenue qu'il ait jamais vue : un uniforme de cuir rouge incroyablement moulant. Grande et bien bâtie, ses longs cheveux blonds nattés, elle n'avait pas d'arme, mais une étrange tige de cuir pendait à son poignet droit. Bien qu'elle fût plus petite que les hommes, son aura d'autorité lui donnait l'air d'une géante venue prononcer l'ultime sentence à l'heure du jugement dernier.

Son regard exprimait un agacement qui rappela sa mère à Oba.

Très surpris, il vit la femme congédier d'un geste nonchalant le gardien qui avait ouvert la porte.

L'homme, lui, ne parut pas étonné. Fataliste, il sortit de la cellule et verrouilla la porte derrière lui. Puis il s'éloigna, le bruit de ses pas résonnant un moment dans le couloir.

La femme en rouge évalua du regard les cinq compagnons d'Oba, les trouva sans intérêt et se concentra sur le fils de Darken Rahl.

— Par les esprits du bien…, soupira-t-elle dès que son regard croisa celui d'Oba.

Le futur prince sourit. En voyant ses yeux, la femme avait compris qu'il ne mentait pas au sujet de sa filiation. Quand on avait connu Darken Rahl, on ne pouvait pas passer à côté de cette réalité : les yeux de l'ancien maître de D'Hara.

Des yeux qui brillaient maintenant sur le visage de son héritier.

En rugissant comme des bêtes fauves, les cinq hommes bondirent tous en même temps sur la femme en rouge. Oba crut qu'elle allait crier de terreur ou appeler à l'aide. Mais elle fit face à l'attaque avec un calme presque détaché.

La lanière de cuir rouge vola comme par miracle dans son poing droit et s'abattit sur la poitrine du premier agresseur, qui s'écroula comme une masse tel un grand arbre touché par la foudre.

Ses complices se lancèrent encore en avant, mais la femme esquiva leur assaut avec la grâce déconcertante d'une danseuse. Alors qu'ils tentaient de se réorganiser, elle passa méthodiquement à la contre-attaque.

Sans daigner se retourner, elle expédia son coude dans le visage d'une brute qui tentait de la ceinturer par-derrière. Oba entendit des os craquer, puis il vit un geyser de sang jaillir du nez de l'homme avant d'asperger le mur.

Le troisième type reçut à la gorge un coup apparemment anodin de l'étrange tige de cuir. Portant les mains à son cou, il hurla de douleur, tomba à genoux et commença à cracher du sang. Le voyant s'écrouler sur le côté, tout le corps parcouru de tremblements, le fils de Darken Rahl repensa à la mort du serpent, dans le marécage...

Esquivant une autre attaque, la femme passa près du moribond et prit le temps de l'achever proprement en lui défonçant le visage d'un fantastique coup de talon.

Dans le même mouvement, elle frappa le quatrième crétin au cou. Les jambes coupées, l'homme s'écroula face contre le sol. Saisissant l'occasion d'en finir avec un adversaire de plus, la femme lui brisa la nuque d'un coup de pied.

Fasciné, Oba ne perdait pas une miette du spectacle. L'économie de mouvements de cette guerrière, combinée à l'invraisemblable vitesse de ses attaques, stupéfiait le fils de Darken Rahl, qui n'était pourtant pas le dernier venu en matière de combat.

Le dernier type chargea comme un taureau. Absolument pas impressionnée par cette tactique, la femme s'écarta et lui décocha au visage un revers de la main qui le foudroya en pleine course. Le prenant par le col, la femme en rouge le força à s'agenouiller puis lui plaqua entre les omoplates son étrange tige de cuir.

Le prisonnier édenté, car c'était lui, cria plus fort qu'un cochon qu'on égorge. Oba en conçut une vague jalousie, parce qu'il n'était jamais parvenu à faire hurler quelqu'un ainsi. Cette femme avait véritablement du génie quand il s'agissait de faire souffrir les autres. Au lieu d'achever le prisonnier, elle le maintenait aussi facilement qu'elle eût maintenu un enfant et le forçait à subir un châtiment pire que la mort.

Plongeant son regard dans celui d'Oba, la femme en rouge décida qu'elle s'était assez amusée. D'un geste négligeant, elle posa son arme sur la nuque de l'homme. Comme frappé par la foudre, le prisonnier trembla de la tête aux pieds, puis il s'immobilisa, du sang coulant de sa bouche et de ses oreilles.

Sans manifester le moindre intérêt pour son agonie, la femme le lâcha et ne le regarda même pas s'écraser sur le sol. Expert en la matière, Oba ne douta pas un instant que l'homme avait déjà cessé de vivre quand son visage s'écrasa sur la pierre glacée.

La bataille semblait avoir duré à peine cinq secondes : une pour chaque adversaire éliminé. Tous les murs étaient souillés de sang. Cinq cadavres gisant autour d'elle, la femme en rouge semblait aussi calme et composée que si elle venait de prendre le thé avec des amies.

— Désolée de te décevoir, dit-elle en approchant d'Oba, mais tu ne t'échapperas pas si facilement.

Le fils de Darken Rahl sourit. Cette femme le désirait, il le sentait.

Il tendit la main et la referma sur le sein gauche de la jolie garce.

Furieuse, elle lui abattit son arme sur l'épaule, près de la base du cou.

Oba tendit l'autre main et saisit le second sein de la femme. Souriant, il serra fermement les deux délicieuses boules de chair.

— Comment peux-tu ne pas..., commença la femme.

Puis elle se tut, car elle venait de comprendre.

Oba aimait bien la poitrine de cette femme – et en la matière, il était en peu de temps devenu un expert. Cela dit, ce n'était pas une garce comme les autres. Avec elle, il allait avoir l'occasion d'apprendre beaucoup de choses nouvelles.

Elle lui décocha un direct du droit à une incroyable vitesse.

Oba bloqua le coup de la paume d'une main, puis referma les doigts sur le poing de la femme. Ensuite, il lui tordit le bras dans le dos et la força à se placer face à lui, les reins cambrés et les épaules pressées contre les siennes.

Elle tenta de le frapper au bas-ventre avec son bras libre, mais il avait anticipé le coup et en profita pour lui saisir la main au vol et lui retourner également ce bras-là dans le dos. Toujours aussi vif, il prit dans une seule main les deux poignets de la guerrière.

Cela lui laissa une main libre pour explorer ses formes délicieusement féminines. Glissant les doigts sous le cuir rouge, il découvrit une chair douce et lisse dont le contact lui fit bouillir les sangs.

Comme le rat, un peu plus tôt, la femme se débattait furieusement pour tenter de se dégager. Elle connaissait le principe consistant à se servir de la force d'un adversaire contre lui – au lieu de s'acharner à lui résister –, mais ça ne suffisait pas, car Oba ne commettait pas l'erreur grossière d'entrer dans son jeu. La maintenant avec la combinaison exacte de force et de souplesse, il continua d'enfoncer sa main sous le cuir rouge.

La maudite garce lui flanqua un coup de pied dans le tibia. Surpris par la douleur, Oba ne put s'empêcher de crier, mais il réussit à ne pas lâcher prise. Hélas, la femme profita de son moment de déconcentration pour pivoter sur elle-même, passer le torse sous les bras de son adversaire et se dégager.

En un éclair, elle s'était libérée – la première proie qui eût jamais réussi cet exploit face à Oba.

Au lieu de fuir, elle utilisa sa vitesse acquise pour frapper le fils de Darken Rahl à la base du cou.

Il parvint à dévier en partie l'attaque, mais l'impact, même amorti, lui fit un mal de chien.

Fou furieux, Oba décida qu'il avait assez joué à l'amour courtois. Prenant au vol le bras de la garce, il le tordit jusqu'à ce qu'elle hurle de douleur. Puis il lui faucha les jambes d'un coup de pied, la propulsant au sol avec l'assurance de tomber sur elle une fois qu'elle aurait percuté la pierre froide.

Tout se passa comme il l'avait prévu. Alors que la garce avait le souffle coupé par l'impact, il lui enfonça son poing dans le ventre et vit dans ses yeux qu'elle souffrait atrocement.

Avant d'en avoir fini avec elle, il verrait passer cent fois plus de douleur et de terreur dans le regard de cette chienne.

Depuis que le corps à corps se déroulait sur le sol, Oba avait un net avantage et il n'hésita pas à en profiter. Pressé de passer aux choses sérieuses, il entreprit de déchirer les vêtements de la garce, qui ne fit rien pour lui faciliter les choses et lui résista de toutes ses forces.

Sa façon de se battre surprit Oba. Contrairement aux autres femmes, elle ne tentait pas de lui échapper mais s'acharnait à lui faire le plus mal possible.

Une preuve de plus qu'elle le désirait follement.

Eh bien, il allait lui donner ce qu'elle voulait, et qu'aucun homme avant lui n'avait été fichu de lui offrir.

Ses doigts puissants se refermèrent sur le haut de l'uniforme de cuir. Mais la tenue était fermée à la taille par une épaisse ceinture et dans le dos par des lacets de cuir très serrés. Dans ces conditions, Oba lui-même n'était pas assez fort pour déchirer ce vêtement. Ne se laissant pas décourager, il tenta de faire simplement glisser le haut sur les épaules de la femme. Voir sa chair dévoilée lui enflamma les sens. Histoire de l'exciter, cette furie essayait de le frapper avec ses mains, ses pieds et même son menton.

Malgré la résistance de sa proie, Oba parvint à faire craquer les lacets de cuir puis à dénuder la belle garce jusqu'aux hanches. Folle de désir, elle se débattit plus violemment encore, acharnée à lui faire aussi mal que possible.

À force de le désirer, cette catin blonde perdait tout contrôle d'elle-même, et c'était une expérience grisante.

Alors qu'il se concentrait pour lui dénuder les fesses, elle lui planta les dents dans l'avant-bras.

Oba se pétrifia d'abord de douleur, mais ça ne dura pas. Au lieu d'essayer de dégager son bras, il appuya très fort vers le bas jusqu'à ce que l'arrière du crâne de la catin percute la pierre froide du sol.

Après deux impacts, la furie perdit de sa combativité et le fils de Darken Rahl libéra son bras.

Il devait doser précisément tous ses gestes, parce qu'il ne voulait surtout pas que la femme perde connaissance. Il fallait qu'elle soit consciente, pour profiter de tout ! Sinon, ce serait un gâchis...

Alors qu'il lui écartait les cuisses avec un genou, Oba vit dans le regard de la catin qu'elle ne perdait pas une miette des événements en cours et qu'elle les appréciait. Elle savait qui il était, et quel honneur il consentait à lui faire.

L'expérience serait avant tout *cognitive.* Il était essentiel que cette femme sente ce qui se passait en elle et suive étape après étape la métamorphose qu'allait connaître son corps pour l'instant vivant. La mort rôdait autour d'elle, et sa présence ne devait pas passer inaperçue. Oba tenait à voir dans les yeux de la blonde le reflet de tout ce qu'elle penserait et éprouverait.

Il passa la langue derrière l'oreille de la femme et trouva sa peau délicieusement douce. Très excité, il mordilla le cou de sa partenaire, certain qu'elle adorait tout ce qu'il lui faisait. Bien sûr, elle continuait de se débattre afin de donner le change. Et surtout pour qu'il ne la prenne pas pour une fille facile. Les femmes jouaient toujours à ce jeu-là. À la façon dont celle-ci se tortillait, Oba n'avait aucun doute sur le désir qu'elle éprouvait pour lui.

Sans cesser de mordiller la gorge de sa belle, Oba commença à déboutonner son pantalon.

— Tu as toujours rêvé que ça se passe ainsi, dit-il, fou de désir à son tour.

— Oui, souffla la femme. Oui, tu as tout compris...

Voilà qui était nouveau. Jusque-là, Oba n'avait jamais connu une femme assez à l'aise avec ses désirs pour en parler ouvertement. Toutes les autres passaient par un concert de cris et de gémissements. Celle-là brûlait de désir de jeter le masque et d'exprimer ses véritables sentiments.

Bien entendu, il la désira encore plus fort.

— S'il te plaît, souffla-t-elle sous l'épaule qui appuyait sur sa mâchoire afin de lui plaquer la tête contre le sol, laisse-moi t'aider.

Là, ça dépassait tout, en matière de nouveauté !

— M'aider ?

— Oui, à défaire ton pantalon, afin que tu puisses me toucher là où j'en ai le plus envie.

Oba accéda avec plaisir à cette requête. Si elle se chargeait de déboutonner son pantalon, il aurait les deux mains libres pour la peloter. Cette blonde était une femme exceptionnelle, digne d'un homme comme lui. Un prince Rahl, ou peu s'en fallait… Il n'avait jamais vécu une expérience pareille. Visiblement, savoir qu'il était de sang royal désinhibait les femmes – en tout cas, celle-là !

Il sourit de l'avidité avec laquelle elle s'attaquait à sa braguette et changea un peu de position pour lui faciliter la tâche pendant qu'il continuait à explorer les secrets de sa féminité.

— S'il te plaît, murmura-t-elle quand elle en eut terminé avec le pantalon, laisse-moi tenir le trésor que tu portes entre les jambes. Je t'en prie !

La blonde le désirait au point d'en perdre sa dignité. En toute franchise, ce n'était pas désagréable du tout. Tout en lui mordillant le cou, Oba souffla qu'elle avait sa permission.

Il cambra les reins pour qu'elle puisse saisir l'objet de son désir et gémit de plaisir quand elle tendit son petit corps si ferme pour accéder à son intimité.

Des doigts longs, frais et délicats se refermèrent sur les testicules d'Oba.

Se laissant emporter par la passion, il mordit de nouveau le cou de la blonde.

Frissonnant de plaisir, elle serra dans sa main les bourses du fils de Darken Rahl. Touché par tant d'avidité à lui plaire, il se promit de récompenser la guerrière en la tuant aussi lentement que possible.

La garce lui tordit si violemment les testicules qu'il se redressa d'un bond en hurlant de douleur. Des larmes lui montèrent aux yeux et l'aveuglèrent.

La souffrance, foudroyante, lui avait coupé le souffle. Alors qu'il était pétrifié de douleur et de surprise, la catin affermit sa prise sur les gonades déjà martyrisées et les tordit de nouveau – encore plus fort et plus vicieusement, si c'était possible.

Oba eut l'impression que ses yeux allaient sortir de leur orbite. Paralysé par la souffrance, il perdit toute lucidité. Sourd, aveugle et incapable de respirer, il ne pouvait même pas crier pour se soulager.

Il n'était plus qu'une statue à la gloire de la douleur.

Plus rien n'existait à part un intolérable calvaire qui semblait ne jamais devoir s'achever. Il voulait crier, mais pas un son ne sortait de sa gorge.

Soudain, sa vision s'éclaircit et il entendit autre chose qu'un vague bourdonnement.

Mais la pièce parut tourner sous lui, et il s'écroula sur le flanc. Quelqu'un venait de le frapper dans les côtes avec assez de force pour vider ses poumons du peu d'air qui y restait.

Mais comment la garce s'y était-elle prise ? se demanda-t-il avant de s'écraser contre le mur.

Il dut s'y reprendre à plusieurs fois avant de pouvoir inspirer un peu d'air. Son flanc lui faisait mal comme si un taureau lancé à pleine vitesse l'avait percuté, mais ce n'était rien comparé à son entrejambe dévasté.

Il vit soudain le gardien et comprit. Le type était revenu, et c'était lui qui l'avait frappé, pas la catin, qui gisait toujours sur le sol, ses charmes impudiquement exposés.

Une épée au poing, le gardien approcha de la femme en rouge et se pencha sur elle.

— Maîtresse Nyda ! Vous allez bien, maîtresse Nyda ?

La catin murmura que ça allait puis tenta de se relever. Le gardien ne fit pas mine de l'aider, comme s'il avait peur de la toucher, voire de la regarder. En revanche, l'homme fixait Oba, qui ne semblait pas l'inquiéter le moins du monde.

Une fois debout, Nyda ne tenta pas de voiler son torse dénudé. Elle jouait toujours avec Oba, comprit celui-ci, mais la présence du gardien la contraignait à cacher ses sentiments et ses désirs.

Pour le provoquer comme elle venait de le faire, elle devait être folle de lui.

La respiration de nouveau normale et les muscles moins tétanisés, le fils de Darken Rahl regarda Nyda – puisqu'elle s'appelait ainsi – vaciller sur ses pieds.

Immobile, il écoutait la voix lui murmurer des conseils. Avec la sueur qui ruisselait le long de son torse, cette femme était divine. Près d'elle, il apprendrait des choses dont il ne soupçonnait pas l'existence. Et il connaîtrait une extase qui dépasserait tout ce qu'il avait pu expérimenter...

Se sentant un peu mieux, Oba se releva, s'adossa au mur et regarda sa délicieuse partenaire essuyer d'un revers de la main le sang qui maculait sa bouche. De l'autre main, elle tentait maladroitement de remonter son uniforme. Elle semblait sonnée – sans doute plus par le désir que par le combat – et ses doigts tremblants refusaient de lui obéir. Perdant soudain l'équilibre, elle faillit tomber mais s'appuya contre le mur.

Oba s'étonna qu'elle n'ait pas tous les os brisés après leur brève mais vigoureuse joute amoureuse. Cela dit, elle ne perdait rien pour attendre…

Du sang coulait des tendres morsures que lui avait infligées Oba, et sa natte blonde était rouge de sang, sûrement parce que son cuir chevelu avait éclaté en percutant le sol, un peu plus tôt. Le fils de Darken Rahl prit note qu'il devrait doser sa force, s'il ne voulait pas casser trop tôt son jouet. Des mésaventures de ce genre lui étaient déjà arrivées. Les femmes se révélaient tellement fragiles…

L'entrejambe toujours en feu, Oba regarda le gardien qui avait eu l'audace de le frapper. Ce chien affichait une confiance en lui surprenante pour quelqu'un qui se tenait devant un membre de la maison Rahl.

Mais il recula quand son regard croisa celui d'Oba.

La voix pouvait voir à travers les yeux du fils de Darken Rahl, et elle paralysait ses proies.

Oba eut un rictus presque amical.

— Maîtresse Nyda, souffla l'homme, vous devriez sortir d'ici…

Toujours en train d'essayer de se rhabiller, Nyda tourna vers le gardien un regard vide. Elle avait du mal à tenir debout et tenter de remettre en ordre sa tenue n'améliorait pas les choses.

— Nous ne voulons pas qu'elle s'en aille, dit Oba.

Le gardien écarquilla les yeux.

— Nous ne voulons pas qu'elle s'en aille, répéta Oba, se faisant le porte-parole de la voix.

Nyda regarda alternativement le gardien et le fils de Darken Rahl.

— Amène-la-moi, ordonna Oba, émerveillé par toutes les bonnes idées que lui soufflait la voix. Fais-le et nous nous amuserons tous les deux avec elle.

Nyda tourna la tête vers le gardien. Quand elle vit qu'il était comme hypnotisé, elle tenta de faire voler son arme dans sa main, mais l'homme lui saisit le poignet pour l'en empêcher.

Puis il lui passa son bras libre autour de la taille.

Elle se débattit, mais le gaillard était costaud et elle n'avait pas tous ses moyens.

Oba sourit en voyant que son complice avait entrepris de peloter Nyda.

— Elle est superbe, non ? lança-t-il.

Le gardien hocha la tête et continua d'avancer avec sa proie.

Quand ils furent assez près, Oba tendit les bras. Il était temps de finir ce qu'il avait commencé.

Et il n'était pas homme à saloper le boulot.

Nyda s'accrocha à la tunique du gardien. À une vitesse incroyable, elle se propulsa en l'air.

Oba eut à peine le temps d'apercevoir les deux pieds bottés qui volaient vers son visage. Avant de pouvoir réagir, il eut l'impression que le palais entier venait de s'écrouler sur lui.

Chapitre 43

Oba ouvrit les yeux. Cette fois, il comprit immédiatement qu'il était dans l'obscurité, le dos reposant sur un sol de pierre. Sa tête lui faisait un mal de chien, mais moins que son entrejambe, qu'il entreprit de masser sans obtenir de grands résultats.

Cette garce de Nyda s'était révélée aussi néfaste que toutes les femmes qu'il avait rencontrées. On eût dit que son destin était de souffrir sous le joug de maudites mégères. Elles se vengeaient parce qu'elles étaient jalouses de son importance, voilà tout. En l'humiliant, elles espéraient le rabaisser à leur niveau.

Cela dit, il commençait à en avoir assez de se réveiller dans des cellules glacées. On eût dit que l'incarcération était sa malédiction personnelle. Durant son enfance, il avait eu plutôt chaud, quand sa mère le confinait dans l'enclos. Adulte, il expérimentait la version glaciale. Mais de toute façon, il était toujours malheureux.

Il se demanda si sa cinglée de mère et les deux magiciennes mortes étaient pour quelque chose là-dedans. Ces trois harpies étaient rancunières, et il pouvait très bien leur devoir ses dernières mésaventures.

À un détail près : elles étaient mortes ! Encore que... Il n'aurait pas juré qu'avoir trépassé suffise à les empêcher de nuire. Maléfiques de leur vivant, elles ne risquaient pas de s'être amendées *post mortem*.

En réfléchissant, Oba dut quand même admettre que tout était sans doute la faute de Nyda, la catin en rouge. Faisant à merveille semblant de ne pas tenir debout, elle s'était laissé traîner par le gardien jusqu'à l'endroit où elle pourrait frapper à coup sûr. Bon sang, c'était une sacrée pétroleuse ! En vouloir à une femme qui vous désirait tellement n'était pas facile.

À coup sûr, elle avait détesté l'idée de ne pas être seule avec Oba. Oui, c'était sûrement ça qui l'avait énervée, et il ne pouvait pas l'en blâmer.

Maintenant qu'il avait révélé sa véritable identité, il devait s'attendre à rencontrer de plus en plus de femmes de cette qualité. Elles brûleraient de passion pour lui parce qu'il était un Rahl, et il allait devoir se montrer à la hauteur.

Le futur prince changea de position, grogna de douleur, puis parvint à s'asseoir, le dos appuyé contre le mur. La conquête de ses futures concubines risquait de lui valoir bien des souffrances, mais à vaincre sans péril, on triomphait sans gloire...

Il avait entendu cette phrase un jour. Peut-être murmurée par la voix...

Oba se leva, regarda autour de lui et repéra un rayon de lumière. Encore un guichet, pensa-t-il, mais plus petit que celui de la cellule précédente.

Une main contre le mur, il avança et atteignit très vite un coin. Se déplaçant latéralement, il fit à peine quelques pas avant de se trouver devant un autre mur.

Il fit le tour de sa cellule et frissonna de terreur. Il était enfermé dans un véritable trou à rats ! Il avait dû être couché dans le sens de la longueur, car la pièce n'était pas assez large pour qu'il puisse s'y étendre d'une autre façon.

La vieille angoisse de la claustrophobie le prit à la gorge. Il essaya de respirer et eut l'impression que l'air refusait de pénétrer dans ses poumons. S'il restait longtemps dans cette geôle, il allait devenir fou !

Ce n'était peut-être pas Nyda, tout compte fait. Ce genre de torture portait la marque de sa mère. Elle le regardait peut-être depuis le royaume des morts, se demandant sans cesse comment elle pouvait le martyriser. Lathea et Althea avaient sans doute proposé de l'aider, puisque Oba était leur souffre-douleur préféré. En unissant leurs forces, les trois femmes avaient sans doute pu aider la catin Nyda à faire enfermer leur victime favorite dans une minuscule cellule.

Oba fit plusieurs fois le tour de la pièce, terrifié à l'idée que les murs se referment sur lui. Il était bien trop grand et fort pour rester dans un endroit pareil et finir par y mourir étouffé.

Il se plaqua contre la porte, le visage collé au guichet, et tenta d'aspirer un peu d'air frais.

Pleurant sur son propre sort, il repensa pour se consoler à la façon dont il avait tué sa mère. Que n'aurait-il pas donné pour pouvoir lui flanquer sur le crâne deux ou trois coups de pelle supplémentaires !

Quand il se fut un peu calmé, il écouta la voix, qui entreprit de le rassurer, de le conseiller et de lui redonner courage. Il était malin, lui dit-elle, et il avait toujours triomphé de ceux qui complotaient contre lui. Il sortirait de cette cellule, c'était certain. Il devait se reprendre et agir comme l'homme hors du commun qu'il était.

Oba Rahl. Bientôt un prince... Oba l'invincible.

Il tenta de regarder par l'ouverture du guichet et ne vit rien, à part une autre petite pièce sombre. Était-il prisonnier dans une boîte elle-même rangée dans une boîte ? Bouleversé par cette idée, il frappa à la porte en hurlant de terreur.

Comment pouvait-on être si cruel avec lui ? Traiter un Rahl ainsi était une indignité ! Les gens importants avaient droit à des égards. Lui, on avait commencé par l'enfermer avec de vulgaires criminels de droit commun – la lie de la terre, en vérité. Ensuite, on l'avait jeté dans une oubliette ! Tout ça parce qu'il avait infligé un juste châtiment à une vermine de petit voleur !

Oba tenta de penser à autre chose. Sinon, il deviendrait fou pour de bon.

Il se souvint de l'expression de Nyda, la première fois qu'il l'avait regardée dans les yeux. Elle l'avait reconnu immédiatement. Cette garce avait su au premier coup d'œil qu'il était le fils de Darken Rahl. Pas étonnant qu'elle l'ait désiré comme une folle. Il était un homme important, et les femmes voulaient toutes fréquenter les hommes d'élite... et les rabaisser à leur niveau. Chez Nyda, tout s'expliquait par la jalousie. C'était à cause de ça qu'il croupissait dans une cellule. Tout bêtement...

Il réfléchit à ce qu'il avait lu dans les yeux de Nyda, lorsqu'elle l'avait vu pour la première fois. À l'évidence, c'était à cause de ses yeux qu'elle l'avait identifié, et ce détail lui permit de faire s'emboîter deux nouvelles pièces de son puzzle mental.

Jennsen avait les mêmes yeux que lui. Elle était sa sœur... et un « trou dans le monde », comme lui.

Quel dommage qu'elle soit une parente ! Une femme si séduisante – et rousse, par-dessus le marché ! Voilà qui manquait à sa collection...

Mais il était trop à cheval sur les principes pour la considérer comme une amante potentielle. C'était regrettable, considérant ses formes épanouies, mais ils avaient le même père, et ce n'était pas rien.

Même s'il éprouvait une agréable sensation de chaleur entre les cuisses en pensant à elle – ces derniers temps, son entrejambe était rarement une source de satisfaction –, il n'était pas question qu'il s'autorise une telle entorse à la morale. Oba Rahl n'était pas un vulgaire animal en rut.

Darken Rahl avait également engendré Jennsen. C'était une idée intrigante, et il ne savait pas trop quoi en penser. Jennsen et lui avaient des points communs. Tous les deux, ils devaient affronter des légions de jaloux qui tentaient de leur barrer le chemin de la grandeur.

Le seigneur Rahl ayant envoyé des *quatuors* à ses trousses, Jennsen ne le portait sûrement pas dans son cœur. Avec un peu de chance, elle pourrait faire une excellente alliée pour Oba.

Mais il n'avait pas oublié l'angoisse de Jennsen, quand elle avait croisé son regard. L'avait-elle identifié ? Avait-elle vu dans ses yeux qu'il était aussi le fils de Darken Rahl ? Dans ce cas, elle pouvait bien se méfier de lui parce qu'elle avait ourdi des plans où il n'avait pas sa place… Son existence la gênait peut-être, et il devrait la tenir pour une adversaire redoutable de plus.

Le seigneur Rahl, leur demi-frère, voulait les tenir sous le boisseau parce qu'ils étaient des concurrents dangereux. Ce petit malin ne désirait sûrement pas partager avec Oba et Jennsen un trésor dont une partie leur revenait pourtant de droit.

Jennsen était-elle aussi égoïste ? Tout bien pesé, cette tendance semblait dominante dans la famille. Oba faisait exception à la règle, mais c'était un petit miracle.

Oba explora ses poches et ses diverses cachettes, comme lors de son premier réveil dans une geôle, et constata qu'elles étaient toujours aussi vides. Les sbires du seigneur Rahl l'avaient dépouillé avant de le jeter en prison. Ils avaient sans doute gardé le butin pour eux. Décidément, le monde grouillait de voleurs qui en avaient tous après le pécule bien mérité d'Oba.

Le fils de Darken Rahl entreprit de marcher de long en large dans la cellule en tentant d'oublier à quel point elle était exiguë. Tout en faisant de l'exercice, il écouta les conseils de la voix. De plus en plus de points se mettaient en place sur ses listes mentales. Désormais, la toile d'araignée de mensonges et de trahisons dont il était victime lui apparaissait dans toute son ampleur. Et il commençait à comprendre.

Sa mère avait toujours su qu'il était important, ça ne faisait pas de doute. Désireuse de le rabaisser à son niveau – toujours la même chose –, elle l'avait enfermé dans le maudit enclos et forcé à boire les immondes potions d'une magicienne. Cette folle avait été jalouse de son propre fils ! Fallait-il que son esprit ait été malsain...

Lathea était également au courant de tout, et elle avait tenté de l'empoisonner. Aucune de ces deux femmes n'aurait eu le courage de le tuer, tout simplement. Elles n'avaient pas les tripes pour ça ! Mais elles le détestaient à cause de son importance, et elles adoraient le torturer. Un lent empoisonnement, voilà qui avait dû leur plaire ! Et pour apaiser leur conscience, elles avaient baptisé ça un « traitement ».

Sa vie durant, sa mère l'avait accablé de corvées, humilié à la moindre occasion et contraint à aller acheter lui-même le poison qui le tuait peu à peu. Étant un bon fils, il ne s'était jamais révolté et n'avait jamais douté de l'amour que lui portait sa génitrice.

Sa mère et Lathea, les deux plus grandes garces du monde, avaient eu le châtiment qu'elles méritaient.

Et maintenant, le seigneur Rahl tentait de dissimuler l'existence de son frère en l'enfermant dans un trou à rats !

Oba continua à réfléchir. Il y avait encore trop de choses qu'il ignorait.

Quand il fut satisfait de sa méditation, il obéit à la voix. Approchant de la porte, il colla ses lèvres au guichet.

Il était invincible, non ?

— J'ai besoin de vous..., murmura-t-il.

Il n'avait pas besoin de crier. La voix qui vibrait à l'intérieur de son crâne porterait ses paroles à leurs destinataires.

— Venez à moi, dit-il à l'unisson avec la voix. Oui, venez à moi, c'est un ordre...

Aucun esprit inférieur ne serait en mesure de résister à sa suggestion. Il était Oba Rahl, un prince au destin glorieux. Pas un crétin qui pouvait se permettre de croupir en prison. Il en avait plus qu'assez de ces petits jeux stupides. Il était temps pour lui d'assumer son ascendance et *tout* ce qui faisait de lui un être à part.

— Venez à moi, répéta-t-il.

Il continua à réciter ces trois mots sans perdre patience, car il savait que des serviteurs obéissants se présenteraient bientôt devant lui.

Il ne s'inquiéta pas du temps qui passait, puisque ses sauveurs étaient déjà en chemin.

— Venez à moi...

Une porte grinça dans le couloir.

Des bruits de pas retentirent.

— Venez à moi, répéta Oba en même temps que la voix.

Deux hommes venaient de s'arrêter devant la porte de la pièce contiguë à sa cellule.

— Que me voulez-vous ? demanda l'un d'eux d'une voix hésitante.

— Tu dois venir à moi, dit Oba.

Le gardien parut surpris par une demande si innocente et pourtant impérieuse.

— Viens ! ordonnèrent Oba et la voix avec une autorité soudain tranchante.

Le fils de Darken Rahl entendit une clé tourner dans la serrure de la première porte, qui s'ouvrit en grinçant.

Un garde entra dans la pièce adjacente et l'ombre d'un autre homme, derrière lui, occulta la lumière qui filtrait du couloir. Les yeux écarquillés, le premier gardien approcha du guichet.

— Que voulez-vous ? demanda-t-il d'un ton hésitant.

— Nous désirons partir, dirent Oba et la voix. Ouvre la porte. Il est temps pour nous de sortir d'ici.

L'homme se pencha et déverrouilla la seconde porte. Quand il l'eut ouverte, son compagnon vint se placer dans son dos. Lui aussi avait le regard vide et l'absence d'expression d'une marionnette.

— Que devons-nous faire ? demanda le premier gardien.

— Nous devons partir, dirent Oba et la voix. Guidez-nous hors d'ici.

Les deux hommes hochèrent la tête puis tournèrent les talons pour montrer le chemin de la liberté au fils de Darken Rahl.

Maintenant que la voix le conseillait, Oba ne serait plus jamais enfermé dans des trous à rats. La voix l'aidait et il était invincible. Heureusement, il s'en était souvenu à temps...

Althea avait eu tort de médire de la voix. Elle était jalouse, comme toutes les autres. Oba était vivant et la voix l'avait soutenu. La magicienne, elle, était morte. Dans le royaume des morts, elle devait tirer une drôle de tête !

Oba ordonna aux deux gardiens de refermer la porte de sa petite cellule. Ainsi, on ne découvrirait pas tout de suite qu'il s'était volatilisé. Pour échapper au seigneur Rahl, avoir un peu d'avance ne lui ferait pas de mal.

Les gardiens le guidèrent dans un dédale de couloirs étroits et obscurs. Avançant prudemment, ils évitèrent tous les passages d'où montaient des échos de conversations et des bruits de pas. Oba voulait s'éclipser le plus discrètement possible. Il valait mieux filer comme ça que devoir se battre, surtout dans son état de fatigue.

— Je dois récupérer mon argent, dit-il. Savez-vous où il est ?

— Oui, répondit un des hommes d'un ton monocorde.

Ils franchirent une série de portes de fer et remontèrent des couloirs aux murs de pierre brute. Dans le plus long, des cellules s'alignaient des deux côtés et des mains avides, se tendant à travers les barreaux, griffèrent l'air sur leur passage.

Les gardiens se firent copieusement insulter et couvrir de crachats. En revanche, rien ne se produisit sur le passage d'Oba. Le silence revint, les mains disparurent et pas un crachat ne vola dans l'air.

Au bout du couloir, un des gardiens s'engagea dans un escalier en colimaçon. Oba le suivit, l'autre homme fermant la marche.

En haut de l'escalier, le premier gardien ouvrit une porte bardée de fer et fit signe au fils de Darken Rahl d'entrer avec lui.

Les lampes des deux hommes illuminèrent des rangées d'étagères où étaient empilés les objets les plus divers. Des vêtements, des armes, des objets personnels de toutes sortes.

Oba étudia tout avec sa curiosité habituelle et se hissa même sur la pointe des pieds pour voir ce qu'il y avait sur les étagères les plus hautes. Tout ce fouillis, devina-t-il, appartenait aux prisonniers, et on le leur avait retiré avant de les enfermer.

Sur une étagère, il repéra le manche de son couteau. Derrière, il reconnut les haillons qu'il avait volés chez Althea afin de pouvoir traverser les plaines d'Azrith. Le couteau qu'il cachait dans sa botte était là aussi, près des diverses bourses qui contenaient sa fortune.

Il fut soulagé de récupérer son argent, et positivement ravi de pouvoir de nouveau refermer les doigts sur le manche en bois de son cher couteau.

— Vous m'escorterez, dit-il aux deux gardiens.

— Où ? demanda l'un d'eux.

Oba prit le temps de la réflexion.

— C'est ma première visite, et j'aimerais voir une bonne partie du palais.

Il avait failli dire *de mon palais*, mais il s'était retenu à temps. L'heure viendrait de prendre possession de son bien. Pour le moment, il avait des affaires plus urgentes à régler.

Il suivit les deux gardiens le long d'une interminable série de couloirs et d'escaliers. Voyant qu'il était accompagné par des hommes en uniforme, les patrouilles ne lui accordèrent pas la moindre attention.

Après avoir franchi une ultime porte en fer, Oba et ses deux guides débouchèrent dans un grand couloir au sol de marbre poli.

Oba fut émerveillé par la splendeur de ce lieu. Les colonnes, la voûte, les arches – tout lui paraissait somptueux.

Le couloir débouchait dans une immense cour plus belle que tout ce qu'Oba avait vu dans sa vie. Bouche bée, le fils de Darken Rahl admira un long moment le grand bassin bordé d'arbres sur un côté qui occupait une bonne partie de l'espace. On se serait cru dans une forêt – sauf que tout cela était à l'*intérieur*, sous une voûte magnifique. Un muret de marbre faisait le tour du bassin dont le fond était constitué de petits carreaux bleus.

Des poissons rouges s'ébattaient dans ces eaux si pures. De vrais poissons, à l'intérieur d'un bâtiment !

Oba n'avait jamais été pétrifié ainsi par la splendeur d'un lieu.

— C'est le palais ? demanda-t-il.

— Une toute petite partie, oui...

— Une toute petite partie ? Le reste est aussi magnifique ?

— Plus magnifique, la plupart du temps... Souvent, les plafonds sont plus hauts et de grandes colonnes soutiennent plusieurs niveaux de balcons.

— Des balcons ? À l'intérieur ?

— Oui. En se baladant, les gens peuvent regarder ce qui se passe sur les places ou le long des grandes promenades.

— Dans certains couloirs, ajouta l'autre gardien, on peut acheter à peu près tout ce qui se vend. Certaines zones sont publiques, mais il y a aussi des casernes pour les soldats et des résidences pour les fonctionnaires. À certains endroits, les visiteurs peuvent louer des chambres.

— Quand j'aurai un peu visité le palais, dit Oba à ses deux esclaves, je voudrai me reposer dans une chambre. Il faudra qu'elle soit luxueuse, bien sûr, mais tranquille. Un endroit discret où on ne me remarquera pas. Avant de l'occuper, je dois acheter des vêtements décents et quelques autres choses. Ensuite, vous monterez la garde pendant que je prendrai un bon bain puis m'offrirai une longue nuit de sommeil.

— Pendant combien de temps devrons-nous veiller sur vous ? demanda un des gardiens. Si nous quittons notre poste pendant trop longtemps, on nous cherchera, et votre disparition sera vite découverte. Si des soldats fouillent le palais, vous...

— Si tout va bien, je partirai demain. Votre absence sera-t-elle remarquée d'ici là ?

— Non, répondit un des hommes. (Dans ses yeux brillait uniquement la volonté de plaire et d'obéir à Oba.) Nous avions fini notre service au moment où vous nous avez appelés.

Oba sourit. La voix avait choisi les hommes qu'il fallait...

— Au moment où vous devrez le reprendre, je serai parti depuis longtemps. Mais jusque-là, je veux profiter de mon séjour au palais. (Oba laissa glisser la main sur la garde de son couteau.) Ce soir, j'aimerais peut-être dîner avec une femme. Une personne discrète, si vous voyez ce que je veux dire...

Les deux hommes s'inclinèrent humblement.

Avant de partir, Oba s'arrangerait pour qu'il ne reste d'eux qu'un petit tas de cendres sur le sol d'un couloir isolé. Ils ne pourraient jamais dire à personne pourquoi sa cellule était vide.

Dehors, le printemps approchait, et en cette saison, tout semblait possible. Oba avait bien l'intention de se laisser porter par sa fantaisie.

Il avait un objectif, cependant : retrouver Jennsen.

Chapitre 44

Jennsen finissait par ne plus être capable de s'étonner. À force de voir des hommes grouiller dans la plaine – une marée humaine incessante –, elle ne distinguait et n'entendait plus rien. Avec ses tentes, ses chariots et ses enclos à chevaux, le campement de l'armée impériale emplissait le vaste terrain plat encaissé entre de hautes murailles rocheuses. À des lieues à la ronde, on devait entendre le bourdonnement de cette ruche géante. Des cris, des grincements, des craquements, des hennissements, des bruits métalliques : bref, tous les sons de la vie, et parfois, plus bizarrement, des hurlements de femme difficiles à interpréter…

Jennsen avait l'impression de regarder une mégalopole imaginée par un architecte fou. À croire que l'ingéniosité et le sens de l'ordre de l'esprit humain s'étaient effacés pour jeter des soldats et des civils dans un décor de cauchemar qui les ramenait peu à peu à l'état sauvage. Luttant contre les forces de la nature, ces gens faisaient ce qu'ils pouvaient pour ne pas succomber, et ce n'était pas facile.

Cela dit, depuis le début de son voyage avec Sebastian, Jennsen avait vu bien pis que ça. Quelques semaines plus tôt, plus loin au sud, son compagnon et elle avaient traversé l'endroit où l'armée de Jagang s'était arrêtée pendant l'hiver. Une force de cette importance infligeait inévitablement des dégâts à la nature. Quand elle y séjournait un long moment, il ne s'agissait plus de dégâts mais de dévastation. Il faudrait des années avant que la terre guérisse de ses blessures.

Pour ne rien arranger, des milliers d'hommes, vaincus par les rigueurs du climat, étaient morts de maladie. Sur le site du camp désormais désert, des tombes éparpillées un peu partout témoignaient de la catastrophe. Déjà terrifiée par les ravages que pouvaient faire la fièvre et le froid, Jennsen préférait ne pas imaginer le carnage qu'entraînerait la grande bataille pour la liberté.

Depuis le dégel, le sol boueux avait suffisamment séché pour que l'armée puisse se remettre en route et quitter ses désastreux « quartiers d'hiver ».

L'immense colonne se dirigeait vers Aydindril, le cœur même du pouvoir dans les Contrées du Milieu. Selon Sebastian, l'armée venue de l'Ancien Monde était si grande que les derniers soldats s'arrêtaient pour la nuit des heures après que leurs camarades des premiers rangs eurent cessé de marcher. Et au matin, le phénomène inverse se produisait…

Si la grande marche vers le nord n'était pas encore très rapide, elle était lancée, et plus rien ne l'arrêterait. Et quand les soldats sentiraient leurs proies, ils accéléreraient le pas d'eux-mêmes.

Jennsen jugeait lamentable que l'appétit de conquête et de pouvoir du seigneur Rahl contraigne l'Ordre Impérial à se battre. La vallée aurait été si jolie, sans tous ces soldats… Avec l'arrivée du printemps, la végétation remontrait le bout de son nez, et toutes les collines environnantes verdoyaient déjà. Sur les pentes plus abruptes, au-delà des collines, la forêt reprenait ses droits. Dans le lointain, les plus hauts pics restaient toujours couverts de neige, mais les torrents gonflés par le dégel dévalaient leurs pentes en rugissant. Tous venaient se jeter dans un grand fleuve qui serpentait au milieu d'une autre plaine. Dans ce coin-là, la terre brune semblait si fertile qu'on aurait pu y planter des cailloux avec de réelles chances de les voir pousser.

Avant que Sebastian et elle aient rejoint l'armée, Jennsen avait découvert les plus beaux paysages qu'elle ait jamais eu l'occasion d'admirer. Les forêts, surtout, l'avaient impressionnée, et elle aurait donné cher pour les explorer puis s'y bâtir une cabane. Quand on contemplait tant de beauté, il devenait difficile de se souvenir que les Contrées étaient le royaume du mal et de la sorcellerie.

Sebastian était pourtant formel : des monstres et des sorciers rôdaient dans ces bois, et il ne fallait surtout pas s'y aventurer.

Jennsen avait appris assez de choses, ces derniers temps – par exemple dans le marécage – pour envisager de courir le risque. Mais cela ne l'aurait pas mise hors de portée des sbires du seigneur Rahl, qui pouvaient la retrouver n'importe où, comme ils l'avaient prouvé le jour funeste de la mort de sa mère. Depuis ce drame, ces assassins infatigables avaient traqué la jeune femme dans tout D'Hara et dans une bonne moitié des Contrées du Milieu.

Si les hommes de son demi-frère la rattrapaient, ils la conduiraient dans le donjon où Sebastian avait été emprisonné. Elle y subirait la torture jusqu'à ce que le seigneur consente à la laisser mourir lentement dans d'atroces souffrances. Tant que cet homme la poursuivrait, elle n'aurait pas la paix, c'était certain. Donc, elle allait inverser les rôles, le gibier devenant le chasseur...

Comme ça s'était déjà produit plusieurs fois, des sentinelles venaient de repérer les deux cavaliers, et une patrouille était déjà en route pour les intercepter.

Dès qu'ils aperçurent les cheveux blancs de Sebastian, qui les salua d'un geste nonchalant, ces guerriers sourirent et s'en retournèrent faire cuire leur repas sur un feu de camp.

Tous les soldats de l'Ordre Impérial étaient des colosses à l'air sauvage vêtus de peaux de bête ou d'un uniforme de cuir crasseux. Dans la vallée, ils avaient planté au hasard leurs tentes aussi disparates que possible. Au milieu de ce fouillis, également disposées au hasard, Jennsen avait repéré des forges de campagne, des tables de réfectoire, des piles d'armes, des chariots bâchés ou non, des enclos à bestiaux ou à chevaux et quelques étals de marchands ambulants où se pressaient sans cesse des soldats avides d'améliorer leur ordinaire.

Un peu partout, des types au visage émacié parfois perchés sur un tonneau haranguaient la foule. Trop loin pour comprendre ce qu'ils disaient, Jennsen avait vu assez de prédicateurs pour les reconnaître à dix lieues de distance. Selon sa mère, les chantres de la fin du monde et de la rédemption se ressemblaient tous. Et quand on en avait écouté un, on savait ce que les autres avaient à dire.

En approchant du camp, Jennsen vit des soldats occupés à nettoyer leurs armes, à jouer aux dés, à boire ou à chanter au sein de chorales improvisées.

D'interminables rangées d'hommes attendaient d'être servis par les cuistots retranchés derrière de gigantesques chaudrons. Sans doute parce qu'ils détestaient attendre – et qu'ils avaient le palais fin –, beaucoup de soldats cuisinaient eux-mêmes sur de petits feux.

Partout, des hommes s'occupaient des animaux ou s'acquittaient d'une multitude de corvées. Dans certains coins, un peu à l'écart, les parties de dés acharnées tournaient au pugilat.

Le camp était un endroit crasseux, puant et bruyant où régnait une confusion qui finissait par devenir terrifiante.

Jennsen n'avait jamais été à l'aise dans les foules, mais là, ça dépassait ses pires cauchemars. Alors qu'elle approchait de cette fourmilière humaine, elle aurait donné cher pour pouvoir tourner bride et galoper dans la direction opposée. Mais elle venait pour une bonne raison, et rien ne l'empêcherait d'aller jusqu'au bout de sa démarche.

Si sa métamorphose intérieure avait pris du temps, désormais, il n'était plus question de revenir en arrière. Elle avait pris la décision de tuer, et elle assumerait ce choix jusqu'à ses ultimes conséquences.

Sa détermination ne lui facilitait pourtant pas les choses quand il s'agissait de frayer avec les brutes que Sebastian appelait des « combattants de la liberté ». Vêtus comme des bandits de grand chemin, ces hommes chevelus et barbus lui donnaient des sueurs dans le dos. Avec son apparence soignée et sa distinction naturelle, il n'était pas étonnant que les soudards reconnaissent Sebastian de loin. Mais ils semblaient *tous* le connaître, et ceux qui l'apercevaient ne manquaient jamais de lui adresser un salut. Parmi eux, le jeune homme aux cheveux blancs évoquait un cygne entouré d'une bande de canards boiteux.

Il avait expliqué à Jennsen que lever une armée défensive était une tâche très difficile, surtout quand il fallait ensuite la lancer dans une longue expédition. Ces guerriers étaient loin de chez eux, et on les avait chargés d'accomplir une mission terrible. Dans ces conditions, ils n'avaient pas le temps de faire des ronds de jambe aux dames, de se pomponner et de dresser des camps propres et bien organisés. C'étaient des combattants, et ils risquaient leur vie tous les jours.

Comme les soldats d'harans, avait pensé Jennsen. *Et pourtant, ils ne ressemblent pas à des barbares.*

Mais elle avait préféré garder cette réflexion pour elle, car elle comprenait ce que voulait dire son compagnon. D'ailleurs, elle vivait à peu près la même expérience. Concentrée sur un seul objectif – fuir les tueurs du seigneur Rahl –, elle prenait de moins en moins le temps de soigner son apparence. Même sans poursuivants, le voyage à travers les montagnes aurait été difficile, et elle s'était souvent irritée de devoir se montrer à Sebastian mal coiffée, poisseuse de sueur et presque aussi puante que leurs chevaux.

Pour être franche, il n'en avait jamais paru gêné. Toujours souriant quand il posait les yeux sur elle, il s'était échiné à jouer les chevaliers servants pendant tout le voyage.

La veille, ils avaient emprunté un raccourci à travers les collines afin d'approcher plus vite de la tête de la colonne. En chemin, ils étaient tombés sur une ferme abandonnée, et Sebastian avait accepté qu'ils y passent la nuit, même s'il était encore un peu tôt pour camper.

Après s'être baignée et lavé les cheveux dans le vieux baquet de la minuscule salle de bains, Jennsen avait utilisé l'eau pour ses vêtements. Assise devant le feu que Sebastian avait allumé dans la cheminée, elle s'était longuement brossée pendant que ses affaires séchaient.

Nerveuse à l'idée de rencontrer l'empereur, Jennsen tenait au moins à être présentable.

La regardant d'un air émerveillé, Sebastian avait assuré qu'elle était la plus belle femme que Jagang aurait jamais rencontrée. Et ce serait resté vrai, avait-il ajouté, même si elle s'était présentée devant lui sale comme un peigne et la crinière en bataille.

À présent, alors qu'ils chevauchaient le long du camp, montant vers la tête de la colonne, Jennsen avait la gorge et l'estomac noués.

À voir les nuages qui arrivaient des montagnes, un orage éclaterait avant longtemps. Dans le lointain, on entendait déjà des roulements de tonnerre. Si la pluie tombait trop tôt, Jennsen aurait ses cheveux et ses vêtements trempés avant sa rencontre avec l'empereur, et tous ses efforts n'auraient servi à rien.

— Là..., dit Sebastian. (Il se pencha sur sa selle et tendit un bras.) Tu vois ces tentes ? Il y a celle de l'empereur, et tout autour, celles des officiers supérieurs et des conseillers spéciaux. Aydindril n'est pas très loin au-delà de cette vallée. Jagang n'a pas encore lancé l'assaut. Nous arrivons à temps.

Les tentes des gens importants étaient imposantes. Celle de Jagang était en réalité un immense pavillon – une sorte de palais ambulant, songea Jennsen, très impressionnée.

Dressé à l'écart du campement principal – le plus loin possible, en fait, de la soldatesque –, cet ensemble de tentes évoquait bel et bien le château d'un roi dominant un vulgaire village de cabanes.

Le cœur de Jennsen s'affola quand Sebastian fit obliquer Pete pour s'engager franchement dans le camp. Comme son compagnon, Rouquine n'eut pas l'air ravie de s'enfoncer dans un endroit si bruyant.

Jennsen talonna sa jument, se porta au niveau de Sebastian et prit la main qu'il lui tendait.

— Ta paume est moite de sueur, souffla le jeune homme aux cheveux blancs. Ne me dis pas que tu es nerveuse ?

— Un tout petit peu, quand même, mentit Jennsen.

En réalité, elle crevait de trouille.

— Eh bien, c'est parfaitement inutile. C'est Jagang qui sera dans tous ses états face à une si jolie femme…

Jennsen sentit qu'elle s'empourprait.

Elle allait bientôt rencontrer un empereur. Qu'en aurait pensé sa mère ?

Alors qu'elle n'était qu'une jeune servante, dame Daggett, comme l'appelait Sebastian, avait été présentée à Darken Rahl. Qu'avait-elle éprouvé à ce moment-là ? Pour la première fois de sa vie, Jennsen mesurait l'énormité qu'avait dû être cet événement pour une adolescente qui ignorait tout de l'existence.

Alors que Sebastian et elle traversaient le camp, Jennsen sentit peser sur elle de plus en plus de regards masculins. Les soldats accouraient en masse pour découvrir cette femme qu'ils ne connaissaient pas.

Jennsen s'aperçut que des hommes armés de piques, des deux côtés de la route, empêchaient les curieux de se jeter en travers de son chemin. Pour des raisons très particulières, l'armée impériale lui faisait une haie d'honneur…

— L'empereur sait que nous arrivons, dit Sebastian quand il vit que sa compagne s'interrogeait sur les motifs de ce traitement de faveur.

— Comment l'a-t-il appris ?

— Les éclaireurs que nous avons rencontrés il y a quelques jours ont sûrement envoyé un messager à Jagang pour le prévenir de mon retour et lui préciser que je n'étais pas seul. Lorsque je lui amène un invité, l'empereur fait tout pour assurer sa sécurité…

Les hommes armés étaient donc bien là pour tenir en respect les autres soldats. Cette précaution paraissait étrange, dans un camp ami, mais à voir l'allure des soudards – certains étant à l'évidence ivres morts –, Jennsen aurait été malvenue de s'en plaindre.

— Ces soldats… Eh bien, comment dire… Ils ont l'air de brutes épaisses…

— Quand tu plongeras ta lame dans le cœur de Richard Rahl, as-tu l'intention de lui faire d'abord des ronds de jambe, puis de lui demander son autorisation, histoire de montrer que tu es bien élevée ?

— Bien sûr que non, mais…

— Lorsque des tueurs ont fait irruption chez toi pour tuer ta mère, quel genre d'hommes aurais-tu voulu avoir à tes côtés pour te protéger ?

Jennsen fut abasourdie par cette question.

— Sebastian, je ne vois pas le rapport…

— Eh bien, le voici : aurais-tu voulu être défendue par des soldats d'opérette – comme ceux qui paradent avant les banquets des rois – ou par des gaillards comme ceux-là, qui n'ont peur de rien et sont prêts à donner leur vie au nom du devoir ? Franchement, n'aurais-tu pas préféré que des barbares assoiffés de sang se dressent entre ta mère et ses meurtriers ?

— Je vois ce que tu veux dire…, dut admettre Jennsen.

— Ces hommes servent de boucliers aux innocents de l'Ancien Monde menacés par le seigneur Rahl. Quelle que soit leur apparence, ce sont des héros !

Le souvenir de la mort de sa mère, surtout ravivé si brusquement, glaça les sangs de Jennsen. Alors qu'elle tentait de bannir cette horreur de son esprit, elle dut reconnaître que le discours de Sebastian se tenait. Elle était ici pour une raison bien précise, et cela seul comptait. Les hommes qui devaient affronter ceux du seigneur Rahl étaient de vrais professionnels de la guerre. Que pouvait-elle vouloir de plus ?

Jennsen n'aperçut pas de femmes dans le camp avant que Sebastian et elle aient atteint la lisière du complexe de tentes de l'empereur – une partie du camp lourdement défendue, ce qui n'avait rien de très étonnant.

Les femmes en question étaient un mélange de jeunes beautés et de vénérables grand-mères. En voyant Jennsen, certaines parurent intriguées, d'autres plissèrent sombrement le front et quelques-unes semblèrent franchement inquiètes. Mais toutes la regardèrent approcher.

— Pourquoi ont-elles un anneau à la lèvre inférieure ? demanda Jennsen à Sebastian.

— C'est une façon de montrer leur loyauté envers l'Ordre Impérial et Jagang le Juste.

Jennsen trouva que c'était une manière étrange et inquiétante de manifester sa fidélité. De plus, la plupart de ces femmes avaient les cheveux en bataille et étaient habillées comme des souillons.

Quand les deux cavaliers eurent mis pied à terre, des soldats vinrent prendre en charge leurs montures. Jennsen caressa les naseaux de Rouquine et lui murmura à l'oreille pour la calmer. Voyant que la jument n'avait plus peur, Pete la suivit sans protester jusqu'à l'enclos le plus proche. Être séparée de Rouquine rappela à Jennsen combien sa chère Betty lui manquait.

Les femmes l'observaient toujours et se gardaient bien d'approcher. Jennsen avait l'habitude qu'on se méfie d'elle. Tout ça à cause de ses cheveux roux, bien entendu. Par cette agréable journée de printemps, elle avait oublié de relever sa capuche avant d'entrer dans le camp. Elle voulut remédier à cette omission, mais Sebastian lui prit le poignet au vol.

— Ce n'est pas nécessaire…, dit-il. (Il désigna les femmes.) La plupart sont des Sœurs de la Lumière qui ne redoutent pas la magie. En revanche, elles détestent que des inconnues entrent dans le campement de l'empereur.

Jennsen comprit soudain pourquoi beaucoup de ces femmes la regardaient bizarrement. Étant des magiciennes, elles la voyaient avec leurs yeux et pas avec leur don, et ça les perturbait.

Sebastian ne pouvait pas s'en douter, parce qu'elle ne lui avait jamais répété tout ce qu'Althea lui avait dit au sujet des rejetons des seigneurs Rahl et de la magie. En particulier, elle ne lui avait pas parlé des « trous dans le monde ».

En plus d'une occasion, le jeune homme aux cheveux blancs n'avait pas caché que tout ce qui touchait au pouvoir le révulsait. Du coup, Jennsen n'avait pas eu envie de s'étendre sur ce que lui avait appris Althea. Ni sur les choses, plus importantes encore, qu'elle avait découvertes toute seule. Ayant déjà assez de mal à vivre avec tout ça, elle préférait attendre des circonstances idéales pour informer complètement son compagnon. Et jusqu'à présent, l'occasion ne s'était pas présentée.

Jennsen parvint à sourire aux femmes qui l'épiaient de loin. En réponse, elle reçut des regards peu amènes.

— Sebastian, pourquoi l'empereur est-il séparé ainsi de ses hommes ? Et si bien gardé dans son propre camp ?

— Avec autant de soldats, comment savoir si l'un ou l'autre n'est pas un espion ennemi ou un fou qui risque de s'en prendre à Jagang pour devenir célèbre ? Tu imagines qu'un attentat nous prive de notre précieux chef ? Pour empêcher ça, nous avons décidé de multiplier les précautions.

Jennsen ne put qu'acquiescer. Après tout, Sebastian avait réussi à s'infiltrer au Palais du Peuple. S'il avait croisé un homme important, il aurait pu jouer du couteau et faire de gros dégâts. Les D'Harans redoutaient également les espions, et c'était même pour ça qu'ils avaient arrêté Sebastian.

Par bonheur, Jennsen était parvenue à le tirer de sa cellule. En réfléchissant, elle avait compris, entre bien d'autres choses, comment elle avait réussi cet exploit. Pour l'instant, elle n'avait pas trouvé le temps d'en parler à son compagnon. Et de toute façon, elle pensait qu'il ne comprendrait pas ou refuserait de croire à une théorie si bizarre.

Sebastian prit Jennsen par la taille et la guida jusqu'à l'entrée du pavillon impérial gardée par deux soldats armés jusqu'aux dents. Après que ces hommes l'eurent salué, Sebastian écarta un lourd rabat incrusté d'or et d'argent et avança tout naturellement.

Jennsen n'avait jamais imaginé qu'une tente puisse être si luxueuse. Et à l'intérieur, c'était encore plus frappant qu'à l'extérieur !

Le sol était entièrement couvert de riches tapis et des tentures ornées de broderies exotiques séparaient les différentes « pièces ». Les tables, les coffres et les autres meubles étaient tous en bois précieux, et les objets qui reposaient dessus, des coupes aux saladiers en passant par les vases, devaient valoir une petite fortune. Dans un coin, Jennsen vit même un grand vaisselier à vitrine où étaient rangées des assiettes à liseré d'or.

Il y avait des coussins moelleux un peu partout. À la lumière tamisée des chandeliers, cet endroit au silence impressionnant – à cause des tapis et des tentures – faisait irrésistiblement penser à un temple.

Des femmes s'affairaient dans le pavillon impérial. Toutes portaient un anneau à la lèvre inférieure, et leur attitude évoquait davantage des esclaves que de loyales zélatrices. Alors que la plupart se concentraient sur leur travail, l'une d'elles dépoussiérait une série de petits vases précieux en regardant Jennsen du coin de l'œil. D'âge moyen, large d'épaules, elle portait une simple robe grise très longue et au col boutonné. Ses cheveux grisonnants noués en queue-de-cheval, elle paraissait insignifiante, n'était le rictus satisfait qu'elle affichait.

Jennsen en fut intriguée, et son regard s'attarda sur l'étrange domestique. Quand leurs yeux se croisèrent, la voix s'éveilla dans la tête de Jennsen, murmura son nom et lui ordonna de renoncer à sa chair.

Sans comprendre pourquoi, la jeune femme eut la certitude terrifiante que l'inconnue savait que la voix venait de lui parler. Elle s'empressa de chasser cette idée de sa tête – une sinistre fantaisie due au bizarre sentiment de supériorité que semblait éprouver cette femme alors qu'elle était réduite à des tâches subalternes.

Les autres servantes s'affairaient à balayer les tapis ou à remplacer les bougies dans les chandeliers. Quelques-unes, peut-être des Sœurs de la Lumière, allaient et venaient de « pièce » en « pièce » pour s'occuper des coussins, des lampes et des fleurs en vase.

Un jeune homme très mince vêtu d'un simple pantalon était agenouillé au bord d'un tapis dont il lissait les franges avec un petit peigne. À part la femme qui nettoyait les vases, tous ces domestiques, concentrés sur leur travail, n'accordaient aucune attention aux visiteurs.

Sebastian serra un peu plus fort la taille de Jennsen tandis qu'ils avançaient dans le pavillon dont les cloisons et le toit ondulaient un peu au vent. Si son compagnon l'avait conduite au gibet, le cœur de la jeune femme n'aurait sûrement pas battu plus fort.

S'avisant qu'elle avait saisi la garde de son couteau pour s'assurer qu'il coulissait bien dans son fourreau, Jennsen sursauta puis se força à lâcher l'arme.

Au fond de la première « pièce », un homme était assis dans un splendide fauteuil drapé de soie rouge aux accoudoirs sculptés et dorés à l'or fin.

Jennsen frissonna quand son regard se posa pour la première fois sur l'empereur Jagang. Le menton appuyé sur ses mains croisées, il affichait une parfaite décontraction, comme s'il attendait simplement des amis pour leur offrir le thé.

Pourtant, Jennsen en avait les sangs glacés.

Jagang le Juste avait un cou de taureau et la lumière des bougies qui se reflétait sur son crâne rasé donnait l'impression qu'il était coiffé d'une couronne de flammes. Arborant de fines moustaches et l'ombre d'un bouc, le chef suprême de l'Ordre Impérial portait autour du cou de lourdes chaînes d'or et d'argent qui brillaient comme de petits soleils sur sa poitrine musclée. D'énormes bagues à chaque doigt, il portait une veste en laine sans manches qui dévoilait ses épaules et ses bras aux muscles saillants. Même s'il n'était pas très grand, cet homme avait tout du colosse, et trois mots venaient à l'esprit pour le décrire : « montagne de muscles ».

Une chaînette reliait l'anneau d'or passé à sa narine gauche à celui qui ornait son oreille, du même côté.

Malgré les précautions prises par Sebastian, Jennsen tressaillit quand elle vit les yeux de l'empereur. Aucune description ne pouvait préparer à un choc pareil.

Les yeux de Jagang, dépourvus de blanc, d'iris et de pupille, étaient deux puits noirs dans lesquels dansaient des ombres semblables à des nuages d'orage.

Bien que de tels yeux dussent en principe être aveugles, Jennsen ne douta pas un instant que l'empereur la voyait parfaitement bien.

Quand Jagang lui sourit, la jeune femme sentit que ses genoux se dérobaient. Par bonheur, Sebastian la soutint au bon moment.

— Empereur, dit-il en esquissant une révérence, je remercie le Créateur d'avoir veillé sur toi.

— Moi, je Lui suis reconnaissant de t'avoir protégé, Sebastian, dit l'empereur d'une voix puissante et menaçante en parfaite harmonie avec son apparence. Voilà bien longtemps que nous ne nous sommes vus... Trop longtemps, même... Je me félicite que tu sois de retour.

Sebastian tourna la tête vers Jennsen.

— Excellence, je t'ai amené une invitée très importante. Permets-moi de te présenter Jennsen.

Jennsen se libéra du bras de son compagnon et tomba à genoux devant l'empereur. Une initiative intelligente, plutôt que de s'écrouler à cause de l'émotion. Profitant de sa position, elle se prosterna jusqu'à ce que son front touche le sol. Sebastian ne lui avait pas dit ce qu'elle était censée faire, mais elle avait l'angoissante certitude que se montrer humble s'imposait. De plus, ça lui permettait pour un temps de ne plus voir les yeux cauchemardesques de l'empereur.

Un homme pareil – un guerrier qui espérait vaincre les envahisseurs d'harans – ne pouvait être qu'un colosse à la volonté de fer et à l'opiniâtreté sans faille. Diriger un peuple qui cherchait à ne pas tomber sous le joug d'un tyran était une mission taillée sur mesure pour un gaillard de ce genre.

— Excellence, dit Jennsen sans relever les yeux, je suis à votre service.

— Allons, Jennsen, lança Jagang, foin de tout ce protocole !

Tandis que Sebastian l'aidait à se relever, Jennsen devina qu'elle était rouge comme une pivoine. En authentiques gentilshommes, son compagnon et l'empereur firent mine de ne pas s'en apercevoir.

— Sebastian, où as-tu déniché une jeune femme si adorable ?

— C'est une longue histoire, Excellence, et je te la raconterai un autre jour. Pour l'instant, sache que Jennsen a pris une décision importante qui aura des conséquences pour nous tous.

Les terribles yeux de Jagang se posèrent de nouveau sur Jennsen, qui en eut l'estomac tout retourné.

— Et de quelle décision s'agit-il, jeune dame ? demanda l'empereur avec le sourire indulgent d'un grand de ce monde qui rencontre une moins-que-rien.

Jennsen.

Une image de sa mère morte sur le plancher de leur cabane revint à l'esprit de la jeune femme. Elle n'oublierait jamais les derniers instants de sa mère. Ni le désespoir d'avoir dû partir sans pouvoir s'occuper de sa dépouille.

Jennsen.

La colère balaya d'un coup la timidité de la jeune femme.

— J'ai décidé de tuer Richard Rahl, répondit-elle avec assurance, comme si elle ne s'adressait pas à un empereur. Et je suis venue vous demander de l'aide.

Un lourd silence s'ensuivit.

Sa bienveillance forcée oubliée, Jagang dévisageait Jennsen, l'air menaçant. À l'évidence, il ne tolérait pas qu'on plaisante sur ce sujet.

Rien d'étonnant quand on songeait que Richard Rahl avait envahi la patrie adorée de cet homme, tué ses sujets par milliers et condamné le monde entier à la guerre et à la souffrance.

Jagang attendait que Jennsen s'explique. Et gare à elle si elle ne le convainquait pas de son sérieux.

— Je me nomme Jennsen Rahl, dit-elle d'une voix qui ne tremblait plus.

Elle dégaina son couteau, le prit fermement par la lame et tendit vers l'empereur la garde ornée d'un « R ».

— Jennsen Rahl, répéta-t-elle, la sœur de Richard. Je veux le tuer. Selon Sebastian, vous êtes susceptible de m'aider à le faire. Si vous y consentez, je vous serai éternellement reconnaissante. Si vous refusez, dites-le tout de suite, car je ne renoncerai pas pour autant, et je devrai me remettre en route le plus vite possible.

Les coudes posés sur les bras ornementés de son trône de campagne, Jagang se pencha vers la jeune femme et riva sur elle son regard terrifiant.

— Chère Jennsen Rahl, sœur de Richard, pour t'aider à accomplir cette mission, je mettrai le monde entier à tes pieds. Il te suffira de demander pour avoir tout ce que tu voudras.

Chapitre 45

Jennsen s'assit à côté de Sebastian et fut réconfortée par sa présence familière. Cela dit, elle aurait mille fois préféré qu'ils soient seuls tous les deux devant un bon feu de camp, en train de faire frire des poissons ou de regarder mijoter des haricots. À la table de l'empereur, elle se sentait beaucoup plus seule que dans la forêt. Curieusement, les domestiques qui s'affairaient autour d'elle accentuaient cette impression. Si Sebastian n'avait pas été là, détendu et souriant, elle n'aurait peut-être pas pu résister à l'envie de se lever et de fuir à toutes jambes. Depuis toujours, elle se sentait mal à l'aise en compagnie des gens normaux. Une telle assemblée était encore plus angoissante.

Sans le moindre effort, Jagang dominait souverainement la soirée. Avec Jennsen, il n'avait pas cessé de se comporter comme un gentilhomme. Pourtant, il parvenait à lui donner le sentiment troublant qu'elle respirait exclusivement parce qu'il l'y autorisait.

Jagang le Juste affichait une parfaite sérénité en toutes circonstances. Habitué au fardeau des responsabilités, il prenait les décisions les plus capitales avec un calme et une assurance que rien ne semblait pouvoir ébranler. Il était comme un félin des montagnes, toujours aux aguets, même quand on le croyait paresseusement étendu au soleil, la queue battant lentement tandis qu'il se léchait les babines.

Cet homme n'était pas le genre de chef à se prélasser dans son palais, à l'abri de tout, et à écouter des rapports en se frottant les mains. Cet empereur-là n'hésitait pas à plonger les mains dans la pâte sanglante de la vie et de la mort afin de le modeler à sa convenance.

Le dîner qui se déroulait sous la tente de Jagang aurait pu passer pour une extravagance. Après tout, il s'agissait d'une armée en campagne, pas d'une cour en villégiature. Mais la démesure convenait tellement bien au maître de l'Ancien Monde…

Le repas était extraordinaire. Toutes les sortes de viandes, des légumes rares, un pain délicieux, les meilleurs vins… Jusqu'à ce jour, Jennsen n'avait pas imaginé que de tels délices puissent exister en une pareille abondance.

Tandis que les domestiques s'agitaient autour d'elle, la traitant quasiment comme une reine, Jennsen eut soudain les entrailles nouées en pensant à l'expérience similaire qu'avait vécue sa mère. Une jeune fille naïve, conviée à la table de Darken Rahl pour se régaler de mets et de boissons hors du commun. Comme elle avait dû être impressionnée – et tétanisée par l'aura d'un homme qui pouvait prononcer une sentence de mort entre deux gorgées de vin.

L'appétit coupé par tant d'émotions, Jennsen tentait de faire illusion en grignotant de minuscules morceaux de la superbe tranche de rôti de porc présentée sur du pain imbibé du jus de cuisson.

En picorant, la jeune femme écoutait la conversation des deux hommes. Ils parlaient de tout et de rien, sûrement parce qu'elle était là. Sans oreilles indiscrètes dans les environs, ils auraient certainement eu beaucoup de choses à se dire.

Pour l'heure, ils évoquaient des connaissances communes et des événements mineurs qui avaient eu lieu depuis que Sebastian était parti en mission, l'été précédent.

— Et Aydindril ? demanda soudain le jeune homme aux cheveux blancs tout en piquant un morceau de viande au bout de son couteau.

Jagang détacha un pilon d'une volaille rôtie, se pencha en avant et agita vaguement la main.

— Je n'en sais rien…

— Pardon ? ne put s'empêcher de lancer Sebastian. Je connais la configuration du terrain, et nous sommes à un ou deux jours de la capitale. (Sans se départir du respect idoine, il ne cachait pas son inquiétude.) Comment pouvons-nous fondre sur Aydindril sans savoir ce qui nous y attend ?

Jagang mordit dans le pilon, et de la graisse dégoulina sur son menton et ses doigts.

— Eh bien, dit-il quand il eut reposé l'os sur une assiette, nous avons envoyé des éclaireurs et des patrouilles, mais personne n'est jamais revenu.

— Pas un seul homme ? s'inquiéta Sebastian.

Jagang prit un couteau et se coupa une généreuse tranche de gigot d'agneau.

— Non, pas un seul…

Sebastian mangea son morceau de viande puis reposa son couteau.

— La forteresse du Sorcier est en Aydindril, dit-il en posant les coudes sur la table. Je l'ai vue quand j'ai exploré la ville, l'an dernier. Bâtie à flanc de montagne, elle domine la capitale.

— Je me souviens de ton rapport, dit l'empereur.

Jennsen aurait voulu savoir ce qu'était cette « forteresse du Sorcier », mais elle n'osa pas interrompre les deux hommes. De plus, elle craignait de se ridiculiser, car Sebastian parlait de ce lieu comme si tout le monde avait dû le connaître.

— Puis-je te demander quel est ton plan, Excellence ?

L'empereur claqua des doigts, et tous les serviteurs sortirent du pavillon. Jennsen regretta de ne pas pouvoir les suivre. Comme elle aurait donné cher pour redevenir une anonyme et filer se réfugier sous sa couverture !

Dehors, le tonnerre grondait et des bourrasques faisaient onduler la toile du pavillon. Les chandeliers posés sur la table éclairaient les deux hommes mais laissaient dans l'ombre presque tout le reste de la grande salle à manger.

Jagang jeta un coup d'œil à Jennsen puis braqua ses étranges yeux sur Sebastian.

— Je penche pour une attaque éclair… Pas avec toute l'armée, comme nos ennemis s'y attendent, mais avec une force montée assez réduite pour garder un maximum de souplesse. Bien entendu, il faudra qu'elle soit quand même assez importante pour contrôler la cité. Comme tu t'en doutes, un gros contingent de nos forces magiques l'accompagnera.

En quelques secondes, la conversation était devenue terriblement sérieuse. Témoin silencieux d'un moment historique capital – ou plus exactement de ses préparatifs –, Jennsen frissonna en pensant aux milliers de vies qui dépendaient des propos échangés par ces deux hommes.

Après une assez longue réflexion, Sebastian posa une nouvelle question.

— Sais-tu comment s'est passé l'hiver pour Aydindril ?

Jagang secoua la tête.

— Non, dit-il quand il eut fini de manger sa tranche de gigot, mais la Mère Inquisitrice n'est pas idiote, et tu le sais comme moi. En observant notre progression – les chemins que nous empruntons et les villes que nous avons conquises –, elle doit avoir deviné depuis longtemps que j'attaquerai sa capitale au printemps. Nos ennemis doivent suer comme des cochons en pensant au sort qui les attend. À cette heure, ils tremblent sûrement dans leurs bottes, mais je doute que la Mère Inquisitrice ait quitté sa ville.

— Vous pensez que la femme du seigneur Rahl est en Aydindril ? s'écria Jennsen. Dans la cité que vous allez attaquer ?

Les deux hommes dévisagèrent la jeune femme en silence.

— Désolée de vous avoir interrompus…, balbutia Jennsen.

L'empereur lui sourit.

— De quoi t'excuses-tu ? Tu viens de dire très précisément quel est l'enjeu de cette campagne. Mon ami, tu as déniché une femme vraiment spéciale – quelqu'un qui a une sacrée tête sur les épaules !

— Et rudement jolie ! ajouta Sebastian en tapotant le dos de sa compagne.

— Oui, très jolie…, répéta Jagang, son regard noir brillant étrangement. (Il prit quelques olives dans une coupe.) Alors, Jennsen Rahl, que penses-tu de tout ça ?

Ayant déjà parlé, Jennsen ne pouvait plus se dérober. Il fallait qu'elle réponde…

— Tout le temps que j'ai passé à fuir le seigneur Rahl, j'ai essayé de ne rien faire pour lui indiquer où j'étais. Bref, je cherchais à ce qu'il reste aveugle, en ce qui me concernait. C'est peut-être ce que vos ennemis tentent de faire, en ce moment.

— C'est ce que je pense aussi, dit Sebastian. S'ils sont morts de peur, ils s'efforcent d'éliminer tous nos éclaireurs pour nous faire croire qu'ils sont plus puissants et déterminés que nous le pensons.

— Ils espèrent sûrement aussi que l'élément de surprise jouera en leur faveur, ajouta Jennsen.

— C'est ce que je pense aussi…, dit Jagang. Sebastian, je ne m'étonne plus que tu m'aies amené cette femme. Elle est aussi calée que toi en stratégie !

Jagang fit un clin d'œil à Jennsen. Puis il prit une petite cloche, sur la table, et la fit sonner.

La femme qui nettoyait les vases, lors de l'arrivée de Jennsen, sortit de nulle part et accourut.

— Oui, Excellence ?

— Apporte des fruits et des sucreries à cette jeune dame.

La femme fit une révérence et s'éloigna à petits pas rapides.

— C'est pour ça, reprit Jagang, en revenant aux choses sérieuses, que je préfère attaquer avec une force plus petite que celle qu'ils attendent. Quelles que soient les défenses mises en place par l'ennemi, nous nous adapterons bien plus vite. Nos adversaires peuvent écraser nos patrouilles, mais ils seront impuissants face à une force de cavalerie soutenue par nos magiciennes. S'il le faut, nous lancerons des fantassins dans la cité. Après avoir passé l'hiver à se tourner les pouces, les hommes seront contents d'avoir un peu d'action. Mais je n'ai pas envie de commencer par ce qu'attendent les défenseurs d'Aydindril.

Sebastian piqua une tranche de rôti de bœuf au bout de son couteau et la contempla en réfléchissant.

— Elle doit être dans le Palais des Inquisitrices…, finit-il par dire. Elle peut avoir décidé de le défendre jusqu'au bout.

— C'est ce que je crois, acquiesça Jagang.

Dehors, le vent gémissait entre les tentes. Une tempête comme il y en avait souvent au printemps, dans cette région.

— Vous pensez vraiment qu'elle y sera ? demanda Jennsen aux deux hommes. Vous êtes persuadés qu'elle ne fuira pas alors qu'elle sait qu'une armée approche ?

— Ce n'est pas une certitude, avoua Jagang, mais j'ai combattu cette femme dans toutes les Contrées du Milieu, et je la connais bien. Jusque-là, elle a toujours eu plusieurs options, même si certaines étaient déchirantes. Avant l'hiver, nous avons forcé son armée à se retrancher en Aydindril, puis nous avons assiégé la ville à distance, en quelque sorte. Aujourd'hui, la Mère Inquisitrice et ses troupes sont coincées, sans la moindre voie d'évasion à cause des montagnes. Cette femme sait qu'il faut un jour faire face à son destin. Voilà pourquoi je pense qu'elle a décidé de défendre pied à pied le Palais des Inquisitrices.

— C'est trop évident…, marmonna Sebastian. Trop simple…

— Je sais, et c'est bien pour ça que je dois envisager que ce soit vrai. Parfois, il ne faut pas trop se torturer la cervelle.

— C'est vrai, mais la Mère Inquisitrice peut avoir battu en retraite dans les montagnes en laissant derrière elle juste assez d'hommes pour éliminer nos patrouilles. Une façon de nous rendre aveugles, comme le suggérait Jennsen.

— C'est possible… Cette femme a toujours été imprévisible. Mais elle a de moins en moins d'endroits où se réfugier. Tôt ou tard, elle sera coincée. Ce n'est peut-être pas pour tout de suite, mais ça arrivera.

Jennsen n'avait pas mesuré à quel point la contre-attaque de l'Ancien Monde avait porté ses fruits. Il devait en être de même pour Sebastian, qui avait quitté ses compagnons depuis longtemps. La situation de l'Ordre Impérial était beaucoup moins mauvaise qu'on aurait pu le redouter. Cela dit, il ne fallait pas baisser sa garde trop tôt…

— Donc, dit Sebastian, tu es prêt à lancer tes hommes dans l'aventure parce que tu paries que la Mère Inquisitrice sera là ?

— Un pari ? fit Jagang, amusé. Ne comprends-tu pas ? Ce n'est pas risqué du tout ! Quoi qu'il arrive, nous aurons conquis Aydindril. Bref, nous n'avons rien à perdre. Cette victoire coupera littéralement en deux le Nouveau Monde. Diviser puis conquérir est la clé de toutes les grandes victoires.

— Tu connais mieux que moi les tactiques de la Mère Inquisitrice, concéda Sebastian, donc tu es plus à même de prédire ses actes. De toute façon, tu as raison : qu'elle soit là ou non, nous aurons conquis Aydindril, le siège du pouvoir dans les Contrées du Milieu.

— Cette garce m'a coûté des centaines de milliers d'hommes, dit Jagang. Elle a toujours réussi à avoir un pas d'avance sur moi – juste ce qu'il lui fallait pour échapper à mes griffes –, mais depuis le début, elle courait vers une impasse, et voilà qu'elle en a presque atteint le fond. (Il serra si fort son couteau que les phalanges de ses doigts blanchirent.) Que le Créateur soit avec moi, cette fois ! Je capturerai cette femme, et je réglerai en personne notre contentieux.

— Dans ce cas, fit Sebastian, nous sommes peut-être très près de la victoire finale. Au moins dans les Contrées du Milieu. Et leur défaite scellera le destin de D'Hara. En outre, si la Mère Inquisitrice est en Aydindril, il se peut que le seigneur Rahl ne soit pas très loin.

Très perturbée, Jennsen regarda alternativement l'empereur et Sebastian.

— Vous supposez que le seigneur Rahl pourrait être ici ?

Jagang eut un sourire un rien condescendant.

— Exactement, ma petite chérie…

Jennsen frémit en voyant l'expression haineuse de l'empereur. Terrorisée, elle remercia les esprits du bien d'être l'alliée de ce guerrier et pas son ennemie.

Malgré son trouble, elle devait révéler à ces deux hommes une information essentielle.

— Le seigneur Rahl n'est pas ici, j'en suis sûre. (Les deux hommes dévisagèrent la jeune femme.) Il est très loin dans le Sud…

— Dans le Sud ? répéta Jagang. Que veux-tu dire ?

— Chez vous, dans l'Ancien Monde.

— Tu en es sûre ? demanda Sebastian.

— C'est toi-même qui me l'as dit ! Il conduit les forces d'invasion.

Sebastian plissa le front puis claqua des doigts.

— Bien sûr, oui ! Mais ça remonte à longtemps avant notre rencontre. J'ai reçu ces rapports avant même de m'être séparé de l'armée. Ça date d'une éternité !

— Peut-être, mais je sais qu'il est resté dans le Sud.

— De quoi parles-tu ? grogna Jagang.

— Le lien… Tous les D'Harans ont un lien avec le seigneur Rahl.

— Toi aussi ? demanda l'empereur.

— Non, pas vraiment… En moi, il n'est pas assez fort. Mais quand j'étais au Palais du Peuple avec Sebastian, j'ai entendu des gens dire que le seigneur Rahl était dans l'Ancien Monde.

L'empereur réfléchit aux propos de Jennsen en regardant la femme qui venait d'apporter un plateau de fruits secs et de diverses douceurs. Soucieuse de ne pas déranger l'empereur et ses invités, elle attendait à une bonne distance de là, près d'une table de service.

— Jennsen, rappela Sebastian, nous étions au palais il y a plusieurs semaines. Depuis, as-tu entendu un D'Haran confirmer que le seigneur Rahl était toujours dans le Sud ?

— Je ne crois pas, non…

— Si la Mère Inquisitrice veut livrer son dernier combat en Aydindril, dit Sebastian, il est possible que le seigneur Rahl se soit mis en route pour le nord afin de lutter aux côtés de sa femme.

— Ce serait bien de ces deux-là ! s'écria Jagang. Maléfiques jusqu'à la fin. Je les affronte depuis de longs mois, et je sais qu'ils font leur possible pour être ensemble la plupart du temps.

— Dans ce cas…, commença Jennsen, bouleversée par les implications de ce discours, nous avons une chance de… d'avoir Richard Rahl. Le cauchemar touche à sa fin. Nous sommes peut-être à la veille de la victoire finale.

Jagang s'adossa à son siège et regarda ses deux invités.

— Même si j'ai du mal à y croire, Richard Rahl est capable de venir combattre et mourir aux côtés de sa femme plutôt que de voir sa vie s'écrouler par pans entiers jusqu'à ce qu'il ne lui reste plus rien.

À sa grande surprise, Jennsen eut le cœur serré en pensant au destin de ce couple. En principe, les seigneurs Rahl se contrefichaient des femmes, qu'ils utilisaient avant de les mettre au rebut. Et celui-là aurait rejoint son épouse alors qu'elle était sur le point de perdre un royaume ? Et de mourir ?

Un seigneur Rahl normal aurait songé à préserver sa vie et son propre pays. Et il n'y avait aucune raison que Richard réagisse autrement.

Cependant, l'idée qu'il soit si proche d'elle donnait tant d'espoir à Jennsen !

— S'il est à ma portée, dit-elle, je n'aurai pas besoin de l'aide des Sœurs de la Lumière. À quoi me servirait un sortilège ? Il suffira que je sois avec vous quand vous entrerez dans la cité.

— Tu chevaucheras près de moi, dit Jagang, et je te conduirai jusqu'au Palais des Inquisitrices. (Il serra de nouveau son couteau à s'en faire blanchir les jointures.) Je veux qu'ils meurent tous les deux ! Je me chargerai en personne de la Mère Inquisitrice. Mais je t'autorise à plonger une lame dans le cœur de Richard Rahl.

D'abord euphorique à l'idée d'en avoir bientôt fini, Jennsen frissonna en imaginant qu'elle devrait commettre un meurtre de sang-froid. Le moment venu, serait-elle capable d'un tel acte ?

Jennsen.

La jeune femme se souvint de sa mère gisant dans une mare de sang, non loin de son bras coupé. Les brutes envoyées par Richard Rahl n'avaient eu aucune pitié, ce jour-là. Oublierait-elle jamais le regard de sa mère, alors qu'elle agonisait ? Se remettrait-elle un jour de l'avoir perdue ? L'horreur était toujours aussi forte, et la colère ne s'estompait pas. Pour recouvrer la paix, Jennsen devait tuer Richard, son bâtard de demi-frère !

C'était son seul désir.

Alors qu'elle s'imaginait en train de poignarder son frère, une question de Jagang la prit complètement au dépourvu.

— Pourquoi veux-tu tuer Richard, ma petite chérie ? Quelle est ta motivation ?

— *Grushdeva*, s'entendit répondre Jennsen.

Dans son dos, un bruit de verre brisé la fit sursauter et lui rappela où elle était.

L'empereur foudroya du regard la femme debout dans les ombres. Mais la servante n'avait d'yeux que pour Jennsen.

— Veuillez accepter mes excuses pour la maladresse de sœur Perdita, dit Jagang, de fort mauvaise humeur.

— Mille fois pardon, Excellence..., souffla la femme en robe grise tout en reculant vers la sortie.

— Bien, maintenant, que signifie le mot que tu viens de dire ? demanda l'empereur.

La jeune femme n'en avait pas la moindre idée. Elle avait prononcé un mot, c'était exact, mais elle aurait été bien en peine de le répéter. Était-ce le chagrin qui lui avait fait un nœud dans la langue ?

— Excellence, dit-elle, de nouveau accablée comme elle l'était depuis des années, toute ma vie, Darken Rahl a tenté de me faire tuer parce que je n'ai pas le don. Quand Richard a assassiné notre père pour prendre le pouvoir, il a continué à traquer ses frères et sœurs. Et à ce jeu, il s'est montré plus pervers que notre géniteur.

Jennsen regarda l'empereur à travers ses larmes.

— Le jour de ma rencontre avec Sebastian, les tueurs de mon frère ont assassiné ma mère. Sans Sebastian, ils m'auraient abattue aussi. Je lui dois la vie, Excellence ! Et si je veux tuer le seigneur Rahl, c'est pour être enfin libre. Ce monstre ne cessera jamais de me traquer. Sur ce point, Sebastian, encore lui, m'a ouvert les yeux.

» De plus, pour recouvrer la paix intérieure, je dois venger ma pauvre mère.

— Nous luttons pour le bonheur de l'humanité, dit Jagang, et ton histoire m'attriste beaucoup. C'est pour ça que nous tentons d'éradiquer la magie. (Jagang se tourna vers Sebastian :) Je suis fier de toi. Tu as bien fait d'aider cette courageuse jeune femme.

Le jeune homme aux cheveux blancs se rembrunit. Jennsen savait à quel point les compliments le mettaient mal à l'aise. Parviendrait-il un jour à être fier de lui, de son importance et de sa relation privilégiée avec l'empereur ?

— Eh bien, dit Jagang, je me réjouis que tu nous aies rejoints à temps pour assister à la mise en œuvre de ta stratégie.

Sebastian se servit une chope de bière et s'adossa à son siège.

— Tu ne veux pas attendre le frère Narev ? Ne devrait-il pas être là au moment où nous donnerons le coup de grâce à l'ennemi ?

Du bout d'un index, Jagang poussa une olive sur la table, lui faisant décrire de petits cercles.

— Je n'ai plus eu de nouvelles de lui depuis la chute d'Altur'Rang.

Sebastian sursauta.

— Quoi ? La chute d'Altur'Rang ? De quoi parles-tu ?

Jennsen savait qu'Altur'Rang était la ville natale de l'empereur. Sebastian lui avait également dit que le frère Narev et ses prêtres de l'Ordre Impérial résidaient dans cette cité qui incarnait tous les espoirs de l'humanité. Un immense palais y était en cours de construction pour rendre hommage au Créateur et cimenter l'indéfectible unité de l'Ancien Monde.

— Récemment, des rapports m'ont informé que l'ennemi a conquis la ville. Altur'Rang est très loin d'ici. En plein hiver, les messagers ont mis très longtemps à me rejoindre. Depuis, j'attends d'autres nouvelles.

» Mais avec ce coup du sort, il ne serait pas judicieux d'attendre l'arrivée du frère Narev. Il doit être très occupé à organiser la résistance. Si la Mère Inquisitrice et le seigneur Rahl sont en Aydindril, nous ne devons pas perdre de temps.

Jennsen posa une main compatissante sur le bras de Sebastian.

— Altur'Rang devait être l'objectif du seigneur Rahl dès qu'il a attaqué ton pays, dit-elle. Ce monstre sait ce qu'il fait.

— Jenn, ne t'emballe pas… Il est peut-être toujours dans l'Ancien Monde. C'est une possibilité que tu ne dois pas écarter. Ne te fais pas trop d'illusions, surtout. Le cauchemar n'est peut-être pas terminé.

— J'espère le trouver en ville et en finir avec lui. Mais comme l'a dit Son Excellence, attaquer Aydindril est de toute façon une manœuvre gagnante. Si mon demi-frère n'y est pas, j'aurai recours à l'aide dont tu m'as parlé et qui m'a décidée à venir ici.

— À quoi fais-tu allusion ? demanda Jagang.

Sebastian répondit à la place de sa compagne.

— Je lui ai dit que les sœurs l'aideraient en jetant un sort qui lui permettrait de percer les défenses du seigneur Rahl. Pour le tuer, elle doit pouvoir l'approcher.

— Dans ce cas, Richard Rahl est un homme mort, dit Jagang en gobant l'olive avec laquelle il jouait. S'il est en Aydindril, c'est là que tu le tueras. Sinon, les magiciennes t'aideront à le trouver. Les sœurs seront à ta disposition. Contente-toi de demander, et elles te serviront, je t'en donne ma parole.

Une promesse solennelle, comprit Jennsen.

Dehors l'orage se déchaînait, comme pour ponctuer les propos de l'empereur et de ses invités.

— J'aurai simplement besoin d'un sort qui détourne l'attention des protecteurs du seigneur Rahl, dit Jennsen après un coup de tonnerre particulièrement fort. (Elle dégaina son couteau et le tint par la lame.) Dès que je serai assez près de Richard, je lui enfoncerai ce couteau – son couteau – dans le corps. Sebastian m'a expliqué qu'il est intelligent d'utiliser les armes de l'ennemi pour le frapper.

— Il a raison, comme d'habitude… C'est notre stratégie, et avec l'aide du Créateur, elle nous permettra de vaincre. Prions pour tuer très vite ces deux monstres, afin que la guerre s'achève. Quand la magie ne sera plus qu'un mauvais souvenir, l'humanité vivra enfin en paix.

Jennsen et Sebastian approuvèrent du chef cette profession de foi.

— Si nous le piégeons ici, continua Jagang, je te promets que tu auras le privilège de lui transpercer le cœur. Ainsi, ta mère reposera en paix.

— Merci, dit Jennsen, sincèrement reconnaissante.

Jagang ne lui demanda pas pourquoi elle était sûre de pouvoir tuer son frère. La conviction dont elle avait fait montre avait sans doute suffi à le convaincre qu'elle disposait d'une arme secrète dont elle préférait ne pas parler.

Et c'était parfaitement exact !

Jennsen avait longuement réfléchi à tout cela. Depuis toujours, elle pensait à ce problème, parce que sa vie entière en dépendait. Jusque-là, elle s'était surtout lamentée qu'il soit insoluble. Un jour ou l'autre, le seigneur Rahl la capturerait, et le véritable cauchemar commencerait…

Elle s'était toujours focalisée sur cette angoisse.

Depuis sa rencontre avec Sebastian et la mort de sa mère, les événements s'étaient déroulés à un rythme frénétique. Pourtant, elle avait eu le temps d'envisager les choses sous un angle moins étriqué. Et ses questions avaient commencé à trouver des réponses qui lui semblaient élémentaires, avec le recul.

Parfois, elle se disait qu'elle aurait dû tout savoir depuis le début.

Désormais, elle ne pensait plus au problème, mais à la solution.

Althea lui avait appris beaucoup de choses. Bien plus, à vrai dire, qu'elle le pensait elle-même.

Une magicienne de son envergure n'aurait pas été emprisonnée pendant des années si les monstres qui défendaient le marécage n'existaient pas.

Le serpent n'avait rien à voir dans tout ça. Comme l'avait dit Friedrich, c'était un banal reptile.

Les monstres, eux, étaient des créatures magiques.

Des créatures assez puissantes pour emprisonner une magicienne comme Althea. Et Friedrich avait dit que personne, pas même lui, ne pouvait passer par l'arrière du marécage. Tom avait affirmé exactement la même chose. Quant à la prairie, les gens l'évitaient à cause des monstres qui risquaient de sortir du marécage.

Les entités qui privaient Althea de sa liberté étaient bien réelles et mortellement dangereuses. Tous les indices le confirmaient.

À une exception près !

Jennsen avait fait l'aller et retour sans apercevoir l'ombre d'un monstre magique. À part le serpent, elle n'avait dû combattre aucun ennemi.

Cette exception n'avait pas de sens. Du moins, elle l'avait cru pendant longtemps…

Il y avait d'autres choses. Par exemple, au Palais du Peuple, quand elle avait touché l'Agiel de Nyda sans avoir mal. Sebastian et le capitaine Lerner, eux, avaient souffert…

Stupéfiée, la Mord-Sith avait dit que même le seigneur Rahl n'était pas insensible au pouvoir d'un Agiel.

De plus, Jennsen était parvenue à subjuguer Nyda, qui l'avait aidée au lieu de tout faire pour incarcérer une inconnue immunisée contre son pouvoir qui lui racontait des histoires à dormir debout.

Nyda était même allée jusqu'à lui permettre d'échapper à Nathan Rahl, un membre de la lignée royale. Pour ça, il fallait beaucoup plus qu'un simple bluff, si bon fût-il. Cette stratégie du mensonge avait été utile, sans doute, mais elle n'expliquait pas tout.

Toutes les pièces du puzzle avaient fini par s'emboîter. Pendant le voyage en compagnie de Sebastian, Jennsen avait compris pourquoi elle était la seule en mesure de tuer Richard Rahl.

En un sens, elle était née pour ça – et ça expliquait l'acharnement de tous les seigneurs Rahl contre leurs bâtards.

D'une certaine façon, essentielle dans le cas qui la préoccupait, Jennsen était… invincible.

Oui, il n'y avait pas d'autre mot. Et elle l'avait toujours été.

Mais il lui avait fallu près de vingt ans pour le découvrir…

Chapitre 46

Ses cheveux roux ébouriffés par la brise, Jennsen, très droite sur sa selle, contemplait le splendide Palais des Inquisitrices, dans le lointain. Sebastian était à côté d'elle, perché sur son bon vieux Pete, qui semblait particulièrement nerveux. Son magnifique étalon gris renâclant d'impatience, Jagang attendait également de passer à l'action. Des officiers et des conseillers l'entouraient, mais ils n'osaient pas ouvrir la bouche.

Le regard de l'empereur était rivé sur le palais, et des formes plus sombres, tels des nuages d'orage, dansaient dans ses yeux uniformément noirs.

Jusque-là, la marche sur Aydindril n'avait ressemblé à rien de ce qu'attendaient les attaquants. Du coup, tous avaient les nerfs à fleur de peau.

Derrière l'empereur et ses proches, des Sœurs de la Lumière restaient un peu à l'écart, se concentrant sur leur mystérieuse magie. Même si aucune d'elles n'avait eu l'occasion de parler à Jennsen, toutes étaient conscientes de sa présence et elles gardaient en permanence un œil sur elle.

Tandis que l'empereur guidait la colonne de cavalerie vers la lisière de la cité – un assez long chemin à travers d'immenses champs cultivés –, des magiciennes et des éclaireurs étaient partis dans toutes les directions pour remplir d'énigmatiques missions.

À présent, la grande cité se dressait devant ses conquérants. Mais pas un bruit n'en montait.

La nuit précédente, Sebastian avait dormi à poings fermés. Jennsen le savait, parce qu'à la veille d'une si grande bataille elle n'avait pas réussi à fermer l'œil. Par bonheur, l'idée de pouvoir utiliser bientôt le couteau accroché à sa ceinture lui faisait oublier sa fatigue.

Derrière les Sœurs de la Lumière, plus de quarante mille cavaliers de l'Ordre Impérial armés de lances, de piques, d'épées ou de haches attendaient le moment d'attaquer. Tous ces hommes, le plus souvent barbus et chevelus, portaient un anneau à la narine gauche et certains avaient noué des porte-bonheur dans leurs cheveux crasseux.

Jennsen avait remarqué quelques guerriers au crâne rasé qui avaient sans doute sacrifié leur crinière pour ressembler à l'empereur.

Tendus à craquer, tous ces soldats attendaient de se lancer dans la bataille décisive pour l'avenir et le bonheur de l'humanité.

Les cavaliers et leurs officiers partageaient avec les Sœurs de la Lumière un point commun qui les distinguait de Jennsen et de Sebastian : tous avaient vu la Mère Inquisitrice de près !

D'après ce qu'avait compris Jennsen, cette drôle de femme avait dirigé en personne des attaques surprises contre des camps de l'Ordre Impérial. C'était là que les soldats et les Sœurs de la Lumière l'avaient vue. Pour cette charge héroïque, Jagang avait choisi des hommes et des magiciennes qui sauraient reconnaître au premier coup d'œil la Mère Inquisitrice. Il n'était pas question que cette femme parvienne à s'enfuir en se fondant dans la foule ou en se faisant passer pour une humble blanchisseuse.

Les sangs glacés par le vent et par les lueurs meurtrières qu'elle voyait danser dans les yeux de tous les soldats, Jennsen serra très fort le pommeau de sa selle pour tenter d'empêcher ses mains de trembler.

Jennsen.

Pour la centième fois de la matinée, la jeune femme vérifia que le couteau coulissait bien dans son fourreau. S'étant rassurée, elle remit l'arme en place et la lâcha.

Elle était en compagnie de ces soldats parce qu'elle combattait avec eux. Elle avait un rôle à jouer dans cette guerre. Une mission à accomplir, même…

Renonce.

Il y avait quelque chose de fascinant dans toute cette histoire. L'arme que Richard Rahl avait confiée à un homme pour qu'il la tue finirait par lui transpercer le cœur. Était-ce cela, la justice immanente ?

Au moins, Jennsen était désormais le chasseur, plus le gibier. Et ça changeait tout.

Dès qu'elle sentait sa détermination vaciller, la jeune femme pensait à sa mère, à Althea, à Friedrich, à Lathea et même à Drefan, son demi-frère inconnu. Tant de vies avaient été dévastées à cause de la maison Rahl ! Et Richard avait sans broncher repris le flambeau de son père.

Renonce à ta volonté, Jennsen. Renonce à ta chair...

— Fiche-moi la paix ! s'écria la jeune femme, agacée que la voix ne la laisse pas tranquille à un moment si important.

— Pardon ? demanda Sebastian, le front plissé.

Navrée d'avoir parlé à voix haute et perturbé son compagnon, Jennsen lui fit signe de ne pas s'inquiéter. Pensif, il se replongea dans la contemplation de la cité que l'Ordre Impérial allait bientôt conquérir. Tout était là : les bâtiments, les rues, les places, les allées étroites. Un seul élément manquait à l'appel, et c'était ça qui inquiétait les assaillants.

Du coin de l'œil, Jennsen vit que les Sœurs de la Lumière conversaient entre elles. Une seule se taisait, sœur Perdita, celle qui avait cassé un vase le soir du dîner avec Jagang.

Quand cette femme la regardait, Jennsen avait l'impression qu'elle pouvait lire jusqu'au fond de son âme. Mais elle se faisait probablement des idées, car la Sœur de la Lumière n'avait sûrement aucune mauvaise intention à son égard.

Mal à l'aise, elle lui sourit poliment et détourna la tête.

Comme tous les autres, elle riva les yeux sur le palais bâti au sommet d'une colline. Considérant la façon dont cet édifice dominait la cité, il était difficile de ne pas le voir. Et en découvrant son incontestable beauté – sa splendeur, même, il ne fallait pas avoir peur des mots –, Jennsen se demandait comment ce bâtiment pouvait être le fief d'un être aussi maléfique et cruel que la Mère Inquisitrice. Avec ses hautes fenêtres, ses colonnades, son dôme et ses murs de marbre blanc, ce palais aurait dû être la résidence d'une reine au cœur bienveillant et à l'âme pure.

La sinistre forteresse du Sorcier, bâtie à flanc de montagne, derrière le palais, aurait été une tanière mieux adaptée à l'épouse du seigneur Rahl.

Jennsen avait remarqué que ses compagnons, comme elle, n'aimaient pas lever les yeux vers la détestable forteresse. Dès qu'on pouvait regarder ailleurs, on n'hésitait pas un instant.

Ce bâtiment était plus grand que tous ceux que Jennsen avait vus, à part le Palais du Peuple, en D'Hara. Derrière des murs d'enceinte d'une incroyable hauteur, la forteresse semblait être un incroyable complexe dont les divers composants étaient reliés par une multitude de chemins de ronde, de remparts, de passerelles, de ponts et de tourelles. Mais comment un simple lieu, fait de pierre et de mortier, pouvait-il avoir l'air si... *menaçant*?

Jennsen chercha à se rassurer en regardant Sebastian. Ses cheveux blancs hérissés, ses yeux pleins de sagesse, les contours familiers de son visage... Sa beauté la réconfortait, même quand il n'avait pas les yeux posés sur elle. Quelle femme n'aurait pas été honorée d'être aimée par un tel homme ? Sans lui, Jennsen ignorait si elle aurait tenu le coup après la mort de sa mère.

Sebastian avait ouvert son manteau pour exposer une partie de ses armes, et il observait le théâtre des opérations avec un calme studieux. Jennsen aurait donné cher pour être si sereine. Hélas, elle tremblait de peur à l'idée que son compagnon soit obligé de dégainer ses armes et de se battre pour sa vie. Elle ne voulait pas qu'il soit en danger...

— Qu'en penses-tu ? demanda-t-elle en se penchant sur sa selle. Qu'est-ce que ça signifie ?

Sebastian regarda durement la jeune femme et haussa les épaules. À l'évidence, il n'était pas d'humeur à bavarder, et il entendait qu'elle se taise, comme les quarante mille hommes qui guettaient le moment de passer à l'action. Jennsen savait qu'elle n'aurait pas dû parler, mais l'angoisse lui déchirait les entrailles. Quelques mots l'auraient réconfortée. La réaction de Sebastian, tellement atypique, lui donnait de nouveau l'impression d'être une personne insignifiante.

Son compagnon avait de graves soucis, elle le savait, mais ça ne l'empêchait pas de se sentir offusquée – presque comme s'il l'avait giflée. Surtout après la nuit précédente, où il avait cherché du réconfort auprès d'elle avant de s'endormir. Jamais il ne l'avait désirée ainsi, et elle l'avait compris. Même si la présence de gardes devant leur tente l'avait troublée, car ces hommes avaient dû tout entendre, elle ne s'était pas refusée à son amant.

À présent, il n'était pas vraiment en mesure de la rassurer, elle s'en doutait, car lui-même devait être crispé par l'imminence de la bataille. Mais être repoussée faisait mal quand même.

Par-dessus les gémissements du vent et les craquements des grands érables aux branches dénudées qui bordaient la route, Jennsen entendit des roulements de sabots.

Toutes les têtes se tournèrent pour regarder approcher une bande de cavaliers chevelus et barbus vêtus de peaux de bête qui flottaient au vent. Jennsen reconnut la robe blanche tachetée de noir du cheval de tête. Il s'agissait d'une des patrouilles envoyées par l'empereur quelques heures plus tôt. Dans le lointain, d'autres cavaliers revenaient de toutes les directions, mais ce groupe-là avait été chargé de faire le tour de la cité.

Quand la petite colonne arriva, Jennsen se couvrit la bouche avec le col de son manteau pour ne pas avaler de poussière.

Le chef du détachement tira sur les rênes de sa monture et sauta à terre. Alors qu'il avançait vers Jagang, ses cheveux nattés oscillaient presque aussi violemment que la queue blanche de son étalon.

— Rien, Excellence ! cria-t-il.

D'humeur massacrante, Jagang ne chercha pas à cacher qu'il était à bout de nerfs.

— Rien..., répéta-t-il d'un ton sinistre.

— C'est ça, Excellence... Pas de troupes à l'est, de l'autre côté de la ville ni sur les flancs des montagnes. Rien du tout ! Les grandes voies et les petites pistes sont désertes. Pas de soldats, de traces, de crottin de cheval, d'ornières de chariot... On dirait qu'il n'y a plus personne dans le coin depuis très longtemps.

Jagang tourna la tête vers le Palais des Inquisitrices.

— Et la route qui conduit à la forteresse ? L'ennemi est bien quelque part ! Ne va pas me dire que nos éclaireurs, ces derniers temps, sont tombés dans des embuscades tendues par des fantômes ?

Le colosse semblait plus féroce que toutes les brutes que Jennsen avait vues dans sa vie. Sa bouche à demi édentée contribuait à lui donner un air sauvage, mais comme souvent, tout venait de ses yeux : un regard de bête fauve !

— Excellence, il n'y avait pas de traces sur cette route-là non plus, dit-il.

— Es-tu monté jusqu'à la forteresse ? demanda Jagang.

Le terrible guerrier blêmit sous le regard de son maître.

— Nous avons poussé jusqu'au pont qui franchit un fantastique abîme, Excellence. Et nous n'avons rien vu de plus. Le pont-levis était baissé, et la forteresse du Sorcier, au-delà, paraissait déserte.

— Ça ne veut rien dire ! lança une voix de femme.

Jennsen tourna la tête, comme Sebastian, la majorité des conseillers et des officiers et l'empereur lui-même.

Sœur Perdita venait de parler, et elle parvint à conserver son rictus méprisant alors que tous les regards étaient braqués sur elle.

— Ça ne veut rien dire, répéta-t-elle. Sachez-le, Excellence, je n'aime pas ça du tout. Quelque chose ne colle pas.

— Et quoi donc, d'après toi ? demanda Jagang, de plus en plus agacé.

Perdita sortit des rangs des Sœurs de la Lumière et, talonnant son cheval, approcha de l'empereur pour lui parler en privé.

— Excellence, dit-elle quand elle fut assez près de Jagang, vous est-il arrivé d'entrer dans une forêt, d'y marcher et de vous apercevoir qu'il n'y a aucun bruit, alors qu'il devrait y en avoir ? Sur votre passage, tout devient calme, et ce n'est pas normal…

Jennsen avait fait cette expérience, et elle fut frappée par le choix judicieux de cette comparaison. Dans des cas semblables, on éprouvait un sentiment de catastrophe imminente d'autant plus inquiétant qu'il était indéfinissable. Le danger s'annonçait, mais sans rien révéler de sa nature…

— Quand je marche dans une forêt, ou partout ailleurs, le silence se fait toujours, répondit Jagang.

La sœur ne tenta pas de polémiquer et continua son raisonnement.

— Excellence, nous combattons ces gens depuis longtemps. Les magiciennes comme moi connaissent tout de leur maudite sorcellerie. Nous savons quand nos ennemis utilisent le don, et nous repérons les pièges qu'ils nous tendent avec leur pouvoir, même quand les pièges en question ne sont pas de nature magique. Aujourd'hui, tout est différent. Quelque chose ne va pas.

— Peut-être, mais tu ne m'as toujours pas dit quoi, marmonna Jagang.

Aujourd'hui, il entendait qu'on entre vite dans le vif du sujet, parce qu'il avait encore moins de temps à perdre que d'habitude.

Consciente de l'agacement de l'empereur, sœur Perdita hocha humblement la tête.

— Excellence, si je savais de quoi il s'agit, je vous l'aurais déjà dit. Mais mon devoir est de vous informer du peu que nous avons découvert. Il n'y a aucune magie à l'œuvre. Pas d'embuscade où le don soit impliqué. Rien du tout !

» Mais ces constatations ne me rassurent pas. Encore une fois, je sens que quelque chose ne colle pas. Je tiens à vous prévenir, même si je ne peux pas être plus précise pour le moment. Si vous le désirez, sondez mon esprit, et vous verrez que je dis la vérité.

Jennsen se demanda de quoi pouvait bien parler la sœur. Mais l'argument devait avoir du poids, car Jagang se calma un peu.

— Tu es à bout de nerfs après un trop long hiver, Perdita. Comme tu l'as dit, les magiciennes savent tout sur la sorcellerie de l'adversaire. S'il y avait quelque chose, vous le sauriez...

— Je n'en suis pas si sûre, insista Perdita. (Elle jeta un bref coup d'œil à la forteresse du Sorcier.) Excellence, les Sœurs de la Lumière en connaissent très long sur la magie. Mais la forteresse est vieille de plusieurs milliers d'années. Étant originaire de l'Ancien Monde, je ne sais pas grand-chose au sujet de ce lieu. En particulier, j'ignore quelle sorcellerie y est préservée. Mais j'ai une certitude : ce pouvoir-là est mortellement dangereux ! Et un des objectifs de la forteresse est de protéger cette magie maléfique.

— C'est pour ça que je veux investir ces lieux, dit Jagang. Un pouvoir si dangereux ne peut pas rester entre les mains de nos adversaires.

— La forteresse est très bien défendue, Excellence. Je ne puis vous dire comment, car les sorts de protection ont été jetés par des sorciers et non par des magiciennes. Des défenses de cette nature peuvent ne pas avoir besoin de la présence d'êtres humains sur les lieux. Comme les pièges classiques, elles peuvent être activées par une intrusion, tout simplement. Certaines sont sans doute purement dissuasives, mais beaucoup d'autres doivent être conçues pour tuer. Même si la forteresse est déserte, nous en emparer risque d'être impossible. Les sorts de protection ne sont pas affectés par le passage du temps. Qu'on les ait mis en place il y a un mois ou mille ans ne change rien. Tenter de prendre la forteresse pourrait nous coûter des milliers de vies...

— Dans ce cas, dit Jagang, il faudra neutraliser ces défenses avant de passer à l'attaque.

Avant de répondre, Perdita jeta un coup d'œil aux murs noirs de la forteresse.

— Excellence, comme j'ai déjà tenté de vous le dire, les compétences et le pouvoir des Sœurs de la Lumière ne sont pas suffisants face à ces sortilèges. Nous sommes très fortes, c'est vrai, mais ce n'est pas tout ce qui compte. Un ours, si puissant soit-il, n'est pas en mesure de trouver la combinaison d'un coffre-fort. La force brute n'est pas toujours la solution. Mais dans le cas qui nous occupe, je répète que quelque chose ne colle pas.

— Moi, j'entends surtout que tu as peur ! Les Sœurs de la Lumière sont parfaitement armées pour affronter la sorcellerie, et c'est pour ça que vous êtes avec moi ! (Arrivé au bout de sa patience, Jagang se pencha vers Perdita.) J'exige que les sœurs nous protègent de la sorcellerie sous toutes ses formes. Est-ce assez clair ?

— Oui, Excellence...

Blanche comme un linge, Perdita talonna sa monture et alla rejoindre les autres sœurs.

— Perdita ! appela Jagang. (Il attendit que la femme se retourne.) Nous devons prendre la forteresse du Sorcier ! Je me fiche de ce que vous ferez, pourvu que cet objectif soit atteint !

Tandis que la sœur retournait vers ses collègues, Jagang et tous ses compagnons regardèrent un cavalier approcher à bride abattue. Celui-là venait directement de la cité.

Quand il fut assez près pour qu'on voie son visage, quelque chose dans son expression incita les guerriers à porter la main à leur arme.

L'homme tira sur les rênes de sa monture et sauta à terre. Couvert de sueur et de poussière, il avait les yeux écarquillés d'excitation, mais il parvint pourtant à parler d'un ton pondéré.

— Excellence, je n'ai vu personne dans la ville. Mais j'ai senti des chevaux !

Jennsen vit que cette nouvelle confirmait les appréhensions des officiers, qui refusaient de croire qu'Aydindril pût être vide. L'Ordre Impérial avait acculé dans la cité l'armée adverse *et* les civils qui y résidaient. Évacuer une telle mégalopole en plein milieu de l'hiver paraissait impossible. Mais comment dire cela à Jagang alors que ses yeux lui confirmaient qu'il n'y avait plus âme qui vive en ville ?

— Des chevaux ? répéta l'empereur. Tu es peut-être passé à côté d'une écurie.

— Non, Excellence… Je ne les ai ni vus ni entendus, mais sentis ! Ce n'était pas l'odeur d'une écurie, mais de bêtes bien vivantes. Il y a des chevaux dans cette ville.

— Dans ce cas, dit un des officiers, l'ennemi est là, comme nous le pensons. Il se cache, mais il est bel et bien là.

Jagang ne dit rien et attendit la suite du rapport de l'éclaireur.

— Il n'y a pas que ça, Excellence ! Comme je ne parvenais pas à trouver ces chevaux, j'ai décidé d'aller chercher des renforts, pour qu'ils m'aident à dénicher nos poltrons d'adversaires. Sur le chemin du retour, j'ai vu quelqu'un derrière une fenêtre du palais.

— Quoi ?

— Le palais de marbre blanc, Excellence ! Quand je suis passé devant, traversant les jardins pour aller plus vite, j'ai vu quelqu'un s'écarter de derrière une fenêtre.

— Tu es sûr ? demanda l'empereur en tirant sur les rênes de son étalon, qui piaffait de plus en plus d'impatience.

—Oui ! Ces fenêtres sont très grandes, et je suis certain que quelqu'un me regardait passer.

Jagang sonda la route bordée d'érables qui conduisait jusqu'au palais.

—C'était un homme, ou une femme ?

L'éclaireur essuya d'un revers de la main la sueur qui coulait sur son front.

—Bien que je l'aie à peine vue, je pense qu'il s'agissait d'une femme.

—La Mère Inquisitrice ?

—Excellence, je n'en suis pas sûr... Il s'agissait peut-être d'un jeu de lumière, mais j'ai eu l'impression que cette femme portait une longue robe blanche.

C'était la tenue de la Mère Inquisitrice, avait appris Jennsen. Et la théorie de l'illusion d'optique ne tenait guère debout, il fallait l'admettre.

Cela dit, l'autre possibilité était absurde. Qu'aurait fait la Mère Inquisitrice seule dans son palais ? Défendre un ultime bastion, pourquoi pas, mais se battre seule était ridicule ! Cette femme était-elle l'unique personne qui ne crevait pas de peur dans les Contrées du Milieu ?

—Je me demande ce qu'ils mijotent..., souffla Sebastian.

—Je crois que nous allons le savoir, répondit Jagang en dégainant son épée. (Il tourna la tête vers Jennsen.) Prépare-toi à utiliser ton couteau, ma petite chérie ! Le moment dont tu rêves est peut-être arrivé.

—Mais, Excellence, comment est-il possible que...

Jagang se dressa sur ses étriers, lança son cri de guerre et leva son épée pour donner l'ordre tant attendu.

Quarante mille hommes rugirent de haine en se mettant en mouvement. Prise au dépourvu, Jennsen s'accrocha à l'encolure de Rouquine, qui s'était lancée d'elle-même au grand galop.

Chapitre 47

Le souffle coupé par la cavalcade, Jennsen se pencha en avant et entoura de ses deux bras l'encolure de Rouquine. Fonçant avec des milliers d'autres chevaux vers le même objectif – Aydindril –, la jument n'avait plus besoin que sa cavalière la dirige.

Assourdie et terrorisée par le cri de guerre qui sortait de quarante mille gorges, Jennsen était en même temps grisée par cette aventure. Bien entendu, elle mesurait l'horreur et l'énormité de ce qui était en train de se produire. Malgré sa lucidité, une petite part d'elle-même exultait à l'idée d'être une des actrices de ce drame.

Des cavaliers aux yeux brillants de rage guerrière la dépassaient de tous les côtés. Partout, des lames et des pointes de lance reflétaient les rayons du soleil. Au cœur de cette charge fantastique, exaltée par les bruits, les couleurs et les odeurs, Jennsen bouillait d'envie de dégainer son couteau. Mais elle se força à attendre, car elle savait que son heure viendrait un peu plus tard.

Sebastian chevauchait à ses côtés, veillant sur elle comme sur la prunelle de ses yeux. La voix aussi était là, et elle ne se taisait pas, méprisant les efforts que la jeune femme produisait pour l'ignorer.

Jennsen refusait de se laisser distraire. Elle devait se concentrer sur la bataille, et ce n'était vraiment pas le moment d'écouter des phrases qu'elle connaissait par cœur.

Alors que la voix lui répétait de renoncer à sa volonté et à sa chair, ajoutant son habituelle litanie de mots incompréhensibles mais étrangement séduisants, le vacarme ambiant permit à Jennsen de crier à pleins poumons sans que nul l'entende :

— Fiche-moi la paix ! Oui, laisse-moi tranquille !

Avoir la possibilité de rabrouer la voix ainsi lui fit un bien fou. Dans des circonstances normales, elle n'aurait jamais osé.

Soudain, les cavaliers déboulèrent dans la ville. Sautant par-dessus des clôtures ou les renversant, ils piétinèrent des jardins et passèrent devant des bâtiments dont les façades défilaient devant eux comme dans un rêve.

Jennsen en eut le tournis et elle dut fermer les yeux un moment.

La grande attaque ne se déroulait absolument pas comme elle l'avait imaginé. Pour elle, une armée avançait en rangs et en silence. Là, on eût dit qu'une horde sauvage déferlait sur Aydindril.

La ville semblait magnifique, avec des bâtiments tous plus raffinés les uns que les autres, mais cet assaut laissait à peine le temps aux cavaliers de choisir les avenues dans lesquelles ils s'engouffraient.

Sans réfléchir ni hésiter, les soldats de l'Ordre Impérial s'emparaient d'Aydindril.

Et cela ressemblait horriblement à un viol…

L'absence de vie dans la capitale rendait les choses encore plus surréalistes. Des foules effrayées auraient dû fuir devant les cavaliers en hurlant de terreur. Dans toutes les autres villes que Jennsen avait visitées, les rues grouillaient de monde. Des badauds, des marchands ambulants, des soldats, des enfants…

Ici, il n'y avait rien. Les vitrines des boutiques elles-mêmes étaient vides comme si les commerçants ne s'étaient pas donné la peine de les rendre attrayantes pour des acheteurs fantômes.

Charger au grand galop dans une ville déserte était désorientant et dangereux. À force de ne pas rencontrer d'obstacles, on ne prenait plus garde à rien, et les impasses ou les ruelles trop étroites pouvaient devenir des pièges mortels. Pris par surprise, des cavaliers avaient été désarçonnés, et les plus malchanceux s'étaient brisé le cou.

Sans un ennemi pour tenter de l'enrayer, une charge de cavalerie ressemblait vite à une ruée désordonnée. Mais ce devait être une illusion, songea Jennsen, parce qu'il y avait là l'élite des forces montées de l'Ordre Impérial. De plus, Jagang paradait en tête, et il paraissait maître de la situation.

Soulevant des nuages de gravillons, des centaines de chevaux franchirent un immense portail et traversèrent au galop les luxueux jardins du Palais des Inquisitrices. Dans cet îlot de beauté et de raffinement, les héroïques guerriers de l'Ordre ressemblaient plus que jamais à des bêtes sauvages.

Jennsen chevauchait toujours à côté de Sebastian, pas très loin derrière Jagang et plusieurs de ses officiers. Malgré tout ce que son compagnon lui avait dit, et tout ce qu'elle savait avant même de le connaître, Jennsen éprouvait le sentiment de participer à une profanation. C'était absurde, bien sûr, mais elle ne pouvait s'en empêcher.

Son malaise se dissipa un peu lorsqu'elle put se concentrer sur quelque chose qui se dressait devant elle, un peu avant les marches de marbre blanc qui menaient à l'entrée principale du palais. On eût dit qu'il s'agissait d'une lance, mais avec un objet rond piqué sur la pointe. Un morceau de tissu rouge était accroché à la hampe et battait au vent comme un étendard. On eût dit qu'il incitait les envahisseurs à approcher.

Intrigué, Jagang galopa vers l'étrange bannière rouge.

Le suivant de près, Jennsen se plaqua un peu plus contre l'encolure de Rouquine, dont la chaleur familière la rassurait. Cependant, elle ne put s'empêcher de lever les yeux pour admirer l'extraordinaire entrée de marbre blanc flanquée de fantastiques colonnes. Si élégant et accueillant qu'il fût, ce palais était le repaire du mal, se rappela Jennsen. Et aujourd'hui, l'Ordre Impérial allait en prendre possession pour marquer le début d'une nouvelle ère.

Jagang leva son épée afin d'ordonner aux cavaliers de s'arrêter. Aussitôt, des milliers de guerriers cessèrent de crier et tirèrent sur les rênes de leur monture. Jetant un coup d'œil derrière elle, Jennsen s'émerveilla que la manœuvre se déroule si vite et si bien. Avec tant d'armes brandies, il aurait pu y avoir des accidents, mais personne ne s'était blessé.

La jeune femme flatta l'encolure de Rouquine puis se laissa glisser à terre et se retrouva au milieu d'une meute d'officiers, de conseillers et d'hommes du rang qui se déployaient pour protéger l'empereur.

Jennsen n'avait jamais été aussi près des soldats réguliers, et elle frissonna quand des centaines de regards curieux ou lubriques se posèrent sur elle. Tous ces guerriers semblaient impatients de passer à l'action, et ils ne manquaient sûrement pas de bravoure. Cela dit, ils étaient couverts de crasse et empestaient davantage que leurs chevaux. Pour une raison qui la dépassait, c'était cette puanteur qui terrorisait le plus Jennsen.

Sebastian la prit par le bras et la tira vers lui.

— Tu vas bien ?

Jennsen fit « oui » de la tête, puis elle tenta de voir pourquoi l'empereur s'était arrêté. Également désireux de le savoir, Sebastian entraîna sa compagne avec lui au milieu de la foule d'officiers et de soldats. Le reconnaissant, ceux-ci s'écartèrent pour le laisser passer.

Les deux jeunes gens s'immobilisèrent quand ils virent enfin le dos de l'empereur. Jagang était comme pétrifié. Les épaules voûtées, son épée pendant au bout de son bras, il ne bronchait pas et ses hommes semblaient avoir peur de l'approcher.

Sebastian et Jennsen avancèrent et rejoignirent l'empereur, toujours campé devant la lance à la bannière rouge. Ses yeux noirs écarquillés, il regardait le morceau de tissu battre au vent.

Une tête était fichée au bout de la lance.

Jennsen eut la nausée devant ce spectacle. Coupée proprement à ras du cou, la tête aux joues creuses semblait presque vivante. Sous des sourcils épais, ses yeux noirs fixaient intensément l'empereur.

Un calot noir austère dont s'échappaient quelques mèches de cheveux blancs ajoutait à l'expression sévère du mort. On eût dit que ses lèvres fines allaient d'un instant à l'autre dessiner un rictus sinistre. De son vivant, cet homme n'avait pas dû souvent sourire, et il devait être à peine plus joyeux qu'aujourd'hui.

Voir l'empereur transformé en statue, les yeux rivés sur l'atroce relique, tandis que des milliers d'hommes se taisaient derrière lui, paniqua totalement Jennsen. Que se passait-il donc ?

Elle regarda Sebastian et vit qu'il était aussi sonné que son maître.

Des larmes aux yeux, il sortit un instant de son hébétude pour se pencher vers Jennsen et lui souffler :

— C'est le frère Narev...

Ce nom fit l'effet d'une gifle à Jennsen. Était-ce vraiment le grand homme ? Le guide spirituel de l'Ancien Monde ? Le plus proche ami de Jagang et son conseiller spécial ?

Le frère Narev, un homme qui selon Sebastian était plus près que quiconque du Créateur ? Un maître à penser comme il n'en existait pas deux ?

Et sa tête était fichée au bout d'une lance ?

Jagang tendit le bras et s'empara d'une feuille de parchemin pliée à demi glissée sous le calot du frère Narev.

Tandis que l'empereur dépliait le message, Jennsen songea à celui qu'elle avait découvert sur le soldat mort, le jour de sa rencontre avec Sebastian. Quelques heures plus tard, les tueurs du seigneur Rahl avaient assassiné sa mère...

Jagang resta un long moment figé, le regard braqué sur la petite feuille de parchemin. Puis il baissa lentement les bras, étouffa un cri de rage et regarda de nouveau la tête coupée du frère Narev.

D'une voix vibrante d'indignation, il répéta les six mots qu'il venait de lire – tellement bas que seuls ceux qui se tenaient très près de lui l'entendirent.

— « Avec les compliments de Richard Rahl. »

En silence, les officiers et les conseillers attendirent que leur maître donne des ordres.

Les narines agressées par une odeur épouvantable, Jennsen leva les yeux et vit que la tête, parfaitement conservée quelques instants plus tôt, se décomposait à vue d'œil. La chair partait en lambeaux, la mâchoire se décrochait et les lèvres se desserraient comme si le cadavre avait voulu pousser un dernier cri.

Comme tout le monde, y compris l'empereur, Jennsen recula d'un pas quand la peau éclata pour révéler les vers qui grouillaient dessous. Une langue noire jaillit d'entre les dents toujours blanches et les globes oculaires à demi liquéfiés glissèrent de leur orbite.

En quelques secondes, la décomposition venait de faire l'œuvre qui aurait normalement dû lui prendre des mois…

— Un sort protégeait ce crâne, Excellence, dit sœur Perdita en avançant. Il a été conservé jusqu'à l'instant où vous avez récupéré le message coincé sous le calot. Dès lors, les lois de la nature ont repris le dessus.

Jagang jeta un regard noir à la Sœur de la Lumière.

— Ce sort de protection très complexe était conçu pour se dissiper à votre contact, Excellence, continua Perdita. Bref, ce message vous était destiné.

Un instant, Jennsen redouta que l'empereur lève son épée pour décapiter la femme – qui n'y était pourtant pour rien.

— Regardez, c'est elle ! cria soudain un officier en désignant une fenêtre du palais.

— Créateur bien-aimé…, souffla Sebastian, quand il tourna la tête et aperçut une silhouette derrière cette même fenêtre.

D'autres soldats crièrent qu'ils voyaient la Mère Inquisitrice.

Jennsen se dressa sur la pointe des pieds pour essayer de distinguer quelque chose, mais elle n'y parvint pas.

— Et là ! cria un autre officier. Regardez, c'est le seigneur Rahl !

Jennsen en eut les sangs glacés. Après une si longue quête, cela paraissait impossible. Pourtant, c'était bien le sens des mots que l'homme venait de prononcer.

— Et maintenant, ils sont ensemble ! cria un nouvel officier.

— Je les vois..., grogna Jagang. Je reconnaîtrais cette garce dans le recoin le plus sombre du royaume des morts. Et son mari l'accompagne.

Jennsen aperçut seulement deux silhouettes qui passaient derrière une fenêtre.

Jagang leva son épée.

— Encerclez le palais pour qu'ils ne puissent pas sortir. (Il se tourna vers ses officiers :) Toutes les compagnies d'assaut avec moi ! Et une dizaine de sœurs ! Perdita, reste là avec les autres et ne laisse personne sortir.

Jagang chercha Jennsen du regard.

— Si tu veux saisir ta chance, ma petite chérie, viens avec moi !

Alors que Sebastian et elle emboîtaient le pas à l'empereur, la jeune femme s'aperçut qu'elle avait d'instinct dégainé son couteau.

Chapitre 48

Sur les talons de Jagang, Jennsen gravit les marches de marbre flanquées de fabuleuses colonnes. Tout au long de cette ascension, la main rassurante de Sebastian resta posée sur son dos.

Autour des deux jeunes gens, des guerriers aux yeux brillants de sauvagerie montaient souplement l'escalier.

Les hommes des compagnies d'assaut étaient équipés d'une cuirasse couverte par une cotte de mailles. Brandissant dans une main une épée courte, une hache de guerre ou un fléau d'armes, ils tenaient dans l'autre une rondache munie au centre de plusieurs pointes qui pouvaient se révéler plus dangereuses encore que leur lame. Leur ceinture et leurs diverses bandoulières étaient hérissées de clous, afin qu'il soit très difficile de les attraper par là quand on les affrontait au corps à corps.

Mais existait-il au monde quelqu'un d'assez téméraire pour se dresser devant de pareilles machines à tuer ?

En rugissant comme des fauves, les premiers soldats défoncèrent les portes du palais à coups d'épaule sans même prendre le temps de vérifier si elles étaient ouvertes. Voyant voler vers elle des échardes, Jennsen leva un bras pour se protéger les yeux et le visage.

Les guerriers de l'Ordre déboulèrent dans un grand hall de marbre éclairé par de hautes fenêtres munies de vitraux bleus. Sans s'arrêter pour admirer les belles colonnades, les conquérants s'engagèrent dans l'escalier qui menait au premier étage, où ils avaient aperçu la Mère Inquisitrice et le seigneur Rahl.

Assourdie par le vacarme des centaines de bottes qui martelaient les dalles, Jennsen avait du mal à contenir son excitation. Était-il possible qu'elle soit à quelques minutes de la fin d'un cauchemar ? Un seul coup de couteau, puissant et décisif, la libérerait-il de son esclavage ? Elle devait le faire, et elle était la seule à *pouvoir* le faire, parce qu'elle était invincible.

Être sur le point de tuer un homme ne la gênait presque pas. En gravissant les marches, elle pensait exclusivement au mal que lui avait fait Richard Rahl. Ce monstre ne s'était d'ailleurs pas attaqué qu'à elle, et il était plus que temps d'en débarrasser l'univers.

Avançant toujours aux côtés de sa compagne, Sebastian avait dégainé son épée. Une dizaine de colosses conduits par l'empereur en personne précédaient les deux jeunes gens, et des centaines de soldats d'élite résolus à verser le sang impur de l'ennemi les suivaient en compagnie d'un petit détachement de Sœurs de la Lumière.

En haut de l'escalier, les hommes de tête s'arrêtèrent net, leurs bottes crissant sur le parquet en chêne ciré.

Jagang sonda le couloir, à droite et à gauche.

Une des sœurs le rejoignit.

— Excellence..., fit-elle, le souffle court, ça n'a pas de sens !

L'empereur foudroya la magicienne du regard.

— Excellence, insista la sœur, pourquoi les deux chefs ennemis, essentiels pour leur cause, seraient-ils seuls dans ce palais ? Nous n'avons pas aperçu l'ombre d'un garde devant les portes. C'est absurde, je ne le dirai jamais assez !

Même si elle brûlait d'envie d'en finir avec le seigneur Rahl, Jennsen dut admettre que la femme avait raison. C'était ridicule.

— Qui t'assure qu'ils sont seuls ? demanda Jagang. Leur foutue magie peut encore nous réserver des surprises. Tu en sens dans l'air ?

L'empereur avait raison de s'inquiéter, bien entendu. Mille soldats en armes pouvaient les attendre derrière la porte d'une grande salle, dissimulés par on ne savait quel sortilège. Mais cette éventualité ne semblait pas très probable. Car s'il y avait eu des défenseurs, ils auraient sans doute tout fait pour empêcher les conquérants d'entrer.

— Non, répondit la sœur, je ne sens rien... Mais la sorcellerie peut frapper en un éclair. Excellence, vous vous mettez inutilement en danger. Il est périlleux de poursuivre des adversaires pareils quand la situation est si trouble...

La femme aurait volontiers ajouté qu'agir ainsi était idiot, mais elle préféra s'en abstenir.

N'accordant déjà plus d'attention à la sœur, Jagang fit signe à une dizaine d'hommes de partir vers la gauche. Puis il en envoya autant sur la droite. D'un claquement de doigts, il signifia qu'une Sœur de la Lumière devait accompagner chaque groupe.

— Tu réfléchis comme un jeune officier qui sort à peine de l'école militaire, dit-il à la sœur. La Mère Inquisitrice est dix fois plus intelligente et rusée que tu le penses. Quand elle tend un piège, il est extrêmement compliqué. Tu l'as vu à plusieurs reprises dans cette campagne. Cette fois, je ne me laisserai pas avoir.

— Si elle est géniale, pourquoi serait-elle seule ici avec son mari ? demanda Jennsen quand elle comprit que la sœur avait trop peur pour continuer le débat. Pourquoi s'exposerait-elle ainsi ?

— Tu connais une meilleure cachette qu'une cité déserte ? rétorqua Jagang. Ou qu'un palais vide ? S'il y avait eu des gardes, ça nous aurait alertés.

— Mais pourquoi la Mère Inquisitrice et le seigneur Rahl se cacheraient-ils ici ?

— Parce que la fin est proche pour eux… Ils le savent, et ce sont des lâches. Pour éviter d'être capturés, les gens aux abois reviennent souvent chez eux, afin de se terrer dans un endroit qu'ils connaissent. (Un pouce glissé dans sa ceinture, Jagang regarda autour de lui.) C'est le foyer de cette chienne… Quand tout s'écroule, les criminels comme elle pensent à sauver leur peau, et ils se fichent de ce qui arrivera au reste de l'humanité.

Bien que Sebastian la tirât discrètement en arrière pour lui signifier d'en rester là, Jennsen ne put s'empêcher d'insister.

— S'ils se cachent, pourquoi se laissent-ils voir derrière toutes les fenêtres ? Oui, expliquez-moi en quoi ça les aide à rester en sécurité ?

— Ce sont des monstres ! explosa Jagang. Ils voulaient me voir découvrir la tête de Narev. Ils ont tué puis mutilé un grand homme, et ça les amuse ! Dans leur perversité, ils se réjouissent de cet acte abominable.

— Mais…

— Allons-y ! cria l'empereur à ses hommes.

Tandis qu'il s'élançait dans le couloir, Jennsen prit Sebastian par le bras pour l'empêcher de suivre le mouvement.

— Tu crois vraiment que ce sont eux ? Tu es un brillant stratège. Franchement, tu penses qu'un comportement pareil aurait un sens ?

Sebastian regarda dans quelle direction s'éloignaient l'empereur et son détachement, puis il se tourna vers sa compagne, les yeux brillants de colère.

—Jennsen, tu veux tuer le seigneur Rahl, et tu as peut-être ta chance...

—Mais je ne vois pas pourquoi...

—Assez ! Pour qui te prends-tu, à la fin ? Tu crois en savoir plus long que tout le monde ?

—Sebastian, je...

—Je ne peux pas répondre à toutes tes questions ! C'est pour ça que nous sommes ici.

Jennsen avala la boule qui s'était formée dans sa gorge.

—Je m'inquiète pour toi et pour l'empereur, c'est tout... Je ne voudrais pas que vous finissiez comme le frère Narev.

—Durant une guerre, il faut ourdir des plans, mais aussi saisir les occasions quand elles se présentent. Cela implique de prendre des risques, donc d'agir parfois d'une façon qui peut sembler stupide. Inversement, la Mère Inquisitrice et le seigneur Rahl ont peut-être commis une énorme erreur en croyant bien faire. Quand un ennemi se trompe, il faut savoir en tirer parti. Lors d'un conflit, le vainqueur est souvent celui qui attaque et qui pousse au maximum son avantage. Bref, on n'a pas toujours le temps de réfléchir au moindre détail.

Jennsen rougit de confusion. Qui était-elle pour donner des leçons de tactique à un stratège de l'empereur Jagang ?

—Sebastian, je voulais simplement...

Ivre de colère, le jeune homme aux cheveux blancs prit sa compagne par le devant de sa robe et la tira vers lui.

—Vas-tu gaspiller ce qui sera peut-être ta seule chance de venger ta mère ? Si Richard Rahl est assez idiot pour être ici – ou s'il a imaginé un plan qui nous dépasse –, qu'éprouveras-tu quand tu découvriras que tu as manqué l'occasion de lui transpercer le cœur ?

Jennsen frissonna à cette idée. Si Sebastian avait raison, et qu'elle ait discutaillé au lieu de poursuivre son ennemi...

—Ils sont là ! lança soudain une voix au fond du couloir.

C'était celle de Jagang. Au milieu d'un groupe de soldats, il agitait son épée en criant :

—Attrapez-les ! Attrapez-les !

Sebastian prit Jennsen par le poignet, la força à se tourner et l'entraîna avec lui dans le corridor.

La jeune femme ne résista pas. À présent, elle était honteuse d'avoir voulu enseigner la stratégie à des hommes qui savaient tout de la guerre. Pour qui se prenait-elle, en effet ? Elle n'était rien du tout !

Un grand homme lui donnait une chance de briller, et elle discutaillait bêtement ? Quelle idiote !

Alors que son compagnon et elle passaient devant de hautes fenêtres – celles où la Mère Inquisitrice et le seigneur Rahl s'étaient récemment montrés –, quelque chose attira l'attention de Jennsen.

Elle tira sur le bras de Sebastian pour qu'il s'arrête.

— Regarde !

L'air agacé, le jeune homme aux cheveux blancs consentit à jeter un coup d'œil dehors.

Dans les jardins du palais, des dizaines de milliers de cavaliers avaient formé les rangs. Apparemment, ils s'apprêtaient à attaquer, épées au clair et lances brandies.

Un cri de guerre monta d'innombrables gorges, et la charge commença.

Jennsen en resta bouche bée. C'était un spectacle grandiose, à un détail près : il n'y avait personne en face de ces hommes qui galopaient vers la gloire et le sang.

Absolument personne !

La jeune femme pensa que les cavaliers allaient sortir du palais. Au fond, ils allaient peut-être intercepter une force ennemie qu'elle ne voyait pas approcher de là où elle était.

Mais au milieu des jardins, la charge se brisa net comme si elle venait de percuter un mur invisible.

Ou un ennemi bardé d'acier.

L'onde de choc fit trembler les vitraux de la fenêtre.

Jennsen ne parvint pas à en croire ses yeux. Elle essaya de réfléchir, mais ce qu'elle voyait n'avait aucun sens. Pour être franche, elle n'y aurait pas cru s'il n'y avait pas eu le bruit et le sang…

Des hommes et des chevaux éventrés… D'autres bêtes, derrière, qui s'écroulaient et se brisaient les jambes…

Des têtes et des bras volaient dans les airs comme si une épée ou une hache venait de les couper net.

Les agresseurs, repoussés par des coups d'une violence formidable, mouraient la poitrine défoncée ou le crâne explosé. La cavalerie vêtue de noir de l'Ordre Impérial n'était désormais plus qu'une masse rougeâtre. Un massacre si terrible que l'herbe et la terre se teintaient d'écarlate.

Plus un cri de guerre ne retentissait. En revanche, les blessés qui tentaient de ramper à l'abri hurlaient de douleur ou appelaient leur mère comme des enfants. Mais pour eux, il n'y avait plus d'espoir. Seule la mort mettrait un terme à leur souffrance.

Jennsen regarda Sebastian et vit sur son visage le reflet de sa propre stupéfaction. Avant qu'elle ou son compagnon aient pu dire un mot, le palais entier vibra comme s'il avait été frappé par la foudre. Une seconde plus tard, le couloir s'emplit de fumée.

Des flammes fondaient sur les deux jeunes gens. Prenant Jennsen par la main, Sebastian l'entraîna dans un couloir latéral qui s'éloignait de la fenêtre.

La langue de feu dévasta le corridor, enflammant les tentures et les guéridons.

Dès que cet ouragan embrasé fut passé, Jennsen et Sebastian, arme au poing, coururent dans la direction où était allé l'empereur un peu plus tôt.

La jeune femme oublia toutes ses objections et ses questions. Désormais, une seule chose comptait : Richard Rahl était là, et elle devait l'abattre. Enfin, elle tenait sa vengeance !

La voix l'encourageait à agir. Cette fois, elle ne tenta pas de la réduire au silence, mais la laissa stimuler sa soif de sang et son besoin de tuer.

Les deux jeunes gens coururent dans le corridor, arrivèrent au bout, s'engagèrent dans un nouveau couloir et ralentirent le pas. Ici, le parquet et les murs étaient rouges de sang, comme si…

Oui, il y avait bien eu un massacre. Près de cinquante soldats d'élite gisaient sur le sol, tous brûlés et certains éventrés par des éclats de bois ou de verre. Le visage de ces malheureux n'était plus qu'une bouillie sanglante, et des côtes brisées jaillissaient de leur poitrine, transperçant jusqu'à leur épaisse cuirasse. Des armes étaient éparpillées un peu partout sur un lit noirâtre d'entrailles encore fumantes. De loin, on aurait pu croire qu'il s'agissait d'anguilles ou de serpents morts, mais ces immondices étaient bien des intestins humains.

Une des Sœurs de la Lumière avait péri avec les soldats. Elle était quasiment coupée en deux, ses yeux grands ouverts exprimant une surprise infinie.

Suffoquant à cause de l'odeur du sang et des multiples déjections, Jennsen suivit Sebastian, qui marchait entre les cadavres en prenant soin de ne pas glisser sur des tripes ou sur une flaque de sang.

Le spectacle était tellement atroce qu'il ne se grava pas dans l'esprit de Jennsen et ne l'atteignit pas en profondeur. Se déplaçant comme dans un rêve, elle n'avait pas le sentiment que ce qu'elle voyait existait pour de bon.

Quand ils eurent dépassé le charnier, Sebastian et sa compagne suivirent une traînée de sang qui les entraîna dans un autre couloir. Devant eux, mais assez loin, des hommes criaient.

Jennsen fut soulagée de reconnaître la voix de l'empereur au milieu d'une dizaine d'autres.

— Messire ! appela un homme debout sur le seuil d'une pièce. Messire, par là !

Sebastian s'arrêta, étudia rapidement le soldat puis entraîna Jennsen dans une immense pièce au sol couvert d'un tapis aux motifs géométriques rouges et ocre. Ici, de riches tentures pendaient devant les fenêtres, et le mobilier – des divans, des fauteuils et des tables basses – évoquait un somptueux salon ou une antichambre géante – mais dans ce cas, à quoi pouvait ressembler la salle attenante ?

Sebastian et Jennsen rejoignirent le soldat qui se tenait debout devant une porte, à l'autre extrémité de la vaste pièce.

— C'est elle ! cria l'homme. Dépêchez-vous ! C'est elle et je viens juste de la voir passer.

Le souffle court, son épée pointée vers le sol comme s'il avait eu du mal à la tenir droite, le soldat jeta un coup d'œil dehors – apparemment, dans un nouveau couloir, pas une autre salle.

Un instant avant que Jennsen et Sebastian l'aient rejoint, il y eut un bruit sourd. Lâchant son arme, le soldat plaqua une main sur sa poitrine, écarquilla les yeux et s'écroula. Alors qu'il ne portait aucun signe de blessure, il était mort en quelques secondes.

Jennsen poussa son compagnon contre le mur pour l'empêcher de franchir la porte. Il ne devait pas s'exposer à la force mystérieuse qui venait de tuer le guerrier.

Dans son dos, Jennsen entendit soudain un sifflement qui semblait venir d'un autre monde. D'instinct, la jeune femme se jeta sur Sebastian et lui fit un bouclier de son corps comme si elle avait voulu protéger un enfant. Fermant les yeux, elle cria de terreur quand une explosion fit trembler les cloisons et le sol.

Des gravats tombèrent du plafond et volèrent dans les airs.

Quand le calme revint, Jennsen rouvrit les yeux. Autour d'eux, le mur était constellé de gros trous. Mais par miracle, son compagnon et elle étaient indemnes.

Une confirmation de plus de l'hypothèse que Jennsen avait récemment formulée...

— C'était lui ! cria Sebastian. (Il tendit un bras.) C'était lui !

Jennsen se retourna mais ne vit personne.

— De qui parles-tu ?

— Du seigneur Rahl ! Je l'ai vu juste avant que tu me pousses contre le mur. Il est entré par l'autre porte, et il a jeté un sort. Bon sang ! je me demande comment nous avons survécu…

— Un coup de chance…, mentit Jennsen.

La pièce était dévastée. Il ne restait plus rien des jolis meubles, des tentures, des moulures du plafond et des murs…

Jennsen avança parmi les débris et approcha de l'autre porte. Quelques secondes plus tôt, Richard Rahl en personne s'était campé dans son encadrement…

Sebastian rattrapa sa compagne et sortit avec elle.

Le couloir aussi était ravagé. Au milieu, le cadavre d'une autre sœur gisait dans une mare de sang. Quand ils passèrent à côté d'elle, Jennsen et Sebastian virent de la stupéfaction dans les yeux écarquillés de la morte.

— Au nom de la Création, marmonna Sebastian, que se passe-t-il ici ?

À voir l'expression de la sœur, Jennsen supposa qu'elle s'était posé la même question avant de rendre le dernier soupir.

Jetant un coup d'œil dehors, les deux jeunes gens découvrirent un incroyable charnier.

— Tu dois faire sortir l'empereur d'ici, dit Jennsen à Sebastian. J'avais raison, il ne fallait pas se fier aux apparences.

— C'était un piège, oui… Mais nous ne devons pas renoncer à nos objectifs. Si nous réussissons, toutes ces vies n'auront pas été perdues pour rien.

Incapable de comprendre ce qui s'était passé, Jennsen était tout à fait d'accord avec le plan de son compagnon. Si Richard Rahl mourait aujourd'hui, tout ça n'aurait pas été inutile.

Sebastian et Jennsen s'enfoncèrent dans les entrailles du palais. Traversant des pièces et des couloirs dépourvus de fenêtres, ils eurent vite le sentiment curieux d'explorer une sorte de province du royaume des morts.

Bien au-delà de l'horreur, et trop désorientée pour avoir peur, Jennsen avait le sentiment de se regarder agir et sa propre voix lui semblait très lointaine. Dans un coin de sa tête, elle s'étonnait de ce qu'elle était en train de faire et se rengorgeait d'être capable de tenir le coup.

À la croisée de deux couloirs, Sebastian et sa compagne découvrirent une vingtaine de soldats et quatre Sœurs de la Lumière massés devant l'entrée d'une petite pièce. À l'intérieur, l'empereur Jagang, appuyé contre un mur, reprenait difficilement son souffle.

En approchant, Jennsen croisa le regard du maître de l'Ancien Monde. Elle n'y lut aucune peur ni aucune tristesse – seulement une colère et une détermination hors du commun.

— Nous approchons, ma petite chérie. Si tu ne perds pas ton couteau, tu auras bientôt ta chance !

Sebastian fit signe à quelques hommes de le suivre. À l'évidence, il avait l'intention de s'assurer que le terrain était libre pour l'empereur.

— Excellence, dit Jennsen, incapable de croire que des hommes si brillants puissent se comporter si bêtement, vous devez sortir d'ici.

— Tu as perdu l'esprit, femme ?

— Nous nous faisons tailler en pièces ! Il y a partout des soldats morts, et j'ai vu des sœurs coupées en deux par…

— … la magie ! lâcha Jagang avec un rictus mauvais qui fit frissonner Jennsen.

— Excellence, vous devez quitter ce palais avant d'être blessé ou tué !

— C'est la guerre ! explosa l'empereur. Pensais-tu qu'il s'agissait d'un jeu ? Les carnages sont le prix à payer. Nos ennemis en ont fait un, et je me vengerai, tu peux me croire. Si tu n'as pas le courage d'utiliser ton couteau, enfuis-toi à toutes jambes ! Mais ne viens plus jamais me demander de l'aide.

— Il n'est pas question que je m'en aille, dit Jennsen, impassible. Mais vous devez vous mettre en sécurité. Qu'arriverait-il si l'Ordre vous perdait après avoir été privé du frère Narev ?

— Que c'est émouvant…, grogna Jagang, écœuré. (Il se tourna vers ses hommes.) La moitié dans la pièce de droite, devant nous ! Les autres, restez avec moi. Je veux que nous poussions nos proies à découvert. (Il brandit son épée sous le nez des quatre sœurs.) Deux avec eux et deux avec moi. Et maintenant, ne me décevez plus !

Les soldats et les magiciennes obéirent. Sebastian fit signe à Jennsen de le suivre, et tous deux partirent avec le groupe de l'empereur.

— Il est là ! cria Jagang. Je le vois !

L'explosion qui suivit fut si violente que Jennsen en tomba à la renverse. Des débris volèrent dans les airs, tuant au moins un homme sur leur passage.

Sebastian prit Jennsen par un bras, l'aida à se relever et la tira dans une petite pièce où ils seraient relativement à l'abri.

Dans le couloir, des soldats hurlaient de douleur, et ces cris firent frissonner Jennsen. Malgré sa peur, elle suivit Sebastian quand il sortit de la pièce pour aller explorer le couloir dévasté.

Plusieurs cadavres gisaient sur le sol près de blessés trop grièvement touchés pour avoir une chance de s'en tirer. Leur agonie serait atroce, et les deux jeunes gens ne pouvaient rien faire pour les soulager, car ils devaient à tout prix trouver Jagang.

Ils le découvrirent près des vestiges d'une table basse. Couché à côté d'une sœur clouée au mur par une énorme poutre tombée du plafond, l'empereur vivait toujours mais il avait une cuisse ouverte jusqu'à l'os.

— Créateur bien-aimé, pardonne-moi…, murmura la Sœur de la Lumière agonisante. Oui, je t'en conjure, pardonne-moi et aide-moi…

Cette femme avait certainement été blessée alors qu'elle tentait de défendre l'empereur avec son pouvoir. À présent, elle payait le prix de sa loyauté…

Sebastian glissa une main sous son manteau, dans son dos. Tirant sa hache de sa ceinture, il l'abattit à la vitesse de l'éclair et, d'un seul coup, décapita la moribonde.

Dégageant son arme, qui s'était fichée dans le mur, le jeune homme aux cheveux blancs la remit en place et regarda Jennsen, qui le dévisageait comme s'il était un étranger terrifiant.

— Si tu avais été à la place de cette malheureuse, dit-il, tu n'aurais pas voulu que je t'achève ?

Incapable de répondre, Jennsen se détourna et se laissa tomber à genoux près de l'empereur. Un homme normal aurait souffert le martyre. Jagang, lui, semblait se ficher comme d'une guigne de sa blessure. Tenant les deux lèvres de la plaie serrées l'une contre l'autre afin de perdre le moins de sang possible, il paraissait surtout furieux de ne plus être en mesure de poursuivre sa proie.

Jennsen n'avait aucune formation de guérisseuse. Mais ce n'était pas nécessaire pour comprendre qu'il fallait intervenir d'urgence. Sinon, l'hémorragie finirait par tuer l'empereur.

— Sebastian, j'ai vu cette chienne ! Elle était à deux pas de moi, et j'ai failli l'avoir. Ne la laisse pas fuir !

Une sœur vêtue d'une robe marron maculée de poussière apparut soudain et s'agenouilla elle aussi près de l'empereur.

— Excellence, j'ai entendu votre voix… Je peux vous aider… Oui, je le peux…

— Eh bien, qu'attends-tu ? demanda Jagang. Sebastian, la garce n'est pas loin ! Ne la laisse pas fuir !

— Compris, Excellence ! (Sebastian posa brièvement une main sur l'épaule de Jennsen.) Reste ici ! La sœur vous protégera, l'empereur et toi. Je serai très vite de retour !

Jennsen voulut retenir son compagnon par la manche, mais il était déjà trop loin. Rameutant les soldats survivants, il s'engouffra avec eux dans un couloir obscur et enfumé.

Jennsen resta seule avec un empereur blessé, une Sœur de la Lumière et la voix qui parlait dans sa tête.

Tendant une main, elle tira de sous un tas de gravats un morceau de rideau déchiré.

— Excellence, vous perdez beaucoup de sang. Il faut que je referme la plaie… (Elle plongea son regard dans les yeux terrifiants de Jagang.) Pouvez-vous tenir la blessure fermée pendant que je la bande ?

L'empereur sourit, l'air détaché malgré la sueur qui ruisselait sur son front et ses joues.

— Ça ne fait pas mal, ma petite chérie… Vas-y et n'aie pas peur ! J'ai eu pis que ça. Dépêche-toi !

Jennsen glissa le morceau de rideau sous la jambe de l'empereur et improvisa un pansement serré. En quelques secondes, le tissu blanc s'imbiba de sang et vira au rouge sombre.

La Sœur de la Lumière posa une main sur la cuisse blessée de Jagang, qui hurla de douleur.

— Désolée, Excellence, mais je dois enrayer l'hémorragie. Sinon, vous ne survivrez pas.

— Alors agis, espèce d'idiote ! Mais ne me fais pas mourir d'ennui à t'écouter bavasser.

La femme, visiblement terrifiée, plaqua ses deux mains tremblantes sur la jambe ensanglantée de l'empereur.

S'écartant un peu, Jennsen regarda la magicienne travailler.

Au début, il n'y eut pas grand-chose à voir. Puis Jagang serra les dents et grogna de douleur tandis que le pouvoir de la femme faisait son œuvre. Fascinée, Jennsen songea qu'elle était en train de voir le don agir de manière bénéfique. Comment l'Ordre Impérial pouvait-il penser que cette magie-là aussi était maléfique ? Et si cette conviction était sincère, pourquoi l'empereur se laissait-il soigner ?

Jennsen se pencha un peu en avant. Le sang avait cessé de jaillir de la plaie, et la sœur s'acharnait à présent à la refermer.

— Il est là, Jennsen…, murmura soudain Jagang. (Il tourna la tête vers le fond du couloir.) Richard Rahl… C'est lui !

Serrant très fort son couteau, Jennsen suivit le regard de Jagang. Dans la pénombre et la fumée, un homme les regardait, les mains sur les hanches.

Soudain, il leva les bras, et du feu jaillit de ses mains tendues. Pas le genre de feu qui crépite dans une cheminée, mais plutôt celui qu'on voit dans ses rêves. Des flammes irréelles… et pourtant bien présentes et terriblement dangereuses.

Jennsen eut l'impression d'être coincée entre la réalité et le fantasme, dans un minuscule espace où elle n'avait plus de prise sur rien.

Pourtant, les flammes étaient une menace concrète – et mortelle si elle ne faisait rien.

Pétrifiée, elle garda les yeux rivés sur la silhouette, au bout du couloir, qui expédiait une boule de feu sur l'empereur blessé et ses deux compagnes.

Selon Jagang, ce tueur implacable était Richard Rahl en personne. Hélas, Jennsen ne parvenait pas à distinguer ses traits. Bizarrement, les flammes illuminaient les murs mais laissaient dans l'ombre le corps de celui qui les générait.

La boule de feu volait vers ses cibles en rugissant. Jennsen n'avait jamais rien vu de si terrifiant.

En même temps, et d'une étrange façon, cela semblait parfaitement… insignifiant.

— Du feu de sorcier ! cria la Sœur de la Lumière en se relevant. Créateur bien-aimé, non !

La femme courut dans le couloir, à la rencontre de la boule de feu. Écartant les bras, elle invoqua sans doute une protection magique – mais invisible, car Jennsen ne distingua rien.

La boule de feu, désormais énorme, volait en rugissant comme une bête fauve.

La sœur tendit les mains.

Le feu la percuta et la transforma en une torche vivante si brillante que Jennsen dut s'abriter les yeux derrière un bras. En une fraction de seconde, les flammes consumèrent la Sœur de la Lumière puis se dissipèrent.

Jennsen n'en crut pas ses yeux. Comment une vie pouvait-elle être détruite ainsi ? C'était inimaginable, et pourtant…

Au fond du couloir, le seigneur Rahl invoquait déjà une autre boule de feu.

Jennsen était impuissante. Ses jambes refusaient de la porter, et de toute façon, elle ne pourrait pas courir assez vite pour échapper à cette sphère.

La boule mortelle volait vers Jagang et elle, grossissant à mesure qu'elle approchait de ses cibles.

Certain que le destin de ses proies était scellé, le seigneur Rahl tourna les talons et s'éloigna.

Chapitre 49

Le hurlement de la boule de feu était horrifiant.

La voir approcher tétanisait Jennsen.

Cette arme magique n'avait qu'un seul objectif: tuer tout ce qu'elle rencontrait sur son passage. La sorcellerie maléfique du seigneur Rahl…

Et cette fois, il n'y aurait pas de Sœur de la Lumière pour se sacrifier.

La sorcellerie du seigneur Rahl. Un feu qui semblait réel sans l'être vraiment…

Un instant avant que la boule de feu soit là, Jennsen comprit ce qu'elle devait faire.

Elle se jeta sur l'empereur et lui fit un bouclier de son corps, comme à Sebastian, quelques minutes plus tôt.

À travers ses paupières closes, elle fut quand même éblouie par la lueur aveuglante. Et elle entendit le terrible rugissement des flammes.

À part ça, rien ne se produisit.

La boule de feu la traversa et continua son chemin. Ouvrant un œil, Jennsen la vit exploser contre le mur, le traverser et se disperser en une gerbe de flammes blanches.

Après que le mur se fut désintégré, la lumière du jour pénétra à flots dans le couloir.

—Excellence, vous êtes vivant? demanda Jennsen en se relevant.

—Grâce à toi, oui… Mais comment as-tu réussi ça? Et…

—Silence…, souffla Jennsen. Et ne bougez pas, sinon, il vous repérera.

Il n'y avait pas de temps à perdre, car il fallait en finir une bonne fois pour toutes. Couteau au poing, Jennsen partit au pas de course dans le couloir. Très vite, elle aperçut le seigneur Rahl, car il s'était immobilisé puis retourné pour voir ce qui se passait.

En approchant, Jennsen découvrit qu'il ne s'agissait hélas pas de son demi-frère. C'était un vieillard aux cheveux blancs si squelettique qu'il flottait dans sa tunique noire toute simple. Sa crinière blanche était en bataille, comme s'il avait oublié de se peigner, mais ça n'enlevait rien à son aura d'autorité.

Dans ses yeux, Jennsen lut cependant de la surprise. À l'évidence, il ne comprenait pas comment elle avait survécu au feu de sorcier.

Puis il s'avisa qu'elle était un trou dans le monde, et tout devint clair pour lui. Jennsen suivit le processus sur son visage, et vit à quel moment il avait atteint la conclusion inévitable.

Malgré son allure inoffensive, ce vieillard venait de tuer des milliers d'hommes. Il était au service du seigneur Rahl et commettrait d'autres meurtres si personne ne faisait rien pour l'arrêter. C'était un sorcier… et un monstre. Jennsen devait le tuer.

Elle leva son couteau et chargea en poussant un cri de guerre qui lui rappela celui des cavaliers, un peu plus tôt. Elle comprenait qu'on puisse hurler ainsi, à présent. Car elle avait soif du sang de cet homme !

— Non…, dit le vieillard. Ma petite, tu ne sais pas ce que tu fais. Mais nous n'avons pas le temps… Bon sang ! je ne peux pas perdre une seconde. Arrête ça ! Et laisse-moi…

Les paroles de ce tueur comptaient aussi peu pour Jennsen que les propos de la voix. Continuant à courir, elle éprouva la même fureur que le jour où des brutes avaient tué sa mère avant de s'en prendre à elle.

Jennsen savait ce qu'elle devait faire. Et elle était la seule capable d'agir.

Parce qu'elle était invincible !

Avant qu'elle l'ait atteint, le sorcier leva une main. Cette fois, aucune flamme n'en jaillit. Mais Jennsen n'aurait de toute façon pas ralenti. Elle était invincible et rien ne l'arrêterait.

Devant elle, les débris bougèrent soudain comme si un balai géant les avait poussés et formèrent bientôt une sorte de petite montagne. Avec un cri de surprise, Jennsen se prit les pieds dans les vestiges d'une chaise et s'étala tête la première. L'impact contre le parquet l'assomma à demi.

Des débris volaient dans les airs au milieu d'une colonne de poussière.

Bien qu'elle eût très mal, Jennsen tenta d'obéir à la voix, qui l'exhortait à se lever et à continuer l'attaque. Mais la vision de la jeune femme s'était bizarrement rétrécie, et le monde, au bout de ce curieux tunnel, lui semblait irréel.

La poussière lui irritait la gorge, mais elle ne parvenait même pas à tousser. Un vrai pantin dont on aurait coupé les fils.

Mobilisant sa volonté, la jeune femme parvint à s'asseoir. Une fois qu'elle fut dans cette position, sa vision s'éclaircit et elle réussit à tousser pour dégager ses voies respiratoires. Une de ses jambes était coincée sous un tas de débris. Elle la libéra péniblement et se réjouit d'avoir porté des bottes. Grâce au cuir épais, les éclats de bois et de pierre ne l'avaient pas blessée.

En revanche, elle avait perdu son couteau. À quatre pattes, elle fouilla le tas de gravats, écartant des morceaux de tenture et des pieds de chaise.

Glissant un bras sous un guéridon renversé et brisé, elle sentit du bout des doigts ce qui devait être la garde gravée d'un « R ». Poussant au maximum, elle put refermer la main sur l'arme qui mettrait bientôt un terme à l'existence du seigneur Rahl.

Quand elle se fut enfin relevée, son couteau au poing, le vieillard n'était plus en vue. Sachant qu'il ne pouvait pas utiliser son pouvoir contre un trou dans le monde, le sorcier avait recouru à une frappe indirecte très judicieuse. Décidément, il était dangereux et devait être éliminé.

Jennsen se lança à sa poursuite. Arrivant à une intersection de couloirs, elle les sonda tous et ne vit absolument rien. Se fiant à son instinct, elle choisit un corridor et l'explora prudemment.

Dans le lointain, elle entendit crier des hommes, mais sans reconnaître la voix de Sebastian.

Partout, des explosions et des éclairs rappelaient que la magie était toujours à l'œuvre dans le Palais des Inquisitrices, qui en tremblait parfois sur ses fondations.

Des cris d'agonie montaient aussi de toute part, rappelant que ce jour serait un désastre dans l'histoire de l'Ordre Impérial.

Jennsen continua de poursuivre le vieux sorcier. Mais il s'était volatilisé. Dans certains couloirs, elle vit des dizaines de cadavres. Des hommes fauchés par un piège magique ou tués sur son chemin par le vieux sorcier ? Elle n'aurait su le dire, mais elle s'inquiétait de plus en plus pour Sebastian.

Entendant soudain des bruits de bottes, elle se pétrifia, puis capta un appel et reconnut aussitôt la voix de son compagnon.

— Par ici ! C'est elle !

Jennsen courut jusqu'à une intersection et s'engagea dans le couloir d'où, selon elle, était montée la voix de Sebastian.

Le bruit de ses pas assourdi par un tapis vert moelleux, la jeune femme se réjouit d'entrer dans une zone du palais encore intacte. Ici, tout était encore comme au temps où la Mère Inquisitrice régnait d'une main de fer sur les Contrées du Milieu.

Cette partie du palais était un labyrinthe de couloirs et de somptueuses pièces. En les traversant, Jennsen remarqua à peine la délicatesse du mobilier, la qualité des tentures ou la finition des lambris. Son seul souci étant de ne pas se perdre, elle imagina qu'elle était dans une forêt et grava dans sa mémoire des points de repère afin de pouvoir revenir sur ses pas. Une fois sa mission accomplie, elle devrait s'occuper de l'empereur et le conduire en sécurité.

Jennsen remonta un large couloir dont les murs étaient constellés de petites niches contenant une incroyable collection d'objets de valeur. Passant une double porte ornée de dorures, elle déboula dans une salle dont la splendeur acheva de lui couper le souffle, après une course épuisante.

L'énorme dôme qui coiffait la salle était décoré de peintures d'une beauté saisissante. Ces fresques représentaient des personnages majestueux qu'on se serait attendu à voir parler ou bouger, tant ils étaient réalistes. Juste au-dessous, un cercle de fenêtres rondes laissait entrer la lumière du jour, éclairant l'estrade en demi-cercle où d'imposants fauteuils trônaient derrière un grand pupitre.

Jennsen devina qu'elle était à l'endroit où la Mère Inquisitrice prenait toutes les décisions essentielles pour le destin des Contrées du Milieu. Les sièges disposés tout autour de l'estrade – en hauteur, dans un balcon circulaire – devaient accueillir les dignitaires autorisés à assister aux grandes cérémonies du pouvoir.

Jennsen vit qu'une silhouette se faufilait entre les colonnes, à l'autre bout de la salle.

Elle tourna la tête, car Sebastian et un groupe de soldats venaient d'entrer par une autre porte dans l'imposante pièce.

— Elle est là ! cria le jeune homme aux cheveux blancs en brandissant son épée.

Il semblait épuisé, mais la colère ne s'était toujours pas éteinte dans ses yeux.

— Sebastian ! cria Jennsen en courant vers son compagnon. Nous devons sortir d'ici ! Il faut conduire l'empereur en sécurité. Un sorcier nous a attaqués et il a tué la Sœur de la Lumière. Jagang est seul... Viens avec moi !

Les soldats s'étaient déjà déployés pour passer à l'attaque. Des fauves sur la piste d'une proie, pensa Jennsen, angoissée parce qu'elle avait trop longtemps joué le rôle du gibier pour se mettre spontanément du côté des chasseurs.

— Je veux d'abord attraper cette chienne ! répondit Sebastian. (Il désigna quelque chose avec son épée.) L'empereur aura au moins la Mère Inquisitrice pour se consoler...

Jennsen regarda dans la direction qu'indiquait Sebastian et vit une femme debout à l'autre extrémité de la salle. Vêtue d'une simple robe de lin décorée au col de broderies où se mêlaient du jaune et du rouge, elle arborait une chevelure grise coupée au ras de sa mâchoire carrée.

— La Mère Inquisitrice, enfin..., murmura Sebastian, hypnotisé.

Jennsen le regarda, perplexe.

— La Mère Inquisitrice ? (Comment Richard Rahl aurait-il pu épouser une femme assez vieille pour être sa grand-mère ?) Sebastian, décris-moi ce que tu vois.

— C'est la Mère Inquisitrice, te dis-je !

— Dis-moi à quoi elle ressemble ! Comment est-elle vêtue ?

— Elle porte sa fameuse robe blanche... Serais-tu aveugle, Jenn ?

— Cette garce est sacrément belle, murmura un soldat incapable de détourner les yeux de la femme. Mais c'est l'empereur qui s'amusera avec elle...

Les autres hommes affichaient la même expression hallucinée. De plus en plus inquiète, Jennsen prit Sebastian par le bras.

— Non ! Non ! Sebastian, ce n'est pas elle !

— Es-tu devenue folle ? Tu crois que je ne sais pas à quoi ressemble la Mère Inquisitrice ?

— Je l'ai déjà vue, dit le soldat, et je suis certain que c'est elle !

— Non, répéta Jennsen en tirant sur la manche de Sebastian pour l'arracher à sa folie. C'est un sortilège, ou quelque chose comme ça. Sebastian, moi, je vois une vieille femme. Tout ça est en train de très mal tourner. Nous devons partir...

Le soldat debout près de Sebastian gémit, lâcha son épée et porta une main à sa poitrine. Puis il s'abattit sur le sol comme un arbre déraciné. Un deuxième homme s'écroula, puis un troisième et un quatrième.

Jennsen se campa devant Sebastian, les bras écartés pour le protéger.

Un éclair aveuglant illumina la pièce, en fit le tour en rugissant et abattit les uns après les autres tous les guerriers de l'Ordre. Jetant un coup d'œil par-dessus son épaule, Jennsen vit que la lumière meurtrière jaillissait des mains de la vieille femme.

Tous les soldats étaient morts, mais une Sœur de la Lumière venait d'entrer dans la salle et elle chargeait la vieille magicienne.

La sœur tendit les mains, sans doute pour lancer un sort de protection. Puis elle passa à la contre-attaque, et des éclairs crépitèrent au bout de ses doigts.

Ayant abattu tous les soldats à part Sebastian, qu'elle ne parvenait pas à atteindre, la vieille magicienne se concentra sur l'attaque de la sœur. Levant simplement les mains, elle renvoya les éclairs à leur expéditrice.

— Il te suffit de prêter serment, ma fille, dit-elle d'une voix grinçante, et tu seras libérée de celui qui marche dans les rêves.

Jennsen ne comprit rien à ce charabia. Mais la sœur, elle, semblait avoir saisi.

— Ça ne fonctionnera pas ! cria-t-elle. Je ne veux plus souffrir atrocement ! Que le Créateur me pardonne, mais tout sera bien plus facile pour nous si je vous tue...

— Si c'est ton choix, qu'il en soit ainsi.

La sœur voulut lancer un nouveau sort, mais elle s'écroula sur le sol en criant de douleur. Alors que ses doigts essayaient de griffer le marbre, elle tenta de réciter une prière entre ses hurlements de douleur.

Puis elle se tut et s'immobilisa, gisant raide morte dans une flaque de sang.

Couteau au poing, Jennsen courut vers la vieille tueuse. Sebastian la suivit, mais la magicienne lança un éclair qui le toucha au flanc. Par bonheur, la lumière magique avait d'abord traversé le torse de Jennsen et perdu un peu de puissance. Blessé mais pas carbonisé sur le coup, le jeune homme aux cheveux blancs bascula en arrière.

— Sebastian, non ! Non ! cria Jennsen.

Elle voulut rejoindre son compagnon, mais se ravisa quand elle vit qu'il n'était pas trop grièvement touché. Le plus urgent était de neutraliser la vieille magicienne !

Immobile, celle-ci semblait désorientée et hésitante. Au lieu de regarder Jennsen, elle tendait une oreille vers elle, comme pour l'entendre approcher.

Jennsen remarqua alors que les yeux de la femme étaient entièrement blancs. Dans sa mémoire, quelque chose s'éveilla...

—Adie ? souffla-t-elle, stupéfiée.

De plus en plus désorientée, la vieille femme tourna la tête pour écouter avec son autre oreille.

—Qui est là ? demanda-t-elle de sa voix grinçante. Qui est là ?

Jennsen se garda bien de répondre, car elle ne voulait pas trahir sa position. Il n'y avait plus un bruit dans la salle, et de l'inquiétude se lisait sur le visage de la vieille magicienne. Mais sa détermination restait entière, et elle leva de nouveau les mains.

Ignorant que faire, Jennsen serra plus fort son couteau. S'il s'agissait vraiment d'Adie, la femme dont lui avait parlé Althea, elle ne voyait pas du tout le « trou dans le monde ». En revanche, elle distinguait parfaitement bien Sebastian avec son don.

—Petite, es-tu une sœur de Richard ? demanda soudain la magicienne. Dans ce cas, que fais-tu dans le camp de l'Ordre ?

—J'essaie de vivre, tout simplement.

—Non ! Non ! (Adie secoua la tête.) Si tu combats pour l'Ordre, tu as choisi la mort, pas la vie !

—C'est vous qui commettez des meurtres, pas l'Ordre !

—Vil mensonge ! Des milliers d'hommes sont venus aujourd'hui avec la haine au cœur. Ce n'est pas moi qui suis allée les chercher.

—Peut-être, mais c'est vous qui souillez le monde avec votre sorcellerie ! cria Sebastian dans le dos de Jennsen. Vous voulez réduire l'humanité en esclavage, mais nous ne vous laisserons pas faire !

—Je vois..., marmonna Adie. C'est toi qui as trompé cette petite avec de beaux discours.

—Il m'a sauvé la vie ! s'écria Jennsen. Sans lui, je ne serais rien ! S'il ne s'était pas battu pour moi, je serais morte, comme ma mère.

—Petite, c'est un mensonge aussi... Abandonne ces gens et viens avec moi...

—Vous aimeriez ça, pas vrai ? cria Jennsen. Ma mère est morte à cause de votre seigneur Rahl. Alors, n'essayez pas de me piéger. Je sais que vous rêvez de ramener un trophée de choix à votre maître !

Adie secoua la tête.

—Petite, j'ignore de quels mensonges ta tête est farcie, et je n'ai pas le temps de m'en occuper. Tu dois venir avec moi, sinon, je ne pourrai pas t'aider. Et je ne suis plus en mesure d'attendre. Le temps est une denrée rare, et j'ai épuisé mes réserves.

Pendant que la magicienne parlait, Jennsen avança discrètement de quelques pas. Elle devait saisir l'occasion de neutraliser cette vieille femme. Elle avait toutes ses chances, et elle le savait. Lors d'un combat où seules compteraient la force physique et l'habileté, elle aurait un avantage écrasant. Le pouvoir d'une magicienne ne servait à rien contre une personne invincible.

Un Pilier de la Création…

— Jenn, tue-la ! cria Sebastian. Tu en es capable ! Venge ta mère !

Jennsen n'était plus très loin de la vieille femme. Encouragée par son compagnon, elle avança encore de quelques pas.

— Si c'est ton choix, souffla Adie de sa voix grinçante, qu'il en soit ainsi.

Sur ces mots, elle tendit un bras vers Sebastian.

Horrifiée, Jennsen comprit que la mort de son compagnon serait le prix à payer pour avoir l'occasion d'égorger Adie.

Chapitre 50

Sebastian s'était tourné sur un flanc et rampait vers Adie pour prêter main-forte à Jennsen.

La jeune femme vit une traînée de sang sur le marbre, derrière son compagnon. La vieille magicienne étant impuissante contre un trou dans le monde, elle avait décidé de périr en emmenant Sebastian avec elle. À l'idée qu'il meure, Jennsen eut l'impression qu'on lui arrachait le cœur.

Sebastian était tout pour elle !

Et la magicienne allait le foudroyer dans moins d'une seconde !

Étant beaucoup plus près de Sebastian que d'Adie, Jennsen comprit qu'elle ne pourrait jamais être assez rapide pour empêcher la vieille femme de frapper. Mais en agissant vite, elle avait encore la possibilité de protéger le jeune homme aux cheveux blancs.

Bref, pour tuer Adie, elle devait sacrifier Sebastian. C'était le marché que la magicienne lui mettait en main.

Renonçant à attaquer, Jennsen plongea vers Sebastian, plaçant sur la ligne de tir d'Adie un trou dans le monde qui l'empêcherait de viser.

L'éclair d'Adie manqua largement sa cible et alla réduire en miettes une colonne de marbre.

Jennsen se laissa tomber près de Sebastian et l'enlaça.

— Tu peux bouger ? Tu crois que tu pourras courir ? Nous devons filer d'ici !

— Aide-moi à me lever, et nous verrons bien…

Jennsen glissa sa tête sous le bras droit de Sebastian et banda tous ses muscles. Quand il fut debout, elle continua à soutenir le jeune homme tandis qu'ils avançaient le plus vite possible vers la porte. Dans leur dos, Adie leva de nouveau les mains, ses yeux morts suivant tous les mouvements de Sebastian. D'instinct, Jennsen changea de position pour se transformer une fois encore en bouclier vivant.

Un éclair rata d'un souffle les deux jeunes gens, alla percuter un des battants de la porte principale et l'arracha de ses gonds.

Jennsen et Sebastian franchirent l'ouverture providentielle et s'engagèrent dans le couloir. En voyant le battant sur le sol, la jeune femme s'avisa qu'elle ne survivrait pas davantage que son compagnon si une masse pareille s'écrasait sur elle. Dans le même ordre d'idées, elle s'aperçut que ses bras saignaient d'une multitude de petites coupures dues aux éclats de pierre et de verre.

Elle était invincible en un sens, certes, mais si la magie, au lieu de la frapper directement, lui faisait tomber dessus une colonne de marbre, elle serait tout aussi morte qu'un soldat carbonisé par des éclairs.

Et une fois mort, la manière dont on avait franchi le voile n'importait plus.

Soudain, Jennsen Rahl ne se sentit plus si invincible que ça...

À la première intersection, elle prit à droite et pressa le pas afin de s'éloigner autant que possible d'Adie. Contre son flanc, elle sentait le sang de Sebastian empoisser sa robe. Bien qu'il fût blessé, son compagnon ne se plaignait pas et ne demandait pas à marcher moins vite.

Les dents serrées, les deux jeunes gens remontèrent des couloirs et traversèrent des pièces pendant une petite éternité. Jennsen n'aurait pas cru qu'ils s'étaient éloignés autant de l'empereur.

— Tu es gravement blessé ? demanda-t-elle à Sebastian au bout d'un long moment.

— Je n'en sais rien... J'ai l'impression d'avoir la poitrine en feu, mais avec un peu de chance, ça passera... Si tu n'avais pas amorti le coup, je ne serais plus de ce monde, c'est une certitude.

En chemin, ils finirent par rencontrer des soldats de l'Ordre. Épuisée, Jennsen se laissa glisser sur le sol. Elle n'aurait pas pu soutenir Sebastian dix pas de plus, songea-t-elle, soulagée qu'un miracle se soit produit.

— Nous battons en retraite, dit Sebastian aux hommes. (Il grimaça de douleur, mais se ressaisit vite.) Nous devons sortir d'ici ! L'empereur est blessé, et il faut le conduire en sécurité. Formez plusieurs petits groupes qui iront chercher tous nos hommes encore vivants. Pour protéger l'empereur, nous aurons besoin de bras et d'épées. (Il regarda deux soldats.) Vous deux, vous m'aiderez à marcher...

Les guerriers partirent en quête de survivants. Les deux hommes désignés par Sebastian le prirent par les épaules pour le soutenir, lui arrachant une nouvelle grimace de douleur.

Jennsen ouvrit la marche, se fiant aux points de repère qu'elle avait notés en venant.

Il fallait qu'ils retrouvent au plus vite Jagang et qu'ils le tirent de ce piège. L'avenir de l'Ordre Impérial et de l'humanité en dépendait.

Le Palais des Inquisitrices était un incroyable labyrinthe de couloirs et de salles. Pour des raisons de sécurité, Sebastian préféra éviter ces dernières, en particulier les plus grandes, où quatre personnes auraient fait des cibles beaucoup trop faciles.

À intervalles réguliers, Jennsen entendait de lointaines explosions magiques. Chaque fois, le palais en tremblait sur ses fondations.

— Par là, dit la jeune femme.

Elle avait reconnu la brèche dans le mur, au coin d'un couloir. Ce trou permettait de voir dehors, où le carnage continuait. Il avait été percé par du feu de sorcier qui visait l'empereur et Jennsen.

Dans le couloir de droite, cinq soldats et une Sœur de la Lumière avançaient vers le groupe de la jeune femme. Plus loin, une dizaine d'autres soldats progressaient dans la même direction.

Deux sœurs au visage noir de suie sortirent d'une pièce, sur la gauche. Quelques guerriers les suivirent. Tous étaient blessés, mais ils tenaient à peu près debout et semblaient encore en état de se battre.

L'empereur était toujours assis contre un mur, à l'endroit où Jennsen l'avait laissé. Le bandage improvisé tenait encore, mais les lèvres de la plaie n'étaient pas correctement alignées l'une en face de l'autre, et la blessure nécessitait des soins urgents. La magie de guérison utilisée par la sœur, juste avant sa mort, avait au moins atteint un objectif : Jagang ne perdait presque plus de sang.

L'hémorragie ayant été massive, l'empereur était pâle comme un mort. Mais le teint de ceux qui découvraient sa blessure devenait vite plus blême que le sien…

Une des sœurs s'agenouilla près de Jagang, qui grimaça quand elle tenta de coller l'une à l'autre les lèvres de la plaie.

— Je n'ai pas le temps de le guérir, dit la femme. Il faut d'abord le conduire en sécurité.

Elle prit quand même la précaution de serrer plus fort le pansement mis en place par Jennsen. Pour cela, elle déchira un autre morceau du rideau coincé sous les débris.

— Vous avez eu cette garce ? demanda l'empereur pendant que la sœur s'affairait sur sa blessure. Où est-elle ? Sebastian, réponds-moi ! (Il regarda à droite et à gauche et vit enfin son stratège, que deux hommes aidaient à marcher.) Ah ! tu es là… Tu nous as débarrassés de cette maudite Mère Inquisitrice ?

— Ce n'était pas elle, répondit Jennsen à la place de son compagnon.

— Quoi ? Que racontes-tu là ? Je l'ai vue de mes yeux, et quand je suis face à cette chienne, je la reconnais ! Pourquoi l'avez-vous tous laissé filer ?

— Vous avez vu un sorcier et une magicienne, dit Jennsen. Ils ont jeté un sort pour prendre l'apparence du seigneur Rahl et de la Mère Inquisitrice. C'était un piège.

— J'ai peur qu'elle ait raison, intervint Sebastian avant que Jagang hurle de rage. Nous étions ensemble, et tandis que je me croyais devant la Mère Inquisitrice, Jennsen voyait une vieille femme.

— Si tout le monde était abusé par l'illusion, comment as-tu pu… ? commença Jagang.

Il ne finit pas sa phrase, car il venait de comprendre. Pour une raison qui dépassait Jennsen, il ne doutait plus du tout de sa parole.

— Pourquoi cette ruse ? demanda la sœur qui avait presque fini de bander la jambe de Jagang.

— La magicienne et le sorcier étaient très pressés, dit Jennsen. Sans doute parce qu'ils mijotent quelque chose…

— Une diversion…, marmonna Jagang. Ils ont voulu détourner notre attention pendant qu'ils attaquaient leur véritable objectif.

— Notre armée, précisa Sebastian, qui avait compris où l'empereur voulait en venir.

Une autre sœur se chargeait de lui bander la poitrine. En découvrant la blessure, elle n'avait pu s'empêcher de faire la grimace.

— Ce pansement ne tiendra pas longtemps, marmonna la femme. Et la plaie n'est pas belle à voir… (Elle s'adressa aux deux autres sœurs.) Nous allons devoir soigner cet homme, et nous ne pouvons pas le faire.

Ignorant la douleur, Sebastian continua son raisonnement.

— C'était une ruse… Nos ennemis ont évacué Aydindril pour nous surprendre. Puis ils nous ont forcés à courir après des leurres. Et pendant ce temps, ils ont attaqué notre armée.

Jagang éructa un juron. Regardant à travers le trou, il sonda le terrain dans la direction où ils avaient laissé leur force principale, dans la vallée.

— Foutue garce ! cria-t-il en serrant le poing. Elle s'est arrangée pour nous occuper pendant que notre armée serait dans la position idéale pour subir un assaut. La sale vermine ! Nous devons filer d'ici au plus vite !

La petite colonne remonta une interminable série de couloirs. Soutenu par deux hommes, comme Sebastian, l'empereur ne ralentit pas ses compagnons, et la progression vers la sortie du Palais des Inquisitrices fut d'une étonnante rapidité.

En chemin, Jagang et son groupe furent rejoints par beaucoup d'autres hommes. Jennsen s'étonna qu'il y ait autant de survivants, après ce qui s'était passé dans le palais. Cela dit, si on pensait au nombre d'hommes qui y étaient entrés, l'aventure restait un véritable désastre. Et si les hommes étaient restés groupés, au lieu de se diviser comme le leur avaient ordonné l'empereur et Sebastian, ils auraient pu périr tous. Mais même ainsi, l'Ordre laissait un nombre incalculable de cadavres derrière lui.

Sebastian estimant qu'il valait mieux ne pas sortir par là où ils étaient entrés – au cas où un ultime piège les attendrait –, les rescapés gagnèrent les sous-sols. Traversant en silence les cuisines désertes, ils empruntèrent une porte latérale et se retrouvèrent dans une cour protégée par un mur d'enceinte.

Quand ils en sortirent, émergeant dans les jardins, le spectacle leur souleva le cœur. Quarante mille cavaliers avaient été taillés en pièces si méthodiquement qu'il ne devait pas rester un survivant.

Révulsée, Jennsen ne put pourtant pas détourner le regard de cette vision cauchemardesque. Des cadavres d'hommes et d'animaux gisaient partout, le plus souvent coupés en deux ou éventrés…

Dans le lointain, près d'un bosquet, quelques chevaux privés de cavalier broutaient distraitement.

— Je ne vois pas un seul cadavre d'ennemi, dit Jagang quand il eut sondé le terrain. Qui a pu faire ça ?

— Personne au monde…, marmonna une sœur.

Alors que la petite colonne avançait vers la sortie des jardins, des cavaliers qui étaient restés devant le portail l'aperçurent et galopèrent à la rencontre de leur empereur. Un millier d'hommes – sur quarante mille ! – n'avaient pas été impliqués dans l'incompréhensible bataille. Les quelques sœurs qui les accompagnaient formèrent un cercle autour de Jagang afin de le protéger.

Rouquine et Pete étaient restés à l'entrée des jardins. Quand Jennsen siffla, la jument reconnut l'appel de sa maîtresse et se précipita vers elle.

Dès qu'elle l'eût rejointe, elle quémanda des caresses et du réconfort. N'ayant pas été entraînés pour la cavalerie, Rouquine et Pete n'avaient aucune habitude des horreurs de la guerre. Comprenant leur désarroi, Jennsen prit le temps de les rassurer.

— Que s'est-il passé ? rugit soudain Jagang. Comment vous êtes-vous laissé piéger ainsi ?

L'officier qui commandait les miraculés regarda autour de lui comme s'il n'en croyait toujours pas ses yeux.

— Excellence, c'étaient… des êtres sans substance. Nos pauvres camarades n'ont rien pu faire.

— Tu veux me faire gober que c'étaient des fantômes ? explosa l'empereur.

— Je crois plutôt qu'il s'agissait des chevaux que l'éclaireur a sentis, dit un autre officier au bras en écharpe.

— Je veux savoir ce qui s'est passé ! cria Jagang. Comment une chose pareille a-t-elle pu se produire ?

Alors que des hommes amenaient des chevaux pour l'empereur et ses compagnons, sœur Perdita sauta de selle et approcha à grands pas.

— Excellence, c'était une attaque magique, déclara-t-elle. Des cavaliers fantômes invoqués par la sorcellerie, voilà la seule explication que je vois.

— Dans ce cas, pourquoi les sœurs n'ont-elles rien fait ? demanda Jagang en foudroyant Perdita de son regard noir.

— Ça ne ressemblait pas à la magie dont nous avons l'habitude… Il ne s'agissait pas d'une invocation, mais… comment dire… d'une construction. Sinon, nous l'aurions détectée et neutralisée. En tout cas, c'est ce que je pense. J'ai entendu parler de la magie *construite*, mais je ne sais pas grand-chose sur le sujet. La seule certitude, c'est que la force qui nous a attaqués était insensible à notre pouvoir.

— La magie est la magie, quel que soit le nom qu'on lui donne ! Vous auriez dû empêcher ce massacre. C'est pour ça que vous êtes là.

— La magie construite est radicalement différente de la magie invoquée, Excellence.

— En quoi, bon sang ?

— Au lieu d'utiliser le don sur l'instant, la magie construite est en somme préparée à l'avance. Elle peut être préservée pendant très longtemps – des milliers d'années, voire pour l'éternité. Le moment venu, le sort est activé et la magie se déchaîne.

—Activé par quoi? demanda Sebastian.

—D'après ce que j'ai entendu dire, par à peu près n'importe quoi… Tout dépend de la méthode de construction, si on peut appeler ça ainsi. Aucun sorcier actuel n'est capable de construire un sort comme celui qui nous a frappés. Nous ne savons pas grand-chose des sorciers de l'ancien temps et de leurs capacités, mais nous pouvons supposer qu'un sort construit est, par exemple, endormi quand il est sec et éveillé lorsqu'il est mouillé. Imaginez un engrais prévu pour devenir actif au moment des pluies printanières… Il peut être aussi activé par la chaleur ou un médicament contre la fièvre. La potion inclut une construction, et la fièvre l'active… Il y a des milliers d'autres possibilités. Des sorts mineurs ou au contraire des toiles de sorcier incroyablement complexes.

—Si j'ai bien compris, récapitula Jennsen, il a fallu que quelqu'un qui contrôle la magie « libère » ces cavaliers fantômes. Par exemple, un sorcier ou une magicienne…

Perdita secoua la tête.

—Ce type de magie construite existe, mais il peut aussi s'agir d'un sort extrêmement puissant maintenu en stase depuis très longtemps et activé par… Eh bien, absolument n'importe quoi, y compris du crottin de cheval!

—Sûrement pas! intervint Jagang. Un sort susceptible d'être activé par des choses de ce genre ne pourrait pas être si puissant.

—Excellence, osa objecter Perdita, dans le cas qui nous occupe, la taille ou l'importance apparente de la construction ou de ce qui l'active n'ont aucune signification. En d'autres termes, il n'y a pas de relation logique entre la cause et l'effet. Pour évaluer une construction magique, il n'existe pas de critères logiques.

Jagang désigna les dizaines de milliers de cadavres.

—Mais pour obtenir un effet comme celui-ci, il faut sûrement une cause hors du commun…

—L'armée de cavaliers fantômes a pu être réveillée par un sorcier qui dessinait des runes incroyablement complexes dans du sable spécial, et ce en déclamant des invocations incompréhensibles pour quiconque d'autre que lui. Mais le « détonateur » peut également être un banal livre qui parle d'une importante force montée et qu'on aurait ouvert à la bonne page face à nos cavaliers – même en se tenant à des lieues d'ici.

Pour aller encore plus loin, la simple peur d'une personne confrontée à une telle construction peut suffire à l'activer.

— Faut-il comprendre que n'importe qui peut réveiller par hasard un sort construit ? demanda Jennsen.

— C'est ça, si le sorcier l'a voulu ainsi. C'est pour cette raison que certains de ces sorts sont si dangereux. Mais d'après mes lectures, les constructions de ce type sont très rares. Pour éviter des drames, les sorciers prévoient en principe des mécanismes de déclenchement qui demandent des connaissances magiques poussées.

— Peut-être, dit Jennsen, mais si un sorcier formé à cette complexité décide de simplifier au maximum ces mécanismes, le sort est susceptible d'être activé par quelque chose de très simple. Je me trompe ?

— Non, répondit Perdita, étonnée par la vivacité d'esprit de Jennsen.

— En conséquence, dit Jagang, ces cavaliers fantômes pourraient revenir à n'importe quel moment histoire de finir de nous massacrer ?

— Par bonheur, la réponse est « non », Excellence ! D'après ce que je sais, un sort construit ne peut fonctionner qu'une fois. Quand sa mission est accomplie, il n'existe plus. C'est en partie pour ça que ces sortilèges sont rares. Depuis des millénaires, ceux qui sont activés disparaissent, et il n'y a plus de sorciers pour en créer de nouveaux.

— Pourquoi n'avons-nous jamais été confrontés à des sorts construits ? demanda Sebastian, exaspéré. Et tout d'un coup, voilà que ça arrive !

Perdita foudroya du regard le jeune homme aux cheveux blancs. Elle n'aurait jamais osé faire ça à Jagang, même si l'attaque du Palais des Inquisitrices – qu'il avait ordonnée – avait coûté la vie à plusieurs Sœurs de la Lumière.

Sans chercher à dissimuler son angoisse, la sœur désigna la forteresse du Sorcier, derrière le palais.

— Il y a des milliers de salles dans ce sinistre complexe, dit-elle, et beaucoup sont pleines d'artefacts maléfiques. Quand nous nous sommes arrêtés pour l'hiver, le sorcier Zorander a eu tout le temps qu'il lui fallait pour fouiller dans ces « stocks » et y trouver de quoi nous réserver de mauvaises surprises au printemps. Je frémis en pensant aux tours qu'il a encore dans son sac. Cette forteresse est imprenable depuis des millénaires.

— Pourquoi ne nous as-tu pas prévenus de tout ça ? demanda Sebastian, le regard presque aussi noir que celui de l'empereur.

— Vous n'étiez pas là quand j'ai essayé…

— Tu nous as mis en garde contre beaucoup d'autres choses… qui ne nous ont jamais posé de problèmes ! s'écria Jagang. Quand on livre une guerre, il faut prendre des risques et accepter d'avoir des pertes. Seuls les audacieux finissent par l'emporter.

Sebastian désigna à son tour la forteresse.

— À quoi faut-il nous attendre ?

— Contre des adversaires pareils, les sorts construits ne sont qu'un danger parmi tant d'autres. Comme toutes les sœurs, je ne me méfiais pas vraiment de ces sortilèges, parce qu'ils sont très rares. Mais comme nous l'avons vu, un seul peut être dévastateur… Nul ne peut dire quelles autres armes magiques nous frapperont.

» Dans le Nouveau Monde, le danger est partout, Excellence, et nous sommes sans cesse pris au dépourvu. L'hiver a tué des centaines de milliers des nôtres sans que l'ennemi ait besoin de lever un doigt. Le climat nous a fait plus de tort que les batailles ou les embuscades magiques. Avions-nous prévu que le froid nous coûterait si cher ? La taille de notre armée et sa force nous ont-elles protégés ? Ces morts nous manqueront-ils moins sous prétexte qu'ils ont succombé à la maladie et pas à la magie ? Pour eux, quelle différence cela fait-il ? Et pour les survivants ?

» C'est vrai, pour un soldat, vaincre parce que l'ennemi est malade n'est ni glorieux ni héroïque. Hélas, un mort est un mort ! Nous sommes bien plus nombreux que nos adversaires, mais ça ne nous a servi à rien contre la fièvre. Un fléau bien plus grave que la magie dont nous devons vous protéger…

— Lors des batailles, grogna Sebastian, le nombre nous a valu de grandes victoires.

— Allez dire ça aux victimes de la fièvre ! Le nombre ne suffit pas toujours pour gagner.

— Du bla-bla inepte ! s'écria Sebastian.

— Demandez leur avis à ces malheureux, répondit Perdita en désignant les montagnes de cadavres.

— Pour gagner, il faut prendre des risques, dit Jagang, pour clore le débat. Moi, je veux savoir si nous pouvons être confrontés à d'autres sorts construits.

— Je n'en sais rien…, soupira Perdita. Le sorcier Zorander en sait probablement à peine plus long que moi sur ces sortilèges. Cette ancienne magie est mystérieuse…

— Apparemment, il s'en est très bien tiré avec les cavaliers fantômes, dit Sebastian.

— Mais c'était peut-être le seul sort qu'il a pu utiliser. Et comme je l'ai déjà dit, un sortilège construit ne sert jamais deux fois.

— Rien ne prouve qu'il n'a pas d'autres sorts construits à sa disposition, souligna Jennsen.

— Exact… Mais rien ne nous dit non plus qu'il ne s'agissait pas du dernier disponible ! Cela posé, le sorcier peut en avoir une centaine d'autres en réserve. C'est impossible à savoir.

— En tout cas, il a utilisé celui-là pour…, commença Jagang.

Il n'acheva jamais sa phrase.

Un éclair aveuglant venait de jaillir à l'horizon.

La lumière brilla avec l'intensité de celle d'un éclair normal, mais elle ne se dissipa pas, comme lors d'un banal orage.

Jennsen prit Pete et Rouquine par la bride, juste au-dessous du mors, pour les empêcher de ruer.

D'autres chevaux hennirent nerveusement.

La lumière blanche était en suspension dans le ciel juste au-dessus de l'endroit où attendait le gros de l'armée.

Impressionnés par cette lueur d'une incroyable pureté, des centaines de soldats se jetèrent à genoux.

La lumière grandissait, dévalait les collines et se reflétait sur les flancs des montagnes environnantes.

Puis Jennsen entendit enfin un formidable roulement de tonnerre qui se répercuta jusque dans sa poitrine. Le sol trembla sous ses pieds et le roulement de tonnerre devint un rugissement de rage.

Un dôme noir se forma dans l'océan de lumière. À cette distance, comprit Jennsen, ce qu'elle prenait pour de la poussière devait en réalité être des débris de la taille d'un arbre.

Ou d'un chariot…

Le dôme noir grandit, occultant bientôt toute la lumière. Dans la masse obscure, Jennsen distingua des ondulations comme celles qu'on produit en jetant un caillou dans une mare.

Sous les yeux des guerriers de l'Ordre pétrifiés, une bourrasque charriant de la poussière et du sable balaya la colline où gisaient les cavaliers.

L'onde de choc d'une lointaine explosion, assez puissante pour arracher des branches aux arbres et renverser des rochers.

Presque tous les chevaux paniquèrent et presque tous les guerriers se jetèrent à plat ventre pour se protéger de ce qui risquait d'arriver encore.

Tandis que les soudards de l'Ordre récitaient des prières au Créateur apprises durant leur enfance, Jennsen mit une main en visière et regarda le phénomène jusqu'au bout.

— Par les esprits du bien ! dit-elle quand le calme fut revenu, qu'est-ce que c'était ?

— Une toile de lumière, répondit Perdita, blanche comme un linge.

— Impossible ! rugit Jagang. Des sœurs sont justement avec l'armée pour neutraliser les sorts de ce type.

Perdita ne fit aucun commentaire.

— D'après ce que j'ai entendu dire, fit Sebastian, qui semblait souffrir de plus en plus, une toile de lumière ne peut pas faire autant de dégâts que ça… Détruire un bâtiment, peut-être, mais au-delà…

Perdita ne desserra pas les lèvres. Une façon de souligner que ces ouï-dire n'avaient aucune valeur…

Jennsen prit la bride des deux chevaux dans une seule main et posa l'autre sur l'épaule de son compagnon. Désespérée de le voir souffrir, elle aurait voulu qu'il soit dans un endroit sûr où on aurait pu s'occuper de le guérir. D'après ce qu'avaient dit les sœurs, sa blessure était grave, et il y aurait besoin de magie pour le soigner.

— Une toile de lumière…, murmura Jagang. Comment est-ce possible ? Il n'y a aucun ennemi dans le coin, à part un sorcier et une magicienne.

— C'est suffisant, dit Perdita. Pour lancer un sort, point n'est besoin de troupes ! Je vous avais prévenu que quelque chose clochait, Excellence. Avec la forteresse à sa disposition, un seul sorcier peut tenir tête à une armée – même la nôtre, j'en ai peur.

— Comme une petite force qui défend un col de montagne ? demanda Sebastian.

— C'est ça, oui…

— Bref, le vieux sorcier squelettique dont vous m'avez parlé peut être responsable de tout ça ? lança Jagang.

— Ce « vieux sorcier squelettique », comme vous dites, répondit Perdita, a réussi l'impossible. Non content d'avoir déniché une toile de lumière vieille de plusieurs milliers d'années, il est parvenu à l'activer.

— Créateur bien-aimé…, soupira l'empereur. Cette lumière a jailli exactement à l'endroit où était notre armée. Mais nous avons des défenses magiques ! Comment l'ennemi a-t-il pu les prendre en défaut ?

Perdita baissa humblement les yeux.

— Je ne peux pas le dire, Excellence… Il y a tant de possibilités. Par exemple, une banale boîte contenant le sortilège et débarrassée de ses protections les plus complexes. Il aura suffi qu'un homme la découvre et trouve malin de l'ouvrir pour voir ce qu'il y avait dedans… Le piège peut également être beaucoup plus compliqué que ça, et dépasser notre imagination. Nous ne le saurons jamais, parce que l'élément déclencheur est parti en poussière avec tout le reste…

— Excellence, dit Sebastian, je propose que nous battions en retraite avec les vestiges de l'armée, s'il en reste quelque chose. (Il grimaça de douleur.) Si l'ennemi dispose de telles défenses, prendre la forteresse est probablement impossible malgré l'importance de nos propres forces magiques.

— Nous devons investir la forteresse ! s'écria Jagang.

Sebastian tituba, attendit que la douleur cesse et répliqua :

— Excellence, si nous perdons toute l'armée, le seigneur Rahl triomphera. C'est aussi simple que ça. Aydindril ne vaut pas le prix qu'elle risque de nous coûter. Il vaut mieux battre en retraite et lutter un autre jour, selon nos conditions. Le temps est notre allié, pas celui de nos adversaires.

Bouillant de rage, mais encore capable de réfléchir, Jagang regarda de nouveau le dôme noir. Combien de soldats étaient déjà morts ? Et combien périraient encore s'il n'écoutait pas son stratège ?

— C'est l'œuvre du seigneur Rahl, murmura-t-il. Ce chien doit mourir. Au nom du Créateur, quelqu'un doit l'exécuter.

Jennsen hocha la tête.

Elle seule était en mesure d'éliminer le monstre. Et elle ne se déroberait pas…

Chapitre 51

Jennsen faisait les cent pas dans l'opulent pavillon de l'empereur. Devant l'entrée, une Sœur de la Lumière montait la garde pour s'assurer que personne ne vienne déranger Jagang – ou pis encore, le menacer.

Dehors, des gardes et des magiciennes patrouillaient tout autour du campement impérial.

Incapable de réfléchir sainement, Jennsen marchait de long en large pour oublier son angoisse. Sebastian était au plus mal. Il avait perdu connaissance sur le chemin du retour au camp, et Perdita ne cachait pas que ses jours étaient en danger.

Jennsen ne supportait pas l'idée de le perdre. Cet homme était tout ce qu'il lui restait…

Après avoir perdu tant de sang, l'empereur n'était guère mieux loti que son stratège. Un retour au camp moins précipité aurait sans doute été meilleur pour sa santé, mais il avait refusé qu'on ralentisse à cause de lui. En bon chef, il ne pensait jamais à lui-même, car son armée passait avant tout.

Au moins, les deux hommes étaient en sécurité dans le campement impérial, où les sœurs s'occupaient d'eux jour et nuit. Jennsen aurait voulu rester au chevet de Sebastian, mais les magiciennes l'avaient expulsée sans ménagement.

Jagang avait été accablé en découvrant le camp dévasté. Fou de rage, il aurait volontiers tué de ses mains les officiers et les sœurs qui lui balbutiaient des excuses vaseuses.

Jennsen comprenait la colère et l'indignation du grand chef.

La toile de lumière s'était embrasée près du centre du camp. Des heures après le drame, la confusion régnait encore partout.

Plusieurs unités s'étaient déployées pour faire face à une éventuelle attaque. D'autres, soupçonnait-on, avaient fui en direction des collines.

Dans la zone où le sort s'était activé, il ne restait qu'un énorme cratère noir. Dans le chaos consécutif à l'explosion, personne n'avait pu seulement estimer les pertes. Comment faire la distinction entre les morts et les éventuels déserteurs ? Mais une certitude demeurait : les dégâts se révélaient considérables et les rangs de l'armée impériale étaient plus qu'éclaircis.

Jennsen avait entendu dire qu'un demi-million d'hommes avaient été carbonisés en un clin d'œil. Les estimations plus pessimistes évoquaient le double de victimes. Et il y avait aussi les blessés. Des milliers de soldats brûlés, rendus aveugles, mutilés par des débris volants, écrasés par des chariots… Des malheureux qui avaient perdu l'ouïe, d'autres qui ne parvenaient pas à cesser de trembler, d'autres encore qu'on ne réussissait pas à tirer de leur catatonie…

Il n'y avait pas assez de médecins militaires et de Sœurs de la Lumière pour s'occuper d'un centième des blessés. Au fil des heures, les soldats trop gravement touchés mouraient comme des mouches.

Si dévastateur que fût le coup, il ne suffirait pas à réduire à néant l'extraordinaire armée de l'Ordre Impérial. Le camp était immense, et justement à cause de sa taille, l'essentiel en avait été préservé. Selon l'empereur, il ne faudrait pas longtemps pour que des troupes fraîches remplacent les soldats ignoblement massacrés. Quand ce serait fait, Jagang lancerait ses forces contre les criminels du Nouveau Monde et leur châtiment serait terrible.

Jennsen commençait à comprendre pourquoi Sebastian tenait tant à voir disparaître la magie. Aucun apport bénéfique ne pouvait contrebalancer une telle horreur. Mais la magie, avant de disparaître, pourrait au moins sauver la vie du jeune homme aux cheveux blancs…

Malgré l'optimisme têtu et admirable de l'empereur, des heures sombres attendaient l'armée impériale. La quasi-totalité des stocks de vivres avait disparu en même temps qu'une grande partie des armes et de l'équipement. L'onde de choc avait renversé toutes les petites tentes, et par une nuit assez froide, les hommes vivaient un véritable calvaire.

Le pavillon de Jagang avait lui aussi été endommagé, mais des centaines d'hommes s'étaient acharnés à le réparer.

Tout en marchant, Jennsen mourait d'inquiétude et bouillait de colère. Depuis la terrible attaque, elle se demandait si le monde avait jamais connu un être plus malfaisant que Richard Rahl. Aucun tyran de l'histoire n'avait provoqué autant de souffrance, elle en aurait mis sa tête à couper. Comment pouvait-on avoir soif de pouvoir au point de mépriser totalement la vie humaine ? Richard Rahl ne pouvait pas faire partie de la Création. À l'évidence, il était plutôt un disciple du Gardien.

Des larmes ruisselèrent sur les joues de Jennsen. Glacée d'appréhension, elle implora les esprits du bien de veiller sur Sebastian. Il ne fallait pas qu'il meure. Les Sœurs de la Lumière devaient le guérir !

De plus en plus angoissée, Jennsen s'arrêta devant un bureau qu'elle n'avait pas remarqué lors de sa dernière visite. Après l'écroulement du pavillon, les soldats l'avaient réparé à la hâte, et ce meuble n'avait pas été remis à sa place – probablement les quartiers privés de l'empereur.

Il y avait une petite étagère à livres à l'arrière du meuble.

En quête de quelque chose qui l'aiderait à ne pas devenir folle en attendant des nouvelles de Sebastian, Jennsen lut la tranche des livres et ne comprit pas un mot de leurs titres. Pourtant, un ouvrage retint son attention – peut-être à cause de la sonorité supposée des mots étrangers – et elle le tira de la rangée de volumes.

À la lumière d'une bougie, elle tenta de comprendre le titre. Quatre mots en relief et dorés à l'or fin qui ne voulaient rien dire pour elle. Mais bizarrement, ils lui semblaient familiers.

Jennsen sursauta de surprise quand une sœur – celle qui montait la garde devant l'entrée – lui arracha le livre des mains.

— Ces ouvrages appartiennent à l'empereur, dit-elle. Ils sont très anciens et ont une valeur inestimable. Son Excellence déteste qu'on y touche.

La femme inspecta soigneusement l'ouvrage.

— Désolée…, dit Jennsen. Je ne pensais pas à mal…

— Vous êtes une invitée très exceptionnelle, et on nous a ordonné de vous accorder tous les privilèges possibles. Mais il s'agit du trésor le plus précieux de Jagang. C'est un homme très cultivé et un grand collectionneur de livres. Étant chez lui, je crois que vous devez respecter sa volonté, et il refuse que quiconque touche à ses livres.

— Vous avez raison, bien entendu… (Jennsen tourna la tête vers la tenture derrière laquelle Sebastian luttait contre la mort. Elle aurait tant voulu avoir des nouvelles.) J'étais surprise parce que je ne connais pas cette langue…

— C'est celle du pays natal de l'empereur, tout simplement.

— Vraiment ? (Jennsen désigna le livre que la sœur remettait déjà en place.) Vous la comprenez ?

— Pas très bien, mais voyons un peu…

La sœur baissa les yeux sur le volume, se concentra un long moment, eut un petit sourire puis remit le livre à sa place.

— *Les Piliers de la Création…* C'est la traduction du titre.

— *Les Piliers de la Création…*, répéta Jennsen. Vous savez à quoi ça fait référence ?

— Dans l'Ancien Monde, un endroit porte ce nom… Je suppose que c'est le sujet du livre…

Jennsen allait poser une question, mais Perdita sortit soudain de derrière la fameuse tenture.

— Comment vont-ils ? lui demanda Jennsen, affolée. Sebastian et Jagang s'en sortiront, n'est-ce pas ?

Perdita tourna la tête vers l'autre Sœur de la Lumière.

— Nos collègues ont besoin de toi. Va les aider.

— Mais Son Excellence m'a ordonné de monter la garde…

— C'est Jagang qui a besoin d'aide ! La guérison ne se passe pas bien… Va assister nos compagnes !

La femme hocha la tête et s'en fut.

— Quelles sont les difficultés ? demanda Jennsen une fois que la sœur eut disparu derrière la tenture.

— Une guérison interrompue, comme celle de l'empereur, pose des problèmes très particuliers, surtout quand la sœur qui l'a commencée est morte. Chaque magicienne investit ses talents personnels dans une intervention thérapeutique. Prendre la suite de quelqu'un n'est jamais facile, voilà tout… (Perdita eut un petit sourire.) Mais je suis sûre que Jagang s'en remettra. Il faut que nous nous concentrions sur lui, et nous en aurons sans doute jusqu'à demain matin. Quand le soleil se lèvera, Jagang le Juste sera redevenu lui-même.

— Et Sebastian…

— Eh bien, comment dire ? Je crois que tout dépendra de toi.

— De moi ? Que voulez-vous dire ? En quoi ai-je un rapport avec sa guérison ?

— Tu en es l'élément central.

— Pourquoi et que peut-il… ? Mais qu'importe ! Dites-moi ce que je dois faire. Il faut absolument qu'il vive.

Perdita croisa les mains et eut un rictus mauvais.

— Son rétablissement dépend de ta détermination à éliminer Richard Rahl.

— Mais, hum... Il est évident que je veux le tuer.

— J'ai dit « détermination », pas « belles paroles ». Il me faut plus que des déclarations d'intention.

Jennsen dévisagea un moment son interlocutrice.

— Je ne comprends pas... J'ai bravé tous les dangers pour arriver jusqu'ici et obtenir l'aide des Sœurs de la Lumière. Tout ça pour pouvoir planter ma lame dans le cœur du seigneur Rahl.

Perdita eut un sourire plus sinistre encore que son rictus.

— Dans ce cas, Sebastian ne risque rien...

— Je vous en prie, dites-moi ce que je dois faire !

— Je veux la mort de Richard Rahl !

— Moi aussi ! Et sûrement depuis plus longtemps et avec plus de ferveur que vous !

La sœur fronça un sourcil.

— Vraiment ? Selon l'empereur, la sœur qui a tenté de le guérir, au palais, a été tuée par du feu de sorcier.

— C'est la vérité.

— As-tu vu l'homme qui a fait ça ?

Jennsen trouva étrange que Perdita ne lui demande pas comment *elle* avait fait pour ne pas être tuée aussi.

— C'était un vieillard squelettique aux cheveux blancs en bataille.

— Le Premier Sorcier Zeddicus Zu'l Zorander ! cracha Perdita.

— Oui... Quelqu'un l'a appelé ainsi... Moi, je n'avais jamais entendu parler de lui.

— Le sorcier Zorander est le grand-père de Richard Rahl !

— Je... je ne le savais pas...

— Un vieux sorcier a failli tuer l'empereur, et toi, malgré toutes tes belles déclarations, tu n'as pas été fichue de l'éliminer !

— Mais j'ai essayé ! Il s'est enfui, et tellement de choses se passaient en même temps que...

— Tu crois que tuer Richard Rahl sera plus facile ? coupa Perdita. Tant qu'il s'agit de parlote, tu es la meilleure. Mais quand on en vient aux actes, tu n'es même pas capable de t'opposer à un vieux sorcier gâteux !

Jennsen lutta contre les larmes qui lui montaient aux yeux. Pourquoi une personne qui combattait dans son camp l'humiliait-elle ainsi ?

— Mais je...

— Tu es venue nous demander notre aide parce que tu affirmes vouloir tuer Richard Rahl.

— Oui, mais je ne vois pas le rapport avec Sebastian...

— Silence ! Il est en danger de mort après avoir été blessé par une très puissante magicienne. Il reste dans son corps ce qu'on pourrait appeler des « éclats de pouvoir ». Si on les y laisse, il finira par mourir.

— Dans ce cas, dépêchez-vous, et...

— J'ai dit : « silence », petite grue ! Cette magie est également dangereuse pour nous, les guérisseuses. Nous risquons de mourir aussi, comprends-tu ? Et si nous devons jouer notre vie, nous exigeons en échange que tu t'engages à tuer Richard Rahl.

— Comment pouvez-vous poser une condition alors qu'il s'agit de la vie d'un homme ?

— Si nous nous consacrons à Sebastian, beaucoup d'autres blessés mourront faute de soins. Et tu oses nous demander ça ? Tu sacrifierais des centaines de vies afin que ton amant ne meure pas ?

Jennsen ne sut que répondre à cette terrible question.

— Si nous devons te donner satisfaction, il nous faut une contrepartie qui compense la perte de tant de valeureux guerriers. Aider Sebastian doit nous rapporter quelque chose. Ça ne te semble pas normal ? À notre place, ne réagirais-tu pas de la même façon ? Si nous sauvons l'homme qui t'est si cher...

— Il vous est cher aussi ! Sebastian est un pilier de l'Ordre Impérial. Un ami de Jagang et un fidèle défenseur de la cause !

Perdita attendit simplement que Jennsen en ait fini. Puis elle reprit, impitoyable :

— Aucun individu n'est irremplaçable. D'ailleurs, sa seule valeur est le bien qu'il fait aux autres. À présent, la vie de Sebastian dépend du bien que *tu* peux faire. Pour le sauver, je veux que tu t'engages à tuer Richard Rahl quoi qu'il arrive. J'ai besoin d'un engagement irréversible.

— Sœur Perdita, vous n'imaginez pas à quel point je veux tuer Richard Rahl. Ce monstre est responsable de la mort de ma mère, qui a expiré dans mes bras. À cause de lui, l'empereur a failli périr, et la vie de Sebastian est en danger. Richard Rahl est un criminel et un sadique. Je veux sa mort !

— Dans ce cas, laisse-nous libérer la voix.

— Quoi ? De quoi parlez-vous ?

— *Grushdeva !*

Jennsen écarquilla les yeux. Elle n'aurait jamais cru entendre un jour ces syllabes ailleurs que dans sa tête.

— Comment connaissez-vous ce mot ?

— Je te l'ai entendu dire, très chère.

— Je n'ai jamais...

— Quand tu dînais avec l'empereur, il t'a demandé pourquoi tu voulais tuer ton frère. Et comme motif, tu as cité « *Grushdeva* ».

— C'est faux ! Je n'ai jamais dit ça !

— Bien sûr que si. Tenterais-tu de me mentir ? De prétendre que ce mot n'a pas retenti sous ton crâne ? Au fait, sais-tu ce qu'il signifie ?

— Non...

— Vengeance !

— Comment pouvez-vous en être sûre ?

— Je parle cette langue...

Jennsen se tint bien droite, le torse bombé.

— Et que me proposez-vous, exactement ?

— De sauver la vie de Sebastian.

— Mais encore ?

— Pendant que certaines sœurs resteront là pour soigner ton amant, d'autres te retrouveront dans un endroit tranquille, loin du camp. Si tu fais ce qu'il faut, Sebastian ira bien mieux au lever du soleil, et tu pourras te lancer sur la piste de Richard Rahl. Tu es venue nous demander de l'aide, et j'entends te donner satisfaction. Avec ce que nous t'apporterons, tu seras en mesure d'accomplir ta mission.

Jennsen s'avisa que la voix était totalement silencieuse. À certains moments, c'était encore plus effrayant que lorsqu'elle parlait.

— Sebastian agonise... Dans très peu de temps, il sera trop tard pour le sauver. Ta réponse, Jennsen ?

— Mais si...

— « Oui » ou « non », c'est tout ce que je désire entendre. Si tu veux sauver Sebastian et abattre le seigneur Rahl, tu sais ce qu'il te reste à faire. Et si tu recules, sache que tu le regretteras jusqu'à la fin de tes jours.

Chapitre 52

Une fois les chevaux attachés, Jennsen flatta les naseaux de Rouquine. Puis elle lui caressa la tête et pressa la joue contre son pelage.

— Sois sage jusqu'à mon retour…, murmura-t-elle.

La jument hennit doucement en réponse.

Jennsen aimait imaginer que sa monture la comprenait. Pendant des années, elle avait vu Betty hocher la tête et agiter la queue chaque fois qu'elle lui faisait des confidences. Du coup, elle croyait dur comme fer que les animaux pouvaient comprendre les humains.

Jetant un coup d'œil au ciel, Jennsen vit que des nuages s'accumulaient au-dessus de la cime des arbres, occultant la lumière de la lune.

— Tu viens ?

— Oui, sœur Perdita.

— Alors, dépêche-toi ! Les autres doivent déjà nous attendre.

Jennsen gravit une petite butte derrière la Sœur de la Lumière. Le sol couvert de feuilles mortes desséchées et de petites branches cassées aurait pu être traître, mais des racines affleurantes fournissaient assez de prises pour que l'ascension ne soit pas trop difficile. Au sommet, le terrain était plat, et Perdita s'enfonça d'un pas décidé dans un épais rideau de végétation. Pour une femme de sa corpulence, elle se déplaçait avec une grâce des plus surprenantes.

La voix se taisait toujours. À des moments délicats comme celui-ci, elle murmurait souvent dans la tête de Jennsen. Mais là, pas un mot. La jeune femme souhaitait en permanence que la voix lui fiche la paix. Parfois, pourtant, elle était plus angoissante quand elle se taisait.

Malgré les nuages, la pleine lune fournissait assez de lumière pour éclairer le chemin des deux femmes.

Alors qu'elle avançait dans la forêt, Jennsen constata que son souffle formait un nuage de buée devant elle. Le printemps commençait à peine, et les nuits restaient glaciales.

Jennsen s'était toujours sentie à l'aise dans la forêt. Mais y suivre une Sœur de la Lumière ne la rassurait pas plus que ça…

Pour être franche, elle aurait préféré être seule que si mal accompagnée !

Depuis que Jennsen avait cédé afin de sauver Sebastian, Perdita la traitait avec un mépris souverain. Certaine d'avoir la situation bien en main, elle en profitait sans vergogne.

Au moins, elle avait tenu parole. Après la terrible conversation, et la capitulation de Jennsen, la sœur avait incité ses collègues à tout faire pour sauver Sebastian.

Tandis qu'une poignée de sœurs partaient en éclaireuses pour préparer la rencontre dans la forêt, Jennsen avait eu l'autorisation de voir Sebastian quelques minutes.

Avant de le quitter – maintenant certaine que les sœurs faisaient le maximum pour le soigner –, Jennsen avait posé un baiser sur les lèvres de son amant et caressé ses magnifiques cheveux blancs. En silence, elle avait imploré sa mère de demander aux esprits du bien de veiller sur lui.

Perdita l'avait laissée en paix un moment. Puis elle l'avait tirée en arrière en murmurant que les magiciennes devaient continuer à travailler.

Avant de sortir du pavillon, Jennsen avait eu le droit de jeter un coup d'œil dans la chambre de l'empereur.

Quatre sœurs s'affairaient sur la jambe du maître de l'Ordre Impérial. Bizarrement, elles semblaient souffrir autant que leur patient et se plaquaient souvent les mains sur les oreilles, comme si elles avaient atrocement mal à la tête.

Jagang était inconscient, comme Sebastian. Mais il gémissait dans son coma…

Selon Perdita, la magie thérapeutique était une des plus complexes et on n'y recourait pas sans en payer le prix. Soigner l'empereur était une épreuve même s'il ne risquait pas de mourir, contrairement à Sebastian.

Jennsen écarta une branche basse et continua à suivre la sœur.

— Pourquoi sommes-nous allées si loin du camp ? demanda-t-elle.

La chevauchée avait duré de longues heures.

— Pour être tranquilles quand nous ferons ce que nous avons à faire, répondit Perdita en daignant se retourner à demi.

Jennsen aurait bien voulu avoir des explications précises, mais elle savait que la sœur ne les lui fournirait pas. Depuis leur départ, elle éludait toutes les questions en rappelant que Jennsen avait donné son accord et qu'elle devait maintenant obéir jusqu'à ce que les « choses soient arrivées à leur terme ».

La jeune femme préférait ne pas imaginer ce que ça voulait dire. Pour se remonter le moral, elle pensait au lendemain matin, où elle se lancerait sur la piste de Richard Rahl avec Sebastian à ses côtés. Comme elle avait hâte de quitter le camp ! La compagnie des gens lui avait toujours pesé, et celle des soldats de l'Ordre Impérial lui était insupportable.

Certes, ces hommes s'opposaient au seigneur Rahl, et cela suffisait à faire d'eux des héros. Mais ils lui donnaient des frissons dans le dos, tout bêtement. Parmi eux, elle se sentait comme une biche lâchée au milieu d'une horde de loups. Chaque fois qu'elle avait tenté de l'expliquer à Sebastian, il n'avait pas vraiment compris. Étant un homme, il devait avoir du mal à saisir ce qu'on éprouvait quand on se faisait reluquer à tout bout de champ. Alors, comment aurait-elle pu lui faire partager l'angoisse qu'elle ressentait lorsque ces hommes-là, des brutes aux yeux de prédateurs, la regardaient comme si elle était un trophée à conquérir ?

Si Jennsen obéissait à Perdita, Sebastian et elle pourraient s'en aller dès le lendemain matin. Avec l'assistance des sœurs – quoi que cela pût vouloir dire –, elle aurait une chance supplémentaire de tuer Richard Rahl, et c'était tout ce qui comptait. Si ce tyran mourait, elle serait enfin libre. Sa vie lui appartiendrait, et même si elle périssait en accomplissant sa mission, elle aurait au moins débarrassé l'humanité du plus terrible boucher de l'histoire.

Les deux femmes avaient attaché leurs montures à des branches de chêne dénudées. La plupart des arbres devant encore faire leurs feuilles, la forêt, au début, n'était pas très dense. Mais à présent, des pins, des érables et des épicéas remplaçaient les chênes, et la frondaison devenait épaisse et oppressante.

Jennsen ayant passé la plus grande partie de sa vie dans la forêt, elle aurait pu suivre la piste laissée par un tamia. Mais alors que Perdita se déplaçait comme si elle avançait sur une avenue, sa compagne ne voyait rien qui puisse servir de point de repère. Le sol ressemblait à celui de toutes les forêts du monde, et on n'y distinguait pas l'ombre d'une empreinte. Pareillement, aucune brindille n'était cassée et personne n'avait piétiné les petits carrés de mousse. Pour Jennsen, la sœur et elle s'enfonçaient dans une forêt où nul n'avait jamais mis les pieds, et elles ne se dirigeaient vers aucune destination particulière.

C'était faux, bien entendu. Perdita savait très bien où elle allait.

Jennsen capta soudain un son ténu. Puis elle vit une lueur entre deux branches basses, devant elle. Une étrange odeur de moisissure, inhabituellement douceâtre, flottait avec insistance dans l'air.

Avançant toujours derrière Perdita, Jennsen entendit un lointain murmure. En approchant, elle s'aperçut qu'il s'agissait d'une sorte d'incantation. Les mots étaient incompréhensibles, mais leur rythme lui semblait étrangement familier. Et même si elle ne saisissait pas les paroles, ce chant, comme l'odeur de moisissure, agressait ses sens et lui donnait la nausée.

Perdita se retourna pour s'assurer que Jennsen ne traînassait pas derrière elle. Un instant, un rayon de lune fit briller l'anneau que la sœur portait à la lèvre inférieure. Toutes les magiciennes en avaient un – une coutume que Jennsen trouvait révoltante, même si c'était une façon d'afficher leur loyauté envers l'Ordre Impérial.

Voyant que Perdita écartait pour elle une branche d'érable, Jennsen avança et déboucha dans une petite clairière vivement éclairée par l'astre nocturne désormais débarrassé de son rideau de nuages.

Des bougies disposées en cercle serré ajoutaient une lumière vacillante à l'illumination naturelle. Vu de loin, ce grand rond de flammes évoquait une enceinte magique destinée à emprisonner de sombres démons. À l'intérieur, un cercle concentrique composé de ce qui semblait être du sable blanc brillait sous les rayons de lune. Dans la zone ainsi délimitée, le sol était couvert de runes énigmatiques dessinées avec le même sable blanc.

Sept femmes étaient assises en rond au milieu du double cercle magique. Il y avait une huitième place, sans doute celle de Perdita, et ses sept collègues, les yeux fermés, l'attendaient en chantonnant une mélopée crispante.

— Tu devras t'asseoir au centre du cercle que nous formons, dit Perdita. Laisse tous tes vêtements ici.

— Quoi ? s'écria Jennsen.

— Déshabille-toi et assieds-toi au milieu du cercle, face à la place vide.

C'était un ordre, et au ton de la sœur, Jennsen comprit que discutailler serait inutile.

Perdita prit le manteau de la jeune femme puis la regarda se dévêtir. Quand elle eut enlevé sa robe, Jennsen s'entoura les épaules avec les bras pour ne pas frissonner. Elle claquait des dents, mais ce n'était pas à cause du froid...

Sous le regard impitoyable de Perdita, Jennsen retira ses sous-vêtements.

— Va t'asseoir ! lui ordonna la sœur.

— Que devrai-je faire ? demanda Jennsen d'une voix qui lui parut étonnamment puissante.

Perdita réfléchit un moment avant de répondre :

— Tu as l'intention de tuer Richard Rahl. Pour t'aider, nous allons ouvrir pour toi une brèche dans le voile qui nous sépare du royaume des morts.

— Non ! s'écria Jennsen. Je ne participerai pas à une chose pareille ! Inutile d'insister : je ne le ferai pas !

— Tout le monde franchit un jour le voile. Quand on meurt, on le traverse. La mort fait partie de la vie. Pour abattre le seigneur Rahl, tu as besoin d'aide, et nous allons te la fournir.

— Je n'irai pas dans le royaume des morts !

— Tu n'as pas le choix, car tu t'es engagée à nous obéir. Et si tu recules maintenant, combien de victimes fera encore le seigneur Rahl ? Jennsen, obéis-nous, sinon tu auras sur les mains le sang de tous ces malheureux. Refuse, et tu signeras l'arrêt de mort de milliers d'innocents.

» Jennsen Rahl, tu dois aider tes frères humains ! Veux-tu livrer à la mort des légions d'hommes, de femmes et d'enfants ? Entends-tu devenir la messagère du Gardien en ce monde ? Nous exigeons que tu te détournes de tout cela, et que tu frappes Richard Rahl, le seul responsable des malheurs de l'humanité.

Tremblante, des larmes aux yeux, Jennsen mesura l'énormité du défi que Perdita lui demandait de relever. Elle invoqua sa mère, lui demandant conseil, mais n'obtint aucune réponse.

Et la voix se taisait toujours.

Jennsen Rahl avança dans le cercle.

Elle devait le faire. Le règne de Richard Rahl ne pouvait pas durer.

Par bonheur, quand elle approcha de sa place, Jennsen constata qu'une bienveillante pénombre régnait au milieu du cercle de femmes. Elle détestait être nue devant tant d'inconnues, mais elle avait d'autres raisons de s'angoisser, pour le moment.

À l'endroit où elle devait s'asseoir, une Grâce était dessinée sur le sol avec du sable blanc. Jennsen baissa les yeux et observa la figure qu'elle avait si souvent tracée elle-même – mais sans être guidée par le don.

— Assise ! ordonna sœur Perdita.

Jennsen sursauta, car elle ne s'était pas aperçue que la sœur se tenait dans son dos. Sentant une pression sur ses épaules, elle se laissa tomber sur le sol et s'assit en tailleur au milieu de l'étoile à huit branches dessinée au centre de la Grâce.

Chacune des sept sœurs, remarqua-t-elle, avait pris place face à une pointe. La huitième restait libre.

Quand Jennsen, nue et tremblant de froid, se fut assise, les Sœurs de la Lumière recommencèrent à incanter.

Agitées par le vent, les branches des arbres claquaient comme les ossements des morts que les magiciennes semblaient avoir l'intention d'invoquer.

Soudain, elles se turent. Au lieu d'occuper la place libre, comme Jennsen l'avait cru, Perdita était restée debout derrière elle. Profitant du silence, elle déclama plusieurs mots courts et gutturaux dans la langue mystérieuse qu'elle avait affirmé connaître.

Au milieu de son incantation, la sœur répéta plusieurs fois un mot – *Grushdeva* – puis tendit les bras au-dessus de la tête de Jennsen et lâcha dans l'air deux poignées d'une étrange poudre qui s'embrasa avant de toucher le sol, inondant de lumière le cercle de magiciennes.

Alors que les flammes volantes s'estompaient, les sept sœurs parlèrent à l'unisson.

— *Tu vash misht. Tu vask misht. Grushdeva du kalt misht.*

Jennsen reconnut les mots et s'aperçut que la voix, dans sa tête, les récitait en même temps que les magiciennes.

Le retour de la voix était à la fois réconfortant et terrifiant. Pendant qu'elle se taisait, l'angoisse avait été si forte…

— *Tu vash misht. Tu vask misht. Grushdeva du kalt misht.*

La litanie eut un effet anesthésiant sur les nerfs de Jennsen. Plongeant en elle-même, elle repensa à tout ce qui l'avait conduite jusque-là. Depuis ses six ans, où elle avait fui le Palais du Peuple avec sa mère, sa vie était un cauchemar éveillé. En plusieurs occasions, le seigneur Rahl avait failli la coincer. Puis il y avait eu l'attaque de la cabane et la mort de sa mère. En revoyant la moribonde, Jennsen pleura à chaudes larmes. Quoi qu'il arrive dans sa vie, cette image ne s'effacerait jamais de son esprit.

Elle se souvint de la vaillance dont avait fait montre Sebastian. Grâce à lui, elle avait survécu. Mais avoir dû abandonner la dépouille de sa mère restait un pieu planté dans son cœur. Le remords la torturait.

— *Tu vash misht. Tu vask misht. Grushdeva du kalt misht.*

Jennsen éclata en sanglots. Sa mère lui manquait, elle avait peur pour Sebastian et ne s'était jamais sentie aussi seule de sa vie.

Combien de gens avait-elle vus mourir, en quelques semaines ? Il fallait que cela s'arrête !

— *Tu vash misht. Tu vask misht. Grushdeva du kalt misht.*

Quand elle releva la tête, Jennsen vit à travers ses larmes une silhouette noire assise en face d'elle, sur la place libre. Les yeux de cet être brillaient comme des charbons ardents. Quand elle y plongea les siens, elle eut l'impression de regarder la voix elle-même.

— *Tu vash misht, Jennsen ! Tu vash misht !* dirent en même temps la créature et la voix qui résonnait dans sa tête. Ouvre-toi à moi, Jennsen. Offre-toi à moi !

Hypnotisée par le regard de la créature, Jennsen comprit qu'elle était enfin face à face avec... la voix. Les choses ne se passaient plus dans sa tête. Le propriétaire de la voix était assis devant elle.

Dans son dos, sœur Perdita jeta de nouvelles poignées de poudre qui s'embrasèrent et éclairèrent la silhouette noire.

C'était la mère de Jennsen !

— Ma fille, murmura-t-elle, *surengie* !

— Quoi ?

— Renonce...

— Maman ! Maman ! s'écria Jennsen.

Elle voulut se lever et se jeter dans les bras de sa mère, mais sœur Perdita lui appuya très fort sur les épaules pour l'en empêcher.

Les flammes volantes se dissipèrent et la créature sombre aux yeux brillants réapparut.

— *Grushdeva du kalt misht...*

— Qu'est-ce que ça veut dire ? gémit Jennsen, à bout de nerfs.

— Je suis la vengeance, traduisit la voix. Renonce, Jennsen. Renonce, et la vengeance sera à ta portée.

— Oui ! s'écria la jeune femme. Je renonce ! Je veux m'abandonner à la vengeance !

La créature sourit et on eût dit qu'une porte donnant sur le royaume des morts venait de s'ouvrir.

Puis l'être se redressa, ombre toujours indistincte, et se pencha vers Jennsen. Les rayons de lune jouèrent sur son corps, révélant des muscles puissants.

L'être avançait, son sourire dévoilant des crocs terrifiants.

Jennsen ne savait plus que faire, mais deux idées lui tenaient lieu de phare, l'empêchant de sombrer dans la folie. *Primo*, elle avait atteint la limite de sa résistance et supporté beaucoup trop de choses. *Secundo*, il fallait que cela cesse ! Elle voulait tuer Richard Rahl ! Assoiffée de vengeance, elle ne connaîtrait plus la paix tant que le tyran vivrait.

Elle voulait surtout qu'on lui rende sa mère !

La créature, en face d'elle, disposait d'un incroyable pouvoir. Et comme son corps, cette puissance appartenait en partie à ce monde... et en partie à un autre.

Au-delà du cercle de bougies, Jennsen aperçut soudain d'énormes silhouettes noires. Des animaux qui marchaient à quatre pattes. Il y en avait des centaines, leurs yeux jaunes brillant assez fort pour déchirer l'obscurité comme une lame déchire la chair.

S'ils semblaient venir d'un autre monde, ces monstres avaient bel et bien pris pied dans le royaume des vivants.

— Jennsen..., murmura la voix qui ne parlait plus dans la tête de la jeune femme mais près de son oreille. Jennsen...

— Quoi ? Que me veux-tu ? Et que sont ces créatures ?

— Les chiens de la vengeance, Jennsen. Enlace-moi, et je les lâcherai sur ton ennemi.

— Quoi ?

— Abandonne-toi à moi, Jennsen. Renonce à ta chair et à ta volonté, et ces chiens serviront ta cause.

Jennsen recula, le souffle court et les yeux écarquillés. La créature se pencha un peu plus vers elle et un gémissement d'extase sortit de sa gorge.

Jennsen tenta d'invoquer le petit mot si important qu'elle n'avait pas dit à Sebastian, ce soir-là dans la cabane. Ce mot la sauverait, elle le savait, mais il semblait avoir disparu de son esprit.

— *Grushdeva du kalt misht*, dit la créature.

— Tu es la vengeance..., murmura Jennsen.

— Ouvre-toi à moi ! Offre-toi à moi ! Renonce et venge ta mère !

L'être passa un doigt démesurément long sur le visage de Jennsen. Aussitôt, elle sentit où était Richard Rahl, comme si elle partageait le lien avec tous les autres D'Harans.

Le tyran était très loin au sud, mais elle n'aurait aucun mal à le trouver, désormais.

— Enlace-moi…, murmura la créature.

Jennsen s'avisa qu'elle était étendue sur le dos. Cette constatation la surprit et l'inquiéta, car elle ne se souvenait pas de s'être couchée ainsi. On eût dit qu'elle regardait une inconnue faire les choses à sa place.

L'être dont elle avait presque toute sa vie entendu la voix venait de s'agenouiller entre ses jambes écartées.

— Renonce à ta volonté, Jennsen ! Renonce à ta chair ! Offre-toi à moi, et je lâcherai les chiens sur Richard Rahl, pour t'aider à le tuer.

Jennsen fit un effort de volonté, mais elle ne parvint pas à se souvenir du petit mot si important.

— Je… Je…

— Offre-toi à moi, et la vengeance t'appartiendra ! Richard Rahl ne t'échappera pas, je te le jure ! Enlace-moi ! Renonce à ta volonté. Offre-moi ta chair !

Elle s'appelait Jennsen Rahl ! Et sa vie lui appartenait !

— Non ! cria-t-elle à pleins poumons.

Les sœurs assises en cercle gémirent de douleur. Les mains plaquées sur les oreilles, elles hurlaient à la mort comme des chiennes.

Les yeux brillants se rivèrent sur leur proie.

— Renonce, Jennsen ! ordonna l'être avec une autorité qui semblait assez forte pour renverser des montagnes. Renonce à ta chair et à ta volonté ! Alors, la vengeance sera tienne. Et Richard Rahl mourra !

— Non ! répéta Jennsen en rampant en arrière, loin du monstre. Je veux bien renoncer à tout et m'offrir à toi, si c'est pour débarrasser le monde de ce tyran. Mais j'exige de le voir mort *avant* de m'abandonner à toi.

— Un marché ? siffla l'être. Tu veux passer un marché avec moi ?

— Exactement ! Lâche tes chiens et aide-moi à tuer Richard. Quand je me serai vengée, tu auras ce que tu désires.

Le monstre eut un rictus répugnant.

Une longue langue fine jaillit de sa gueule et lécha lentement le torse nu de Jennsen, qui frissonna comme si on venait de violer son âme.

— Marché conclu, Jennsen Rahl !

Chapitre 53

Friedrich se frayait un chemin à travers les roseaux qui poussaient en rangs serrés sur la rive du lac. En avançant, il essayait d'oublier qu'il crevait de faim, mais la façon dont son estomac gargouillait lui laissait peu d'espoir d'y parvenir.

Un poisson n'aurait pas été mal du tout, histoire de changer un peu. Mais il aurait fallu le cuire – en supposant qu'il réussisse à en pêcher, ce qui n'était pas gagné d'avance.

Friedrich sonda le bord de l'eau. Des cuisses de grenouille ne lui auraient pas déplu, tout bien réfléchi. Cela dit, avaler un peu de viande fumée serait beaucoup plus rapide. Pourquoi n'avait-il pas songé à sortir un biscuit sec de son sac, la dernière fois qu'il avait marqué une pause ? S'il y avait pensé, il aurait au moins eu de quoi mâchouiller…

À certains endroits, une herbe grasse relativement basse remplaçait les hauts « murs » de roseaux, facilitant la progression du doreur. Mais ça ne durait jamais très longtemps. Alors que le soleil disparaissait déjà derrière des collines, à l'horizon, ses derniers rayons conféraient à l'onde paisible des reflets argentés d'une touchante beauté.

Friedrich s'arrêta un moment, s'étira pour se délasser les muscles et sonda les ombres, entre les arbres qui se dressaient à présent devant lui. Tandis qu'il se reposait les jambes, il pensa à ce qu'il allait faire. Devait-il avaler un peu de viande et un biscuit puis reprendre son chemin ? Ou était-il temps de se chercher un abri pour la nuit ?

La région qu'il traversait, une succession de petites collines, était assez curieuse. Sur les pentes des buttes plus ou moins importantes, tout allait très bien. Mais dans les « vallées » qui séparaient ces éminences, le terrain marécageux se révélait difficile à négocier. Sans compter qu'il rappelait de très mauvais souvenirs au veuf d'Althea...

Friedrich chassa un nuage de moustiques qui menaçaient de s'en prendre à sa tête, puis il ajusta les sangles de son sac à dos. Il était toujours aussi indécis. Que devait-il faire ? Camper ou continuer ? Même s'il était fatigué, son long voyage l'avait remis en forme, et il était capable d'exploits physiques qu'il aurait crus à jamais hors de sa portée.

En marchant, il parlait mentalement à Althea, lui décrivant tout ce qu'il voyait. Là où elle était, espérait-il, elle pouvait peut-être l'entendre et sourire parce qu'il se souciait toujours autant d'elle.

Finalement, le doreur prit une décision. Il se faisait tard, et il n'avait aucune envie de voyager dans le noir. La lune en étant à son premier quartier, il n'y verrait plus rien dès que la pâle lumière du crépuscule se serait dissipée. Heureusement, il n'y avait pas de nuages. Cette nuit, la lueur des étoiles serait visible. Un soulagement pour Friedrich, qui détestait l'obscurité totale. Sans doute parce qu'elle lui rappelait celle de la tombe.

Mais la lumière des étoiles ne suffisait pas pour voyager dans une région inconnue. Par une nuit presque d'encre, il était ridiculement facile de se tromper de chemin et de se perdre. Cela impliquait de retourner sur ses pas dès le lendemain, pour prendre la bonne route. Bref, ça revenait à gaspiller le temps qu'on pouvait passer à se reposer.

Le doreur opta donc pour le campement ! Comme il faisait assez chaud, il n'aurait pas besoin d'un feu. Pourtant, et sans savoir pourquoi, il avait envie d'en allumer un.

Bon sang ! c'était idiot. Sur un terrain pareil, un feu de camp serait repérable à des lieues à la ronde. Même si contempler des flammes l'aurait réconforté, le jeu n'en valait pas la chandelle.

C'était dit, il se contenterait de la lumière des étoiles !

Bien ! il allait camper... Mais en continuant sur quelques centaines de pas, il sortirait du marécage et pourrait s'installer à un endroit qui risquerait moins d'être infesté de serpents. Grands amateurs de chaleur, les reptiles adoraient venir se blottir contre les dormeurs. N'ayant guère envie de se réveiller avec un serpent lové dans ses bras, Friedrich se prépara à marcher encore un peu.

Il allait partir quand un petit bruit attira son attention. Ce n'était presque rien, mais ça ne correspondait à rien qu'on pouvait raisonnablement penser entendre dans un endroit pareil. Aucun oiseau, aucun écureuil ni aucun batracien ne produisait un son de ce type.

Friedrich tendit l'oreille et ne capta rien de plus.

— Je me fais trop vieux pour ces âneries…, marmonna-t-il en se remettant en route.

Une autre raison, sans rapport avec la nature du terrain, poussait le doreur à continuer. Depuis son plus jeune âge, il détestait s'arrêter quand il était si près du but. Bien sûr, il pouvait lui rester plusieurs journées de marche – c'était impossible à déterminer précisément –, mais il s'était énormément approché du seigneur Rahl. Et il se pouvait même que s'arrêter pour la nuit soit une erreur. Dans l'affaire dont il s'occupait, le temps était une valeur essentielle.

Marcher encore un peu ne lui ferait aucun mal, de toute façon. Quand il en aurait assez, trouver un endroit où camper serait encore possible.

Devait-il tenter d'aller au-delà du lac et de dormir en terrain plat, près de la piste qu'il suivait ? *A priori*, être endormi près d'une route ne lui disait rien, même en D'Hara. Alors dans l'Ancien Monde, où les patrouilles étaient quasiment incessantes…

Depuis le début, Friedrich évitait les agglomérations et il s'efforçait d'avancer en ligne droite. En cours de route, il avait cependant dû faire plus d'un détour pour éviter les patrouilles et les colonnes de soldats. Être arrêté et interrogé ne lui disait rien, même s'il pensait qu'un vieil homme voyageant seul risquait assez peu d'éveiller les soupçons. Après tout, qu'auraient eu à redouter de lui les vaillants soldats de l'Ordre ?

Mais il avait entendu dire que ces guerriers n'hésitaient jamais à torturer les gens, pour peu que l'envie leur en prenne. Les mauvais traitements incitant les prisonniers à avouer n'importe quoi pour qu'on cesse de s'acharner sur eux, les bourreaux s'en tiraient toujours avec l'agréable satisfaction du devoir accompli. Et quand leurs victimes citaient en plus le nom de complices imaginaires, c'était un pur bonus. À condition d'être assez déterminé et de ne reculer devant rien, un tortionnaire pouvait vivre avec l'illusion qu'aucun innocent ne lui passait jamais entre les mains.

Très curieusement, et dans tous les camps, la plupart des bourreaux adoraient avoir la conscience tranquille.

Entendant un craquement dans son dos, Friedrich se retourna et sonda le terrain.

Partout, des prédateurs nocturnes se préparaient à une longue nuit de traque. Les hiboux, les ratons laveurs, les opossums et les campagnols – entre autres – devenaient très actifs après le coucher du soleil.

Friedrich attendit un peu, mais il n'entendit ni ne vit rien de plus.

Il reprit son chemin et accéléra le pas. Il avait dû s'agir d'un animal en quête de viande fraîche…

Un peu essoufflé, car cavaler ainsi n'était plus de son âge, Friedrich aurait volontiers bu un peu. Mais s'arrêter pour prendre sa gourde et l'ouvrir ne lui disait rien du tout.

Il se laissait emporter par son imagination, c'était évident. En terre étrangère, dans une forêt inconnue, alors que la nuit tombait… D'habitude, il ne se laissait pas effrayer par de ridicules petits bruits. Ayant vécu des années avec Althea dans le foutu marécage, il en savait long sur les bêtes sauvages et les monstres. Il avait aussi appris à reconnaître les animaux qui menaient leur vie sans avoir même l'idée de s'en prendre aux humains. Si étrange que cela paraisse, c'étaient de loin les plus nombreux…

Peut-être, mais le vieux doreur n'avait plus la moindre envie de camper.

Il regarda par-dessus son épaule. Même s'il ne vit rien, il aurait juré qu'on le suivait et l'épiait.

Et cette idée le terrifiait.

Il tourna plusieurs fois la tête et ne repéra jamais rien d'inquiétant. À part peut-être un calme trop beau pour être vrai…

Allons, il devait mettre un frein à son imagination !

Le cœur battant la chamade, Friedrich accéléra encore le pas. S'il se dépêchait, il sortirait peut-être de la forêt avant de devoir camper.

Une nouvelle fois, il regarda derrière lui.

Des yeux étaient rivés sur lui !

Bouleversé, il s'emmêla les pieds et s'étala de tout son long. En jurant comme un charretier, il se releva à demi et sonda la route.

Il y avait bien des yeux brillants, cette fois ce n'était pas son imagination. Deux yeux jaunes qui luisaient au milieu de la végétation.

Un grognement retentit au moment où la bête sortit de sa cachette. Deux fois plus grande qu'un loup, elle avançait lentement en reniflant le sol.

Elle suivait la piste d'une proie.

Comprenant qu'il s'agissait de lui, Friedrich tourna les talons et détala comme un lapin. Quand on avait si peur, l'âge ne comptait plus !

Jetant un coup d'œil derrière lui, le doreur vit que la bête fauve le poursuivait. Et elle n'était plus seule, car toute une meute sortait à présent de la forêt.

Friedrich courut, mais il n'était pas assez rapide. Quand la première bête lui sauta dessus, s'écrasant sur son dos, il bascula en avant et tomba une deuxième fois.

Alors qu'il se débattait pour échapper à l'animal, celui-ci planta les dents dans son sac à dos et l'éventra sans efforts.

Friedrich comprit que son corps subirait bientôt le même sort.

Il vivait ses dernières secondes.

Chapitre 54

Criant de terreur, Friedrich continua à se débattre. Dans son dos, la bête déchiquetait toujours le sac. Quand elle en aurait fini, elle planterait ses crocs entre les omoplates du doreur, et tout serait très vite terminé.

Écrasé par le poids du monstre, Friedrich savait qu'il ne réussirait pas à se relever. Mais il lui restait peut-être une chance.

Avec l'énergie du désespoir, il glissa une main sous son ventre et tenta de dégainer son couteau. Ses doigts trouvèrent le manche et se refermèrent dessus…

Dès que la lame fut dégagée, Friedrich frappa et l'enfonça dans le flanc de la bête. Le premier coup traversa la fourrure et la peau mais fut arrêté par un os et ne fit probablement pas beaucoup de dégâts. Le deuxième manqua sa cible, mais le troisième fit assez souffrir l'animal pour qu'il relâche un peu la pression sur sa proie.

Alors que Friedrich parvenait à se dégager – un sursis très provisoire, probablement –, d'autres bêtes se joignirent à la curée.

Le doreur zébra l'air avec sa lame tout en se protégeant le visage avec le bras gauche.

Il réussit à se relever à demi, mais un des monstres, d'un coup de patte, le fit de nouveau basculer sur le côté.

Dans cette position, Friedrich vit que le livre confié par Nathan avait glissé de la poche spéciale qu'il s'était appliqué à coudre dans son sac. Pour le moment, les bêtes fauves se disputaient ce trophée comme s'il s'était agi d'un lièvre.

Alors qu'un des animaux, daignant s'intéresser à l'humain, bondissait vers sa gorge, son immonde museau se tordit selon un angle impossible et du sang en jaillit pour venir asperger le visage et le cou de Friedrich.

— Dans l'eau ! cria une voix d'homme. Sautez dans l'eau !

Friedrich roula sur le côté pour s'éloigner le plus possible des bêtes sauvages. Quant à sauter dans l'eau, c'était absolument hors de question ! Les fauves qui grouillaient dans les marécages n'attendaient que ça : entraîner leurs proies dans l'eau. Quand c'était fait, la victime n'avait plus aucune chance. Non, même pour tout l'or du monde, le doreur ne sauterait sûrement pas dans l'eau !

Pourtant, il aurait eu très envie de ne pas s'attarder là où il était ! Autour de lui, une lame étincelante fendait l'air et coupait les monstres en deux avec une incroyable régularité. Parfois, cette épée passait à un pouce du visage de Friedrich. Jusque-là, il n'avait pas été blessé, mais ça ne pouvait pas durer.

Le valeureux guerrier sauta par-dessus Friedrich et continua à tuer les monstres avec une grâce et une précision qui ne paraissaient pas être de ce monde. Mais combien de bêtes y avait-il ? Elles semblaient plus nombreuses à mesure que l'inconnu les taillait en pièces.

De fait, des renforts sortaient de la forêt pour venir se mêler à la bataille. Extraordinairement rapides et déterminés, ces monstres bondissaient sur le guerrier en faisant montre d'un total mépris pour leur propre vie.

Du coin de l'œil, Friedrich vit qu'un autre escrimeur participait au combat. Il aperçut une troisième personne, mais dans la confusion, il aurait été incapable de dire s'il y en avait d'autres.

Les hurlements des bêtes lui perçaient les tympans.

Voyant un monstre fondre sur lui, il frappa avec son couteau… puis s'aperçut que la créature était déjà proprement décapitée.

Alors qu'un deuxième escrimeur venait se poster près de lui, l'homme à l'épée étincelante approcha de Friedrich, le saisit par le col de sa main libre, le souleva du sol et le propulsa vers le lac.

Battant stupidement des bras, le doreur s'écrasa dans l'eau et coula comme une pierre.

Se débattant comme un fou, il parvint à remonter à la surface, à s'emplir les poumons d'air et à s'accrocher à une racine affleurante.

À sa grande surprise, pas une seule bête ne sauta dans le lac pour en finir avec lui. Plusieurs approchèrent de la berge, mais elles s'arrêtèrent comme si elles avaient peur d'entrer dans l'eau.

Voyant que leur proie était hors de portée, elles retournaient combattre les trois escrimeurs et ne tardaient pas à se faire tailler en pièces.

Les créatures continuèrent à attaquer comme si elles ne se souciaient pas de finir éventrées ou décapitées.

Leurs rangs finirent quand même par s'éclaircir. Au bout de ce qui parut une petite éternité à Friedrich, l'homme à l'épée étincelante coupa en deux une ultime bête.

Le silence revint, à peine troublé par la respiration des trois sauveurs de Friedrich, qui reprenaient leur souffle en contemplant un invraisemblable tas de cadavres mutilés.

— Vous allez bien ? demanda l'homme à l'épée étincelante en se laissant tomber sur le sol, au bord de l'eau.

La voix de l'escrimeur tremblait encore de fureur, et sa lame couverte de sang pendait mollement au bout de son bras.

Tremblant de soulagement, Friedrich fit quelques pas vers la berge et s'arrêta alors qu'il avait encore de l'eau jusqu'à la taille.

— Oui, ça peut aller, dit-il. Mais pourquoi m'avez-vous jeté dans l'eau comme ça ?

L'homme se passa lentement une main dans les cheveux.

— Parce que les chiens à cœur n'y entrent jamais, répondit-il, le regard toujours brillant de colère et de rage de vaincre. C'était l'endroit le plus sûr, pour vous...

Balayant du regard le monceau de cadavres noirs, Friedrich frissonna de la tête aux pieds.

— Je ne sais comment vous remercier... Vous m'avez sauvé la vie.

— Tout le plaisir était pour moi, parce que j'ai toujours détesté les chiens à cœur. À une époque, ils m'ont fichu quelques-unes des plus belles trouilles de ma vie.

Friedrich n'osa pas demander où son sauveur avait rencontré ces créatures de cauchemar.

— Nous étions un peu derrière vous sur la piste quand nous les avons vus vous attaquer, dit une voix de femme.

Friedrich regarda le deuxième « escrimeur » et vit qu'il s'agissait d'une jeune beauté à la longue chevelure.

— Nous avons eu peur de ne pas arriver à temps pour vous arracher aux griffes des chiens à cœur, ajouta l'escrimeuse.

— Je vous remercie mille fois, mais... Eh bien, auriez-vous la bonté de me dire ce que sont ces « chiens à cœur » ?

Les trois guerriers dévisagèrent Friedrich.

— La question la plus importante, dit l'homme à l'épée étincelante, serait plutôt : pourquoi y avait-il des chiens à cœur ? Savez-vous pour quelle raison ils vous poursuivaient ?

— Non, messire. Je n'avais jamais vu ces monstres avant aujourd'hui.

— Et moi, je n'en avais pas aperçu depuis sacrément longtemps…, dit l'escrimeur, perplexe.

Friedrich espéra en apprendre un peu plus sur les créatures, mais son interlocuteur changea de sujet.

— Comment vous appelez-vous ?

— Je suis Friedrich Gilder, messire, et je vous assure, tous les trois, de ma gratitude éternelle. Je n'avais plus eu aussi peur depuis… Eh bien, je n'en sais rien, pour être franc.

Friedrich essaya de distinguer les traits de ses sauveurs, mais il faisait bien trop sombre pour ça.

L'homme passa une main autour des épaules de la femme debout près de lui et demanda si elle allait bien. À la façon dont la guerrière se contenta de hocher la tête, Friedrich devina que ces deux-là étaient liés par des sentiments très profonds.

Quand l'homme à l'épée étincelante tapota l'épaule du troisième escrimeur, lui aussi hocha la tête.

Ces gens n'étaient pas des soldats de l'Ordre Impérial, Friedrich l'aurait juré. Mais dans un pays inconnu, les militaires n'étaient pas le seul danger.

Pourtant, le doreur était bien obligé de savoir où il en était.

— Puis-je savoir votre nom, messire ?

— Richard…

Friedrich fit un pas en avant, mais il se pétrifia quand le troisième guerrier tourna la tête vers lui. Bizarrement, il n'osa pas sortir de l'eau et approcher davantage de Richard et de sa compagne.

Le premier guerrier plongea son épée dans le lac puis se releva. Après avoir essuyé la lame sur sa cuisse, il la remit dans le fourreau incrusté d'or et d'argent qu'il portait à la hanche gauche.

Friedrich était certain d'avoir déjà vu ce fourreau et le baudrier qui allait avec. De plus, ayant sculpté et gravé toute sa vie, il savait reconnaître un maître de la lame quand il en rencontrait un – de n'importe quelle lame, car il fallait un type d'habileté bien précis pour manier l'acier, quelle que soit la forme qu'il adopte.

Quand il utilisait une épée, Richard semblait être dans son élément. Et dans l'univers, il n'y avait pas tant d'hommes que ça dont le destin était d'être l'acier qui combat l'acier...

Du bout d'une botte, Richard retourna le cadavre d'un chien à cœur. Puis il ramassa une tête coupée net et tenta d'extraire l'objet qu'elle serrait entre ses mâchoires.

Il n'y parvint pas tout de suite mais ne se découragea pas. Les yeux ronds, Friedrich s'aperçut qu'il s'agissait du livre que lui avait confié Nathan.

— L'ouvrage est intact ? demanda-t-il.

Richard était enfin parvenu à ouvrir la gueule du monstre mort. Il jeta la tête au loin et baissa les yeux sur la couverture du livre. Puis il baissa la main et regarda durement le pauvre doreur, toujours coincé dans l'eau.

— Mon ami, dit-il, tu aurais intérêt à me dire qui tu es et pourquoi tu es ici...

La femme se raidit en entendant le ton menaçant de son compagnon.

Friedrich décida qu'il était temps de jouer cartes sur table.

— Je suis Friedrich Gilder, comme je l'ai déjà dit. Et je cherche un homme qui a un lien de parenté avec un très vieux type nommé Nathan.

— Nathan..., répéta Richard, toujours soupçonneux. Un grand gaillard aux longs cheveux blancs ? Le genre de personnage qui ne se prend pas pour de la bouse ? Le Nathan qui ne manque jamais une occasion de provoquer une catastrophe ?

Friedrich sourit de cette dernière remarque. Puis il soupira de soulagement. Le lien ne l'avait pas trompé.

Il esquissa une révérence – un sacré exploit, quand on avait de l'eau jusqu'à la taille.

— Maître Rahl nous guide ! récita-t-il. Maître Rahl nous dispense son enseignement ! Maître Rahl nous protège ! À sa lumière, nous nous épanouissons. Dans sa bienveillance, nous nous réfugions. Devant sa sagesse, nous nous inclinons. Nous existons pour le servir et nos vies lui appartiennent.

Le seigneur Rahl écouta patiemment puis tendit une main au vieil homme.

— Et si tu sortais de l'eau, maître Gilder ? proposa-t-il gentiment.

Friedrich se sentit très gêné que le seigneur Rahl lui-même lui tende une main secourable. Mais comment aurait-il pu refuser sans vexer le maître de D'Hara ? Il se laissa donc tirer vigoureusement de l'eau, puis se jeta à genoux.

— Seigneur Rahl, ma vie vous appartient !

— Merci de l'intention, maître Gilder, mais ta vie est à toi et à personne d'autre. Y compris moi, même si j'apprécie ta loyauté.

Friedrich n'en crut pas ses oreilles. Il n'avait jamais entendu un discours pareil. Alors, imaginer qu'il sortait de la bouche du seigneur Rahl en personne...

— Seigneur, aurez-vous la bonté de m'appeler Friedrich ?

Le maître de D'Hara éclata de rire.

— Bien sûr, si tu m'appelles Richard ! Et si tu me tutoies.

— Je suis navré, seigneur, mais j'ai peur de ne pas pouvoir... Depuis toujours, je pense au « seigneur Rahl », et je suis trop vieux pour bouleverser mes habitudes.

Richard glissa un pouce dans sa ceinture.

— Je comprends, mon ami... Mais nous sommes au fin fond de l'Ancien Monde, et si tu me donnes du « seigneur Rahl » à tout bout de champ, ça risque de nous attirer énormément d'ennuis. Donc, je te serais reconnaissant de faire un effort.

— J'essaierai, seigneur Ra...

— Je te présente la Mère Inquisitrice, mon épouse.

Friedrich inclina humblement la tête.

— Mère Inquisitrice..., souffla-t-il, ignorant ce qu'on devait dire à une femme si importante.

— Tu devrais te relever, mon ami, dit l'épouse du seigneur Rahl avec une sereine autorité qui n'avait rien à envier à celle de son mari. Mon titre n'est pas non plus un sauf-conduit, dans ce pays...

La voix de la Mère Inquisitrice était d'une incroyable douceur. Et elle allait merveilleusement avec la femme en robe blanche qu'il avait un jour aperçue de loin au Palais du Peuple.

— Je comprends, ma dame...

Avec de la persévérance, Friedrich pourrait réussir à appeler le seigneur Rahl par son prénom. Mais comment pouvait-on se montrer familier avec la Mère Inquisitrice au point d'utiliser le sien ?

Kahlan, s'il se souvenait bien...

— Et voici Cara, dit Richard en désignant le troisième escrimeur.

Une autre femme, constata Friedrich quand elle fit un pas en avant pour le saluer de la tête.

— C'est notre amie et notre protectrice. Elle essaiera de te ficher la trouille, mais ne te laisse pas faire. Pour elle, ma sécurité et celle de Kahlan passent avant tout. (Richard se tourna vers sa garde du corps.) Mais ces derniers temps, elle nous a plutôt valu des ennuis…

— Seigneur Rahl, je vous ai dit et répété que ce n'était pas ma faute. Je n'ai rien à voir dans cette affaire.

— C'est pourtant toi qui as touché l'objet.

— Certes, mais comment aurais-je pu savoir ?

— Je t'ai dit de n'en rien faire, mais tu t'en es fichue !

— Je ne pouvais pas passer à côté sans m'arrêter, tout de même !

Friedrich ne comprit rien à ce dialogue. Malgré l'obscurité, il vit la Mère Inquisitrice sourire avant de tapoter l'épaule de Cara.

— Tout va bien, ne t'en fais pas, mon amie…

— Oui, renchérit Richard, nous trouverons une solution. Après tout, nous avons encore le temps… (Il changea abruptement de sujet.) Apparemment, les chiens à cœur en avaient après ce livre.

— Vous croyez ? s'étonna Friedrich.

— Oui, tu étais la récompense, pas la cible…

— Comment le savez-vous ?

— Ces chiens cherchent à arracher le cœur de leur proie. S'ils n'avaient pas reçu des ordres très précis, ils se seraient fichus du livre.

— C'est pour ça qu'on les appelle des « chiens à cœur » ? Parce qu'ils arrachent celui de leur victime ?

— C'est une hypothèse, oui… Une autre prétend qu'ils sont capables d'entendre battre le cœur d'une proie à des lieues à la ronde. Quoi qu'il en soit, je n'ai jamais entendu parler de chiens à cœur qui se disputent la possession d'un livre.

— Seigneur… désolé, Richard… c'est Nathan qui m'a confié ce livre. Un ouvrage très important, selon lui…

— Nathan juge que beaucoup de choses sont très importantes, dit Richard d'un ton peu commode. En général, il s'agit de prophéties…

— Il semblait sûr de lui au sujet de ce livre.

— Il ne doute jamais de lui ! Il m'a aidé par le passé, je ne le nie pas, mais les prophéties ont toujours été pour mes amis et moi une inépuisable source d'ennuis. L'apparition des chiens à cœur signifie que nous sommes en danger. Inutile que les prédictions de Nathan viennent ajouter à mes problèmes. Pour bien des gens, le don de voyance est une bénédiction. À mes yeux, c'est exactement l'inverse !

— Je comprends ce que vous voulez dire… Ma femme était une

magicienne douée pour les prophéties. Elle disait parfois que c'était sa malédiction. De fait, je l'ai souvent serrée dans mes bras pendant qu'elle pleurait sur l'avenir qu'elle pouvait prévoir mais pas modifier... Au moins, son calvaire est terminé.

— Elle est morte ? demanda doucement Richard.

Friedrich put seulement hocher la tête.

— Je suis navré, mon ami...

— Et moi aussi, ajouta la Mère Inquisitrice. (Elle se tourna vers son mari et lui prit le bras.) Richard, je sais que nous n'avons pas de temps à perdre avec les prophéties de Nathan, mais les chiens à cœur n'auraient pas été là sans raison, et...

— Je sais, je sais...

— Qu'allons-nous faire ?

— Espérer que nos amis pourront gérer la situation seuls pendant un moment... Notre affaire est plus urgente. Nous devons trouver Nicci. Elle aura peut-être une idée...

La Mère Inquisitrice sembla d'accord avec ce programme. Et Cara n'émit pas d'objections non plus.

— Friedrich, dit la femme du seigneur Rahl, nous étions sur le point de camper pour la nuit. Avec les chiens à cœur qui rôdent dans le coin, tu devrais rester avec nous pendant un jour ou deux. Bientôt, nous rencontrerons des amis à nous qui pourront t'offrir une meilleure protection. Ce soir, tu nous en diras plus sur ta rencontre avec Nathan.

— Je veux bien écouter ce que veut le prophète, dit Richard, mais je ne promets rien de plus. Nathan est un sorcier, et il est assez grand pour résoudre ses propres problèmes. Nous en avons assez sur les bras, non ? Pour commencer, trouvons un endroit où camper. Ensuite, je jetterai un coup d'œil à ce livre, si l'encre n'a pas coulé... Friedrich, tu me diras pourquoi Nathan le juge si important. Mais en m'épargnant les prophéties, s'il te plaît !

— Il n'y en aura pas, seigneur ! En fait, leur absence est justement le problème.

Richard désigna les cadavres.

— Non, c'est ça, le vrai problème. Si nous ne trouvons pas un îlot dans le marécage, nous serons tous morts demain. D'autres chiens viendront, c'est une certitude.

— Et d'où viendront-ils ? demanda Friedrich.

— Du royaume des morts.

— Quoi ? Mais comment peuvent-ils être ici ?

— Ce sont les molosses du Gardien, répondit Richard d'un ton sinistre. Leur présence signifie que le voile qui sépare la vie de la mort a été déchiré…

Chapitre 55

Alors qu'il se dirigeait vers le marécage en compagnie de ses trois nouveaux compagnons, Friedrich tenta de bien assimiler les dernières paroles du seigneur Rahl. Si le voile était déchiré, une catastrophe menaçait, il le savait.

Althea ayant passé les dernières années de sa vie à travailler avec une Grâce, le doreur en savait assez long au sujet du voile. Depuis qu'elle était prisonnière, sa femme lui avait beaucoup parlé de la relation entre le monde des vivants et celui des morts. Surtout ces derniers mois, sans doute parce qu'elle savait que sa fin approchait…

— Seigneur Rahl, je crois que Nathan s'inquiète pour la même raison que vous : la déchirure du voile. Il ne m'a pas envoyé vous demander de l'aide. Je crois que c'est lui qui entend vous porter secours.

Richard eut un petit rire amer.

— Oui, c'est toujours comme ça qu'il présente les choses. À l'entendre, c'est le type le plus serviable du monde !

— Mais c'est au sujet de votre sœur, et…

Richard, Kahlan et Cara s'immobilisèrent net.

— Ma sœur ? répéta Richard, les yeux aussi ronds que ceux de sa femme. J'aurais une sœur, maintenant ?

— Oui, seigneur Rahl… Vous ne le saviez pas ? Eh bien, c'est une demi-sœur, en réalité. Une fille de Darken Rahl.

— Je sais depuis longtemps que j'ai des demi-frères et des demi-sœurs. Mais celle-là, tu la connais ?

— Oui. Je l'ai même rencontrée…

— Quoi ? Friedrich, c'est merveilleux ! Quel âge a-t-elle ?

— Elle est un peu plus jeune que vous, seigneur… Vingt ans, ou quelque chose comme ça.

— Et elle est intelligente ?

— Trop pour son propre bien, j'en ai peur…

— Je n'en crois pas mes oreilles ! Kahlan, tu entends ça ? J'ai une sœur. Vraiment, c'est merveilleux !

— Merveilleux ? répéta Cara avant que Kahlan ait pu répondre. Moi, je trouve ça catastrophique…

— Cara, comment peux-tu dire une chose pareille ? s'indigna Kahlan.

— Dois-je vous rappeler à tous les deux les ennuis que nous avons eus avec Drefan, le demi-frère du seigneur Rahl ?

— Non, merci…, marmonna Richard.

Un long silence s'ensuivit.

— Que s'est-il passé ? osa demander Friedrich, mort de curiosité.

Le pauvre doreur cria de surprise lorsque Cara le prit par les pans de son manteau et le secoua comme un prunier.

— Ce foutu bâtard a failli tuer la Mère Inquisitrice ! Il a manqué avoir la peau du seigneur Rahl, et la mienne par-dessus le marché. Et je ne parle même pas de toutes ses autres victimes ! J'espère que le Gardien l'a jeté pour l'éternité au fond d'un trou glacial. Si vous saviez ce que Drefan Rahl a fait à la Mère Inquisitrice…

— Ça suffit, Cara, dit Kahlan. Tu en as assez raconté, et tu devrais avoir l'obligeance de lâcher notre pauvre ami, qui n'est pour rien dans tout ça.

Très remontée, Cara obéit à contrecœur.

Friedrich se souvint que le seigneur Rahl avait parlé d'une « protectrice ». Eh bien, il comprenait pourquoi. Même s'il ne voyait pas les yeux de la femme dans l'obscurité, il sentait qu'ils étaient rivés sur lui comme ceux d'un oiseau de proie. En un éclair, Cara pouvait estimer la valeur d'un homme et décider de son destin. Au-delà d'une évidente autorité, elle avait la qualité – extrêmement rare – d'être en toute occasion capable de faire ce qu'elle jugeait nécessaire.

Quand elle l'avait saisi, il avait vu l'Agiel attaché au poignet de Cara. C'était une Mord-Sith. Au Palais du Peuple, il avait souvent croisé des collègues à elle. Tout le monde les redoutait comme la peste.

— Je suis navré au sujet de votre demi-frère, seigneur Rahl, mais je ne crois pas que Jennsen vous veuille du mal.

— Jennsen…, répéta Richard. Un joli nom…

— Pour tout dire, seigneur Rahl, elle a terriblement peur de vous.

— Pourquoi donc ?

— Elle pense que vous la traquez.

— Moi ? La traquer ? En faisant comment ? Je suis coincé dans l'Ancien Monde depuis des mois.

— Jennsen pense que vous voulez sa mort et que vous lui envoyez des tueurs.

Richard se tut un moment comme si chaque nouvelle qu'il apprenait était plus incroyable que la précédente.

— Mais… je ne la connais pas. Pourquoi voudrais-je sa mort ?

— Parce qu'elle n'a pas le don.

— Et alors ? C'est le cas de la plupart des gens.

— Seigneur, je crois que le livre envoyé par Nathan vous expliquera tout.

— Les prophéties n'expliquent jamais rien !

— Seigneur, il ne s'agit pas de prédictions, mais du libre arbitre, justement. Grâce à ma femme, j'en sais assez long sur le sujet. Selon Nathan, le libre arbitre est un élément indispensable pour contrebalancer les prophéties. Étant l'incarnation de la liberté, vous détestez les prédictions, et c'est tout à fait normal. Prenez ce livre, par exemple. Il était prédit que je vous l'apporterais, mais je devais choisir de le faire. Vous saisissez la nuance ?

Richard baissa les yeux sur l'ouvrage, dont il ne parvint pas à lire le titre à cause de l'obscurité.

— Nathan peut être une source d'ennuis, c'est vrai, mais je sais qu'il a de l'amitié pour moi, et il m'a aidé il n'y a pas si longtemps. Son soutien m'a parfois mis dans des situations délicates et je ne suis pas toujours d'accord avec ses choix. Mais je sais qu'il agit toujours pour de bonnes raisons.

— Seigneur Rahl, j'ai aimé une magicienne pendant la plus grande partie de ma vie, et je devine à quel point tout cela est complexe. Si je n'avais pas cru Nathan, je n'aurais jamais entrepris un tel voyage.

— T'a-t-il dit ce qu'il y a dans ce livre ?

— Cet ouvrage remonte aux Grandes Guerres, il y a plus de trois mille ans. Nathan l'a déniché parmi les milliers de livres du Palais du Peuple, et il me l'a aussitôt apporté. À l'en croire, il n'a pas eu le temps de traduire le texte.

Richard baissa les yeux sur le volume avec un tout nouvel intérêt.

— Eh bien, j'espère que les chiens à cœur ne l'ont pas trop abîmé.

À présent, je commence à comprendre pourquoi ils l'attaquaient comme une proie.

— As-tu au moins traduit le titre ? demanda Kahlan.

— Avec cette pénombre, j'ai simplement vu qu'il est en haut d'haran. C'est au sujet de la Création, je crois...

— Vous avez raison, seigneur. Nathan m'a traduit le titre. *Les Piliers de la Création.*

— Formidable..., marmonna Richard, très mécontent. Bon ! si on s'occupait de notre camp ? Je n'ai aucune envie d'être attaqué en pleine nuit par des chiens à cœur. Nous ferons du feu, et je verrai si ce livre peut nous être utile.

— Vous connaissez les Piliers de la Création ? demanda Friedrich alors que le petit groupe se remettait en marche.

— Oui... J'en ai entendu parler... Nathan ayant vécu longtemps dans l'Ancien Monde, il doit aussi savoir de quoi il s'agit.

— Quel est le rapport entre les Piliers de la Création et l'Ancien Monde ?

— C'est un endroit perdu au centre de terres désolées. Pas très loin d'ici, en fait... Nous sommes passés à côté il y a quelques jours. À ce moment-là, nous avions à nos trousses des gens très désagréables.

— Leurs ossements sèchent déjà dans le désert, annonça Cara avec une évidente satisfaction.

— Mais ça nous a coûté nos chevaux, ajouta Richard. Enfin, ç'aurait pu être plus grave encore...

— Un endroit..., fit Friedrich, songeur. Seigneur, pour ma femme, les Piliers de la Création étaient aussi...

Le doreur s'interrompit, car il venait de voir sur la piste un objet qu'il aurait reconnu entre mille, même sous une lumière encore plus chiche.

Il se pencha, ramassa le petit objet, l'étudia, le palpa et fut certain de ne pas se tromper. Sur le cuir, il avait senti la rayure qu'il avait faite avec un petit burin, un jour où il était un peu trop pressé.

— Que se passe-t-il ? demanda Richard. Friedrich, pourquoi t'es-tu arrêté ?

— Qu'as-tu trouvé ? demanda Kahlan. Je n'ai rien vu quand nous sommes passés par ici, tout à l'heure.

— Moi non plus, dit Richard.

Friedrich regarda la bourse de cuir qui reposait dans sa paume. Il y avait des pièces dedans – en or, si on en jugeait par le poids.

Le doreur n'aurait pas pu jurer que l'argent était à lui, même si c'était plus que probable. En revanche, il manipulait quotidiennement la bourse depuis des années, car il y rangeait une petite gouge qu'il utilisait très souvent.

— Que fiche cette bourse ici ? grogna Cara, l'Agiel déjà au poing.

— Je n'en sais rien, mais elle m'a été volée par l'homme qui est probablement responsable de la mort de ma femme.

Chapitre 56

Eh bien, voilà qui était amusant...

Oba ne parvenait pas à croire qu'il avait laissé tomber sa bourse. Lui qui faisait toujours tellement attention à tout. Bon sang ! il était maudit...

En ville, il devait se méfier des voleurs et des catins qui cherchaient sans cesse à le détrousser. Était-ce donc la seule préoccupation des médiocres ? S'approprier la fortune des autres ? Pour devenir riche, Oba avait consenti de gros efforts et traversé de terribles épreuves. Et maintenant, il devait se méfier de tout... Hélas, c'était le lot des hommes de son importance, il le savait.

Mais cette fois, il avait *perdu* une partie de son argent, et il avait du mal à croire qu'on puisse être idiot à ce point.

Il vérifia ses poches, glissa les mains sous sa chemise et inspecta son pantalon. Toutes les bourses étaient à leur place. Sauf celle qu'il avait attachée à sa cheville puis glissée dans sa botte. La lanière de cuir était dénouée...

Il n'avait rien perdu du tout ! Quelqu'un lui avait encore joué un sale tour.

Fulminant, Oba regarda de nouveau l'émouvante scène qui se déroulait devant lui. Son frère Richard et sa précieuse épouse parlaient à l'homme qui venait de trouver la bourse pleine de pièces d'or.

— Je n'en sais rien, mais elle m'a été volée par l'homme qui est probablement responsable de la mort de ma femme, déclara le vieux type.

Oba en resta bouche bée. C'était le mari de la magicienne du marécage, cette garce qui s'était débrouillée pour ne pas répondre à ses questions.

Une coïncidence ? Sûrement pas ! Oba était trop expérimenté pour croire au hasard, au-delà d'un certain point.

— Jette-la ! crièrent à l'unisson Richard et son épouse.

— Et courons ! ajouta la seconde femme.

Oba vit Richard et ses trois compagnons détaler comme des cerfs dérangés par un chasseur. La voix mijotait quelque chose, comprit-il. Elle aimait retourner contre les gens les objets qui leur appartenaient.

Le fils de Darken Rahl regarda les créatures aux yeux jaunes qui épiaient la scène avec lui et leur sourit.

L'air explosa comme si le sol, à l'endroit où venait de tomber la bourse, avait été touché par la foudre. Les chiens à cœur eux-mêmes grognèrent et reculèrent et Oba dut se boucher les oreilles avec les mains.

Au centre de l'explosion naquit un cercle au périmètre bleu qui se mit à grandir à vue d'œil. En un éclair, Richard, les deux femmes et le vieux type furent renversés comme des quilles par l'onde de choc.

Le cercle lumineux les survola, passa près d'Oba à une vitesse folle et continua sa course. Dans son sillage, une fumée bleuâtre montait du sol.

Oba ne s'était pas trompé : la voix avait un plan, et il était pressé d'en découvrir la suite.

Bien que le calme fût revenu, Oba attendit un moment pour s'assurer que les quatre crétins ne se relèveraient pas. Quand il fut certain de ne rien risquer, il sortit enfin de la cachette, entre les arbres, où la voix lui avait conseillé de se poster.

À présent, elle l'exhortait à faire vite. Restant loin en arrière, les chiens regardaient le fils de Darken Rahl fouler à grandes enjambées le sol couvert de fumée.

Une étrange fumée, trouvait d'ailleurs Oba. D'abord à cause de sa couleur – un bleu qui tirait sur le violet –, mais surtout parce qu'elle ne se déchirait pas en multiples volutes lorsqu'il la traversait. On eût dit qu'elle était dans un autre monde en même temps que dans celui des vivants.

Oui, elle semblait venir d'ailleurs et ne pas avoir de véritable substance.

Les quatre crétins gisaient sur le sol à l'endroit où ils étaient tombés. Oba s'agenouilla prudemment, histoire de conserver une distance de sécurité, et constata que tous respiraient encore – très lentement, cependant. Ils n'avaient pas les yeux fermés. Pouvaient-ils le voir ? se demanda le fils de Darken Rahl.

Il agita les bras et n'obtint aucune réaction notable.

Se penchant sur Richard, il étudia un moment ses traits, puis lui passa lentement une main devant les yeux.

Toujours pas de réaction...

Bien que ce fût difficile à la seule lumière des étoiles, Oba vit dans le regard de son frère quelque chose qui ne pouvait être qu'une ressemblance familiale. Se trouver ainsi devant un parent inconnu était impressionnant. Cela dit, Richard et lui restaient loin d'être des sosies, parce que Oba tenait plus de sa mère que de son père. Cette fichue bonne femme, égocentrique au possible, s'était débrouillée pour le fabriquer à son image! Une autre façon de le priver de l'héritage qui lui revenait de droit. L'infâme garce!

Aujourd'hui, c'était Richard qui l'empêchait d'être à la place que son père aurait voulu le voir occuper.

Après tout, Oba avait avec son géniteur des... points communs. que Richard ne partageait sûrement pas.

Le mari de la défunte magicienne était lui aussi encore vivant. Oba récupéra la bourse qui gisait près du vieil homme et la lui agita devant les yeux. Là non plus, il n'obtint aucune réaction.

Le fils de Darken Rahl rattacha la bourse à sa cheville et la glissa dans sa botte, content que la voix en ait fini avec son argent. Il n'appréciait pas beaucoup qu'elle s'en soit servie pour appâter des idiots, mais après tout ce qu'elle avait fait pour lui – par exemple, le rendre invisible –, il semblait normal de lui rendre service de temps en temps, à condition que ça ne devienne pas une habitude.

La femme qui accompagnait Richard et son épouse avait les cheveux nattés et elle portait au poignet une de ces curieuses tiges de cuir rouge. C'était une Mord-Sith, comme Nyda!

Fasciné, Oba lui pelota les seins et sourit lorsqu'elle ne broncha pas. Si elle était consentante à ce point, il allait pouvoir s'amuser avec elle, et cette idée l'excitait beaucoup.

Mais il avait sous la main une proie encore plus désirable qu'une Mord-Sith.

L'épouse de son frère, celle qu'on appelait la Mère Inquisitrice, gisait sur le dos à portée de sa main. Elle aussi avait les yeux ouverts mais ne voyait rien.

Oba tendit une main et caressa la joue de la femme, aussi soyeuse qu'un pétale de rose. Afin de mieux étudier son visage, il écarta les longs cheveux de la jeune beauté qu'on disait plus puissante que bien des rois et des reines.

Il se pencha, ses lèvres touchant presque celles de sa future partenaire, et explora ses formes épanouies. Ses seins avaient exactement la forme qui convenait aux paumes d'Oba.

Pour montrer qu'il était un gentilhomme, le fils de Darken Rahl ne serra pas le sein droit de la Mère Inquisitrice. Il ne put pas résister à taquiner un peu plus l'autre, mais la jeune femme ne broncha pas. Comme toutes ces chiennes, elle ne voulait pas montrer son excitation.

Oba souffla entre les lèvres de la Mère Inquisitrice, mais elle ne bougea toujours pas. Elle jouait à un petit jeu, cherchant discrètement à l'exciter.

La foutue catin !

Elle était à sa merci, désormais. Apparemment, la voix avait décidé de faire un cadeau à Oba. Ravi, il releva la tête et éclata de rire. Sous le regard étonné des chiens, qui le regardaient toujours, il hurla sa joie aux étoiles.

Puis il se pencha de nouveau sur la femme de Richard. Déjà lasse de son union avec un seigneur Rahl insipide, elle devait être prête pour une délicieuse aventure extraconjugale. Plus il y réfléchissait, plus Oba pensait que cette femme était faite pour lui. N'appartenait-elle pas au seigneur Rahl ? Une fois son titre récupéré, il aurait tous les droits de la garder.

C'était pour bientôt. La voix lui avait dit que tous ses rêves se réaliseraient très vite.

Oba désirait follement cette femme. Se consacrant à servir la voix, il n'avait pas eu de sexe depuis une petite éternité. Toujours contraint de marcher, sans jamais de repos, il s'était privé de tout. À présent, il avait droit à une récompense.

La Mère Inquisitrice le comblerait de bonheur, il le savait.

Mais il n'aimait pas que les trois autres imbéciles le regardent. Pourquoi ne fermaient-ils pas les yeux, ces importuns, afin de lui laisser un peu d'intimité avec la dame de ses pensées ?

Encore qu'il pouvait être excitant et gratifiant de prendre possession d'une femme sous les yeux de son mari. Mais si la Mère Inquisitrice voulait un nouvel homme, ça ne regardait pas Richard, et il n'avait pas son mot à dire sur le sujet.

Oba se pencha sur son frère et lui baissa les paupières. Puis il fit de même avec le mari de la magicienne. En revanche, il ne toucha pas à celles de l'autre femme. Le voir en action la stimulerait, il n'en doutait pas. Cela revenait à lui faire une faveur, il en avait conscience, mais il ne reculait devant rien pour plaire aux femmes…

Certain de pouvoir lui donner l'extase qu'elle attendait, Oba se pencha sur la Mère Inquisitrice avec l'intention de déchirer ses vêtements. Avant qu'il ait refermé les doigts sur le tissu, un éclair de lumière violette le repoussa.

Il vacilla, les mains pressées sur les tempes pour tenter de faire cesser la douleur qui lui vrillait les nerfs.

Pour le punir, la voix lui écrasait impitoyablement le cerveau.

Il rampa en arrière, loin de la Mère Inquisitrice. Quand il en fut à plusieurs pas, la douleur cessa.

Oba reprit péniblement son souffle. Après tous les sacrifices qu'il avait consentis pour elle, il était très triste que la voix le traite ainsi. Il n'était vraiment pas gentil de le priver ainsi de ses petits plaisirs...

La voix changea de tactique. Passant à la cajolerie, elle lui rappela qu'il avait une grande destinée. Oui, lui seul pouvait accomplir les missions qu'elle avait prévues – des tâches d'une importance capitale !

Malgré son agacement et sa tristesse, Oba se laissa convaincre. S'il n'était pas vraiment important, la voix ne se reposerait pas ainsi sur lui. Qui d'autre pouvait faire ce qu'elle lui demandait sans jamais commettre l'ombre d'une erreur ?

Dans la quiétude de la nuit, la voix, pour la première fois, lui expliqua dans le détail ce qu'elle attendait de lui. S'il lui obéissait, les récompenses pleuvraient.

Oba trouva le marché équitable. D'abord, il devrait rendre un service à la voix. Ensuite, la Mère Inquisitrice serait à lui. Tout ça n'était pas bien compliqué, somme toute. Quand la femme de Richard lui appartiendrait, il pourrait faire d'elle tout ce qu'il voudrait, et personne n'aurait le droit de s'en mêler. À la perspective d'une telle fête des sens, Oba sentit ses genoux trembler. Il bouillait d'impatience de vivre ces moments exaltants.

Jetant un coup d'œil à la Mord-Sith, il songea qu'elle pourrait l'aider à patienter jusque-là. Un homme d'action tel que lui, accablé de responsabilités et confronté en permanence à des défis intellectuels, avait besoin de lâcher la pression de temps en temps. Comme tous les personnages importants, Oba Rahl avait droit à un jardin secret !

Il se pencha sur la Mord-Sith et lui sourit. Cette femme avait une chance inouïe d'être la première à l'avoir alors que la Mère Inquisitrice devrait attendre son tour.

Il tendit une main pour déshabiller la garce blonde.

La douleur qui explosa dans sa tête lui arracha un cri inhumain. Heureusement, elle ne dura pas, car il se rendit très vite à la raison.

Oui, la voix parlait d'or ! C'était évident, il l'admettait. Pour qu'il soit à sa véritable place, il fallait d'abord que Richard meure. C'était logique, et faire les choses dans l'ordre se révélait souvent très judicieux. Donner du plaisir à ces femmes avant d'avoir accompli sa mission aurait été une erreur.

Pourquoi n'y avait-il pas pensé tout seul ? Ces garces ne le méritaient pas. Quand elles sauraient qu'il était sur le point de devenir un homme important, elles l'imploreraient de les besogner. Jusque-là, elles n'auraient pas droit à ce privilège.

Il devait agir vite. Selon la voix, Richard Rahl émergerait bientôt de son inconscience.

Oba sortit son couteau et approcha de son frère.

— Qui est le balourd, à présent ? lança-t-il.

Richard ne répondit pas.

Oba lui plaqua la lame de son couteau sur la gorge, mais la voix l'avertit que ce n'était pas ce qu'elle voulait qu'il fasse. Il devait obéir et se dépêcher, pas perdre du temps à égorger un homme à terre. Richard mourrait, mais il devrait souffrir pour toutes les années où il avait privé Oba de sa juste place dans le monde. Ce pourceau devait être châtié !

Oba rengaina son couteau et partit au pas de course. Quand il revint avec son cheval, qu'il avait caché non loin de là, les quatre idiots n'avaient toujours pas repris conscience.

Obéissant à la voix, le fils de Darken Rahl prit la Mère Inquisitrice dans ses bras. Désormais, elle était sa promise, et il en prendrait possession quand la voix en aurait terminé avec elle.

Oba Rahl était un homme patient. Surtout quand on lui promettait des délices dont il n'avait jamais soupçonné l'existence. Son association avec la voix était décidément bénéfique. En échange d'une mission facile et d'un peu de patience, il aurait bientôt tout ce qui lui revenait de droit : le pouvoir en D'Hara et une femme superbe en guise de reine.

De reine…

Oui, c'était bien ça, pensa Oba en couchant la Mère Inquisitrice en travers de sa selle. Une reine ! Et dans ce cas, il était un roi. Seigneur Rahl n'était pas mal, mais « roi Oba » en jetait beaucoup plus. Eh bien, il adopterait ce titre, une fois sur le trône.

Quand il eut fini de ligoter sa proie, Oba jeta un dernier coup d'œil à son frère. À cause des plans de la voix, il ne pouvait pas le tuer tout de suite. C'était dommage, mais il avait toujours eu un caractère obligeant, et il n'allait pas changer maintenant…

Alors qu'il montait en selle, la voix chantonna dans sa tête.

Il se retourna, surpris...

Oui, c'était une bonne idée !

Approchant de Richard, Oba se pencha pour mieux étudier son épée.

La voix approuva sa démarche. Un roi devait avoir une arme hors du commun. Et après tant d'efforts, Oba méritait une petite récompense.

Retirant son baudrier à Richard, il examina le magnifique fourreau puis s'intéressa à la garde de sa nouvelle épée.

Un mot était écrit dessus en fil d'or et d'argent.

« Vérité ».

Eh bien, voilà qui était amusant...

Oba mit en place le baudrier et ajusta la position du fourreau sur sa hanche.

Avant de sauter en selle, il flatta la croupe de sa future femme.

Puis il fila au grand galop avant que Richard se réveille.

Les chiens le suivirent, fidèle escorte d'un souverain qui serait très bientôt couronné.

Chapitre 57

Devant le bâtiment trapu en briques d'adobe séchées au soleil, Jennsen regardait distraitement le paysage désolé qui s'étendait sous un ciel bleu immaculé. Ça, c'était ce qu'elle voyait sur sa droite. Sur sa gauche, de hautes montagnes bouchaient l'horizon. Bizarrement, les pics et le désert arboraient la même teinte uniformément grisâtre que les maisons du minuscule hameau.

L'air était si sec et brûlant que respirer en devenait difficile, comme si on était en permanence penché sur une forge. La chaleur montait du sol, des rochers et des bâtiments, à croire qu'un immense four avait été enterré juste dessous. Elle venait aussi du ciel, et tenter de toucher à mains nues quoi que ce fût, sous ce soleil de plomb, devenait une torture. Tout cuisait à grand feu, ici – même la garde du couteau de Jennsen, qu'elle n'osait plus toucher de peur de se blesser les doigts.

Déjà épuisée par le long et difficile voyage, Jennsen s'assit à demi sur un muret. Rouquine tendant la tête, elle lui flatta gentiment les naseaux…

La longue quête de Jennsen Rahl touchait à sa fin. Un siècle lui semblait s'être écoulé depuis qu'elle avait trouvé le soldat mort au pied de la falaise.

Le jour de sa rencontre avec Sebastian.

Tant de choses étaient arrivées depuis ! Ballottée par les événements, Jennsen ne savait plus très bien qui elle était. Quand on changeait trop vite, on finissait par perdre trace de soi-même, semblait-il…

Tenant Pete par la bride, Sebastian approcha de sa compagne et lui prit le bras.

— Tu vas bien, Jenn ?

Comme s'il voulait lui poser la même question, Pete flanqua un petit coup de tête à Rouquine.

— Oui, je vais bien... (Elle sourit puis désigna les hommes en manteau bleu debout devant l'entrée d'un bâtiment.) Des résultats ?

— Le chef demande aux autres..., soupira Sebastian, accablé d'ennui. Ce sont des gens bizarres...

Bien qu'ils fussent des habitants de l'Ancien Monde – et à ce titre des sujets de l'Ordre Impérial –, les marchands qui sillonnaient le grand désert étaient d'une nature très indépendante. Ceux que Sebastian avait dénichés dans ce comptoir commercial ne faisaient pas exception à la règle.

Ces nomades n'étant pas très nombreux, l'Ordre fermait les yeux pour le moment.

Sebastian s'appuya lui aussi au muret et regarda le paysage. Comme Jennsen, le voyage l'avait épuisé. Mais il était parfaitement remis de ses blessures, ainsi que Perdita l'avait promis.

Le voyage, cela dit, ne ressemblait en rien à ce que Jennsen espérait. Alors qu'elle avait rêvé de repartir sur les routes seule avec son compagnon, mille soldats de l'Ordre les accompagnaient.

« Une petite escorte », selon Sebastian.

Jennsen avait osé exprimer son désir d'être seule avec lui. Il aurait aimé aussi, avait-il répondu, mais le devoir passait avant les préférences personnelles.

— Ces hommes ont peur des soldats, dit Jennsen en désignant les nomades. C'est pour ça qu'ils ne nous disent rien.

— Qu'est-ce qui te fait croire ça ?

— Ils passent leur temps à jeter des coups d'œil à la colonne. Visiblement, ils se demandent si parler risque de leur valoir des ennuis avec les militaires.

Pour être franche, Jennsen comprenait les marchands itinérants. Être observé par des brutes armées jusqu'aux dents et montées sur d'énormes chevaux n'avait rien de rassurant. Voyageant à dos de mule, les hommes en manteau bleu étaient des commerçants, pas des guerriers, et ils n'avaient pas l'habitude de traiter avec des militaires. À juste titre, ils craignaient que trop parler leur attire des ennuis... définitifs. Mais ils tenaient aussi à ne pas se mettre l'Ordre Impérial à dos. Ne sachant trop que faire, ils discutaillaient entre eux depuis une petite éternité.

— Tu dois avoir raison, dit soudain Sebastian. Je vais aller leur parler. À l'intérieur d'un bâtiment, pas sous les yeux de mille soldats.

— Je viens avec toi, fit Jennsen.

— Où allez-vous ? demanda sœur Perdita quand elle eut rejoint les deux jeunes gens. Que se passe-t-il ?

— Ne vous inquiétez pas... Ce sont des marchands, donc ils doivent vouloir négocier. User de la force contre eux risque d'être inutile – voire nuisible.

— Je veux bien me charger de leur délier la langue ! déclara Perdita.

— Non ! répondit Sebastian. Ce n'est pas le moment de compliquer les choses pour rien. Si ça ne s'arrange pas, nous prendrons des mesures plus radicales. Pour l'instant, Jennsen et moi allons essayer la méthode douce, et je vous ordonne de rester à l'écart.

Jennsen accéléra le pas pour mettre autant de distance que possible entre la sœur et elle. Avec la colonne de soldats, Perdita était l'autre mauvaise surprise de ce voyage. Mais elle avait décidé de venir au cas où approcher du seigneur Rahl serait plus difficile que prévu.

Jennsen brûlait d'envie de transpercer le cœur du tyran et d'en avoir terminé. Depuis la terrible nuit, avec Perdita et les sept autres sœurs, elle ne se faisait plus d'illusions sur la suite de sa vie. La mort de Richard Rahl ne lui rendrait pas sa liberté, c'était une certitude. Le marché qu'elle avait passé ce soir-là excluait que son destin s'améliore d'un iota. Mais quand elle aurait accompli sa mission, le reste de l'humanité serait débarrassé d'un monstre, et ça la consolait un peu.

L'essentiel restait cependant la vengeance. Quand le seigneur Rahl aurait péri, une femme morte sans avoir eu droit à une sépulture reposerait enfin en paix. Châtier son meurtrier était la dernière chose que Jennsen pouvait encore faire pour sa mère.

Après avoir laissé Pete et Rouquine dans l'enclos où attendait déjà le cheval de la sœur, Jennsen et Sebastian s'approchèrent du bâtiment devant lequel palabraient les marchands en manteau bleu.

Tous se turent en voyant approcher les deux jeunes gens.

— Laissez-nous, dit le chef aux autres hommes.

Il fit signe à Jennsen et à Sebastian d'entrer avec lui dans une petite pièce sombre.

Les autres marchands s'éclipsèrent prestement. Comme ils portaient une écharpe noire autour de la bouche, on ne voyait que leur nez et leurs yeux, et à leur regard, Jennsen eut le sentiment que ces hommes lui souriaient. Mais ce n'était peut-être qu'une impression. Considérant ce qui était en jeu, elle sourit et inclina poliment la tête.

La pièce empestait le renfermé, mais un peu d'ombre était un luxe que Jennsen apprécia beaucoup.

Le chef des marchands dénoua son écharpe, révélant son visage parcheminé fendu par un grand sourire.

— Entrez, entrez, dit-il à Jennsen. Ma dame, vous m'avez l'air en feu !

— En feu ?

— Morte de chaud... Vous n'êtes pas habillée comme il faut.

L'homme approcha d'une étagère et s'empara d'un manteau bleu.

— Voici ce qu'il faut porter ! (Il tendit le vêtement à la jeune femme.) Avec ça, vous vous sentirez mieux. Absorbant, ce tissu retiendra votre sueur. Ainsi, vous ne deviendrez pas aussi sèche qu'une pierre.

Jennsen esquissa une révérence et sourit.

— Merci beaucoup, dit-elle en acceptant le présent.

— Alors ? demanda Sebastian quand l'homme se tourna vers lui. Tu as appris quelque chose de tes compagnons ?

L'homme hésita un moment.

— Eh bien, ils disent que peut-être...

Le marchand ne continua pas sa phrase, et Sebastian capta le message. Résigné, il tira une pièce d'argent de sa poche.

— Je te prie d'accepter cet argent en témoignage de reconnaissance – pour les efforts de tes hommes, bien entendu.

L'homme prit la pièce, mais il sembla évident que ce n'était pas le paiement qu'il attendait. Cependant, il semblait hésiter à dire qu'il voulait plus.

Ne comprenant pas pourquoi Sebastian faisait des économies de bouts de chandelle à un moment pareil, Jennsen sortit une pièce d'or de sa poche et, sans demander l'aval de Sebastian, la lança à l'homme.

Il la rattrapa au vol, lui jeta un rapide coup d'œil avant de fermer le poing et sourit à la jeune femme.

Sebastian ne cacha pas son mécontentement.

Pour Jennsen, cet argent était souillé de sang, car le seigneur Rahl l'avait donné à ses tueurs pour qu'ils les éliminent, sa mère et elle. L'utiliser pour traquer le tyran lui semblait une très bonne idée.

— Je n'en suis pas à ça près, dit-elle à Sebastian pour s'épargner un sermon. Et ne m'as-tu pas dit qu'il faut retourner contre eux les armes de nos adversaires ?

Le jeune homme aux cheveux blancs n'émit aucun commentaire.

— Alors, ces nouvelles ? demanda-t-il au marchand.

— Hier soir, quelques-uns de mes hommes ont vu deux personnes descendre au milieu des Piliers de la Création. (Le nomade approcha d'une minuscule fenêtre et tendit un bras.) C'est par là. Il y a une piste très rudimentaire.

— Vos hommes ont parlé à ces voyageurs ? demanda Jennsen. Savent-ils de qui il s'agit ?

L'air gêné, le marchand regarda Sebastian. À l'évidence, répondre directement à une femme le mettait très mal à l'aise. Même quand c'était elle qui avait donné l'argent...

D'un regard, Sebastian fit comprendre à sa compagne de le laisser gérer cette affaire.

Jennsen approcha de la porte et regarda dehors comme si la conversation ne l'intéressait plus.

Son cœur battait la chamade chaque fois qu'elle s'imaginait en train de tuer le seigneur Rahl. Et elle tremblait de terreur à l'idée du prix qu'il lui faudrait payer ensuite.

Après avoir essuyé la sueur qui ruisselait sur son front, Sebastian retira son sac à dos et le jeta sur le sol. Sous le choc, le rabat s'ouvrit et quelques objets tombèrent du sac. Agacé, Sebastian se pencha pour les ramasser.

— Je vais m'en occuper..., dit Jennsen. Écoute plutôt notre ami.

— Tes hommes ont-ils parlé à ces voyageurs ? demanda Sebastian.

— Non, messire... Ils les ont vus de très loin, en réalité...

Jennsen récupéra un pain de savon et le remit dans le sac. Elle ramassa aussi un rasoir et une gourde d'eau de rechange, puis fit la chasse à une série de petits objets : un morceau de silex, des lanières de viande séchée et une pierre à aiguiser.

Une petite boîte ronde qu'elle n'avait jamais vue avait roulé sous une étagère basse. Jennsen s'agenouilla pour la ramasser.

— À quoi ressemblaient ces deux voyageurs à cheval ? demanda Sebastian.

Alors qu'elle saisissait la boîte ronde, Jennsen tendit l'oreille, se demandant si l'homme allait décrire Richard Rahl. Elle ne voyait pas qui ça pouvait être d'autre. Les coïncidences de ce genre n'existaient pas.

— Il y avait un homme et une femme. Sur un seul cheval...

Jennsen trouva ce détail étrange. Il semblait bien qu'il s'agissait du seigneur Rahl et de sa femme, comme elle le supposait. Mais pourquoi n'avaient-ils qu'une monture ?

L'autre pouvait avoir eu un accident. Dans une région si inhospitalière, ça n'avait rien d'étonnant.

— La femme, commença le nomade, très gêné. Eh bien… Elle n'était pas assise, mais couchée en travers de la selle, et ligotée comme un saucisson.

Surprise par cette nouvelle, Jennsen laissa tomber la petite boîte. Le couvercle sauta, et le contenu de la boîte se déversa sur le sol.

— Décris-moi l'homme, dit Sebastian au marchand.

Jennsen récupéra la bobine de ficelle qui était tombée de la boîte. Ensuite, assez surprise, elle regarda le petit tas de cœurs de rose à fièvre séchés qui avaient eux aussi glissé sur le sol.

On eût dit des dizaines de Grâces miniatures…

— Le cavalier était grand, jeune et fort. Il avait une très belle épée glissée dans un fourreau étincelant tenu par un baudrier.

— C'est la description de Richard Rahl ! lança sœur Perdita.

Jennsen sursauta, car elle ne l'avait pas entendue approcher pour se camper sur le seuil de la pièce.

— Il n'est pas le seul à utiliser un baudrier, rappela Sebastian.

Et si c'était Richard Rahl, pourquoi aurait-il ligoté sa femme ? se demanda Jennsen.

Très excitée quand même à l'idée que la piste du tyran se précisait, elle remit les fleurs séchées et la bobine là où elles étaient, replaça le couvercle et rangea la boîte dans le sac avec les autres objets qui s'en étaient échappés.

Après avoir vérifié que son couteau coulissait bien dans son fourreau, elle vint se camper près de Sebastian pour écouter ce que le nomade avait encore à dire.

Dehors, sœur Perdita s'éloignait déjà en nouant une écharpe noire autour de son cou.

— Venez vite ! lança-t-elle. Nous devons aller vérifier…

Jennsen aurait voulu suivre la sœur, mais Sebastian n'avait pas fini d'interroger le marchand, et elle ne voulait pas partir seule avec Perdita. Mais la sœur se dirigeait déjà vers la piste qu'avait indiquée l'homme en bleu.

Soudain, des éclats de voix excités montèrent de l'autre côté du bâtiment, où s'étaient regroupés les marchands congédiés par leur chef.

Sortant de la pièce délicieusement sombre, Jennsen vit que tous les hommes désignaient quelque chose, dans le lointain.

— Que se passe-t-il ? demanda Sebastian au chef quand eux aussi furent sortis.

— Quelqu'un approche.

— Tu as idée de qui c'est ? demanda Jennsen à son compagnon.

— Non… Il peut s'agir d'un autre marchand qui rejoint ses amis.

Ayant répondu à toutes les questions, le chef des nomades inclina la tête puis fit mine d'aller rejoindre ses hommes. Mais Sebastian l'incita à attendre un peu, car il retourna dans la pièce se chercher une tenue bleue.

— Nous devrions rattraper Perdita, dit-il à Jennsen quand il sortit. Elle est déjà bien engagée sur la piste qui mène aux Piliers de la Création, et tu auras besoin d'elle pour neutraliser la magie de Richard Rahl, quand tu seras en face de lui…

Jennsen faillit répondre que sœur Perdita ne lui servirait à rien, parce que la magie du seigneur Rahl ne pouvait pas l'atteindre. Mais ce n'était pas le moment de se lancer dans de grandes explications. Bizarrement, chaque fois qu'elle en avait envie, l'heure ne semblait pas propice. Mais était-ce si important que ça ? L'essentiel restait qu'elle approche assez du tyran pour l'abattre. Ce que savait ou ne savait pas Sebastian restait secondaire.

Les deux jeunes gens restèrent un moment immobiles sous le soleil pour regarder approcher le nouveau venu. Sous l'effet de la chaleur, le sol, dans le lointain, semblait onduler comme la surface d'un lac. Une colonne de poussière signalait que le cavalier solitaire continuait à avancer.

Derrière les deux jeunes gens, les soldats de l'escorte avaient déjà porté la main à leur arme.

— Un de tes hommes ? demanda Sebastian au chef des nomades.

— Il faut se méfier de ce qu'on voit, ici, messire ! Ce cavalier est encore très loin, mais la chaleur nous donne l'illusion du contraire. Il faudra encore un long moment avant que nous puissions le reconnaître. (Le nomade se tourna vers Jennsen.) Enfile ce manteau, ma dame, et tu ne craindras plus rien du soleil.

Préférant ne pas polémiquer, Jennsen posa le vêtement sur ses épaules, puis elle enroula l'écharpe autour de sa tête, imitant la méthode des marchands, et se couvrit la bouche et le nez.

À sa grande surprise, elle sentit immédiatement la différence. Le soleil semblait beaucoup moins brûlant, au point qu'on avait l'impression d'être à l'ombre.

— C'est agréable, pas vrai ? demanda le nomade.

— Oui, répondit Jennsen. Merci de votre aide. Mais nous devons vous payer tous vos bienfaits.

— C'est déjà fait, ma dame, dit le marchand. (Il fit un clin d'œil à Jennsen puis se tourna vers Sebastian.) Messire, je vous ai dit tout ce que je savais. Mes hommes et moi allons partir, à présent.

Avant que Sebastian puisse répondre, le nomade partit au pas de course vers ses compagnons. Pressés de s'éloigner des soldats, les marchands itinérants allèrent chercher leurs mules puis partirent vers le sud, dans la direction opposée à celle du cavalier.

— Si c'était un ami à eux, dit Sebastian, ils ne s'en iraient pas…

Agacé, il sonda un moment la piste où sœur Perdita avait disparu, puis fit signe à son escorte de le rejoindre.

Les cavaliers avancèrent au petit trot.

— Nous allons explorer cette zone, annonça Sebastian en désignant la vallée où se dressaient les Piliers de la Création. Attendez-nous ici.

Le chef du détachement tendit un doigt vers le cavalier qui approchait toujours.

— Que devons-nous faire à ce sujet ?

— Si ce type vous paraît dangereux, pour quelque raison que ce soit, tuez-le ! Nous sommes trop près du but pour prendre des risques.

L'officier hocha la tête. Dans le regard des soldats du premier rang, Jennsen lut que cet ordre était bien accueilli et serait exécuté avec zèle.

— En route, dit Sebastian. Je ne veux pas que Perdita prenne trop d'avance sur nous.

— Ne t'en fais pas, assura Jennsen, elle ne touchera pas à ma cible avant moi. Elle sait à quel point elle le paierait cher…

Chapitre 58

Dans les hautes plaines, la chaleur était déjà insupportable. En descendant vers la vallée, on aurait cru entrer dans un four. À chaque inspiration, Jennsen avait l'impression de cuire de l'intérieur. Et ici, le moindre souffle d'air évoquait les émanations d'un chaudron en pleine ébullition.

Par endroits, la piste disparaissait et il fallait slalomer au hasard entre de gros rochers. Heureusement, un peu plus loin, des sortes d'ornières imprimées dans le sol en pierre tendre indiquaient de nouveau le chemin.

Assez rarement, hélas, la voie était large et bien dégagée – un vrai bonheur, car il n'y avait aucun risque de se perdre. De temps en temps, des éboulis dissimulaient toute trace d'un chemin, et les deux jeunes gens devaient se décider au hasard.

Grande experte en pistes de toutes sortes, Jennsen aurait mis sa tête à couper que celle-ci était très ancienne et fort rarement utilisée.

Même si la chaleur était épouvantable, les tenues bleues des nomades rendaient l'expédition à peu près vivable. Le tissu noir, sous les yeux de Jennsen, absorbait la lumière et lui épargnait d'être éblouie. Quant au manteau, au lieu de la faire crever de chaud, comme elle l'avait redouté, il empêchait le soleil de lui frire la peau et lui fournissait comme un semblant de fraîcheur.

Le moindre réconfort était bienvenu, car la maudite piste, montant et descendant sans cesse, était interminable. Avec un sol rocheux si lisse, une descente directe aurait été impossible – à moins d'avoir un goût prononcé pour les toboggans. En alternant montées et descentes – une sorte de chemin en dents de scie –, les hommes qui avaient tracé la piste s'étaient montrés très ingénieux. Mais l'exercice se révélait épuisant.

Un jour, Sebastian avait dit à Jennsen que très peu de fous, sinon aucun, s'aventuraient dans la vallée où se dressaient les Piliers de la Création. À présent, elle comprenait pourquoi ! En réalité, l'étonnant n'était pas que cette piste existe, mais plutôt que quelqu'un l'ait tracée un jour. Un des fous qui n'étaient jamais revenus de leur voyage, sans doute…

Pour Jennsen, la perspective d'un retour n'était plus d'actualité, et ça lui faisait un sujet d'inquiétude en moins.

À mesure qu'on approchait de la vallée, le terrain devenait de plus en plus accidenté, avec des crevasses et des ravines à foison. Désormais, la piste décrivait une spirale vertigineuse, et la perspective, à certains endroits, avait de quoi donner le vertige.

Immobile sur une saillie rocheuse, histoire qu'on la voie de loin, sœur Perdita attendait les jeunes gens avec un agacement visible. À l'évidence, elle se demandait pourquoi ils traînaient ainsi.

L'ombre qui envahissait peu à peu ce fantastique paysage lui conférait une dimension surréelle. À la lumière du soleil couchant, les falaises et les rochers déchiquetés ressemblaient à des soldats en armes prêts à écraser impitoyablement les intrus.

Posant une main sur l'épaule de Jennsen, Sebastian la guida entre une série de rochers si hauts et si droits – on eût dit les colonnes d'un temple – qu'ils faisaient penser à des arbres géants dépouillés de leur feuillage et de leurs branches par quelque ouragan.

Depuis que son compagnon et elle avaient quitté les nomades, Jennsen avait le sentiment que quelque chose clochait. Mais elle n'aurait su dire quoi, et le regard furibond de Perdita ne lui donnait pas envie de marquer une pause pour y réfléchir calmement.

Pour la centième fois, elle s'assura de la présence de son couteau sur sa hanche. Dès qu'elle avait vu l'arme, sur le cadavre du soldat d'haran, elle l'avait trouvée magnifique, et son opinion n'avait pas changé. Le premier jour, le « R » gravé sur la garde l'avait terrorisée. À présent, le tapoter du bout des doigts lui donnait l'espoir de mettre enfin un terme au cauchemar de l'humanité – et au sien. Après un très long cheminement, elle allait faire ce que Sebastian lui avait conseillé dès le premier jour : retourner ses propres armes contre l'ennemi !

La vie de Sebastian n'avait pas été facile, depuis sa rencontre avec Jennsen. Dès la première nuit, alors qu'il tremblait de fièvre, il avait dû affronter les tueurs du seigneur Rahl. Jennsen n'oublierait jamais sa bravoure. Ce soir-là, il s'était battu comme un lion alors que la maladie le minait.

Plus tard, il y avait eu l'attaque magique d'Adie. Sebastian était passé très près de la mort, mais les sœurs l'avaient sauvé. Même si elle n'en ferait pas partie, elle se réjouissait de savoir qu'il avait un avenir.

Soudain, elle s'avisa qu'elle ne lui avait jamais fait ses adieux. Sans doute parce qu'elle refusait de se laisser aller devant sœur Perdita.

Jennsen s'arrêta, prit son compagnon par le bras puis dénoua l'écharpe noire qui dissimulait sa bouche.

— Sebastian, je tiens à te remercier de tout ce que tu as fait pour moi.

Le jeune homme aux cheveux blancs sourit sous son masque de tissu noir.

— Jenn, ne parle pas comme si tu allais bientôt mourir !

Comment pouvait-elle lui dire que tel était le cas ?

— Qui sait ce qui peut arriver ?

— Allons, ne t'inquiète pas, tout se passera bien. Pendant que certaines sœurs me soignaient, d'autres t'ont aidée avec leur magie, et Perdita ne te laissera pas tomber. Je suis là aussi, ne l'oublie pas. Aujourd'hui, tu vas enfin venger ta mère.

Bien entendu, Sebastian ignorait à quel prix les sœurs accordaient leur aide. Elle se refusait à le lui dire, mais elle devait quand même trouver un moyen de s'exprimer.

— Sebastian, s'il devait m'arriver quelque chose...

— Jenn, ne dis pas ça ! Surtout, ne dis jamais ça ! L'idée de vivre sans toi m'est insupportable. Je t'aime, et je n'aime que toi ! Tu n'as pas idée de ce que tu représentes pour moi. Grâce à toi, ma vie a changé, et je n'aurais jamais cru qu'on puisse être si heureux. Sans toi, je ne pourrais pas continuer, ni supporter le fardeau qu'est l'existence lorsqu'on est seul. Par ta présence, tu rends le monde acceptable à mes yeux, et c'est extraordinaire ! Je t'aime comme un fou, alors, ne me torture pas en évoquant l'éventualité de ta disparition.

Jennsen sonda le regard bleu de Sebastian – bleu comme celui de son meurtrier de père, paraissait-il – et ne trouva pas les mots pour dire qu'elle allait quitter ce monde et qu'il serait bien obligé de continuer sans elle. Sachant à quel point la solitude était un fardeau écrasant, elle se contenta de hocher la tête.

— Dépêchons-nous ! dit-elle en remettant l'écharpe sur sa bouche. Perdita nous attend.

Quand les deux jeunes gens l'eurent rejointe, la sœur foudroya du regard Jennsen, coupable d'avoir perdu du temps en bavardant.

De là où était Perdita, la piste descendait directement – et abruptement – jusqu'aux Piliers de la Création.

Quand elle la dépassa, Jennsen remarqua que la sœur continuait à regarder dans la direction d'où Sebastian et elle venaient. Intriguée, elle se retourna et son compagnon l'imita.

Le point d'observation que Perdita avait choisi était l'ultime intersection de la piste. Si la « dernière ligne droite » descendait sans la moindre étape, cet endroit particulier, par le jeu des montées et des descentes, était assez haut pour qu'on puisse voir dans le lointain le comptoir commercial et une partie du désert.

Le cavalier était presque arrivé. Galopant à bride abattue, il fonçait vers l'entrée de la piste. Les mille cavaliers l'y attendaient, armes au clair.

Un peu avant d'atteindre les soldats de l'Ordre, le magnifique étalon du voyageur solitaire tomba raide mort d'épuisement sous son cavalier.

Par un pur miracle, l'homme parvint à ne pas finir écrasé sous sa monture. Se relevant souplement après un formidable roulé-boulé, il continua aussitôt sa charge folle.

Il portait des vêtements noirs, et une cape dorée battait sur ses épaules et il paraissait beaucoup plus grand que tous les nomades que Jennsen avait vus.

Le commandant des cavaliers cria à l'inconnu de s'arrêter. Comme s'il n'avait rien entendu, l'homme dépassa le comptoir commercial et se dirigea vers l'entrée de la piste.

Mille guerriers poussèrent leur cri de guerre et chargèrent.

Jennsen jugea que c'était un peu beaucoup pour intercepter un homme seul et désarmé qui ne semblait pas avoir d'intentions hostiles.

Le voyageur leva un bras pour ordonner aux cavaliers de s'arrêter.

Le pauvre rêveur ! Quand on connaissait leur caractère – et l'ordre que Sebastian leur avait donné –, ces guerriers ne seraient pas satisfaits avant d'avoir réduit en bouillie leur victime.

Avec une fascination morbide, Jennsen se prépara à assister à un meurtre abominable et grotesque : mille soldats d'élite pour abattre un seul idéaliste aux mains nues.

Le bruit d'une explosion arracha la jeune femme à sa sombre méditation. Aveuglée par une vive lumière, elle leva un bras pour se protéger les yeux.

Un formidable éclair venait de jaillir du néant et fondait en rugissant sur les soldats d'élite de l'Ordre Impérial. Mélange de lumière blanche et noire – mais comment cela pouvait-il exister ? –, cette foudre n'avait rien de naturel et elle semblait vouloir dévaster le monde des vivants.

En une fraction de seconde, il sembla que toute la chaleur contenue par le désert et les Piliers de la Création s'était ramassée sur elle-même pour se déchaîner contre les cavaliers de l'Ordre.

Quand cette vague destructrice déferla sur les soldats, elle se dissipa après une seconde explosion dix fois plus forte que la précédente.

Comme si tout ça ne le concernait pas, le voyageur continua son chemin, passant sans les voir à côté des cadavres fumants de mille hommes et d'autant de chevaux.

Plus que la violence aveugle de sa magie, le détachement de ce monstre réveilla la colère de Jennsen.

— Par les esprits du bien, murmura-t-elle, que s'est-il passé ?

— Le sacrifice est le plus court chemin vers le salut, dit Perdita. Ces hommes ont péri en servant l'Ordre, et le Créateur saura les en récompenser. Il est inutile de les pleurer, ma fille. En mourant ainsi, ils se sont ouvert la voie de l'éternelle béatitude.

Jennsen eut du mal à en croire ses oreilles.

— Qui est cet homme ? demanda Sebastian en désignant le voyageur, qui venait de s'engager sur la piste.

— On s'en fiche ! répondit Perdita. Nous avons une mission, et elle passe avant tout.

— Dans ce cas, dépêchons-nous de l'accomplir, marmonna Sebastian, parce que ce type ne tardera pas à nous rejoindre, à l'allure où il marche…

Chapitre 59

Jennsen et Sebastian accélérèrent le pas pour rattraper Perdita, qui s'était déjà lancée dans l'ultime descente. En s'y engageant, les deux jeunes gens virent qu'elle avait pris beaucoup d'avance sur eux.

Jennsen regarda derrière elle, en direction de l'entrée de la piste, mais elle ne vit pas le voyageur solitaire. En revanche, elle ne passa pas à côté du banc de nuages noirs qui dérivait au-dessus du désert.

— Dépêchez-vous ! cria la sœur.

Sebastian posa une main dans le dos de sa compagne, qui entreprit de négocier la pente extraordinairement raide. Perdita avançait plus vite que le vent, et son manteau noir la faisait ressembler à un grand corbeau. Jennsen n'avait jamais dû produire un tel effort pour ne pas être semée par quelqu'un. À son avis, la sœur se servait de son pouvoir pour aller plus vite.

Chaque fois qu'elle glissait, la jeune femme s'écorchait les doigts et les paumes sur la roche rugueuse. Cette descente était sans nul doute la plus ardue qu'elle ait jamais négociée. Des mini-éboulis lui compliquaient sans arrêt les choses et le choix des prises était de plus en plus délicat. Si elle se retenait à une saillie trop coupante, Jennsen risquait fort de s'ouvrir les mains jusqu'aux os.

Très vite à bout de souffle, elle oublia Perdita et se concentra sur le simple fait de ne pas tomber. Derrière elle, Sebastian aussi haletait. Il avait failli glisser une bonne dizaine de fois. À une occasion, Jennsen l'avait rattrapé de justesse par le bras alors qu'il allait basculer dans le vide.

Trop essoufflé pour parler, le jeune homme aux cheveux blancs avait affiché dans son regard toute la gratitude du monde.

Quand elle fut presque arrivée en bas, après une descente interminable et ardue, Jennsen fut soulagée de constater que les parois des falaises et les grands piliers de pierre qui se dressaient dans la vallée bloquaient la lumière brûlante du soleil.

Levant les yeux vers l'astre diurne, ce qu'elle n'avait plus fait depuis un bon moment, Jennsen s'avisa qu'il y avait une autre explication à l'ombre bienfaisante qui régnait entre les Piliers de la Création. Naguère d'un bleu limpide, le ciel était plombé de lourds nuages qui semblaient vouloir séparer la vallée encaissée du reste de l'univers.

Jennsen reprit son chemin pour rattraper Perdita. Ce n'était vraiment pas le moment de s'intéresser aux nuages ! Si fatiguée qu'elle fût, elle ne doutait pas, le moment venu, d'avoir la force d'enfoncer sa lame dans la poitrine de Richard Rahl.

C'était pour très bientôt. Avec l'assistance des esprits du bien, sa mère l'aiderait à trouver le courage d'agir.

Quelqu'un d'autre lui avait promis une aide d'une nature bien différente…

Au lieu de la terrifier, savoir qu'elle était presque au terme de sa vie conférait à Jennsen un calme inébranlable. Au fond, il était agréable de penser qu'elle allait bientôt pouvoir cesser de se battre et de s'inquiéter de tout. Là où elle irait, il n'existait ni fatigue, ni douleur ni chagrin, et c'était très bien comme ça.

Bien entendu, se dire qu'elle allait mourir lui valait par moments d'insoutenables crises d'angoisse. Mais ça ne durait jamais bien longtemps. Certes, sa précieuse et unique vie serait bientôt terminée, mais n'était-ce pas le sort commun de tous les êtres vivants ? Alors, un peu plus tôt ou un peu plus tard…

Des éclairs zébraient maintenant le ciel et l'écho des roulements de tonnerre se répercutait dans toute la vallée.

Les piliers de pierre, ces étranges tours naturelles qui semblaient avoir jailli du sol, devenaient de plus en plus hauts à mesure qu'on avançait dans la vallée. On eût dit une forêt géante pétrifiée. Au pied de ces colonnes, Jennsen avait le sentiment d'être une fourmi.

En marchant, elle étudia les Piliers de la Création et s'étonna que leur surface soit aussi lisse que celle d'un galet poli par l'eau d'une rivière. Les différentes strates de pierre visibles ne résistant pas aux intempéries de la même façon, certaines tours étaient évasées au milieu, leur forme rappelant fortement celle d'un sablier.

Malgré l'ombre des falaises et le ciel plombé, une chaleur écrasante régnait dans la vallée. Entre les Piliers de la Création, des jeux de lumière faisaient danser devant les yeux de Jennsen des silhouettes improbables. À d'autres endroits, la lumière semblait provenir de derrière les pierres, mais il n'y avait jamais rien lorsqu'on les avait contournées.

Quand elle levait les yeux, Jennsen avait l'impression de regarder le monde depuis le fond d'un immense chaudron où bouillonnait une étrange mixture pétrifiée et pourtant encore brûlante.

Comme une messagère de la mort, sœur Perdita avançait en silence entre les Piliers de la Création. En un tel lieu, même la présence de Sebastian, dans son dos, ne parvenait plus à réconforter Jennsen.

Les éclairs déchiraient maintenant les nuages comme s'ils cherchaient à abattre l'une après l'autre les grandes tours de pierre. Ébranlées par les coups de tonnerre, les falaises tremblaient et de gros blocs de roche s'en détachaient. Plus d'une fois, Jennsen et Sebastian durent faire un écart pour ne pas être écrabouillés.

Jennsen vit que plusieurs colonnes de pierre géantes gisaient sur le sol, en travers de leur chemin. Parfois, quand elles étaient en équilibre sur d'autres rochers, passer dessous se révélait plus rapide que les contourner. Avec la foudre et le tonnerre, c'était risqué, car les vibrations pouvaient provoquer un glissement de terrain et des éboulis, mais les deux jeunes gens étaient bien au-delà de ce type d'angoisse.

Alors que Jennsen se demandait s'ils n'étaient pas perdus à jamais dans un labyrinthe minéral, elle aperçut entre deux piliers une ouverture qui donnait sur une partie dégagée de la vallée.

Quand ils eurent atteint cette zone où les colonnes étaient généreusement espacées, Jennsen constata que le sol de la vallée, qui semblait parfaitement plat vu d'en haut, était très accidenté. Une alternance de crevasses, de buttes rocheuses et de ravines qui s'étendaient à perte de vue. Ici, les Piliers de la Création s'alignaient sur chaque flanc de la vallée comme s'ils entendaient faire une haie d'honneur à de très hypothétiques visiteurs.

Dans cet environnement rocheux, le bruit du tonnerre finissait par devenir assourdissant. Un vacarme incessant qui vrillait les nerfs sous un ciel de plus en plus bas et menaçant – à croire que la mort avait décidé de poser un couvercle sur le monde afin qu'il cuise plus vite.

Alors qu'elle venait de dépasser une énorme tour de pierre, Jennsen aperçut un chariot loin devant elle.

Très surprise, elle se retourna pour avertir Sebastian… et découvrit que le voyageur solitaire les avait rattrapés.

L'homme portait une chemise noire et une jaquette de la même couleur bordée d'une large bande d'or décorée de motifs géométriques. Son pantalon de laine noire était tenu par une large ceinture de cuir rehaussé d'argent où pendait une série de sacoches et de bourses ornées de mystérieuses runes qu'on retrouvait sur les serre-poignets rembourrés qui mettaient en valeur ses avant-bras musclés.

Sur les épaules, le voyageur portait une cape qui semblait faite d'or fondu. Le seul élément de sa tenue qui ne fût pas noir comme son âme.

Il n'avait pas d'armes, à part un couteau glissé à sa ceinture, mais il n'en avait pas besoin pour être terrifiant.

Dès qu'elle croisa les yeux gris du voyageur, Jennsen sut qu'elle était enfin face à Richard Rahl.

Malgré la peur qui lui noua soudain les entrailles, la jeune femme dégaina son couteau, le serrant si fort qu'elle sentit le « R » gravé sur la garde s'enfoncer dans sa paume.

L'heure de vérité, enfin…

Sebastian fit volte-face, vit ce que regardait sa compagne et vint se placer derrière elle.

Des émotions contradictoires tourbillonnant dans sa tête, Jennsen semblait pétrifiée devant son demi-frère.

— Jenn, lui souffla Sebastian, ne t'inquiète pas ! Tu peux le faire ! Ta mère te regarde, ne la déçois pas…

Le seigneur Rahl, le regard rivé sur sa sœur, semblait ne pas s'être aperçu de l'existence de Sebastian – et moins encore de celle de Perdita, qui continuait à jouer les éclaireurs loin devant ses compagnons.

— Où est Kahlan ? demanda Richard.

Sa voix ne correspondait pas à ce qu'attendait Jennsen. Elle vibrait d'autorité, bien sûr, mais on y reconnaissait aussi de profondes émotions : la colère, le désespoir, le doute, la tristesse…

Rien de tout cela ne correspondait à l'image que la jeune femme s'était faite du tyran.

— Qui est Kahlan ? demanda-t-elle.

— La Mère Inquisitrice. Ma femme.

Désorientée par ce qu'elle voyait et entendait, Jennsen ne pouvait se résoudre à passer à l'action. Cet homme ne semblait pas à la recherche d'une monstrueuse complice – une Inquisitrice qui régnait impitoyablement sur les Contrées du Milieu. En revanche, il semblait sincèrement inquiet pour une femme qu'il aimait à la folie.

En ce monde, c'était visible, rien ne comptait plus pour lui que son épouse. Si Jennsen et Sebastian prétendaient lui barrer le chemin, il les détruirait sans y penser comme les mille cavaliers de l'escorte. C'était aussi simple que ça.

À un détail près : contrairement aux soldats de l'Ordre, Jennsen était invincible.

— Où est Kahlan ? répéta Richard, sa patience presque épuisée.

— Tu as assassiné ma mère ! lança Jennsen, étrangement sur la défensive.

Richard fronça les sourcils.

— Que racontes-tu ? Je viens juste d'apprendre que tu existes. Friedrich Gilder m'a dit que tu t'appelles Jennsen. Je ne sais rien de plus à ton sujet.

Comme hypnotisée, Jennsen hocha simplement la tête.

— Tue-le, Jenn ! souffla Sebastian à l'oreille de sa compagne. Abats ce monstre ! Tu peux y arriver, car sa magie est impuissante contre toi !

Jennsen frissonna de la tête aux pieds. Quelque chose ne collait pas ! Mais quoi ?

Couteau au poing, Jennsen mobilisa tout son courage et toute sa détermination. Elle s'ouvrit mentalement à la voix et se laissa submerger par son discours vengeur.

— Depuis toujours, le seigneur Rahl tente de m'abattre. Après avoir tué notre père, tu as repris son flambeau et envoyé des hommes à mes trousses. Comme Darken Rahl, tu m'as impitoyablement traquée. Des *quatuors* nous ont poursuivies, ma mère et moi, et ces chiens, sur ton ordre, ont tué la personne que j'aimais le plus au monde.

Richard avait écouté en silence. Quand il parla enfin, sa voix ne tremblait pas.

— Ma sœur, ne me juge pas coupable parce que d'autres sont maléfiques...

Jennsen sursauta. Ces mots ressemblaient tant à ceux que sa mère avait dits peu avant de mourir : « D'autres sont responsables de nos malheurs. Ne te sens pas coupable parce qu'ils sont maléfiques. »

— Qu'as-tu fait de Kahlan ? ajouta Richard d'un ton soudain menaçant.

— Elle est ma reine, maintenant ! lança une voix qui se répercuta à l'infini entre les Piliers de la Création.

Jennsen eut le sentiment qu'elle avait déjà entendu parler cet homme. Regardant alentour, elle constata que sœur Perdita n'était nulle part en vue.

Devenu un chasseur sur la piste d'une proie, Richard passa devant elle et eut rapidement disparu. Jennsen venait de rater sa chance de le tuer. C'était impensable ! Elle l'avait eu à sa merci, et voilà qu'elle l'avait laissé filer.

— Jenn ! cria Sebastian en lui prenant le bras. Que t'arrive-t-il ? Allons, tu peux encore le tuer ! Réagis ! Tu as toujours ta chance !

La jeune femme ignorait ce qui clochait, mais il y avait un énorme problème… Pressant les mains sur ses oreilles, elle tenta de ne plus entendre la voix. Mais ce n'était pas possible. Elle avait conclu un marché, et sa « partenaire » exigeait qu'elle s'y tienne. Pour l'y forcer, elle lui déchirait le cerveau de l'intérieur.

Quand elle entendit des éclats de rire se répercuter entre les Piliers de la Création, Jennsen oublia la chaleur étouffante, dépassa sa fatigue et partit au pas de course en compagnie de Sebastian. Slalomant entre les colonnes de pierre, les deux jeunes gens se dirigeaient vers l'endroit d'où semblait provenir le rire.

Jennsen avançait d'instinct, sans vraiment savoir où elle était. Courant d'un pilier à l'autre, elle franchit des arches de pierre et traversa une multitude de passages étroits. Dans ce paysage où l'ombre alternait sans cesse avec la lumière, on avait l'impression de se déplacer dans un étrange labyrinthe composé de couloirs et de bois. Mais ici, les « murs » étaient en roche brute et les « arbres » avaient un tronc en pierre.

Au-delà d'un immense pilier, les deux jeunes gens découvrirent un petit cercle de colonnes plus modestes, même si un chêne devait avoir mille ans pour atteindre un tel diamètre.

Une femme était ligotée à une des colonnes.

Jennsen devina immédiatement qu'il s'agissait de la femme du seigneur Rahl. Kahlan, la redoutable Mère Inquisitrice.

Le rire retentissait toujours dans une autre direction, éloignant Richard de ce qu'il cherchait.

La Mère Inquisitrice ne ressemblait pas au monstre qu'avait imaginé Jennsen. L'air très mal en point, elle n'était pas attachée très serré – une simple corde autour de sa taille, comme si elle était la petite compagne de jeu d'un sale gosse qui l'avait ligotée pour rire.

Apparemment inconsciente, elle portait de banals vêtements de voyage qui ne parvenaient pas à dissimuler ses formes parfaites. D'une fantastique beauté, même dans une situation qui ne la flattait pas, elle paraissait avoir quelques années de plus que Jennsen.

Et il semblait bien qu'elle n'aurait pas l'occasion de vieillir davantage.

Sœur Perdita apparut soudain, saisit la Mère Inquisitrice par les cheveux, lui releva la tête, l'étudia un instant puis la lâcha.

— C'est bien elle ! lança Sebastian. Allons-y !

Alors que Jennsen courait, la voix lui expliqua que Kahlan était l'unique appât capable d'attirer Richard dans un piège mortel.

La jeune femme n'aurait pas eu besoin de ce discours, parce qu'elle avait déjà tout compris. La voix avait rempli sa part du marché...

Sa détermination ravivée, Jennsen s'arrêta près de Perdita et tourna le dos à la Mère Inquisitrice. Elle ne voulait pas la voir, afin de se concentrer sur sa mission. Car elle avait enfin l'occasion d'en finir.

Le rieur sortit soudain de derrière un pilier à quelques pas de là – sans doute pour mieux attirer encore le gibier de cette chasse.

Jennsen reconnut l'homme à l'affreux sourire qu'elle avait vu la nuit de la mort de Lathea. Sur le chemin, il avait fichu une frousse bleue à Betty.

— Je vois que vous avez trouvé ma reine, dit le sale type que Jennsen aurait juré avoir vu dans ses cauchemars.

— Quoi ? s'écria Sebastian.

— Ma reine, espèce de crétin ! Je suis le roi Oba Rahl et elle sera mon épouse.

Jennsen vit dans le regard du fou quelque chose qui lui rappelait Nathan, Richard... et elle.

Il ne ressemblait pas autant à la jeune femme que Richard, mais il semblait évident qu'il ne mentait pas. Lui aussi était un fils de Darken Rahl.

— Le voici qui arrive ! lança-t-il en tendant un bras. Mon très cher frère, le seigneur Rahl.

Richard sortit des ombres à cet instant précis.

— N'aie pas peur, Jenn, murmura Sebastian, il ne peut rien contre toi. C'est le moment ou jamais !

C'était exact, et Jennsen n'avait aucune intention de rater son coup.

Du coin de l'œil, elle vit qu'un chariot avançait entre les Piliers de la Création. Avec un frisson, elle reconnut les chevaux, deux bêtes plus grandes que toutes celles qu'elle avait jamais vues.

Bien entendu, le conducteur était un colosse blond.

Jennsen écarquilla les yeux quand elle entendit des bêlements familiers. Betty était perchée sur le banc du conducteur, à côté de Tom, et elle semblait très heureuse qu'il lui caresse le crâne.

— Jennsen, dit Richard, écarte-toi de Kahlan !

— Ne fais pas ça, petite sœur ! lança Oba entre deux éclats de rire.

Le couteau brandi, Jennsen recula de deux pas en direction de la femme inconsciente. Pour la libérer, Richard devrait passer à portée de l'arme qui mettrait un terme à sa carrière de tyran.

— Jennsen, demanda-t-il, pourquoi te rangerais-tu du côté d'une Sœur de l'Obscurité ?

La jeune femme jeta un regard étonné à Perdita.

— Une Sœur de la Lumière, corrigea-t-elle.

Richard secoua lentement la tête.

— Non, Jennsen, c'est une Sœur de l'Obscurité. Jagang a réduit en esclavage des Sœurs de la Lumière, c'est vrai, mais cette femme n'en est pas une. Cependant, elle porte aussi un anneau à la lèvre inférieure, car elle n'est qu'une servante de celui qui marche dans les rêves.

Jennsen avait déjà entendu ce nom : celui qui marche dans les rêves. Mais où ?

La nuit, dans la forêt, se souvint-elle, l'être invoqué par les sœurs ne ressemblait guère à l'image qu'elle se faisait du Créateur...

Des idées contradictoires tourbillonnaient dans le cerveau de Jennsen, et la voix ajoutait à cette confusion en l'exhortant inlassablement à tuer Richard.

Elle voulait transpercer le cœur de l'assassin de sa mère, mais quelque chose l'empêchait de bouger, et ça ne pouvait pas être la magie...

— Si tu veux sauver Kahlan, lâcha froidement Perdita, tu devras tuer Jennsen, Richard Rahl ! Tu es à court de temps et de possibilités, seigneur ! Sauve ta femme avant de mourir, afin qu'elle profite du peu d'avenir qui lui reste.

Dans le lointain, Jennsen vit que Tom et Betty avaient sauté du chariot et slalomaient entre les colonnes de pierre. La chèvre avait déjà pris pas mal d'avance sur son compagnon.

— Betty ? cria Jennsen tout en dénouant l'écharpe noire qui lui cachait la moitié du visage.

Il fallait que son amie la reconnaisse !

En entendant son nom, Betty bêla de joie et agita frénétiquement la queue.

Une plus petite silhouette courait derrière elle, un peu devant Tom.

Mais pour atteindre Jennsen, Betty devait d'abord passer devant Oba. Quand elle le vit jaillir de derrière un pilier, elle s'écarta avec un bêlement de détresse.

Jennsen l'avait souvent entendue crier ainsi quand quelque chose n'allait pas.

Le tonnerre et les éclairs qui se déchaînaient dans le ciel n'avaient rien pour rassurer la pauvre bête.

— Betty ? appela Jennsen, incapable d'en croire ses yeux.

Était-ce une illusion ? Une manière de la faire souffrir ? Mais la magie du seigneur Rahl n'avait pas de prise sur elle.

Ayant reconnu son amie, la chèvre accéléra encore sa course bondissante.

À une dizaine de pas du but, elle regarda Jennsen et s'immobilisa net.

Sa queue se pétrifia et elle poussa un nouveau bêlement désespéré.

— Betty, tout va bien. Viens me voir !

Tremblante de peur, la chèvre recula. Elle réagissait exactement comme face à Oba – aujourd'hui, et la première fois qu'elle l'avait vu.

Betty se détourna et courut...

Vers Richard !

Le tyran s'agenouilla et lui caressa la tête.

Éberluée, Jennsen vit que la petite silhouette... Non, il y en avait deux ! Des chevreaux tout blancs qui venaient de faire irruption au milieu d'une formidable bataille entre le bien et le mal.

Effrayés par Oba, ils gémirent de terreur dès qu'ils virent Jennsen.

Betty les appela, et ils foncèrent se réfugier dans ses pattes. Rassurés, ils ne furent pas longs à faire la fête... au seigneur Rahl.

Tom s'était arrêté près d'un pilier et il observait la scène.

Jennsen eut l'impression que le monde avait sombré dans la folie.

Chapitre 60

— Betty, quelle mouche te pique ? s'écria Jennsen, incapable de comprendre ce qui se passait pourtant devant ses yeux.

— De la magie…, marmonna sœur Perdita. C'est l'œuvre de Richard Rahl !

Le tyran avait-il ensorcelé la meilleure amie de Jennsen pour qu'elle se retourne contre elle ?

Richard fit un pas en avant. Inconscients du drame qui se jouait entre les humains, Betty et ses petits lui gambadaient entre les jambes.

— Jennsen, réfléchis ! Sers-toi de ton intelligence. Tu dois m'aider. Alors, écarte-toi de Kahlan.

— Tue-le ! souffla Sebastian à l'oreille de Jennsen. Allez, Jenn, n'hésite pas ! La magie ne peut rien contre toi.

Sous le regard très calme de Richard, Jennsen leva son couteau et avança à son tour d'un pas.

Si elle tuait le tyran, sa magie mourrait avec lui et Betty reviendrait vers son amie de toujours.

Jennsen se pétrifia. Oui, quelque chose clochait. Et maintenant, elle avait trouvé quoi.

— Comment le sais-tu ? Je ne t'ai jamais dit que je n'ai rien à craindre de la magie !

— Toi non plus ? s'étonna Oba. (Il approcha de sa sœur.) Nous sommes invincibles tous les deux ? Dans ce cas, nous régnerons ensemble sur D'Hara. Mais je serai le roi, bien entendu. Le roi Oba Rahl. Cela dit, je ne suis pas égoïste. Si tu es gentille, tu auras le droit d'être une princesse.

Jennsen se désintéressa du fou et regarda Sebastian dans les yeux.

— Comment savais-tu ?

— Jenn, je... Eh bien...

— Richard..., murmura Kahlan, de nouveau consciente mais encore sonnée. Où sommes-nous ?

Elle grimaça de douleur et cria bien que personne ne l'ait touchée.

Richard avança, et Jennsen fit un pas en arrière.

— Si tu veux ta femme, tue ta sœur ! lança Perdita.

Le Sourcier la regarda un long moment.

— Non, répondit-il simplement.

— Tu dois le faire ! Si tu n'abats pas Jennsen, Kahlan mourra !

— Es-tu devenue folle ? cria Sebastian à la sœur.

— Comporte-toi dignement, Sebastian ! répliqua Perdita. Le sacrifice est la seule voie qui mène au salut. L'humanité entière est corrompue. La vie d'un individu n'a aucune importance. Celle de cette fille n'est rien face à la cause que nous défendons.

Sebastian fixa la sœur, incapable de trouver un argument pour défendre l'existence de Jennsen.

— Richard Rahl, dit Perdita, tu dois tuer Jennsen ! Sinon, j'égorgerai Kahlan de mes mains...

— Richard, marmonna la Mère Inquisitrice.

Jennsen eut l'impression que la pauvre ne savait même plus comment elle s'appelait.

— Du calme, Kahlan, dit Richard.

— C'est ta dernière chance de sauver la précieuse vie de ta femme ! cria Perdita. Si tu échoues, elle appartiendra au Gardien. Jennsen, empêche-le d'intervenir pendant que je tue sa femme.

Jennsen ne savait plus où elle en était depuis que la sœur avait encouragé le tyran à la tuer. Ça n'avait pas de sens. Perdita voulait la mort de Richard Rahl, comme tout le monde.

Il était temps d'en finir. La magie ne pouvait rien contre elle. Elle ignorait comment Sebastian le savait, mais ça ne changeait rien à la situation. Elle devait agir tant qu'elle en avait l'occasion.

Mais pourquoi Perdita se comportait-elle ainsi ? C'était incompréhensible, sauf si elle tentait de forcer le seigneur Rahl à attaquer une adversaire qu'il n'avait aucune chance de vaincre.

Ce devait être ça ! Et Jennsen ne pouvait plus se permettre d'hésiter.

Poussant un cri qui exprimait toute la colère d'une vie de souffrance et la rage que lui inspirait la mort de sa mère, Jennsen bondit sur Richard. Dans sa tête, la voix hurlait de fureur.

Pour se défendre, Jennsen le savait, Richard allait déchaîner sur elle la magie qui avait détruit mille hommes en un clin d'œil. Voyant que ça ne marchait pas, le tyran serait stupéfié, mais il n'aurait pas l'occasion de s'étonner longtemps, car une lame transpercerait son cœur maléfique. Trop tard, il comprendrait que sa meurtrière était invincible.

Jennsen frappa.

Elle s'attendait à une explosion, à des éclairs et à de la fumée. Mais rien ne se produisit.

Richard lui prit tout simplement le poignet au vol.

Rien de plus. Pas de magie. Aucun sortilège.

Jennsen n'était pas invincible face à une montagne de muscles, et cette définition convenait parfaitement à Richard Rahl.

— Du calme, sœurette..., dit-il.

Jennsen se débattit comme une furie, mais il ne lâcha pas son bras armé et se ficha royalement des coups qu'elle lui assena avec son poing libre. S'il l'avait voulu, le tyran aurait pu la casser en deux comme une vulgaire brindille. Mais il la laissa s'agiter en vain, puis la lâcha et la poussa en arrière.

Folle de haine, Jennsen leva de nouveau son couteau.

— Tue-la ou ta femme mourra ! cria Perdita.

Sebastian poussa la sœur sur le côté.

— Es-tu devenue folle, femme ? cria-t-il. Il n'est pas armé. Jennsen peut l'abattre.

Richard sortit d'une de ses sacoches un petit livre qu'il brandit entre le pouce et l'index.

— Détrompe-toi, je suis armé...

— Que veux-tu dire ? demanda Jennsen.

Le tyran la regarda dans les yeux.

— C'est un très vieux livre intitulé *Les Piliers de la Création*... Il a été écrit par quelques-uns de nos ancêtres. Certains seigneurs Rahl, Jennsen. Les premiers qui ont vraiment compris ce qu'avait fait Alric, le fondateur de la lignée, en inventant le lien – entre autres choses. C'est une lecture très intéressante.

— Et ça dit que les seigneurs Rahl doivent tuer les êtres comme moi ?

— Tu as raison... C'est exactement ce que ça dit.

— Quoi ? s'exclama Jennsen, étonnée que son demi-frère ne cherche pas à mentir. C'est vraiment ce qui est écrit ?

— Oui. Ce livre explique pourquoi les descendants du seigneur Alric Rahl qui n'auront pas le don devront être éliminés.

— Je le savais ! cria Jennsen. Tu as tenté de me mentir, mais tout est dans cet ouvrage !

— Ai-je dit que j'allais faire ce qu'il préconise ? Non, j'ai simplement confirmé que ce texte prône l'extermination des gens comme toi.

— Pour quelle raison ?

— Jenn, souffla Sebastian, ça n'a aucune importance. Ne l'écoute pas.

Richard désigna le jeune homme aux cheveux blancs.

— Il pourrait répondre à ta question. C'est grâce au livre qu'il sait que tu es insensible à ma magie. Il est au courant depuis le début.

Jennsen écarquilla les yeux de surprise. C'était ça, le chaînon manquant…

— J'ai vu cet ouvrage chez Jagang, dit-elle.

— Jenn, tu dis des bêtises !

— Non, je l'ai vu, Sebastian. *Les Piliers de la Création*… Un des précieux livres de l'empereur, rédigé dans une ancienne langue qu'il comprend. Tu es un de ses meilleurs stratèges. Il t'a tout dit, et tu me mens depuis le début.

— Jenn, je…

— Tu m'as manipulée…

— Comment peux-tu douter de moi ? Je t'aime, tu le sais bien !

Malgré les cris que poussait la voix dans sa tête, Jennsen reconstitua en quelques secondes la terrible machination dont elle avait été victime.

— Par les esprits du bien ! tu jouais avec moi dès le début…

Presque aussi blanc que ses cheveux, Sebastian parvint pourtant à empêcher sa voix de trembler.

— Jenn, ça ne change rien…

— Un mensonge, depuis toujours… Tu as avalé une seule rose à fièvre…

— Non ! Je n'en ai jamais eu avec moi !

— Tu mens ! J'ai vu ta réserve dans une petite boîte, sous une bobine de ficelle.

— Ces trucs-là ? C'est le guérisseur qui me les a donnés…

— C'est faux ! Tu as ingéré une fleur pour avoir de la fièvre.

—Jenn, tu perds la tête!

Tremblant de tous ses membres, Jennsen pointa le couteau sur son compagnon.

—C'était ton plan depuis le début! Le premier jour, tu m'as poussée à garder ce couteau parce qu'il est toujours bon, selon toi, de retourner ses propres armes contre un ennemi. Tu m'as piégée parce que je pouvais approcher de Richard. Mais comment as-tu monté cette histoire de soldat mort?

—Jenn...

—Tu prétends m'aimer? Prouve-le en disant la vérité.

Sebastian réfléchit un moment puis soupira, soudain résigné.

—Je voulais gagner ta confiance. En étant malade, j'avais plus de chances de t'attendrir.

—Et ce soldat mort?

—C'était un de mes hommes. Je lui ai donné ce couteau, pris sur un prisonnier, puis je lui ai fait enfiler un uniforme d'haran. Ensuite, je l'ai poussé de la corniche au moment où tu passais en bas.

—Tu as assassiné un de tes hommes?

—Quand on lutte pour une grande cause, tous les sacrifices peuvent être consentis. C'est la voie du salut, Jenn...

—Comment m'as-tu localisée?

—L'empereur marche dans les rêves... Voilà des années qu'il a appris l'existence des gens comme toi grâce au livre. Il s'est servi de son pouvoir pour retrouver ta piste au fil du temps...

—Et le morceau de parchemin?

—C'est moi qui l'ai écrit... Jagang avait appris que c'était un de tes noms.

—Le lien interdit à l'empereur d'entrer dans l'esprit des gens, dit Richard. Il a dû avoir du mal à cause de ça...

—C'est pour cette raison que ce fut si long, oui... Mais nous avons fini par réussir.

—Et la suite? demanda Jennsen, le cœur serré. Ma mère? C'était un de tes sacrifices, Sebastian?

—Jenn, tu ne comprends pas... Je ne te connaissais pas quand...

—Les tueurs étaient des hommes à toi. C'est pour ça que tu les as abattus si facilement. Ils pensaient que tu lutterais à leurs côtés, pas contre eux. Ensuite, quand j'ai parlé des *quatuors*, tu as été très ennuyé, parce que le compte ne tombait pas rond. Pour arranger les choses, tu as tué un innocent rencontré en chemin...

» Ces soirs-là, quand tu revenais me dire que nos poursuivants gagnaient du terrain, c'était une pure invention !

— Oui, mais pour une bonne cause.

— Une bonne cause ! Tu as tué ma mère ! Depuis le début, tu te moques de moi ! Et dire que… Par les esprits du bien ! j'ai couché avec le meurtrier de ma mère.

— Jenn, reprends-toi ! C'était nécessaire. (Sebastian désigna Richard.) C'est lui le vrai coupable, et nous le tenons ! Il fallait que j'agisse comme je l'ai fait. Le sacrifice est la seule voie vers le salut. La mort de ta mère nous a permis de piéger Richard Rahl, l'homme qui veut ta fin à tout prix.

— Avec ce que tu m'as fait, comment peux-tu prétendre m'aimer ?

— Je t'aime, c'est la vérité… À l'époque, je ne te connaissais pas, ne l'oublie pas. Je n'avais pas prévu de tomber amoureux de toi, mais c'est arrivé. Désormais, tu es ce qui compte le plus dans ma vie.

Jennsen plaqua les mains sur ses oreilles pour réduire au silence la voix qui hurlait dans sa tête.

— Tu es un monstre ! Je ne pourrai jamais plus t'aimer !

— Le frère Narev nous enseigne que l'humanité est maléfique. Nous sommes condamnés à expier, parce que les hommes et les femmes sont une souillure à la face du monde. Par bonheur, le frère est à la droite du Créateur, à présent. Loin de toutes ces horreurs.

— Dois-je comprendre que le frère Narev était une souillure, puisqu'il appartenait à l'humanité ? Ton cher grand homme ne valait rien, comme nous tous ?

— Le seul être vraiment malfaisant se tient devant nous, et il se nomme Richard Rahl, l'assassin du plus grand bienfaiteur que l'humanité ait connu. Ce monstre doit être exécuté !

— Si l'humanité est mauvaise, le frère Narev est bien mieux là où il est, et Richard lui a fait une faveur en l'envoyant rejoindre le Créateur. Dans le même ordre d'esprit, en tuant des soldats de Jagang, le seigneur Rahl débarrasse le monde d'une ignoble vermine.

Sebastian s'empourpra de colère.

— Nous sommes tous mauvais, c'est vrai, mais certains le sont plus que d'autres. Dans mon camp, nous avons l'honnêteté de reconnaître nos fautes et de demander pardon au Créateur. (Le jeune homme aux cheveux blancs se radoucit un peu.) Je sais que c'est une faiblesse, mais je t'aime. Jenn, tu es ma seule raison de vivre.

— Tu ne m'aimes pas, Sebastian ! Et tu ne sais pas ce que signifie le verbe «aimer»! Avant d'aimer les autres, il faut respecter sa propre vie. Quand on en est capable, on peut *vraiment* partager des choses avec un être aimé. Si on se hait soi-même, comme toi, on éprouve des fantômes de sentiments. Tu voudrais aimer, mais ta façon de voir la vie te l'interdit. En toi, la notion même d'amour est souillée. Tu m'as choisie pour participer à ton existence pervertie par la haine, et je refuse d'entrer dans ton jeu.

» Pour aimer vraiment, Sebastian, il faut accorder une grande valeur à l'existence des autres. Quand on les juge corrompus, on nie l'amour avant même qu'il naisse entre deux personnes.

— C'est faux! Mais tu ne veux pas comprendre...

— Au contraire, je comprends très bien... Dommage que j'aie mis si longtemps.

— Mais je t'aime, Jennsen! Je t'aime pour de bon!

— Tu voudrais m'aimer, c'est très différent... Tes déclarations sont les mots vides de sens d'un homme sans âme. En toi, rien ne mérite d'être aimé. Tu es tellement dépourvu d'humanité que j'en ai du mal à te haïr, Sebastian. En fait, tu m'incommodes comme un égout puant, rien de plus.

Un peu partout, la foudre s'abattait sur les Piliers de la Création, menaçant de les renverser comme des quilles.

Dans la tête de Jennsen, la voix parvenait à crier assez fort pour couvrir les roulements du tonnerre.

— Jenn, tu ne penses pas ce que tu dis. Je ne peux pas vivre sans toi!

— Eh bien, meurs, dans ce cas! C'est la meilleure chose que tu pourrais faire pour moi.

— J'ai assez entendu ces ridicules tourtereaux! lança soudain sœur Perdita. Sebastian, sois un homme et ferme-la, si tu ne veux pas que je te réduise au silence. Ta vie ne vaut rien, comme toutes les autres. Richard, je te donne le choix: Jennsen ou la Mère Inquisitrice.

— Tu n'es pas obligée de servir le Gardien, dit Richard. Ni celui qui marche dans les rêves, d'ailleurs. Tu as le choix!

— C'est toi qui dois choisir! Le délai est écoulé! Décide-toi: Jennsen ou Kahlan!

— Je n'aime pas les règles de ton jeu. Donc, je ne choisis personne.

— Alors, je le ferai à ta place! Ta précieuse épouse va mourir!

Alors que Jennsen bondissait pour l'en empêcher – mais en vain –, Perdita prit Kahlan par les cheveux et lui releva la tête.

La Mère Inquisitrice semblait hagarde.

Jennsen attrapa au vol le bras de la sœur et abattit son couteau avec l'espoir d'atteindre sa cible – le cœur de Perdita – avant qu'il soit trop tard.

Mais elle comprit qu'elle n'y arriverait pas.

Un instant, le temps sembla cesser de s'écouler. Puis l'air trembla, comme s'il y avait eu un coup de tonnerre silencieux.

Autour de la Mère Inquisitrice, de la poussière et des cailloux tourbillonnèrent. Ébranlés par l'onde de choc, plusieurs Piliers de la Création s'écroulèrent, produisant un vacarme infernal en se percutant les uns les autres. Le sol trembla comme s'il allait s'ouvrir en deux.

Un rideau de poussière occulta tout.

Puis une obscurité totale tomba sur la vallée, donnant l'impression que plus rien n'existait à part le vide et la mort.

Cela ne dura pas, heureusement.

Jennsen découvrit qu'elle tenait le bras d'un cadavre. Quand elle le lâcha, Perdita s'écroula comme une masse. La garde d'argent du couteau de la jeune femme dépassait de sa poitrine.

Richard était déjà en train de couper les liens de son épouse.

La Mère Inquisitrice avait l'air épuisée. Mais elle n'était pas blessée.

— Qu'est-il arrivé ? demanda Jennsen.

— Cette sœur a fait une erreur, répondit Richard. J'ai tenté de la prévenir, mais la Mère Inquisitrice l'a touchée avec son pouvoir.

— Si elle t'avait écouté, dit Kahlan, soudain tout à fait éveillée et lucide, nous aurions pu être embêtés…

— Il n'y avait aucun risque… Je savais que ça l'inciterait à agir, au contraire.

Surprise, Jennsen s'avisa que la voix ne résonnait plus dans sa tête.

— C'est moi qui ai tué Perdita ? demanda-t-elle.

— Non, répondit Kahlan. Elle était morte avant que ta lame la touche. Richard l'a distraite afin que je puisse utiliser mon pouvoir. Quand tu as frappé, tout était déjà réglé.

Le Sourcier posa une main sur l'épaule de sa sœur.

— Tu ne l'as pas tuée, mais ton choix ultime t'a sauvé la vie. L'obscurité qui nous a enveloppés, au moment de sa mort, était la marque du Gardien venu s'emparer d'une âme qui s'était promise à lui. Si tu t'étais trompée, aujourd'hui, il t'aurait emportée en même temps que Perdita.

— La voix s'est tue…, murmura Jennsen. Je ne l'entends plus…

— Le Gardien s'est trahi trop tôt, dit Richard. La présence des chiens à cœur prouvait que le voile était déchiré.

— Je ne comprends pas…

Richard brandit une nouvelle fois le livre, puis il le rangea dans sa sacoche.

— Je n'ai pas eu le temps de tout lire, mais j'ai appris des choses fascinantes. Tu es l'enfant sans pouvoir d'un seigneur Rahl. Cela fait de toi une force qui équilibre la magie de la lignée. Tu n'as pas de pouvoir, certes, mais tu es insensible à la magie. En des époques troublées, la maison Rahl a été créée pour donner naissance à des générations de puissants sorciers. Mais elle est aussi la source potentielle de la fin de toute magie ! Par le biais des gens comme toi… L'Ordre Impérial rêve d'un monde sans magie, mais c'est la maison Rahl qui est capable d'accoucher d'un tel univers.

» Jennsen Rahl, tu es la personne la plus dangereuse du monde ! Parce que tu as le pouvoir de détruire la magie.

— Alors, pourquoi ne désires-tu pas ma mort, comme tous les seigneurs Rahl qui t'ont précédé ?

— Parce que tu as le droit de vivre comme n'importe qui, y compris et surtout les seigneurs Rahl. Si la magie disparaissait, le monde s'y ferait, voilà tout. L'important, c'est que les gens puissent vivre librement. Le reste ne compte pas.

Kahlan retira le couteau de la poitrine de Perdita et nettoya la lame sur le manteau noir de la sœur. Puis elle rendit l'arme à Jennsen.

— Cette Sœur de l'Obscurité avait tort. Le sacrifice ne mène pas au salut. Le premier devoir d'un individu est de se protéger.

— Ta vie est à toi, fit Richard, et à personne d'autre. Je suis très fier de ce que tu as dit à Sebastian.

Très perturbée par les derniers événements, Jennsen baissa les yeux sur le couteau. Puis elle regarda autour d'elle et ne vit pas Sebastian. Oba aussi avait disparu.

En revanche, une Mord-Sith se tenait à quelques pas de la jeune femme.

— C'est fabuleux, Mère Inquisitrice… Cette fille tient les mêmes discours pompeux que le seigneur Rahl. Maintenant, je vais devoir écouter *deux* prédicateurs !

Kahlan sourit, puis elle s'assit sur le sol, le dos contre le pilier auquel elle avait été attachée. Un moment, elle regarda Richard caresser la tête des deux petits de Betty.

Voyant qu'ils étaient en sécurité, la chèvre tourna la tête vers Jennsen en agitant la queue.

— Betty ? lança la jeune femme.

Sa vieille amie avança et Jennsen l'enlaça. Puis elle se tourna de nouveau vers son frère.

— Pourquoi n'as-tu pas agi comme tes ancêtres ? Comment as-tu pu agir contre tout ce que disait ce livre ?

Richard glissa un pouce dans sa ceinture et prit une profonde inspiration.

— La vie, c'est l'avenir, pas le passé. Le passé peut nous enseigner comment agir, nous réconforter grâce au souvenir d'êtres chers et nous fournir de solides fondations quand nous construisons le futur. Mais seul l'avenir est vivant ! Se réfugier dans le passé revient à épouser la mort. Pour que la vie soit une expérience exaltante, chaque jour doit être nouveau et inédit. En tant qu'êtres pensants, nous devons recourir à notre intellect pour faire nos choix. Pas nous référer aveuglément à ce qui est révolu.

— La vie, c'est l'avenir, pas le passé…, répéta Jennsen en songeant à tout ce que l'existence lui réservait encore. Où as-tu trouvé cette phrase ?

— C'est la Septième Leçon du Sorcier, répondit Richard en souriant.

— Tu m'as offert un avenir, dit Jennsen, des larmes aux yeux. Merci.

Le Sourcier enlaça sa sœur.

Cessant de se sentir seule au monde, Jennsen eut le sentiment d'être de nouveau un être humain à part entière. Il était si bon de pleurer dans les bras de Richard en pensant à sa mère, à la vie, et à la longue procession de joies et de peines que serait le futur.

— Bienvenue dans la famille, dit Kahlan en tapotant le dos de sa belle-sœur.

Quand elle se fut écartée de Richard – et essuyé les yeux du dos de la main –, Jennsen vit que Tom était là aussi.

Elle courut vers lui et se jeta dans ses bras.

— Tom, si tu savais comme je suis contente de te revoir ! Merci de m'avoir ramené Betty.

— J'ai réparé mon erreur, comme il se doit ! Irma la marchande de saucisses voulait seulement que ta chèvre ait des petits. Elle avait un mâle et lui cherchait une femelle. Elle a gardé un chevreau et te laisse volontiers les deux autres.

— Betty a eu trois petits ?

— Oui. J'ai peur de m'être beaucoup attaché à ton amie et à ses chevreaux.

— Je n'arrive pas à croire que tu te sois donné tant de mal pour moi. Tu es merveilleux, Tom !

— Ma mère le répétait sans cesse... N'oublie pas que tu as promis de parler de moi au seigneur Rahl.

— Je tiendrai parole, ne t'inquiète pas ! Mais comment diantre m'as-tu retrouvée ?

Tom sourit et sortit de derrière son dos un couteau identique à celui que portait Jennsen.

— Tu vois, je suis au service du seigneur Rahl.

— Vraiment ? demanda Richard. Je ne t'ai jamais vu, l'ami...

— Tom est fiable, dit la Mord-Sith. Je me porte garante de sa loyauté.

— Merci, Cara, fit le faux marchand de vin avec un clin d'œil à l'attention de la garde du corps de Richard.

— Et tu savais depuis le début ce que je prévoyais de faire ? demanda Jennsen à Tom.

— Si je laissais une parfaite inconnue tourner autour du seigneur Rahl, je n'aurais pas droit au titre de « protecteur ». Pour découvrir tes intentions, je t'ai suivie pendant une bonne partie de ton voyage.

— Tu m'as espionnée ?

— C'était mon devoir ! Il fallait que je t'empêche de nuire au seigneur Rahl.

— Eh bien, j'ai peur que tu n'aies pas été très bon, mon pauvre ami.

— Que dois-je comprendre ? demanda Tom avec une indignation très exagérée.

— J'aurais pu transpercer le cœur de Richard. Tu étais bien trop loin pour intervenir !

Tom eut son petit sourire de gamin, mais un rien plus espiègle, cette fois.

— N'aie crainte, je ne t'aurais pas laissé faire du mal au seigneur Rahl.

Tom se tourna, arma son bras et lança son couteau qui fendit l'air à une vitesse extraordinaire et alla se ficher dans un petit objet noir gisant près d'un des piliers écroulés.

Jennsen, Tom, Richard et Kahlan marchèrent jusqu'à la colonne de pierre abattue. Le couteau était planté au centre d'une bourse de cuir agitée par une main qui dépassait de sous le pilier.

— Par pitié, dit une voix étouffée, je suis coincé là-dessous. Faites-moi sortir ! Je suis riche et je vous paierai.

C'était Oba. Quand le pilier était tombé, atterrissant à demi sur un gros rocher, le futur roi s'était retrouvé coincé entre le sol et l'énorme tour de pierre. Sans le rocher, il aurait été écrabouillé.

Tom récupéra la bourse de cuir et la brandit triomphalement.

— Friedrich ! cria-t-il en direction du chariot. (Un homme se leva du banc du conducteur.) Cette bourse est à toi ?

Les surprises se succédant, Jennsen regarda Friedrich Gilder, le mari d'Althea, sauter à terre et approcher.

— Oui, c'est à moi, dit-il. (Il baissa la tête vers Oba.) Tu en as d'autres !

Après un très court moment d'hésitation, le fils de Darken Rahl restitua à leur légitime propriétaire toute une série de bourses de cuir et de tissu.

— Voilà, c'est tout mon argent… Faites-moi sortir de là !

— J'ai peur d'être incapable de soulever un pilier, répondit le doreur. Surtout pour sauver le responsable de la mort de ma femme.

— Althea est morte ? demanda Jennsen.

— Hélas, oui… Pour moi, le soleil ne brille plus…

— Je suis navrée… C'était une femme hors du commun.

— C'est vrai… (Friedrich sortit une petite pierre lisse de sa poche.) Mais elle m'a légué ceci, et ça m'aidera à continuer sans elle.

— Voilà qui est étrange, dit Tom. (Il plongea la main dans sa poche et en sortit une pierre identique à celle du doreur.) J'en ai une aussi, et je la garde toujours sur moi, en guise de porte-bonheur.

Friedrich regarda d'abord le colosse d'un air soupçonneux. Puis il se décida à sourire.

— Dans ce cas, c'est qu'Althea vous a souri aussi.

— J'étouffe…, gémit Oba. Ça fait mal et je ne peux pas bouger. Faites-moi sortir !

Richard tendit un bras vers le pilier. Une épée sortit en lévitant du piège minéral, vite suivie par un fourreau et un baudrier.

Le Sourcier enfila le baudrier, glissa l'arme dans le fourreau et tapota sa garde ornée du mot « Vérité ».

— Tu as affronté tous ces soldats, dit Jennsen, et tu n'avais même pas ton arme. Mais ta magie a été beaucoup plus efficace qu'une lame.

—Mon pouvoir est éveillé par le besoin et la colère. Kahlan étant prisonnière, j'avais toute la rage qu'il me fallait et un désir fou de la libérer. (Richard tapota la garde de l'épée.) Cette arme me sert à tout moment, elle est donc beaucoup plus fiable...

—Comment as-tu su où trouver Kahlan ? demanda Jennsen.

—Mon grand-père m'a remis l'Épée de Vérité, et le roi Oba me l'a volée lorsqu'il a capturé ma femme avec l'aide du Gardien. Cette lame est spéciale, et j'ai avec elle une sorte de lien qui me permet de savoir où elle est. Le Gardien a soufflé l'idée de ce vol à Oba afin de m'attirer ici.

—Par pitié, j'étouffe ! cria le fils de Darken Rahl.

—Ton grand-père ? répéta Jennsen, ignorant les appels d'Oba. Le sorcier Zorander ?

—Tu as rencontré Zedd ? Il est formidable, pas vrai ?

—Il a tenté de me tuer...

—Lui ? C'est un vieillard inoffensif !

—Quoi ? Il...

Sans crier gare, Cara tapota le bras de Jennsen avec son Agiel.

—Arrêtez ça ! s'écria la sœur de Richard.

—Tu ne sens vraiment rien ?

—Non. Et c'était pareil avec Nyda.

—Tu l'as rencontrée ? Seigneur Rahl, elle a rencontré Nyda et elle est toujours entière. Je suis très impressionnée.

—Elle est insensible à la magie, expliqua le Sourcier. C'est pour ça que ton Agiel ne lui fait rien.

Avec un petit sourire, Cara se tourna vers Kahlan.

—Tu penses à la même chose que moi ? demanda la Mère Inquisitrice.

—Jennsen pourrait bien résoudre notre petit problème, dit la Mord-Sith.

—Vous allez le lui faire toucher aussi ? demanda Richard, de très mauvaise humeur.

—Eh bien, répondit Cara, il faut que quelqu'un s'y colle, non ? Vous ne voudriez pas que je recommence ?

—Surtout pas !

—De quoi parlez-vous, tous les trois ? demanda Jennsen, exaspérée.

— Nous avons quelques problèmes urgents, répondit Richard. À mon avis, tu dois avoir le… talent… très spécial qui nous sortira d'un sacré pétrin.

— Tu crois ? Ça veut dire que tu veux que je vienne avec vous ?

— Si tu es d'accord, confirma Kahlan.

Elle s'appuya à Richard comme si elle était à bout de forces.

— Tom, dit le Sourcier, peux-tu…

— Bien sûr ! s'écria le colosse blond. (Il se précipita pour tendre le bras à Kahlan.) J'ai des couvertures à l'arrière du chariot. Elles sont très confortables, demandez à Jennsen ! Ensuite, je vous ramènerai par le chemin le moins accidenté.

— Une très bonne idée, approuva Richard. Mais le soir tombe… Nous devrions camper ici et repartir dès l'aube, avant qu'il fasse trop chaud.

— Jennsen, nos amis voudront voyager avec la Mère Inquisitrice, je suppose. Si ça te dit, j'aurai une place pour toi sur le banc du conducteur…

— D'abord, je veux te poser une question, et avoir une réponse sincère. Puisque tu es un protecteur de Richard, qu'aurais-tu fait si je l'avais blessé ?

— Jennsen, si j'avais cru qu'on en arriverait là, je t'aurais transpercé le cœur il y a bien longtemps.

— Très bonne réponse ! Je voyagerai avec toi. Ma jument est là-haut, près du comptoir commercial. Je suis devenue très amie avec Rouquine. (Betty s'agita en entendant ce nom.) Tu te souviens de Rouquine ?

La chèvre bêla joyeusement et ses petits lui firent écho.

Jennsen entendit Oba Rahl supplier une fois de plus qu'on le libère. Elle se retourna, soudain consciente qu'il était lui aussi son demi-frère.

— Je suis désolée d'avoir pensé tant de mal de toi, dit-elle à Richard.

Il sourit, passa un bras autour des épaules de Kahlan et enlaça sa sœur de l'autre.

— Face à la vérité, tu as su faire appel à ton intelligence. Je n'aurais rien pu demander de plus.

Sous le poids du pilier, le rocher s'enfonçait peu à peu dans le sol. Dans quelques heures, Oba périrait écrasé sous sa prison de pierre. Ou il finirait par mourir de faim et de soif.

Après une telle déroute, le Gardien n'aiderait pas le fils de Darken Rahl. En revanche, il lui réserverait une éternité de souffrance.

Oba était un tueur. Et Richard, comprit Jennsen, n'avait pas une once de pitié pour les assassins… et les gens qui s'en prenaient à Kahlan.

Pour Oba, il ne ferait pas exception à la règle.

Le roi sans couronne serait à jamais enterré parmi les Piliers de la Création.

Chapitre 61

À l'aube, Tom conduisit ses amis loin des Piliers de la Création. Alors que le soleil se levait, ce paysage était d'une beauté extraordinaire. Mais bien peu de gens avaient eu ou auraient un jour l'occasion de le contempler.

Un privilège dont les six voyageurs se seraient volontiers passés.

Rouquine fut ravie de revoir sa cavalière et enthousiaste quand elle aperçut Betty et ses deux petits.

Richard, Kahlan et Jennsen entrèrent dans le bâtiment qui servait de garde-robe et découvrirent le cadavre de Sebastian. Incapable de concilier ses sentiments et ses convictions, il avait fait ce que Jennsen lui demandait.

À côté de la bobine de ficelle, la boîte ronde était vide. Le garçon aux cheveux blancs avait avalé toute sa réserve de roses à fièvre des montagnes.

Assise à côté de Tom, Jennsen écouta Richard et Kahlan raconter l'histoire de leur vie jusqu'à leur rencontre.

Jennsen fut stupéfiée que la vérité soit radicalement différente de ce qu'elle avait imaginé. Après avoir été violée par Darken Rahl, la mère de Richard s'était enfuie avec Zedd afin de protéger son fils. Le futur seigneur Rahl avait grandi en Terre d'Ouest sans rien connaître de D'Hara.

Richard avait mis fin au règne de Darken Rahl et Kahlan avait exécuté le chef des *quatuors*. Depuis que le Sourcier régnait sur D'Hara, les équipes de tueurs avaient disparu.

Jennsen était très fière que son demi-frère lui ait demandé de conserver le couteau à la garde d'argent. Selon lui, elle avait gagné le droit de le porter. Bien entendu, elle espérait en rester digne et être une aussi bonne protectrice que Tom.

Betty était installée à l'arrière du chariot, près de Friedrich, et elle avait posé les pattes avant sur le siège du conducteur, entre Jennsen et Tom, qui avaient chacun un chevreau endormi sur les genoux.

Rouquine était attachée au chariot, et la chèvre lui rendait de fréquentes visites.

Kahlan étant remise, Richard et Cara chevauchaient à côté d'elle.

Bouleversée par ce que son demi-frère venait de lui révéler, Jennsen se tourna vers lui.

— Ce n'est pas une invention ? On dit vraiment ça à mon sujet, dans le livre ?

— Ce passage concerne les gens comme toi, oui : *Les êtres les plus dangereux, dans le royaume des vivants, sont les bâtards dépourvus du don d'un seigneur Rahl, car ils sont insensibles à la magie. Le pouvoir ne peut pas leur nuire ni les influencer. Et ils n'existent pas pour les prophéties.* Mais tu as prouvé que cet ouvrage se trompait.

Jennsen réfléchit. Décidément, certaines choses lui échappaient encore.

— Je ne comprends toujours pas dans quel but le Gardien me manipulait. Pourquoi sa voix parlait-elle dans ma tête ?

— Eh bien, je n'ai pas traduit tout le texte, et certaines pages sont endommagées… Mais d'après ce que j'ai lu, les gens comme toi sont appelés des « trous dans le monde ». Ils sont aussi des « trous dans le voile », ce qui fait d'eux un passage entre le royaume des vivants et celui des morts. Pour détruire notre monde, le Gardien a besoin d'un passage de ce type. Le désir de vengeance était la clé ultime. Après t'être pliée à la volonté du Gardien, dans le bois, avec les sept sœurs, tu aurais dû être tuée, remplissant ainsi ta part du marché.

— Mais d'après toi, si n'importe qui m'avait abattue, par exemple sœur Perdita, après ce terrible soir, ça n'aurait pas suffi à ouvrir un passage ?

— Non, le Gardien avait besoin que tu meures de la main d'un protecteur du royaume des vivants. Pour que ça marche, il fallait ton exact contraire : un enfant Rahl pourvu du don. Si je t'avais tuée pour sauver Kahlan ou me protéger, le Gardien aurait pu pénétrer dans notre monde à travers la brèche ainsi ouverte. Je devais te forcer à choisir la vie, pas la mort. C'était obligatoire pour que le Gardien reste dans son royaume.

— J'aurais pu… détruire la vie…, dit Jennsen, accablée à l'idée du cataclysme qu'elle avait failli provoquer.

— Je ne t'aurais pas laissé faire, dit Tom.

Jennsen lui posa une main sur le bras. Elle n'avait jamais éprouvé pour personne les sentiments que lui inspirait cet homme. Quand elle le voyait, son cœur chantait d'allégresse. Et son sourire lui donnait confiance en l'avenir.

Betty tendit le museau pour quémander des caresses et jeter un coup d'œil à ses deux petits.

— Livrer des innocents au Gardien est le pire crime qu'on puisse imaginer, dit Cara.

— Elle ne l'a pas fait, rappela Richard. En réfléchissant, elle a compris la vérité puis choisi le camp de la vie.

— Tu en sais long sur la magie, pour sûr ! dit Jennsen à son demi-frère.

Kahlan et Cara éclatèrent de rire. Un instant, Jennsen crut qu'elles allaient en tomber de leurs chevaux.

— Je ne vois pas ce que ça a de drôle, grogna Richard.

Les deux femmes rirent de plus belle.

Achevé d'imprimer par N.I.I.A.G.
en février 2011
pour le compte de France Loisirs, Paris

N° d'éditeur : 63014
Dépôt légal : novembre 2008
Imprimé en Italie